插图珍藏版

DAN BROWN

〔美〕丹·布朗 著

天使与魔鬼

Angels & Demons

Special Illustrated Edition

朱振武 王巧俐 信艳 ——— 译

人民文学出版社
PEOPLE'S LITERATURE PUBLISHING HOUSE

著作权合同登记号　图字 01-2022-1099

Dan Brown
Angels & Demons: Special Illustrated Edition

图书在版编目(CIP)数据

天使与魔鬼:插图珍藏版/(美)丹·布朗著;朱振武,王巧俐,信艳译. —2版. —北京:人民文学出版社,2017(2023.6重印)
(丹·布朗作品:插图珍藏版)
ISBN 978-7-02-013027-6

Ⅰ. ①天… Ⅱ. ①丹… ②朱… ③王… ④信… Ⅲ. ①长篇小说-美国-现代 Ⅳ. ①I712.45

中国版本图书馆 CIP 数据核字(2017)第 163215 号

责任编辑　**胡司棋**
特约策划　**邱小群**
封面设计　**李苗苗**

出版发行　**人民文学出版社**
社　　址　**北京市朝内大街 166 号**
邮政编码　**100705**

印　　制　**凸版艺彩(东莞)印刷有限公司**
经　　销　**全国新华书店等**

开　　本　**720 毫米×1000 毫米　1/16**
印　　张　**26**
字　　数　**529 千字**
版　　次　**2005 年 2 月北京第 1 版　2009 年 5 月北京第 2 版**
印　　次　**2023 年 6 月第 4 次印刷**

书　　号　**978-7-02-013027-6**
定　　价　**198.00 元**

如有印装质量问题,请与本社图书销售中心调换。电话:010-65233595

献给布莱斯

写 在 前 面

世界上最大的科研机构，瑞士的欧洲原子核研究中心新近首次成功制造出几滴反物质。反物质与普通物质并无二致，所不同的是，组成反物质的粒子与组成人们熟知的一般物质的粒子电荷相反。

反物质是人类目前所知的威力最大的能量源。它能以百分之百的效率释放能量（核裂变的效率是百分之一点五）。反物质不造成污染，也不产生辐射，一小滴反物质就可以供应整个纽约城全天的动能。

先别过于乐观，个中可隐藏着危机……

反物质极不稳定，它可以把接触到的任何东西都化为灰烬……连空气也概莫能外。仅仅一克的反物质就相当于二十千吨当量的核炸弹的能量——也就是相当于当年扔在广岛的那颗原子弹的能量。

反物质直到最近生产量也只是微乎其微（每次只不过几滴）。然而，“欧核中心”目前正在开发一种新型的反质子减速器，这是一种先进的反物质生产设备，这种设备有望大幅度提高反物质的生产能力。

一个严峻的问题摆在人们面前：这种极易爆炸的反物质是能为人类造福，还是会被用于制造有史以来毁灭性最强的武器？

本书作者声明

本书所涉及的艺术作品、墓地、地道和罗马建筑均确凿无误（包括其具体位置亦极为精准）。这一切今天仍有迹可查。

光照派组织也真实存在。

罗马
Museo e Galleria Borghese
Villa Borghese
波波洛圣母堂
Piazza del Popolo
VIA FLAMINIA
VIALE DELLE MILIZIE
VIALE GIULIO CESARE
VIA BARLETTA
VIA OTTAVIANO
VIA DI PORTA ANGELICA
VIA COLA DI RIENZO
克雷申奇奥大街
梵蒂冈
圣彼得大教堂
Il Passetto
圣彼得广场
孔奇利亚齐奥内大道
圣天使堡
天使桥
台伯河
斯科法大街
科尔索大街
Ara Pacis
VIA DEL BABUINO
西班牙台阶
VIA DI CONDOTTI
VIA DUE MACELLI TRAFORO
西斯提那大街
VIALE DEL MURO TORTO
VIA DI PORTA PINCIANA
VIA PINCIANA
VIA VITTORIO VENETO
VIA LUDOVISI
VIA BONCOMPAGNI
维多利亚圣母堂
贝尔尼尼酒店
巴尔贝里尼广场
VIA DELLE QUATTRO FONTANE
VIA XX SETTEMBRE
国立大道
特里同大道
VIA DI MONTE BRIANZO
科罗纳里大街
特莱维喷泉
罗通达广场
万神殿
圣阿格尼斯教堂
纳沃纳广场
科尔索维托里奥·厄玛努埃尔二世大街
VIA DEL PELLEGRINO
VIA GIULIA
VIA DI TORRE ARGENTINA
VIA DEL PLEBISCITO
VIA C BATTISTI
VIA IV
VIA PANISPERNA
厄玛努埃尔二世纪念堂
VIA DEI FORI IMPERIALI
古罗马广场
罗马竞技场
台伯利纳医院
台伯利纳岛
Parco Gianicolense
北
西
东
南
0
1/4 Mile
0
200
400 Meters

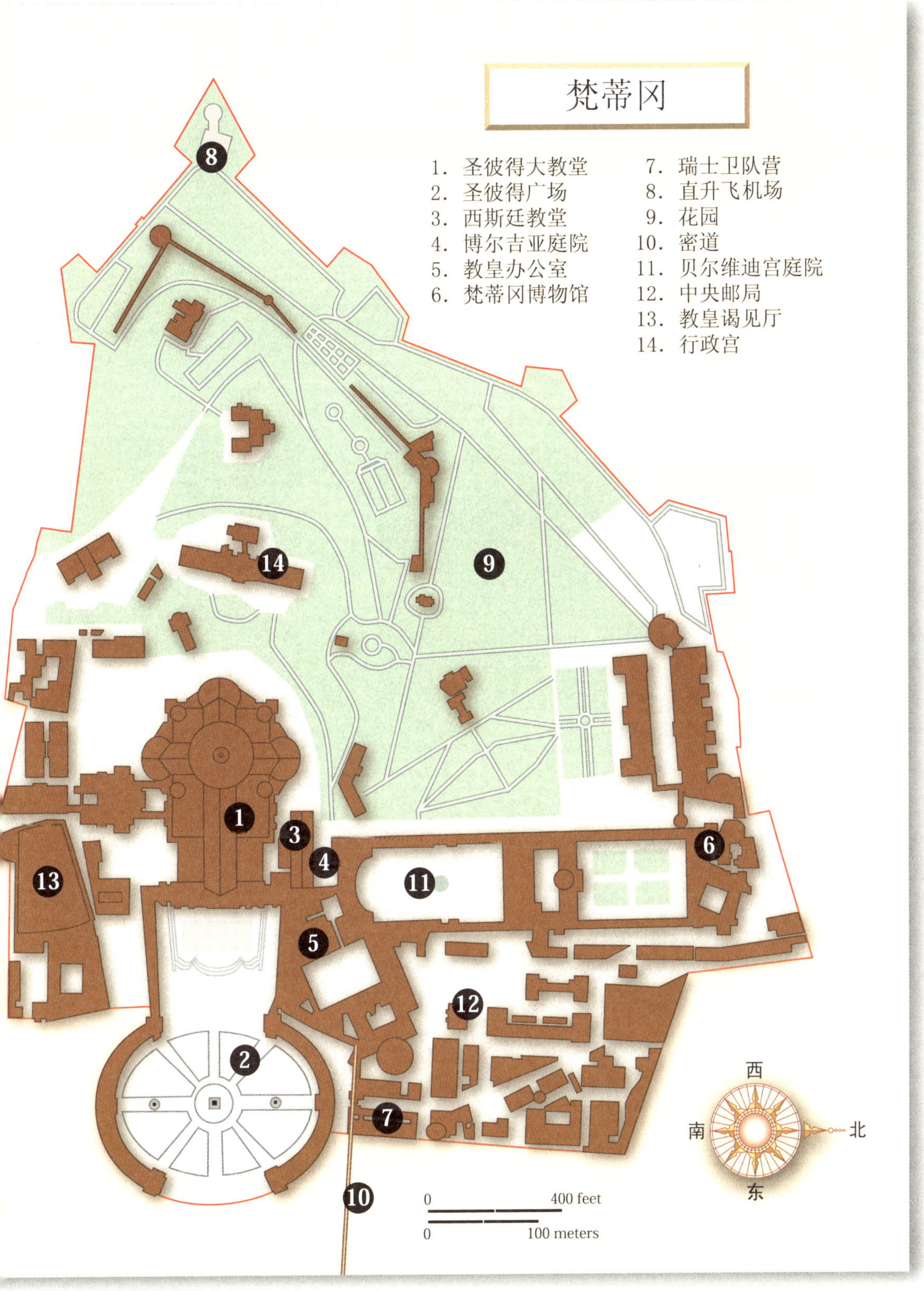
梵蒂冈
1. 圣彼得大教堂
2. 圣彼得广场
3. 西斯廷教堂
4. 博尔吉亚庭院
5. 教皇办公室
6. 梵蒂冈博物馆
7. 瑞士卫队营
8. 直升飞机场
9. 花园
10. 密道
11. 贝尔维迪宫庭院
12. 中央邮局
13. 教皇谒见厅
14. 行政宫
西
南
北
东
0 400 feet
0 100 meters

楔　子

物理学家列奥纳多·维特勒闻到一股焦肉的味道，他清楚那是他自己的肉。他瞪大了眼睛惊恐地看着上面那个晃动的黑影，问道："你到底想要什么？"

"密码！"那人粗声粗气地说，"当然是密码！"

"可……我不——"

那家伙的烙铁又落了下来，灼热的白色烙铁深深地烙进了维特勒的前胸，烧焦的前胸顿时发出"嘶嘶"的声音。

维特勒疼得大叫起来。"我根本就不知道密码！"他觉得自己就要昏过去了。

那家伙怒目而视。"没有密码！我就怕没有密码！"

维特勒挣扎着竭力保持头脑清醒，但那种昏厥的感觉却正在迫近。唯一让他快慰的是，那家伙是不会从他的嘴里得到什么密码的。正在他思忖之际，那家伙又找出一把刀来，放在维特勒的脸上。刀在他脸上动来动去。那家伙小心翼翼，像是在做整容手术。

"看在上帝的面上！"维特勒尖叫起来，可是已经太晚了。

1

埃及吉萨省的大金字塔的高高的台阶上，一个妙龄女子对着下面的那个男人大笑着，她喊道："快点儿啊，罗伯特！我知道我早就该嫁给一个小伙子。"女郎面带神秘的微笑。

罗伯特想尽量赶上她，可双腿却像灌了铅。"等一等吧！"他告饶了，"能不能……"

罗伯特往上爬着，视线开始模糊起来。这时耳边传来了雷鸣般的声音。我得追上她！但他再抬头看时，女友已经不见了。站在那里的竟是个一嘴黄牙的老头儿。老头儿瞪着一双圆眼看着台阶下面的罗伯特，满脸狰狞。这时，罗伯特痛苦得叫了起来，声音在沙漠上空回荡着。

吉萨省的大金字塔

罗伯特·兰登身子一动，从噩梦中醒了过来。床边的电话还在响着，他懵懵懂懂地抓起了话筒。

"哪位？"

"请找罗伯特·兰登。"一个男人的声音说道。

兰登从空床上坐起身来，定了定神道："我……就是罗伯特·兰登。"他瞥了一眼自己的电子钟，是清晨，5 点 18 分。

“我得立刻见你。”

“你是哪位？”

“我叫马克西米利安·科勒，是离散粒子物理学家。”

“是什么？”兰登还有点儿回不过神来，“你确信你找的就是我这个兰登吗？”

“你是哈佛大学的宗教圣像学教授，你有三本关于符号学研究的专著，而且……”

“你知道现在是几点吗？”

“我很抱歉。我有样东西，你有必要看看。在电话上跟你说不大方便。”

兰登不由得叹了口气，顿时不悦起来。这样的事儿以前也有过。这都是他写的那些关于宗教符号的书惹的祸，一次是几个宗教狂热分子打电话给他，让他确认一下他们新近从上帝那里得到的神迹。上个月，俄克拉何马的一个脱衣舞女打电话向兰登承诺，如果他肯南下，飞过去鉴定一下魔术般出现在她床单上的十字形，她就会让他品尝到永世难忘的性爱。那是塔尔萨[①]的裹尸布。兰登当时这样答道。

“你是怎么弄到我的电话号码的？”兰登尽量保持礼貌，尽管这个电话来得确实不是时候。

“是在万维网上，在登载你的著作的网站看到的。”

兰登立刻面有愠色。他确切地知道，他根本就没把家里电话在那个网站上公布。这家伙显然在撒谎。

“我需要见你。”那人很执着，“我不会亏待你的。”

兰登简直要气疯了。“对不起，可我的确——”

“你要是立即动身，到这里大约是——”

“我哪儿也不去！现在才清晨五点钟。”兰登挂断了电话，颓然倒在床上。他闭上眼睛，想再睡一会儿，可就是睡不着。刚才那个梦深深地刻在他脑子里。无奈，他只好穿上睡衣，下了楼。

罗伯特·兰登赤着脚，在位于马萨诸塞、具有维多利亚时代建筑风格的空寂的家里踱着步子，慢慢地喝着一大杯热气腾腾的雀巢即饮巧克力，这是他惯用的治疗失眠的办法。四月的月光透过凸窗洒在华贵的地毯上。兰登的同事们经常笑话他，说他的家根本不像个家，看上去倒像个人类学博物馆。书架上塞满了世界各地的宗教手工艺品——一个产自加纳的伊库巴，一个产自西班牙的金质十字架，一个产自爱琴海基克拉底群岛的雕像，更为难得的是，还有一个产自婆罗洲的机织的博克斯，这是一个年轻勇士青春永驻的象征物。

① 塔尔萨，美国俄克拉何马州东北部城市。——本书关于宗教、文化、科学、艺术以及符号学等方面的知识或典故非常多，所以译者相应地做了注释，以方便读者阅读。本书所有注释皆为译者注。

基克拉底群岛的雕像

伊库巴

兰登坐在他那带有马赫里希[1]铜像的箱子上，品着暖融融的热巧克力，凸窗上映出了他的影子。那影像扭曲而又苍白……像个鬼。一个逐渐变老的鬼，他想，这影像残酷地提醒了他，他那年轻的心灵栖居在一个易朽的躯壳里。

兰登虽然不能算是标准意义上的翩翩君子，但在女同事们的眼里，今年四十五岁的他还是颇具才子魅力的——他有一头夹有根根银丝的浓密棕发，一双善于探究事务的蓝眼睛，一副充满磁性的深沉的嗓音，以及大学运动员式的热情奔放、无忧无虑的笑脸。兰登在预备学校和大学里都是跳水运动员，因此到现在他仍然有着一个游泳运动员的壮硕身材，硬实的六英尺高的个头，这都是他每天在学校的泳池里游五十个来回的精心维护的结果。

兰登的好友们总是把他看作一个高深莫测之人——一个跨世纪的英才。每到周末，人们总是能够看到他身着蓝色牛仔徜徉在学校的方院之间，与学生们讨论计算机图解问题或是宗教历史问题；有些时候，人们还会在高品位的艺术杂志上看到他的照片，他穿着海力斯粗花呢外套和苏格兰佩斯利涡旋纹花呢马夹出席邀请他去讲演的博物馆展览的开幕式。

尽管在教学上严谨有加，一丝不苟，兰登却是第一个欣然接受他所赞颂为“高尚、素朴的失落的艺术”的人。他以一种具有感染力的狂热参与各种文娱活动，和大学生们竟建立起了兄弟般的友情。他在校园里的绰号是“海豚”，因为他有着亲切友善的天性，同时有着令人惊叹的跳水能力以及在水球比赛中全胜的骄人战绩。

---

① 马赫里希，也称大圣，是印度教导师或精神领袖的称号。

兰登兀自坐着，心不在焉地凝视着黑夜。这时，一阵刺耳的声音又打破了室内的宁静，这回是传真机的铃声。兰登现在实在是无力再发火了，只好无可奈何地笑笑。

上帝的子民啊！他独自思忖。盼望弥赛亚①盼望了两千年，现在还那么执着。

兰登懒洋洋地把手里的空杯放回厨房，慢吞吞地走进镶有橡木饰条的书房里。传真机传送过来的文件就摆在那张托盘上。兰登不由得叹了口气，绰起那张纸头看了看。

顿时，他觉得一阵恶心。

那纸上竟印着一张死尸的照片。尸体被扒光了衣服，头被扭了过去，脸整个朝向了后面。死者的胸前是个可怕的灼痕。这人被打上了烙印……只印了一个词。这个词兰登再熟悉不过了。熟悉得不得了。他瞪大了眼睛满腹狐疑地看着这个十分考究的烫字。

“光照派。”他结结巴巴地读道，心里怦怦直跳。这不可能是……

兰登对马上就要看到的东西真是有点儿害怕，便小心翼翼地把这份传真旋转了180度。他端看着这个倒置的词。

兰登一时目瞪口呆，有如遭了一记重击。他简直不敢相信自己的眼睛，便把传真又旋转了一遍，正着端详了一遍，倒过来又端详了一遍。

“光照派。”他低声说道。

兰登惊得目瞪口呆，一屁股瘫坐在椅子里。他如堕五里雾中，呆呆地坐了好半晌。传真机上一眨一眨的红灯终于引起了他的注意，显然，发传真的那个人是要和他通话。兰登盯着闪烁的指示灯看了良久。

终于，他哆哆嗦嗦地摘起了话筒。

2

“你现在可以集中精力听我说话了吧？”那人终于听到兰登拿起了电话，说道。

---

① 弥赛亚，犹太人盼望的复国救主。

“可以，先生。当然可以。你能先介绍一下你自己吗？”

“我刚才是要跟你说的。”这人的声音僵硬而又古板，“我是个物理学家，掌管着一个研究部门。我们这里发生了一起谋杀案，尸体你已经看到了。”

“你是怎么找到我的？”兰登对这个问题还是耿耿于怀，脑子里却都是那张传真图。

“我不是跟你说过了嘛！是在万维网上，在载有你的《光照派的艺术》那本书的网站上。”

兰登试图想个明白。他的著作在主流文学圈籍籍无名，在互联网上倒引起了很大关注。但打电话的这个人所说的却有些不着边际。“网页上根本就没有联系方式。”兰登否认道，“这我再清楚不过了。”

“我的实验中心里有人非常擅长从网上获取用户的各种信息。”

兰登还是大惑不解。“看来你实验中心里的人对网络了解颇多嘛！”

“那是当然。”对方反唇相讥，“万维网就是我们发明的。”

从对方的语气里，兰登听得出他并没有信口雌黄。

“我得见你。”那人执着地说道，“这不是我们在电话上可以探讨的事儿。我的实验中心从波士顿坐飞机只要一个钟头。”

兰登站在灯光昏暗的书房里，细细琢磨着手上的传真。这个图形太令人震撼了，它可能成为本世纪在碑文研究方面的代表性成果，他十年的研究被一个符号证实了。

“十万火急。”那人催促道。

兰登死死地盯着那个烙印。*光照派*。他一遍又一遍地读着。他的研究总是建立在化石的对等象征物——古代文献和历史传说上，但眼前的这个图形却是当今的事物。是现在时态。兰登像个古生物学家迎面遇上了一只活生生的恐龙。

“我已经擅自作主给你派去了一架飞机。”那人说道，“飞机二十分钟后就可抵达波士顿机场。”

兰登一时语塞。*坐飞机只要一个钟头*……

“请原谅我自作主张。”那人又说道，“我这儿需要你。”

兰登又看了看传真——一个被白纸黑字证实了的古老的神话，个中隐秘着实骇人听闻。他心不在焉地看着凸窗外面。第一缕晨曦已经洒在后院的白桦树上，但这景色今天看来却有些不同往日。他既恐惧又兴奋，这种奇怪的心理笼罩着他，他知道他已经没有选择了。

“你赢了。”兰登说，“告诉我到哪里去乘飞机。”

3

几千英里以外，两个男人正在会面。房间内漆黑一团，这是典型的中世纪石头建筑。

"本韦努托。"领头的那个男人说,他坐在阴影里,看不出长得什么样子,"你得手了吗?"

"当然。"另一个人在黑暗中答道,"活儿干得漂亮极了。"这人的话像四周石头墙壁一样冰凉坚硬。

"没有留下什么蛛丝马迹吧?"

"干净极了。"

"不错。我要的东西有了吗?"

杀手那乌黑发亮的眼睛一闪一闪的。他拿出一个沉甸甸的电子仪器放到桌子上。

坐在阴影里的人似乎很满意。"你干得很地道。"

"为兄弟会效力是我的荣耀。"杀手答道。

"第二步行动马上就要开始。稍事休息,我们今天晚上要把这个世界搞它个天翻地覆。"

4

罗伯特·兰登的萨博牌900S型轿车风驰电掣般驶出了卡拉汉隧道,出现在离洛根机场入口处不远的波士顿港口的东侧。他核对了一下方向,找到了机场路,向左转经过了老东方航空大楼。沿着这条进口道路三百码以外的地方,一个飞机库在黑暗中已隐约可见,上面印着一个很大的"4"字。兰登把车缓缓地开进了停车场,欠身下了车。

大楼的后面闪出了一个穿着蓝色飞行服的圆脸男子。"是罗伯特·兰登吗?"他喊道。那人的口气很友善,兰登听不出他是什么地方口音。

"正是我。"兰登说着,锁上了车子。

"真是来得早不如来得巧。"来人说道,"我刚刚着陆。请跟我来。"

他们转过大楼,兰登觉得有些紧张。他实在不习惯这种神秘电话和这种与陌生人的秘密约会。由于全然不知此行何为,兰登还是穿上了平时上课时的衣服——下身是粗布呢裤子,上身是圆翻领毛衣,外套一件海力斯花呢上装。二人走着,兰登脑子里还想着上衣口袋里的那份传真,依然觉得传真上面的图像难以置信。

飞行员似乎觉察到了兰登焦虑的心情。"坐飞机对您来说不是问题吧,先生?"他搭讪着说。

"这无所谓。"兰登答道。*烫了字的死尸对我来说才算是问题。坐飞机好对付。*

飞行员领着兰登走过机库,转过拐角,他们走上了跑道。

兰登在跑道上突然停住了脚步,看着停在柏油碎石铺的停机坪上的飞机,他惊得目瞪口呆。"我们就乘这个?"

那人笑道:"喜欢它吗?"

兰登端详了半天。"喜欢它？这是什么东西呀？"

眼前的飞机是个庞然大物，要不是其顶部被铲平了，变成了一个完善的水平面，你还真有可能联想到航天飞机呢。飞机停在跑道上，俨然一个巨大的楔形。兰登心想，自己一定是在做梦。这东西看上去就像别克轿车，全然没有机翼，只是在机身的尾部有两个短粗的鳍。艉部伸出一对导向装置。飞机的其他部分都是壳体——从头到尾大约有 200 英尺长——没有窗，除了壳体，什么都没有。

"这个家伙加满油后重二十五万公斤。"飞行员介绍道，像个父亲在炫耀刚出生的孩子，"它是靠液氢与固氢的混合物驱动。外壳是碳化硅纤维合成的钛金冲模。这架飞机的推重比是 20∶1，而大多数喷气式飞机的推重比只是 7∶1。主任一定是心急火燎地想要见你，他可不轻易派这个大家伙出来。"

"这家伙能飞？"兰登问道。

飞行员笑了笑道："噢，当然能。"他领着兰登穿过柏油碎石铺的停机坪，径直朝飞机走去。"我知道这家伙看上去挺吓人的，但你最好习惯它。五年之后，你看到的都会是这些小家伙——HSCT 型飞机，也就是民用高速飞机。我们实验中心是最先拥有这种飞机的用户之一。"

肯定是个不得了的实验中心，兰登心想。

"这一架是波音 X－33 的样机。"飞行员接着说道，"不过还有几十种其他飞机，俄

X-33 航天飞机

罗斯人有喷气式截击机，英国人有水平起降机。未来就在这里，只不过要假以时日它才能推向普及，你可以跟传统的喷气式飞机吻别了。”

兰登小心翼翼地抬头看了看这架飞机说：“我想我宁愿选择传统的喷气式飞机。”

飞行员指了指上面的梯板。“兰登先生，这边请，小心台阶。”

几分钟后，兰登已经端坐在空荡荡的座舱里。飞行员把兰登领到了前排，替他扣好了安全带，然后走到前面，消失在飞机的驾驶舱里。

这架飞机的座舱与宽体商务客机惊人地相似，唯一的区别是它没有窗子，这使兰登颇感不适。兰登一生都受着轻度的幽闭恐惧症的困扰——孩提时候的一次意外到现在对他还有影响。

兰登对密封空间的厌恶并不是让他感到浑身无力，而是常常令他觉得心神不定，这表现在很细微的方面。他总是避免参加回力网球或墙网球等封闭空间里的运动，而且，尽管经济适用的学校职工用房唾手可得，他还是心甘情愿地花上一笔小钱购置了那座宽敞明亮、有着高高屋顶的维多利亚风格的宅邸。兰登常常怀疑自己小的时候对艺术世界的爱好源于对博物馆那宽敞的空间的热爱。

飞机的引擎在下面拼命地吼叫着，带动得整个机身都跟着颤动。兰登强忍着，等待着。他感到飞机在滑行，轻缓的乡间音乐在头顶上悠然地响了起来。

一边舱壁上的电话“嘟、嘟”地响了两声，兰登抬手摘下了听筒。

“你好。”

“惬意吗，兰登先生？”

“一点儿也不惬意。”

“放松些，我们一个钟头后就到那儿了。”

“那么，你说的‘那儿’准确地说是哪儿？”兰登突然意识到自己对去什么地方全然不知。

“日内瓦。”飞行员回答着，同时加快了速度，“我们的实验中心在日内瓦。”

“日内瓦。”兰登重复道，感觉好了些，“纽约州的北部地区，说实在的，我在赛讷卡湖附近还有亲戚呢。我还从来都不知道日内瓦有个实验中心呢。”

飞行员大笑道：“可不是纽约的日内瓦，兰登先生，是瑞士的日内瓦。”

兰登好半天没回过神来。“瑞士？”兰登感到他的脉搏跳动加快了，“我记得你说去这个实验中心只有一个钟头的路程。”

“是一个钟头的路程，兰登先生。”飞行员轻声笑道，“这架飞机的飞行速度是 15 马赫数。”

5

在一条繁忙的欧洲大街上，杀手在人群中穿梭着。这杀手强悍有力，肤色黝黑，且诡计多端。那一次电话会谈依然令他感到肌肉紧张。

事情很顺利，他这样对自己说。尽管雇主还从未让他看见过脸，但他能现身，杀手也感到非常荣幸了。离和雇主第一次接触真的才过去了十五天吗？杀手还记得那次电话中的每一个字……

“我叫杰纳斯。”打电话的人曾这样说，“我们都是道上的人，我们有个共同的敌人。听说你是待价而沽的杀手。”

“这要看你是哪条道上的。”杀手回答道。

打电话的人告诉了他。

“你是在开玩笑吗？”

“你听说过我们的名字，这我知道。”打电话的人回道。

“那是当然，兄弟会的大名如雷贯耳。”

“那么你怀疑我是个冒牌货了？”

“谁都知道兄弟会早已灰飞烟灭了。”

“这只不过是个瞒天过海的计策。最危险的敌人莫过于谁都不怕的人。”

杀手将信将疑地问道：“兄弟会还在？”

“只是比以往任何时候都更隐秘而已。我们的势力可以说无孔不入……甚至连和我们不共戴天的死敌的堡垒中也打入了我们的人。”

“这不可能吧。他们称得上是铜墙铁壁。”

“我们的手很长。”

“再长也长不到那个程度吧。”

“你很快就会相信的。兄弟会的势力是毋庸置疑的，有件事儿已经证明了这一点。”

“你们做了什么事儿？”

打电话的人把那事儿跟他讲了一遍。

杀手一下子瞠目结舌了。“真是难以置信。”

第二天，这件事儿上了世界各地报纸的头条。杀手这下成了信徒。

现在，十五天过去了，杀手心中的疑云早已散尽。兄弟会还在，他想。他们今晚将一试身手，展示他们的实力。

杀手穿行在大街上，乌黑的眼睛一闪一闪的，他思谋着这些天的事儿。行走在我们这个星球上的有史以来最秘密、最可怕的组织之一兄弟会请了他做事儿。他们的选择是对的，他这样认为。他在保密方面的名声不亚于他不怕死的名声。

现在，他已经勇敢地为他们做了事。他已经干掉了目标，而且也把东西按照吩咐交给了杰纳斯。现在该由杰纳斯发号施令，妥善放置那样东西了。

妥善放置……

杀手不知道杰纳斯会怎样处理这个棘手的问题。这人显然有内应。兄弟会的势力范围似乎遍布每个角落。

杰纳斯，杀手想。显然是个含有密码意味的名字。他想，这个名字是不是与罗马的两面神有关……或是与土星的卫星有关?[①]这些都无关紧要。杰纳斯的功力深不可测,无疑他已经证实了这一点。

杀手一路走着,想象着自己的祖上正微笑地看着他。今天,他就要为他们而战,他的祖上早就已经与他们的宿敌开战了,这场战争可以追溯到十一世纪——那时,敌人的圣战部队首次劫掠了他们的土地,强奸、屠戮他们的人民,宣称他们肮脏龌龊,还亵渎他们的教堂和神像。

罗马杰纳斯神

为了自卫,他的祖先成立了一支精悍的敢死队,这支敢死队作为护国者而闻名全国——他们在乡间流动作战,屠杀遇到的所有敌人,是一群技艺高超的杀手。他们不仅因残酷的屠杀,而且还因以酩酊大醉的方式来庆祝这种屠杀而闻名遐迩。他们选择的是一种他们称为"黑煞"的烈性麻醉剂。

随着狼藉声名的远扬,这些杀手逐渐被人们称为"黑煞星"——字面意思即"嗜黑煞者"。后来,"黑煞星"这个词几乎在每一种语言里都成了"死亡"的同义词。这个词现在仍在使用,甚至在现代英语中也在使用……只不过就像杀人的手段变化了一样,这个词也发生了演变。

这个词现在叫"刺客"。[②]

6

六十四分钟后,满腹狐疑、还有点儿轻微晕机的罗伯特·兰登走下了飞机的舷梯,

---

① 杰纳斯(Janus),是罗马神话中的天门神,头部前后各有一张面孔,故亦称两面神,司守护门户和万物的始末。接下来一句中杀手的猜想即源于此。此外,Janus还可指土星十颗卫星中最小的一颗,土卫十。这句话运用了Janus的两个词义,一语双关。这是丹·布朗常用写作手法之一。

② 刺客(assassin)这个词本来指1090至1256年间叙利亚、波斯等地暗杀十字军的穆斯林秘密团体成员,现在一般指谋杀政治要人的暗杀者,刺客。根据作者的说法,这个词是从hassassin(本书根据发音及词义译成"黑煞星")一词演变而来的。assassinate(暗杀,谋杀;毁谤)即与这个词有关。

步入了阳光明媚的机场跑道。清新的微风吹拂着兰登的海力斯粗花呢上装的翻领，宽敞的空间真是美妙极了。他望了一眼四周，近处是苍翠葱茏的山谷，远处是白雪皑皑的峰峦。

我简直是在做梦，他自语道。很快就会醒过来的。

"欢迎您到瑞士来。"飞行员大声说道，声音压住了身后这架 X－33 型飞机雾气燃料 HEDM 引擎的轰鸣。

兰登看了看表，早晨，7 点 07 分。

"您正好过了六个时区。"飞行员道，"现在是当地时间下午一点多一点儿。"

兰登调整了时间。

"您感觉如何啊？"

兰登揉了揉腹部道："像是吃了聚苯乙烯泡沫塑料似的。"

飞行员点头道："那是高空病。我们刚才是在六万英尺的高空，在那个高度，您的体重比平时轻了百分之三十。幸亏我们是短距离飞行，要是飞往东京，我们就得一直升到最高处——一百英里的高空，那您的五内可就要翻江倒海了。"

兰登无精打采地点了点头，暗自庆幸。细想起来，兰登这次乘坐飞机与普通飞行也没什么大的区别。除了在起飞时那强劲的加速度以外，这架飞机在其他方面给人的感觉与普通飞机都一般无二——偶尔有轻微的气旋，还有攀升时的几次气压，全然感觉不出它是以可以令人昏厥的一万一千英里的时速在高空中呼啸而过的。

几个技师动作麻利地跑上跑道，一起迎向这架 X－33 型飞机。飞行员陪伴着兰登来到控制塔旁边的停车场里，这里停放着一辆黑色标致轿车。不一会儿，他们已经疾速行驶在穿越谷地的柏油路上。远处，一群杂乱的建筑已依稀可辨。外面，青草覆盖的旷野变得模糊起来。

飞行员已经把车开到了时速一百七十公里，也就是每小时超过一百英里，兰登不敢相信地看着车上的速度表。这个家伙这么玩命地开到底是为哪般？

"离实验中心还有五公里。"飞行员说，"我要在两分钟之内把你送到那里。"

兰登徒劳地寻找着安全带。为什么不给三分钟的时间，让我们都活着到那儿呢？

汽车在飞驰。

"喜欢里巴吗？"飞行员把一盒磁带塞进放音机，问道。

一个女人开始唱了起来："这就是那孤独的恐惧……"

我这里没有恐惧，兰登漫不经心地想。兰登的女同事们经常戏谑地说他收藏那么多高品位的手工艺品显然只不过是为了充实一个空荡荡的家而已，她们坚持认为兰登家里有个女人的话会舒坦得多。兰登对此总是一笑置之，还提醒她们说自己的生活中已经有了三个最爱——符号学、水球和独身，而独身的好处是给他以自由之身，使他得以周游世界，他可以想多晚睡就多晚睡，可以品着白兰地，读自己爱的书，享受宁静的夜晚。

"我们这里就像个小城市。"飞行员的话把兰登从遐想中拉了回来，"可不光是个实验中心。这里有超市，有医院，甚至还有电影院。"

兰登木然地点了点头，一边看着前面拔地而起、绵延不断的楼群。

"说实在的，"飞行员又说道，"我们这里有地球上最大的机器。"

"真的？"兰登仔细端详着外面的一切。

"你从外表是看不到这台机器的，先生。"飞行员笑道，"这台机器埋在六层楼深的地下。"

兰登已无暇细问。飞行员连个招呼都不打就来了个急刹车，轿车向前滑动着，一下子停在了一个混凝土的岗亭的外面。

兰登看了看前面的指示牌：入境检查。他这才意识到自己到了什么地方，突然感到一阵惶恐。"天啊，我没带护照！"

"用不着护照。"飞行员给他吃了颗定心丸，"我们和瑞士政府有长期协议。"

飞行员拿出一个证件交给了守卫，兰登坐在那里目瞪口呆地看着。守卫把证件在电子检测仪上刷了一下，仪器亮起了绿灯。

"客人姓名？"

"罗伯特·兰登。"飞行员答道。

"谁的客人？"

"主任的。"

守卫蹙了蹙眉。他转过身查对了一下计算机输出的文件，和计算机显示器上的数据又核对了一遍，然后转向窗口。"祝你在这里待得愉快，兰登先生。"

轿车像离弦的箭一般又冲了出去，风驰电掣，一眨眼就开出了两百码，来到主楼的入口处。眼前赫然耸立着一座玻璃钢筋结构的超现代的矩形建筑。兰登对这座建筑的透明设计感到很惊奇，他对建筑学一向情有独钟。

"玻璃教堂。"飞行员在一旁告诉他。

"是座教堂？"

"嗨，不是。我们这里什么都有就是没有教堂。物理学就是这儿的全部宗教。在这里你可以随便说上帝的坏话，就是不能对夸克和介子[①]稍有不敬。"

飞行员把车掉了个头，在玻璃建筑前停了下来，兰登兀自茫然地坐在那里。夸克和介子是怎么回事儿？竟然没有边境管制？15马赫喷气式飞机又是怎么回事儿？这些家伙到底是些什么人？大楼前面的法语大理石碑刻给了他答案：

(欧核中心)

欧洲原子核研究中心

"核研究？"兰登问道，他对自己的法语水平还是非常自信的。

---

① 夸克(基本粒子之一)和介子都是核物理学名词。

飞行员没有回答他，他向前倾着身子，正忙着调试轿车上的盒式放音机。“您到地方了，主任会在入口处等您。”

欧洲原子核研究中心(艺术家的画作)

兰登注意到入口处有个人坐在轮椅里，正驱着轮椅朝他们过来。那人看上去六十岁出头，满脸憔悴，头顶光秃，下颚僵硬呆板，外罩一件白色的实验服，穿着白鞋的双脚搁在轮椅的脚垫上。还隔着一段距离，你就能感觉到他双目的呆滞——像两颗灰色的石子。

“就是他?”兰登问。

飞行员抬起头看了看道:“好了，我得走了。”他转过头给了兰登一个坏笑。“说谁，谁就到。”

兰登实在不知道会发生什么事，他硬着头皮走了过去。

轮椅里的人加速迎向兰登，他伸出冷冰冰的手道:“是兰登先生吗?我们在电话里交谈过。我叫马克西米利安·科勒。”

7

马克西米利安·科勒，“欧核中心”的总指挥，人们背后都管他叫“君主”，这倒不是出于尊敬，而是出于对这个坐在轮椅宝座上统治着这个领地的人物的惧怕。虽然没有几个人与他有私交，但他致残的可怕故事在“欧核中心”却是无人不晓，倒也没有什么人指责他的尖酸刻薄，或是他献身于纯科学的誓言。

兰登与科勒照面虽然只有一小会儿，但已经感觉到这是一个很难接近的人。科勒驱着轮椅兀自开向主入口，兰登不知不觉地已经小跑起来，这样才能跟上科勒的电动轮椅。这轮椅全然不同于兰登以往看到过的轮椅——轮椅上装有一套电子系统，包括一部多重电话机，一个呼叫系统，电脑显示屏，甚至还有一个小型可卸录像机。可以说，君王科勒的轮椅统治着这个中心。

兰登随着科勒穿过机械门进了"欧核中心"那宽大的主厅。

玻璃教堂，兰登凝视着穹顶，思忖着。

头顶上，淡蓝色的玻璃屋顶在午后的斜阳里闪着微光，投射出的各种几何图形使大厅显得更加富丽堂皇。斑驳陆离的影子洒在花砖装饰的墙壁和大理石地板上。空气闻起来清爽而又洁净。几个科学家迈着轻快的步子在大厅里走动着，脚步声清晰地回荡在空中。

"这边走，兰登先生。"科勒的声音听起来差不多就像是机器人发出来的，僵硬呆板，真是声如其人。科勒咳嗽了一下，用一块白色的手帕擦了擦嘴，然后用他那无动于衷的灰色眼睛盯着兰登道："请快点儿。"他的电动轮椅像是跳跃在铺了瓷砖的地板上。

从正厅往里，兰登跟着又穿过了有点儿难以计数的小门厅，每个门厅里都有些人在忙碌着。看见科勒的科学家们似乎都面露惊讶之色，他们打量着兰登，好像心里在说，这人是干什么的？竟惊动科勒亲自迎接。

"真不好意思。"兰登想和他搭讪几句，便冒昧地说，"我还从没听说过'欧核中心'。"

"这没什么可大惊小怪的。"科勒打断了兰登的话，口气听上去很生硬，"大多数美国人并不把欧洲看作是世界科学研究方面的引领者，他们只把我们看作是一个雅致的购物区——你们一想到这些民族里竟出现了像爱因斯坦、伽利略和牛顿之类的人物，就觉得不可思议。"

兰登不知如何作答。他从衣袋里拿出那份传真问道："照片上的这个人，你能不能……"

科勒挥了挥手打断了他的话。"请不要在这谈，我这就把你带去看那个人。"他伸出了手又说道："也许这个东西给我更好。"

兰登把传真递给了科勒，只管默默地跟着走。

科勒向左来了个急转弯，拐进了一个宽敞的门厅里，大厅里挂着许多荣誉证书。门口最醒目的是一块特大的牌匾。兰登放慢了脚步仔细看了看刻在铜匾上的字：

电子艺术奖

奖给数码时代文化上的创新者

万维网的发明者

提姆·伯纳兹·李与"欧核中心"

哎，我真是孤陋寡闻。兰登读着铜匾上的话，心想。*这家伙的确没有撒谎*。兰登一直以为万维网是美国人的发明，而他在网络方面的知识还仅限于自己著作的网址和

偶尔在自己那台破旧的苹果机上对卢浮宫进行在线考察。

“网络，”科勒又咳了一下，擦了擦嘴说道，“始于这里的室内联网计算机，它使不同部门的科学家们相互之间可以共享每日的研究成果。当然了，全世界都以为网络是美国技术。”

兰登紧跟着科勒沿着走道一边走一边说：“那为什么不纠正这一说法呢？”

科勒耸了耸肩，显然对这一问题不感兴趣。“这是关于微不足道的技术的一个微不足道的误解。‘欧核中心’比一个计算机的全球联网要了不起得多，我们的科学家几乎每天都在创造奇迹。”

兰登一脸不解地看了科勒一眼。“奇迹？”在哈佛大学费尔柴尔德科学楼的周围可找不到“奇迹”这个词。“奇迹”是神学院的事儿。

“你好像不大相信。”科勒说道，“我想你是个宗教符号学家，难道你不相信奇迹吗？”

“我对奇迹一说还持怀疑态度。”兰登说。*特别是那些在科学实验室里诞生的奇迹。*

“也许说奇迹是用词不当，我只不过是想说你的话而已。”

“我的话？”兰登顿时感到很不自在，“不怕让你失望，先生。我是研究宗教符号学的——我是个学者，不是神父。”

科勒突然放慢了速度，转过身来，目光柔和了一点。“当然了，你看我多蠢。一个人并不需要患上癌症才能分析癌症症状。”

兰登还从没听人这么打过比方。

他们沿着走道走着，科勒认可地点了点头道：“我想你我之间会开诚布公的，兰登先生。”

不知为什么，兰登对这点心存怀疑。

二人匆匆地向前走着，兰登感到头顶上传来一阵低沉的隆隆声。声音回荡在四壁之中，他们越往前走，这声音就越是清晰，像是从他们前面走道的尽头传过来的。

“这是什么声音？”兰登失声问道。他感到他们像是在走近一座活火山。

“自由落管。”科勒答道，他那空洞的声音在空气中的穿透力很强。别的他就什么也不说了。

兰登也就不问。他已疲倦至极，而马克西米利安·科勒似乎也没兴趣跟他客套。兰登提醒着自己是因何才来这里的。*光照派*。他猜想在这个庞大的研究中心里有一具尸体……一具他从迢迢三千英里之外专程飞过来看的打着标记的尸体。

他们临近走道的尽头了，那隆隆声简直震耳欲聋，兰登感到鞋底都在颤动。绕过前面的拐角，右边可看到一个观景门廊，四扇厚厚的玻璃门固定在曲面墙上，像是潜水艇的窗子。兰登停下脚步从一扇门向外看去。

罗伯特·兰登教授一生中见过一些稀奇古怪的事情，但眼前看到的才是最最奇怪的。他把眼睛眨了又眨，怀疑自己是不是产生了幻觉。眼前是个圆形的屋子，他瞪大眼睛看着。屋内竟然是人，漂浮着，像失重了似的。一共三个人，其中一个挥了挥手，在半空中翻了一个筋斗。

室内跳伞

天啊！兰登心想。我这是到了奥茨国了。①

屋内的地板是网状格栅，像一张巨大的铁丝网，下面是一个巨大的推进器的金属外壳。

“自由落管，”科勒停下来边等他边说道，“就是室内跳伞，是为了解除压力。这是个垂直风洞②。”

兰登目瞪口呆地看着。其中一个自由落下来的超肥胖的女人，正朝窗子这边做着花样。她被气流吹得来回摇晃，但还是咧着嘴笑着，并飞快地向兰登作了一个翘拇指的手势。兰登无力地笑了笑，也回了一个同样的手势，心想，她是否知道这个手势可是一个古老的表示男性生殖能力的男性生殖器崇拜的符号。

那个大块头的女人，兰登注意到，是唯一戴着一个看上去像个小型降落伞的东西的人。她身上裹着的编织物鼓鼓的，使她看上去像个玩具一样。“她那个小降落伞是干什么用的？”兰登问科勒。“这东西直径可能连一码都超不过。”

“摩擦，”科勒说，“可以降低她的空气阻力，使那个扇子能够把她提起来。”他驱动电动轮椅沿着走廊继续往前走着。“一平方码的空气阻力可以使一个身体降落的速度减缓百分之二十。”

兰登木然地点了点头。

他万万没想到，那天晚上晚些时候，在千里之外的一个国家，这条信息竟救了他一命。

8

当科勒和兰登从“欧核中心”主综合楼的后面出来，走进瑞士那严酷的日照下的时

---

① 奥茨国(Oz)，是美国著名儿童文学作品《绿野仙踪》(*The Wizard of OZ*)中一个虚拟的地方。

② 风洞是飞机等检查风压的气室。

候，兰登感觉自己像是被送回了家。眼前的景色看起来就像是常春藤名校①的校园。

一片芳草萋萋的斜坡突降为一片开阔的四边形低地，一簇簇糖槭点缀其间，周围是红砖公寓，阡陌小径使之相连。抱着一摞摞书的颇有学者气质的人匆匆忙忙地出入于各楼之间。像是有意突出这里的学府气氛似的，两个长发嬉皮士正一来一往地抛掷着飞碟，同时还欣赏着从公寓楼里放出来的马勒②的第四交响曲。

"这是我们的宿舍楼。"科勒沿着小径一边朝楼群加速驱动他的电动轮椅，一边解释道，"我们这里有三千多名物理学家。'欧核中心'一家就雇用了世界上一半以上的地球上最聪明的头脑——粒子物理学家——有德国的，有日本的，有意大利的，还有荷兰佬，你们是这么叫的。我们这里的物理学家代表了世界各地的五百多所大学和六十多个民族。"

兰登听了，感到惊讶。"那么他们是怎么沟通的呢？"

"当然是用英语了。这是科学领域的通用语言。"

兰登总是听人说数学是科学领域的通用语言，但他也懒得和科勒理论。他顺从地跟着科勒沿着小径往前走着。

快要来到那片低地时，一个小伙子慢跑着打他们身边经过，身上穿的T恤衫印着这样几个字：无普统论，则无荣誉。

兰登在身后看了看那人，有些不解地问："普统论？"

"就是普遍统一论。"科勒嘲笑道，"这是关于世界万事万物的理论。"

"我明白了。"兰登说，其实他一点儿也不明白。

"你熟悉粒子物理学吗，兰登先生？"

兰登耸了耸肩道："我熟悉普通物理学——自由落体，诸如此类的东西。"他多年的跳水经历使他对重力加速度理论怀着深深的敬意。"粒子物理学就是研究关于原子的理论，对吗？"

科勒摇了摇头道："原子与我们这里研究的东西比起来大得就像个行星。我们的兴趣是研究原子的核——仅是整体的千分之十大小。"他又咳嗽起来，像是病了。"'欧核中心'的男女学者就是要在这里找出有史以来人类一直在探究的问题的答案。我们来自何处？我们由何物构成？"

"这样的答案会在物理实验室里产生？"

"看来你有些吃惊。"

"我是有些吃惊。这些问题似乎是精神层面的问题。"

"兰登先生，所有问题都曾经是精神层面的。自鸿蒙之初，精神与宗教就被用来填补科学所弄不懂的条条鸿沟。日升日落曾一度被归功于太阳神赫利俄斯和一辆带着火的双轮战车。地震和潮汐则归因于海神波塞冬的愤怒。现如今，科学已经证明这些

---

① 常春藤名校，原文为Ivy League，指的是美国东部八所历史最悠久的名牌大学，因校舍墙上常春藤盘蔓而得名。

② 马勒(Gastav Mahler，1860—1911)，奥地利作曲家，乐队指挥。

神都是假神。用不了多久，所有的神都将被证明是假神。目前科学几乎已经为人类提出的每个问题都提供了答案，只剩下几个问题，而这些问题都深奥难解。我们来自何处？我们来此做甚？生命和宇宙的意义何在？”

赫利俄斯

波塞冬

兰登感到惊讶。“那么这些就是‘欧核中心’意欲回答的问题？”

“纠正一下。这些就是我们正在回答的问题。”

二人七扭八弯地穿行在四边形的居住区内，兰登陷入了沉默。他们正走着，一个飞碟从他们头顶上滑行而过，正好落在他们的前面。科勒毫不理睬，径直往前驱动着电动轮椅。

一个喊声从四边形的对面传了过来。“劳驾！”

兰登循声望去。一个身着宽松长领无袖运动衫，衣服上印着“巴黎学院”的须发斑白的长者正向他招手。兰登俯身拾起飞碟很专业地掷了回去，那老人伸手接住，放在一个手指上，弹了几下，然后一扬手扔给了同伴。“谢谢！”他用法语向兰登喊道。

“祝贺你。”科勒等兰登好不容易赶上来时说道，“你刚才是在和一个诺贝尔奖获得者玩飞碟，他叫乔治·夏帕克[①]，是多斯正比室的发明者。”

兰登点了点头。*我的幸运日。*

兰登和科勒又用了三分钟的时间才到达目的地——一幢坐落在大齿杨树丛中的维护得很好的庞大宿舍楼。同其他宿舍楼相比，这幢楼的结构显得有些奢华，前面的石碑上刻着几个字：C楼。

---

① 乔治·夏帕克，1992年物理学诺贝尔奖得主。

想象力丰富的楼名，兰登心想。

名字虽然枯燥乏味，C楼的建筑风格却引起了兰登的注意——保守而稳重。楼的正面由红砖砌成，有装饰华丽的栏杆，四周是修剪整齐、相互对称的篱笆。二人顺着一条向上倾斜的石径向入口走时，经过一个由一对大理石柱子构成的大门，有人在其中的一根柱子上贴了一个标签。

这根柱子是爱奥尼亚柱式的

物理学家信手涂鸦？兰登仔细端详着，看了看柱子，对着自己又笑了笑。“看到即使绝顶聪明的物理学家都出错，我感到放松多了。”

科勒看着他道：“你是什么意思？”

“是谁写的且不去管，反正这个标签写错了。爱奥尼亚柱式的柱子宽度都是相同的，而那个柱子是锥形的，是多利斯式的——是希腊的对应物。这是个常识性的错误。”

科勒并没有笑。“兰登先生，写这个标签的人是把它当作一个玩笑写的。ionic是‘包含着离子’①的意思——带电离子，大多数物体都含有带电离子。”

兰登回头看了看那根柱子，无奈地叹了口气。

兰登乘电梯登上了C楼的顶层，仍然感到自己有些愚蠢。他跟着科勒沿着一条陈设齐全的走廊走着，走廊里的装潢也是他意想不到的——传统的法国殖民风格——樱桃木的长沙发椅，落地瓷花瓶，还有带涡卷形装饰的木制家具。

“我们想让我们这些享有终身职位的科学家过得舒坦。”科勒说。

这显而易见。兰登心想。“那么说，传真上的那个人就生活在这里了？是这里的一位高级职员？”

“一点儿不错。”科勒说，“今天早晨他本应来见我，结果没来，呼他他也没回。我过来找他，却发现他死在自己的卧室里。”

兰登意识到自己就要见到一具死尸，不由得打了个激灵。他的胃可不是很争气。这个缺点他是在大学学艺术的时候发现的，当时，老师在跟他们讲列奥纳多·达·芬奇是通过从坟墓中掘死尸来解剖其肌肉组织而获取关于人类形体的专业知识的。

科勒在前面领着路，一直到了走廊的尽头。只有一扇门。“藏春阁，你们美国人是这么叫的。”②科勒轻轻地擦拭着额头上的汗珠，说道。

---

① “爱奥尼亚柱式的”，英文是ionic，“离子”英文是ion，ionic里面包含着ion，兰登初来乍到，有点儿中国古典小说《红楼梦》中刘姥姥进大观园的感觉，不懂这里的专业知识，所以看不出其中的文字游戏，弄得个贻笑大方。

② 藏春阁，美国有一种成人杂志叫《藏春阁》，英文是Penthouse。penthouse本来指的是屋顶单间或豪华的顶层公寓，兰登和科勒要进的房间正是这个类型。兰登是美国人，所以科勒才这样开他的玩笑。

兰登看了看眼前那扇孤零零的橡木门，名牌上写的是：

列奥纳多·维特勒

“列奥纳多·维特勒，”科勒说，“下周就五十八岁了，他是我们这个时代最出色的科学家之一，他的死对科学界来说是个重大损失。”

兰登认为自己在刹那间感觉到科勒那冷漠的脸上闪过一丝情感。但这一丝情感来得迅速，去得也突然。科勒把手伸进口袋，在一大串钥匙中分辨着开门的钥匙。

兰登的脑海中突然闪过一个奇怪的想法。这幢楼好像空无一人。“人都到哪儿去了？”他问道。即将要进入的是一个谋杀现场，兰登没想到这里竟如此静谧。

“住在这里的人都到各自的实验室去了。”科勒答道，他终于找到了钥匙。

“我指的是警方。”兰登纠正道，“他们已经走了？”

科勒的手停住了，钥匙刚插进锁孔的一半。“警方？”

兰登正视着这位主任。“是警方。你发给我一份有关谋杀的传真，你肯定早就报了警。”

“我最肯定的就是没有报警。”

“什么？”

科勒的灰色眼眸顿时现出严厉之色。“情况很复杂，兰登先生。”

兰登感到一阵忧虑。“但……肯定还有人知道了此事。”

“有。列奥纳多的养女就知道这事儿。她也是‘欧核中心’的物理学家。她和她的父亲共用一个实验室，父女二人是搭档。维特勒女士这周外出考察去了。我已经把她父亲的死讯通知了她。我们说话这会儿她已经在回来的路上了。”

“但是这里有人被谋——”

“一个正式的调查，”科勒语气坚定地说，“就要开始。然而，这个调查肯定会把维特勒的实验室也牵扯进去，这是他和他的女儿保持高度机密的空间。因此，一定要等维特勒女士先回来。我想我对她的这点儿尊重至少还是应该有的。”

科勒转动了钥匙。

门打开时，一股冰冷的空气发着嘶嘶声卷成一团直扑兰登的面孔，兰登惊慌失措地向后退去。他隔着门槛仔细打量这不可思议的一切。白色的浓雾浸淫着眼前的这个房间。浓雾打着旋在家具周围形成气涡，使房间淹没在密不透光的烟霾之中。

“这是什么……”兰登结结巴巴地说。

“这是氟利昂制冷系统。”科勒答道，“我把房间变冷，以便保存尸体。”

冷气袭人，兰登系上了粗呢上衣的扣子。*我真是到了奥茨国了，他想，而且我还忘了我的魔鞋。*

9

横在地上的尸体其惨状令人惊骇。死者列奥纳多·维特勒背贴地躺着，一丝不挂。他的皮肤灰中泛着微蓝，折断的颈椎骨向上凸出，头被完全扭转过来，耷拉着，脸紧贴着地面，已看不分明。这个男人躺在自己留下的一摊已结成薄冰的尿液里，他那萎缩的阴茎周围的阴毛也结成了冰霜，呈蜘蛛网状。

兰登差点儿吐出来，但他还是拼命忍住了。他把目光转向死者的胸部，上面被烙铁印上一个清晰完美的符号，灼伤的皮肤呈现出凸起的花纹。来之前，死者的照片已经传真给他。尽管他多次看了死者灼伤处的对称符号，但眼前的场景显然更为逼真。

兰登猛然觉得一股透心凉，他不知道是因为房间里太冷，还是被眼前“光照派”的符号彻底震住了。

他围着尸体转着圈，心怦怦直跳。他将这个词倒过来读，再次对这个对称的天才之作进行确认。此刻他凝视着这个符号，越看越觉得不可思议。

“兰登先生。”

兰登没听到有人叫他。他正沉浸在另一个世界里……他的世界，他的研究领域。在那个世界里，历史、神话与现实相互碰撞，充斥着他的大脑。他开始有了点儿头绪。

“兰登先生？”科勒盯着他，满眼期待。

然而兰登没有抬头。他神情专注，盯着地上的尸体说：“你已经了解了多少？”

“只有从你的网站上读到的那些，知道‘illuminati（光照派）’这个词是‘开明之士’的意思。它是某个古老的兄弟会的名字。”

兰登点了点头。“你以前听说过这个名字吗？”

“没有，直到我在维特勒身上见到它。”

“所以你就上网去搜索了？”

“是的。”

“毫无疑问，有好几百条相关信息跳出来吧！”

“有几千条，”科勒回答道，“不过你的信息提供了哈佛大学、牛津大学以及某个著名出版商在这方面的资料，还有一份相关出版物的清单。作为科学家，我深知信息本身与其来源一样重要。看来你名不虚传。”

兰登专注的眼神仍然停留在死者的身上。

科勒没再多说什么，他只是注视着眼前的一切。显然，他在等待兰登对眼前所发生的一切做出合理的解释。

兰登抬起头，扫视了一下这冰冷的房间。“要不要找个更暖和点儿的地方讨论这个问题？”

“这个房间挺不错，”科勒似乎并不觉得寒冷，“就在这里谈吧！”

兰登皱起眉头。光照派的历史绝不是几句话就能讲清楚的。要想在这里解释清楚，那我岂不要冻死？他重新看了看死者身上的符号，不禁又心生一种敬畏感。

尽管现代符号学对光照派的标志物描述得神乎其神，但学术界人士至今无人亲眼见过它。古代文献将这个标志物描绘成一个对称体，对称意味着该词既可以顺读也可以倒读。对称符号在符号学里十分常见，如古印度的吉祥标志，中国的阴阳图，犹太人的六角星①，常见的十字架等，但要将一个词排成对称形则似乎完全不可能。现代符号学家曾试图将 illuminati（光照派）这个词排成对称体，但都没有成功。目前，大多数学者认为这个符号是否存在还仍然是个谜。

“那么 illuminati 到底指谁？”科勒好奇地问。

是啊，兰登心想，到底指谁呢？他开始了叙述。

“有史以来，”兰登解释说，“科学与宗教就一直存在很大分歧，彼此积怨颇深。直言不讳的科学家们，如哥白尼——”

“就被处死了，”科勒插嘴道，“他是被教廷害死的，因为他揭示了科学的真理。而宗教总是迫害科学。”

“你说得对。但在十六世纪，罗马有一群人开始起来反抗教廷的迫害。当时，意大利一些有识之士——如物理学家、数学家、天文学家等，开始秘密聚会，对教会散布的某些错误教条感到担

从上到下：
古印度的吉祥标志（大约公元前 2500 年）
中国的阴阳图（公元三世纪）
大卫之星（公元十四世纪）
十字架（公元四世纪）

① 六角星（Jewish stars）是犹太人的象征图形，最初出现在十二世纪的犹太文献中。由于十字军东征的关系，在西班牙（被摩尔人统治）的犹太人最初接触到这个符号，并且将它运用到拉比（宗教导师）们提倡的神秘主义中，作为男性和女性能量的象征。后来，犹太人视六角星为“神”（上帝）和自己的女性的一面完全结合的神圣标志。在十七世纪，六角星成为犹太人的统一标志。

尼古拉斯·哥白尼

忧。他们担心教会对'真理'的垄断会危及启蒙思想在世界范围内的传播。他们组建了世界上首个科学家智囊团,自称为'开明之士'。"

"你是说光照派吧?"

"是的,"兰登接着说,"他们都是当时欧洲最博学的人,毕生致力于寻求科学的真理。"

科勒沉默了。

"当然了,光照派的成员遭到了教会的疯狂追捕。那些科学家只有隐藏身份才能保全自己。消息在学术界秘密传开,光照派兄弟会很快发展成一个包括欧洲各国科学家在内的组织。他们定期在罗马某个秘密场所——他们称之为'光照派教堂'的地方会面。"

科勒咳嗽了一下,在椅子上换了个姿势。

"许多光照派成员都想通过暴力与专制的教会抗争,但他们中间有个威望很高的人,说服了大家放弃武力。他是个和平主义者,也是世界上最著名的科学家之一。"

兰登相信,科勒肯定知道这位科学家的名字。即便是学术圈外的普通人,也熟悉这位不幸的天文学家的名字,他由于宣称太阳系的中心是太阳不是地球而被教会逮捕,甚至差点儿被处决。尽管他的理论毋庸置疑,但它却意味着上帝将人类放在了其他什么地方,而不是宇宙的中心,所以他才遭到教会的严厉惩罚。

"他就是伽利略。"兰登说。

科勒抬起头,说:"伽利略?"

"是的。伽利略是光照派成员,也是位虔诚的天主教徒。他宣

伽利略·伽利雷

称科学不但不会使人怀疑上帝的存在，反而会使人更加确信它的存在，试图以此使教会减少对科学的控制。他曾写道，他在通过望远镜观察旋转的行星时，能在天体音乐中听到上帝的声音。他认为科学与宗教不是敌人，而是盟友。它们只是用不同的语言讲述同一个故事，一个关于对称与平衡、天堂与地狱、黑夜与白天、热与冷、上帝与魔鬼的故事。科学和宗教和谐共处于上帝创造的对称体中……共存在光明与黑暗无止境的斗争中。”兰登停了下来，跺了跺脚，好使身体更加暖和些。

科勒坐在轮椅里，注视着兰登。

“然而很不幸，教会并不希望看到科学与宗教的结合。”

“他们当然不会，”科勒突然打断他的话说，“因为教会宣称它是人们了解上帝的唯一途径，而科学与宗教的结合将会动摇教会的地位，所以他们判伽利略为异端，判他有罪，并将他一直软禁。兰登先生，我非常熟悉科学史，但这些已经是好几个世纪前的事了，它与列奥纳多·维特勒有什么关系？”

问得好。兰登接下去说：“伽利略的被捕导致光照派内部发生了剧变。他们行动中出现纰漏，四名光照派成员暴露了身份，教会逮捕并审讯了他们。但这四位科学家即使遭受了酷刑的折磨，也没有供认什么。”

“酷刑的折磨？”

兰登点了点头。“他们都受了活罪，胸部被烙上了十字架。”

科勒睁大双眼，不安地瞥了一眼维特勒的尸体。

“随后那几名科学家被残忍地杀害，他们的尸首被扔在罗马的大街上，以警示那些试图加入光照派的人。由于教会步步紧逼，剩余的光照派成员纷纷逃离了意大利。”

兰登停下来，想要说服他。他正视着科勒的眼睛，说：“光照派转入了地下，并逐渐与一些流亡团体联合起来，如神秘主义者、炼金术士、神秘学者、穆斯林、犹太人等，他们也是教会镇压的对象。经过长期不断地吸收新的成员，一个新的光照派出现了，它更加隐蔽，反对基督教也更加彻底。光照派日益壮大，他们采用神秘仪式，行动高度保密，发誓有朝一日要东山再起报复天主教会。他们的不断壮大引起了教会的不安，他们被视为世界上头号反基督教的组织，罗马教廷宣布兄弟会为‘塞旦’。”

“塞旦？”

“‘塞旦’是伊斯兰语，意为‘敌人’——上帝的敌人。教会选择伊斯兰语来称呼光照派是因为在教会看来，伊斯兰语是肮脏的语言。”兰登犹豫了好一会儿，才说：“可是英语单词 *Satan*（撒旦）就是源自 *Shaitan*（塞旦）。”

几许不安掠过了科勒的脸。

兰登的声音变得低沉起来。“科勒先生，我不知道这符号是怎么烙在这个人的胸部的，也不知道为什么会出现在他身上。但是你现在看到的，是世界上最古老也是最强大的邪恶组织的标志，它已经很久没出现了。”

10

这条小巷狭窄而冷清。黑煞星大步流星，脚下生风，黑色的眼睛里充满期待。快到目的地时，他想起临别时杰纳斯说的话。第二步行动马上就要开始，稍事休息。

黑煞星得意地笑了笑。他已经整整一夜没合眼了，但他此刻最不想做的事情就是睡觉，只有体力弱的人才会这样。他是勇士，一如他的先辈，一旦打起仗来，他们就根本不会睡觉。这场战斗显然已经开始，而他很荣幸能打头阵。在重新投入下一个任务前，他还可以花两个小时好好庆祝自己首战告捷。

睡觉？还有比这美妙得多的放松方式呀……

他那种对享乐的渴望也承袭自他的先辈。他的先辈们喜欢大麻，但他不好这个。他一直为自己强健的体魄而感到自豪，他就像一台运转良好的杀人机器。尽管身上有祖上的遗传，但他绝不沾大麻，因为他找到一个比毒品更有益更健康的放松方式，而且更能让他飘飘欲仙。

他的体内有一种熟悉的欲望在涌动。黑煞星加快步伐，沿着小巷往前走去。他走到一扇没有门牌号的门前，按下门铃。门开了一点点，门缝里露出两只棕色的眼睛，上下打量着他。然后，门全开了。

"欢迎光临！"一位穿着考究的女人将他引进门，走向一间灯光灰暗，但装饰华丽的客厅。空气中弥漫着昂贵的香水和麝香味。"我们在此随时恭候，"那女人递给他一本相册，"选中了就按铃知会一声。"说完便走开了。

黑煞星微微笑了笑。

他坐在长毛绒沙发里，将相册放在大腿上，感觉自己的身体有点儿蠢蠢欲动。虽然他们那里的人不兴过圣诞节，但此时他觉得自己好像一个信基督教的孩子坐在一大堆圣诞礼物前，正等着打开礼物盒，看看里面有什么惊喜。他翻开相册，仔细看着照片，不禁回味起以前有过的性幻想。

玛丽莎，一位意大利女神，热情似火，就像年轻的索菲亚·罗兰。

幸子，一名日本歌妓，身体柔软，肯定技术娴熟。

卡纳拉，迷死人的黑美妞，肌肉发达，充满了异国风情。

他把相册从头到尾翻了两遍，选中一个，按了按旁边桌子上的按钮。一分钟后，那位刚才迎他进门的女人走了过来。他指了指选中的那幅照片，她微笑着说："请跟我来。"

交完钱，那女人拨了下电话，但什么也没有说。几分钟后，她带着黑煞星沿环形大理石楼梯来到一条华丽的走廊。"你就从这走廊尽头的那扇金色的门进去，"她说，"你的品位不错嘛！"

当然了，我可是个行家呢，他想。

黑煞星沿着走廊轻轻地往前走，就像黑豹期待渴望已久的美餐。他走到门口，得意地笑了笑。门微掩着，仿佛在欢迎他进去。他推了一下，门轻轻地开了。

当看到自己挑选的女人时，他觉得自己选得不错。她已经按照他的要求，一丝不挂地躺在床上，双手被人用天鹅绒带子绑在床柱上。

他走到床边，用手指划过她白皙的腹部。昨晚我杀了人，我要用你来犒劳犒劳自己。

11

"邪恶？"科勒擦了擦嘴，不自在地挪了挪身子，"这是邪教组织的象征符号？"

兰登在冰冷的房间里来回走动，以使自己暖和一些。"光照派以前是邪恶的，但不是现代意义上的邪恶。"

兰登紧接着解释人们为何会将光照派的成员看作是邪恶的魔鬼，其实历史上的光照派成员都接受过良好的教育，他们是教会的死敌，也就是教会所说的"塞旦"。那些关于他们用动物祭祀品和五角星形①施行邪法巫术的传闻，只不过是教会为中伤他们而编造的谎言。随着时间的推移，后来的某些反教会组织试图模仿光照派的做法，他们不明真相，真的举行了那些仪式。现代的恶魔主义就这样出现了。

科勒有点儿不耐烦地打断了他的话。"这都是陈芝麻烂谷子的事了，我想知道这个符号怎么会出现在这里？"

兰登深吸了一口气接着说："这个符号原是光照派的一个神圣标志，十六世纪时，一位不知名的光照派艺术家将它做成对称形，作为礼物送给喜爱对称物的伽利略。光照派兄弟会将这个符号藏了起来，声称待其现身之日，也就是兄弟会积蓄了足够能量，东山再起实现他们的终极目标之时。"

科勒显得有些不安。"这么说维特勒胸前的符号就意味着光照派兄弟会已开始重现江湖了？"

兰登皱着眉头说："那不可能，光照派的历史我还有一章没讲完呢。"

科勒急切地说："快告诉我！"

兰登搓了搓手，他在脑中梳理了一下以前读过或写过的几百篇与光照派有关的资料。"光照派是幸存者，"他解释道，"当年他们逃离罗马时，曾寻遍欧洲，想找一个安全

---

① 五角星形(pentagram)，是巫术中的一种护身符。这是世界上最早的一个符号，公元前四千年以前开始被人使用。在基督教产生之前，五角星形是一个有关自然崇拜的符号。古人认为世界由两部分组成——一半雄性，一半雌性。这个五角星形代表万物中阴性的那一半。五角星象征维纳斯(爱和美的女神)。但一千年来，五角星形的象征意义被歪曲了。早期的罗马天主教会为清除异教并使大众皈依基督教，掀起了一场污蔑异教神和异教女神的运动，把他们的神圣的象征符号重新解释为邪恶的符号。从此，五角星形成了邪恶的标志，一种异教符号。

的地方重建组织。他们被另一个秘密组织共济会①——一个由巴伐利亚某些富有的石匠艺人组成的兄弟会所收容。”

科勒满脸震惊。“共济会？”

共济会创始仪式（十九世纪）

带有共济会徽标的会员的围裙

兰登点了点头，对科勒的反应他一点儿也不感到意外。共济会会员目前超过五百万，身影遍布世界各地，其中有一半在美国，一百多万在欧洲。

“共济会肯定不是邪恶组织。”科勒怀疑地说。

“绝对不是。共济会是因为自己的仁慈而惹祸上身。他们在十八世纪收容了那些逃难的科学家之后，无形中成了光照派的掩体。光照派在共济会内部不断发展壮大，并逐渐篡夺了共济会的重要权位。他们在共济会内部秘密重建了光照派兄弟会，形成了一个深藏在秘密组织内部的秘密组织。然后，光照派利用共

① 共济会（Freemasons），也称美生会，成立于1717年的伦敦，其起源可溯及中世纪的石匠和教堂建筑工匠的分会，共济会成立后逐渐向欧美各国扩张，成为世界上最大的国际秘密组织。它的主旨是传授执行其互助纲领，后受启蒙主义影响，以“自由、平等、友爱”为理想，成为世界市民主义的友爱组织，认为“世事盈亏，唯赖人类智慧与美德可加以弥补”，因此吸引了当代众多知识分子的加入。莫扎特、海顿、歌德、伏尔泰、加里波的、华盛顿、杰弗逊、富兰克林都是共济会成员。但这个强调守法、慈善和互助的团体，因参与意大利统一战争与法国大革命，遭到当时君权国家政府的镇压，从而成为秘密组织。

济会遍及世界的网络扩大自身的影响。”

兰登吸了一口冷气接着说：“消灭天主教是光照派的主要纲领。他们认为教会散布的迷信教条危害人类，担心如果让教会继续将虚假的神话宣扬为绝对的事实，科学的发展势必受到阻碍，而人类也必将走向愚昧，卷入毫无意义的圣战中。”

“就像我们今天所看到的一样。”

兰登皱着眉头，科勒说对了。圣战仍是各家报纸的头条新闻。我的上帝比你的上帝好。真正的信徒与一些高端人物似乎总有着密切的联系。

“说下去。”科勒说。

兰登想了想接着说：“随着光照派的势力在欧洲的日益强大，他们开始把目光投向美国这个年轻的国家。美国政府的许多领袖人物，如乔治·华盛顿、本杰明·富兰克林等，都是共济会的成员。他们虔诚地信仰基督教，不知道光照派已经牢牢控制了共济会。光照派利用对共济会的渗透，建立起银行、大学和企业，为实现最终目标筹集资金。”兰登停了一会儿接着说，“他们的最终目标是统一全世界——建立起一种世界新秩序。”

乔治·华盛顿

本杰明·富兰克林

科勒聚精会神地听着。

“一种世界新秩序，”兰登重复道，“一种建立在科学启蒙基础之上的世界新秩序。他们称之为‘路西弗主义’。教会认为路西弗①是指恶魔，但光照派却坚持认为在拉丁语中，路西弗是指光明的使者或启蒙者。”

---

① 路西弗(Lucifer)，意为明亮之星，早晨之子，是早期基督教著作中对堕落以前的撒旦的称呼。

科勒叹了口气，他的语气突然变得严肃起来。“兰登先生，坐下来谈吧。”

兰登迟疑地在一张覆盖着薄霜的椅子上坐了下来。

科勒移动轮椅，向兰登靠了过来。他说：“你刚才说的话我不敢说全听懂了，可是我想告诉你，列奥纳多·维特勒是我们‘欧核中心’最有才华的科学家之一，也是我的朋友，我需要你帮忙找出光照派。”

兰登不知如何回答。“找出光照派？”他在开玩笑吧！“先生，这恐怕绝不可能！”

科勒皱起眉头说：“什么意思？你不会……”

“科勒先生，”兰登身子倾向科勒，不知如何才能让他理解他接下来要说的话，“故事还没讲完呢。尽管表面上证据确凿，但这个符号绝不可能是光照派的人留下来的。半个多世纪以来，没人能够证明光照派是否存在。大多数学者认为很多年前光照派就已经消失了。”

科勒听完兰登的话，一言不发，双眼凝视白雾，神情茫然，又仿佛在生气。“你凭什么说这个组织已不存在了？他们的大名分明就烙在维特勒的尸体上！”

整个上午，兰登也在不停地问自己这个问题。光照派对称字的出现的确令人震惊。世界上的符号学家对此也会困惑不解。然而，凭借兰登的学识，他明白这个标记的再现绝对能证明光照派还存在。

“符号的出现，”兰登说，“根本不能证明其原始创造者的出现。”

“那这个标记的出现意味着什么？”

“这意味着当某些类似光照派的组织消失后，它们的标记符号还会遗留下来，被一些其他组织采用。这在符号学上被称为‘转移’，这种现象很普遍。如纳粹的标志来自印度，基督教的十字架源自埃及，还有……”

古埃及的十字架

十字和安克架（科普特时期，公元六世纪）

“今天早上，”科勒质疑道，“当我在电脑上输入‘光照派’这个词时，发现有几千条最新的相关信息。很显然，很多人相信这个组织还在活动。”

“都是些喜欢无事生非的家伙。”兰登回答道。对于当今流行文化圈中的各种阴谋理论，他一直很反感。媒体热衷于登载一些预示未来灾难的报道。那些自称“邪教专家”的人还在不断编造一些故事来大肆宣扬千禧年即是世界末日，以此牟利。有些人捏造说光照派还存在于世，并且发展势头良好，他们正在建立他们的世界新秩序。最近，《纽约时报》还刊登许多名人与共济会有离奇关系的报道，如亚瑟·柯南·道尔爵士、肯特公爵、彼特·塞勒斯、欧文·柏林、菲利普王子、路易斯·阿姆斯特朗以及许多现代企业家和银行巨头等。

科勒指着维特勒的尸体，生气地说：“从这些证据来看，我想那些编故事的人说的倒可能是真的。”

“我意识到了光照派的标记是怎么出现的，”兰登尽可能委婉地说，“目前最有可能的解释就是，某个组织掌控了光照派的标记，并利用这个标记来达到自己的目的。”

“什么目的？这桩谋杀案又能证明什么？”科勒问道。

问得好，兰登想。他也很难想象，历经四百年，人们还能在什么地方找到光照派的标记。“我能告诉你的是，即便光照派现在还在活动，实际上我敢肯定它不可能仍然存在，他们与列奥纳多·维特勒的死也毫无干系。”

“毫无干系？”

“是的，毫无干系。光照派可能抱着要消灭基督教的信念，但他们会通过政治、经济手段来施加影响，而不是通过恐怖活动。再者，光照派在确定谁是敌人时有严格的道德标准。他们最敬重从事科学研究的人士。他们不可能谋杀像列奥纳多·维特勒这样的科学界同仁。”

科勒的眼神变得冷峻起来，他说：“或许我忘了告诉你，列奥纳多·维特勒绝不是个普通的科学家。”

兰登尽量平静地说：“科勒先生，我相信列奥纳多·维特勒在很多方面都是出众的，然而事实仍然是——”

科勒什么也没说，他转动轮椅迅速地出了客厅，沿着走廊渐行渐远，扬起一阵漩涡状的雾气。

看在上帝的分上，兰登叹了口气。他跟了上去，科勒已经在走廊尽头的一个小房间的门口等候他了。

“这是列奥纳多·维特勒的书房，”科勒一边说，一边朝一扇活动门移去，“等你参观了这个书房后，也许你就会改变你的看法。”随着一声刺耳的响声，科勒用力一拉，门滑开了。

兰登仔细查看了一下书房，顿时觉得毛骨悚然。我的老天爷！他自言自语道。

12

在另一个国家，一名年轻的卫兵正耐心地坐在一大排电视监视屏前。他看着各种图像在眼前闪过，这些图像是监视这个庞大的建筑群的几百个无线摄像头传来的。一幅幅图像不间断地从屏幕上掠过。

一条装饰华丽的走廊。

一间私人办公室。

一间经济型的厨房。

图像从这名卫兵眼前闪过，他尽量不让自己走神。快换班了，但他仍然保持高度警惕。忠于职守光荣，总有一天他会得到嘉奖的。

他又在胡思乱想了，这时有幅画面显示警告。他不禁抽搐了一下，他的这种反应让他自己都感到吃惊，他急忙伸手按下控制台上的一个按钮，画面立刻被锁定了。

他神经紧张，身体前倾凑近显示屏试图看得更清楚些，监视器上的数据显示这幅画面来自第 86 号摄像头——一个本该安装在高处俯瞰着一条走廊的摄像头。

但他眼前的这张画面显示的肯定不是一条走廊。

13

阿尔伯特·爱因斯坦

兰登吃惊地看着眼前的书房。“这是什么地方？”他踏进房门，迎面吹来一阵宜人的暖风，但他还是禁不住打了一阵冷战。

科勒沉默不语，紧跟着兰登进了房间。

兰登扫视了一下房间，压根儿不知道里面竟然会是这个样子。房间里存放着一些稀奇古怪的装饰品，都是他未曾见过的。在对面不远处的墙上，一个巨大的木制十字架挂在显要位置。兰登看得出这是 14 世纪的西班牙货。在十字架上方的天花板上，悬挂着一件绕轨道运行的金属天体模型。十字架的左边是一幅圣母马利亚油画像。油画边上挂着一张折叠的化学元素周期表。在房间的侧墙上，还挂着两个黄铜十字架，中间贴着一张阿尔伯特·爱因斯坦的画报，上面写着他的名言：上帝不掷骰子。

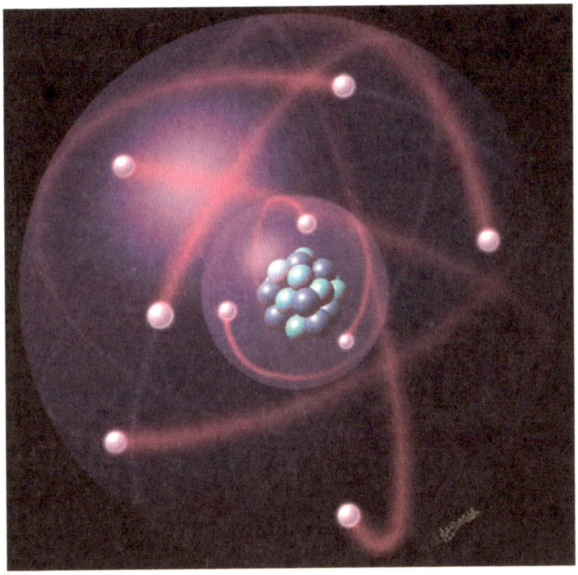

玻尔的原子结构模型

兰登一边往里走，一边惊奇地看着房间里的摆设。在维特勒的书桌上，摆放着一个玻尔原子结构塑料模型和一尊米开朗基罗的雕塑《摩西》的小型复制品，边上还有一本皮革封面的《圣经》。

简直就是个折衷主义者，兰登心想。房间里很暖和，但里面的装饰又让他禁不住打了一个冷战。他像是看到两位哲学巨人的思想在这里碰撞……两种对立的力量界限模糊，难以区分。他看了一眼书架上的书：

《上帝的粒子》

《物理学道》

《上帝：证物》

在一块书立上，刻着一句箴言：

真正的科学发现上帝等候在每扇门后。

——教皇庇护十二世

“列奥纳多是个天主教神父。”科勒说道。

兰登转过身说：“神父？我记得你说他是个物理学家。”

“他都是。历史上信教的科学家并不少见，列奥纳多就是其中之一。在他看来，物理学就是研究‘上帝的自然法则’，我们身边所有的自然规律中都可见到上帝的手笔。他希望通过科学，向那些怀疑上帝的人们证明上帝依然存在。他认为自己是个神学物理学家。”

神学物理学家？兰登想，这叫法听起来矛盾得不可思议。

“在粒子物理学领域，”科勒说，“最近有一些令人震惊的新发现。这些新发现涉及人的精神世界，其中大部分是列奥纳多的研究成果。”

兰登盯着眼前这位“欧核中心”主任，心里还在琢磨这个房间的摆设为何如此古怪。“宗教和物理学？”兰登毕生研究宗教史，史书中一个重复出现的主题就是：宗教和科学自古以来就是一对死敌，水火不容。

“维特勒的研究处于粒子物理学前沿。”科勒说道，“他试图将宗教与科学结合起来……证明它们以某些非常出人意料的方式相互补充。他把这个领域称为新物理学。”科勒从书架上取下一本书递给兰登。

兰登仔细看了一下书的封面：《上帝，奇迹和新物理学》，列奥纳多·维特勒著。

“维特勒研究的这个领域很小，”科勒说，“但它在一些老问题上提出了新的见解，如宇宙的起源、将人类联系在一起的力量等。列奥纳多认为他的研究将会让千百万人过上一种更神圣的生活。去年，他证明了确实存在一种能量能将人类结合起来。他实际上表明了我们的身体存在着某种联系……也就是说，你我体内的分子有着某种联系……有一种能量在我们所有人体内运转。”

兰登感到有些不安。*上帝的力量能将我们联系在一起。*“维特勒先生实际上已经找到了一种办法演示粒子间的相互联系吗？”

“最后还有一点要告诉你。在最近一期《美国科学》中，有一篇文章宣称说，新物理学是通往上帝的一条比宗教更可靠的途径。”

这个评论切中要害。兰登不由得想起反宗教组织光照派，他极不情愿地迫使自己暂时做一些大胆的设想。假使光照派真的还在活动，他们会不会为了阻止列奥纳多向人们公开他的宗教理论而将他杀害？兰登很快打消了这个念头。*荒唐！光照派早已成为遥远的历史！所有的学者都知道！*

“维特勒在科学界树敌太多，”科勒继续说道，“许多正统科学家都很鄙视他，即便在我们‘欧核中心’，他也不讨人喜欢。大家觉得运用物理学的分析方法去证明宗教教义是对科学的背叛。”

“但在今天，科学家对教会的态度不是有所缓和吗？”

科勒不无反感地咕哝道：“我们为什么要有所缓和？的确，教会不会再将科学家绑在火刑柱上烧死，但如果你就此认为宗教放松了对科学的控制，那可就大错特错。试问为什么在你的国家有一半的学校被禁止教授进化论？试问为什么美国宗教联盟是世界上影响最大的反对科学进步的游说团？科学与宗教的斗争仍在如火如荼地进行，兰登先生，它只是由战场转到了议会大厅。”

兰登知道科勒说的是实情。就在上个星期，哈佛神学院的人还在生物教学楼前举行示威游行，抗议生物系进行的基因工程研究。为了维护这门课程，生物系主任、著名的鸟类学家理查德·亚伦尼安在他的办公室窗外挂了一面旗帜，上面画着基督教的常用象征物——鱼①，鱼被画上了四只小脚。这是非洲肺鱼进化成陆地动物的明证，亚伦

---

① 鱼是基督教中的常用象征物。《圣经》中有耶稣行神迹时，用五只饼、两条鱼使五千多人吃饱有余的故事。实际上，鱼是耶稣早期传道地区的主要食品，他早期的门徒很多是渔民，耶稣生前和复活后行的神迹也都与食鱼、捕鱼有关。因此，鱼对于基督教来说，成了有特殊意义的动物和食物，它成了基督教艺术的重要表现内容，也就成了教堂里经常可以看见的形象。

尼安如此宣称。在鱼的下面，写的不是“耶稣”，而是“达尔文”！

这时突然响起了一阵刺耳的嘟嘟声，兰登不禁抬头看了看。科勒弯下身从轮椅底部的一排电子器件中掏出一个传呼机看了一眼刚来的信息。

“好极了，是列奥纳多女儿发来的信息。维特勒女士现在已到达楼上直升机停机坪，我们与她在那里会面。我想还是不要让她来这里，以免让她看见她爸这个样子。”

兰登觉得也是，这种打击是任何一个孩子都承受不了的。

“我会请维特勒女士解释一下她与她父亲正在做的研究项目，这或许有助于弄清她父亲的死因。”

“你认为维特勒的死与他的研究有关？”

“极有可能，列奥纳多只告诉我说他做的是一项开创性的研究，就再也没向我透露过什么。他对他的研究非常保密，他有自己的实验室，并要求与其他人隔离开来。由于他工作出色，这些要求我都答应了。最近，他的研究项目耗电量很大，我本想找他谈谈这个问题，但最后还是没找他。”科勒转动轮椅，移向书房门口。“在我们离开这套公寓前，有件事我还得告诉你。”

兰登不知道科勒要说什么。

“维特勒身上有件东西被凶手拿走了。”

“什么东西？”

“跟我来。”

科勒转动他的轮椅，回到雾气弥漫的起居室。兰登紧随其后，不知会出现什么情况。科勒在维特勒尸体前停下来。他招呼兰登过来看看尸体。兰登极不情愿地走近尸体，死者结了冰的尿液散出的气味让他直想呕吐。

“你看他的脸。”科勒说道。

脸？兰登皱起眉头。*我记得刚才你说死者的什么东西被偷走了。*

兰登迟疑了一会儿，蹲下身。他想看看维特勒的脸部，但由于他的头被往后扭了个 180 度，脸压在地毯上，根本看不见。

由于身体不便，科勒费力地弯下身，小心地翻动维特勒冰冻的头。随着咔嚓一声，死者的头被翻了过来，那张脸因极度的痛苦已经变形。科勒用手托住死者的头。

“天哪！”兰登吓得禁不住叫出声来，直往后跳。维特勒的脸上布满了血，一只淡褐色的眼睛死死地斜盯着兰登。另一个眼窝血肉模糊，深陷下去。“他们拿走了他的一只眼珠。”

14

走出 C 楼来到户外，兰登心中不由得为离开了维特勒的公寓而庆幸。刚才看到的被掏空的眼窝那一幕，如此清晰地印在他的脑海里，现在，在太阳光温暖的照射下，似乎开始烟消云散了。

“请这边走。”科勒边说边转向一条陡峭的小路。他的电动轮椅似乎毫不费劲地加速了。“维特勒女士随时都有可能回来。”

兰登三步并作两步，紧紧跟上。

“那么现在，”科勒问道，“你还是不相信光照派与这事有关？”

兰登也有些茫然。维特勒与宗教的联系确实令人头疼，然而兰登无法让自己放弃他研究过的每一条具有学术意义的证据。况且，还有那只眼球……

“我仍然坚信，”兰登斩钉截铁地说道，语气强硬得出乎他自己的意料，“光照派并不是幕后真凶，那只剜走了的眼珠就是证据。”

“什么？”

“光照派，”兰登解释道，“是不会随便毁容的，宗教专家见过没有经验的偏激教派——也就是那些搞恐怖活动的狂热分子所搞的无目的的毁容事件，而光照派做事一向处心积虑。”

“处心积虑？难道像做外科手术似的摘去人眼球还不算是处心积虑？”

“未必，此举不见得另有意图。”

科勒的轮椅“嘎”的一声停在坡顶上，他转过身，“兰登先生，相信我，剜走的那只眼球确实有大用处……一个很大的用处。”

两人刚穿过郁郁葱葱的坡顶，西边便远远传来了螺旋桨转动的“噗噗”声，不一会儿，一架直升机缓缓飞来，像道弧线般掠过他们正对着的一片空旷的峡谷，然后一个斜向转弯，慢慢地降落在草地上的指定停机点。

兰登冷冷地看着飞机降落，他的大脑也如螺旋桨般飞速地旋转起来，思忖着今晚好好睡一觉是否可以帮他理清大脑里的一片混沌。不知怎么，他对此十分怀疑。

滑轮一着地，一个飞行员就跳下来，开始从舱里卸载行李用具。东西可真不少——几只旅行袋，几个湿漉漉的乙烯树脂包，一堆斯库巴潜水呼吸器，还有几个板条箱，里面好像装着高科技潜水用具什么的。

兰登大为不解，但飞机马达轰轰作响，他只好向科勒大声喊道：“这就是维特勒女士的装备？”

科勒点了点头，大声回复道：“她本来正在巴利阿里海进行生物研究。”

“我记得你说她是个物理学家啊！”

“没错，但她是个研究生物与物理交叉领域的物理学家，研究方向是生物体系的连通性，这跟她父亲在粒子物理方面的研究有密切联系。最近她用全自动同步摄像机对一群金枪鱼进行的观察测验，驳倒了爱因斯坦的一项基础理论。”

兰登茫然地看着他身边的演说家，希望在他脸上能找到一丝诙谐调侃的表情，爱因斯坦和金枪鱼？他开始琢磨是不是X-33航天飞机把他误扔到了另一个星球上。

不一会儿，维多利亚从飞机里钻了出来。兰登马上意识到今天可能是最让人捉摸不透的一天了，一个又一个的意外接踵而来。维多利亚身穿一条卡其布短裤，一件白色无袖上衣，从直升机里款款而下，跟兰登所预想的书呆子型的物理学家形象大相径庭。高挑的身段，淡棕栗色的皮肤和一头乌黑的长发在旋翼直升机卷起的风中飞舞着，令她看起来优雅而又柔和。她有一张典型的意大利人的脸庞——并不过于艳丽，却十分悦目。她浑身散发着清纯迷人的气息，就是在二十码以外也能令人神魂颠倒。她的衣服被风吹得紧紧地贴在身上，婀娜的身姿和小巧的胸部若隐若现。

"维特勒女士是个个性十足、意志顽强的女人，"科勒说，似乎觉察到了兰登的心醉神迷，"数月以来，她一直潜心研究一个非常危险的生态系统。她是个严格的素食主义者，也是'欧核中心'瑜伽功的常驻教练。"

瑜伽功？兰登不禁愕然，那可是一种古代佛家弟子用以修身养性的肢体运动，对于一个物理学家、天主教神父的女儿来说可真是风马牛不相及。

兰登看着维多利亚一路走来。显而易见，她哭了好久，乌黑的眼窝深陷下去，神色恍恍惚惚，游离不定。越靠近，兰登越能感觉到她平静表面下强压着的满腔怒火和咄咄逼人的气势。她的步伐强健有力，铿锵有声，健美的躯体因为地中海太阳长时间的曝晒，散发着黝黑的光芒。

"维多利亚，"她一走来，科勒就低声说道，"我在此代表'欧核中心'的全体人员对你父亲的死表示最深切的哀悼，这是科学发展史上的一个巨大损失……"

维多利亚感激地点点头，带着沙哑的嗓音，用流利标准的英语问道："你知道是谁干的吗？"

"我们正在调查。"

她转向兰登，伸出一只纤纤细手。"我叫维多利亚·维特勒，我想你是国际刑警组织派来的，是吗？"

兰登握住她的玉手，看着她那深邃的盈盈泪眼，一时间像是着了魔。"我叫罗伯特·兰登。"他不知道自己还该说些什么。

"兰登先生并不是官方人士，"科勒解释道，"他是一名来自美国的专家，专程来帮我们调查事实真相的。"

维多利亚有些不解。"那警察在哪儿？"

科勒长吁一口气，闭口不言。

"尸体在哪儿？"她追问道。

"被看护着。"

这个善意的谎言让兰登大吃一惊。

"我想去看看。"维多利亚接着说道。

"维多利亚，"科勒语重心长地说，"虽然你的父亲被残忍地谋害了，但你要把他往日的音容笑貌牢记心头。"

维多利亚正待开口却被打断了。

"嗨，维多利亚！"远处传来一片问候，"欢迎你归来！"

她转过身，只见一群科学家从机场那边走来，正高兴地向她挥手致意。

"又驳倒了一个爱因斯坦的理论？"其中的一个人大声叫嚷着。

另一个人又说："你爸爸肯定会以你为荣！"

他们经过时，维多利亚机械地向他们挥了挥手。她转过身看着科勒，一脸的疑惑。"至今还没有人知道？"

"我认为这个时候谨慎小心至关重要。"

"你居然没有告诉同事我父亲被谋杀了？"她刚才的疑惑一扫而光，顿时变得忿忿不平。

科勒的语气马上强硬起来。"维特勒女士，你不要忘了，此时一旦我向外界披露你父亲的死讯，'欧核中心'马上就要接受调查，你父亲的实验室也在劫难逃。你要知道我一直在尽力维护你父亲的隐私。关于你们目前的项目，你父亲只告诉了我两点。其一，接下来的十年仅是对这项成果签发技术授权许可就可以为'欧核中心'带来上百万法郎的收入。其二，这是一项很危险的技术，还不准备对外公开。因此，我不愿他人插手他的实验室，也不愿别人窃取他的试验成果，更不愿看到这些人为此而相互残杀，我要对'欧核中心'负责，你明白吗？"

维多利亚怒目而视，却哑口无言。从她的话语中，兰登感觉她对科勒的逻辑的敬意和接受有点儿勉强。

"在我们向官方透露任何消息之前，"科勒接着说，"我要知道你们两个到底在忙什么，所以我要你带我们到你们的实验室去一趟。"

"实验室与此毫不相干，"维多利亚叫道，"没有人知道我和父亲在干什么，我父亲的死与这项试验绝不相干。"

科勒焦躁不安地吐了一口气。"事实胜于雄辩，证据说明一切。"

"证据？什么证据？"

兰登心里也有着同样的疑问。

科勒又咬了咬嘴唇道："你必须相信我。"

维多利亚瞪着科勒，两眼冒着怒火。显然，她一点儿也不相信科勒。

15

兰登静静地跟在维多利亚和科勒的后面，一同又回到正厅，兰登的奇异之旅就是从这里开始的。维多利亚步伐矫健轻快——就像奥林匹克运动会上的一名跳水运动员——蕴涵着超凡的力量。兰登深信这种力量无疑得益于瑜伽所讲求的柔韧灵活和协调稳重。他可以听到她从容不迫的呼吸，仿佛她在藉此滤除心中的无限悲痛。

兰登很想宽慰她几句，以示同情。他非常理解她现在的心情，因为他也曾经经历过突如其来的丧父之痛。他还记得那个葬礼，那天淫雨霏霏，幽暗阴晦，是他十二岁生日后的第三天，家里到处都是身穿灰色制服的父亲的同事。他们跟他握手，将他的手紧紧攥住，不停地咕哝着心脏衰竭和压力过大这样的字眼。他的母亲泪眼汪汪地调侃道，只要握着丈夫的手，她就可以了解股市的走势……他的脉搏就如同是她的私人股票行情自动收录器。

父亲还健在的时候，有一次兰登听到妈妈不停地叨念，让父亲“停下来，赏赏花”。于是那一年兰登为父亲买了一份圣诞礼物，一朵小小的盛开的玻璃玫瑰花，那可是兰登所见过的最漂亮的东西了……在阳光照射下它就在墙上投下一抹七彩光。父亲一打开礼物就忍不住亲了一下他的额头。“太可爱了！”他连声赞叹道，“我们要找个安全的地方来摆放它。”父亲找了一圈，最后在客厅最阴暗的角落里找到一个满是灰尘的架子，小心翼翼地把玻璃玫瑰放在顶层。没几天，兰登自己搬了把凳子，取下花，把它送回了商店，而他的父亲根本就没注意到花不见了。

电梯“砰”的一声把兰登拉回了现实。维多利亚和科勒走在前面，步入电梯。兰登看着敞开的电梯门，踌躇不前。

“怎么了？”科勒问道，语气中透出一丝关心，但更多的还是不耐烦。

“没什么。”兰登边说边强迫自己走进那个逼仄的空间。只有在十万火急、迫不得已的时候，他才会用电梯，绝大多数情况下，宽敞自由的楼梯是他的首选。

“维特勒博士的实验室在地下。”科勒仿佛猜到了他的心思。

真不赖，兰登想。刚抬腿迈入电梯门，他就立刻感到一阵冷风从深深的电梯井下卷上来。门关上，电梯开始向下滑落。

“有六层。”科勒面无表情地说道，如同解析仪器发出的指令。

兰登想象着电梯井里的空旷和黑暗，呆呆地盯着不断变换的楼层显示，期望以此克服自己的恐惧。好奇怪，他发现电梯只停两次，最底层和 LHC。

“LHC 是指什么？”兰登尽量掩饰自己的不安。

“大型强子对撞机①，”科勒冷冷地说道，“一种粒子加速器。”

*粒子加速器？*兰登好像隐约听人说过几回。他第一次听到这个术语还是在剑桥大学登斯特堂举办的一个晚宴上。许多同事都来了，一个物理学家，鲍勃·布劳内尔也来了，一副怒火冲天的样子。

“这帮狗杂种中止了计划！”布劳内尔咒骂道。

“中止了什么计划？”马上有人问道。

“SSC！”

“什么东西？”

“超导超级对撞机②！”

有人耸耸肩膀道：“我可从来不知道哈佛在建这玩意儿。”

---

① Large Hadron Collider：缩写为 LHC，大型强子对撞机。

② Superconducting Super Collider：缩写为 SSC，超导超级对撞机。

大型强子对撞机的磁铁

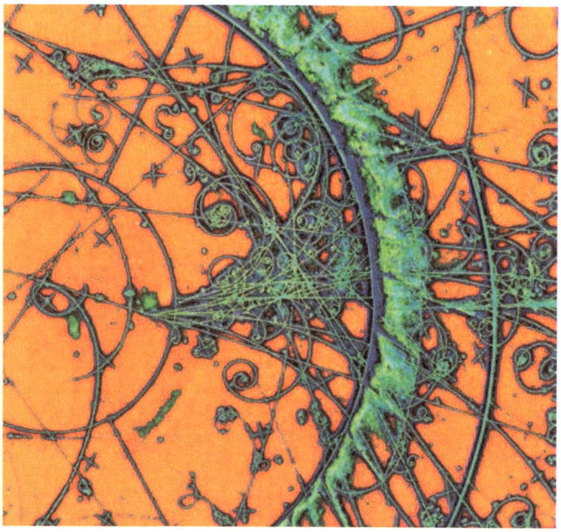

碰撞粒子留下的轨迹

“不是哈佛！”他大叫道，“是美国！这会是世界上最有威力的粒子对撞机！本世纪最重要的科学工程之一！已经耗资二十亿美元，参议院却半道中止了这个项目！真他妈的见鬼，这帮脖子上绑着《圣经》的说客！”

布劳内尔好一会儿才平静下来，开始解释粒子加速器是一个巨大的圆形管道，其中磁场快速交替转换，便可“推动”粒子在里面不停地做圆周运动，速度急增，直到它们达到惊人的速度。全速运转的粒子可以以每秒超过十八万英里的速度在管道内旋转。

“那几乎是光速了。”一个教授惊呼道。

“对极了。”布劳内尔又接着说，让一对粒子反方向在管内加速运转，然后相互碰撞,撞出它们的构成元素,科学家就可以一睹自然界最基本的构成成分了。“粒子加速器,”布劳内尔断言,“是未来科学发展的决定因素。通过粒子碰撞来进行试验是我们了解宇宙无穷奥妙的关键所在。”

哈佛的一位诗人,查尔斯·普拉特,似乎颇不以为然。他说:“听上去,就像是原始人似的认识科学的方法……跟把只钟敲碎,再识别内部零件一般无二。”布劳内尔扔下叉子,气冲冲地走出了房间。

这么说“欧核中心”也有台粒子加速器?兰登正在琢磨着,电梯又开始下降了。一个用来撞击粒子的圆形管道,他寻思着他们为什么非要把它埋在地下呢。

电梯“砰”的一声停住了,兰登感到了脚下的地板,顿时一阵轻松。然而随着电梯门缓缓滑开,这股轻松劲儿很快消失得无影无踪。兰登发现自己又一次来到了一个奇异的世界。

这是一条平坦的水泥通道,向左右两边无限延伸,宽阔得足够一辆十八轮大车通过。他们站在哪儿,哪儿的灯就亮起来,而走过之后则一片漆黑。黑暗中阴风阵阵,沙沙作响,不时地提醒他们,他们现在在地下深处,兰登几乎都可以感觉到他头顶上的沙砾和石头的重量。一瞬间,他又回到了九岁那年……黑暗使他又回到了……回到了那长达五个小时令他窒息的黑暗,拂之不去的阴影。他紧紧攥住了拳头,他一定要打跑它。

从走出电梯到现在,维多利亚都默不作声,只是在黑暗中大步向前,把他们甩得老远。前方顶上的荧光灯一路闪烁,照亮了她前进的道路,这真让人不安,兰登心中不由感慨,这条通道就像有生命一样……殷切地期待着她的每个步伐,而兰登和科勒远远地跟着,他们身后灯自动熄灭了。

“那个粒子加速器,”兰登小声问道,“就在这条通道的前面?”

“就在这儿。”科勒指了指左边,一条沿着通道内墙铺设的铬钢管道,在黑暗中闪闪发亮。

兰登顺势看去,大为不解。“这就是加速器?”这个装置可一点儿也不像他所想象的,这条管道异常笔直,直径大约三英尺,在通道里水平向前延伸,一直消失在前方的黑暗中,高科技的排污管道还差不多,兰登暗自忖度。“我还以为粒子加速器是圆形的呢。”

“这个加速器是个圆形的,”科勒解释道,“看上去像是直的,但这只是一种视觉假象。这个通道的圆周太大了,大得我们几乎看不出它的弯度——就像我们看地球一样。”

兰登傻眼了,这是个圆?“但……天!那它实在是太大了!”

“大型强子对撞机是世界上最大的仪器。”

这话让兰登回想起了一个场景,他记得听到那个“欧核中心”的飞行员说起过一个巨大的仪器埋在地下。但——

“它的直径有八千多米……长达两万七千米。”

兰登的大脑飞快地转动。“两万七千米?”他盯着主任,然后转身瞪着前面黑暗中的通道,“这个通道有两万七千米长?那不就是……比十六英里还长!”

大型强子对撞机管道

欧核中心的地下粒子加速器通道

科勒点了点头，说：“这个隧道被开凿成一个标准的圆形，从这点出发绕一周后回来，相当于跑遍法国的大街小巷，而碰撞前全速运转的粒子可以在一秒钟内转一万多圈。”

兰登目瞪口呆地注视着眼前的通道，不禁双脚发软，“你是说‘欧核中心’挖出数百万吨的土，就是为了让这微乎其微的粒子相撞吗？”

科勒耸了耸肩。“有时为了发现真理，我们只好移山填海。”

16

远在“欧核中心”千里之外的一个地方，对讲机噼噼啪啪地响了起来。“好的，我到走廊了。”

技术员一边检测着监控屏幕，一边按下对讲机上的按钮，“你要找的86号摄像头应该在最里面。”

接收器迟迟不见回应，技术员的额头冒出了一层细汗。终于，接收器“滴滴答答”地响了起来。

“摄像头不在这儿，”一个声音传过来，“但是我可以看到它以前安装的位置，一定是有人把它挪走了。”

技术员长长地呼了口气。“谢谢你，你先别挂电话，好吗？”

他叹了口气，再次将视线转移到面前的那一排监控屏幕上。他们以前也丢过几部无线摄像头，楼区的大部分地方都是向公众开放的，那些爱搞恶作剧的游人便有机会把它们偷出去留作纪念。而摄像头一旦从装置上挪开，出了有效范围，就不能接收和传送信号了，对应屏幕就一片空白。技术员凝视着面前的监控器，颇感费解，奇怪，他居然看到了86号摄像头传送过来的画面，而且非常清晰。

*如果摄像头被偷走了的话，他想，又怎么可能收到信号？*他知道，没错，只有 个解释，那就是摄像头还在楼区里，只是有人把它换了个地方。*谁干的？为什么要这么做？*

他仔细地研究了好一阵子监控器，然后拿起对讲机，问道：“走廊里有没有壁橱？一些小橱或是黑色的壁龛什么的？”

一个疑惑的声音回答道：“没有，怎么了？”

技术员皱了皱眉头说：“没什么，多谢你帮忙。”他关掉对讲机，撅起了嘴巴。

摄像头体积那么小，又是无线的，技术员知道86号摄像头可能被藏在这个守卫森严的楼区的任何一个角落里——这可是个方圆半里密集了32栋独立建筑物的楼区啊。唯一的线索就是摄像头好像被放在了一个黑暗的地方，当然，这也没什么用。综合楼区里有数不清的黑暗区域——维修室、供暖管道、园具棚、卧室衣柜，以及那个地下迷宫似的隧道，至少要花好几周的时间才能找到86号摄像头在哪儿。

*反正这又不是我的问题，*他自己安慰自己。

除了查找摄像头这个难题，眼下还有一件更为棘手的事。技术员眯着眼睛盯着丢失的摄像头传回的画面，那是一个固定装置，一个看上去还挺现代的设备，他好像从来没见过这玩意儿。他仔细端详着这个电子仪器底部的一个忽闪忽闪的东西。

虽然这名卫兵经受过无数严格的训练和考验，以应对各种紧张的局势，但是现在，他明显地感到自己的心跳加快了。他告诉自己不要大惊小怪，总会有个答案的，而且那个物件这么小，能有什么大的危险呢？不足为惧。他又看了一遍，大事不妙，千真万确，大难临头了。

怎么偏偏在今天丢了，他暗自念叨着。

安全问题一直是他上司强调的头等大事，但是今天，与以往十二年里的任何一天相比，安全问题都显得更为重要。技术员瞪大了眼睛，愣愣地盯着那个装置看了很久，仿佛觉察到由远及近的风暴的隆隆声。

然后，他满头大汗地拨通了上司的电话。

17

没有几个孩子敢说他们记得第一次与父亲见面的日子，但维多利亚·维特勒却记忆犹新。那是她八岁那年的一个雨天，当时她还住在锡耶纳孤儿院，一个位于佛罗伦萨郊外的天主教堂孤儿院，打记事起她好像就一直待在这里，因为她生下来就被素未谋面的双亲狠心地抛弃了。修女喊了她两次去吃晚饭，但她总是装作没听见的样子，躺在外面院子里，直愣愣地盯着天上不断掉下的雨滴……感觉它们滴落到她身上……猜想着下一滴雨会滴到哪里。修女又叫喊起来，吓唬她说，肺炎能让她这样无法无天任性倔强的孩子少些稀奇古怪的念头。

我听不见你的话，维多利亚心想。

她全身都湿透了，突然一个年轻的神父跑到她身边。他是新来的，她以前没见过。维多利亚等着他把她一把抓起来，拖回屋里去。但他没有那么做，相反，让她意想不到的是，他居然也在她的身边躺了下来，他的长袍拖到了水洼里。

“他们说你总是问很多问题。”年轻的神父轻轻地说道。

维多利亚气鼓鼓地皱起了眉头。“问问题有错吗？”

神父哈哈大笑起来。“看来他们说得没错。”

“你跑出来干吗？”

“学你啊，思考为什么雨滴会落下来。”

“我才不会去想它们为什么会掉下来呢，因为我早就知道了。”

神父惊讶地看着她。“你知道？”

“弗朗西斯卡修女说雨原本是天使的眼泪，它们滴落人间来清洗我们所犯的罪恶。”

“哎唷!”他惊呼起来,“原来如此。”

“才不是呢!”女孩反驳道,“雨滴掉落是因为任何东西都会掉下来,一切东西都会掉下来,并不仅仅是雨!”

神父搔搔头,疑惑不解。“你知道,小姑娘,你是对的,任何东西都会掉下来,这是因为重力的缘故。”

“什么的缘故?”

他又吃惊地看着她,“你没听说过重力?”

“没有。”

神父耸了耸肩,难过地说:“太糟了,重力可以解释很多问题的。”

维多利亚猛地坐起来。“什么是重力啊?”她追问道,“告诉我!”

神父对她眨了眨眼,说:“吃过晚饭后我再告诉你怎么样?”

这个年轻的神父就是列奥纳多·维特勒。尽管在大学期间这名物理系学生屡获殊荣,但他还是听从了另一个声音的召唤,走进了神学院。同处在这个满是冷冰冰的修女和各种规章制度的孤独世界里,他们不可思议地成了最好的朋友。维多利亚总是把列奥纳多逗得开怀大笑,而他也荫蔽着她,给她解释彩虹、小河这些美丽的自然现象,既从宗教也从科学的视角来理解什么是光,什么是星球、星星、宇宙万物。维多利亚凭着与生俱来的超常悟性和强烈的求知欲望,成了一个孜孜不倦的学生。列奥纳多像对女儿那样呵护着她。

维多利亚也十分开心,她以前可从来都不知道一个父亲可以带来这么多的快乐和幸福。她向大人们问问题,大人们总是嫌她多事,偶尔还要责罚她,而列奥纳多却花很多时间给她找好多书看,还询问她的看法呢。维多利亚暗自祷告,祈求上帝让她和列奥纳多永远在一起。但是一天,她最害怕的噩梦变成了现实,列奥纳多神父告诉她他要离开孤儿院了。

“我要到瑞士去了。”列奥纳多对她说,“我在日内瓦申请到助学金,我要去那儿学物理了。”

“物理?”维多利亚哭着嚷道,“我以为你是热爱上帝的!”

“我爱上帝,而且很爱他,这就是我去学习他神圣法则的原因,物理规律就是上帝铺下的一张大帆布,然后上帝在上面描画出了人间万物,世界美景。”

维多利亚要崩溃了,但列奥纳多神父还有一件事要告诉她,他已经跟上级要求过了,他们同意列奥纳多神父收养她。

“你愿意我收养你吗?”列奥纳多问她。

“什么是收养啊?”维多利亚不解地问道。

列奥纳多神父就解释给她听。

维多利亚立刻把他抱得紧紧的,几分钟后她两眼噙着泪花高兴地叫道:“我愿意!愿意!”

列奥纳多又告诉她,他要先走一步,要等他在瑞士的新家安顿好了才行,但他许诺一定在六个月之内来接她。那是维多利亚一生中最为漫长的等待了。列奥纳多没有食言，就在她九岁生日的前五天，她被接到了日内瓦，在那里，她白天去日内瓦国际学校上学，晚上就跟着父亲学习。

三年之后，列奥纳多·维特勒受聘于“欧核中心”，于是他们就又在这里安了家，那是年轻的维多利亚以前想都没想过的世外桃源。

维多利亚继续大步沿着大型强子对撞机通道走下去，感觉自己的身体都麻木了。她看到对撞机上映出的自己那模糊的身影，意识到父亲已经不在了。通常她总是从容不迫、镇定自若地与周围的世界和睦相处。但是现在，突然之间，一切都不再重要，之前的三个小时把她的生活彻底打乱了。

早上十点的时候，她在巴利阿里群岛接到了科勒的电话。*令尊被谋杀了，速归。*尽管当时潜水汽艇的甲板如同蒸笼一般闷热，但这番话却使她感到刺骨地冰凉。科勒漠不关心的语调和这噩耗都使她心寒不已。

现在她回家了，*但这是谁的家啊？*“欧核中心”这个她从十二岁开始就拥有的世界，突然变得陌生起来。她的父亲，“欧核中心”科学家里的神奇人物，不在人世了。

深呼吸，她命令自己，但她的大脑仍不能平静下来。一个接着一个的问题在她脑海里快速地闪现，谁杀死了父亲？为什么？这个美国来的“专家”是什么人？为什么科勒坚持要看实验室？

科勒说有证据证明她父亲的死跟他们手头上的试验有关。*什么证据？没有人知道我们在搞什么啊！就算有人发现了，为什么又非要杀死父亲呢？*

维多利亚沿大型强子对撞机通道朝着父亲的实验室走去，她意识到她就要向世人展示父亲最伟大的业绩了，但是他却不在了。这与她所期待的场景可真有天壤之别。她曾设想父亲把“欧核中心”里所有的高级科学家都请到他的实验室来，一展他惊世骇俗的发现，看着那帮科学家们又敬又畏的神情，他面带着慈父的光芒，骄傲地向他们介绍，多亏维多利亚的好点子，他的试验才得以成功……他的女儿为这次重大发现做出了不可或缺的贡献。维多利亚的喉咙哽咽了。*父亲，我应该和你一起分享这一时刻的啊。*但是现在，她独自一人，没有任何同僚，没有任何幸福快乐的笑脸，只有一个美国来的陌生人和马克西米利安·科勒。

马克西米利安·科勒君主。

当她还是个孩子的时候，她就很不喜欢这个人，尽管她折服于他的卓越才智，但他冷若冰霜的举止言谈却总是让她感到不近人情，这可是与她父亲的慈爱温煦截然相反。科勒为了纯粹的理性逻辑而从事科学，可她的父亲却是在追求创造精神奇迹。奇怪的是，她却感觉得到他们两个人默默地相互敬重。*天才，有人这么跟她解释过，不拘一格地接受天才。*

天才，她心中大声叫喊着，我的父亲……爸爸，死了。

通往列奥纳多实验室的走道全是由单调的白色瓷砖铺成的，兰登怎么看怎么觉得自己走到了一个地下疯人院里。走廊两边的墙上挂了几十幅镶有镜框的黑白图像，尽管兰登是一名研究图像的专业人士，这些画却让他感到非常陌生。一会是横条子，一会又是螺旋圈，令人眼花缭乱，这些哪是图像啊，乌七八糟的底片还差不多。现代艺术？他不由得冥思苦想起来，杰克逊·波洛克①的硫酸苯丙胺绘画？

“散射法绘图。”维多利亚显然注意到兰登对此颇有兴趣。“粒子碰撞时的电脑图述，这是Z粒子的运动轨迹。”她指着一条模糊得几乎看不清的线条讲解道：“这是我父亲五年前发现的，纯能量——无任何质量。这可能就是自然界最小的结构单位了。物质不过就是受限的能量而已。”

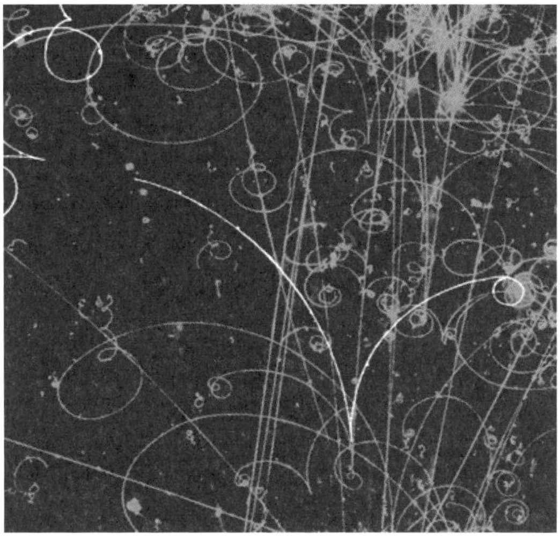

亚原子的粒子轨迹

物质就是能量？兰登不由竖起了耳朵，听起来可真够玄的。他仔细端详着那细如牛毛的线条，思忖着如果他告诉那帮哈佛物理系的哥们儿，他在大型强子对撞机里晃悠了一个周末，还瞻仰了Z粒子的撞击轨迹，他们会是什么反应呢。

“维多利亚，”快到实验室那气派的钢制大门前时，科勒说道，“我应该告诉你，我今早来这找过你的父亲。”

维多利亚的脸微微发红。“你来过？”

“是的，你可以想象得到，当我发现你父亲将‘欧核中心’统一使用的键盘式安检设施换掉了的时候，我有多惊讶。”科勒边说边指了指门上的一个精密电子器件。

“我非常抱歉，”维多利亚说道，“你知道我父亲十分谨慎。他不希望我和他以外的任何人接近这个实验室。”

科勒说：“没什么，开门。”

维多利亚站了一会儿，然后深吸一口气，走到墙上的机械装置边上。

兰登对接下来要发生的事情毫无准备。

维多利亚站在装置的正前方，仔细将右眼与一个突出的望远镜镜片似的透镜对齐，然后按下了按钮。机器里面的什么东西咔哒地响了一下，一道光左右来回照了几下，像个复印机似地扫描她的眼球。

“这是视网膜扫描系统，”她解释道，“绝对安全，因为它只认识两副视网膜，我的和我爸爸的。”

① 杰克逊·波洛克(Jackson Pollock，1912—1956)，美国画家，抽象表现派主要代表，以用“滴画法”在画布上滴溅颜料作画而著名，主要作品有《满五英寻》《回音》等。

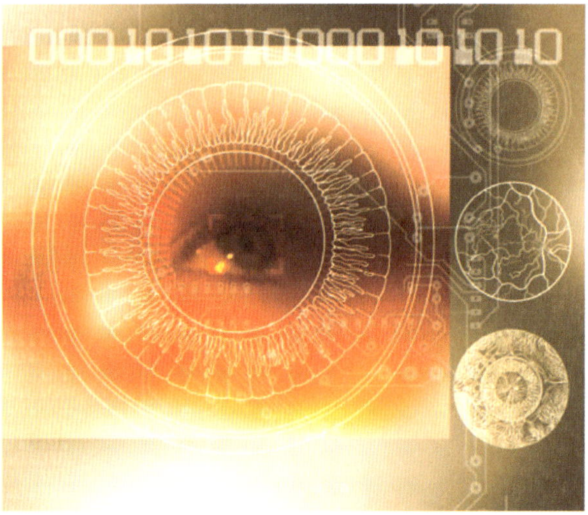

视网膜扫描系统(计算机模拟)

罗伯特·兰登愣愣地站在那儿,对这一事实的揭露惊骇不已。列奥纳多·维特勒悲惨的死状历历在目——血迹斑斑的脸,一只翻着白眼的淡褐色眼球,还有一个空空如也的眼窝。他真不想承认这明摆着的事实。但是,突然,他看到了……在扫描仪的下面,雪白的地板上……有一片深红的印迹,分明是干了的血迹。

令人欣慰的是,维多利亚没看到。

钢制大门滑开了,维多利亚迈步走了进去。

科勒死死地盯着兰登,意思再明显不过了:我说过……剜走的那只眼球有一个很大的用处。

18

那个女人的双手被紧紧地捆着,手腕由于挣扎变得肿胀发紫。肤色呈红褐色的黑煞星静静地躺在她身旁,全神贯注地欣赏着这赤身裸体的战利品,看着她沉睡中的可怜模样,他不禁怀疑这只是她骗人的诡计,不过是为了博取同情,借以逃脱下一次的侵犯。

他满不在乎,反正已经得到了想要的东西。想到这儿,他心满意足地坐了起来。

在他的国度里,女人是男人的私有财产,柔弱的玩物,像畜生一样被任意贩卖的奴隶。而她们自己也安守本分。而在这里,欧洲女人总是摆出一副不可一世的架势,这不禁让他感到好笑,同时也让他按捺不住,欲火中烧。迫使这些欧洲女人就范成了他人生的一大乐事。

现在,翻云覆雨、畅快淋漓之后,另一种欲望又开始在他的身体里慢慢滋长。昨夜,他好好过了一把瘾,干掉了那个人,还把眼珠掏了出来。可是,杀戮就像吸食毒品……每一次短暂的满足只会唤醒他无穷无尽的欲望。愉悦已然离去,欲望再度降临。

他细细地打量着熟睡的女人,用手摩挲着她的脖子,他知道只要一下就可以了结她的性命。这有什么大不了的？她只是个下等人，一个供人取乐的玩物。想到这里，他用强有力的手指紧紧地掐住她的喉咙，甚至可以感觉到她微弱的脉息。终于，理智战胜了欲望，他松开了手。还有更重要的任务。他得为上头效命，个人的私欲不值一提。

下了床，他仿佛沐浴在无限的荣光里。他还搞不清那个叫做杰纳斯的人和他所听命的古代兄弟会势力到底有多大。但是，他没有想到兄弟会挑中了他。难道他们已经风闻他心狠手辣……杀人如麻？答案无从知晓。兄弟会果然无孔不入。

如今，他们已赐予了他无上的荣耀。他将充任他们的臂膀与喉舌，刺客与信使。就像道上的人常说的那样，当一名地狱判官——索命天使。

19

维特勒的实验室是典型的未来派风格。

雪白的房间不加粉饰，墙壁的四边排满了电脑和专用电子仪器，看上去简直是个手术室。兰登纳闷，这样的地方能隐藏什么秘密，竟然有人为了进来不惜剜出别人的眼珠。

一进门，科勒就心神不宁地瞄着房间，仿佛在搜索闯入者留下的蛛丝马迹。但是，实验室空无一人。维多利亚步履沉重……父亲不在了，实验室也变得陌生起来。

兰登立刻注意到，房间中央立着成排光洁如新的钢柱，每根大约三英尺高，约摸十二根，在房中央排成一个圈，像个微型史前巨石阵，这不由得让他想起博物馆里的珠宝展示台，不过上面摆放的并非奇珍异石，而是网球罐大小，剔透明亮的瓶瓶罐罐，但是里面空空如也。

科勒端详着这些储存器，困惑不解。他暂且把这些抛诸脑后，转身问道："实验室被盗了吗？"

"被盗？怎么可能？"维多利亚不以为然，"只有我和父亲能通过视网膜扫描系统。"

"那你自己看看。"

她叹了口气，扫视整个房间。片刻，她耸耸肩，说道："一切都跟父亲在时没有两样。凌乱而不失秩序。"

兰登知道此刻科勒在掂量该把维多利亚逼到何种程度……该让她知道多少内情。显然，他还是决定暂时缄口。他把轮椅挪到房间中央，开始仔细观察起那堆空空如也的神秘的储存器。

"是开诚布公的时候了。"科勒终于开口了。

维多利亚默默地点点头。记忆像开了闸的洪水一般涌了过来，泪水几乎要漫过她的眼眶。

再给她点儿时间，兰登祈求着。

维多利亚缓缓地闭上眼睛，深深地吸了口气，仿佛在酝酿她将要吐露的秘密。接着，她又深吸了口气，一次，再一次……

兰登关切地看着她。她还好吗？他瞥了一眼科勒，他满不在乎地坐着，看来对此他早已司空见惯。十秒钟过去了，维多利亚睁开了眼睛。

兰登简直不敢相信，转眼间，维多利亚·维特勒就像变了个人似的，脱胎换骨了。现在，她丰润的嘴唇微微开启，肩膀松松地垂着，明媚的眸子里泛出温柔的光彩，仿佛在微微颔首。显然她使尽了浑身解数来面对现实。愤恨的怒火和心中的苦闷此刻已被更为深沉的冷静扑灭了。

“从哪儿说起呢……”她平静地问。

“从头说起，”科勒答道，“先说说你父亲的实验。”

“我父亲一生的梦想是用神圣的宗教纠正科学的谬误，”维多利亚娓娓道来，“他想要证明，宗教和科学在寻找真理的道路上休戚相关，殊途同归。”她顿了顿，似乎不敢相信自己终究要泄露这个秘密。“而且最近……他终于想出了办法。”

科勒沉默不语。

“他设计了一个实验，并希望以此来解决历史上科学和宗教的最大分歧。”

兰登揣摩着她指的是哪个分歧。这样的分歧数不胜数。

“也就是神创论，”[①]维多利亚说，“关于宇宙起源之争。”

噢，兰登恍然大悟。是这个。

“《圣经》上说上帝创造了宇宙，”她接着说，“上帝说，‘要有光，’于是就有了光，而且，世界上可见的万物都源于广袤的虚空。遗憾的是，基础物理学的定律恰恰宣称物质不可能源于虚空。”

对这个悖论兰登早有耳闻。《圣经》上说上帝“从虚无中创造了万物”，这与现代物理学认可的定律完全相悖。因此科学家们一致认为，创世纪之说纯属无稽之谈。

“兰登先生，”维多利亚转过身来，“我猜想您大概知道创世大爆炸理论？”

兰登耸了耸肩。“或多或少吧。”据他所知，创世大爆炸是现今科学界公认的创世理论。尽管他不甚理解，但是根据大爆炸论，在一次大爆炸中爆发出一个高密集的能量点，能量向外扩散，从而形成了广袤无垠的宇宙。大概就是如此。

维多利亚继续说道：“早在一九二七年，罗马天主教会率先提出创世大爆炸论时，这——”

“抱歉，”兰登忍不住打断了她，“你认为创世大爆炸论是天主教的思想？”

维多利亚没料到他会提出这个问题。“当然，是一位名叫乔治斯·勒梅特的天主教神父于一九二七年提出的。”

---

① 神创论（Creationism）是认为《圣经》篇首给出的关于上帝创造宇宙的叙述真实无误的学说。

乔治斯·勒梅特

埃德温·哈勃

“可是,我记得……”他犹豫了一下,“难道创世大爆炸论不是哈佛大学的天文学家埃德温·哈勃首先提出的吗?”

科勒瞪了他一眼,忿忿不平地说:“又是美国科学界的自以为是。哈勃于一九二九年发表这个观点,比勒梅特晚了整整两年。”

兰登皱起了眉头。主任先生,从来只有哈勃天文望远镜,我可从未听说过勒梅特天文望远镜!

“科勒先生说得对,”维多利亚说,“这个理论属于勒梅特。哈勃只是证明了它。他收集了许多有力证据,从而证明了创世大爆炸的科学性。”

“噢。”兰登很想知道,哈佛大学天文学系的哈勃迷们是否在他们唾沫横飞的讲演中提起过勒梅特的名字。

“勒梅特刚刚提出创世大爆炸论时,”维多利亚接着说,“科学家们认为这个理论荒谬透顶,不值一提。科学早已证明,物质不可能源于虚空。因此,当哈勃用科学证明了创世纪的可能性时,整个世界为之轰动。而教会也乘胜追击,宣称大爆炸理论证明了《圣经》上的描述无懈可击,是神圣的真理。”

兰登点点头,洗耳恭听。

“当然,科学家绝不会乐于看到他们的发现被教会用来扩张宗教势力,因此他们立即修整了创世大爆炸论,剔除了所有宗教因素,将它完完全全纳入科学的旗下。不过遗憾的是,时至今日,他们的方程式仍然存在一个教会总爱指出的致命缺陷。”

“是奇点。”科勒小声咕噜了一句,他吐出那个词,好像它是他的灾星一样。

“对,奇点。”维多利亚说,“宇宙产生的初始时刻。时间零点。”她看着兰登,说:“即使是今天,科学仍然把握不住创世的起始时刻。在解释宇宙形成的早期阶段时,我们

大爆炸(计算机模拟)

的方程式十分有效,但如果不断地往前追溯,到达零点时,一切顿时失去了意义,所有的数学演算土崩瓦解,没有任何意义了。”

“完全正确,”科勒急躁地说,“教会正是揪住了这点,认定了这就是上帝之手造世的明证。快说你的观点。”

维多利亚面无表情地说:“我要说的是,我父亲始终坚信是上帝的力量促成了大爆炸。尽管科学现在无从解释创世的神圣时刻,但他坚信有一天科学能证实上帝的存在。”她忧伤地走到她父亲的工作台前,指着上面用大头针钉住的激光印刷的备忘录。“每当我对此心存怀疑时,父亲总会在我面前扬起他的信条。”

兰登看到上面写着:

科学和宗教并非相互抵触。

科学只是太年轻,还认不出宗教是它的朋友。

“父亲想把科学推向一个更高的发展阶段。”维多利亚说,“在那个阶段,科学将证明上帝的存在。”她撩了一下长发，沉重而忧伤。“于是，他开始着手做一个任何科学家想都没想过的、也绝对没有能力、没有技术尝试的项目。”她突然停住了，不知道该如何继续。“他设计了一个实验，证明创世纪是可能的。”

证明创世纪？兰登思忖着，要有光？从虚无中创造物质？

科勒冷冷地盯着房间另一头。“拜托你重复一下？”

“我父亲从绝对的虚无中创造了……宇宙。”

科勒猛地回头。“什么！”

“换言之，他制造了大爆炸。”

科勒似乎要跳起来了。

兰登如堕五里雾中。创造宇宙？重现大爆炸？

“当然，是在一个小得多的规模上，”维多利亚说得更快了，“步骤相当简单。首先，在加速管里，加速两簇相向的粒子束流。这两簇粒子以极高的速度迎面对撞，合二为一，从而把它们的能量全部汇集到针孔大小的点上。这样，就得到了极高密度的能量。”她滔滔不绝地讲个不停，主任的眼睛也跟着越瞪越大。

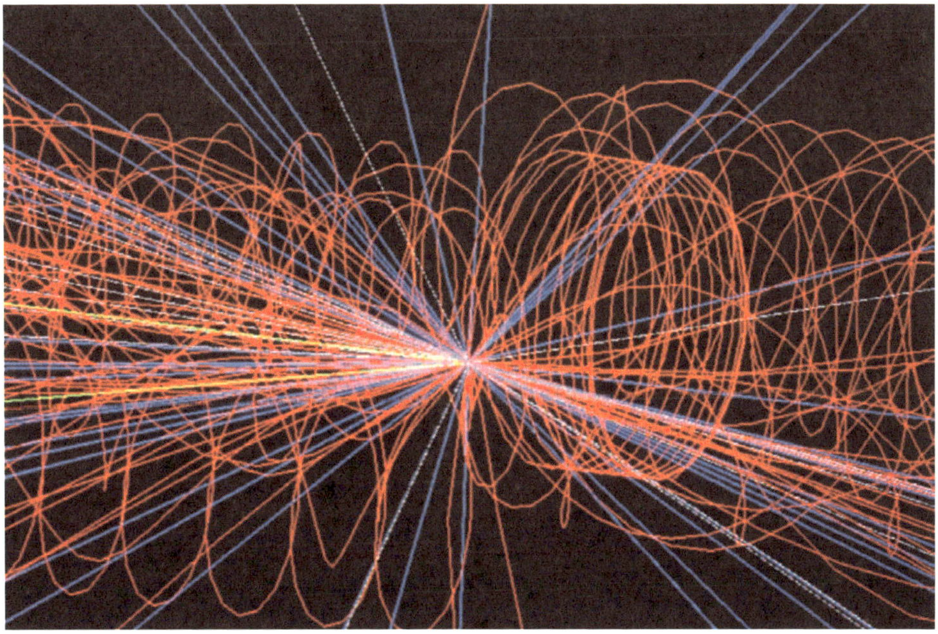

计算机仿真的高能粒子碰撞

兰登极力跟上她的思路。这么说列奥纳多·维特勒模拟了假说中的宇宙起源的能量压缩点。

“这个结果，”维多利亚说，“绝对是令人叹为观止的。一旦公开，现代物理学的根基将被动摇。”她慢腾腾地说着，仿佛在品味这个爆炸性的消息。“在加速管内部的能量压缩点上，物质粒子从乌有中出现了。”

科勒瞪着眼，一言不发。

“物质，”维多利亚重复道，“衍生于虚无的物质。令人张口结舌的亚原子层的烟火表演，微型宇宙的横空出世。父亲的实验不仅证明了物质可以从虚无中产生，也证明了大爆炸和创世纪是可能的，只要我们承认它们背后存在一个强大的能量源。”

“你是说上帝？”科勒问。

“上帝，佛陀，超能力，耶和华，奇点，唯一性——怎么说都可以——但是万变不离其宗。科学和宗教验证了同一真理——纯能量造就了宇宙。”

科勒终于开口了，他阴沉地说：“维多利亚，你把我搅糊涂了。你是说你父亲从虚无中创造了……物质？”

“是的，”维多利亚走到储存器边，“这些就是证据。储存器里就装着我父亲制造的东西的样品。”

科勒挪到储存器旁，不停地咳着，像一头机警的动物一样围着他觉得有问题的东西打转。“我肯定是漏掉了什么。”他说，“你如何证明储存器里装的物质微粒确实是你父亲创造的？它们大有可能来自于世界的任何一个地方。”

“事实上，”维多利亚显得自信十足地说，“这些微粒绝不可能从其他地方找到。这些微粒非同寻常，是地球上任何地方都不存在的一种物质……因此，它们只可能是创造出来的。”

科勒的脸上阴云密布。“维多利亚，你指的另一种物质是什么？世界上有且仅有一种物质，而且它——”他突然停住了。

维多利亚已经胜券在握。“我记得您曾亲自就此做过好几轮讲演，主任。您早说过宇宙中存在两种物质，这是不容辩驳的科学事实。”她转身对兰登说：“兰登先生，请您说说《圣经》是如何描写创世纪的？上帝都创造了什么？”

兰登觉得很别扭，不知道这和什么有关系。“嗯，上帝创造了……光明与黑暗，天堂与地狱——”

“很好！”维多利亚说，“也就是说他创造了事物的两极，完全对称，互相平衡的两极。”她看着科勒，继续说：“主任，您看科学和宗教不谋而合，创世大爆炸的确在宇宙中创造了对称的万物。”

“是的，包括物质。”科勒低语道，似乎在自言自语。

维多利亚点点头。“因此，不难想象，父亲的实验也产生了两种物质。”

兰登暗自琢磨着，百思不得其解。*难道列奥纳多·维特勒创造了物质的负极？*

科勒一脸愠色。“你刚刚提到的反物质只可能存在于宇宙的其他地方，而绝不可能出现在地球上，甚至可以说不可能出现在银河系。”

“说得很对，”维多利亚不紧不慢地说，“这恰恰证明了这些储存器里的微粒必然是我父亲创造的。”

科勒脸色难看极了。“维多利亚，你可不要告诉我这些罐子里装有实实在在的样品。”

“我正要说，”维多利亚昂起头，骄傲地看着储存器说，“主任，您面前的正是世界上首批绝无仅有的反物质样品。”

20

第二步行动，黑煞星念叨着，大步踏入那条黑洞洞的隧道。

手中的火把烧得很旺，他很清楚这是用来虚张声势的。气势压倒一切。他早知道，恐惧是他的盟友。恐惧能比任何兵器更快地挫败敌人。

隧道里没有镜子，他无法一睹自己的伪装。不过，从他那摆动的长袍的影子来看，他觉得自己英姿飒爽。打入敌人内部乃是计划的一部分……阴谋计划的一部分。他连做梦都不曾想到自己会担此角色。

两星期前，他一直认为，隧道的尽头，等着他的是个不可能完成的任务。一个送死的任务，简直就是羊入虎口。可是，杰纳斯已经改变了“不可能”的定义。

在这两个星期，他们二人分享了无数的秘密……这隧道便是其中之一。虽然它年代已久，却依然畅通无阻。

离敌人越来越近，黑煞星开始怀疑事情是否会像杰纳斯许诺的那般顺利。杰纳斯曾向他保证，里面的内应会作必要的安排。有内应。太不可思议了。他越想越觉得这是个儿戏。

一……二……三……四，快到尽头的时候，他开始用阿拉伯语低声数数。

21

“兰登先生，我想您应该听说过反物质吧？”维多利亚仔细打量着他，她的棕栗色皮肤与白色的实验室形成了鲜明的对比。

兰登抬起头，突然愣住了。“是，噢……知道一点儿。”

维多利亚的嘴角掠过一丝浅笑。“那你看《星际迷航》①吗？”

兰登面红耳赤地答道：“呃，我的学生相当喜欢……”他皱起了眉头。“我记得，里面的美国船舶公司好像就用反物质做燃料？”

---

① 《星际迷航》系列是美国两大科学幻想文化现象之一（另一个是《星球大战》）。1966年，小说家吉恩·罗登贝瑞创作了这部小说。小说以23世纪的星舰企业号在广阔宇宙中的探寻为主轴，描写了各种文明与各种未知的生命形式。小说后被改编成电视剧、电影，又衍生出电脑游戏，各种玩具……培育出几代忠实的科幻迷。

由反物质提供能量的飞船

她点点头。“精彩的科幻小说总是取材于精彩的高科技。”

“那么反物质确有其物？”

“这是自然界的客观现象，万物皆有其对应物。质子对应电子，上夸克对应下夸克。亚原子层体现了绝妙的对称性。反物质是‘阴’，对应着物质的‘阳’。这达成了物理方程式的平衡。”

兰登记起了伽利略著名的二元论。

“自从一九一八年以来，”维多利亚接着说，“科学家就已经证明在创世大爆炸中产生了两种物质。一种是我们所看到的地球上构成岩石、树木和人类的物质；另一种是它的反面——它和物质在各方面都相同，唯一的差别是其粒子电荷与物质的粒子电荷正好相反。”①

科勒开口道，仿佛弄明白怎么回事了，他的声音似乎突然发抖了。“但实际操作起来，储存反物质困难重重，还有互相抵消效应呢？”

“我父亲建造了一个极性反转真空。在反物质的正电子衰变前，就把它们从加速器里吸出来。”

科勒紧锁着眉头。“但真空也会把物质吸出来。根本没办法分开这两种粒子。”

“我父亲还建造了磁场。在磁力作用下，物质粒子沿磁场曲线向右运动，反物质粒子则向左。它们朝两个完全相反的方向运动。”

顿时，科勒心中的疑云消散了。他抬起头，惊奇地看着维多利亚。突然，他抑制不住地咳了起来。“难以……置信……”他擦了擦嘴角，“但是……”似乎他仍然不愿接受这种看法。“即使极性反转真空起作用，这些储存器终归还是由物质构成的。反物质怎么可能储存在由物质构成的储存器里？一旦反物质触到容器，马上会在瞬间迅速——”

“样品压根不会接触到容器壁。”这个问题正中维多利亚的下怀，“它悬浮在容器中。我们把这些储存器命名为‘反物质捕集器’，因为捕集器确实束缚了反物质微粒，迫使它们悬浮于中央，并与容器四壁保持相当安全的距离。”

“悬浮？那……怎么可能？”

---

① 物质由分子和原子组成，而原子由带负电的电子和带正电的原子核组成，如果由带正电的电子与带负电的原子核组成原子，那么就是反原子，由反原子就可组成反物质。构成反物质的反粒子的特点是其质量、寿命、自旋、同位旋与相应的粒子相同，但电荷、重子数、轻子数、奇异数等量子数与之相反。

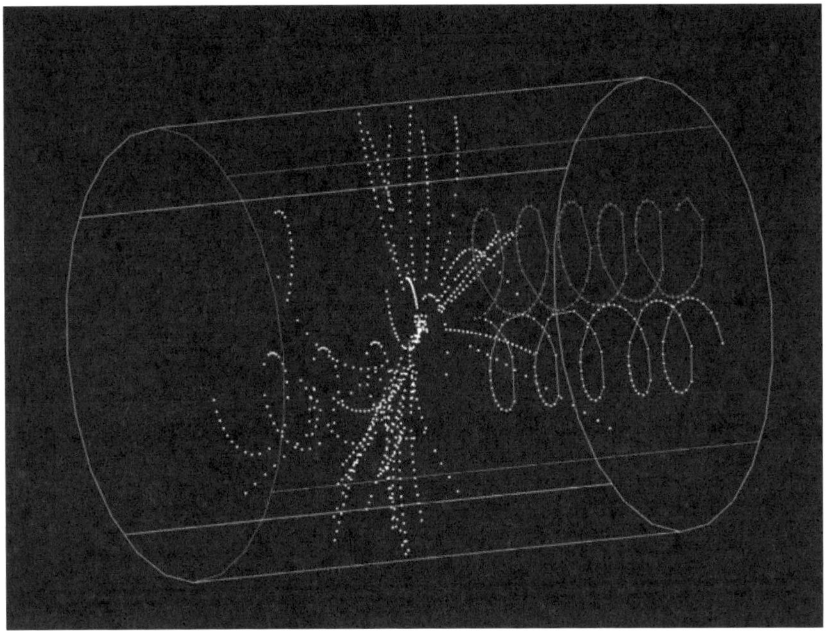

物质和反物质的电子显示

“在两个交叉磁场的相互作用下。到这边来，请看。”

维多利亚走到房间另一头，取来了一个大的电子仪器。这精巧的装置不由得让兰登想起了一种玩具射线枪——大炮般的阔口枪管上安着个瞄准镜，下面悬垂着一堆纠结在一起的电子装置。维多利亚把观测口对准其中的一个储存器，眯缝着眼睛仔细地端望着仪器的目镜，边看边用手校准镜头。接着，她欠身让开，示意科勒过来。

科勒看上去有点不知如何是好。“难道你存贮了看得见的反物质？”

“五千毫微克，”维多利亚说，“含有几百万个正电子的液滴。”

“几百万？不论在哪，你们都绝不可能收集到这么多。”

“是氙气，”维多利亚直截了当地说，“他通过氙气喷射流加速粒子流，去掉电子。父亲坚持在隐秘的条件下进行此步骤，但同时又将纯电子注入加速器。”

兰登云里雾里，真怀疑他们是不是在用英语交谈。

科勒也傻了眼，额头上的皱纹陡然加深了。他短促地吐了口气，像被子弹射中一样瘫了。“从理论上来说，这可能……”

维多利亚点点头。“是的。这样生成了许多反物质。”

看着面前的储存器，科勒挺直了身子，将信将疑地把眼睛对准了观察器，聚精会神地凝视着。很长一段时间，他一言不发。终于，他坐下来，额上沁出冷汗，脸上的皱纹舒展开来。他低声说：“老天……你们真做到了。”

维多利亚颇为得意，点着头说：“是我父亲做的。”

“我……我真不知该说什么。”

维多利亚转过身对着兰登。“您也想看看吗?”她示意兰登到观测器前。

兰登走上前去,暗自琢磨着,到底会看到什么呢?站在两英尺开外的地方,储存器看上去空无一物。不论里面装着什么,一定小得可怜。兰登把眼睛对准了观察器,好一会儿,图像清楚了。

他看到了。

受弱重力影响的水珠

这小东西并不是像他想象的那样待在容器的底部,而是浮在中央——悬浮于半空中——一颗闪烁着水银光泽的小球,仿佛是在魔力的作用下,盘旋在空中,翻转着,它的表面有金属般的光泽在闪烁。这画面让兰登想起以前在录像片中看过的处于失重状态的水滴。虽然他知道这个小球很小,但这个悬在空中的小液滴慢慢转动时,他能看到它的每一个波动。

“它果然……浮着。”他激动地说。

“它最好浮着,”维多利亚答道,“反物质极不稳定。从能量学的角度讲,反物质是物质的镜像,在相遇的瞬间,两者会立即湮灭抵消。因此把反物质与物质隔离是一大挑战。而且地球上的万物皆由物质构成,所以在存储反物质时,我们必须保证它不会触碰任何物质——哪怕是空气。”

兰登大吃一惊。在真空中工作。

“这些反物质捕集器,”科勒用苍白的手指摩挲着一个储存器的底部,满脸讶异地插问,“都是你父亲的设计吗?”

“事实上,”维多利亚说,“它们是我的设计。”

科勒惊奇地抬起了头。

维多利亚谦逊地说:“我父亲制造了第一批反物质样品后,为存贮的问题头痛了好一阵。后来,他采纳了我的建议,把反物质储存在真空密封的纳米合成容器中,并在两端安置磁极相反的电磁铁。”

“看起来你父亲的脑瓜也不够用哦。”

“并非如此。我只是从自然界借鉴了这个方法。被戏称为葡萄牙战舰的僧帽水母①捕食的时候就是用刺丝囊把毒液注射到猎物的体内,再用触手把它团团围住。而

① 僧帽水母是一种生活于热带海水中的水母,属多细胞集群管水母类动物,生有淡蓝色浮囊,上有帆形宽帽,从帽中伸出许多有螯刺的长触手。小鱼虾一旦碰到触手,触手上的刺细胞就会将致命的毒刺刺入猎物身体,将毒液注入猎物体内,使它中毒而死。然后,触手卷曲起来,将猎物送进水母的口中。

反物质捕集器的原理也是一样。每个储存器有两个电磁铁，一头一个。它们磁极相反的磁场在储存器的中央交叉，把反物质托住，悬浮在半空中。”

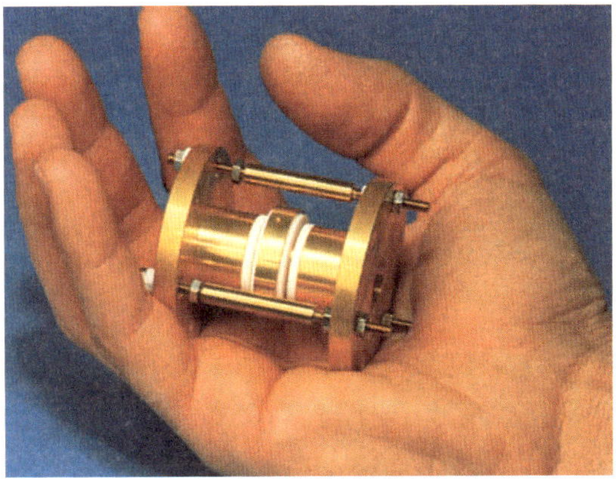

小的反物质捕集器

兰登连忙瞥了一眼储存器。反物质果真浮在真空里，什么也没碰着。科勒说得对，这是天才之作。

“磁铁的电源在哪儿？”科勒问。

维多利亚抬手一指。“就在储存器下面的支撑里。储存器的底座持续不断地供给电源，确保电磁场正常运转。”

“万一磁场没电了呢？”

“很简单，悬浮状态被破坏，反物质坠入容器底部，瞬间湮灭。”

兰登竖起了耳朵。“湮灭？”这个词听来不太顺耳。

维多利亚看起来并不担心。“是的，反物质碰到物质，两者瞬间抵消。物理学家把这个过程命名为‘湮灭’。”

兰登大彻大悟。“噢！”

“这是自然界里最寻常的现象。物质粒子和反物质粒子的碰撞将释放出两种新粒子——也就是光子。肉眼看上去，光子就是一簇细小的光线。”

兰登读到过一点关于光子的材料，光子——光粒子——最纯的能量形式。他想问柯克船长是怎么用光子鱼雷攻击克林高部落①的，但他忍住了。“也就是说，如果反物质掉下去了，会释放一簇细小的光线？”

维多利亚耸了耸肩。“这得看你认为细小是多大。现在，让我来演示一下。”她伸手去拧储存器，试着把它从底座上取下来。

科勒大惊失色，以迅雷不及掩耳之势向前扑了过去，把维多利亚一把推开。他大声叫嚷着：“维多利亚！你疯了吗！”

22

科勒竟然凭着两条萎缩的腿，哆哆嗦嗦地站了起来。他脸色煞白，声嘶力竭地叫

① 克林高部落(Klingons)是《星际迷航》中的四个核心种族之一。柯克船长是《星际迷航》中的一个主角。

道："维多利亚，不要碰它！"

站在一旁的兰登被惊慌失措的主任吓了一跳。

"那可是五千毫微克！"科勒说，"万一你破坏了电磁场——"

"主任，"维多利亚坚定地说，"这样做没有任何危险。为了安全起见，每个反物质捕集器都已经安装了保险——也就是备用电池。即使把储存器取下来，样品也照样悬浮在半空，纹丝不动。"

科勒半信半疑。犹豫了半晌，他坐回到轮椅里。

"一旦反物质捕集器离开充电器，"维多利亚说，"备用电池就立即自行启动，电量可以维持整整二十四小时，就好比汽车的油箱。"她觉察到兰登的不安，又继续说："反物质的特性的确惊人，兰登先生，所以它不是没有危险的。仅仅十毫克的反物质样品——跟沙粒一般大——就具有相当于两百吨常规火箭燃料的能量。"

兰登感到一阵眩晕。

"这能量比核能强上千倍，是百分之百的高效能源，完全有实力成为明日的能源之星。而且没有副产品，没有辐射，也不会带来污染，只需少许几克就能提供一个大城市一周所需的动能。"

几克？兰登惶恐不安地后退了好几步。

"别担心，"维多利亚说，"这里的样品微乎其微——只有百万分之一克。基本上没有危险。"她伸手抓住一个储存器，试着把它从底座上拧下来。

科勒打了个哆嗦，待着没动。只听到"嘀"的一声，储存器被拧了下来，底部的电子显示屏也旋即启动，红色的数字闪烁着，倒计时开始。

24:00:00……

23:59:59……

23:59:58……

兰登盯着显示数不断减少的计时器，感到这简直是一颗定时炸弹。

"这种电池，"维多利亚解释道，"能给反物质捕集器提供整整二十四小时的电量。而且只要把它插回充电台，马上又能再充电。这样做是为反物质捕集器的安全着想，当然同时也是为了方便运输。"

"运输？"对科勒来说，这无疑是当头一棒，"难道你们还把这鬼东西运到外面去？"

"当然不会，"维多利亚不慌不忙，"这只是为了方便对它进行研究。"

她把兰登和科勒领到实验中心的尽头，拉开窗帘，露出一扇窗户，外面有一间大房间，墙壁、地板、天花板全是钢制的。这不由得让兰登想起了他去巴布亚岛的新几内亚湾研究汉他的人体彩绘时，搭乘过的油船上的一只大油箱。

"这里是湮灭反应间。"维多利亚说。

科勒抬起头。"你们还真研究湮灭反应？"

“我父亲非常痴迷于研究创世大爆炸的物理原理——极小的物质核点如何释放出巨大的能量。”维多利亚说着，拉开了窗户底下的一个钢制抽屉，把反物质捕集器放了进去，然后关上抽屉，拉动了抽屉边上的控制杆。不一会儿，反物质捕集器出现在窗户对面的房间里，它在金属地板上流畅地呈大圆弧滚动，最后停到了靠近房间中央的位置。

维多利亚不自然地笑了笑。“你们将第一次目睹反物质湮灭反应，这几百万分之一克，微乎其微的样品。”

兰登看着渺小的反物质捕集器孤零零地待在庞大的反应间的地板上。科勒也转过身来，面朝窗户，看上去一脸茫然。

“一般情况下，”维多利亚说，“我们得等上二十四小时，直到电池耗尽。不过反应间的地板下装有磁体，它能破坏反物质捕集器的电磁场，从而破坏悬浮状态。这样，一旦反物质碰上物质……”

“湮灭。”科勒低声说。

“还有，”维多利亚提醒道，“反物质释放的大量纯能量将在瞬间全部转化成光子。所以，不要直视样品，好好护着眼睛。”

兰登一直都小心谨慎，但现在觉得她未免有些故弄玄虚。不要直视样品？这个装置远在三十码之外，在一面超厚的有色有机玻璃墙后。再者，储存器里的微粒小得可怜，只有在显微镜下才勉强看得见。护着眼睛？兰登困惑不已。这样的小微粒到底能

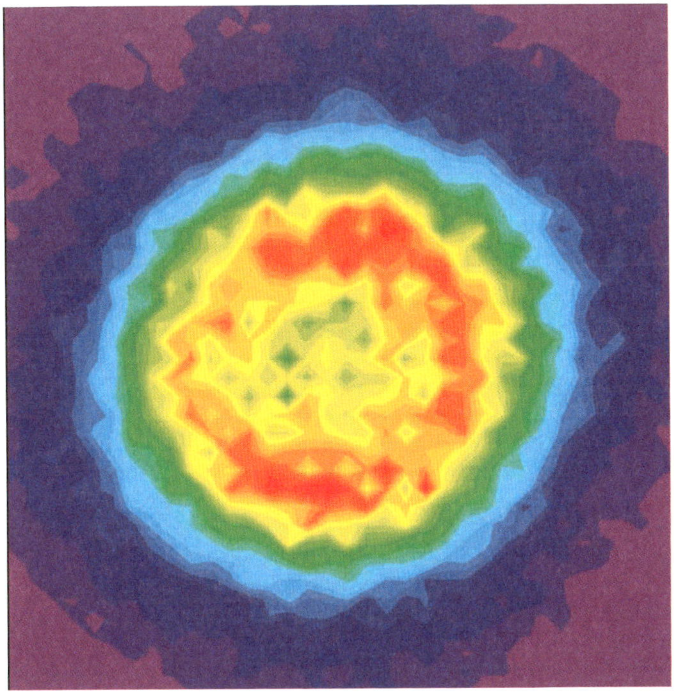

反物质湮灭的电子显示

释放多强大的能量呢——

维多利亚按下按钮。

刹那间，兰登什么也看不见了。储存器的中央闪现出一个刺眼的亮点，接着亮点爆炸，发出一阵骇人的光浪向四周辐射，带着雷鸣般的巨响撞到他面前的窗户上。整个反应间都被撼动了，他不觉向后打了个趔趄。这灼热的光停留了好一阵，骤然间又迅速退了回去，缩成一个小点儿，化为乌有。兰登费劲地眨着眼睛，好一会儿，才恢复了视力。他眯缝着眼睛看着里面闷燃殆尽的反应间。地板上的储存器不见了，销声匿迹。一点痕迹都没有留下。

他瞪大了眼睛，惊讶无比。“上……上帝。”

维多利亚悲伤地点点头。“跟我父亲描述的一模一样。”

23

科勒目瞪口呆地看着湮灭间，满脸的错愕，眼前的一幕让他根本无法相信。罗伯特·兰登站在他身边，看上去更加惊愕。

“我想见我父亲，”维多利亚要求，“我已经带你们看了实验室。现在我要见我父亲。”

科勒缓缓转过身来，似乎没有听到她说什么。“维多利亚，你怎么拖了这么久？你和你父亲老早就该把这个发现告诉我。”

维多利亚瞪大了眼睛，看着他。你还想要多少理由？“主任，这个问题我想稍后再谈。现在，我想马上见到我父亲。”

“你知道这项技术意味着什么吗？”

“当然知道。”维多利亚回击道，“它能给‘欧核中心’带来大量收益，当然，还有很多。现在我想……”

“这难道就是你保密的理由？”科勒严词指责，显然是想激怒她，“就因为你担心我和董事会的人会把这项成果公之于众？”

“它就该被公之于众，”维多利亚愤怒地说，感觉自己卷入了这场争论，“反物质技术确实是一项很重要的技术，但它也相当危险。所以我和父亲需要时间来优化制造流程，把它的危险降到最低程度。”

“换句话说，你不相信董事会在科学和经济利益之中会以科学为重。”

科勒的漠然让维多利亚大吃一惊。她解释着说：“还有一些其他的原因。我父亲需要时间让人们正确地认识反物质。”

“什么意思？”

你认为呢？“物质源于能量？源于虚无？这就是明证，它从科学的角度证明了创世纪是完全可能的。”

“所以说你父亲担心这个发现在宗教上的非凡意义会被商业利益抹杀得干干净净。”

“可以这么说。”

“你也这样想吗?”

说来奇怪,维多利亚的想法恰恰与她父亲背道而驰。在她看来,商业的介入对新能源的开发是至关重要的。她坚持认为,尽管反物质技术一直被看作是最有潜力成为兼具高效性和零污染的能源,但如果被过早公开,它就冒着被毁灭的危险,在策略和公关上的失败就断送了核能和太阳能。核能在消除安全隐患前被广泛应用,酿成了许多悲剧;而太阳能在技术成熟前被大肆投入使用,结果许多投资商血本无归。从此,这两项科技就臭名昭著,被扼杀在摇篮中了。

“我所在意的——”维多利亚说,“与把科学和宗教结合起来相比,或许不算什么。”

“是环境保护?”科勒做了个大胆的推测。

“是的。我的目标是取之不尽的矿藏,用之不竭的能源,不再有污染,不再有辐射。反物质技术将拯救整个地球。”

“或者毁灭。”科勒讥讽道,“关键就看谁用,还有用来干什么。”科勒那残疾的身体让维多利亚觉得寒气袭人。“还有谁知道这事?”他问。

“没有了,”维多利亚回答道,“我早跟你说过。”

“那你说你父亲怎么会送命?”

维多利亚浑身的肌肉都变得僵硬了。“我不知道。我父亲的确跟‘欧核中心’的某些人有过节,这你清楚,但这不可能跟反物质有关。何况,我们曾互相起誓,将这个秘密再保守几个月,直到我们一切准备就绪才公开。”

“你确信你父亲做到了?”

维多利亚简直要气疯了。“我父亲从未失信过!”

“那你没告诉别人吗?”

“当然没有!”

科勒吐了口气,停了半晌,似乎在小心翼翼地斟词酌句。“那么,假设确实有人收到了消息,或者有人混进了实验室。试想一下,接下来,他们会怎么做? 你父亲有没有把笔记留在这里? 比如说关于反物质制作程序的文件等等。”

“主任,我受够了。现在,我想讨些说法。你一直在不厌其烦地假设‘有人闯入’,但你已亲眼见到了这个视网膜扫描仪。我父亲在保密和安全问题上一向谨小慎微。”

“你就听我一回,”科勒怒视着她,断然说道,“有可能丢了什么吗?”

“我不知道。”维多利亚愤怒地扫视了一遍实验室,反物质样品都各就其位,父亲的工作台也井然有序。“没有人来过,”她肯定地说,“上面这里看上去没有任何问题。”

科勒一脸诧异。“上面这里?”

无意中,维多利亚已经泄了底。“是的,这是上层实验室。”

“你们还使用下层的实验室吗?”

“用于贮藏。”

科勒坐着轮椅，移到她面前，又咳了起来。“你把危险品储藏室用来装东西？都装了些什么？”

当然是高危物质，还能是什么！维多利亚按捺不住了。“反物质。”

科勒双手撑着轮椅扶手挺直了身子。“这里还有其他的样品？见鬼，你怎么早不说！”

“我不是说了吗？”维多利亚毫不客气，“你没有给我机会说！”

“看来，我得把楼下的那些样品检查一遍，”科勒下了命令，“快，马上！”

“是那个样品，”维多利亚不忘纠正他，“只有一个，而且安然无恙。没有人有机会——。”

“只有一个？”科勒有些迟疑，“那怎么不把它搁在这上面？”

“我父亲想把它放在岩床下，为了以防万一。毕竟它比别的样品要大。”

科勒和兰登二人飞快地交换了一个警觉的眼色，但这没能逃过维多利亚的眼睛。接着，科勒又朝她移近了一步。“你们制造了超过五千毫微克的样品？”

“这是有必要的。”维多利亚辩解说，“我们得证明投资和收益率是可观的。”实际上，所有新开发的能源都面临同一个问题：投资和收益的比例问题——也就是说投资方要赢利得往项目上投多少钱。试想，如果打造一口耗资巨大的油井，只收获了一桶石油，这无疑得不偿失。但是，同样一口油井，如果只增加一丁点投资就能换来成千上万桶油，那你就赚了。反物质技术也同样如此。兴师动众制造的十六英里的电磁场，消耗的能量要远远多于得到的、少得可怜的反物质。因此，要证明反物质的高效性和可行性，就只能制造更大的样品。

其实，维多利亚的父亲在这件事上一直表现得颇为犹疑，倒是维多利亚起了推波助澜的作用。她认为要想让反物质科技得到重视，她和她父亲必须证明两件事。其一，反物质技术投资能获得极大收益。其二，反物质能被安全地贮藏。最终，维多利亚取得了胜利，她父亲只得勉强默许了。不过有关保密和使用途径的方针是不容动摇的。他坚持把反物质放在危险品储藏室——一个小小的、深入地底七十五英尺的花岗岩洞穴里。就这样，这个样品成为他们共同守护的秘密，而且也只有他俩才能进入那个地方。

“维多利亚，”科勒紧张地追问道，“你和你父亲到底制造了一个多大的样品？”

维多利亚心里掠过一阵不怀好意的快感。她知道即使是了不起的马克西米利安·科勒听到了这个数量后也会大惊失色。她的脑海中浮现出反物质的图像，那是一幅让人瞠目结舌的画面。在容器的半空中，一滴肉眼清晰可见的反物质微滴上下舞动。它不是显微镜下的小点儿，它的大小与 BB 猎枪弹①不相上下。

① BB 猎枪弹：一种用于汽步枪的标准尺寸的铅弹，直径大小为四十分之七英寸，大约 0.44 厘米。

维多利亚深吸一口气，鼓足了勇气说：“足足 0.25 克。”

科勒吓得面无人色。“你说什么！”他止不住地咳了起来，“0.25 克？那不是……几乎五千吨当量！”

千吨当量。维多利亚憎恨这个字眼，她和她父亲从不用这个词。一千吨当量相当于一千公吨 TNT 炸药的爆炸力，它是专用于武器装备的能量单位，比如导弹的有效载荷，毁灭性的能量。而她和她父亲向来只乐于谈论电子伏特和焦耳——建设性的能量输出单位。

“这么多的反物质足以毁掉方圆半英里内的任何东西。”科勒叫起来。

“没错，它能在顷刻间毁灭一切，”维多利亚毫不客气，“谁都不会这么干！”

“那些不明真相的人就可能这么干。再者，假如电源没电了呢！”科勒已经直朝电梯移去。

“这就是为什么我父亲要把它安置在危险品储藏室里，接上了能自动排除故障的电源，还另外配备了一套安全系统。”

科勒转过身来，显得满怀希望。“你们在危险品储藏室里还装了其他的安全设备？”

“是的，还有一套视网膜扫描系统。”

科勒只吐出两个词。“下楼，现在！”

货用电梯像巨石一样往下坠。

这里又朝地下深入了七十五英尺。

维多利亚觉察到两个男人的恐惧随着电梯的下降不断加深，连科勒那总是面无表情的脸也陡然绷紧了。*我承认*，维多利亚心想，*这个样品确实很大，但是我们采取的措施也绝对是——*

他们到达了最底层。

电梯门开了。维多利亚领着他们沿着灯光昏暗的走廊一路走过去。一扇巨大的钢门立在了路的尽头。危险品储藏室到了。门边的视网膜仪跟上面的那一个别无二致。她把眼睛小心翼翼地对准了镜头。

突然，她往后一退。不对劲！平日里一尘不染的镜头溅上了……不，是抹上了什么东西，看起来是……血？她困惑不解，朝这两个男人转过身来，却见到两副苍白的面孔。科勒和兰登脸色煞白，眼睛直勾勾地盯着她脚边的地板。

维多利亚顺着他们的视线……往下。

“不要！”兰登大叫，伸手去拉她，但已经太晚了。

维多利亚死死地盯着地板上的东西。对她而言，这东西既是完全陌生的，又十分熟悉。

一切只在转瞬之间。

接下来，她感到天旋地转，无比恐惧，一切都明白了。那个像废物一样被抛弃的，躺在地板上盯着她看的，不是别的，正是一颗眼珠。她肯定认出了这一颗淡褐色的眼珠。

24

安检员仔细看着面前这排安全监控屏，他的上司从他身后探过头来，他屏住了呼吸。一分钟过去了。

司令的沉默是意料中的事，安检员心想，毕竟他是个一丝不苟的人，绝不会在考虑不周全的情况下，对世界上最精锐的保安部队胡乱发号施令。

那么，他到底在想什么呢？

他们正仔细琢磨着屏幕上显示的某种金属罐——周围透明的金属罐。这倒是简单，但剩下的问题却很棘手。

容器的内部，一个小小的金属般的液滴似乎在某种特殊力量的作用下浮在半空。这液滴在一个数字显示屏机械地闪烁着的红光中时隐时现。显示屏上的数字在不断地减小，安检员汗毛直竖。

"能把对比度调小一点儿吗？"司令问道，吓了安检员一跳。

他执行命令。图像变柔和一点儿了。司令往前靠了靠，眯缝着双眼，观察在容器底部刚刚显现的字样。

安检员顺着司令的视线看去。在电子显示屏旁边，淡淡地印着一个首字母缩写词。四个大写字母在有节奏闪现的光亮中闪烁着。

"待着别动，"司令发话了，"什么也不要说。由我来处理。"

25

危险品储藏室。地下五十米处。

维多利亚·维特勒朝前一绊，差点儿撞到视网膜扫描仪上。恍惚间，她感到那个美国人冲过来一把扶住她，不让她倒下去。脚边的地板上，父亲的眼珠突兀地瞪着。一阵撕心裂肺的疼痛向她袭来。他们竟然剜出了他的眼珠！整个世界都变样了。科勒紧跟在后面安慰她，兰登带着她重新站到了门边。如同在梦中一般，她不知不觉地把眼睛对准了这个视网膜扫描仪。这个设备嘟嘟响了起来。

门滑开了。

父亲的眼珠那可怕的样子深烙在了维多利亚心上，她感到屋内还有可怖的事情发生。她恍恍惚惚地凝视着室内，心里知道这场噩梦的第二幕已揭开了。眼前，孤零零的充电台上空空如也。

储存器不见了。他们剜去父亲的眼睛，为的就是偷走它。她这么快就想到其中的关联，还来不及完全理解。一切事情都有意外。这个样品本来是用以证明反物质是安全有效的能源的，如今却被人盗走。但没人知道世上有这个样品啊！然而事实已确凿无疑地摆在面前。有人发现了这个秘密，维多利亚想不出那会是谁。就连号称对"欧核中心"了如指掌的主任科勒先生，也是丈二和尚摸不着头脑。

她的父亲死了，因他的天才而被杀死了。

维多利亚还在悲痛中，又感到了一种新的情绪。这种情感更糟，更让她难以忍受，刺痛着她。这就是愧疚，难以控制，无休无止的愧疚。维多利亚知道，是她，说服父亲制造了这个样品。他违心地同意了，并且因此遭到杀害。

0.25 克……

像其他任何一项技术，比如火、火药、内燃机一样，反物质一旦被坏人掌握就可能置人于死地。非常致命。反物质是一种毁灭性极大的武器，威力强大，不可抵挡。储存器一旦从"欧核中心"内的充电台上拿走，就必然开始倒计时，像一列飞速前进的火车一样，无法停止。

时间一到……

炫亮刺目的强光，震耳欲聋的巨响。所有一切自动燃烧成灰。白光闪过……只留下一个空的深坑，一个巨大的深坑。

想到父亲卓越的天赋被用做毁灭世界的工具，维多利亚仿佛感到一阵恶心。反物质是绝对的恐怖武器。它没有金属部件，金属探测器对它束手无策；没有化学特征，猎犬灵敏的鼻子亦无用武之地；没有导火线，即使专家们能找到它的位置，也无法卸除。而倒计时已经开始……

兰登不知道还能做什么。他掏出手帕，盖住地板上列奥纳多·维特勒的眼珠。此时维多利亚站在空空如也的储藏室的门口，满脸的痛苦和恐慌。兰登再次不由自主地朝她走去，却被科勒制止了。

"兰登先生?"科勒面无表情。他示意兰登走开，兰登极不情愿地照办了，把维多利亚搁在一边。"你是位专家，"科勒紧张地低语道，"我想知道光照派的狗杂种准备拿反物质做什么。"

兰登竭力集中精神。尽管周围的一切近乎荒谬，他的第一反应仍然十分理性。科勒仍在做假设，全然错误的假设。"科勒先生，我坚信，光照派已经灭绝了。偷走反物质的一定另有其人，比方说，或许是'欧核中心'内部的某个官员打探出了维特勒先生的这个重大科技突破，并且认为这个项目太危险，不能再继续下去。"

科勒看上去目瞪口呆。"兰登先生，你认为这是出于正义之心犯下的罪过吗? 太荒谬了。不管是谁杀死了列奥纳多，想要的东西都只有一个，就是反物质样品。毫无疑问，他们是蓄谋已久的。"

“你指的是恐怖主义活动。”

“这是明摆着的。”

“但是光照派绝非恐怖组织。”

“这话跟列奥纳多·维特勒说去。”

听到这话，兰登感到被现实触痛。列奥纳多·维特勒的胸口确实烙下了光照派的标记。这标记从何而来？如果这神圣的印记是被某个组织用来掩盖自己行踪的，那这个障眼法的难度也未免太高了。所以，一定存在另一种可能。

兰登又一次强迫自己思考这个难以置信的想法。如果光照派仍然活跃于世，如果他们盗走了反物质，那么他们的目的是什么？他们攻击的对象是谁？他的脑子里一下子冒出答案，但又被他很快摒弃了。诚然，光照派有一个敌人，但针对这个敌人策划一场规模浩大的恐怖袭击是难以想象的。这完全不符合光照派的一贯作风。光照派确实杀过人，但都是个别的人，是仔细挑选的目标。大规模的屠杀实在下手太狠。兰登停了一下。然后，他又想，应该有个更具说服力的解释——反物质，这个顶级的科学成果，将被用做毁灭——

他无法接受这个荒谬的想法。“我知道了，”他突然说，“还有一个比恐怖主义更为合理的解释。”

科勒瞪大了眼睛，显然是在期待他继续往下说。

兰登试着理清头绪。光照派的惯用伎俩就是通过经济手段来行使强权。他们控制银行，并掌握大批金条，甚至四处散播谣言，声称他们拥有世间独一无二、价值连城的珍宝——光照之星，一颗硕大而无瑕的钻石。“是为了钱，”兰登说，“他们盗走反物质，是为了经济利益。”

科勒现出难以置信的表情。“经济利益？他们上哪儿去兜售一滴反物质样品？”

“不是卖样品，”兰登反驳道，“是卖制造反物质的技术。反物质技术几乎相当于一个铸币厂。很可能，他们盗走反物质就是为了分析它，然后研究和开发新的产品。”

“你认为是工业间谍？可是支持储存器磁场的蓄电池仅仅能维持二十四个小时。那些研究人员连个屁还没学到，就被崩上了天。”

“他们完全可以抢在爆炸之前给储存器充满电。他们可以造一个相匹配的充电装置，跟在‘欧核中心’的这个一样。”

“在二十四小时内吗？”科勒质问，“即便他们偷走了图纸，制作一个那样的充电装置要花好几个月，绝非几个小时！”

“他说得对。”维多利亚的声音很微弱。

他们二人转过身去。维多利亚朝他们走来，她的步履和声音一样，虚弱无力。

“他说得对。没有谁能及时地做出充电装置来。光制作界面就得花上好几个星期。磁力滤波器、伺服线圈、能量调节合金装置，这些装置都要调节到跟所处环境的比能度①相适应。”

兰登紧锁眉头。问题已经很明白了。反物质捕集器绝不是那种可以随便往墙上的电源插座上插的东西。一旦离开了“欧核中心”，储存器就走上了一条不归路，二十四小时后，它必将毁灭。

那么，结论就只剩下一个了，一个令人心神不宁的结论。

“我们得通知国际刑警。”维多利亚轻声说，这声音即使在她自己听来，也显得缥缈而悠远，“我们必须通知有关当局，不能再拖了。”

科勒摇头道：“绝不可以。”

这话让维多利亚大为吃惊。“不可以？你到底是什么意思？”

“你和你父亲已经让我非常为难。”

“主任，我们需要援助。我们必须赶在不幸发生之前，找到反物质并把它带回来。我们要对此负责！”

“我们更有责任好好思考。”科勒回答道，语气强硬，“这件事情一旦抖出去，将对‘欧核中心’的声誉造成非常非常恶劣的影响。”

“你还在担心‘欧核中心’的声誉？难道你不知道那个储存器能把一个城区糟蹋成什么样子？它的冲击波半径可达半英里！那可是整整九个街区！”

“我想这应该是你和你父亲在制造样品之前早该考虑到的问题。”

维多利亚感觉好像被捅了一刀。她辩白道：“可……可我们已经采取了预防措施。”

“显然，还不够。”

“但是并没有人知道反物质样品的存在。”当然，她意识到，这是一个荒谬的辩白。当然已有人知道了。有人打探到了这个秘密。

维多利亚没有告诉任何人。那么就只剩下两种可能。一是父亲向别人泄露了秘密，却又没有告诉她。不，这绝不可能。正是父亲提出，他们二人都要立誓死守秘密。那就是他们被监视了。是手机被监控了？维多利亚记得她在旅行途中曾跟父亲通过好几次话。是不是聊得太久了？也许是。又或者是他们的电子邮件走漏了风声。他们已经够谨慎了，不是吗？难道是“欧核中心”的安全系统？他们被监视了却浑然不觉？她知道这些都不重要了。发生过的已经发生了。父亲已经死了。

想到这一点，她马上动起来，迅速地从短裤口袋里掏出手机。

科勒急忙赶了过来，剧烈地咳着，眼里闪着怒火。“你……你要给谁打电话？”

“‘欧核中心’的总机。他们会帮我接通国际刑警。”

“动动脑子！”科勒哽咽着说，他的轮椅尖叫着停在维多利亚面前，“你真这么天真

① 比能度：单位体积所消耗的能量。

啊？储存器现在可能在世界上的任何一个地方。这世上还没有哪个情报组织能马上行动起来，及时找到它。”

“那我们就坐以待毙吗？”为难一个身体如此虚弱的人，维多利亚感到有些不忍，但主任如此不近人情，维多利亚觉得他不可理喻。

“我们得放聪明些。”科勒解释道，“我们绝不能盲目地招来那些不顶用的专家，让‘欧核中心’的声誉白白受损。现在不行，想都别想。”

维多利亚知道科勒的话或多或少有些道理。但她也明白，所谓道理，常常被剥夺了道德责任，而只留下个孤单的“理”字。她的父亲一辈子为了道德责任而活——科学上治学严谨，从不逃避责任，并且坚信人性本善。维多利亚对此也深信不疑，但她只是从“业”的角度来看待它们。她悄悄地躲开科勒，吧嗒一声打开了手机。

“你不能那样做！”

“你来阻止我呀。”

科勒没有动。

很快，维多利亚明白了为什么。在深深的地底下，她的手机压根就没有信号。

维多利亚气得七窍生烟，朝电梯走去。

26

黑煞星站在石道的尽头，手中的火把还在熊熊燃烧。火把的烟味、苔藓的泥味和东西腐烂的臭味全都古怪地混合在一起。周围一片寂静。一道铁门横在他面前，看上去跟这石道一样年代久远，虽然锈迹斑斑却依然牢固。他站在黑暗里等待着，满怀信心。

差不多到时间了。

杰纳斯许诺过里面一定会有人来开门。敌人内部的背叛令黑煞星感到大为惊讶。为了执行这个任务，他本打算在门口等上整晚的，现在看来，这大可不必。他这是在为决绝果断的人效劳。

几分钟后，恰在指定的时间，门的那边传来了一大串钥匙叮叮当当相互碰撞的声音。接着，在一阵金属和金属之间相互摩擦的刺耳声中，好几把锁脱开了。一个接一个地，三个硕大的门闩吱吱嘎嘎地打开了。这些锁吱嘎作响，好像几百年没用了似的。最后，三把锁全打开了。

随后，一片寂静。

正如事先约定的那样，黑煞星耐心地等待了五分钟。之后，他浑身涌起一股力量，他猛地一推，门开了。

27

“维多利亚，我决不许你那么干！”随着电梯的不断升高，科勒的呼吸越来越急促和吃力。

维多利亚不理睬他。此刻她渴望一个庇护所，这里的一切都曾经令她感到熟悉亲切，可现在这儿不再像是她的家了。她知道再也不会是了。现在，她只能忍受痛苦，采取行动。去打个电话。

她身边的罗伯特·兰登仍然一言不发。维多利亚早已懒得去猜想他是怎样的一个人。是个专家吗？比科勒更专业？*兰登先生可以帮助我们查出杀死你父亲的凶手。*事实上，兰登根本没帮上忙。看起来，他的热心和善良是真的，但他又一直在掩饰些什么。她又何尝不是呢。

科勒又冲着她说：“作为‘欧核中心’的主任，我对科学的未来负有责任。如果你把此事扩大成一个国际性事件，那么‘欧核中心’将会遭到——”

“科学的未来？”维多利亚驳斥道，“难道你真打算逃避责任，打算永远不承认反物质是从‘欧核中心’弄出去的？难道你打算对那些被我们置于险境的人们视而不见？”

“不是我们，”科勒反驳道，“是你们。你和你的父亲。”

维多利亚把脸转了过去。

“至于说危害生命，”科勒说，“这东西恰跟生命有关。你知道反物质技术对这个星球上的生命会产生巨大的影响。如果‘欧核中心’因为这桩丑闻破产了，完蛋了，那么所有的人都得跟着倒霉。人类的未来掌握在‘欧核中心’这样的科学机构手中，掌握在像你和你父亲这样致力于解决未来生存困境的科学家手中！”

维多利亚早听过科勒题为“科学即上帝”的报告，但她对这种观点却不以为然。科学正极力解决的问题中有一半是它自己造成的。“进步”就是长在地球母亲身上最严重的恶性肿瘤。

“科学要进步当然得承担风险。”科勒接着说，“风险必然存在。太空计划，基因研究，医疗制药——它们都可能出错。但是不管付出多大的代价，犯下多严重的错误，为了所有人的利益，科学都必须继续下去。”

科勒处理道德问题与科学理性的能力令维多利亚感到惊讶。他的才智似乎跟心灵毫无瓜葛。“你认为‘欧核中心’对地球的未来至关重要，以至于我们得不顾道德责任？”

“不要跟我谈道德！早在做那个样品的时候，你就已经超越了所谓的道德底线，并把整个‘欧核中心’置于危险之中。我现在尽力保护的不仅是‘欧核中心’三千名科学家的饭碗，还有你父亲的名誉。好好替他想想吧。像你父亲这样的人，不应被看作大规模杀伤性武器的制造者。”

维多利亚觉得他说到了点子上。是我说服了父亲制造那个样品。是我的错！

电梯门开了，科勒还在喋喋不休。维多利亚迈出电梯，掏出手机，又试着打电话。还是没有拨号音。该死！她径直朝门口走去。

“站住！维多利亚！”主任一边喘着气似地说，一边加快速度跟上她，“慢着，我们得好好谈一谈。”

“够了！别再说了！”

“想想你的父亲，”科勒恳求道，“想想他会怎么做？”

她继续往前走。

“维多利亚，我承认，我有事瞒着你。”

她不由得放慢了脚步。

“我不知道我是怎么想的。”科勒歉意地说，“我只是想保护你。告诉我，你到底想要怎么样？在这儿，我们必须好好合作。”

维多利亚忽然止住脚步，她站在实验室中央，但没有转过身来。“我想找到反物质样品。我想知道是谁杀死了我父亲。”她呆在原地一动不动。

科勒叹了口气。“维多利亚，事实上，我们已经知道是谁杀死了你父亲。我很抱歉，一直没有告诉你。”

维多利亚转过身来。“你说什么？”

“我不知道该怎么跟你说。这实在是难以——”

“你知道是谁杀死了我父亲？”

“是的，我们有了点儿眉目。凶手在现场留下了张名片似的东西。这就是我找来兰登先生的原因。他对声称对此事负责的组织很有研究。”

“组织？恐怖组织吗？”

“维多利亚，他们偷走了0.25克反物质。”

维多利亚看着站在房间中央的罗伯特·兰登。这一刻，一切都水落石出了。这可以解释一部分疑团。维多利亚很奇怪自己怎么早没察觉到这一点。科勒毕竟找来了权威。现在一切都清楚了。罗伯特·兰登是美国人，外表轮廓鲜明，行事谨慎稳重，很明显头脑非常睿智。他如果不是专家还能是什么？维多利亚打一开始就该猜到这一点。她转向他，心头泛起一丝新的希望。

“兰登先生，你能告诉我是谁杀死了我的父亲吗？还有，你们机构是否能帮助我们找到反物质呢？”

兰登显得有些慌张。“什么？我们机构？”

“我猜你应该是美国情报局的吧。”

“事实上……不是。”

科勒赶紧插话道：“兰登先生是哈佛大学艺术史教授。”

维多利亚好似被人泼了一桶冰水，从头凉到了脚。“教艺术的老师？”

“他是异教符号学的专家，”科勒又叹了一口气，“维多利亚，我们认为你的父亲是被邪教教徒杀害的。”

维多利亚把这话记在心里，但她还没法推敲个中含义。邪教教徒。

“声称对此事负责的组织自称光照派。”

维多利亚看了看科勒，又看了看兰登，想知道这是不是个不怀好意的玩笑。“光照派？”她追问着，“是巴伐利亚的光照派吗？”

科勒露出惊讶的表情。“原来你听说过？”

维多利亚觉得伤心的泪水马上就要夺眶而出。“巴伐利亚的光照派：世界新秩序。史蒂夫·杰克逊制作的电脑游戏。这儿一半的技术人员都爱在网上玩这个。”她的声音都沙哑了，“但我不明白……”

科勒不解地看了兰登一眼。

兰登点了点头。“很流行的游戏。讲的是来自古代的兄弟会控制了世界。一个半历史题材的游戏。我没想到它在欧洲也流行。”

维多利亚糊涂了。“你们在说些什么？什么光照派？那不过是个电脑游戏！”

“维多利亚，”科勒说，“光照派就是声称对你父亲的死负责的组织。”

维多利亚竭力鼓起勇气，忍住眼泪。她迫使自己一定要撑住，要理智地分析现在的情况。但是，她越是努力集中精神，就越是感到迷惑。父亲被谋杀了，“欧核中心”的安全也受到了严重威胁，还有个定时炸弹在某个地方倒计时，而她自己也与此脱不了干系。而现在，这个“欧核中心”的主任却领来了一位艺术教师，帮他们寻找一个神话中的邪恶的兄弟帮派。

维多利亚顿时感到孤独无依。她转身正要离开，科勒一下子拦住了她的去路。他在口袋里摸索了半天，然后像变戏法似地掏出一片皱巴巴的传真纸递给了她。

看到那个图像，维多利亚吓得打了个趔趄。

“他们给他打上了烙印，”科勒说，“他们在他的胸口上打了一个该死的烙印！”

28

秘书西尔维·波德洛克小姐慌慌张张地在空无一人的主任办公室外踱来踱去，他到底跑哪儿去了？我该怎么办呢？

真是古怪的一天！当然，为马克西米利安·科勒工作的任何一天都很有可能变得古怪，但是，科勒先生今天的表现格外不同寻常。

“给我把列奥纳多·维特勒找来！”今天早上，西尔维刚到办公室就听到他叫个不停。

西尔维听从吩咐，尽职尽责地给列奥纳多·维特勒打传呼、拨电话，还发送电邮。

没有回音。

接着，科勒先生怒气冲冲地走了，显然是打算亲自去找维特勒。几小时后，他坐着轮椅回来了，气色很不好看……尽管他从来没有好看过，但今天却显得格外糟糕。他把自己反锁在办公室里，然后西尔维就听到他又是上网，又是打电话，还发传真，还有说话声传出来。然后，科勒就坐着轮椅出去了。直到现在还没回来。

本来，西尔维下定了决心不去理睬这些怪诞的行为，权当是科勒先生上演的又一场闹剧。但是，她很快就着急了，因为他没有按时回来接受每天一次的注射。要知道主任身体一直不好，需要定期接受治疗。而且他每次试着赌赌运气，结果都是一样糟糕——呼吸休克，咳嗽发作，医护人员狂奔而来对他进行抢救。有时候，西尔维会觉得科勒先生大概有求死之心。

西尔维很想打个传呼提醒他一下，但她知道科勒有着强烈的自尊心，最讨厌别人的怜悯。记得上个星期，有位来访的科学家对科勒先生表现出不适当的同情，结果科勒先生勃然大怒，费劲地立起来，把文件夹狠狠地砸到那个人的头上。科勒君王每次动怒的时候，行动总是出人意料的敏捷。

此刻，西尔维不得不暂时把对科勒先生身体的担忧放在一边，因为又出现了一件紧迫得多的事情，让她左右为难。五分钟前，"欧核中心"的总机来电，接线员狂叫着说有个紧急电话找主任。

"他不在。"西尔维说。

接着，总机接线员告诉她打电话的人是谁。

西尔维几乎大笑起来。"你在开玩笑，对吧！"她听着电话，脸上布满了疑云。"经证实打电话的人的身份是——"西尔维皱起了眉头。"我明白了。好的，你能问问是什么——"她叹了叹气，"不用了，就这样。请告诉他不要挂机，我立刻去找主任。是，明白。我会尽快。"

但是西尔维却没能找到主任。她打了三次他的手机，但是每次回复都一样，"您好，您拨打的用户不在服务区，请稍候再拨。"*不在服务区？他能走多远？*西尔维只好又打科勒先生的 BP 机。呼了两次，没有复机。太反常了！她只好往他的移动电脑上发邮件。还是没有动静。好像这个人从地球上彻底消失了一般。

*我该怎么办？*她忖度着。

除了亲自搜遍整个"欧核中心"，西尔维知道现在只有一个办法能与主任取得联系。尽管这会让他很不开心，但是电话那头可不是主任能让他等着的人。而且听起来那人绝对没有兴致听她说主任不在。

西尔维终于做了个决定，连她自己也被自己的大胆吓着了。她走进科勒先生的办公室，来到挂在办公桌后墙上的金属盒前。她打开盒盖，盯着里面的控制装置，找到了对应的按钮。

她深深地吸了口气，一把抓起了麦克风。

29

维多利亚不记得他们是怎么进的主电梯，但他们确实就在那儿了。电梯在往上升。科勒站在她身后，呼吸很吃力。兰登关切地注视着她，像幽灵一般，目光仿佛要洞穿她的身体。他已从她手中拿回传真塞进自己的外衣口袋，不再让她看，然而那个图形已经深深嵌在了她的记忆里。

随着电梯的上升，维多利亚的世界陷入了一片黑暗中。爸爸！她在心灵深处呼唤着他。很快，在记忆的港湾中，她与他相逢了。她才九岁，在开满雪绒花的山间打滚，瑞士的天空在头顶上飞快地打转。

爸爸！爸爸！

列奥纳多·维特勒在她身边笑着，容光焕发。“怎么了，宝贝？”

“爸爸！”她咯咯地笑着，凑上去偎着他说，“来问问我什么是物质！”

“亲爱的，你很开心嘛，为什么让我问你什么是物质呢？”

“你就问嘛。”

他耸耸肩，问道：“什么是物质？”

她立刻笑起来了。“什么是物质？所有的一切都是物质！石头！树！原子！甚至食蚁兽！万事万物都是物质！”

他笑了，说：“你自己想出来的吗？”

“够机灵，哦？”

“我的小爱因斯坦。”

她皱皱眉，说道：“他的头发傻里傻气的。我见过他的画像。”

“可他有一个聪明的脑子。我告诉过你他的发现，对吗？”

她的眼睛里满是恐惧。“爸爸！不！你答应过我！”

“$E=MC^2$！”他逗她，挠她痒痒，“$E=MC^2$！”

“不要说数学！我告诉过你！我不喜欢数学！”

“你不喜欢数学，这我倒很高兴，因为女孩子连学都不准学。”

维多利亚突然停下来，说：“不准学？”

“当然不准了，这谁都知道。女孩子玩娃娃，男孩子学数学。数学就不是为女孩子准备的。我连跟小女孩谈谈数学都是不被允许的。”

“什么！这可不公平！”

“规矩就是规矩。小女孩是绝对不准学数学的。”

维多利亚似乎吓坏了，嚷道：“但是娃娃很没趣儿！”

“真抱歉，”她父亲说道，“我可以教你数学，但要是被逮住……”他朝周围空荡荡的山间紧张地扫了一眼。

维多利亚顺着他的视线望过去。“好吧，”她小声说道，“你就悄悄教我吧。”

移动的电梯把维多利亚从回忆中唤了回来，她睁开双眼，父亲已经不在了。

她又回到了现实中，周围是冷冰冰的。她朝兰登看了看，他目光中关爱的神情仿佛守护神般温暖，在科勒冷漠神情的衬托下更是如此。

此刻，猛烈撞击着维多利亚心灵深处的只有一个想法：

反物质在哪里？

这个骇人的答案少顷之后便可见分晓。

30

“马克西米利安·科勒，请马上给您办公室回电。”

电梯的门打开了，前面是主厅，灿烂的阳光照耀着兰登的双眼。对讲机里传出的话音还在空中回荡，科勒轮椅上所有的电子装置就全都哗哗嘟嘟地响了起来。他的呼机、电话、语音信箱，全都响起来了。科勒低头扫了一眼不断闪烁的显示灯，显然迷惑不解。这位主任已重新露面，现在又回到信号区来了。

“科勒主任，请给您办公室回电。”

听到助理叫他的名字，他似乎感到非常吃惊。

他抬头看了看，像是被惹火了，但几乎即刻又转怒为忧。兰登与他互相看看，还有维多利亚，好一会儿三人一动不动地相互对视着，仿佛所有的紧张感都没了，取而代之的，只有一种不约而同的不祥之感。

科勒拿起扶手上的手机。他拨通分机，竭力忍住又一阵咳嗽。兰登和维多利亚静静地在一边等着。

“我是……科勒主任，”他一边说，一边喘气，“什么？我刚才在地下，没有信号。”他听着电话，灰眼圆睁。“是什么人？好，接过来。”他停顿了片刻。“喂？我是马克西米利安·科勒，‘欧核中心’主任。您是哪位？”

兰登和维多利亚静静地看着科勒主任听电话，谁也不说话。

“在电话里谈这个太轻率了。”科勒最后说，“我马上就来。”他又咳嗽起来了。“在列奥纳多·达·芬奇机场……跟我碰头，我四十分钟后就到。”他现在几乎不能呼吸了，突然一阵咳嗽令他几乎说不出话来。“马上找到那个储存器……我这就来。”说完，他挂断了电话。

维多利亚跑到科勒身边，但他再也不能说话了。维多利亚掏出手机，拨通“欧核中心”医院的号码，兰登则在一边看着。他觉得自己像一条被暴风雨袭击的孤舟……颠簸着，但却孤立无援。

在列奥纳多·达·芬奇机场跟我碰头。科勒的话音在回响。

那些把兰登弄得一上午都头昏脑涨的模糊的影像即刻变成了一幅生动的画面。他站在那儿，周围一片混乱，他突然感到内心深处有一扇门打开了……仿佛刚刚跨过了某个神秘的门槛。对称字，被谋杀的神父科学家，反物质。现在……目标。列奥纳多·达·芬奇机场只意味着一件事。一时间兰登恍然大悟，知道自己刚刚已改变立场，变成了一个信徒。

五千吨当量。要有光。

两个医生穿着白大褂从大厅对面跑过来。他们跪在科勒身边，把一个氧气罩戴在他脸上。大厅里的科学家都停下脚步，站在后面。

科勒用力拽了两下，把面罩扯到一边，大口喘着气。他望着维多利亚和兰登说："罗马。"

"罗马？"维多利亚问，"反物质在罗马？谁打的电话？"

科勒脸上的肌肉扭结着，一双灰眼睛湿润了。"瑞士……"他已说不出话了。医生又给他戴上了面罩。他们准备把科勒抬走的时候，他伸出手拽住了兰登的胳膊。

兰登点点头，他懂科勒的意思。

"去……"科勒戴着面罩上气不接下气地说，"去……给我打电话……"正说着，医生把他抬上车送走了。

维多利亚一动不动地站在那儿，定定地看着他离开。好一会儿，她才转过身问兰登："罗马？可……这关瑞士什么事啊？"

兰登把一只手搭在她肩上，几乎是咬着耳朵吐出这句话。"是瑞士侍卫队，"他说，"是誓死保卫梵蒂冈的卫兵。"

31

X－33型航天飞机呼啸着冲上蓝天划过一道弯弯的弧线向南朝罗马飞去。机舱里，兰登静静地坐着，一言不发。刚才十五分钟内发生的一切他都记不清了。他已经向维多利亚简要地介绍了光照派及其反罗马教廷的盟约，对当前局势的了解开始走向深入了。

我这究竟是在干吗呢？兰登思忖着。刚才就该瞅准机会开溜的！但现在他心里清楚得很，这个机会是再也没有了。

兰登更清楚地认识到这种处境，这就使他更急于返回波士顿。然而，这个事件在学术界可能引起的轩然大波又使他莫名其妙地抛开了他的谨慎。他曾深信不疑的关于光照派消亡的一切说法现在突然看来像是一个堂皇的谎言。一方面他要努力寻求证据确认此事。无疑，这里还有一个道德问题。一想到科勒被病痛折磨，维多利亚在孤军奋战，兰登就觉得如果他的关于光照派的知识能派上用场，他就该义不容辞地留

梵蒂冈博物馆的鸟瞰图

在这儿。

可还不止于此。虽然兰登羞于承认这一点，但当他听说反物质所在的位置时，首先让他骇然的不仅是梵蒂冈城内人们所面临的危险，还有别的东西。

艺术品。

这个世界上最大的艺术宝库此刻正居于一枚定时炸弹上。梵蒂冈博物馆的一千四百零七个展览室共收藏了六万余件无价之宝——米开朗基罗、达·芬奇、贝尔尼尼和波提切利的珍品都在其中。兰登心里嘀咕，必要的话是不是要撤走所有艺术品。他知道这是不可能的。许多艺术品都是重达数吨的雕塑。不用说，最伟大的珍宝是建筑上的了——西斯廷礼拜堂、圣彼得大教堂、米开朗基罗设计的闻名遐迩的梵蒂冈博物馆内的螺旋形楼梯——这些无价之宝证明了人类天才的创造力。兰登想知道储存器还能撑多长时间。

“谢谢你来了。”维多利亚说道，语气很平静。

兰登从他的遐想中回到现实，抬头看看，维多利亚坐在过道对面。即使在机舱里呆板的荧光灯下，她也显得镇定自若——周身散发着一种迷人的气息。此时她的呼吸似乎更深沉了，好像一种自卫的本能使她激动万分……一个女儿的爱心驱使她寻求正

梵蒂冈博物馆内的雕塑馆

义,惩罚罪犯。

维多利亚没来得及换下短裤和无袖上衣,在飞机里的冷气中她褐色的双腿已起了鸡皮疙瘩。兰登很自然地脱下自己的外套递给她。

"美国式的殷勤吗?"她接过衣服,目光里流露出对他的感激。

飞机穿过气流,兰登感到一阵危险。没有窗户的机舱显得更加局促了,他努力想象自己是在一片开阔的场地上,然而他又意识到,这个念头很具有讽刺意味。那件事儿发生之前他就是在一片开阔的土地上的。极度的黑暗。他不再去回想记忆中的那件事。那早已是陈年旧事了。

维多利亚注视着兰登说:"兰登先生,你信上帝吗?"

这个问题让他吓了一跳。维多利亚话音里流露出的诚挚比她的询问更让人放松。我信上帝吗?他一直希望找到一个更轻松的话题打发旅途时间。

费解之人,兰登想,我的朋友就是这么叫我的。虽然兰登研究宗教有好多年,但他还不是教徒。他敬重信仰的力量、教会的慈善、宗教给予众人的力量……然而,对他而言,如果一个人真打算"信"什么的话,就必须清除理性的怀疑态度,可这对他那颗做学问的脑子来说,太难了。"我想去信。"他听到自己这么说。

维多利亚不下判断,也不质问他,她答道:"那么,为什么你不信呢?"

他轻声笑了。"哦,这不是那么简单的事。要有信仰,就得有信仰的骤变,发自内心地接受圣迹——相信无沾成胎说和神的介入。然后还有行为的法典。《圣经》《可兰经》、佛教典籍……这些都包含了相似的要求以及相似的处罚。这些经典都断言,如果我不能按照具体规则行事我就得下地狱。我不能想象一个神能以这样的方式统治世界。”

“我希望你不要让你的学生这样没羞地回避问题。”

这个评论消除了他的戒心。“什么?”

“兰登先生,我没有问你是否相信人们对上帝的看法。我只是问你是否信上帝。这是两码事。《圣经》记载的是故事……是关于人们理解自己,探寻意义的传说和历史。我不是叫你评判文献,我是问你是否信仰上帝。当你躺在星空下,你是否感觉到神的存在?在你内心深处,你是否觉得自己正凝望着上帝的杰作?”

兰登思量了好一会儿。

“我问得太多了。”维多利亚抱歉地说。

“不,我只是……”

“当然,你肯定会和你班上的学生讨论信仰问题。”

“那是没完没了的。”

“而且,我想你肯定是唱反调的人。你总是给辩论火上加油。”

兰登微微一笑,说:“你肯定也是教师。”

“不,不过我从一个老师那儿知道的。我的父亲可以证明麦比乌斯带①的两个面。”

兰登哈哈笑了起来,想象着那个做法巧妙的麦比乌斯带——一个扭转的纸环,理论上只有一个面。兰登第一次看到这个单面的图形是在 M. C. 埃舍尔的美术作品中。“可以问你一个问题吗?维特勒女士?”

“叫我维多利亚。维特勒女士听起来让我觉得自己都老了。”

他暗暗叹了口气,突然觉察到自己也不年轻了。“维多利亚,我叫罗伯特。”

“你有个问题。”

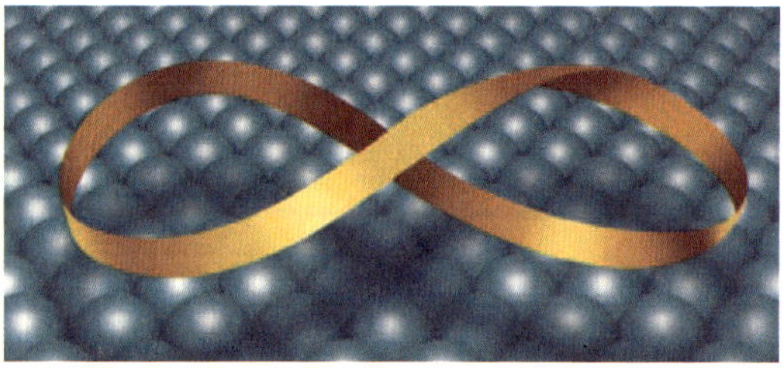

麦比乌斯带

“是的,作为一个科学家和天主教神父的女儿,你是怎么看待宗教的?”

维多利亚迟疑了,她捋了一下眼睛边的一绺头发,说道:“宗教就像语言或者衣服一样。我们在哪种习俗下成长,我们就倾向于哪种习俗。但归根结底我们都在宣扬同一个事物。人生是有意义的。我们对创造我们的力量心怀感激。”

兰登来了兴趣。“那么,你是说你是基督教徒还是穆斯林只取决于你的出生地?”

“这不是显而易见的吗?看看全世界宗教的传播情况就知道了。”

---

① 麦比乌斯带是一件具有奇异性质的数学珍品,这一名称取自它的发现者,德国数学家与天文学家麦比乌斯。每一张纸均有两个面,但如果把一条纸带半扭转,再把两头贴上,它就变成了只有一条棱和一个面的纸带。这一发现使得拓扑学得以蓬勃发展。

"所以信仰是随机的?"

"根本不是。信仰是普遍的。我们理解信仰所采用的具体方法是随意的。我们有的人向耶稣祈祷,有的人去麦加朝圣,有的人进行亚原子层的粒子研究。归根结底我们都是在寻求真理,而真理比我们自身更加伟大。"

兰登很希望他的学生能如此清楚地表达他们的观点。天哪,他真希望他也能这么清晰地表达自己的看法。"那么上帝呢?"他问,"你信上帝吗?"

维多利亚沉默了好长时间。"科学告诉我上帝一定存在,我的大脑告诉我我永远也无法理解上帝,而我的内心告诉我没人打算让我这么做。"

多简洁明了,他想。"所以你相信上帝是确有此人,但是我们永远也不能懂他。"

"是'她',"她微笑着说,"你们土生土长的美国人说得对。"

兰登轻声笑道:"大地母亲。"

"盖亚女神。这颗星球是个有机体。我们所有的人都是有着不同用途的分子,我们互相连接在一起,为对方效劳,为整体效劳。"

兰登看着她,觉得心潮澎湃,这种感觉他很长时间没有体会过了。她双眸中那种令人心醉神迷的清澈……话音里传出的那种纯净。他被吸引住了。

"兰登先生,让我来问你一个问题。"

"叫我罗伯特。"他说。兰登先生让我觉得自己老了。我老了!

"如果你不介意,罗伯特,可以告诉我你是怎么被卷进光照派这事的?"

兰登回想了一下,说:"实际上,都是钱惹的祸。"

维多利亚好像有点失望。"钱?咨询费,你说的是这个吗?"

兰登笑了起来,意识到他的回答听起来一定走了样。"不,是流通中的货币。"他伸手从裤袋里掏些钱出来,找到一张面额一元的钞票,说道:"第一次得知美国的货币上打上了光照派的符号时,我就对这个邪教产生了极大的兴趣。"

维多利亚眯缝着眼睛,显然不知道该不该把他的话当真。

兰登把那张钞票递给她。"看看后面,看到左边的国玺了吗?"

维多利亚把这张一元的钞票翻过来。"你说的是这个金字塔?"

"就是这个金字塔。你知道金

一美元纸币

国玺的背面

字塔跟美国历史有什么关系吗？”

维多利亚耸耸肩。

“确切地说，”兰登说，“毫不相干。”

维多利亚皱起了眉头。“那为什么它会成为你们国玺的重要图案？”

“这里有一段怪异的历史。”兰登说，“金字塔是一个神秘的标志，代表了向上的聚合力，直接指向光照的终极来源。看到上面是什么了吗？”

维多利亚仔细观察这张钞票。“有一只眼睛在三角形里。”

“这叫做‘特里纳克里亚’①。你在别的地方见过那个三角形里的眼睛吗？”

维多利亚沉默半晌，说：“实际上，我见过的，不过不太肯定……”

“世界各地的共济会都有这个标记。”

“这个符号是共济会的？”

“其实不是，它是光照派的。他们把这个符号叫做‘亮德耳塔’，这代表着对启蒙变化的呼唤。这只眼睛象征着光照派那无孔不入、无所不察的能力。这个闪亮的三角形代表启蒙，也是希腊字母德尔塔，在数学上表示……”

“变化，过渡。”

兰登笑了。“我忘了我在跟一个科学家说话。”

“所以你说美国国玺是对启蒙、洞察一切的变化的呼唤？”

“有人把这叫做‘世界新秩序’。”

维多利亚似乎大惊失色，她再低头扫了一眼这张钞票。“金字塔下写的是新……秩……”

“新世俗秩序。”兰登说。

“世俗，是非宗教吗？”

“是非宗教。这个措辞不仅清楚地表明了光照派的目标，而且还公然与旁边的几个字相抵触，那几个字是‘我们信仰上帝’。”

维多利亚似乎有点儿不安。“但这个符号怎么会出现在世界上最有影响力的货币

---

① 特里纳克里亚(trinacria)，三角形的意思，为意大利西西里岛的旧称，该岛由于外形呈三角状而得名。

上呢?”

“许多学者都认为这跟副总统亨利·华莱士有关。他是共济会的高层,当然与光照派有联系。他是光照派的会员还是只是受他们影响,不得而知,但正是他把国玺的设计图卖给总统的。”

“怎么卖的?总统为什么要同意……”

“当时的总统是富兰克林·D.罗斯福。华莱士只告诉他新世俗秩序的意思是新政策。”

维多利亚似乎满腹狐疑。“那罗斯福让财政部印刷之前就没让其他人看看这个符号吗?”

“没必要。他和华莱士就像两兄弟一样。”

“兄弟?”

“查一下你的历史书,”兰登笑着说,“富兰克林·D.罗斯福是有名的共济会会员。”

富兰克林·D.罗斯福和亨利·华莱士

32

X-33型飞机旋转着降落在罗马的列奥纳多·达·芬奇国际机场的时候,兰登屏住了呼吸。维多利亚坐在他对面,紧闭双眼,好像正努力以意志力来控制局势一样。飞机触地了,朝一个幽僻的飞机棚驶去。

“真抱歉,飞得太慢了,”飞行员从驾驶员座舱里出来向他们道歉,“我得尽可能让它飞得平稳,这里是居民区,得遵守噪声控制规定。”

兰登看了看手表。他们在空中花了三十七分钟。

飞行员打开外面的门,问道:“有谁愿意告诉我发生什么事了吗?”

维多利亚和兰登都没有应答。

“好吧,”他舒展着身子躺下来说,“我就待在机舱里,开着空调听听音乐。就我和加思①。”

机棚外,下午的阳光依然热力逼人。兰登把他的花呢衣搭在肩上,维多利亚仰脸朝天深深吸了口气,仿佛阳光又神奇地给她输送了活力。

地中海地区,兰登思忖着,他已经出汗了。

“玩卡通你好像年纪大了一点儿,对吧?”维多利亚问道,眼都不睁一下。

---

① 加思·布鲁克斯(Garth Brooks),著名美国乡村音乐歌手。

"什么?"

"你的手表。我在飞机上看到的。"

兰登有点儿脸红了。他不得不为自己的手表辩护,他对此已习以为常了。珍藏版的米奇牌手表是他小时候父母送的礼物。虽然标明时间的米老鼠那伸展的胳膊扭得傻里傻气的,可这是兰登戴过的唯一一块手表。这表不仅防水,而且晚上还发光,游泳时或在漆黑的校园里走夜路时戴是再好不过了。每次兰登的学生对他的时尚感觉提出质疑时,他就告诉他们戴米奇牌手表可以日日提醒他要保持一颗年轻的心。

"六点钟了。"他说。

维多利亚点点头,仍然闭着眼睛。"我猜接我们的飞机来了。"

兰登听到远处传来轰鸣声,他抬起头来,只觉得心往下一沉。从北而来的是一架直升机,飞机低低地滑翔着掠过跑道。兰登有一次曾乘直升机经过安第斯帕尔帕山谷,他当时看到纳斯卡沙漠的地画①,一点儿也不感兴趣。可以飞的鞋盒。坐了一上午飞机,兰登希望梵蒂冈派一辆小车来。

他错了。

梵蒂冈印玺

直升机在空中放慢速度盘旋了一会儿,然后降落在他们面前的跑道上。直升机机身为白色,另外还装饰着一枚盾形纹章——两把天国钥匙交叉在一面盾牌和教皇的皇冠上。他很了解这个符号。这是传统的梵蒂冈印玺——罗马教廷或政府"圣座"的神圣标志,"座"指字面意义上的古老的圣彼得宝座。

圣机,看着飞机着陆,兰登咕哝着说。他忘了梵蒂冈还有这样的玩意儿,用来送教皇去机场,参加会议,或者去他在冈多菲的避暑宫。可兰登无疑更希望来的是一辆车。

飞行员从机舱里跳下来,大步流星地从柏油路对面向他们走来。

这回轮到维多利亚感到不安了。"这就是我们的飞行员?"

兰登也跟她一样忧心忡忡。"飞,还是不飞,这是个问题。"

飞行员看上去打扮得花里胡哨,跟要出演莎士比亚的通俗闹剧似的。他肥胖的上衣上有一条条鲜艳的蓝色和金色交替的竖条子。他穿着搭配好的马裤和鞋罩,脚上蹬着一双黑色平底鞋,看上去像拖鞋一样,头顶上戴着毛毡贝雷帽。

---

① 纳斯卡沙漠位于秘鲁首都利马东南四百多公里处,为一片占地五百平方公里的荒漠高原,人们能亲眼目睹公元三〇〇至一〇〇〇年间就已经存在的纳斯卡地画,有猴子、蜂鸟、蜘蛛、花卉等图案,它的成因至今仍是一个谜。

“这是传统的瑞士侍卫队制服。”兰登解释道，“米开朗基罗设计的。”这人走近了。兰登皱皱眉说：“我承认，这不算米开朗基罗较好的作品。”

虽然这人着装艳俗，但兰登能断定这名飞行员相当专业。他朝他们走来，带着美国海军式的刚直和庄重。兰登多次读到过成为精锐的瑞士卫兵的要求。瑞士卫兵是从瑞士信奉天主教的四个州中的一个选出来，申请人必须是十九至三十周岁的瑞士男性，身高至少五英尺六英寸，在瑞士军中受训，并且未婚。这支威严的军队是世界上最忠诚且最可靠的安全武装力量，让世界各国政府艳羡不已。

梵蒂冈的瑞士卫队

“你们是从‘欧核中心’来的？”这名卫兵来到他们面前问道。

“是的，先生。”兰登回答。

“你们来得正是时候。”他说着，疑惑地瞥了一眼 X－33 飞机。然后，他转过身来对维多利亚说：“女士，你带了别的衣服吗？”

“什么？”

他指了一下她的腿。“梵蒂冈内不准穿短裤。”

兰登低头扫了一眼维多利亚的双腿，皱起了眉头。他竟然忘了梵蒂冈严厉禁止露出膝盖以上的部位——不管男女都是如此。这个规定是对上帝之城的神圣表达敬意的一种方式。

“我就穿了这些。”她说，“我们来的时候很匆忙。”

卫兵点点头，很明显他不高兴。他又对兰登说：“你们带武器了吗？”

*武器？兰登想。我连一件换洗的内衣都没带！*他摇了摇头。

卫兵在兰登身边蹲下来，开始搜他的身体，从他的袜子开始。*轻信的家伙，*兰登想。卫兵有力的双手沿着兰登的大腿一直往上走，碰到他的阴部，让他难受极了。最后，他的手一直摸到兰登的胸部和肩膀。显然，他对兰登的清白很满意，然后转过身对着维多利亚，从下往上打量着她的大腿和上体。

维多利亚怒目而视。“想都别想。”

卫兵盯着她，那目光很明显想要她屈服，然而维多利亚毫无畏惧。

“那是什么？”卫兵指着她短裤前面一个胀鼓鼓的方袋子问道。

维多利亚掏出一个超薄手机。卫兵把手机拿过来拨号，等着听拨号声，然后，他显然感到很满意，这个手机确实不过是个普通电话，便把手机还给了她。维多利亚把它塞进口袋。

“请转一圈。”卫兵说。

维多利亚遵命，她举起双手转了一个三百六十度。

卫兵对她审视得很仔细。兰登早就看出，维多利亚一身合体的短裤和短衫，除去她玲珑的曲线之外，没有任何不应有的突兀之处。显然这个卫兵也得出了相同的结论。

“谢谢两位，这边请。”

兰登和维多利亚朝飞机走去的时候，瑞士侍卫队的直升机停在空当上，螺旋桨不断旋转着。维多利亚先登上了飞机，像个经验丰富的专业人员一样，从急速转动的旋翼下经过时几乎都没停一下，倒是兰登踟蹰了一会儿。

“没有车吗？”他大叫着，对这名瑞士卫兵半开玩笑地问道，这位卫兵正要爬到驾驶座上。

他没有回答。

兰登明白，想想罗马疯狂的司机，坐飞机也许还安全些。他深深地吸了一口气然后登机。从旋转的机翼下走过时，他小心翼翼地猫着腰。

卫兵启动飞机的时候，维多利亚喊道：“你们找到那个储存器在哪儿了吗？”

卫兵转过去瞥了一眼，显得一脸的迷惑。“那个什么？”

“那个储存器，你们不是打电话跟‘欧核中心’说储存器的事了吗？”

这人耸耸肩。“我不知道你在说什么。我们今天很忙，司令叫我来接你们，我就知道这些。”

维多利亚不安地看了一眼兰登。

“请系好安全带。”飞行员说着，发动机转动了。

兰登摸到座位上的安全带给自己系上。小小的机身仿佛缩小了。飞机一个离地，直冲云霄，朝北打个急转弯，径直飞往罗马。

罗马……世界之都，恺撒一度统治的地方，圣彼得殉难之地。现代文明的摇篮。但是，在这个城市的中心……有一枚定时炸弹。

33

从空中看，罗马就是一座迷宫——一座错综复杂的迷宫，一条条蜿蜒的古道围绕在建筑物、喷泉以及古代遗迹的周围。

罗马鸟瞰图

梵蒂冈的飞机向西北低飞着穿过长年不散的烟雾层，这些烟雾都是由于下面拥挤的交通生成的。兰登注视着下面，机动自行车、观光公交车和一排排菲亚特小轿车"嘀嘀"地鸣着笛挤在环形交叉路的各个路口。科雅尼斯卡提思，他琢磨着，想起了这个形容失调的生活的霍皮语。

维多利亚很坚定地坐在他身边，一言不发。

飞机突然一个急转弯。

在罗马斗兽场对基督徒进行的迫害

古罗马广场

兰登觉得心往下坠，他把目光投向了更远的地方。忽然，他看到了古罗马竞技场的遗址。兰登总是想，这个竞技场是历史上最具有讽刺意味的事物之一。现在，它是人类文化和文明诞生的高贵象征，而以前这里自建好后却进行了几个世纪的野蛮运动——饥肠辘辘的狮子把囚犯撕成碎片，大批奴隶搏斗至死，对从遥远的异国他乡掳来的妇女进行集体强奸，还有公开实施斩首和阉割。兰登心想，哈佛大学用罗马斗兽场作“哈佛战士运动场”的建筑蓝图实在讽刺，不过说不定还挺恰当呢。每年秋天，这个足球场上都会重演从古代沿袭至今的人类野蛮凶残的一幕……当哈佛与耶鲁作战时，疯狂的球迷们声嘶力竭地为队员的浴血奋战而呐喊。

圣彼得大教堂鸟瞰图

直升机北飞途中，兰登发现了古罗马广场遗址，那是基督诞生之前的罗马的中心。腐朽的廊柱像墓地里坍塌的墓碑，这里不知怎么竟逃脱了被周围大城市淹没的命运。

向西看去，宽广的台伯河蜿蜒着穿城而过，绕出了几个巨大的弧形。即使在空中，兰登也看得出河水很深。翻腾的激流一片褐色，大雨过后，水里充满了泥沙和泡沫。

“看正前方。”飞行员一边说，一边让飞机向上爬升。

兰登和维多利亚向外望去，看到了那座著名的建筑。它那巨大的穹顶像拨开晨雾的高山一样，穿透云层耸立在他们面前，那就是圣彼得大教堂。

“喏，那个，”兰登对维多利亚说，“米开朗基罗的杰作。”

兰登以前从未在空中观赏过圣彼得大教堂。此时，大理石砌成的教堂正面在傍晚的阳光下光芒四射，像着了火一样。这座宏大的建筑物内保留着一百四十座圣徒、殉道者以及天使的雕像，它有两个足球场那么宽，更令人瞠目结舌的是有六个足球场那么长。宏大而深邃的教堂内足以容纳六万名朝拜者——这是梵蒂冈这个世界上最小的国家的人口的一百多倍。

然而，令人不可思议的是，与这气势恢宏的殿堂相比，前面的广场竟也毫不逊色。花岗石铺就的圣彼得广场向四处延伸开去，其开阔宏大令人叹为观止，广场位于罗马人口稠密的地方，仿佛一个古典的中央公园。大教堂前方，庞大的椭圆形广场周围，二百八十四根廊柱向外迤逦排开，绕着一个中心围成四个渐渐缩小的弧形……这是个建筑学上可以造成错觉的小花招，通常被用来加强广场的雄伟气势。

卡拉瓦乔的《圣彼得被钉上十字架》

兰登凝视着眼前这座宏伟华丽的圣殿，琢磨着如果圣彼得在世该做何感想。这名圣徒殉道的样子极其可怖，被倒钉在十字架上。现在，他已长眠在世界上最神圣的坟茔中，埋在地下五层楼深的地方，位于大教堂中央穹顶的正下方。

“梵蒂冈城国到了。”飞行员说，可听起来绝无欢迎之意。

兰登向外望去，一座座高耸的石砌堡垒逼近了——那是环绕着梵蒂冈城的固若金汤的防御工事……颇为奇特的是，这是对一个充满了秘密、权力和神秘事物的精神世界进行的世俗的防卫。

“快看！”维多利亚突然拽着兰登的胳膊叫起来，她发狂似地朝下面圣彼得广场的方向比划着。兰登把脸凑到窗户边来看。

“在那儿。”她说着，指给他看。

兰登顺着她指引的方向看去，只见广场后部像个停车场一样，被差不多十几部拖车挤满了。每一辆车顶棚上都朝天装着巨大的卫星天线，上面是让人觉得眼熟的名字：

欧洲电视台
意大利电台
英国广播公司
国际社

兰登突然觉得摸不着头脑了，他想，是不是反物质的消息已经泄漏了？

维多利亚似乎一下子绷紧了心里的弦。“媒体怎么到这儿来了？出什么事儿了？”

飞行员转过身，瞥了她一眼，感到很意外，“什么事儿？你们难道不知道吗？”

“不知道。”她没好气地回敬他，粗声粗气地说。

“秘密会议，”他说，“一个小时后就要封门了。全世界都看着呢。”

秘密会议。

这个词在兰登的耳边萦绕了好长时间，然后像块砖一样砸到他的心窝上。秘密会议。罗马教廷秘密会议。他怎么会把这给忘了呢？最近以来新闻里一直在说这事儿。

半个月前，教皇结束了他十二年来深得人心的统治溘然长逝。全世界的报纸都刊登了他寝中猝死的消息——死得太突然、太出人意料了，人人都觉得蹊跷。现在，按照宗教传统，教皇死后十五天，罗马教廷正召开秘密会议——在这个宗教仪式上，全世界一百六十五名红衣主教①——基督教世界最有权力的人——会聚在梵蒂冈城国选举新一任教皇。

今天地球上所有的红衣主教都来了，直升机从圣彼得大教堂上空经过的时候兰登这样想。梵蒂冈城内那宽阔的世界在他身下铺展开来。此时，整个罗马天主教的权力机构都居于一枚定时炸弹上。

① 红衣主教(Cardinal)，又译枢机主教，天主教红衣主教团的成员，负责选举教皇，为教皇的主要参谋人员，参与管理全世界天主教会。

西斯廷礼拜堂的天花板

34

莫尔塔蒂红衣主教望着西斯廷礼拜堂那奢华的天花板出神，试图静静地想一会儿。四周满是壁画的墙壁回荡着来自世界各国的红衣主教们的说话声。他们挤在烛光闪烁的礼拜堂，操着各种语言，压低声音兴奋地交谈，英语、意大利语和西班牙语都是这儿的通用语言。

阳光照进来的时候，礼拜堂里总是显得崇高而庄严——那长长的七彩光像天国之光一般射进来，穿透黑暗——不过不是今天。按照习俗，为了保密，礼拜堂所有的窗户都得用乌黑的天鹅绒遮上。这样可以确保里面没有人能通过任何方式发送信号，与外面的人交流。这样一来，礼拜堂里一片漆黑，全凭蜡烛照明……荧荧的烛光仿佛净化了它照到的每一个人，令他们超凡脱俗……宛如圣徒。

红衣主教们进入西斯廷礼拜堂参加秘密会议

真是莫大的荣幸啊，莫尔塔蒂想，我要监督这场圣事的进行。八十岁以上的红衣主教已经超过年龄，无权参加选举了，也不能出席选举会议，但是七十九岁的莫尔塔蒂是这里最年长的红衣主教，被授权监督会议全程。

按照传统，秘密会议开始前两个小时，红衣主教聚集在这儿，与朋友交流，进行最后的讨论。晚上七点，前任教皇的名誉侍从将到达这里进行开场的祈祷，然后离开。接下来，瑞士卫兵要把所有的门贴上封条，把红衣主教全部锁在里面。然后，世界上最古老最机密的政治仪式就要开始了。红衣主教们会一直被锁在里面，直到从他们中选出下一任教皇时才被放出来。

秘密会议。连这个名字都带有机密性，这个英语单词的字面意思是"上锁"。①红衣主教们同外界任何接触都被绝对禁止。他们不能打电话，不能发信息，也不能在门口

---

① 秘密会议，原文为 conclave，指秘密或机密的会议，也专指罗马天主教选举新教皇的会议。作者这一句解释说，"con clave"的字面意思为"locked with a key"，意即被一把钥匙锁上。

低声耳语。秘密会议室处于真空状态，绝不受外界丝毫干扰。这将确保红衣主教们保持绝对的与世隔绝的状态……他们眼前只有上帝。

毫无疑问，礼拜堂墙外都有媒体守候着，关注着事情的进展，揣测着红衣主教中的哪一位会成为全世界十亿天主教徒的统治者。秘密会议制造出了一种紧张的、党派间一触即发的气氛，历经几个世纪已变得极其可怕；从这个神圣的高墙内爆出了投毒、肉搏，甚至谋杀等丑闻。那都是陈年旧事了，莫尔塔蒂想，今晚上的秘密会议将是团结的，愉快的，而最重要的是……简短的。

不管怎样，这是他的假设。

然而，现在发生了一个意外。四个红衣主教神秘地从礼拜堂里失踪了。莫尔塔蒂知道往梵蒂冈城的所有出口全都由卫兵把守着，缺席的红衣主教不可能走远，但现在，离开场的祷告不到一个小时了，他突然心慌意乱，毕竟，这四个失踪的人不是普通的红衣主教，他们是那几个人。

被选中的四个。

作为会议的监督人，莫尔塔蒂已妥当地传话给瑞士侍卫队，警示他们那几位红衣主教已经失踪，然而现在他还没有收到回音。其他红衣主教已经注意到了这桩莫名其妙的失踪案。人们焦躁不安地低声议论起来。在所有的红衣主教里，这四个是应该准时到场的！莫尔塔蒂红衣主教开始担心起来，恐怕这将会是一个漫漫长夜。

他的脑子里面一片空白。

35

梵蒂冈行政宫前的广场

为了安全起见，同时也为了控制噪声，直升机停在了梵蒂冈城西北角上，尽可能远离圣彼得大教堂。

“着陆了。”飞机着地的时候飞行员说道。他从飞机里出来，为兰登和维多利亚拉开了滑门。

兰登从飞机上下来，转过身准备帮维多利亚一把，但她已毫不费力地跳下来了。她身上的每一根神经都被一个目标牵扯着——在反物质爆炸留下一堆可怕的废墟之前找到它。

飞行员在机舱窗户上铺开一张反光的遮阳布，然后把他们领到等在飞机边的一辆特大的高尔夫机动车上。机动车载着他们静静地疾驰在梵蒂冈西部边界旁——那是一面五十米高的水泥壁垒，其厚度甚至可抵挡坦克的袭击。墙内每隔五十米就有一位瑞士卫兵立正站着，警惕地注视着周围的状况。车子向右急转驶上了奥塞尔瓦托里奥大道。街上的路牌指着各个方向：

行政宫
埃塞俄比亚神学院
圣彼得大教堂
西斯廷礼拜堂

他们加快速度上了那条修整过的公路，经过一座低矮的大楼，上面写着"梵蒂冈广播电台"。兰登惊讶地意识到，这就是世界上听众最多的广播节目的制作中心——梵蒂冈广播电台——它把福音传给全世界千百万听众。

"坐稳了。"飞行员说着，突然一个急转，驶上了环形交叉路。

车沿转盘行驶的时候，兰登几乎不敢相信迎面而来的景象。梵蒂冈花园，他想。那是梵蒂冈城国的中心。正前方就是圣彼得大教堂的后部，兰登意识到，此番景象大多数人从未领略。右边，法庭宫渐渐逼近，这豪华的教皇府邸只有具有浓郁巴洛克风格的凡尔赛宫可与之媲美。现在，庄严的行政宫落在他们身后，那里是梵蒂冈的政府机关所在地。左边正前方，是巨大的长方形的梵蒂冈博物馆。兰登知道此次前来无暇参观博物馆了。

"人都到哪儿去了？"维多利亚看着空荡荡的草坪和人行道问道。

卫兵对了一下他那黑色的军用秒表——手表放在他臃肿的袖子下，显得古怪而过

西斯廷礼拜堂

时。“红衣主教都被召集在西斯廷礼拜堂。秘密会议一小时后开始。”

兰登点点头，隐隐约约回忆起来，在秘密会议开始前，红衣主教都要在西斯廷礼拜堂内待两个小时，静心思考，与世界各地来的同伴交谈。在这段时间里，他们可以重拾友谊，也能让选举的气氛不至于那么剑拔弩张。“其他居民和官员呢？”

“为了确保会议的机密和安全，他们都禁止进城，直到会议结果出来为止。”

“那什么时候结果能出来？”

卫兵耸耸肩。“只有上帝才知道。”奇怪的是，这句话听来一点儿也不夸张。

卫兵把车停在圣彼得大教堂正后方的宽敞的草坪上，然后护送兰登和维多利亚登上一个石头陡坡，到了大教堂后面的一个大理石广场。他们穿过广场，到了大教堂的后墙边上，沿着墙穿过一个三角庭院，走过贝尔韦代雷街，便置身于一幢幢排列紧凑的建筑物之中。兰登学艺术史时学了一些意大利语，辨认这些标牌绰绰有余，如梵蒂冈印刷厂、挂毯修补室、邮局管理处，还有圣安娜教堂。他们穿过另一个小广场便到了目的地。

瑞士卫队营毗邻警备处，位于圣彼得大教堂东北面。卫队营是一座低矮的石楼，每个入口的两旁各站着一名卫兵，他们像石像一样一动不动。

兰登不得不承认，这些卫兵看上去并不那么滑稽。虽然他们也穿着蓝色和金色相间的制服，握着传统的“梵蒂冈长戟”——八英尺长的长矛，矛头上挂着一道锋利的大钐镰——相传在十五世纪，天主教十字军在保卫战中用这些尖锐的长戟让不计其数的

手执传统长矛的梵蒂冈瑞士卫队

穆斯林人头落地。

兰登和维多利亚走上去，两名卫兵马上站出来，用长戟交叉挡住了入口。一名卫兵迷惑不解地望着飞行员。“怎么不穿长裤。”他指了指维多利亚的短裤说道。

飞行员摆摆手让他们靠边站。“司令叫他们马上来的。”

两个卫兵皱了皱眉头，不情愿地站到了一边。

卫队营里空气凉凉的。卫队营看起来一点儿也不像兰登想象中的行政保卫处的样子。这里装饰华丽，陈设无可挑剔，兰登可以断定，把这儿走廊里的壁画给世界上任何一家博物馆都会被如获至宝地置于主画廊里。

飞行员指着一段陡峭的台阶说：“请往下走。”

兰登和维多利亚沿着洁白的大理石台阶走下来，两边是裸体的男子雕像。每一尊塑像都戴着一片无花果叶，叶子比身体其他部分的颜色稍浅一些。

大阉割。兰登想。

那是文艺复兴时期的艺术史上最骇人听闻的惨剧之一。一八五七年，教皇庇护九世认为准确无误地表现男性的身体会在罗马教廷内挑起人们的性欲，所以他就用凿子和槌棒把梵蒂冈城内每个男子雕像的生殖器全部砍掉。被他毁坏的艺术品有米开朗基罗的，布拉曼特的，还有贝尔尼尼的，被破坏的地方用石灰做的无花果叶子遮住了。成百上千的雕像都被阉了。兰登还纳闷儿，是不是哪个地方还有一个装满石头阴茎的大篓子呢？

梵蒂冈博物馆里戴着一片无花果叶的雕塑

“就是这儿。”卫兵说道。

他们走到台阶底部，被挡在了一道厚重的钢门前。卫兵按下开门的密码，门自动拉开了。兰登和维多利亚走了进去。

里面完全是一片混乱。

36

瑞士卫队营。

兰登站在门口，审视着呈现在他们面前的景象，不同年代的东西都汇集在这儿了。混合艺术效应。这是一间文艺复兴时期风格的装饰奢华的图书馆，室内有嵌在墙上的书架、东方式地毯、五彩挂毯……然而，这房间还配有高科技装置——一排排电脑、传真机，还有梵蒂冈城的电子地图，所有的电视机都把频道调在美国有线新闻网上。身着彩色马裤的男子飞快地敲打着电脑键盘，头戴极其先进的受话器专心地倾听着。

“在这儿等着。”卫兵说。

兰登和维多利亚在一边等着，卫兵往房间对面走去，走到一个高挑、瘦削，穿着深蓝色军装的人身边。那人正拿着手机讲话，他直挺挺地站着，挺得几乎都要往后倾了。卫兵跟他说了几句什么，他朝兰登和维多利亚飞快地瞥了一眼，点点头，然后又转过身去继续听电话。

卫兵走回来，对他们说：“奥利韦蒂司令一会儿就来。”

“谢谢。”

卫兵告辞了，沿原路走上楼梯。

兰登的视线穿过整个房间仔细观察着奥利韦蒂司令，他意识到此人实际上是整个国家武装力量的总司令。维多利亚和兰登一边等着，一边注视着眼前的一切。着装鲜艳的卫兵们各自忙碌着，用意大利语大喊大叫着传达指令。

“继续找！”一名士兵冲着电话大叫。

“会不会在博物馆？”另一个人问。

不需要有多好的意大利语兰登也听得出来，这个安全中心现在正紧急地搜寻着什么。这倒是个好消息，但糟糕的是显然他们现在还没有找到反物质。

“你还行吧？”兰登问维多利亚。

她耸耸肩，倦怠地笑了笑。

司令终于挂断电话朝房间这头走来，他每走一步都好像长高了一点儿似的。兰登自己很高，不习惯抬头看人，但面对奥利韦蒂司令看来有此必要。奥利韦蒂司令走到他们跟前，兰登立即就觉察出这位司令是个经过风浪的人，他神情严峻，黑头发照军中的样式剪得短短的，目光炯炯，坚毅果敢，这样的刚毅只有在经历过数年的严格训练之后才会有。他步履矫健有力，那只小心翼翼藏在一个耳朵后的耳塞让他那副样子看上去不像个瑞士卫兵，倒像是从美国财政部特工处派来的。

司令用英语跟他们打了个招呼，带着很重的口音。他这么大的块头，说话的声音却令人不可思议的轻，简直像在说悄悄话一样，但却干脆恳切。“下午好，”他说，“我是奥利韦蒂司令——瑞士侍卫队的总指挥官。就是我给你们主任打的电话。”

维多利亚抬头盯着他。“谢谢你接待我们，先生。”

司令没有作声。他示意他们跟在后面，带着他们穿过一大堆电子仪器，走到房间边上的一道门前。“请进。”他为他们把着门说道。

兰登和维多利亚走了进去，发现这是一间阴暗的控制室，一面墙上都是监视器，屏幕上慢吞吞地切换着整个城市的黑白图像。一名年轻的卫兵坐在那儿专注地看着上面的图像。

“出去。”奥利韦蒂说。

这个卫兵便起身告退了。

奥利韦蒂走向其中一个屏幕并指着那个画面，他转身对他的客人说道：“这个图像是装在梵蒂冈城内某个地方的一个远程摄像头拍下来的。我想知道这是怎么回事。”

兰登和维多利亚不约而同地倒吸了一口气。这个图像绝对没错。千真万确。这就是“欧核中心”的反物质储存器。储存器的里面，一个发亮的液体微滴悬在空中，颇有几分不祥之感，电子显示屏上的数字有节奏地闪着光，照亮了那个小液滴。怪异的是，这个储存器的周围几乎是漆黑一团，好像是壁橱或者暗室里一样。监控器顶部，几个覆盖在图像上的字不停地闪着：实时录像——86 号摄像头。

储存器上的指针不断闪烁着，维多利亚看着上面所显示的剩余时间。“不到六小时了。”她脸绷得紧紧的小声对兰登说。

兰登对了对他的表。“那么我们还可以撑到……”他突然顿住了，心里揪了一下。

“半夜十二点。”维多利亚说着，咄咄逼人地看了他一眼。

半夜十二点，兰登想，真是天才。很明显，昨晚偷这个储存器的人早就掐准了时间。兰登意识到自己现在正坐在爆心投影点上，顿时感到不寒而栗。

奥利韦蒂的轻言细语此刻听起来倒更像是尖声嘘叫。“这东西是你们的吗？”

维多利亚点点头。“是的，先生。有人从我们这儿偷走的。这里面有一种可燃性极高的东西叫做反物质。”

奥利韦蒂似乎无动于衷。“维特勒女士，燃烧弹我见得多了，从没听说过什么反物质。”

“这是新技术。我们得立即查出它在哪里，不然就要疏散梵蒂冈城里的人。”

奥利韦蒂慢腾腾地眨了一下眼，好像这么重新打量一下维多利亚就能改变他刚才听到的话一样。“疏散？你知道今晚上这里有什么事吗？”

“我知道，先生。我还知道你们的红衣主教们危在旦夕。我们有大概六个钟头。你们查找这个储存器的进展如何？”

奥利韦蒂摇摇头说：“我们还没开始找。”

维多利亚差点儿没闭过气去。“什么？可我们听得清清楚楚，你们的卫兵在说搜查……”

“搜查，没错，”奥利韦蒂说，“但不是找你们的储存器。我们的人在找别的东西，跟你们不相干。”

维多利亚尖叫起来。“你们居然还没开始?”

奥利韦蒂的眼珠子好像缩进脑子里去了。他面无表情地说:“怎么了,维特勒女士? 我来解释一下。你们的主任不愿在电话里告诉我关于这个东西的一些细节,只是说我得马上找到这玩意儿。我们忙得不可开交,腾不出那么多人力来处理这件事,除非你们让我了解一些情况。”

“现在只有一个重要情况,先生”,维多利亚说,“那就是六小时之后,那个东西将使整个梵蒂冈城灰飞烟灭。”

奥利韦蒂站在那儿动也没动一下。“维特勒女士,有一些情况你需要了解一下,”他带着一副屈尊俯就的口吻说道,“虽然梵蒂冈城外表古旧,可每一个入口不管是公共的还是私人的,都装上了世界上最先进的传感器。谁要带着易燃物进来,不管是什么样的易燃物都会马上被检测出来。我们有美国药品管理局设计的放射性同位素扫描仪,嗅觉式滤光器,可以检测出易燃物和毒素中最微弱的化学特征。我们还用世界上最先进的金属检测器和X光扫描仪。”

“确实很厉害。”维多利亚说,声音也跟奥利韦蒂一样冷冰冰地,“不幸的是,反物质不是放射性的,它的化学特征跟纯氢一样,而且这个储存器是塑料的。这些仪器没有哪个能检测到它。”

“但是这个东西有电源供给啊,”奥利韦蒂说着指了指不断闪烁的电子显示屏,“即使最微弱的镍镉电池也会被探测到——”

“这些电池也是塑料的。”

奥利韦蒂渐渐失去了耐心。“塑料电池?”

“聚合体电解质的塑料电池。”

奥利韦蒂身子倾向她,好像要显示他的身高优势一样。“女士,梵蒂冈是许多炸弹袭击的目标。我亲自训练每一个瑞士卫兵,给他们讲解现代爆破技术。我很清楚,世界上还没有什么东西有像你说的那么大威力,除非你说的是跟棒球一样大的原子核弹头。”

维多利亚对他怒目而视。“自然界有许多谜都还未解开。”

奥利韦蒂朝她靠得更近了。“可否容我问你一句,你是什么人啊? 你在‘欧核中心’是什么角色啊?”

“我是一名高级研究员,被派来与罗马教廷合作处理这件危机。”

“恕我鲁莽,但如果这儿果真面临危机,为什么我得跟你合作而不是跟你的上司? 还有,你穿着短裤就跑到梵蒂冈来,不恭不敬,究竟安的什么心?”

兰登哼了一声。他简直不敢相信,都这个时候了这家伙还在为件衣服较真。不过他马上又想到,如果石头阴茎能在梵蒂冈人民中挑起色情联想,那么穿着短裤的维多利亚也理所当然地威胁到了国家安全。

“奥利韦蒂司令,”兰登插了一句,想缓解一下紧张的气氛,否则又有一枚炸弹眼看就要爆炸,“我叫罗伯特·兰登,宗教学教授,是从美国来的,跟‘欧核中心’没有关系。

我见过一次反物质爆炸演示，可以保证维特勒女士的话千真万确，那个东西确实很危险，非比寻常。而且我们有理由相信，这个东西被一个反宗教的组织放在了你们国内，他们企图破坏你们的秘密会议。”

奥利韦蒂转过脸来目不转睛地盯着兰登，说道：“一个穿短裤的女人跟我说一个小水滴快要炸毁梵蒂冈城，一个美国教授跟我说我们成了某个反宗教组织袭击的目标。你们到底想让我干吗？”

“找到储存器，”维多利亚说，“马上去找。”

“不可能。那东西放在什么地方都有可能，而且梵蒂冈城那么大。”

“你们的摄像机不是装了全球定位系统吗？”

“这些东西一般都不会被人偷的，要找到这个摄像头，得花上几天时间。”

“我们没有几天时间。”维多利亚不依不饶地说，“我们只有六个钟头。”

“六个钟头后又怎么样，维特勒女士？”奥利韦蒂突然提高了嗓门嚷道，他指着屏幕上的图像说，“倒计时结束？梵蒂冈城消失得无影无踪？听我说，我对破坏我保安系统的人没好心情，也不喜欢这些莫名其妙出现在我管辖区内的机械装置。我确实很担心，这也是我的职责，但你们在这儿说的这些我无法接受。”

兰登没等他说完就开口道：“你听说过光照派吗？”

一脸冷漠的司令简直要气炸了。他急红了眼，像要发起攻击的鲨鱼。“我警告你，我没空跟你谈这个。”

“这么说你听说过光照派了？”

听到兰登的话，奥利韦蒂的目光像锋利的刺刀一样投了过来。“我誓死捍卫天主教，当然听过光照派了。他们几十年前就灭亡了。”

兰登从他的口袋里掏出那被打上了烙印的列奥纳多·维特勒尸体的传真图片，递给奥利韦蒂。

“我是研究光照派的专家。”奥利韦蒂仔细查看图片的时候，兰登说，“我也很难相信光照派还在世上活动，然而，这个烙印加上光照派著名的反梵蒂冈盟约的事实，改变了我的看法。”

“电脑合成的，一个恶作剧罢了。”奥利韦蒂把传真还给了兰登。

兰登瞪大了眼睛，简直不敢相信自己的耳朵。“恶作剧？你看这个图形有多对称！你们所有的人都该知道这事的真实性……”

“不知道事情真实性的人是你。可能维特勒女士没有告诉你，实际上‘欧核中心’的科学家数十年来一直谴责梵蒂冈的政策。他们时常请求我们放弃神创论，向伽利略和哥白尼正式道歉，还要让我们不再谴责具有危险性或不道德的研究。你觉得哪种情况可能性大一些——是一个有四百年历史的邪教带着先进的大规模杀伤性武器重现江湖，还是‘欧核中心’某个人恶作剧，设下一个巧妙的圈套来破坏梵蒂冈的一件圣事？”

“那张照片上的人，”维多利亚冲口而出，像火山爆发一样，“是我父亲。他被杀害了。你认为我会拿这个开玩笑吗?"

"我不知道,维特勒女士。我只知道在没有得到合理的答案之前,我是不会发布任何警报的。我必须保持警惕,谨慎行事……得保持清醒的头脑才能确保圣事在此举行。今天非比寻常。"

兰登说:"至少得把会议延期。"

"延期?"奥利韦蒂惊讶得张口结舌,"你也太狂了!秘密会议可不像美国的棒球赛,下几滴雨就可以取消。这可是一件神圣的大事,遵循严格的仪式和程序,全世界十亿天主教徒都在等着新首领的诞生,还有全世界的媒体都在外面候着呢。规定这件大事的法典是神圣的——不容修改。自一一七九年以来,不论是发生地震、饥荒,甚至瘟疫,秘密会议都如期举行。听我说,这个会绝不会因为一个被杀害的科学家和一个天晓得的小水滴而取消。"

"我要见负责人。"维多利亚厉声要求。

奥利韦蒂怒目而视。"你已经见到了。"

"不,"她说,"我要见教会里的人。"

奥利韦蒂额上青筋暴起。"他们全都走了。除了瑞士侍卫队,这个时候还留在梵蒂冈城里的只有红衣主教团,而且他们在西斯廷礼拜堂里。"

"那内侍在吗?"兰登直截了当地问道。

"谁?"

"前任教皇的内侍。"兰登自信地重复着这个词,心里暗暗祈祷自己的记忆能有所帮助。他想起自己曾经读过一篇文章,介绍梵蒂冈当局在一名教皇死后所采取的古怪举措。如果兰登没记错的话,在新旧教皇交替的这段时间内,一切大权暂时自动转交给上一任教皇的私人助理——其职位类似秘书,他要监察秘密会议的进行,直到红衣主教选出新的教皇。"我认为内侍就是现在的负责人。"

"教皇内侍?"奥利韦蒂怒气冲冲地说,"教皇内侍只是这儿的一个神父。他是前任教皇手下的仆人。"

"但他现在在这儿,你要对他作个交待。"

奥利韦蒂双手抱胸说道:"兰登先生,你说得没错,梵蒂冈法令确实指定教皇内侍在秘密会议期间担任行政长官,但那仅仅是因为他没有资格担任教皇,这确保了选举的公正性。这就好比你们的总统死了,他的一个助手暂时坐在他位子上一样。这个教皇内侍还很嫩,对安全或诸如此类事件的认识还相当有限。实际上这里由我全权负责。"

"带我们去见他。"维多利亚说。

"不可能。秘密会议四十分钟后就要开始。教皇内侍正在教皇办公室里做准备工作。我不想拿安全问题去打扰他。"

维多利亚正要回应,却被一阵敲门声打断了话头。奥利韦蒂打开了门。

一个打扮齐整的卫兵站在外边,指着他的手表说:"到时间了,司令。"

奥利韦蒂看了看自己的手表，点点头。他转过身来对着兰登和维多利亚，像一个法官在宣判他们的命运似的。“跟我来。”他带他们走出了监控室，穿过安全中心，来到后墙边一个亮堂堂的小房间门口。“这是我的办公室。”奥利韦蒂挥手请他们进去。这个房间很普通——一张乱糟糟的桌子，几个文件橱，几把折叠椅和一个饮水机。“我出去一下，十分钟后回来。我建议你们利用这点时间想想到底打算怎么做。”

维多利亚突然转过身来，叫道：“你不能就这么走了！那个储存器……”

“我没工夫跟你说这个，”奥利韦蒂暴跳如雷，“也许我该拘留你们，等秘密会议结束我真有时间了再来跟你们磨。”

“先生，”卫兵又指指自己的手表，催他，“搜教堂。”

奥利韦蒂点点头，准备走了。

“搜教堂？”维多利亚问道，“你要去搜教堂？”

奥利韦蒂扭头紧盯着她。“我们搜查电子窃听器，维特勒女士——小心起见。”他指着她的大腿说：“有些事情我是不指望你会懂的。”

说完，他砰地摔门出去，把厚厚的玻璃震得格格作响，旋即，他又掏出一把钥匙插进锁孔一扭，狠狠地把门锁死了。

“蠢货！”维多利亚大叫起来，“你不能把我们关在这儿！”

透过玻璃门，兰登看见奥利韦蒂在对那个卫兵说着什么，卫兵点点头。奥利韦蒂大步流星地跨出了房间，那个卫兵转身跑过来，隔着玻璃门，面朝他们，双手抱胸站着，腰上挎着的随身武器清晰可见。

好啊，兰登心想。真是好极了。

37

维多利亚盯着站在奥利韦蒂紧锁的门外的瑞士卫兵，他也瞪着她，一身色彩鲜艳的衣服与他那威吓的神情显得十分不协调。

太惨了，维多利亚心想，我们居然被一个穿睡衣带武器的人扣作人质。

兰登沉默不语，维多利亚倒希望他能用他那哈佛的头脑想出脱身之计。然而，从他脸上的神情来看，她觉得与其说他在思考，不如说他被搞懵了。把他卷了进来，她感到有些抱歉。

维多利亚第一个反应就是掏出她的手机给科勒打电话，但她知道这样做并不明智。首先，这个卫兵很可能进来把她的手机没收了。再说，如果科勒那边的情形跟以往一样的话，他很可能还不能动。这还不是最关键的……问题是奥利韦蒂现在似乎谁的话都听不进。

回忆！她对自己说，回忆解决问题的办法！

努力回忆是一个佛教高僧的诀窍。维多利亚不再强求自己寻找办法解决这几乎不可能解决的问题，她让自己仅仅去回想答案。设想以前就知道这个答案，这样可以造成一种心境，觉得答案一定存在……这样可减轻令人沮丧的绝望心理。维多利亚经常用这个办法来打开科学研究中的困境——解决那些很多人都认为解决不了的问题。

然而，这一次，她的回忆诀窍不奏效了。她掂量着自己有多少选择……还有需要。她得提醒某个人，罗马教廷的某个人，那人得拿她当回事。但那得是什么人呢？教皇内侍吗？怎么联系他呢？要知道，她现在正关在一个玻璃盒里，只有一个出口。

办法，她对自己说，总能找到办法的，重新观察你的环境。

她本能地放松了紧绷的双肩，闭上眼睛，接连深吸了三口气。她觉得自己的心跳放慢，全身的肌肉也放松，心里不再惊慌失措了。好了，她想，打开思路。什么能使形势朝积极的方向发展？我可利用的优势在哪里呢？

维多利亚·维特勒那善于分析的头脑一旦冷静下来，就显示出极大的威力。当下她就意识到了，这个关他们的禁闭室正是可以助他们逃脱的钥匙。

“我要打个电话。”她突然说。

兰登抬起头说：“我正要建议你打电话给科勒，不过——”

“我不是打给科勒，是给另外的人。”

“谁？”

“教皇内侍。”

兰登似乎完全懵了。“你打电话给教皇内侍？怎么打啊？”

“奥利韦蒂说教皇内侍在教皇办公室里。”

“就算是这样，可你知道教皇的私人电话号码吗？”

“不知道，不过我不用我的电话打。”她扭头看着奥利韦蒂桌上的一部高科技电话机。电话上面布满了快捷按钮。“安全中心的头儿一定有通教皇办公室的直线。”

“可他还派了个举重运动员似的家伙佩着把枪就站在六英尺远的地方。”

“可我们是被锁在里面的。”

“我非常清楚这一点。”

“我的意思是那个卫兵被锁在外面了。这是奥利韦蒂的私人办公室，我猜别人没有钥匙。”

兰登看着外面那个卫兵。“玻璃这么薄，但他的枪却那么大。”

“他敢怎么样，会因为我用一下电话就开枪打我吗？”

“天晓得！这个地方太古怪了，而且这里的人行事——”

“如果不打电话，”维多利亚说，“接下来的五小时四十八分钟我们就只能待在梵蒂冈监狱里。不管怎样，反物质爆炸的时候我们都是首当其冲。”

兰登脸色刷白。“但你一拿起电话那个卫兵就会把奥利韦蒂叫来。而且，这上面有二十个按钮，都不知道哪个是通到哪儿的。难道你要碰运气，一个个试过来？”

“不，”说着，她迈开步子走到电话边，“我只按一个。”维多利亚抓起听筒，按下最上面的按钮，“第一个。我赌你口袋里的一张带有光照派符号的一元美钞，这个肯定是教皇办公室。对一个瑞士侍卫队司令官来说，还有什么比这个更重要？”

兰登没来得及回答。门外的卫兵用他的枪托敲打着玻璃门，朝她打手势叫她放下电话。

维多利亚朝他挤挤眼，卫兵似乎恼羞成怒了。

兰登从门口走过来，转身对她说：“你最好不要猜错，这家伙看上去可不是闹着玩儿的！”

“见鬼！”她听着听筒，说道，“居然是录音。”

“录音？”兰登问，“教皇还有录音电话？”

“这不是教皇办公室，”维多利亚说着挂断了电话，“是罗马教廷餐厅的每周菜单，该死！”

兰登对门外的卫兵无力地笑了笑，那卫兵一边用对讲机叫奥利韦蒂，一边从玻璃门外恶狠狠地瞪着他们。

38

梵蒂冈的电话交换台位于通信部，在梵蒂冈邮局的后面。这是一间比较小的房间，有一个八线的科罗柯 141 型电话交换机。交换台每天要处理两千多个电话，大多数都是由录音信息系统处理的。

今晚，城里值班的只有一个接线员，他品着一杯含咖啡因的茶，安然地坐在那儿。他是今天晚上仍待在梵蒂冈城内为数不多的人中的一个，对此他感到很是自豪。不过，很显然，在他门外逡巡的瑞士卫兵给他这份荣耀打了折扣。*在洗手间里也受到护卫，*接线员想，*哈，这也是在圣会的名义之下我们要忍受的冒犯。*

幸运的是，今晚上的电话不多。不过这也许并不是什么好事。最近几年，全世界对梵蒂冈国内发生的事似乎越来越不感兴趣。新闻界的电话减少了，就连政治狂人的来电也不如以往那么多了。新闻署希望今晚的盛事能像过节一样热闹，但让人沮丧的是，尽管圣彼得广场上停满了媒体的采访车，但大都是意大利和欧洲的普通媒体，只有少数全球覆盖的电台……但毫无疑问，他们也只派来了二流的记者。

接线员握着杯子，想知道今晚的秘密会议到底要开多久。*或许要到半夜吧，*他想。最近一阵子，大多数知情人早在会议召集之前就已知道了谁能当上教皇，所以这个会议与其说是一场真实的选举，还不如说是一场持续三四个小时的仪式。当然，最后一刻的职位之争会把仪式延长到黎明……或者还要晚一点儿。一八三一年的秘密会议持续了五十四天。*今晚才不会，*他对自己说；谣传说这次会议也就是一支烟的工夫。

这时，交换机上一个内线电话突然嘀铃铃地响了起来，打断了接线员的思绪。他看着闪烁的红灯，搔了搔头。这可怪了，他想，零号线。今晚城里还有谁会打电话来询问？是谁居然还在城里？

“梵蒂冈城国，请讲？”他拿起听筒说道。

电话那头的人操着一口意大利语，语速飞快。接线员隐约辨出这是瑞士卫兵说话时常带的口音——一口夹杂着法语腔的流利的意大利语。然而，这个打电话的人肯定不是瑞士卫兵。

听到这个女人的声音，接线员突然腾地一下站起来，差点儿没把手里的茶打翻。他又飞快地瞅了一眼电话，自己确实没有弄错，的确是内线分机。电话是从国内打来的。一定是哪里出了差错！他思量着，梵蒂冈城里有个女人？今天晚上？

那女人说话又急又快。接线员多年的工作经验令他能够分辨出他遇到的是不是个疯子。这个女人听起来并不像发了疯的样子，虽然迫不及待却十分理智，沉着冷静而且言词恳切。他听着她的要求，糊涂了。

“教皇内侍？”接线员一边说，一边琢磨着这个该死的电话是从哪里打来的，“现在不大可能接通……哦，我知道他现在在教皇办公室，不过……再问一下，你是谁？……你想提醒他……”他听着电话，越来越心烦意乱。所有人都身陷险境？怎么会？你在哪里打的电话？“或许我该跟瑞士……”接线员突然停下来，“你说你在哪里？哪里？”

他目瞪口呆地听着电话，然后做出了一个决定。“请稍等，别挂。”他说着，不等这个女人回答就把她撂在一边，然后马上拨通了奥利韦蒂司令的直线电话。那女人不可能真的是——

电话旋即接通了。

“上帝啊，求求你！”一个熟悉的女人的声音对他嚷道，“放下那个该死的电话！”

瑞士侍卫队安全中心的门“嘶嘶”地开了。奥利韦蒂司令像火箭一样猛冲进房间，卫兵们都散开了。奥利韦蒂拐弯走到他的办公室，立即证实了他的卫兵在对讲机里跟他汇报的情况；维多利亚·维特勒正站在他的办公桌边用司令的私人电话打电话。

真该死！他心里骂道。

他脸色铁青，一个步子迈到门边，把钥匙往锁孔里一捅，推开门厉声喝道：“你在干什么！”

维多利亚压根儿就不理他。“是的，”她对着电话说，“而且我必须提醒——”

奥利韦蒂从维多利亚手上一把夺过听筒，拿到耳边。“你是谁！”

然而，一眨眼工夫他就蔫了。“是的，教皇内侍……”他说道，“是的，先生……但是安全问题要……当然不了……她现在就在我这儿……当然，不过……”他听着电话。“是，先生，”他最后说，“我马上就带他们来见您。”

39

教皇宫是个建筑群，位于西斯廷礼拜堂附近梵蒂冈城的东北角上，它由教皇宫邸和教皇办公室组成，居高临下地俯瞰着整个圣彼得广场。

可以俯瞰圣彼得广场的教皇宫邸

维多利亚和兰登静静地跟在奥利韦蒂司令后面，他带着他们穿过一个长长的洛可可式①的走廊，由于愤怒，他脖子上的肌肉在突突跳着。他们爬了三道楼梯，来到了一个宽敞的光线很暗的过道。

兰登看着墙上的艺术品，简直不敢相信自己的眼睛——完美无瑕的半身像、挂毯、饰带——这些都价值连城啊。走过过道的三分之二时，他们经过了一座雪花石膏的喷泉。奥利韦蒂向左拐进一个凹室，大步流星地朝其中一扇最大的门走去，兰登还从来没见过这么宽大的门。

"这就是教皇办公室。"司令宣布道，很刻薄地瞪了维多利亚一眼。维多利亚丝毫没有退缩。她从奥利韦蒂身边走过，重重地敲了敲门。

---

① 洛可可式(rococo)，十八世纪初起源于法国、十八世纪后半期盛行于欧洲的一种建筑装饰艺术风格，其特点为精巧、繁琐、华丽。

教皇办公室，兰登心里嘀咕着，他几乎不敢相信自己此刻正站在整个宗教世界最神圣的一个房间外面。

“请进。”有人在里面喊。

门开了，兰登不得不挡住双眼，阳光太刺眼了。过了一会儿，眼前的景象才慢慢清晰起来了。

教皇办公室旁边的使徒宫门厅

教皇办公室看起来不像办公室，倒像是一个舞厅。地面铺着红色的大理石，四面墙上装饰着栩栩如生的壁画，一盏巨大的枝形吊灯悬在头上，旁边是一排弧形的窗户，透过窗户，阳光照耀下的圣彼得广场全景尽收眼底。

我的天，兰登想，这可真是间视野开阔的房子。

在离得很远的大厅另一头，一名男子正坐在一张雕花桌子边飞快地写着什么。“进来。”他又叫道，放下笔招手叫他们过去。

奥利韦蒂迈着军人的步伐走在前头。“先生，”他愧疚地说，“对不起——”

那人打断了他的话。他站起身来，端详着他的两位客人。

这位教皇内侍一点儿也不像兰登想象中的蹒跚在梵蒂冈街道弱不禁风、慈祥和蔼的老人的样子。他既没有戴念珠也没有别的挂件，也没穿又厚又重的长袍。他只披了件样式简单的黑色长袍，这似乎令他显得块头更大了。看上去他三十多不到四十岁的样子，按照梵蒂冈的标准，他还是个小孩呢。他有一张极英俊的脸庞，一头粗粗的棕发，一双亮晶晶的碧眼炯炯有神，好像对宇宙中的神秘充满了无限好奇。然而，当他走近些的时候，兰登看到了他眼里流露出的疲惫不堪的神色——像一个人刚刚熬过了生命中最艰难的十五天。

“我叫卡洛·文特斯克。”他说，他的英语棒极了，“是前任教皇的内侍。”他的声音谦逊而和蔼，只是带有一丝意大利腔。

“我是维多利亚·维特勒，”她一边说，一边走上前去伸出手来，“谢谢您会见我们。”

教皇内侍同维多利亚握手的时候奥利韦蒂气得浑身发抖。

“这位是罗伯特·兰登，”维多利亚介绍道，“哈佛大学的宗教历史学家。”

“神父。”兰登用他完美的意大利腔说。他伸出手去，弯腰鞠躬。

“不，不必，”教皇内侍坚持扶起了兰登，“圣座的办公室并没有让我也变得神圣。我只是一个神父——一个必要时帮帮忙的内侍。”

兰登站直了身体。

“请坐，”教皇内侍说，“都坐下。”他拿了几张椅子放在他的桌边。兰登和维多利亚坐下了。显然，奥利韦蒂情愿站着。

教皇内侍坐在了桌边，十指交叉地握着双手，叹了口气，注视着他的客人。

“先生，”奥利韦蒂说，“这个女人这身打扮就来了是我的失职。我——”

“我担心的不是她的打扮，”教皇内侍回答道，他似乎已经精疲力竭，再也受不了什么烦心事的打扰，“秘密会议召开前半小时，梵蒂冈电话交换台的接线员打电话告诉我说一个女人正在你的私人办公室里打电话，说要提醒我，我们面临重大的安全危机，而这个我一点儿都不知道，这才让我担心。”

奥利韦蒂站着一动也不敢动，弯着后背，就像一名接受严格检查的士兵。

看着眼前的教皇内侍，兰登只觉得恍恍惚惚如在梦里。虽然教皇内侍年纪正轻又那么困顿疲乏，但他通身散发着某种传奇般的英雄气质——散发着迷人的领袖风范和权威气派。

“先生，”奥利韦蒂说，他的口吻带着歉意但却依旧强硬，“你不该为安全的问题困扰，你还有其他责任。”

“我很清楚我的其他责任，但我也知道，作为一个过渡时期的领导人，我有责任保证这次秘密会议上所有人的安全。现在进展如何？”

“我已经把局势控制住了。”

“显然没有。”

“神父，”兰登打断他的话，拿出皱巴巴的传真递给教皇内侍，“这个请您过目。”

奥利韦蒂走上前来，想要阻止。“神父，请不要让这些东西来烦您——”

教皇内侍接过传真，好一会儿没有理睬奥利韦蒂。他看着被杀死的列奥纳多·维特勒的图像，惊讶得倒吸了一口气，“这是什么？”

“这是我父亲。”维多利亚声音颤抖地说，“他是一个神父，也是一个科学家。昨天晚上他被杀害了。”

教皇内侍的表情立刻变温和了，他抬起头看着她。“我可怜的孩子，听到这个消息我很难过。”他在胸前画着十字，又看了一眼传真，双眼似乎充满了仇恨，“谁会……而且这个还烙在他的……”他停下来，眯着眼睛凑近了看这幅图。

“上面写的是光照派，”兰登说，“毫无疑问你对这个名字很熟悉。”

教皇内侍的脸上露出奇怪的神情。“我听说过这个名字，是的，但是……”

“光照派杀害了列奥纳多·维特勒，所以他们能偷走他的一项新技术成果——”

“先生，”奥利韦蒂突然插嘴道，“这太荒谬了，光照派？很明显这是有人精心策划的恶作剧。”

教皇内侍似乎在细细琢磨着奥利韦蒂的话，然后他转过身来全神贯注地凝视着兰登，让兰登觉得自己都不能呼吸了。“兰登先生，我从小在天主教会里长大，我还很熟悉有关光照派的传说……还有他们的印字。不过我必须提醒你，我是生活在现代的人，即使没有那些复活的鬼魂，基督教的敌人也已经够多了。”

“这个符号可是真的。”兰登说，他觉得自己有点儿居于守势。他拿过传真把它倒过来递给教皇内侍。

教皇内侍看到这个对称图形后不说话了。

“就连现代的电脑，”兰登插了一句，“也造不出这样的对称字来。”

教皇内侍交叉着双手，好一会儿没有说话。“光照派已经灭亡了。”他终于开口道，“很早以前就不存在了，这是历史事实。”

兰登点点头。“一直到昨天为止我还跟您看法一致。”

“昨天？”

“是的，在发生今天的一连串事情之前。现在我相信光照派已经又出现了，要兑现一个古老的盟约。”

“恕我浅薄，我对历史都生疏了，这个古老的盟约是什么？”

兰登深深吸了一口气，说道：“就是毁掉梵蒂冈城国。”

“毁掉梵蒂冈城国？”教皇内侍问道，他与其说是被吓着了，不如说被搞糊涂了，“但那是不可能的。”

维多利亚摇摇头说道：“恐怕更坏的消息还在后头。”

40

“这是真的吗？”教皇内侍转过身来问奥利韦蒂，看上去一脸的惊愕。

“先生，”奥利韦蒂很确定地说，“我承认这儿确实有什么装置，这可以在我们的一个安全监控器上看到，但是关于维特勒女士声称的这个东西的威力，我恐怕不能——”

“等等，”教皇内侍说，“你能看见这个东西？”

“是的，先生，86 号无线摄像头拍摄到了图像。”

“那怎么不把它找出来?”此时教皇内侍的话音里已带着愠怒了。

“这很难,先生。”奥利韦蒂解释情况时站得笔直。

教皇内侍听奥利韦蒂说着,维多利亚感觉到他越来越焦虑。“你肯定那东西在梵蒂冈城内?”他问,“说不定有人把摄像头拿出了梵蒂冈,画面是从外面什么地方传回来的呢。”

“这不可能,”奥利韦蒂说,“我们的外墙都是经过电子屏蔽的,这样可以保护我们里面的通讯系统。这个信号只能是从内部发出来的,否则我们就接收不到了。”

“既然这样,我想,”教皇内侍说道,“你现在是在发动一切力量找这个失踪的摄像头吧?”

奥利韦蒂摇摇头说:“我没有,先生。查出这个摄像头的位置要花好几百个工时。此时我们还有很多别的安全问题要处理,我们尊重维特勒女士的意见,但她所说的微滴非常小,不可能像她说的具有那么强的爆炸力。”

维多利亚再也忍不住了,嚷道:“那个微滴足以把整座梵蒂冈城夷为平地!我跟你说的话你连一个字也没听吗?”

“女士,”奥利韦蒂说,他的话硬邦邦的,“我跟炸药打交道的经验可多着呢。”

“你的经验都是陈芝麻烂谷子了。”她反唇相讥,语气一样强硬,“虽然我这身衣衫让你看不顺眼,但我是世界上最顶尖的亚原子研究机构的一名高级物理学家。我亲自设计了反物质装置,以防反物质发生湮灭反应。现在我警告你,除非你在接下来的六小时内找到反物质储存器,否则下个世纪你的卫兵将什么都不用保护了,除了地上的一个大洞。” 111

奥利韦蒂突然转过身对着教皇内侍,他那双虫子似的眼里闪着怒火。“先生,我再也不能让事态这样发展下去了。搞恶作剧的人在浪费您的时间。光照派?会毁掉我们的一个小微滴?”

“别说了。”教皇内侍说道。他很平静地吐出这几个字,话音却仿佛在这个房间里久久回荡。然后房间里一片寂静。他接着低声说道:“危险也好,不危险也好,是光照派也好,不是光照派也好,不管那是什么,都绝不应该出现在梵蒂冈城内……更别说在召开秘密会议这天晚上了。我希望能找到那个东西,把它拿走。马上派人去找。”

奥利韦蒂还在坚持。“先生,即使我们派出所有人搜遍所有地方,也要花上好几天才能找到这个摄像头。而且,跟维特勒女士谈过后,我已经派出一名卫兵去查我们最权威的《弹道学指南》,找这个被称作反物质的东西,然而我发现书里根本就没有提到这个东西。压根儿就没有。”

草包,维多利亚在心里嘀咕,《弹道学指南》?你查过百科全书了吗?字母A这一栏下面就有![1]

奥利韦蒂还在喋喋不休地说着:“先生,如果你让我们就这么凭着一双肉眼搜遍整

---

① 百科全书是按照英文字母表的顺序排列的,“反物质”英文为antimatter。所以,维多利亚说反物质在字母A这一栏下面。

个梵蒂冈城，那恕我不能从命。”

“司令，”教皇内侍已经怒火中烧了，“我提醒你一句，在你跟我说话的时候，你也要尊重这个办公室的权威。我知道你不把我的职位放在眼里——但不管怎么样，照法律规定，我是负责人。如果我没说错的话，现在红衣主教全都该集中在西斯廷礼拜堂里了。我不明白为什么你迟迟不肯去搜查这个东西，如果我不了解清楚的话，我会觉得似乎是你在故意给秘密会议制造危险。”

奥利韦蒂看上去一脸的轻蔑。“你好大的胆子！我服侍你的教皇十二年！服侍他之前的一个教皇十四年！从一四三八年瑞士侍卫队——”

这时，别在奥利韦蒂腰上的对讲机突然铃声大作，打断了他的话。“司令？”

奥利韦蒂一把抓起对讲机，按下通话键。

“现在没空！你干什么!!”

“对不起，”无线电传送来了瑞士卫兵的声音，“我在通讯部。我想该告诉你我们接到了一个恐吓电话，说有爆炸威胁。”

奥利韦蒂现在显得不那么漠不关心了。“马上去查！追踪这个电话，记下来。”

“我们查了，先生，但是打电话的人……”卫兵停了一下，“我本不想打扰你的，司令，但是他提到了你刚叫我去查的那个东西，反物质。”

房间里所有的人都惊呆了，面面相觑。

“他提到了什么？”奥利韦蒂结结巴巴地说。

“反物质，先生。在我们追踪他的电话时，我还根据他说的话另外查了些资料。一些有关反物质的信息……坦白地说，非常糟糕。”

“我记得你说过《弹道学指南》上没有提到那玩意儿。”

“我是在网上查到的。”

哇，维多利亚心里喊道。

“这个东西好像极容易爆炸，”卫兵说，“很难说这条信息就是准确的，但是这上面说，在等量的情况下，反物质的威力很可能要比核弹头还要厉害百倍。”

奥利韦蒂瘫软下来，那情形仿佛他是在眼睁睁地看着山崩地裂似的。维多利亚心头涌起一阵胜利感，但教皇内侍脸上那恐惧的神情把她的快感一扫而光。

“你追踪到那个电话了吗？”奥利韦蒂结巴着说。

“很不巧，他的手机加了很难的密码。卫星天线受到了干扰，三角测量没法进行，信息收集器上的信号显示他在罗马的某个地方，但是我真的没有办法跟踪他。”

“他提了什么要求没有？”奥利韦蒂小声问道。

“没有，先生，他只是警告我们城内有反物质。他好像很惊讶我不知道这件事。他还问我有没有看到反物质。你问了我关于反物质的情况，所以我决定通知你。”

“你做得对，”奥利韦蒂说，“我马上就下来。如果他再打电话回来马上向我报告。”

对讲机那头停了一会儿。“他还没有挂机，先生。”

奥利韦蒂仿佛遭电击了一样。“还在通话中？”

“是的，先生，我们跟踪他已经有十分钟了，但除了大面积地搜索外，什么都没有查到。他肯定知道我们找不到他，因为他拒绝挂电话，他要求跟教皇内侍通话。”

“把他接进来。”教皇内侍命令道：“马上接通！”

奥利韦蒂转身说：“神父，不能这样，一个训练有素的瑞士卫兵来跟他交涉处理这件事情要合适得多。”

“马上接通！”

奥利韦蒂只得传令接通电话。

一会儿，文特斯克教皇内侍桌上的电话嘀铃铃地响起来了。他用手指在通话键上用力一按，顿时响起了说话声。“你究竟以为你是谁啊？”

41

教皇内侍的话筒里传出来的声音又刺耳又冷酷，还带着几许傲慢。房间里所有人都竖起了耳朵仔细听着。

兰登努力辨认这是哪里的口音。说不定是中东的？

“我是一个古老的兄弟会的信使。”他说话的调子很怪，“一个被你们侮辱中伤了几个世纪的兄弟会。我就是光照派的信使。”

兰登觉得全身的肌肉都绷紧了，最后一丝疑虑一扫而光。一时间，他觉得今天早晨第一眼看到这个对称字时所体验的胆战心惊的感觉、特殊的荣幸，以及实实在在的恐惧此时交织在一起了。

“你想干什么？”教皇内侍问道。

“我代表了科学界人士，他们像你们一样在寻求答案，寻求关于人类的命运、生活的意义，以及人类创造者的答案。”

“不管你是谁，”教皇内侍说，“我……”

“住嘴，你最好乖乖地听着。两千年来，你们教会以权威的姿态寻求真理。你们用谎言和最后审判的预言压倒跟你们持相反意见的人。你们操纵真理以满足你们的需要，并且杀害那些不能为你们的统治效力的人。你们现在成了遍布全球的开明之士的复仇目标，感到惊讶吗？”

“开明之士不会采取敲诈的手段来达到他们的目的。”

“敲诈？”对方大笑起来，“这可不是敲诈。我们没有向你们提出任何要求。摧毁罗马教廷是没有条件可讲的。我们等这天等了四百年了。今天晚上半夜十二点的时候，你们的城市就要灰飞烟灭了，你们就等死吧。”

奥利韦蒂对着话筒咆哮道：“要进入这个城市是绝对不可能的！你不可能在这里放了炸药！”

“说出这番话来，只能说明你是个愚昧的瑞士卫兵，说不定还是个长官。你肯定知道，几个世纪以来，光照派已渗入了全球各个精英组织。你真的相信罗马教廷坚不可摧吗？”

天哪，兰登心想，他们在这儿也有内奸。众人皆知，光照派势力强大，能渗入各个角落。他们已经渗入了共济会，主要的银行系统，还有政府机构。实际上，丘吉尔有一次曾经告诉记者，如果英国特工渗入纳粹的程度能像光照派渗入英国议会那样，战争在一个月内就结束了。

“显然是危言耸听。”奥利韦蒂突然迸出一句来，“你们的势力不可能扩展得这么广。”

“怎么不可能？就因为你们的瑞士卫兵保持高度警惕？就因为他们监视着你们那个秘密的世界的每一个角落？瑞士卫兵他们自己怎么样呢？他们就不是人吗？你真的相信他们会把性命押在一个水上行者①的神话上吗？问问你自己吧，这个储存器是怎么到你们的城里来的，还有你们最重要的珍宝中的那四个人今天下午是怎么失踪的？”

“我们的珍宝？”奥利韦蒂阴沉着脸说，“你这话什么意思？”

“一、二、三、四。你们不是到现在还没找到他们吗？”

“你到底在说什么……”奥利韦蒂突然停下来，猛地睁大了眼睛，好像肚子上挨了重重的一拳似的。

“来点儿提示，”打电话的人说道，“要我说他们的名字吗？”

“怎么了？”教皇内侍问道，看上去一脸的困惑。

打电话的人大笑起来。“你的军官还没有通知你吗？真是罪过。没什么好惊讶的，多令人自豪啊，我在想象着告诉你真相他该有多丢脸……他发誓要保护的那四个红衣主教好像失踪了……”

奥利韦蒂打断了他的话头。“你从哪儿听来的！”

“教皇内侍，”对方幸灾乐祸地说，“问问你的司令是不是你们所有的红衣主教都在西斯廷礼拜堂里了。”

教皇内侍转身对着奥利韦蒂，一双碧眼盯着他，要求他对此事做出解释。

“先生，”奥利韦蒂凑到教皇内侍耳边小声说道，“他说的是真的，那四个红衣主教还没到西斯廷礼拜堂报到，但现在不需要发出警报。今天早晨，他们每个人都办了入住手续，所以我们知道他们一定还在梵蒂冈城内。几个钟头前你还亲自和他们一起用过茶。只不过秘密会议之前的联谊会他们姗姗来迟。我们正在找他们，不过我相信他们只是没有时间观念，还在外面逛呢。”

“在外面逛？”教皇内侍再也沉不住气了，叫道，“一个多小时前他们就该进教

---

① 参见《圣经·新约·马太福音》第十四章第二十九句，耶稣对彼得说“过来”，彼得就从船上走下来，从水上走过，到耶稣那里。

堂了!”

兰登惊讶地看了维多利亚一眼。失踪的红衣主教？这就是他们楼下正在找的？

“我们还有名单，”对方说，“你听了会心服口服。他们是巴黎的拉马斯红衣主教，巴塞罗那的吉多勒红衣主教，法兰克福的埃布纳红衣主教……”

奥利韦蒂听到名字一个个念出来的时候吓得几乎要缩成一团了。

打电话的人停了一下，仿佛要好好享受一下宣布最后一个名字带来的特别乐趣。“还有意大利的……巴格尔红衣主教。”

教皇内侍就像一艘巨轮忽然间驶进了风平浪静的水域一样，一下子浑身变得绵软无力了。他的长袍鼓胀起来，他瘫坐在椅子里。“候选主教，”他喃喃说道，“四个最有希望的……包括巴格尔……最有可能成为罗马教皇的人……这怎么可能？”

兰登读了很多关于现代教皇选举的资料，他完全可以理解教皇内侍脸上那种绝望的神情。虽然原则上来说，任何一个八十岁以下的红衣主教都可能成为教皇，但只有极个别的人能够在派性极强的投票程序中赢得三分之二的人的尊敬，他们就是候选主教，然而现在他们全不见了。

教皇内侍的额上有汗珠滴下来了。“你想对他们怎么样？”

“你以为呢？我可是黑煞星的后代。”

兰登打了一个冷战。他太熟悉这个名字了。多年来，教会树了一些死敌——黑煞星，圣殿骑士团，他们是被梵蒂冈追查或出卖的团体。

“把红衣主教放了。”教皇内侍说，“扬言要毁灭天主之城，这难道还不够吗？”

“别管你那四个红衣主教了。他们不再属于你们了。我敢肯定他们的死会被世人记住……被千千万万人记住。这可是每个殉教者的愿望。我会让他们成为新闻人物，一个一个地来。到半夜十二点，光照派会吸引所有人的注意，如果不是世人正翘首以待，也犯不着改造世界了。在众目睽睽下处死他们，很惨很刺激，不是吗？很早以前你们就证实了这一点……你们对圣殿骑士团、十字军进行审讯还施以酷刑。”他顿了一下，“当然了，还有肃清运动。”

教皇内侍不说话了。

“你记不起那场肃清运动了吗？”对方问道，“你当然记不起了，你还是个小毛孩儿呢。不管怎么说，神父都是蹩脚的历史学家，这或许是因为他们的历史让他们感到丢脸吧？”

“肃清运动，”兰登听见自己在说，“发生在一六六八年。那年，教会给四个光照派的科学家打上了十字架图案的烙印，以洗清他们的罪孽。”

“谁在说话？”对方问道，与其说是关注还不如说是好奇，“旁边还有谁？”

听他这么一说，兰登吓得浑身发抖。“我只是无名小辈。”他说，尽量让自己的声音不打战，跟一个活生生的光照派的人对话让他全然不知所措，就像要跟乔治·华盛顿对话一样，“我是个大学教师，对你们的兄弟会有点儿研究。”

“好极了。”对方答道，“世界上还有人记得教会对我们犯下的罪行，这我倒很高兴。”

“我们中的大多数人都以为你们已经灭亡了。”

“那不过是兄弟会用心良苦制造的一个假相，你对肃清运动还知道些什么？”

兰登犹豫了一下。我还知道些什么？整个事件荒谬至极，这就是我所知道的！“那几个科学家身上被打了烙印后，就被杀死了，他们的尸首被扔在罗马的公共场所，以此警告其他科学家勿加入光照派。”

“不错。所以我们要以其人之道还治其人之身。以牙还牙。我们把这当成是为牺牲的兄弟所进行的象征性复仇。你们那四个红衣主教就要上西天了，从八点钟开始，每小时就有一个得去见上帝，到午夜时分，整个世界都将轰动。”

兰登走到电话边说：“你真打算要给这四个人打上烙印并置他们于死地吗？”

“历史总会重演，不是吗？当然了，我们会比教会做得更漂亮更大胆。他们只是偷偷摸摸地杀人，趁没人看到的时候抛尸，这好像也太孬种了。”

“你说什么？”兰登说，“你们要在大庭广众下给他们打上烙印然后杀死他们吗？”

“你说得太对了，不过这取决于你对大庭广众的理解，我认为已没有多少人去教堂了。”

兰登好不容易听懂了他的话。“你要在教堂里杀死他们？”

“这是个善举。这是为了让上帝能更快捷地带他们的灵魂上天堂。这显得非常合适。当然新闻界对此也会很感兴趣的，我想。”

“你这是危言耸听。”奥利韦蒂说，他又平静下来了，“你甭想在教堂里杀了人又带着尸体逃走。”

“危言耸听？我们在你们的瑞士侍卫队中像幽灵一样地来去自由，从你们内部掳走红衣主教中的那四个，在你们最神圣的圣地的中心安上一个致命炸弹，你认为这都是危言耸听？当谋杀发生死者被发现后，媒体就会蜂拥而至。到了午夜，全世界都会知道光照派的伟业。”

“如果我们在每个教堂都派上卫兵把守呢？”奥利韦蒂说。

打电话的人大笑起来。“你们的教堂星罗棋布，恐怕这是一个艰巨的任务啊。你最近数过没有？罗马有四百多座天主教堂，包括主座教堂、小教堂、礼拜堂、寺庙、隐修院、女隐修院、教会学校……”

奥利韦蒂脸上仍旧一副冷酷的神色。

“九十分钟后你们就开始收尸吧，”对方带着一种决绝的口气说道，“一小时一个，死亡的数学级数。现在我得走了。”

“慢着！”兰登追问道，“告诉我你们准备在这些人身上打什么烙印。”

杀手好像被逗乐了。“我猜你已经知道那会是什么烙印了，莫非你还有所怀疑？你很快就能见到这些烙印了，古代传说千真万确。”

兰登觉得眼前一阵眩晕。他完全清楚这人在说什么。他在心里勾勒了一下列奥纳多·维特勒胸前的烙印。光照派的民间传说一共提到五个印字。还剩四个印字，兰登想，四个红衣主教失踪。

“我发誓，”教皇内侍说，“今晚一定要选出新教皇，上帝作证。”

“教皇内侍，”对方说，“天下不需要新教皇。过了半夜十二点，除了一堆碎石烂砖外教皇什么都不用统治了。天主教完蛋了，你们在地球上的统治也结束了。”

一阵死寂。

教皇内侍似乎悲从中来。“你们误入歧途了。教会不是只由灰浆和石头构成的，你们不可能轻易毁掉两千年的信仰……任何信仰都不可能。你们可以毁掉宗教信仰的外在的表现形式，但绝对摧毁不了信仰本身。不管有没有梵蒂冈，天主教都将继续存在。”

“真是一个堂皇的谎言，但谎言不过是谎言。你我都知道真相，你说，为什么梵蒂冈城会是一个设防的堡垒？”

“因为上帝的圣徒栖居在一个险恶的世界里。”教皇内侍回答。

“你多幼稚啊？梵蒂冈成为一个堡垒完全是因为天主教把它一半的资产都放在这儿了——稀世的油画和雕塑、珍贵的珠宝、无价的书卷……而且梵蒂冈银行的金库里还藏着金条和地产契据。据内部统计，梵蒂冈城有四百八十五亿美元的资产。你们的储备资金可真雄厚，不过到明天它们将全部化成灰烬，如同清盘一样。你们就要破产了，连神父也不用工作了。”

奥利韦蒂和教皇内侍那患了战斗疲劳症般的神情似乎表明，对方所言一丝不差。兰登琢磨着究竟哪一个事实更惊人，是天主教会拥有如此巨额的财产还是光照派对此竟然了如指掌。

教皇内侍重重地叹了口气，说道：“教会的支柱是信仰，不是金钱。”

“又在骗人，”对方说，“去年你们拨了一亿八千三百万美元资助你们在全世界惨淡经营的主管教区。现在去教堂做礼拜的人空前的少——在过去的十年中减少了百分之四十六。现在收到的捐款不过是七年前的一半，报考神学院的人越来越少。虽然你不愿承认，但你们的教会确实气数已尽。就把这一声巨响当作是一个解脱吧。”

奥利韦蒂向前迈出一步，此时他显得没那么嚣张了，似乎已经意识到了所面临的严峻现实。他像个急着要找条出路的人，任何出路都行。“如果我们为你们的事业资助一些金条，会怎么样？”

“别侮辱我们双方。”

“我们有钱。”

“我们也有，多得超乎你的想象。”

兰登蓦地想起了所谓的光照派的财富，那些古代的财富，包括巴伐利亚石工共济会的，罗斯柴尔德家族的，比德伯格家族的，还有传说中的光照之星。

“候选主教，”教皇内侍转换了话题，他带着恳求的语气说，“放了他们吧，他们都老了，他们……”

“他们是纯洁的祭品，”对方笑道，“告诉我，你认为他们真是童贞男子吗？小羔羊死的时候会尖叫吗？把这些纯洁的人献上科学的祭坛吧。”

教皇内侍沉默了好一会儿。“他们是虔诚的信徒，”他最后说道，“他们不畏惧死亡。”

对方冷笑道：“列奥纳多·维特勒是虔诚的信徒，但昨晚我仍从他眼里看到畏惧，不过我把这种畏惧消除了。”

维多利亚一直没吭声，听到这话突然蹦起来，从头到脚都充满了仇恨。“混蛋！他是我父亲！”

对方呵呵笑起来。“你父亲？什么意思？维特勒有个女儿？你真该知道，你父亲临死前哭得像个小孩儿似的，真是可怜，不幸的人啊。”

维多利亚像被这些话击中了一样，身体一阵摇晃。兰登伸手去扶她，但她自己又站稳了，一双黑眼睛死死地盯着电话。“我拿自己的性命打赌，等不到明天，我就一定要把你给找出来。”她的语气像激光一样尖利，“等我找到……”

对方猥亵地笑起来。“好烈的妞儿，我都兴奋了。等不到明天，我就会把你给找出来。等我找到……”

这话像锋利的刀剑一样悬在空中。说完，他销声匿迹了。

42

莫尔塔蒂红衣主教身着黑袍，此时汗水涔涔。这不仅是因为西斯廷礼拜堂热得像个桑拿浴室，还因为秘密会议二十分钟后就要开始，而现在仍没有那四个失踪的红衣主教的消息。关于他们的缺席，其他红衣主教起初还只是心神不安地窃窃私语，现在已焦虑地大声议论起来。

莫尔塔蒂想不出这几个玩忽职守的人能走到哪儿去。说不定还在教皇内侍那儿？他知道下午早些时候教皇内侍已召集这四个候选主教举行了传统的秘密茶会，但那是几个钟头前的事了。他们病了吗？吃什么了？莫尔塔蒂心里嘀咕，但即使他们已生命垂危也该在这儿啊。一个红衣主教当选为罗马教皇，这样的机会一生中只有一次，通常永远都没有，而且按梵蒂冈法律的规定，投票时红衣主教一定要待在西斯廷礼拜堂里，否则他就没有选举资格。

虽然有四个候选主教，但几乎所有红衣主教都清楚谁能当上教皇。过去的十五天内，他们连续不断的传真和电话都在讨论潜在的候选人。照惯例，四个人被选作了候选主教，每个人都满足当教皇所必需的不成文的条件：

通晓多门语言：意大利语、西班牙语，还有英语。

名声清白。

年龄在六十五岁至八十岁之间。

跟往常一样，候选主教其中一位已脱颖而出成为红衣主教团准备推选的人。今天晚上这个人就是米兰的奥尔多·巴格尔红衣主教。巴格尔那毫无瑕疵的执事记录，无人可比的语言能力和与灵性事物本体沟通的出色本领使他成为毫无争议的候选主教。

那他到底在哪儿呢？莫尔塔蒂思忖着。

红衣主教失踪的消息让莫尔塔蒂特别慌张，因为监督这次秘密会议的任务落在了他的身上。一周前，红衣主教团一致挑选莫尔塔蒂担任选举官——秘密会议的内部司仪。尽管教皇内侍是教会的高级长官，但他毕竟只是一个神父，而且对复杂的选举程序知之甚少，因此要从西斯廷礼拜堂内选出一名红衣主教来监督这场典礼。

红衣主教常常开玩笑说，被任命为选举官是基督教世界里最残酷的荣誉，因为担此职务的人不再具有候选资格，而且，当选人还得在秘密会议召开前花好多天研读《教皇选举法》，研究秘密会议种种神秘晦涩的细节，确保能妥善地主持选举。

然而，莫尔塔蒂无怨无尤。他知道自己当选是理所当然的事。他不仅是高级主教，而且还是前任教皇的心腹，这提升了他的威望。虽然莫尔塔蒂原则上还在选举的法定年龄之内，然而作为一名正经八百的候选人，他还是有点儿老了。他七十九岁，已经跨过了那道大家心照不宣的槛，选举团不相信这样的人身体还经得起教皇任内严格日程安排的折腾。一名教皇常常是一天工作十四个小时，一周七天不休息，最后死于疲劳过度，平均工作年限只有六点三年。圈内有个笑话，说接受教皇职位是一个红衣主教"走向天堂的捷径"。

许多人相信，莫尔塔蒂如果不那么淡泊大度的话，他年轻些的时候就该成为教皇了。到他要争取教皇这把交椅时，又来了"圣三一"①——保守、保守、保守。

莫尔塔蒂总觉得又好笑又好气，前任教皇，愿上帝保佑他的灵魂得到安息，他一上任就表现出惊人的慷慨大度。也许是觉察出现代社会的发展已偏离了教会的方向，教皇提出议案，减少教会在科学界的影响，甚至有选择地向科学事业捐款。可悲的是，这成了一种政治上的自戕。保守的天主教徒宣称教皇"脑子痴呆"，正统的科学家们则指责他想要把教会的影响扩展到不属于它的地方。

"那他们在哪儿呢？"

莫尔塔蒂扭头一看。

一位红衣主教紧张地拍拍他的肩膀。"你知道他们在哪儿，不是吗？"

莫尔塔蒂尽量让自己不表露出太多的焦虑。"也许还跟教皇内侍在一起吧。"

"这个时候？那也太不成体统了！"那位红衣主教狐疑地蹙起眉头，"难不成教皇内侍没了时间观念？"

莫尔塔蒂心里也确实犯疑，但他什么也没说。他很清楚大多数红衣主教都不太喜

---

① 圣三一(Holy Trinity)，原指圣父、圣子和圣灵三位一体，这里指作者为了强调而连用的三个"保守"。

欢教皇内侍，他们觉得他作为教皇的贴身侍从还太嫩了。然而，莫尔塔蒂揣摩红衣主教的不喜欢大都是出于嫉妒，莫尔塔蒂倒真心欣赏这个年轻人，心中暗暗为前任教皇挑中他当教皇内侍而叫好。莫尔塔蒂朝教皇内侍眸子里看时，见到的只有坚定不移的神色，而且，与很多红衣主教不同，他把教会和宗教置于卑下的政治手腕之上。他是真正的教徒。

教皇内侍在任期所表现出的忠贞和虔诚已变得富有传奇色彩了。不少人把这归结为他孩提时发生的那件奇迹般的事……这件事会在任何人心上打下永不磨灭的烙印。真是绝了，神了，莫尔塔蒂想，他常希望自己的童年时代也发生过一件能培养出那种坚定不移的信念的事。

米开朗基罗的壁画《最后的审判》

然而，莫尔塔蒂知道，教皇内侍即使老了也永远当不了教皇，这真是教会的不幸。当教皇需要相当的政治野心，而这正是年轻的教皇内侍明显缺少的；他已多次拒绝教皇给他的更高的神职职位，说自己更愿以一个普通人的身份为教会服务。

“接下来怎么办？”那位红衣主教拍拍莫尔塔蒂，等着他答话。

莫尔塔蒂抬起头。“对不起，你说什么？”

“他们迟到了！我们怎么办！”

“我们能怎么办？”莫尔塔蒂答道，“等吧，相信他们会来。”

那位红衣主教似乎对莫尔塔蒂的回答极为不满，他退回到了暗处。

莫尔塔蒂站了一会儿，轻轻按了按太阳穴，想让脑子清醒一点儿。是啊，我们现在怎么办呢？他从祭坛处往上看，凝视着米开朗基罗的著名壁画：《最后的审判》。然而这幅画一点儿也没有减轻他的焦虑。这是一幅形态可怖、高达五十英尺的壁画，描绘了耶稣基督把人类分成正义的和罪恶的两类，把罪人投入地狱的情形。画面上，有人被活剥人皮，有人被烈火焚身，甚至还有个米开朗基罗的仇家坠入地狱，双耳已变成了驴耳。吉·德·莫泊桑曾写道，这幅壁画像是一个没见识的煤炭工给一个角斗场的涂鸦之作。

莫尔塔蒂红衣主教不得不同意这种看法。

《最后的审判》细部

43

兰登一动不动地站在教皇办公室的防弹玻璃窗边，盯着下面圣彼得广场上忙碌喧嚣的采访车。不知怎的，那个诡异的电话让他体味到一种膨胀……肿胀的感觉，但不是他自己的。

光照派仿佛一条毒蛇从被遗忘的遥远的历史中游来，缠上了一个宿敌的身体，它不提要求，不讲条件，只要报复，简单至极。紧紧地缠绕。四百年的冤仇即将洗雪。似乎在遭受几百年宗教迫害之后，科学反攻倒算了。

教皇内侍站在桌边，茫然地盯着电话。奥利韦蒂首先打破沉默。“卡洛，”他直呼其名，口气听上去不像军官，倒更像一个疲惫的朋友，“二十六年了，我誓死保卫圣座，看来今天晚上让我蒙羞了。”

教皇内侍摇摇头。“你我以不同的身份侍奉上帝，侍奉总会带来荣耀。”

“这些事……我没想到怎么会……这个样子……”奥利韦蒂看上去窘迫而不知所措。

“你知道我们只有一条路可走。我有责任保护红衣主教团的安全。”

“恐怕那责任该由我来负，先生。”

“你的人要负责立即疏散人群。”

“先生？”

“其他行动稍后进行——搜查这个东西，搜寻失踪的红衣主教和俘获他们的人。但首先必须保证红衣主教的安全。生命的尊严高于一切，而且这些人是教会之本。”

“你是说我们马上取消秘密会议吗？”

“我有选择吗？”

“那你选出新教皇的义务呢？”

年轻的教皇内侍叹了一口气，转身对着窗外，他的目光扫出去看着下面逶迤伸展的罗马城。“圣座曾告诉我教皇是在两个世界里奔忙的人……一个是现实的世界，一个是神性的世界。他告诫道，任何无视现实的教会都不会存在下去抵达神性的世界。”他的话里突然透出一种超出了他的年龄的睿智。“今晚我们就面对着一个现实的世界，无视它的存在是愚蠢的。自尊和先例并不能掩盖理性的光辉。”

奥利韦蒂点点头，似乎深受震动。“我低估你了，先生。”

教皇内侍似乎没有听见，他的目光透过玻璃窗凝视着远方。

“先生，我就直说了吧，这个现实的世界就是我的世界。我每天陷于现实的丑陋中，让其他人能无碍地追寻更纯净的事物。允许我告诉您该如何应对目前的形势，把我培训出来是要干这个的。您的直觉，虽然值得称道……却可能招致不幸。”

教皇内侍转过身来。

奥利韦蒂叹了口气道：“把红衣主教团从西斯廷礼拜堂撤离是你立即能做的事中

最糟的一件。”

教皇内侍似乎并没有愤愤不平，只是一脸的茫然。“那你说怎么办？”

“对红衣主教只字不提，封锁会议室，这样我们会赢得时间试试其他的办法。”

教皇内侍看上去很不安。“你要我把整个红衣主教团锁在一枚定时炸弹上？”

“是的，先生。但只是现在，稍后如有必要，我们也可安排疏散。”

教皇内侍摇头道：“在开始前就让典礼延期只会让大家追问缘由，但门被封锁后就什么也不能干扰了。秘密会议的程序要求——”

“现实的世界，先生，今晚你就置身其中。仔细听着。”奥利韦蒂现在以一个战地指挥官的口吻连珠炮般铿锵有力地说起来，“将一百六十五名红衣主教在毫无准备毫无保护的情况下开进罗马是轻率之举，这会在一些高龄人士中造成混乱和恐慌，而且，坦白地说，这个月已经发生过一起让人致命的中风，这就够受的了。”

致命的中风。司令的话让兰登回想起了他和几个学生在哈佛的餐厅吃饭时读到的头条新闻：教皇中风，寝内辞世。

“此外，”奥利韦蒂说，“西斯廷礼拜堂是个堡垒。虽然我们不对外宣扬，但教堂其实极其坚固，除了导弹外，可以抵挡任何袭击。作为准备工作，我们今天下午搜遍了教堂的每一寸地方，扫描是否有窃听器和其他监视装置。教堂现在很干净很安全，而且我确信反物质不在里面。对那些人来说，没有比这更安全的地方了。如果有必要，我们稍后还可以讨论紧急疏散的事。”

兰登顿生敬佩之心，奥利韦蒂的冷静和敏捷的思维让他想起了科勒。

“司令，”维多利亚语气紧张地说，“我们还有别的担心。从来没有人造出过这么多的反物质，其爆炸冲击波半径我只能估计出个大概。罗马周围的有些地方可能也有危险。如果反物质储存器在你们的中心建筑物里或在地下，那对梵蒂冈以外的地方造成的破坏也许是最小的，但如果储存器在周边……比如说在这座楼里……”她警惕地向窗外看去，扫了一眼圣彼得广场上熙攘的人群。

“我非常清楚我对外面负有的责任，”奥利韦蒂回答，“这也让形势不再那么严峻。我专职保护这个圣所已有二十多年，我决不允许这个武器爆炸。”

文特斯克教皇内侍抬起头来，问道：“你觉得你能找到吗？”

“让我同我的几个监视员讨论讨论我们可以有哪些选择。有一种可能，如果我们停止梵蒂冈的电力供应，我们就能消除射频杂音，营造一个足够纯净的环境，得出那个储存器所在磁场的读数。”

维多利亚对他的话先是吃惊，然后是震动。“你想把整个梵蒂冈弄得黑灯瞎火？”

“也许吧。我现在也不知道这是否可行，但我想试试这条路。”

“红衣主教肯定会觉得发生什么怪事了。”维多利亚说。

奥利韦蒂摇头道：“秘密会议召开时用蜡烛照明。红衣主教根本就不会知道发生了什么事。会议室封好后，除了我身边的几个卫兵外，我会让全军展开大搜查。一百个人在五个钟头内可以查很多地方。”

"四个钟头，"维多利亚纠正道，"我要带储存器飞回'欧核中心'。电池不充电，爆炸就在所难免。"

"在这儿不能充电吗？"

维多利亚摇摇头。"接口很复杂，要是我带来就好了。"

"那么就四个小时，"奥利韦蒂皱着眉头说，"时间还够。恐慌没有用。先生，你还有十分钟，去教堂吧，把会议室封起来。给我的人一点时间做他们的事。等关键时刻临近时，我们再做应对紧急状况的决定。"

兰登想知道离"关键时刻"多近的时候奥利韦蒂会把一切办妥。

教皇内侍看上去很不安。"但是红衣主教团会问候选主教……特别是巴格尔……他们在哪里。"

"那您就得想个由头了，先生。告诉他们喝茶时您招待他们吃了些东西，他们感到不舒服。"

教皇内侍火了。"叫我站在西斯廷礼拜堂的祭坛上对红衣主教团撒谎？"

"这是出于对他们安全的考虑，只是善意的谎言，你的职责是要维护安定。"奥利韦蒂向门口走去。"如果你允许，现在我马上就开始行动。"

"司令，"教皇内侍恳求，"我们不能就这样抛下失踪的红衣主教不管。"

奥利韦蒂在门口停下来说："巴格尔和其他几个人现在在我们的势力范围之外。我们只能不管他们……为了整体的利益。这在军事上叫做伤病员鉴别分类。"

"你是说要放弃他们吗？"

他的语气变得强硬起来。"如果有什么办法，先生……不管什么办法，只要能找到这四个红衣主教，我都会把命搭上去找，但是……"他手指着房间对面的窗户，窗外，薄暮的阳光掠过罗马城无尽的屋顶，"搜查一座五百万人口的城市不是我力所能及的。我不会浪费宝贵的时间做无用功以安慰自己的良心。我很抱歉。"

维多利亚突然开口道："但如果我们能抓到杀手，你就不能让他坦白交代？"

奥利韦蒂向她皱起了眉头。"士兵可担不起圣徒之责，维特勒女士。相信我，我理解你希望抓到这人的个人动机。"

"这不只是个人的，"她说，"杀手知道反物质在哪里……还有失踪的红衣主教。如果我们能想法找到他……"

"让他们拣便宜吗？"奥利韦蒂说，"相信我，为了监视数百个教堂而从梵蒂冈城撤出所有的兵力这正中光照派下怀……浪费我们本应用于搜查的宝贵时间和人力……或者更糟，置梵蒂冈银行于毫无保护的状况下，还有剩下的那些红衣主教。"

这句话切中要害。

"那罗马宪兵呢？"教皇内侍问道，"我们可以在全市范围内发危机警报，请他们帮助我们寻找掳走红衣主教的人。"

"又错了。"奥利韦蒂说，"你知道罗马宪兵对我们的看法。我们那么干的话，得分出一部分精力来应付他们把我们的危机透露给全球媒体所造成的困境，而那正是我们的敌人求之不得的。我们本来就不得不马上应付媒体了。”

我会让他们成为新闻人物，兰登想起了杀手的话。第一个红衣主教的尸体会在八点整出现，然后每小时杀一个。新闻界会很感兴趣的。

教皇内侍又开口了，话音里带着一丝愠怒。“司令，凭良心，我们不能对失踪的红衣主教置之不顾！”

奥利韦蒂死死地盯着教皇内侍的眼睛。“先生，圣弗兰西斯的祷词您还记得吗？”

这位年轻的神父带着痛苦的语气念出一句：“主啊，赐我力量接受那些我无法改变的事情吧。”

“相信我，”奥利韦蒂说，“这就是其中的一件。”说完他就走了。

44

英国广播公司的总部设在伦敦皮卡迪利广场的正西面。此时，总机电话铃声大作，一个资历较浅的编辑拿起了听筒。

“英国广播公司。”她说着掐灭了手里的登喜路牌香烟。

电话那头的声音很粗，带着中东地方的口音。“我有一条爆炸性新闻，你们广播公司说不定会很感兴趣。”

那位编辑抽出一支笔和一张标准记录表，说道：“关于什么的？”

“教皇选举。”

她腻烦地皱皱眉。英国广播公司昨天已事先播了一条相关新闻，但反响平平，似乎公众对梵蒂冈并不感兴趣。她问对方：“从哪个角度？”

“你们派了电视记者去罗马报道这场选举吗？”

“我想是的。”

“我要直接和他通话。”

位于伦敦的英国广播公司总部大楼

“很抱歉，如果你什么都不讲的话，我不能把他的电话告诉你。”

“秘密会议情势危险。我只能告诉你这些。”

编辑记下了他的话。“你叫什么名字？”

“我的名字无关紧要。”

编辑并不感到惊讶。“你说的话有根据吗？”

“有。”

“我很高兴得到这个消息，但公司制度不允许透露我们记者的电话号码，除非——”

“我可以理解。我会给其他广播电视公司打电话的。谢谢你，耽误你的时间了。再——”

“等等，”她说，“别挂好吗？”

编辑让对方等着，然后伸长了脖子看过去。虽然过滤那些潜在的骚扰电话的技术绝非尽善尽美，但这个打电话的人已通过了英国广播公司鉴别来电可靠性的两道不成文的测试。他拒绝透露姓名，还迫不及待地要挂电话，而那些雇佣文人和乱夸海口的人总是哀求着哼哼唧唧说个没完。

她庆幸的是，记者总是处在一种无止境的担心中，唯恐错过重大新闻，所以他们几乎很少骂她把时间耗在时不时会出现的幻想型精神病患者身上。浪费一个记者五分钟时间还可以原谅，错过一个头条新闻则不可饶恕。

她打了个呵欠，对着电脑敲下关键字“梵蒂冈”。看到那个报道教皇选举的现场记者的名字时，她笑出了声。他还是个新手，英国广播公司把他从某个伦敦垃圾小报调来处理一些平淡无奇的报道。很明显他是从底层写社论做起的。

等整整一个通宵做十秒钟的录像，他也许腻烦得都要发疯了，能打破这种单调他肯定会谢天谢地的。

英国广播公司的编辑抄下这个记者在梵蒂冈的卫星电话号码。然后，她又点了一支烟，把记者的电话号码告诉了这个不透露姓名的人。

45

“没用的。”维多利亚在教皇办公室里来回踱着步子说，她抬眼看着教皇内侍，“即使瑞士侍卫队能过滤掉电子干扰，他们在检测时还必须差不多正位于储存器的顶部位置，才会检测到信号……还要不被别的障碍物挡住才行。如果它被放在金属盒里埋在你们地底下或者藏在上面的通风管里怎么办？如果是这样的话你们根本就没法找到它。再者，如果瑞士侍卫队中已有对方的人混进来了呢？谁能说这个搜查就是彻底的？”

教皇内侍看上去精疲力竭。“那你说该怎么办，维特勒女士？”

维多利亚有点儿慌乱。*这还不明显吗！*“先生，我建议你立即采取其他防范措施。我们可以抱着一线希望但愿司令的搜查成功。同时，请看看窗外，看到那些人了吗？广场对面的建筑？那些采访车？还有游客？他们很有可能就在爆炸冲击波的范围之内。你得立即行动。”

教皇内侍漠然地点点头。

维多利亚感到很沮丧。奥利韦蒂让大家都坚信时间还绰绰有余，但维多利亚知道如果梵蒂冈陷于险境的消息泄漏出去，不出几分钟整个广场就会挤满围观的人。她就曾经见识过瑞士国会大厦外的情形。在一次有炸弹威胁的人质案中，数千名围观者聚集在大楼外面等着看结果。虽然警方告诫他们有危险，他们却围得越来越近。没有什么比人类的悲剧更能激起人类的兴趣。

“先生，”维多利亚敦促道，“杀死我父亲的人就在外面某个地方。我身上的每一个细胞都想从这儿冲出去找到他。但我还站在您的办公室内……因为我要对您负责，对您和其他人负责。各位的生命危在旦夕，先生，您听懂了吗？”

教皇内侍没有回答。

维多利亚觉得自己的心在急剧地跳动。*为什么瑞士侍卫队查不到那个该死的打电话的人？光照派的杀手就是关键！他知道反物质在哪里……真该死，他知道红衣主教在哪儿！抓住杀手什么都解决了。*

维多利亚觉得自己都要精神错乱了，她感到一种陌生的苦恼，一种孩提时有过的苦恼，那是她在孤儿院度过的日子里体验到的无能为力的挫败感。*你有办法的*，她暗自想道，*你总是有办法的*。但这不管用，她的念头突然冒出来，让她感到窒息。她是研究者，是解决问题的人。但这个问题没有解决办法。*你获得什么数据了？你想得到什么结果？*她提醒自己深呼吸，但是，有生以来第一次，她失败了。她感到窒息。

兰登的头一阵阵痛，同时他觉得自己仿佛在理智的边缘徘徊。他看着维多利亚和教皇内侍，但是一些可怕的景象模糊了他的视线：爆炸，媒体云集，开动的摄像机，四个打上烙印的人。

塞旦……路西弗……光明使者……撒旦……

他不去想这些骇人的景象。*这是精心策划的恐怖活动*，他提醒自己，急切地想弄清事情的真相，*蓄谋制造混乱*。他回想起自己在研究古罗马行政长官的符号象征时旁听过一个关于拉德克利夫的讨论会。他还从来没有像那样看待过恐怖主义者。

“恐怖活动，”教授讲道，“有个唯一的目的，是什么？”

“杀害无辜的人？”一个学生大胆地说。

“不对。死亡只是恐怖活动的一个副产品。”

“显示他们的势力？”

“错了。不存在软弱的组织。”

“引起恐慌？”

“对了。很简单，恐怖活动的目的是制造恐怖和畏惧。畏惧能让人丧失对当局的信任。它从内部削弱敌人……引起民众的不安。把这记下来。恐怖活动不是宣泄愤怒，它是一种政治武器。扯下政府绝对可靠论的面纱，你就使政府丧失了民众对它的信任。”

丧失信任……

这所有的一切都是为了这个吗？兰登不知道全世界的天主教徒看到那几个红衣主教遍体鳞伤的样子时会有何反应。如果一个神父的信仰不能让他远离撒旦的祸害，那我们其余这些人还有什么希望？兰登的头突突作痛，比刚才更甚……一些细微的话音在他耳边激烈地争吵着。

信仰不会保护你。药品和保险气囊……这些东西才会保护你。上帝不会保护你。智慧才保护你。智慧。相信那些会产生实际效果的事物吧。水上行者的传说过去多久了？现代社会的奇迹属于科学……计算机、疫苗、宇宙空间站……甚至带有神性的创世奇迹。从虚无中创造出物质……在实验室里。谁需要上帝？不需要！科学就是上帝。

杀手的话在兰登的脑海中回响。半夜十二点……死亡的数学级数……将这些纯洁的人献上科学的祭坛。

紧接着，像一声枪响惊散了人群一样，这个话音突然消失了。

罗伯特·兰登腾地一下站起来，椅子向后倒下，重重地摔在大理石地板上。

维多利亚和教皇内侍吓了一跳。

“我没想到，”兰登喃喃道，像被施了符咒一样，“就在我眼皮底下……”

“没想到什么？”维多利亚问。

兰登转身对着这位神父。“神父，三年来我一直向这里提出申请，请求进入梵蒂冈档案馆，但已被拒绝了七次。”

“兰登先生，我很抱歉，但现在似乎不是抱怨的时候。”

“我得马上去，为了那四个失踪的红衣主教，我也许能算出他们会在哪儿被杀害。”

维多利亚瞪着他，似乎不明白他在说什么。

教皇内侍看上去很不安，似乎觉得自己成了别人开玩笑挖苦的头号对象。“你想让我相信这个线索在我们的档案馆里吗？”

“我不能保证我会及时找到，但如果你让我去……”

“兰登先生，四分钟后我就该到西斯廷礼拜堂里了。那些档案在梵蒂冈城的另一头。”

“你是认真的，对吗？”维多利亚插了一句，她深深地看着兰登的眼睛，仿佛感觉到了他的真挚。

“这不是开玩笑的时候。”兰登说。

“神父，”维多利亚转身对教皇内侍说，“如果有一个机会……能够找到这些谋杀即将发生的地点,我们就能派人在那儿监视并且——"

"档案?"教皇内侍坚持道,"那些档案中怎么可能会有线索呢?"

"解释这个问题,"兰登道,"要花很长时间,但如果我没判断错的话,我们可以根据线索抓到黑煞星。"

教皇内侍看上去是想相信兰登的话,但不知为什么,他难以做到。"基督教最神圣的古代典籍都在档案馆里,那些珍宝连我想看都不够格。"

"我知道。"

"要进入档案馆必须取得馆长和梵蒂冈图书馆理事会的书面许可令才行。"

"或者,"兰登说,"教皇命令。你们馆长在拒绝我的每一封信中都这样说。"

教皇内侍点点头。

"恕我冒昧。"兰登敦促道,"但如果我没有弄错的话,教皇的诏令是从这个办公室发出的,就我所知,今晚您拥有这个职位的权限。考虑一下现在的处境吧……"

教皇内侍从他的长袍里掏出一块怀表看了看。"兰登先生,毫不夸张地说,为了拯救教会,今晚我愿献出我的生命。"

兰登感到这个男人眼里流露出的是一片忠诚。

"这个文件,"教皇内侍说,"你真的相信在这儿吗?它能帮我们找到这四个教堂吗?"

"如果我不确信我就不会一次次地请求进入档案馆了。凭一个教师的薪水,到意大利来寻乐子也远了些。你们的那个文件是一份古老的——"

"对不起,"教皇内侍插话道,"对不起,这会儿我的脑子来不及思考那么多细节问题。你知道秘密档案馆在哪儿吗?"

兰登感到一阵激动。"就在圣安娜门后面。"

"佩服。许多学者都以为在圣彼得宝座后面的暗门后。"

"不对,那是圣彼得教堂的档案室,这是一个普遍的误解。"

"无论何时,每个进入档案馆的人都有一名讲解员陪同。但今天晚上,他们都走了,你所要求的是完全自由的进入,甚至我们的红衣主教也没有单独进去过。"

"我会对你们的珍宝致以最高的敬意和爱护。你们的档案管理员不会发现一点儿我去过的蛛丝马迹。"

圣彼得大教堂的大钟在头顶上一声声地敲响了。教皇内侍对了一下怀表。"我得走了,"他停了一下,紧张地抬起头看看兰登,"我会派一个瑞士卫兵在档案馆门口与你会合。我相信你,兰登先生,现在就去吧。"

兰登激动得说不出话来。

这位年轻的神父此时似乎表现出一种怪异的镇定。他伸过手来,带着令人吃惊的力量捏捏兰登的肩。"我希望你找到你要寻找的东西,赶快找到。"

46

梵蒂冈秘密档案馆位于博尔吉亚庭院远远的一角，在圣安娜门后面的一座小山上。档案馆里收藏了两万余册书卷，据说还有一些珍品，比如列奥纳多·达·芬奇散佚的日记，甚至还有未公开发行的《圣经》抄本。

兰登步履矫健地踏上了通往档案馆的那条无人的丰达门塔路，他简直不能相信自己就要获准进入档案馆了。维多利亚在他身边，轻松地与他并肩而行。她的头发在和风中微微起伏，散发着淡淡的杏仁香味，兰登吸了一口弥散着香味的空气。他觉得自己分心了，便立即又让思绪转了回来。

维多利亚说："能告诉我要去找什么吗？"

"找一本一个名叫伽利略的家伙写的小书。"

她感到很诧异。"别胡闹了，书里写的是什么？"

"书里应该有那个叫做记号的东西。"

"记号？"

伽利略的望远镜和其他仪器

"记号，线索，信号……就看你怎么翻译了。"

"什么记号？"

兰登加快了步子。"一个秘密地点。伽利略的光照派需要保护他们自己不受罗马教廷侵害，于是就在罗马成立了一个高度机密的集会所，他们称之为光照派教堂。"

"把一个邪恶的老巢叫做教堂真是胆大包天。"

兰登摇摇头。"伽利略的光照派一点儿都不邪恶。他们都是科学家，崇尚启蒙运动。他们的集会所仅仅是个安全的地方，让他们能聚集在一起讨论罗马教廷禁止的论题。虽然我们知道有这么个秘密藏身处，但是直到今天也没人找出它在哪儿。"

"听起来好像光照派知道怎

么保守秘密一样。”

“肯定是的。事实上，他们从来不向兄弟会以外的任何人透露他们的藏身之处。这种保密的做法保护了他们，但同时也在他们要招募新成员的时候带来一个难题。”

“如果他们不对外宣传就不能发展壮大。”维多利亚说道。她的脚下利落，脑子更是不甘示弱。

“正是如此。关于伽利略的兄弟会的消息自十七世纪三十年代流传开来，世界各地的科学家都前往罗马秘密朝圣，以期加入光照派……他们渴望取得一个机会看看伽利略的望远镜并且聆听大师的心声。然而不幸的是，由于光照派高度保密，抵达罗马的科学家根本不知道去哪儿参加集会，也不知道对谁可以放心地说话。光照派希望吸取新鲜血液，但他们不敢拿他们的机密冒险，让别人知道他们的行踪。”

维多利亚皱皱眉。“听上去像是没有出路的困境。”

“确实。正如我们所说的第二十二条军规①。”

“那他们怎么办？”

“他们都是科学家。他们研究这个难题并找到了一个解决办法，说老实话，那是个绝妙的办法。光照派制作了一幅非常巧妙的‘地图’，指引其他科学家找到他们的栖身地。”

维多利亚好像突然犯疑了，她放慢步子说道：“地图？好像有点儿草率吧。如果一个副本落入他人之手……”

“不可能，”兰登说，“任何地方都没有副本。这不是画在纸上的那种地图。这幅地图非常之大，表明方向的路标横穿整个城市。”

维多利亚走得更慢了。“是画在人行道上的箭头吗？”

“从某种程度上来说是这样，但它更加巧妙。这个地图包括一系列隐匿的具有象征性的标识，分布在全城的公共场所。一个标识指向另一个……接着又是下一个……连成一条路……最终指向光照派的老巢。”

维多利亚乜着眼看他。“听上去就像寻宝一样。”

兰登笑出了声。“从某种意义上讲的确如此。光照派把他们的一连串标识指引的路径称作‘光明之路’，任何想要加入这个兄弟会的人都必须沿此路走到底。这也是一种考验。”

“但如果罗马教廷想找到光照派，”维多利亚辩道，“难道他们就不能也跟着标识的指引走了吗？”

“不。这条路非常隐蔽，这是一个谜，只有某些人才有能力解开并沿着标识指引的路线前进，找到光照派的教堂在哪里。光照派有意把它当作一个入会仪式，这不仅是

---

① 第二十二条军规(Catch-22)，美国作家约瑟夫·海勒的一部著名小说的名字，“黑色幽默”文学的代表性作品。小说中的第二十二条军规充满了自相矛盾的内容，象征着统治世界的荒谬和疯狂。后来“第二十二条军规”就成为英语中经常用到的一个典故。

一种安全措施，而且还是一个筛选新人的程序，它确保只有那些最聪明的科学家才能抵达他们的门前。”

“我不同意这种看法。十七世纪时，神职人员在全世界最有学识的人之列，如果这些标识在公共场所，那罗马教廷肯定有人能找出光照派的老巢在哪儿。”

“那当然。”兰登说，“如果他们知道这些标识有特殊意义的话他们就会找到，但他们并不知道这一点。而且他们从来不会注意这些标识，因为光照派设计的时候用了一个方法让神职人员永远不会去猜想这些标识意味着什么。他们采取的这种手段在符号学里叫作伪装。”

“伪装。”

兰登心中一动。“你知道这个术语。”

“伪装，”她说，“自然界最好的自卫方法。就像立起身体浮在海草中的喇叭鱼①一样。”

“没错，”兰登说道，“光照派采取了同样的理念。他们创造的标识都是以古罗马为背景的。他们不能用对称字或者科学符号，因为那样太显眼了，所以他们请一位光照派的艺术家——这人同样是个奇才——造出了‘光照派’这几个字的对称字式的符号，他们还委托他刻了四尊雕塑。”

“光照派雕塑？”

“是的，制作这四尊雕塑要遵循两条严格的原则。首先，雕像的样子看起来必须像罗马城里的其他艺术品……让罗马教廷永远都不会怀疑这些艺术品属于光照派。”

“宗教艺术。”

兰登点点头，此时他感到有些兴奋，讲得更快了。“第二条原则就是这四尊雕塑必须含有特定的主题，每一尊雕塑都要巧妙地表现科学概念上四种元素中的一种。”

“四种元素？”维多利亚说，“元素有一百多种呢。”

“在十七世纪时并非如此，”兰登提醒她，“早期的炼丹术士相信整个宇宙仅仅由四种物质构成：土、气、火和水。”

兰登知道，早期的十字架就是这四种元素最普通的象征——十字架的四臂分别代表土、气、火和水的四种力量。除此以外，历史上还确实存在许多类似的土、气、火和水的象征——毕达哥拉斯的生命轮回说，中国的《洪范》②，荣格的男性和女性原型，黄道带象限，就连穆斯林也尊崇古老的四大元素……虽然在伊斯兰教中这四种元素被称为“地、云、电、浪”。但对兰登来说，这种更现代的用法总是让他胆战心惊——共济会对

---

① 喇叭鱼具有细长的身体，最长约可到达六十一公分。喇叭鱼经常出现在珊瑚礁区，并伪装成珊瑚或海草，并会将头部的颜色改变成与被捕食的小鱼一样，以便顺利捕食。

② 《洪范》，为《尚书》中的一篇，五行（金、木、水、火、土）学说史上一篇划时代的著作。“洪”有“大”意，“范”则为“法”，“洪范”即指“统治大法”，它第一次系统表述了以“顺五行”为核心的治理天下之大法，将整个世界纳入五行系统之中。

原初物质四个神秘级别的表述就是：土、气、火和水。

维多利亚似乎感到莫名其妙。“那么是不是这个光照派的艺术家塑造了四尊雕塑，看起来具有宗教意味，但实际上却是代表土、气、火和水？”

“正是这样。”兰登说着，很快拐上了通往档案馆的森蒂内路，“这些雕塑混在遍布罗马的不可胜数的宗教艺术品中。兄弟会把艺术品匿名捐献给特定的教堂，然后利用他们在政治上的影响，轻而易举地把这四尊雕像放在了他们精心挑选的罗马的教堂里。每一尊雕像都是一个标识……微妙地指向下一座教堂……下一个标识在那儿等着。这些标识在宗教艺术的伪装下起着提供线索的作用。如果一个光照派的申请人能找到第一座教堂和土的标记，他就能按照它的指引找到‘气’……然后是‘火’……然后是‘水’……最后到达光照派教堂。”

十五世纪法国的带有土、气、火、水四种元素和黄道带十二星座的图

维多利亚看上去越来越糊涂了。“这跟抓光照派杀手有什么关系呢？”

兰登微微笑了笑，亮出了绝招。“噢，有关系。光照派用了个很特别的名字称呼这四个教堂，那就是科学祭坛。”

维多利亚皱皱眉。“可是，这什么也说明不……”她突然停下来，“科学祭坛？”她惊叫道，“光照派杀手。他警告过红衣主教将成为科学祭坛上纯洁的祭品。”

兰登对她投以一笑。“四名红衣主教，四座教堂，四个科学祭坛。”

她惊得目瞪口呆。“你是说红衣主教被献祭的四座教堂就是标明古老的光明之路的那四座教堂？”

“我相信是这样的，是的。”

“但杀手怎么会给我们留下这条线索呢？”

“怎么不会呢？”兰登回答，“没有几个历史学家知道这些雕塑，相信它们存在的人就更少了。而且，这些雕塑的位置四百年来都无人知晓，毫无疑问光照派相信再过五小时也不会有人知道。除此以外，光照派再也不需要他们的光明之路了。他们的秘密巢穴早就不用了。他们生活在现代社会。他们在银行会议室、餐厅、私人高尔夫球场碰头。今天晚上他们想把他们的秘密公之于众。时辰到了，他们要郑重其事地现身了。”

兰登担心光照派露面的时候，还会出现一种他没有提及的对称字。四个印字。杀手发誓说每一个红衣主教身上都要打上不同的符号。证明古代传说千真万确，杀手说。四个对称印字的传说跟光照派自身一样古老：土、气、火、水——四个字绝对对称，就像“光照派”这个词一样。每个红衣主教都要打上一个代表古代科学的元素的烙印。谣传这四个印字是英语而不是意大利语，这一点是历史学家一直辩论不休的论题。英语在衍生变化上太随意了，这点与他们的母语截然不同……而光照派从不随意做任何事。

兰登拐上档案馆前面的砖砌小道。那些可怕的景象在他脑海里不断地翻腾。光照派那蓄谋已久的阴谋正渐渐显露出来。兄弟会发誓尽可能保持沉默，他们要蓄积力量以使他们可以毫无畏惧地重新露面，在光天化日之下为达到他们的目的而发起反击。光照派再也不用躲起来了。他们要炫耀他们的势力，证实阴谋般的神话确有其事。今天晚上发生的事会让全世界的人都目瞪口呆。

维多利亚说：“我们的陪同来了。”兰登抬起头，看到一名瑞士卫兵正匆匆穿过旁边的绿地朝前门走来。

卫兵看到他们便停下了脚步。他瞪着他们，好像觉得自己产生了幻觉。他背过脸去掏出对讲机。显然他对自己要做什么产生了怀疑，对着对讲机的另一头急切地说着什么。他气愤的喊叫声传到兰登耳朵里，虽然他听不懂，但话里什么意思却非常明显。最后，这个卫兵垂头丧气地把对讲机放回去，转过身来，带着一脸的不悦。

卫兵带着他们走进档案馆的时候一句话也不说。他们穿过了四道钢门，两道用万能钥匙打开的入口，走下一个长长的楼梯井，到了一个带两个暗码键盘的门厅。穿过一连串高科技电子门之后，他们到了一个长长的走廊的一头，里面是一道宽大的橡木双层门。卫兵停下脚步，又打量了他们一番，低声咕哝着，走到墙上的一个金属盒前，把上面的锁打开，摸到里面按下了一个密码。他们跟前的门“吱吱”地响起来，锁死的门闩打开了。

卫兵转过身第一次开口跟他们说话：“档案就在门里。上面指示我就把你们送到这儿，然后回去接受另外的任务。”

“你要走啦？”维多利亚问道。

“瑞士卫兵不准进入秘密档案馆。你们能来是因为教皇内侍直接下令给了司令。”

“但我们怎么出去呢？”

“进出口都是单向的，你们不会有问题的。”这就是他们之间全部的对话，说完这些卫兵旋即转身沿着走廊离开了。

维多利亚发表了几句意见，不过兰登没有听，他的心思还在面前这道双层门上，他想知道门后到底藏着什么谜。

西斯廷礼拜堂里红衣主教们的秘密会议

47

虽然卡洛·文特斯克教皇内侍知道时间紧迫，但他还是慢条斯理地走着。他需要这点儿时间独处，理清自己的思绪才能做开场的祷告。发生的事情太多了。他一个人闷闷不乐地走进了北侧楼，过去十五天来的考验真让他不堪重负。

他已一丝不苟地履行了他的圣职。

乔凡尼·洛伦佐·贝尔尼尼设计的皇家楼梯

依照梵蒂冈的传统，教皇死后，教皇内侍将手指放在教皇的颈动脉上，仔细听了听他的呼吸，然后叫了三声他的名字，这样就确认了教皇已经辞世。根据法律，对教皇不进行尸检。接着，教皇内侍封上教皇的卧室，毁掉教皇的渔夫戒指①，打碎做铅封的模具，安排了葬礼。一切就绪，他开始准备召开秘密会议。

秘密会议，他想，最后一关。这是基督教世界中最古老的传统之一。现在，由于秘密会议的结果通常在会议召开前已为人所知，所以人们往往指责这个程序是墨守成规——与其说是选举，还不如说是做戏。然而教皇内侍知道，这只是对秘密会议不理解罢了。秘密会议不是选举，它是一种古老而神秘的权力移交。这一传统是永

① 渔夫戒指的宝石上刻有圣彼得在船上拉网捕鱼的雕像，教皇在签署重要的教会文件时将渔夫戒指当做图章使用。教皇去世后，这枚戒指也要毁掉。

恒的……机密性，折叠的小纸条，选票的烧毁，古老的药品的混合物，烟雾信号①，这些都一应俱全。

教皇内侍穿过格列高利十三世的凉亭的时候，他想知道莫尔塔蒂红衣主教是不是还在恐慌之中。莫尔塔蒂无疑早就注意到候选主教已不知去向。他们缺席了，主教们很可能就得投上一整晚的票。教皇内侍非常清楚，莫尔塔蒂担任选举官的职位是件好事。这人有独立的见解，能直言不讳。今晚的秘密会议比以往更需要一位领袖。

走上皇家楼梯的最高层，教皇内侍觉得自己仿佛正站在生命的悬崖边上。即使从上面这个地方他也能听到下面西斯廷礼拜堂里的吵嚷声——那是一百六十五名红衣主教不安的说话声。

一百六十一名红衣主教，他纠正自己。

刹那间，教皇内侍摔倒了，仿佛骤然直坠地狱，人们惊叫着，火焰吞没了他，碎石和血雨从天而降。

接着是一片寂静。

这孩子醒来时发现自己在天堂里，周围一片洁白，灯光炫目而纯粹。虽然有人说一个十岁的小孩不可能懂天堂是什么，但年幼的卡洛·文特斯克对天堂的理解却非常深刻。他现在就在天堂，除此以外还能在哪儿呢？尽管他才十岁，却已体会到了上帝的威严——雷鸣般的管风琴声，高高的穹顶，昂扬的歌声，彩绘的玻璃，泛着微光的青铜像和金像。卡洛的母亲马利亚每天带他去做弥撒。教堂就是他的家。

“为什么我们每天都要来做弥撒？”卡洛这样问道，倒不是他不愿意这样。

“因为我对上帝承诺过要这样做。”她答道，“而且，对上帝的承诺是一切承诺中最重要的，决不要违背对上帝的承诺。”

卡洛答应母亲他决不违背对上帝的承诺。他爱母亲胜过爱世上的一切，她就是他的保护神。有时候他叫她圣母马利亚——尽管她一点儿也不喜欢这个称呼。她祈祷的时候他也跪在她身边，嗅着她身上散发的芳香，倾听她念经时的柔声细语。万福马利亚，上帝的母亲……为我等罪人祈祷……既在此时此刻，也在我们辞世之际。

“我父亲在哪里？”卡洛问，实际上他早已知道父亲在他出生前就去世了。

“现在上帝是你的父亲，”她总会这样回答，“你是教会的孩子。”

卡洛喜欢听她这么说。

“每当你感到畏惧的时候，”她说，“记着现在上帝就是你的父亲。他会永远注视着你保护你，上帝为你设定了宏伟的规划，卡洛。”他知道她说得没错，他已天生就能感知

① 根据有关教皇选举的法律，红衣主教每天两次在西斯廷礼拜堂举行秘密投票，计票后选票立即焚毁，其烟经管道引出窗外，使聚集在圣彼得广场的群众知道投票情况。如没有一个候选人够票数，用湿草烧选票而冒黑烟，如教皇当选，用干草烧选票而冒白烟。经新教皇宣布解散秘密会议即停止活动。几天后举行新教皇加冕礼。

上帝的存在。

血雨……

从天而降的血雨……

一片寂静。然后是天堂。

刺眼的灯光熄灭之后，卡洛知道，他的天堂实际上是巴勒莫城外圣克拉拉医院的加护病房。卡洛是一场恐怖爆炸中的唯一幸存者，那时他和母亲正趁假日参加一个弥撒礼，炸弹炸毁了礼拜堂，三十七人遇难，包括他的母亲。报纸把卡洛的死里逃生称作圣弗兰西斯的奇迹。不知道什么原因，就在爆炸发生前一小会儿，他从母亲身边走开，大着胆子走进了一个装有防护装置的凹室，他盯着一幅描绘圣弗兰西斯故事的挂毯思量着。

上帝召我去那儿的，他断定，他想救我。

卡洛痛得神志不清。他仍能看到他的母亲，她跪在教堂长椅边，亲了亲他，然后随着一声地动山摇的巨响，她那散发着芬芳的身体被炸开了花。他仍能感受到人性之恶。血雨从天而降，他母亲的血！圣母马利亚！

*上帝会永远注视着你保护你，*他的母亲告诉过他。

但现在上帝在哪儿！

这时，仿佛他母亲的话在世上显灵了一样，一名神父到医院来了。他可不是一般的神父，而是一名主教。他在卡洛身边祈祷，感谢圣弗兰西斯的奇迹。卡洛身体复原后，主教安排他住进了自己主持的大教堂的附属小修道院。卡洛和修道士一起生活、学习，甚至成了他新保护人的祭台助手。主教建议卡洛到公立学校读书，但他不肯，因为没有比待在他的新家更让他开心的事儿了。他现在是真正地住进了上帝的家园。

每个夜晚卡洛都为母亲祈祷。

*上帝救我是有原因的，*他想，*但那是什么原因呢？*

卡洛到了十六岁，按照意大利法律，他必须接受为期两年的预备役军事训练。主教告诉卡洛如果他进了神学院就可以免去这项义务。卡洛告诉他自己打算去神学院读书，但他首先要懂得什么是恶。

主教不明白他的意思。

卡洛告诉他如果自己要在与恶斗争的教会中度过一生，他首先就得理解什么是恶。他想不出还有什么地方比在军中更能理解罪恶。军人都使用手枪和炸弹。一颗*炸弹炸死了我的圣母！*

主教极力劝阻，但卡洛决心已定，不可改变。

“保重，孩子，”主教说，“记住，教会等你回来。”

卡洛在军中服役的两年不堪回首。他的少年时代是在沉默和冥想中度过的，但在军中，没有片刻的清静可以让人思考，只有无休止的喧闹和嘈杂。到处都是庞大的机器，没有哪怕一小会儿的安宁。虽然士兵每周在营房做一次弥撒，但卡洛并没有从他任何一个同伴身上感受到上帝的存在。他们的脑子里一团乱麻，根本没法领会上帝的存在。

卡洛讨厌他的新生活，很想回家，但他决心坚持到底。他得搞懂什么是恶。他拒绝用枪，所以军方叫他驾驶救生直升机。卡洛讨厌那种噪声和气味，但至少这让他能飞上蓝天离他天国里的母亲更近些。然而，当他获悉飞行训练还包括跳伞时，他吓了一跳。然而，他别无选择。

上帝会保护我，他对自己说。

卡洛的初次跳伞是他生命中最刺激的感官体验。那种感觉就像与上帝一起在空中飞翔似的。卡洛朝地面滑翔的时候，他看不够……周围一片寂静……他飘浮在空中……他在翻卷的洁白云海中看他母亲的面孔。*上帝为你设定了宏伟的规划，卡洛*。卡洛从军中回来后，进了神学院。

那是二十三年前的事了。

现在，卡洛·文特斯克教皇内侍正沿着皇家楼梯走下去，他一边走一边试着理解将他带到这个非同寻常的十字路口的一连串事件。

什么都别怕，他对自己说，*把今晚交给上帝*。

此刻，他已能看到西斯廷礼拜堂那高大的青铜门，四名瑞士卫兵尽职尽责地把守在门口。卫兵打开锁，推开大门。这时，里面所有的人全都转过头来。教皇内侍注视着眼前身着黑袍佩着鲜红饰带的人群。他明白了上帝为他做的是何种规划。教会的命运已掌握在他手中。

教皇内侍在胸口画个十字，然后跨过了门槛。

48

英国广播公司的车停在圣彼得广场的东面，记者冈瑟·格利克正汗涔涔地坐在公司的车里，嘴里骂着给他派活儿的编辑。虽然格利克第一个月评充满溢美之词——头脑机敏，目光犀利，为人可靠——但现在他正在梵蒂冈城里“值教皇班”。他提醒自己，为英国广播公司做新闻报道得比为《英国闲谈者》编写文章需要高得多的可信度，不过，这不是他的报道观。

格利克的任务非常简单，简单得要死。他只要坐在这儿，等着一群傻老头选出他们下一任头儿，然后到车外以梵蒂冈为背景录个十五秒钟的现场直播就万事大吉了。

绝了。

格利克难以相信英国广播公司还派记者到现场来报道这等不值钱的新闻。*你今晚在这儿就是看不到美国的广播电视公司，真的看不到*！那是因为那些大人物自有高招。他们看美国有线新闻网，做提纲总结，然后在一块蓝屏前拍出他们的“现场”报道，加上备用的录像作为现实的背景。美国全美广播公司甚至动用室内鼓风机和降雨机来增加现场报道的真实性。观众不再需要真实的报道了，他们要的是娱乐。

格利克凝视着挡风玻璃外面，越来越觉得沮丧。耸立在他眼前的梵蒂冈城这威严的高山般的建筑隐约使他认识到，当人类投入全部的才智时可取得怎样的成就。

"我这一生取得了哪些成就呢？"他自言自语道，"一事无成。"

"那就放弃吧。"他身后一个女人的声音说道。

格利克吓了一跳，他几乎都忘了自己不是一个人。他转身朝后座一看，同事摄影师奇尼特·麦克丽正静静地坐在那儿擦她的镜头。她老是在擦她的镜头。奇尼特是黑人，不过她更愿说自己是非洲裔美国人，她块头不小却又很机灵，她也不会让你忘记这一点。她可是个古怪的姑娘，不过格利克挺喜欢她，而且他肯定能用得着这个伴儿。

"怎么了，冈瑟？"奇尼特问。

"我们这是在干吗呢？"

她继续擦着镜头，说："我们要目睹一件激动人心的大事。"

"锁在黑咕隆咚房子里的老头儿也激动人心？"

"你觉得自己的情况越来越糟，对吧？"

"就是这个问题。"

"说来听听。"她说话的口气像他母亲一样。

"我只是希望自己有点影响。"

"你为《英国闲谈者》写过稿。"

"是啊，不过没一篇引起反响。"

"噢，得了吧，我听说你写过一篇关于女王与外星人偷情的文章，非常有创意。"

"多谢。"

"嗨，情况正在好转呢。今天晚上你就要在你的电视生涯中留下第一个十五秒。"

格利克咕哝着抱怨了几句。他仿佛已听到了新闻节目主持人的声音。"谢谢冈瑟的重大报道。"然后主持人又骨碌碌转几下眼睛，接着报天气预报，"我真该试试播新闻的。"

麦克丽笑了。"一点儿经验没有就去播新闻？还留着这样的胡子？算了吧。"

格利克用手梳理了一下下巴上的一团浅红的毛发。"我觉得那会让我显得更聪明。"

突然车里的手机响了，谢天谢地，这让格利克的另一个失败到此为止。"可能是编辑部的。"他突然满怀希望地说，"你觉得会是他们要直播报道吗？"

"这条新闻？"麦克丽笑道，"你就做梦吧。"

格利克用他最纯正的现场报道员的声音答道："这里是英国广播公司，记者冈瑟·格利克在梵蒂冈为您做现场报道。"

电话那头的人话里带着浓重的阿拉伯地方的口音。"仔细听着，"他说，"我即将改变你的命运。"

49

兰登和维多利亚此时单独站在双层门外，里面就是秘密档案馆的内室。柱廊的装饰极不协调，一面是铺满整个大理石地板的地毯，一面是装在天花板上小天使雕像边对准下面的无线安全摄像头。兰登称之为消毒的文艺复兴。拱形入口旁挂着一块小小的青铜牌，写着：

梵蒂冈档案馆
馆长：亚奎·托马索神父

亚奎·托马索神父。兰登从拒绝他的信中辨认出了馆长的名字，那些信都放在家中他的书桌里。*亲爱的兰登先生，我很遗憾地写这封信，拒绝……*

遗憾。扯淡。自从亚奎·托马索上台后，兰登就再也没见过一个非天主教的美国学者被允许进入梵蒂冈秘密档案馆。*真是个门神*，历史学家都这样称呼馆长。亚奎·托马索是世上最顽固的图书馆馆长。

兰登推开门，从拱形入口走进内室，他有点希望看到亚奎·托马索神父全副武装身穿工作服、头戴盔帽、肩扛火箭筒守卫的样子，然而，室内空无一人。

一片寂静。柔和的灯光。

梵蒂冈档案馆。他毕生的一个梦想。

兰登注视着这个神圣的房间，他的第一反应是觉得无地自容。他意识到自己是一个多么浅薄的浪漫派。那么多年来他想象中的这个房间的样子与眼前的景象差之千里。他想象着尘封的书架，上面高高地堆着破破烂烂的经籍，神父们借着烛火和透过彩色玻璃窗的光线给书编目录，修道士们专心致志地阅读古代手卷……

真是连一点儿边也不沾。

乍一看，这个房间像一个黑乎乎的飞机库，里面建了十二个独立的壁球场。兰登当然知道那些玻璃墙围栏是干什么的。他见到这些毫不惊讶，湿气和热气会腐蚀古代的羊皮纸，妥善的书籍保存需要像这样的封闭储藏室——能隔离空气中的湿气和天然酸性物质的密闭单间。兰登在封闭的储藏室待过很多次……那滋味儿就像进了一个由图书馆员控制氧气供给的不透气的罐子一样。

储藏室里很暗，甚至有点儿阴森森的，只有每一个书架一端那小小的圆形灯隐隐照出房间的轮廓。每一个单独的储藏室都是黑乎乎的，兰登觉得周围仿佛站着幽灵似的巨人一般，一个个高耸的书架负载着沉重的历史。这里的收藏真是绝了。

维多利亚似乎也看得眼花缭乱了。她站在他身边，一言不发地注视着这些巨大而透明的储藏间。

时间紧迫，兰登抓紧时间扫视着微暗灯光下的房间，寻找一个图书目录——那是一本装订好的标明图书馆全部收藏的百科全书。然而，他看到的只是分布在房间内的几台电脑终端发出的红光。“看上去他们有一本编目索引。他们的索引都电脑化了。”

维多利亚看上去满怀希望。“那这样该处理起来更快了。”

兰登希望自己也能和她一样兴致勃发，然而他感觉这不是好消息。他走到一台电脑终端前开始敲击键盘。他的担心很快就被证实了。“老式的方法会更好。”

“为什么？”

兰登从显示器前后退一步。“因为真正的书是没有密码保护的。我想物理学家并不是天生的黑客吧？”

维多利亚摇摇头。“我只会掰开牡蛎，就是这样。”

兰登深深吸了一口气，转身面向有着奇珍异藏的透明储藏室。他朝最近的一间走去，乜斜着眼睛看着昏暗的里面。兰登认出，玻璃墙里面那些乱七八糟的东西是普通的书架、羊皮纸箱和检查台。他查看着每一个书架的一头那闪着红光的指示标签。在所有的图书馆里，这些标签都表明了那一排书的内容。他沿着透明墙往下查看着那些分类题名。

彼得·莱埃雷米塔……莱·克罗恰蒂……乌尔巴诺二世……莱力扎……

“这些书都有标签，”他边走边说，“但不是按照作者姓名的字母顺序排列的。”他对此毫不惊讶。古代档案几乎从不按照字母顺序编目，因为有太多作者是佚名。按标题查找也不管用，因为许多古代档案都是无标题的文献或羊皮纸残篇。大多数目录都是按时间顺序来编制的。然而，令人沮丧的是，这些资料也不是按时间顺序排列的。

兰登觉得宝贵的时间正在悄悄溜走。“好像罗马教廷总有它自己的一套。”

“真是出人意料。”

他又仔细查看了那些标签。这些资料的时间跨越几个世纪，但他发现，所有的关键词都是互相关联的。“我猜这是按照主题来分类的。”

“按主题？”维多利亚说，听上去像个不以为然的科学家一样。“好像太差劲了。”

实际上……兰登想，他更仔细地斟酌着，*这也许是我见过的最高明的分类法*。他总是竭力主张他的学生要理解一个时期艺术的整体风格和主题，而不要陷入琐碎的日期和具体的作品中迷失了方向。似乎梵蒂冈档案馆就是按照一个类似的理念来进行资料编目的。*粗略地勾画……*

“这个储藏间里的一切，”兰登说，此时他感到信心更足了，“几个世纪的资料，都跟十字军有关，这是这个储藏间的主题。”他意识到，那些资料全都在这儿了。*历史记录、文学作品、艺术作品、社会政治数据、当代分析，全都放在一处……这有助于对一个主题的深入理解。太高明了。*

维多利亚皱皱眉。“但是那些资料可以同时跟多个主题相关。”

“这就是为什么它们与代书牌相互参照的原因。”兰登指着玻璃墙里插在资料中的彩色塑料牌说道，“这些牌子标明了次一等的资料的位置，那些资料按照它们的首要主题放在别处。”

“哦。”她说道，显然对此不再理会了。她把手撑在臀部，环视着这个巨大的空间，然后看着兰登说道：“那么，教授，我们要找的这个伽利略的东西叫什么名字？”

兰登不禁笑了。他还没搞懂自己怎么就站在这个房间里了。就在这里，他想，黑暗中某个地方，那个东西就在那儿等着。

“跟我来。”兰登说，他轻快地沿着第一条过道走去，查看每一个储藏间的指示牌，“还记得我怎么告诉你光明之路的吗？还有光照派怎么通过一个精心策划的考验来招募新人？”

“寻宝。”维多利亚紧跟上去说。

“光照派面临的难题在于，他们安置了那些标识之后，得想法让科学界知道这条路确实存在。”

“那是自然，”维多利亚说，“否则就没人知道怎么去找那条路了。”

“对，而且即使科学家知道了这条路不是子虚乌有，也没法知道路从哪里开始。毕竟，罗马太大了。”

“没错。”

兰登走到第二条过道上，一边说话一边扫视着指示牌。“大概十五年前，巴黎大学的一些历史学家和我发现了一批光照派的书信，上面多处提到那个记号。”

“记号。对那条路及其起点的声明？”

“对。并且从那时起，许多光照派研究学者，包括我，发现别的地方也提到了那个记号。线索确实存在，而且伽利略向科学界四处散布这个线索，罗马教廷甚至一点儿都不知道。”

“那他是怎么散布消息的？”

“我们不太清楚，但很有可能是通过印刷品。多年来他出版了许多书籍和业务通讯。”

“这些作品，罗马教廷无疑都见过。听上去好险。”

“确实如此。不过那个记号都散发出去了。”

“但没有人真正找到过吗？”

“没有。但奇怪的是，任何影射这个记号的地方——像共济会的日志，古代科学刊物，光照派书信——都由一个数字提及此记号。”

“是 666 吗？”

兰登笑了。“实际上是 503。”

“那是什么意思呢？”

“我们谁也想不出来它的意思。我对 503 这个数字着了魔，试过一切办法想找出这个数字的含义——包括数字命理学、参考地图、纬度，全不顶用。”兰登说着，走到了过道尽头，他转个弯又忙着扫视下一排指示牌。“很多年来这个唯一的线索似乎就是 503 以数字 5 打头……这是光照派的一个神圣的数字。”他停了下来。

伽利略·伽利雷的著作《对话》

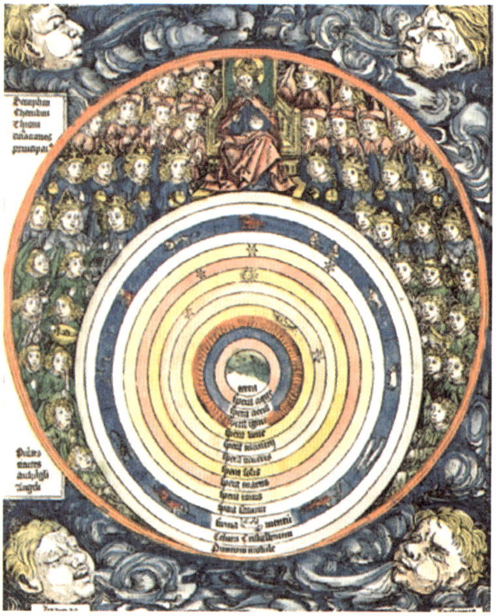

太阳系的地心模型

“我感觉你最近想出来它的意思来了，而这就是我们来这儿的原因。”

“不错。”兰登说着，让自己在骄傲中陶醉了珍贵的片刻。“伽利略写的一本叫《对话》①的书你熟悉吗？”

“当然熟悉了。在科学家中名气很响，最终脱销了的科学读物。”

脱销并不是兰登要用的那个词，但他知道维多利亚的意思。在十七世纪三十年代早期，伽利略想出版一本书，该书支持哥白尼提出的日心说，但罗马教廷禁止此书的发行，除非伽利略在书中加入同样令人信服的证据，证明教会的地心说——此种学说伽利略知道是绝对错误的。然而，伽利略别无选择，只得遵从教会的要求，出版了一本书，让正确的观点和错误的观点平分秋色。

“你可能知道的，”兰登说，“虽然伽利略妥协了，但《对话》依旧被视为异端，并且罗马教廷将他软禁起来了。”

“没有好事不受罚的。”

兰登笑了笑。“太对了。然而伽利略还是坚持不懈，在软禁期间，他偷偷写了一本不太有名的书，学者们常常把它与《对话》混淆起来。这本书叫做《讨论》。”

维多利亚点点头。“我听说过，《关于潮汐的讨论》。”

兰登顿时打住，大为惊愕，她居然听说这本关于行星运动及其对潮汐影响的没名气的书。

① 《对话》，即《关于托勒密和哥白尼两大世界体系的对话》，于一六三二年出版。此书在表面上保持中立，但实际上却为哥白尼体系辩护，并多处对教皇和主教隐含嘲讽。

“嗨,”她说,“你现在是在跟一个意大利的海洋物理学家说话呢,她的父亲就崇拜伽利略。”

兰登笑起来了。然而《讨论》并不是他们寻找的目标。兰登解释道,《讨论》并不是伽利略在家软禁期间所写的唯一著作。历史学家相信他还写了一本不引人注目的小册子叫做《图解》。

“是《真理图解》。”兰登说。

“我从没听说过。”

“你没听说过,我一点儿也不惊讶。《图解》是伽利略最隐秘的作品——大概他对一些科学现象的论述是正确的,但却被禁止公开。就像伽利略以前写的一些手稿一样,《图解》也被他的一个朋友偷偷带出罗马在荷兰悄悄出版了。这本小册子在欧洲科学地下组织中间广为流传。后来,罗马教廷听到风声,便展开了一场焚书运动。”

维多利亚现在看上去被迷住了。“你认为《图解》里有线索?那个记号,关于光明之路的信息?”

“伽利略的‘记号’这个词就是从《图解》里来的。我敢肯定这一点。”兰登走到储藏间的第三排,继续查看指示牌,“档案保管员找一本《图解》找了好多年,但由于罗马教廷的焚书运动,再加上这本册子的耐久性较差,这本书早就没在世上露面了。”

“耐久性?”

“是持久性。档案保管员按照完整性把资料从一到十排列。《图解》是印在莎草纸上的,这种纸就像棉纸一样,寿命不超过一百年。”

“为什么不用更牢一点儿的纸?”

“是伽利略吩咐的,为了保护他的追随者。这样,任何携带此书的科学家被抓住了只要把书扔到水里就会融化。这对销毁证据极其有效,对档案保管员来说却太糟糕了。大家都认为十八世纪之后,世界上只有一本《图解》留了下来。”

“一本?”维多利亚一时间看上去像着迷了一样,她环视房间,“就在这儿?”

“伽利略死后罗马教廷就从荷兰没收了这本书。好多年来我一直请求看这本书,自从我意识到书里有什么之后就没停过。”

维多利亚好像看出了兰登的心思似的,她挪到过道对面开始浏览相邻的一排书架,把他们之间的距离拉大了一倍。

“谢谢,”他说,“找跟伽利略、科学、科学家相关的指示牌。你看到就知道了。”

“没问题,不过你还没告诉我你是怎么想出来《图解》里包含这个线索的。这跟你在光照派的书信中频繁看到的数字有关吗?跟503有关吗?”

兰登笑了。“是的。我花了些时间,不过最终想出来了,503是一个简单的代码,它就是指的《图解》。”

一时间兰登记起那个意外发现发生的时刻:那是八月十六日,两年前的事了。那天,他参加一个同事儿子的婚礼,他站在湖边,风笛的低音在水面飘荡,婚礼的队伍以别出心裁的方式进场……他们乘坐在游艇上横穿湖面。小艇装饰着鲜花和花环,船身写着一个神气的罗马数字——DCⅡ。

兰登被这个记号弄糊涂了,他问新娘的父亲:“602是什么意思?”

“602?”

兰登指了指游艇。“DCⅡ是数字602的罗马写法。”

这人笑了起来。“这不是罗马数字。这是这个游艇的名字。”

“名字叫DCⅡ?”

这人点点头。“是迪克和康妮二号。”①

兰登觉得有点不好意思。迪克和康妮是那一对新人,游艇显然是以他们的名字来命名。“那DCⅠ怎么了?”

这人叹着气答道:“昨天预演午餐的时候沉没了。”

兰登笑了。“真遗憾。”他回头看看那个游艇。DCⅡ,他想,就像微型的QEⅡ②一样。刹那间他想到了那个数字。

此时,兰登转身面对着维多利亚。“503,”他说,“我提起过,这是一个代码。这是光照派玩的把戏,把它实际代表的罗马数字掩饰起来了。数字503按照罗马数字的写法是——”

“是DⅢ。”

兰登扬眉一看。“反应太快了,可别告诉我你是光照派的成员。”

她哈哈笑起来。“我用罗马数字给远洋地层编号。”

当然了,兰登想,我们不都这样吗。

维多利亚仔细看了看。“那DⅢ是什么意思呢?”

“DⅠ、DⅡ和DⅢ是非常奇怪的缩写,古代科学家用它们来区分伽利略那三本经常引起混淆的书。”

维多利亚马上打断他的话。“《对话》……《讨论》……《图解》。”

“D1, D2, D3,全是科学类的,全是备受争议的。503是DⅢ,《图解》,他的第三本书。”

维多利亚看上去一脸焦虑。“但有个问题还是不明白。如果这个记号,这条线索,对光明之路的说明真的在伽利略的《图解》中,那为什么罗马教廷把全部书都收回时没有看到呢?”

“他们可能看到了,但没注意。还记得光照派的标识吗?还记得他们把标识都隐匿在显眼的地方吗?那个记号肯定也是以同样的方式隐藏起来的——隐匿在显眼的

---

① 原文为Dick and Connie Ⅱ,Dick和Connie是新郎新娘的名字,两人的名字首字母合为DC。Ⅱ为罗马数字2。这个表示法与罗马数字602看起来是一样的。阿拉伯数字501、502、503对应的罗马数字分别是DⅠ、DⅡ、DⅢ。而下文出现的DⅠ、DⅡ和DⅢ则实际上是由英文字母D与罗马数字Ⅰ、Ⅱ、Ⅲ组成,看起来与罗马数字一样。这是光照派精心设计的“寻宝”线索。

② 这是Queen Elizabeth Ⅱ的缩写,指伊丽莎白女王二世豪华邮轮。

地方。那些不寻找它的人看不见它,那些不懂它的人也看不见它。”

“这意味着什么呢?”

“这意味着伽利略把它藏得很好。根据古代记录,这个记号是用一种光照派称为纯语言的形式表现的。”

“纯语言?”

“没错。”

“是数学吗?”

“我是这么猜想的。这似乎很明显,伽利略毕竟是一个科学家,而且他的书也是为科学家写的。数学是一种逻辑语言,可以设置这条线索。这本小册子叫《图解》,所以数学图解可能也构成了这条线索的一部分。”

维多利亚的声音听起来更充满希望了。“我想伽利略应该是创造了某种数学密码,它能逃过神职人员的眼睛。”

“这么说你是不会上当的。”兰登沿着这一排边走边说。

“我不会,主要是因为你不会。但如果你这么肯定你对DⅢ的判断,为什么不写文章发表呢?这样的话,老早以前那些真的获许进入梵蒂冈档案馆的人肯定会来这儿核查《图解》这本书了。”

“我不想发表。”兰登说,“我费了好大工夫才发现这个信息,而且——”他停下来,有点儿窘了。

“你想声名显赫。”

兰登觉得自己有点儿脸红了。“从某种意义上说,是这样,这只是——”

“别那么不好意思。你在跟一个科学家谈话呢。不出版就出局。在‘欧核中心’,我们称之为‘不证明就挣命’。”

“我并非只是想当第一,我还担心如果坏人发现了《图解》中的这个信息,那这个线索很可能就会不复存在。”

“这个坏人指的是罗马教廷吗?”

“并不是说他们本质上就坏,但教会总是低估了光照派对他们的威胁。二十世纪初叶,罗马教廷居然说光照派纯属无稽之谈。神职人员认为,或许也正是如此,基督教最不愿知道的就是有一个非常强大的反基督教组织已渗入了他们的银行、政界和大学。”该用一般现在时,罗伯特,他提醒自己,有一个非常强大的反基督教组织正渗入他们的银行、政界和大学。

“所以你就认为罗马教廷会毁掉所有证实光照派威胁的证据?”

“非常有可能。任何威胁,不管是真是假,都会减弱人们对教会权威的信仰。”

“还有一个问题,”维多利亚突然停下来看着他,好像他是外星人似的,“你不是开玩笑吧?”

兰登站住了。“你什么意思?”

“我是说,这就是你要扭转局面的计划吗?”

兰登不太确定自己从她眼里看到的是怜悯的取笑还是纯粹的恐惧。“你是指找《图解》这本书吗?”

“不是,我指的是找《图解》,查一个有四百年历史的记号,破解某个数学代码,然后走上一条古老的艺术之路,而这条路只有历史上最睿智的科学家曾找到过……这一切都要在接下来的四个小时内完成。”

兰登耸耸肩。“要是有其他办法当然也行。”

50

罗伯特·兰登站在九号档案室外看着书架上的标签。

布拉赫[①]……克拉维斯[②]……哥白尼……开普勒[③]……牛顿……

他把这些名字又念了一遍,突然感到忐忑不安。*这里都是科学家……但伽利略在哪儿呢?*

他对正在检查旁边档案室的藏书的维多利亚说:“我找到了那个主题,但没有伽利略的东西。”

“他不在那儿。”她说着,皱着眉头指了指旁边的档案室,“他在这儿呢。不过我但愿你带了放大镜来,这整间档案室都是他的东西。”

兰登跑过去一看,维多利亚说得不错,十号档案室里每一个指示牌上面都写着同样的关键词。

伽利略诉讼案

兰登低低地吹了一声口哨,此刻他意识到了为什么伽利略有一间专门的档案室。“伽利略事件”,他透过玻璃墙费劲地看着黑乎乎的书架,大为惊愕,“罗马教廷历史上持续时间最长耗资最多的法律诉讼案,长达十四年,花费六亿里拉,全在这儿了。”

“有一些法律文献。”

“我猜那几百年里就没出几个律师。”

“懂行的人也没几个。”

兰登迈开步子走到档案室侧面一个黄色的大按钮前,他按下按钮,档案室里一连串顶灯“嗡嗡”地亮了。灯光深红深红的,把档案室变成了一个红光闪闪的房间……一

---

① 布拉赫(Brahe, 1546—1601),丹麦天文学家。

② 克拉维斯(Clavius, 1538—1612),德国天文学家和数学家,曾协助教皇格列高利十三世颁行格列高利历。

③ 开普勒(Kepler, 1571—1630),德国天文学家和占星家,发现行星运动三大定律,探讨大气折射问题,为牛顿发现万有引力定律和近代光学奠定了基础。

问罪前对伽利略的审判(十七世纪)

个充满高大书架的迷宫。

“我的天,”维多利亚说道,像受到惊吓似的,“我们是在挨晒还是在干活啊?”

“羊皮纸容易退色,所以档案室里都用暗光照明。”

“在里面你会发疯的。”

或者更糟,兰登琢磨着,朝档案室唯一的入口走去。“提醒你一下,氧气是氧化剂,密闭的档案室里含氧量很低,里面差不多是真空。进去后你就会觉得呼吸困难。”

“嗨,上了年纪的红衣主教都能挺过来呢。”

没错儿,兰登想,但愿我们也好运。

档案室的入口只有一道电子旋转门。兰登注意到了门的内轴上分布着四个出入按钮,每个隔间一个。按一下按钮,机动门就启动了,并且保持半旋转状态一直到慢慢停下来——通常这样做以保持里面气压不变。

“我进去后,”兰登说,“你按下按钮跟着我进来。里面的空气湿度只有百分之八,做好准备,嘴巴会感觉很干。”

兰登走进了旋转的隔间,按了一下按钮。门发出很大的“嗡嗡”声,开始转了起来。兰登随着门的转动走了进去,做好准备抵御那种进密室最初几秒钟的眩晕感。进入一个密封的档案馆就像一下子从海平面上升到两万英尺高的地方,感到恶心和头晕都是正常的。有重影，弯下腰，他念着档案保管员的符咒提醒自己。兰登觉得耳朵鼓膜发胀，只听得一阵“嘶嘶”的气流声，门转了一下停住了。

兰登在里面了。

他立刻就意识到这里的空气比他料想的还要稀薄。似乎罗马教廷对他们的档案也太较真了。兰登的肺部微血管扩张，他抑制住呕吐反应，又放松胸部，紧迫感很快就没了。“海豚”上场了，他暗自思忖，得意地想每天游上五十个来回还是值得的。现在他的呼吸正常多了，他环视了一眼档案室。虽然外墙都是透明的，他还是感到了一种熟悉的焦虑。我在一个盒子里，他想，一个血红的盒子里。

门在他身后“嗡嗡”地开了，兰登转身见维多利亚也进来了。她一进来眼睛就流泪了，呼吸也吃力起来了。

“等一会儿，”兰登说，“如果你头晕就弯下腰来。”

“我……觉得……”维多利亚哽咽着说，“就像我……戴着水肺潜水……跳到别的……混合剂里了。”

兰登等着她适应过来，他知道她会没事的。维多利亚·维特勒显然状况很好，一点儿都不像那个上了年纪走路颤巍巍的校友拉德克利夫。兰登曾陪那位校友去过怀德纳图书馆的密室，那次图书馆之行以兰登给一个老女人做嘴对嘴人工呼吸告终，那次她的假牙几乎都要被吸出来了。

“好些了吗？”他问。

维多利亚点点头。

“我坐了你们那架倒霉的航天飞机，所以我想我得感激你。”

这话换来了一个微笑。“说得好。”

兰登把手伸到门边的盒子里取出几个白色的棉手套。

“这么正式啊？”维多利亚问。

“手指上有酸性物质，不能直接接触这些文件。你也要戴一副。”

维多利亚戴上手套。“我们还有多少时间？”

兰登看了看他的米奇牌手表。“现在刚过七点钟。”

“我们要在这一个钟头内找到那样东西。”

“实际上，”兰登说，“我们没有那么多时间。”他指着头顶上一个过滤口说道：“档案室里有人的时候，馆长通常会打开再氧合系统，但今天不会。二十分钟后，咱俩都要喘不过气了。”

维多利亚吓得脸色刷白，在红彤彤的光照下格外显眼。

兰登笑笑，抚平他的手套。“不证明就挣命。维特勒女士。米老鼠可是在滴答滴答地走呢。”

51

英国广播公司记者冈瑟·格利克盯着手里的手机看了足足十秒钟才最后挂上了电话。

奇尼特·麦克丽从车后部端详着他。“怎么了？是谁打的？”

格利克转过身来，那副样子就像小孩子收到圣诞礼物却担心那礼物不是真给他的一样。“我得到了一个消息，罗马教廷内部有情况。”

“那叫做秘密会议。”麦克丽说，“真是了不起的消息。”

“不，是别的事。”是大事。格利克不知道打电话的人告诉他的消息是不是真的。他意识到自己正祈祷那消息可靠，他为此感到羞愧。“如果我告诉你四个红衣主教被绑架，而且将于今晚在不同的教堂被杀死，你会怎么想？”

“我说，肯定是办公室里哪个不怀好意的人在开玩笑蒙你。”

“如果我告诉你我们会被告知第一场谋杀案发生的确切地点呢？”

“我想知道刚刚你到底是跟谁通的话。”

“他没说。”

“可能是因为他完全在扯淡吧？”

格利克早就料到麦克丽会挖苦人，但麦克丽却忘了格利克在《英国闲谈者》差不多有十年时间都在跟骗子和疯子打交道，而这个打电话的人两者都不是。这人非常镇定，神志清醒，说话合乎逻辑。快到八点时我会给你打电话，那人说，我会告诉你第一个人将在哪里被杀。你录下来的景象会让你一举成名。格利克问对方为什么要告诉自己这个消息，对方的回答跟他的中东口音一样冷冰冰的。他说，因为媒体是无政府主义的帮手。

“他还告诉了我一些别的。”格利克说。

“还有什么？是不是告诉你埃尔维斯·普雷斯利①刚刚当上教皇了？”

“拨号连接到英国广播公司数据库，怎么样？”格利克此时感到浑身激动，“我想看看我们做过的关于这些家伙的其他新闻。”

“哪些家伙？”

“听我的。”

麦克丽叹了口气，将电脑连入英国广播公司数据库。“要等一会儿。”

格利克的脑子还晕乎乎的。“打电话的人很急切地想知道我有没有摄影师。”

① 埃尔维斯·普雷斯利(Elvis Presley，1935—1977)，“猫王”，二十世纪美国流行音乐的超级巨星、摇滚乐大师，他改变了美国五十年代流行音乐的历史。这里，麦克丽不相信打电话的人说的话，是在挖苦格利克。

“有电视录像制作人。”

“他还想知道我们能不能进行现场直播。”

“发射频率为1.537兆赫。这又怎么了?”这时,“嘟嘟”的声音响了起来,数据库接通了。“好了,我们进来了。你要找什么人?”

格利克把关键词给她。

麦克丽扭头瞪着他。“我但愿你是在开玩笑。”

52

十号档案室内部并不像兰登想象的那么直观,《图解》原稿似乎并没和伽利略的其他同类图书放在一起。兰登和维多利亚无法查找计算机上的书目,也没有一个参考指南,两人被难住了。

“你肯定《图解》在这里吗?”维多利亚问。

“绝对在这儿。这可从多方面得到证实。”

“好,只要你能肯定。”说着她往左走,兰登往右走。

兰登开始手动搜索。他得克制住自己不要遇到每一件珍藏都停下来仔细阅读。这里的收藏多得惊人。《试金者》……《星空信使》……《关于太阳黑子的信》……《致女大公克里斯蒂娜的信》……《伽利略的辩词》……不一而足。

最后,维多利亚在档案室的后部发现了那件宝贝。她用低沉洪亮的声音喊道:“《真理图解》!”

兰登“噌”地一下冲过深红的雾气来到她身边。“在哪儿?”

维多利亚指给他看,他即刻就明白了为什么他们没有早点找到这本书。书稿放在一个文件夹箱里,而不是在架子上。储藏未装订的书时常常都用到文件夹箱。贴在文件夹箱前面的标签毫无疑问是内容说明。

《真理图解》

伽利略,1639

兰登跪下来,心怦怦地猛跳。“《图解》,”他朝她咧嘴一笑,“干得好。帮我把这个箱子拖出来。”

维多利亚在他身边跪下来,两人一起用力拽。那个箱子被放在金属托盘上,托盘朝他们滚动过来,露出了箱子顶部。

“没上锁?”维多利亚看到简便的插销似乎很惊讶。

“从来就不锁。这些资料有时需要迅速撤走,比如发生水灾或火灾时。”

“那打开吧。”

兰登根本就不需要催促。贯穿他学术生涯的梦想此刻就在眼前，而且室内空气稀薄，他不想磨蹭。他打开插销，揭起盖子。里面，一只黑色的帆布袋平放在箱底。布袋的透气性对袋中物的保存起着很关键的作用。兰登把两只手都伸进去，将袋子平端着从箱子里拿出来。

“我以为会找到一个宝物箱。”维多利亚说，“这个看起来更像个枕头套。”

“跟我来。”兰登说。他像托着一件神圣的祭品般把袋子托在胸前，走到档案室中间，惯用的玻璃面档案桌就在那儿。虽然中间的位置可以将资料挪动的距离减到最小，但研究者更喜欢周围的书架营造的私密感。突破性的发现在世上的顶级资料室里披露，大多数学者都不喜欢他们的对手在他们工作时透过玻璃往里偷看。

兰登将袋子放在桌上解开口，维多利亚则站在了一旁。他把一个档案管理员的工具盘翻了个遍，找到毡垫钳，档案管理员把这称作指钹——这是特大号的镊子，握手的两端为平展的小圆盘。兰登越来越激动，真怕马上会醒过来，发现自己在剑桥，手里拿着一沓要批改的试卷。他深吸一口气，打开袋子，那戴着棉手套的手指哆嗦着捏着钳子伸了进去。

“别紧张。”维多利亚说，“这是纸，不是钚①。”

兰登将钳子挨着那一沓文件边缘塞进去，非常仔细地保持用力均衡，然后，他不是将文件拖出来，而是夹住文件使之不与袋子接触，慢慢退掉袋子——这是档案管理员的操作方法，为的是最大程度地减少对资料的扭转。兰登一直屏住气，直到拿掉袋子并且把桌下的检测暗灯打开后才又开始呼吸。

在玻璃桌面下射出来的灯光映照下，维多利亚此时看上去像个幽灵。“都是些小纸片。”她说道，话音里充满了敬畏。

兰登点点头。他们面前的这叠文件稿看上去就像是从一本薄薄的平装本小说里脱下的几张散页。兰登看到，最上面的那张是鹅毛笔书写的华美考究的封面，上面有伽利略亲手书写的标题、日期和他的名字。

此时此刻，兰登忘记了这狭小局促的档案室，忘记了他的精疲力竭，忘记了把他带到这儿来的令人恐惧战栗的形势。他只是瞠目结舌地看着。与历史的亲密接触总让他满怀敬畏，目瞪口呆……就像看到《蒙娜丽莎》真迹时那样。

这柔和的黄色莎草纸让兰登毫不怀疑它的年代和真实度，除了褪色在所难免外，文件保存得相当完好。*颜色有点儿发白，纸张有的地方有点儿裂了，有的地方有点儿黏，但总的来说……保存得好极了。*他审视着封面上华美的手写体，由于空气太干燥，他的视线有点模糊。维多利亚沉默不语。

“请递给我一把刮刀。”兰登指着一个盛满不锈钢档案整理工具的盘子对身旁的维

① 一种放射性元素，常用作核反应燃料并用于核武器中。

太阳系的日心说模型

多利亚说道。她把刀递了过去。兰登把刀握在手里，觉得是把好刀。他用手抹了一下脸除掉静电，然后更加小心翼翼地将刀片贴着封面背面塞进去，然后抬起刀子，翻开了封面。

书的第一页是手写的，那种极小的程式化的字体几乎让人无法阅读。兰登立即注意到了这一页上既没有图形也没有数字，这是一篇文章。

“日心说。”维多利亚把第一页上的标题译出来。她扫了一眼文章。“看起来好像伽利略坚决否定地心说。不过，那是古意大利语，所以我不能保证翻译是准确的。”

“别管它。”兰登说，“我们要找数学，纯语言。”他用刮刀翻开下一页，又是一篇文章，没有数学符号也没有图形。兰登戴着手套的手开始出汗了。

“行星运动。”维多利亚译出标题。

兰登皱皱眉。要是在前些天，他肯定会兴致勃勃地看这篇文章；美国国家航空航天局最近通过高倍望远镜观测到的行星运行轨道据说和伽利略最初的预言大体一致，这真不可思议。

“没有数学，”维多利亚说，“他在探讨逆行运动和椭圆轨道或别的什么。”

椭圆轨道。兰登回想起，伽利略把行星的运动轨迹描绘成椭圆形的时候，他所面临的很多法律纠纷就已经开始了。罗马教廷竭力颂扬圆形轨道的至善至美，坚持认为天体运动的轨迹只能是圆形的。然而，伽利略的光照派也发现了椭圆的完美，对它双焦点的数学二元性敬畏不已。时至今日，光

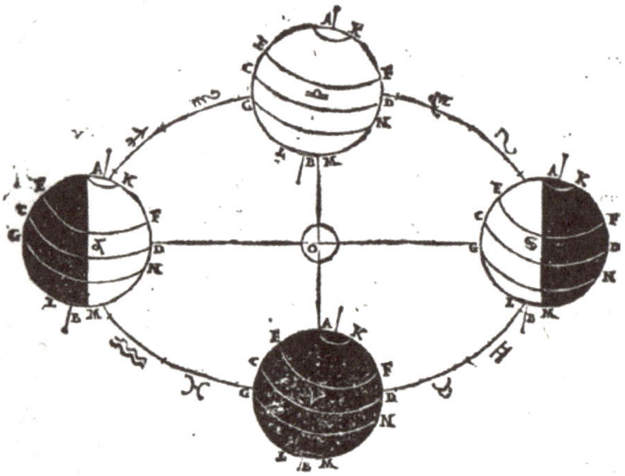

哥白尼后的地球运行轨道，出自《对话》

照派的椭圆形状仍被现代共济会显著地应用于其描摹板和书籍的嵌衬页脚图形中。

“下一页。”维多利亚说。

兰登轻轻地翻开一页。

“月相与潮汐，”她说，“没有数字，没有图形。”

兰登又翻开一页，也没有。他差不多翻了十二页，没有，没有，都没有。

“我还以为这家伙是数学家呢。”维多利亚说，“全是文章。”

兰登觉得呼吸到的空气越来越稀少了，他的希望也越来越渺茫。这一叠文件越翻越薄。

“这儿什么都没有，”维多利亚说，“跟数学没关系，只有一些日期，一些基本的数字，但没有什么看起来像是线索。”

兰登翻到最后一页，叹了口气，跟前面的一样，那还是篇文章。

“一本薄书。”维多利亚皱着眉头说。

兰登点点头。

“狗屁，在罗马我们就这么说。”

狗屁，兰登想。玻璃上映出的他的影子仿佛在嘲弄他似的，就跟今天早晨从他的凸窗里瞪着他的那个影子一样。*一个逐渐变老的鬼*。“这儿一定有什么东西的，”他说道，嘶哑的声音里流露出的绝望让他自己都感到吃惊，“这个记号就在这儿的某个地方。我知道的！”

“也许你把 DⅢ 搞错了？”

兰登回过头来瞪着她。

“好吧，”她附和道，“DⅢ 绝对没问题。但也许这条线索不是跟数学相关的呢？”

“*纯语言*。它会是别的什么呢？”

“会是艺术吗？”

“不过这本书里没有图形或者图片。”

“我只知道纯语言指的是意大利语以外的什么东西。数学似乎比较合理。”

“我同意。”

兰登不愿这么快就认输。“数字肯定是手写的。这里头对数学的表达肯定是文字描述而不是方程式。”

“要把这本书都读完得花些时间呢。”

“我们缺的正是时间，得分工完成。”兰登将这一叠书稿翻回到最前面，“以我的意大利语足以识数。”他用刮刀把这沓资料像分纸牌一样分开，把前六页送到维多利亚跟前。“就在这里，我肯定。”

维多利亚顺手接下翻开第一页。

“用刮刀！”兰登说着，从托盘里又抓过一把给她，“用刮刀。”

“我戴着手套呢，”她嘟囔了一句，“能损害多少？”

“用就是了。”

维多利亚拿起刮刀。“你觉得我现在感觉如何?”

“紧张吗?”

“不是,是呼吸短促。”

兰登也确定无疑地感觉到了。空气消耗得比他想象的要快。他明白他们得抓紧。档案中的谜对他来说一点儿都不新鲜,但他常常需要稍微多点时间来解谜。兰登二话不说,埋头开始翻译他那沓资料的第一页。

快出来,该死的!快出来!

53

在罗马地下的某处,那个黑影沿着一道石坡潜入了地道。这条古老的通道里只点着火把,空气很热,烟气很重。前面传来成年人惊恐的呼叫声,他们徒劳地惊叫着,喊声回荡在这个狭小的空间里。

他拐了个弯看到他们,几个人还跟他离开时一样——那是四个老人,一副丧魂落魄的样子,关在一个带有斑斑锈迹的铁栅栏的石屋里面。

“你想怎么样?”其中一人操着法语质问他。

“求求你!”另一个人说着德语,“放我们走!”

“你知道我们是谁吗?”一个人用英语问他,带着点西班牙口音。

“闭嘴。”这个刺耳的声音喝令道,带着斩钉截铁的口气。

第四个俘虏是个意大利人,他冷静镇定,若有所思,端详着俘虏他们的那人的乌黑发亮的眼珠子,肯定自己看到了地狱。主啊,救救我们吧,他想。

杀手看了看手表然后盯着这些俘虏。“嘿,”他说,“你们谁先来?”

54

十号档案室里,罗伯特·兰登一边扫视着眼前的笔迹,一边用意大利语数着数。千……百……一,二,三……五十。我要一个数字!任何一个都可以,该死的!

他读到这一页的末尾时,抬起刮刀准备翻页。当他试图将刀子插入下一页时,他失手了,手已经握不稳刀子了。几分钟后,他低头一看,发觉自己早把刀扔在一边直接用手翻页了。哎哟,他心里叨咕着,隐隐约约觉得有罪。由于缺氧,他顾不得那么多了。看来我以后会在档案管理员的地狱里受煎熬。

“快到时间了。”维多利亚看到兰登用手翻页时她憋着气说。她放下刀也学他那样。

“怎么样？”

维多利亚摇摇头。“没有一个像纯数学的东西。我在浏览……但一个都不像线索。”

兰登继续翻译他的资料，越翻越艰难。他的意大利语水平充其量只能说马马虎虎，细小的字体和古文表达使他的进展更为缓慢。维多利亚比兰登先看到最后一页，她看完她那沓之后露出一脸的沮丧。她蹲下来开始更仔细地检查。

兰登看完最后一页，嘴里小声骂着，他打量着维多利亚，只见她愁容满面，正眯起眼睛看她那沓资料其中一页上的什么东西。“那是什么？”他问。

维多利亚头也不抬一下。“你那些资料上有脚注吗？”

“我没注意。怎么了？”

“这一页上有一个脚注，不太明显，在一个折缝里。”

兰登尽力去看她正在看的东西，但只认出稿纸右上角的页码，是第五页。他沉吟片刻，找出巧合，但即使确实有巧合，彼此的联系也太模糊了。第五页。五，毕达哥拉斯，五角星，光照派。兰登想知道光照派是否会选择第五页隐藏他们的线索。在笼罩着他俩的红雾中，兰登感到了一线微弱的希望。“脚注是跟数学有关的吗？”

公元三世纪的五角星

维多利亚摇摇头。“是文字，只有一行，字体很小，几乎认不出来。”

他的希望又消失了。“应该是数学的。纯语言。”

“是，我知道。”她犹豫了，“不过，我觉得你需要听听这个。”兰登觉察到了她兴奋的口气。

“快念。”

维多利亚也斜着眼睛看着稿子念这行字。“通向光明的路已铺就，这是神对你的考验。”

兰登一点儿也没想到会是这样的话。“什么？”

维多利亚又把这句话念了一遍。“通向光明的路已铺就，这是神对你的考验。”

“通向光明的路？”兰登不由得挺直了身体。

“就是这么写的。通向光明的路。”

兰登渐渐理解了这句话的意义，感到神志一下子清醒过来。通向光明的路已铺就，这是神对你的考验。他不知道这句话能帮上什么忙，但他能想到这句话直接提及光明之路。通向光明的路，神对你的考验。他的脑子就像一个被劣质燃料驱动着旋转的发动机一样。“你确定没翻错吗?”

维多利亚支支吾吾地,“事实上……”她带着奇怪的眼光瞥了他一眼,“严格地讲,这不叫翻译。这句话就是用英语写的。”

处在这个房间里,兰登一时间真以为是自己听错了。“用英语写的?”

维多利亚将文件塞给他,兰登读着页面底部极小的印刷字。“通向光明的路已铺就,这是神对你的考验。竟然是英语?在一本意大利语的书里写英语干吗呢?”

维多利亚耸耸肩。她也像站不稳了的样子。“也许他们认为英语就是纯语言?英语被认为是国际通用的科学语言。我们在‘欧核中心’都说英语。”

“但这是在十七世纪,”兰登反驳她,“意大利没人说英语,连——”他突然打住话头,意识到了自己正要说什么,“连……神职人员都不说。”在学术上训练有素的他思维一下子异常活跃起来,“十七世纪,”他说得更快了,“英语是罗马教廷尚未采用的语言。他们说意大利语、拉丁语、德语,甚至西班牙语和法语,但在罗马教廷内根本没人懂英语。他们把英语视为被玷污了的思想自由的人使用的语言,是给像乔叟①和莎士比亚这类俗人用的。”兰登突然领悟到了光照派的土、气、火、水的印字的含义。印字是用英语书写的,这个传言这会儿听起来似乎有点儿道理,这可真是奇怪。

“那么你是说,可能伽利略把英语视作纯语言,因为英语是罗马教廷没有掌握的语言?”

“没错,或者还有可能伽利略把线索藏在英语中,这样他就巧妙地把读者限制在罗马教廷以外的人中。”

“但这个并不是线索。”维多利亚争辩道,“通向光明的路已铺就,这是神对你的考验?这究竟是什么意思?”

她说得没错,兰登揣摩着。这句话怎么都不顶用。然而当他在心中又念了一遍这短短的一句话时,他注意到了一个奇怪的现象。这真怪,他思忖着,这可能是什么呢?

“我们得出去。”维多利亚说道,听上去声音都沙哑了。

兰登没有听。通向光明的路已铺就,这是神对你的考验。“这正是一句抑扬格五音步诗,”他又数了一遍音节突然说道,“重音和非重音交替五次。”

维多利亚如堕五里雾中。“抑扬格什么?”

一时间兰登又回到了菲力普斯·埃克塞特学院,坐在星期六上午的英语课上。真是人间地狱。学校的棒球明星彼得·格里尔艰难地回忆莎士比亚的一句抑扬五音步诗有几个音步。他们的教授,一个叫做比斯尔的生龙活虎的校长,腾地跳上讲台吼道:“五音步,格里尔!想想本垒板!想想五角大楼!想想那五个侧面!五!五!五!嗤!”

五个音步,兰登心想。按照定义,每一步有两个音节。他简直无法相信在他这一生的研究生涯中自己竟然从未做过这种联系。抑扬格五音步诗是一种结构对称的诗,建立在5和2这两个神圣的光照派数字之上!

---

① 乔叟(Chaucer),十四世纪英国诗人,用伦敦方言写作,使其成为英国的文学语言,代表作《坎特伯雷故事集》反映了十四世纪英国社会各阶层的生活面貌,体现了人文主义思想。

接近了！兰登叮嘱自己，他试图抛开这个想法。一个毫无意义的巧合！但这个想法很顽固。五……毕达哥拉斯和五边形。二……一切事物的两重性。

片刻之后，他又想到什么，只感到两腿发麻。抑扬格五音步诗由于其单纯性，通常被称作“纯诗”或“纯韵律”。那纯语言呢？有没有可能这就是光照派提到的纯语言呢？通向光明的路已铺就，这是神对你的考验……

“噢，噢。”维多利亚叫起来。

兰登突然转过身去，只见她正把书页颠倒着转过来。他顿觉心头一紧。再也不要这样。“这句话决不可能是对称字！”

“是的，这不是对称字……但这个……”她还在旋转那份文件，每次转九十度。

“看什么呢？”

维多利亚抬起头。“这儿不止一句。”

“还有别的？”

“每个空白处都有个不一样的句子。顶上，底下，左边和右边都有。我觉得这是一首诗歌。”

“四句诗？”兰登浑身都激动起来了。难道伽利略是个诗人？“给我看看！”

维多利亚没有放手，继续以九十度的幅度转动这一页。“我先前没看到这儿行字是因为它们在边上。”看到最后一句的时候她抬起头。“哈，还是我来告诉你吧，这根本就不是伽利略写的。”

“什么！”

“这首诗的署名是约翰·弥尔顿[①]。”

“约翰·弥尔顿？”这位写《失乐园》的英国大诗人是与伽利略同时代的人物，是被阴谋家列为光照派嫌疑人名单之首的大文豪。传言弥尔顿与伽利略的光照派有着某种联系，兰登疑心确有其事。弥尔顿不仅在一六三八年前往罗马朝圣，“与先知先觉的人沟通”，对此事做了详细记录，而且他还在伽利略被软禁期间同他会面。许多文艺复兴时期的绘画都描摹了他们会谈的场面，包括安尼巴莱·加蒂的名作《伽利略和弥尔顿》，这幅画如今都还挂在佛罗伦萨的科学历史博物馆里。

“弥尔顿认识伽利略，不是吗？”维多利亚终于把这页书稿递给了兰登，“也许他写这首诗歌只是帮个忙呢？”

兰登接过这张包好的文件，咬紧了牙关。他把文件平放在桌上，看了一下最上面的句子，然后他又旋转了九十度，读右边的空白处的句子，接着他又旋转了一下，读底下的话，再转了一次，读左边的。他最后转了一下，又回到了最开始，这样整整转了一圈，总共出现了四句话。维多利亚发现的第一句话实际上是这首诗的第三句。他完全呆住了，又按顺时针把这四句诗读了一遍：上，右，下，左。他读完之后，吐了一口气，心

---

① 约翰·弥尔顿（John Milton，1608—1674），英国诗人，对十八世纪诗人产生了深刻影响，因劳累过度双目失明，代表作为晚年所写的长诗《失乐园》《复乐园》。

安尼巴莱·加蒂的名作《伽利略和弥尔顿》

约翰·弥尔顿

里再没什么疑虑了。“你找出了线索，维特勒女士。”

她不自然地笑笑。“太好了，那么我们可以离开这个鬼地方了吧？”

“我得把这几句诗抄下来。给我找铅笔和纸。”

维多利亚摇摇头。“算了吧，教授，哪儿还有时间抄，米老鼠还在滴答滴答地叫呢。”她从他手里夺过书页径直朝门口走去。

兰登站直了说道：“你不能拿出去！那是——”

但维多利亚早就没影儿了。

55

兰登和维多利亚冲上了秘密档案馆外的院子。新鲜空气吸入兰登的肺的时候，那感觉就像吸毒一样舒服。眼睛里的紫色光斑很快消失了，但是，愧疚感还在。他已经充当了同案犯，从世界上最机密的档案室中盗窃了一份价值连城的文物。教皇内侍说过，我相信你。

“快点儿。”维多利亚说道，她手里还拿着那张纸，健步如飞，跨过博尔贾路朝着奥利韦蒂的办公室方向走去。

“如果有水沾到莎草纸上——”

“冷静点儿，等我们破解了这玩意儿，我们可以把他们神圣的第五页资料还回去。”

兰登加快了步子赶上去。他不再感觉自己像个罪犯，但还在为资料中蛊惑人心的暗示迷惑不已。弥尔顿是光照派的人。他为伽利略作诗，登在资料第五页上……远远躲过了罗马教廷的注意。

他们走出了院子，维多利亚把资料递给兰登。“你觉得你能破解这玩意儿吗？或者我们只是为了寻求刺激而杀死脑细胞？” 161

兰登小心翼翼地拿着资料，毫不犹豫地把它放入花呢外套胸前的一个口袋里，防止日光和湿气侵蚀。“我已经破解了。”

维多利亚突然停下脚步。“什么？”

兰登继续走着。

维多利亚赶上前去。“你只看了一遍！我觉得那应该很难的！”

兰登知道她说得不错，可是他看过一遍就已经破译了这个记号。那是一节完整的抑扬格五音步诗，第一个科学祭坛已经一清二楚地显露出来了。不可否认，他轻松地完成了任务，而这也让他感到焦躁忧虑。他崇尚清教徒式的工作原则，至今耳边仍回响着他父亲说的那句古老的新英格兰格言：如果没感到困难重重，你肯定做错了。兰登希望这句话说错了。“我已把它破解了，”他加快了步子说道，“我知道杀死第一个人的地方在哪里。我们得去提醒奥利韦蒂。”

维多利亚赶上他。“你怎么就知道了呢？让我再看看那张纸。”她像拳击手一样灵敏，敏捷地把一只手伸到他口袋里把那张纸又掏了出来。

“当心！”兰登说，“你别——”

维多利亚并不理会他。她把资料拿在手中飘然走在他身边，举起资料对着傍晚的灯光仔细查看空白处。她大声地读起来，兰登走上去想把资料拿回来，却发觉自己被她那带着口音的女低音迷住了，她边走边念，节奏美极了。

一会儿，兰登听到她念得更大声了，只觉得自己穿越时空……仿佛他是与伽利略同时代的人，第一次聆听着这首诗……他知道这是一个考验，一幅地图，一条线索，揭露了那四个科学祭坛……那四个指示了一条横穿罗马的秘密道路的标识。维多利亚口中的诗听上去仿佛一支歌。

你从桑蒂的土冢举步，那里有个魔鬼之窟。
穿越古代的罗马之城，揭开了神秘的元素。
通向光明的路已铺就，这是神对你的考验，
在那崇高的历险途中，让天使来为你指南。

维多利亚读了两遍，然后陷入了沉默，好像要让这些古老的诗句在她脑海里回荡一样。

你从桑蒂的土冢举步，兰登在心里重复着这句话。这首诗说得一清二楚。光明之路从桑蒂的坟墓开始。从那儿横穿罗马，那些标识标明了道路。

你从桑蒂的土冢举步，那里有个魔鬼之窟。
穿越古代的罗马之城，揭开了神秘的元素。

神秘元素。这也非常清楚，指的是土、气、火、水，科学上的元素，那四个伪装成宗教雕塑的光照派标识。

拉斐尔的自画像

"第一个标识，"维多利亚说，"听上去像在桑蒂的坟那儿。"

兰登微微一笑。"我跟你说过没那么难吧。"

"那桑蒂是谁？"她问道，好像突然激动起来了，"他的坟在哪儿？"

兰登暗自好笑。他感到很吃惊，居然没几个人知道桑蒂，这是文艺复兴时候的一位最著名的艺术家的姓氏，他的大名世上无人不知……这位神童在二十五岁时就已为教皇尤利乌斯二世做事，年仅三十八岁就与世长辞，但那时他就留下了世人所能见到的最辉煌的壁画。桑蒂是艺术世界的巨子，而仅以单名就闻名于世，这是只有少数精英才具有的声望……这些人有拿破仑，伽利略，还有耶稣……当然，还有兰登在哈佛学生宿舍里听来的偶像——斯汀，麦当娜，朱尔，还有先前名为普林斯的艺术家，他已经把他的名字改成了符号，因此兰登叫他"T形十字架横穿阴阳圆环十字章。"

"桑蒂，"兰登说，"就是最伟大的文艺复兴大师拉斐尔的姓氏。"

维多利亚一脸诧异。"拉斐尔？哪个拉斐尔？"

"就是独一无二的那个。"兰登朝着瑞士卫队营的方向赶路。

"那这条路就是从拉斐尔的坟墓开始的了？"

"这简直再清楚不过了。"兰登说着，二人疾步如飞，"光照派常常把伟大的艺术家和雕塑家视作跟他们一道开悟的名义上的兄弟。光照派有可能选择拉斐尔的墓地，以此表达他们的颂扬之情。"兰登也知道，像许多其他的宗教艺术家一样，拉斐尔也是一个可疑的私下里的无神论者。

维多利亚小心翼翼地把资料放回兰登口袋里。"那么他埋在哪儿？"

兰登深深地吸了一口气。"拉斐尔葬在万神殿，信不信由你。"

维多利亚将信将疑。"哪个万神殿？"

"就是那个拉斐尔，就在那个万神殿。"兰登不得不承认，万神殿并不是他所预料的第一个标识的存放地。他琢磨着，第一座科学祭坛会在某个安静偏僻的教堂，带着点儿神秘色彩。即使在十七世纪，那有着庞大而镂空的穹顶的万神殿也是罗马城里最有名的一个场所。

十六世纪的万神殿素描

"万神殿真的是教堂吗？"维多利亚问。

"那是罗马最古老的天主教堂。"

维多利亚摇摇头。"但你真认为第一个红衣主教会在万神殿被杀吗？那可是罗马最热闹的景点之一。”

兰登耸耸肩。“光照派说过他们想让全天下都来看，在万神殿杀死一个红衣主教确实会让某些人开开眼。”

“但这个家伙怎么能指望在万神殿杀人然后又神不知鬼不觉地逃走呢？这根本不可能嘛。”

“跟从梵蒂冈绑架走四个红衣主教一样不可能吗？这首诗歌已说得很明白了。”

“你肯定拉斐尔是葬在万神殿里的吗？”

“他的陵墓我见过很多次了。”

维多利亚点点头，但看上去仍很不安。“现在几点了？”

兰登看了一下表。“七点半。”

“万神殿远吗？”

“大概一英里远，我们还有时间。”

“诗上说桑蒂的土冢。你看这意味着什么？”

兰登加快脚步斜穿过卫队营的院子。“土冢？事实上，罗马大概没有哪个地方比万神殿更具有尘间的气息。万神殿之名就来自于那里最初信奉的宗教——泛神崇拜——崇拜一切神，尤其是对大地之母异教神的崇拜。”

大地之母异教神崇拜

偌大的万神殿的主厅竟是特意为盖亚而建造的——是大地女神的纪念物，兰登作为一名学建筑的学生，着实有些惊愕。主厅的比例极为精确，一个硕大的球体恰到好处地置于大楼中，连一毫米空间也没多出来。

“好吧。”维多利亚说，听上去她更信服了，“那么魔鬼之窟呢？从桑蒂的土冢举步，那里有个魔鬼之窟？”

兰登对这个还不是那么肯定。“魔鬼之窟肯定是指那个天窗。”他做了一个合情合理的猜测，“肯定是指万神殿屋顶上的那个著名的圆形开口。”

“但那是教堂啊，”维多利亚不费力地跟在他身边说道，“他们怎么会把那个开口称作魔鬼之窟呢？”

实际上兰登自己也一直在琢磨这个问题。他从未听说过“魔鬼之窟”这个说法，但他确实回想起公元六世纪时对万神殿的一个著名评论，那个评语，说也奇怪，现在看来十分恰切。圣徒比德①有一次曾写道，万神殿屋顶上的那个洞是卜尼法斯四世给万神殿祝圣时逃跑的魔鬼钻出来的。

“那为什么，”他们走进一个稍小一点儿的院子时维多利亚又问，“为什么光照派要用‘桑蒂’这个姓呢？既然他是以‘拉斐尔’而闻名。”

“你问了很多问题。”

“我爸爸以前也常这样说。”

“有两个可能。第一，拉斐尔这个字音节太多，会破坏这首诗歌的五音步抑扬格体。”

“好像有点儿牵强。”

兰登也这么觉得。“好吧，那也许是因为用‘桑蒂’使这条线索更隐晦，只有那些聪明过人的人会认出这是暗指拉斐尔。”

维多利亚好像对这个答案也不买账。“我肯定，拉斐尔在世的时候他的姓人所共知。”

“出人意料的是，事实并非如此。以单名扬名是一种身份的象征。拉斐尔避开使用他的姓氏，很像今天的流行明星所为。就拿麦当娜来说吧，她从不用她的姓西科尼。”

维多利亚看上去被逗乐了。“你居然还知道麦当娜的姓？”

兰登很懊悔举了这么个例子。随手举出这么条为成千上万的青春期少年所熟知的垃圾消息，实在令人吃惊。

他和维多利亚通过了瑞士卫队营的最后一道门，突然被挡了下来。

“站住！”一个声音在他们身后吼道。

兰登和维多利亚旋即转身，发现一支来复枪正对准他们。

“当心！”维多利亚尖叫着跳回来，“当心——”

“不许动！”卫兵边愤愤地说边扣上扳机。

“卫兵！”院子对面一个声音喝令道。奥利韦蒂正从安全中心走出来。“放他们进来！”

这个卫兵糊涂了。“可是，先生，这女人——”

“进来！”奥利韦蒂朝卫兵喊道。

---

① 圣徒比德(The Venerable Bede，672或673—735)，盎格鲁-撒克逊神学家、历史学家。这里作者提及比德的评论在公元六世纪，疑是作者误。

“先生，不能——”

“马上进来！你有新任务了。罗奇尔上尉两分钟后就来给队里发布简要指令。我们要组织一场搜查。”

这个卫兵一脸迷惑地匆匆跑进安全中心。奥利韦蒂大步流星地朝兰登走来，刚毅严峻又兴致勃勃。“见过我们最机密的档案了吧？我很想听一个解释。”

“我们带来了好消息。”兰登说道。

奥利韦蒂眯缝着眼睛说：“但愿真的是好消息。”

56

四辆没有标记的阿尔法·罗密欧 155 型车疾驰在科罗纳里大街，像战斗机从跑道上起飞一般。车里载着十二名便装打扮的瑞士卫兵，他们手持彻奇帕迪尼半自动枪，带着局部神经毒气罐，还有远程晕厥枪。那三名狙击手则扛着激光枪。

奥利韦蒂坐在领头车里的乘客座位上，朝后转过身看着兰登和维多利亚，眼里冒着怒火。“你们向我保证过给我一个合理的解释，这就是我得到的解释吗？”

兰登待在这个小车里觉得挤得难受。“我懂你的——”

“不，你根本就不懂！”奥利韦蒂丝毫没有抬高声音，但说话的气势却倍增，“我已经把保卫今晚秘密会议的最精悍的部下从梵蒂冈调走十二个，而这样做不过是去监视万神殿，其根据是某个我从没见过的美国佬声称破解了的一首有四百年历史的诗歌。而且，我还把搜查反物质武器的任务交给了二等官员。”

兰登强忍住把第五页资料从口袋里掏出来在奥利韦蒂面前晃一晃的冲动。“我所知道的是，我们发现的信息提到拉斐尔的陵墓，而拉斐尔的陵墓正是在万神殿里。”

开车的军官点点头说：“他说得没错，司令。我太太和我——”

“开你的车。”奥利韦蒂厉声道。他转过来对兰登说：“一个杀手如何能在一个这么热闹的地方行刺然后不被人发现地溜走？”

“我不知道。”兰登说，“但显然光照派是极为高明的。‘欧核中心’和梵蒂冈这两个地方他们都闯进来了，而我们只是凭运气才知道了第一桩谋杀发生的区域。万神殿给了你们一个抓住这家伙的机会。”

“太矛盾了吧。”奥利韦蒂说，“一个机会？我想你说过有什么路，还有一连串的标识。如果万神殿没错的话，那我们就可以沿着这条路找到其他标识了，这样我们将有四次机会抓住这个家伙。”

“我也曾希望是这样。”兰登说，“这样我们就会找到……一百年前就该找到的。”

万神殿是第一座科学祭坛，兰登意识到这一点的时候真是悲喜交加。历史总喜欢对那些追逐它的人开残酷的玩笑。经过那么多年，光明之路还完好无损，所有的雕像都还在原来的位置，这样的可能性微乎其微，然而兰登抱着几分幻想，觉得可以沿这条路一直走到尽头，然后一头闯入神圣的光照派藏身地。唉，他意识到这是不可能的。“在十九世纪晚期，罗马教廷就搬走并毁掉了万神殿的所有雕像。”

十八世纪画家帕尼尼画作《万神殿内景》

维多利亚看上去颇为震惊。“为什么？”

"这些雕像都是异教的奥林匹斯山众神。不幸的是,这意味着第一个标识不见了……这样的话——"

"有希望吗?"维多利亚问道,"有希望找到光明之路和其他的标识吗?"

兰登摇摇头。"我们有一次机会,那就是万神殿,在那之后路就没了。"

奥利韦蒂盯着他们看了好一阵子才掉过头去面朝前方。"靠边停车。"他对司机大喊。

司机急忙把车转到路边踩下刹车。其他三辆阿尔法·罗密欧在他们后面也来了个急刹车,这支瑞士卫队营的车队发出刺耳的刹车声停了下来。

"你干什么?"维多利亚喝道。

"这是我的义务。"奥利韦蒂说,他从座位上转过身来,口气硬邦邦的,"兰登先生,当你告诉我你会在路上把情况给我做个解释时,我想我在去万神殿的途中可以明明白白地知道为什么我的人会在这儿,但事实并非如此。因为到这儿来,我抛弃了重要职责,而我已发觉你的关于纯洁的祭品和古诗的理论毫无意义,我当然不能再继续下去。我这就取消这项任务。"他掏出对讲机,把它打开。

维多利亚隔着座位伸出手去一把拽住他的胳膊。"你不能这样!"

奥利韦蒂狠狠地把对讲机一扔,对维多利亚怒目而视。"你去过万神殿吗,维特勒女士?"

"没有,但我——"

"让我告诉你一点儿有关万神殿的情况吧。万神殿只是一间单独的屋子,一个用石头和水泥建造的圆形屋宇,有一个入口,没有窗户,只有一个狭窄的入口。入口处一直由多达四名携带武器的罗马警察把守在两边,他们守护着这座神殿,不让破坏艺术的人、反基督教的恐怖分子侵害它,也不让四处流浪的游人要花招。"

"你要说什么呢?"她冷冷地问。

"我要说什么?"奥利韦蒂一把抓紧了座位,"我要说的就是你刚才告诉我的要发生的事是完全不可能的!你能给出一个在万神殿里面杀死一个红衣主教的合情合理的场景吗?首先,一个人怎么能带着一个人质从卫兵身边走进万神殿?又怎么可能杀死他然后逃之夭夭?"奥利韦蒂从座位上俯下身,他那带着咖啡味的气息此时都扑到兰登脸上了,"他怎么做得到,兰登先生?你倒是给我个合理的设想。"

兰登觉得这辆小车在收缩,把他挤在里面。*我不知道!我又不是杀手!我不知道他会怎么做到!我只知道——*

"给你个设想?"维多利亚俏皮地说,语气平静,"你看这样好不好?这个杀手驾着直升机飞过,把一个尖叫的身上打着烙印的红衣主教从屋顶上的洞里扔下来,然后这个红衣主教摔到大理石地板上死了。"

车里所有的人都转身注视着维多利亚,兰登不知道该如何设想那幅场景。*你想得真恐怖,女士,不过你反应够快的。*

奥利韦蒂皱起了眉头。"有可能,我承认……但几乎不——"

"或者这个杀手给那个红衣主教下了药,"维多利亚说,"他用轮椅推着他到万神殿，就像推着某个年老的游客一样。他推着他走进万神殿，然后悄悄地割断他的咽喉再走出去。”

这个说法似乎让奥利韦蒂稍微清醒了一点。

不错！兰登想。

“或者，”她说，“杀手可能——”

“行了，”奥利韦蒂说，“够了。”他作了个深呼吸。这时有人猛烈地敲打车窗，所有的人都跳下来了。那是从另一辆车上下来的士兵。奥利韦蒂摇下了车窗。

“没事吧，司令？”这名卫兵穿着一身便服。他扯起粗斜棉布衬衫袖子，露出一个黑色的军用秒表。“七点四十了，司令。我们到目的地还得一段时间。”

奥利韦蒂含糊地点点头，但良久不说话。他一只手指在仪表板上来回地划着，在灰尘上划出一条线来。他从反光镜里端详着兰登，兰登觉得自己在被他仔细打量。终于奥利韦蒂转过身对卫兵带着不情愿的口气说：“我想兵分儿路，分别开车前往罗通达广场、德利奥尔法尼大道、圣伊格纳乔广场和圣埃乌斯塔乔广场。前后车距要在两个街区以上。一旦你们停好车，就做好准备，等我命令。我给你们三分钟。”

“很好，长官。”卫兵回到了他的车上。

兰登朝维多利亚深深地点一下头，她报之一笑，就在这一刹那，兰登觉得他们之间存在着一种出其不意的默契……一种吸引力。

司令坐在位子上扭头盯着兰登。“兰登先生，最好这次我们谁都不要再发火了。”

兰登不自在地笑笑。怎么会呢？

57

“欧核中心”的主任马克西米利安·科勒睁开眼看着色甘酸钠和白三烯那冰凉的溶液注入自己体内，渐渐充胀他的支气管和肺部毛细血管。他又能正常呼吸了。他发觉自己躺在“欧核中心”医院的一间特护病房里，轮椅就放在床边。

他仔细察看了一下他们给他穿上的纸罩衣，然后发现他的衣物叠好了放在床边的椅子上。他听到护士正在外面查房。在那儿躺了好长一会儿倾听动静之后，他尽可能地轻轻悄悄地挪到床边拿回了他的衣服，艰难地拖动两条没有知觉的腿，穿上衣服，抽身坐到了轮椅上。

他强忍住咳嗽，转动轮椅朝门口挪去。他用手转着车，小心翼翼地不碰到马达。到了门口，他向外看看，走廊里空空如也。

马克西米利安·科勒悄悄地溜出了医院。

58

“七点四十六分三十秒……出发。”即使是对着对讲机说话，奥利韦蒂的声音也像在说悄悄话一样。

兰登穿着海力斯粗花呢衣服坐在阿尔法·罗密欧的后座上，觉得此刻自己正在出汗，车在离万神殿还有三个街区远的地方徘徊，维多利亚坐在他身边，看着全神贯注的奥利韦蒂，他正在发布最后的指令。

“我们的兵力部署在八个点上，”司令说，“团团包围在万神殿的四周，那里有一条斜径通往万神殿的入口。目标可能会看到你们，所以你们处于被动。只能使用不致命的武器，要留活口。我们还要些人盯着房顶。目标第一，人质第二。”

天哪，兰登想，奥利韦蒂刚才口口声声告诉他的人可以牺牲红衣主教，着实让兰登心惊。人质第二。

“我再说一遍，要活的。我们要目标活着，现在就去。”奥利韦蒂啪地一下关上了对讲机。

维多利亚看上去目瞪口呆，差不多是气冲冲的了。“司令，会有人到里面去吗？”

奥利韦蒂扭头道：“里面？”

“万神殿里面！我们推测的事发地点。”

“什么？”奥利韦蒂说，眼睛死死地瞪着她，“如果我的军队有人混进来，我的人一眼就会被认出。你的同行已经告诫过我这将是我们抓住目标的唯一机会。我不打算让我的人开进去把人吓跑。”

“但如果杀手已经在里面了呢？”

奥利韦蒂看了一下表。“目标已经声明过。八点钟，我们还有十五分钟。”

“他说他要在八点钟的时候杀死红衣主教，但他也许已经把受害人弄到里面了呢。如果你的人看到目标出来但是不知道他是谁怎么办呢？得肯定里面没有人才行。”

“这样太危险了。”

“如果进去的人不被认出来就不危险。”

“化装要花时间，而且——”

“我是说我去。”维多利亚说。

兰登扭过头注视着她。

奥利韦蒂摇了摇头。“绝对不行。”

“可他杀死了我父亲。”

“正因为这样，他可能认识你。”

“你在电话里听他说过，他都不知道列奥纳多·维特勒还有个女儿。他一定不知道我的长相。我可以像一个游客一样走进去。如果看到什么可疑之物，我会走到广场上向你的人打手势叫他们进去。”

“很抱歉我不能让你这样。”

“司令?”奥利韦蒂的听筒噼噼啪啪地响起来了,“我们已经到达北边的一个点了,那个喷泉挡住了视线,我们看不见入口,除非移到广场上显眼的地方。您看怎么做?是希望我们隐蔽起来还是处于防守弱势?”

很明显维多利亚已经受够了。“就这样了,我去。”她打开身边的车门出去了。

奥利韦蒂扔下他的对讲机跳下车,绕到维多利亚前面去。

兰登也从车里出来了。她到底在干吗!

奥利韦蒂挡住了维多利亚的去路。“维特勒女士,你的想法是好的,但我不能让一个老百姓来干扰我们的行动。”

“干扰?你们都在瞎忙活,还是我来帮一下忙吧。”

“我倒是乐意在里面设个侦察点,但是……”

“但是什么?”维多利亚追问道,“但是我是个女的吗?”

奥利韦蒂没有吭声。

“你最好不要说这个。司令,因为你非常清楚这是个好主意,如果你让个古板男人瞎说——”

“让我们来尽我们该尽的职责。”

“让我来帮一把。”

“那太危险了,我们将无法同你联系。我不能让你带着对讲机进去,那样会暴露你。”

维多利亚把手伸进她的衬衫口袋掏出手机。“很多游客都带手机的。”

奥利韦蒂皱起了眉头。

维多利亚打开手机装出打电话的样子。“喂,亲爱的,我站在万神殿里。你真该来瞧瞧这个地方!”她啪地一下关上手机,盯着奥利韦蒂,“谁会知道?这根本就不危险。让我帮你们去看看吧!”她指着奥利韦蒂腰带上的手机说:“你的号码是多少?”

奥利韦蒂没有作答。

那个司机一直在旁边看着,似乎对此事有自己的看法。他从车里出来,把司令叫到一边。他们压低声音交谈了十秒钟,最后奥利韦蒂点点头回来了。“记下这个号码。”说着他报出数字。

维多利亚把号码记在了自己的手机上。

“现在拨这个号码。”

维多利亚按下了自动拨号键,奥利韦蒂腰带上的电话响了起来。他拿起电话对着听筒讲话:“维特勒女士,走进大楼,环顾一下四周,出来,然后打电话告诉我你都看到了些什么。”

维多利亚啪地一下关上电话。“谢谢您,先生。”

兰登突然感到一种出其不意的保护的冲动。“等等。”他对奥利韦蒂说,“你这就让她一个人去那儿了。”

维多利亚对着兰登露出一脸的不快。“罗伯特，我会没事的。”

瑞士卫兵司机又跟奥利韦蒂说话了。

“这太危险了。”兰登对维多利亚说。

“他说得没错。”奥利韦蒂说，“连我最精悍的手下也不单独行动。我的副手刚才指出你们两个一起去，这个伪装更让人信服。”

两个一起去？兰登犹豫了。事实上，我的意思是——

“你们两个一起进去，”奥利韦蒂说，“那样看起来就像对度假的夫妻，你们也可以互相照应，这样我更放心一些。”

维多利亚耸耸肩。“那好吧，不过我们得快点儿了。”

兰登叹了口气。好一步棋，小子。

奥利韦蒂指着街道的方向说：“你们经过的第一条街是德利奥尔法尼大道。朝左走，会一直走到万神殿。只要步行两分钟就到了，很棒的。我会在这儿指挥我的人，还要等你的电话。我想你们该有点防备，”他掏出他的手枪，“你们两个人有谁知道怎么用枪吗？”

兰登的心怦怦直跳。我们不需要枪！

维多利亚伸出手来。“我可以站在颠簸的船头给四十米外一只跃出水面的鼠海豚上牌子。”

“好。”奥利韦蒂把枪递给了她，“你们可要把枪藏好。”

维多利亚朝下扫了一眼她的短裤，然后看着兰登。

噢，你可别！兰登心想，但维多利亚太利索了。她掀开兰登的外衣，把这个武器插到他胸前的一个口袋里。他感觉好像一块石头落到他的衣服里来了，幸亏《图解》装在另外一个兜里。

“我们不会伤人。”维多利亚说，“我们走了。”她挽着兰登的胳膊朝那条街道走去。

司机喊道：“手挽手不错啊。记着，你们是游客，还是新婚夫妇呢。也许你们还可以手牵手呢！”

当他们拐弯的时候，兰登敢说他从维多利亚脸上看到了一丝笑意。

59

瑞士侍卫队的“集结室”紧挨警备处兵营，主要用来规划教皇露面和梵蒂冈的公共事务的安全问题。然而今天，它有别的用处。

给这个特种部队训话的人是统率瑞士侍卫队的二把手，伊莱亚斯·罗奇尔上尉。罗奇尔人长得胸宽体阔，但面部轮廓却显得宽厚、温顺。他穿着传统的蓝色上尉制服，戴着他自己的一顶红色贝雷帽。相对于他的大个子来说，他的声音清晰得让人吃惊，他说话时音质里带着一种乐器般的纯正。虽然罗奇尔音调非常清晰，但他的眼睛却浑浊不清，就像某些夜间活动的哺乳动物的眼睛一样。他的手下叫他“熊”——大灰熊。他们有时候开玩笑说罗奇尔是“走在蝰蛇影子中的熊”。奥利韦蒂司令就是蝰蛇。罗奇尔跟蝰蛇一样要命，但至少他过来时你能察觉得到。

罗奇尔的人一丝不苟地立正站着，谁也不动一下，虽然他们收到的消息已经让他们整体的血压增加了几千点。

新兵沙特朗中尉站在房间后部，真希望自己是那百分之九十九的申请人中的一员，那些人是没有资格站在这里的。沙特朗年方二十，是军中最年轻的卫兵。他来梵蒂冈才三个月。跟这儿所有的人一样，沙特朗在瑞士军中受训，又在柏林另外接受了两年的训练，才有资格参加在罗马城外的一个秘密兵营里举行的严格的梵蒂冈测验。然而，他所接受的任何训练都不足以让他应付这样的危机。

一开始沙特朗以为这个简短的指示不过是为某种怪诞的军事演习而发的。*极其先进的武器？古老的教派？被绑架的红衣主教？*接着罗奇尔把他们谈论的武器的现场录像播放给他们看了。显然，这不是演习。

“我们要在选中的几个区域内切断供电，”罗奇尔说，“这是为了消除外来的磁性干扰。我们分四组行动，戴上红外眼镜。侦察时还是采用传统的窃听器电子探测器，重新调整电阻。有问题吗？”

没人吱声。

沙特朗心情很沉重。“如果我们没有及时找到它怎么办？”他问道，话一出口立即就希望他什么也没说过。

大灰熊的目光从他那红色的贝雷帽下投到沙特朗的身上，然后他闷闷不乐地行了个礼：“但愿一切顺利，兄弟们。”

60

离万神殿还有两个街区，兰登和维多利亚步行前往，他们经过一排出租车，司机都还在前排座位上睡觉。打盹的时间在这个永恒之城里也是永恒的——无所不在的公众瞌睡延长了源于古西班牙的午休时间。

兰登努力集中他的思想，但此情此景太奇异了，他无法理智地把握。六小时前他还香甜地睡在剑桥，但现在他已身在欧洲，卷入一场超现实的古代巨头之间的较量中，他的海力斯粗花呢衣服里装着一个半自动的武器，他还与一个刚刚结识的女人手挽着手。

他看着维多利亚。她专注地看着前方。她抓着他，手里有一股劲——那是一个独立和果敢的女人所具备的力量。她的手指绕着他的，带着天生的信任，让人感觉舒适，不带一丝犹豫。兰登感到一种渐渐增加的吸引力。*来真的了*，他对自己说。

维多利亚似乎感到了他的不安。“放松，”她说道，头也没扭一下，“我们应该看起来像新婚夫妇一样。”

“我放松了。”

“你在捏我的手。”

兰登一下子脸红了,放松了手。

“用你的眼睛呼吸。”她说。

“什么?”

“这会让肌肉放松。这叫做调息①。”

“水虎鱼?”

“不是鱼,是调息。别管它了。”

罗通达广场上的万神殿

他们绕过弯拐到了罗通达广场,万神殿屹立在他们面前。兰登抬头瞻望,和往常一样,心中充满了敬畏。万神殿,供奉一切神灵的庙堂。异教的神灵。自然和大地之神。

---

① 这个词原文是:pranayama,梵语,意为控制呼吸,是瑜伽修炼的一种呼吸术。调息的直接目的是使呼吸保持平稳均匀的节奏,使人的精神摆脱对身体功能的注意。该词读音与英文piranha(水虎鱼)相近,所以兰登才会误解。

这座建筑从外面看上去要比他记忆中的更低矮。垂直的柱子和三角形的廊墙几乎遮掩了后面的圆形拱顶。不过，入口处那大胆放肆的题名让他肯定他们走对了地方。墙上刻着：M AGRIPPA L F COS TERTIVM FECIT。跟往常一样，兰登饶有兴味地翻译过来：马库斯·阿格里帕①，第三次任执政官时修建。

好不谦逊，他想着，又把目光转到周围。稀稀拉拉的游客带着摄像机在四处徘徊，另外一些人坐在塔扎奥罗露天咖啡馆享用罗马最美味的冰镇咖啡。正如奥利韦蒂所说的，四个全副武装的罗马警察立正站在万神殿入口处。

马库斯·阿格里帕

"看上去好安静。"维多利亚说。

兰登点点头，但他觉得很不安。现在他亲自站在这里了，整个景象显得离奇古怪。虽然维多利亚明明白白地相信他是对的，他还是意识到自己将这里的所有人都置于危险之中了。光照派的诗还在回响。你从桑蒂的土冢举步，那里有个魔鬼之窟。对，他叮嘱自己，就是这儿，桑蒂的坟墓。他曾多次站在万神殿的天窗下面，站在那个伟大的拉斐尔的坟墓前。

"几点钟了？"维多利亚问道。

兰登看了一下手表。"七点五十分，离杀手露面还有十分钟。"

"但愿这些人都没事。"维多利亚一边说，一边打量着走进万神殿的零零星星的游客，"如果在这穹顶里发生什么事，我们就要受到多面夹击了。"

他们朝入口处走去，兰登重重地吐了一口气。他口袋里的那把枪感觉很沉，他想知道如果警察搜身发现了这个武器怎么办，不过那些军官压根儿就没多看他一眼。显然，这个伪装很让人信服。

兰登向维多利亚耳语道："走火了可怎么办？"

"难道你不相信我吗？"

"相信你？我几乎不认识你。"

维多利亚皱起了眉头。"但是在这里，我可是觉得我们是新婚夫妇。"

① 马库斯·阿格里帕（前63？—前12），罗马帝国皇帝奥古斯都的密友、副手和得力将领，历任执政官、护民官和帝国宰相。

61

万神殿穹顶的圆孔

万神殿里的空气又冷又湿，带着历史的厚重感。悬在头顶上的天花板延展开去，仿佛没有重量似的——那一百四十一英尺的无支撑的跨距甚至比圣彼得教堂的穹顶还要大。跟往常一样，兰登进入这个洞穴般的房屋时打了个冷战。这是技术和艺术的卓越结合。在他们上面，房顶上那个著名的圆孔在窄窄的一束夕阳余晖的映照下闪着光。*天窗*，兰登想，*魔鬼之窟*。

他们到了。

兰登的目光顺着天花板的曲线游走，天花板倾斜着，他的目光落到了有圆柱的墙上，最后往下落到了他们脚下亮铮铮的大理石地面上。脚步的回声和游客的低语在穹顶下回荡。兰登扫了一眼阴影中漫无目的地闲逛的几十个游客。*你在这儿吗？*

"看上去好安静啊。"维多利亚说，她还拉着他的手。

兰登点点头。

"拉斐尔的陵墓在哪儿？"

兰登思量片刻，试着搞清自己所处的位置。他估量了一下房屋的周长。陵墓。祭坛。梁柱。壁龛。他指着放在房间对面左边的一个特别华丽的棺木。"我想那边就是拉斐尔的陵墓。"

维多利亚扫了一眼屋内的其他地方。"我没发现什么人像是一个要杀死红衣主教的杀手。我们要四处看看吗？"

兰登点点头。"这里只有一个地方可能藏人。我们最好检查一下凹室。"

万神殿的内景

“凹室?”

“是的,”兰登指了一下,“墙上的壁龛。”

一连串壁龛沿着周边的墙壁凿出来,一些坟墓散置其中。这些壁龛尽管不大,却足以让人藏在阴影中。令人悲哀的是,兰登知道这些壁龛中曾置放着古希腊诸神,但是当罗马教廷把万神殿改成一座天主教堂的时候,异教徒的雕像就已被毁掉了。当他知道自己正置身于第一座科学祭坛,而那个标识已不在的时候,他感到一阵被挫败的悲痛。他想知道那是哪一个雕像,它指着什么方向。兰登想象不出还有什么比找到一个光照派的标识——一个暗中指向光明之路的雕像更令人热血沸腾的了。他又一次琢磨着那个不知名的光照派雕塑家到底是谁。

“我沿着左边的圆弧走。”维多利亚指着左边半个圆说,“你走右边,我们转过一百八十度见。”

兰登淡淡地笑了笑。

维多利亚走了，兰登觉得一种怪诞恐怖的气息慢慢渗入他的脑子。他转过身向右走去，那个杀手的声音仿佛在他置身的这个死角中低低地回荡。八点钟，科学祭坛上纯洁的祭品。死亡的数学级数。八、九、十、十一……半夜十二点。兰登看看他的手表：七点五十二分，只剩八分钟了。

朝着第一个壁凹走去的时候，兰登经过了一个信奉天主教的意大利皇帝的坟墓。跟罗马的许多石棺一样，这个石棺歪着放在墙边，显得不太协调。许多游客似乎对此感到迷惑不解。兰登没有停下来做解释。正式的基督徒的坟墓通常都跟建筑物错开摆放，这样这些坟墓就能面朝东方。这是一个古老的迷信，上个月兰登在符号学课上还讨论过这个问题。

头戴翼盘的古埃及女神

“这毫不相关嘛！”兰登在解释坟墓朝东的原因的时候，一名女生冲口而出，“基督徒怎么会想让他们的坟墓面朝朝阳？我们在讨论基督教……而不是太阳崇拜！”

兰登嘴里嚼着苹果微笑着走到黑板前。“希茨罗特先生！”他喊道。

一个在后排打盹的年轻人猛地坐直了身子。“什么？叫我吗？”

兰登指着墙上一幅关于文艺复兴时期艺术的海报。“跪在上帝面前的那个人是谁？”

“呃……某个圣徒。”

“聪明。但你是怎么知道他是圣徒的？”

“是因为他头上有一个光环吧？”

“太棒了，那这个金色的光环让你想到什么了吗？”

希茨罗特噗哧一下笑了。“对！我们上学期学过的埃及的东西。那些……嗯……翼盘！①”

“谢谢你，希茨罗特，回去睡觉吧。”兰登又转过身对全班说，“光环

---

① 翼盘，古埃及象征太阳神的标志，由放在张开的翅膀间的圆盘组成。

跟基督教中的许多符号一样，也是从古埃及太阳崇拜的信仰中借来的。基督教里太阳崇拜的例子俯拾即是。”

“对不起，你说什么？”前排的那个女生说道，“我一直去教堂做礼拜，但就是没见到那么多太阳崇拜！”

“真的吗？你们在十二月二十五日这天庆祝什么？”

“圣诞节啊。庆祝耶稣基督的诞生。”

“不过，根据《圣经》的记载，基督是在三月出生的，那么我们在十二月末庆祝的是什么呢？”

没人吭声。

兰登微微一笑。“伙计们，十二月二十五号是古代异教徒不可征服的太阳神的节日——恰好就在冬至这一天。就是在这个庆祝的时刻，太阳返回，白昼一天天变长。”

兰登又咬了一口苹果。

“征服宗教，”他继续说道，“通常会采用现成的节日，这样，宗教的改变不至于太让人震惊。这叫做嬗变，可以帮人们适应新的宗教信仰。信徒还记着同样的神圣的日期，在同样神圣的地方祈祷，使用同样的象征……他们只不过换了一个不同的神而已。”

此时前面这位女生看上去怒不可遏。“你这是在暗示基督教不过是某种……重新包装的日神崇拜！”

头戴光环的圣彼得和四使徒(十五世纪)

耶稣即太阳神赫利俄斯(公元三世纪)

“根本不是。基督教并不是仅从日神崇拜中借用符号。基督教的封圣礼仪就是从古代犹希迈罗斯①的‘造神’仪式中来的。而‘吃神’的行为,即圣餐礼——是从阿兹特克人那儿学来的。就连基督为我们的罪孽而死的概念也可认为不只是专属基督教的;一个年轻人为了洗除他的人民的罪孽做出自我牺牲,这在最早的羽蛇神崇拜的传统中就有了。”

这个女孩怒目而视。“那么,基督教中有什么原创的东西吗?”

“在任何一种组合而成的宗教里都几乎没有什么真正原创的东西。宗教不是从无开始的,它们互相吸取养料形成自身,现代宗教是一种拼贴……一种被同化的历史记录,记录了人类探求对神性的理解的过程。”

“嗯……等一下。”希茨罗特大胆地说,听上去他现在清醒了,“我知道一个原原本本的基督教的东西。我们的上帝的形象怎么样?基督教艺术从来不把上帝描绘成有老鹰的太阳神的样子,也不像阿兹特克人,也不像其他古里古怪的东西。基督教里面的上帝是一个白胡子的老人,所以我们的上帝的形象是原创性的,对吗?”

基督教的上帝形象(十六世纪)

兰登微微一笑。“早期皈依基督教的信徒抛弃了他们以前的神祇——异教诸神,罗马众神,希腊诸神,太阳神,密特拉神,等等——他们问教会他们新的基督教上帝看

① 犹希迈罗斯,公元前三世纪的古希腊神话作家,他认为神是由英雄人物或战争胜利者演化而成。

上去像什么，教会很聪明地在所有文字记载的历史中选了最让人敬畏最具有权威……而且也是众所周知的面孔。”

希茨罗特看上去满腹狐疑。“一个白须飘飘的老人？”

兰登指着墙上古代诸神的分级图。图的最顶上坐着一位白须飘然的老者。“宙斯看起来眼熟吗？”

课恰好在规定的时间内结束了。

宙斯（公元前一世纪）

“晚上好。”一个男人的声音说道。

兰登吓了一跳。他的思绪又回到了万神殿。他转身一看，只见一个老人身披一件蓝色斗篷，胸前挂着一个红色十字架。老人朝他笑了笑，露出一口灰色的牙齿。

“你是英国人，对吧？”这人话里带着浓重的托斯卡纳语口音。

兰登眨眨眼，糊涂了。“实际上不是的。我是美国人。”

这人看上去有点儿不好意思了。“噢，我的天，真抱歉。你穿得这么体面，我还以为……真对不起。”

“我能帮你什么吗？”兰登问道，他的心在不停地狂跳。

“事实上我以为也许我能为你效劳。我是这里的导游。”这人骄傲地指着他身上政府颁发的徽章，“我的工作就是让你的罗马之旅更加有趣。”

*更加有趣？*兰登肯定，这次特别的罗马之旅已经够有趣了。

“你看起来与众不同，”导游讨好他，“毫无疑问你比大多数人对文化更感兴趣。也许我可以向你介绍一些这座迷人的建筑的历史。”

兰登有礼貌地微笑道：“你说得有几分对，不过我实际上就是一名艺术历史学家，而且——”

“好极了！”这人两眼放光，好像中了头奖一般，“那你肯定玩得很愉快了！”

“我想我情愿——”

“万神殿，”这人大声说道，开始把记忆中的话滔滔不绝地翻出来，“公元前二十七年由马库斯·阿格里帕修建。”

“是的，”兰登迸出来一句，“公元一一九年又由哈德良①重建。”

“这曾是世界上最大的无支撑穹顶，直到一九六〇年，它的名声才被新奥尔良超级圆顶体育场超过！”

① 哈德良（73—138），罗马皇帝。

哈德良皇帝

新奥尔良超级圆顶体育场

兰登叹了一口气。这人说起来没完没了。

“五世纪时,一个神学家曾把这个万神殿称作魔鬼之屋,警告说屋顶上的洞是给魔鬼准备的入口!”

兰登不搭理他了。他的目光向上移到天窗,想起维多利亚暗示的情节,脑海里闪过一幅让人毛骨悚然的画面……一个身上打了烙印的红衣主教从这个洞落下摔在大理石地面上。这很快会成为一个新闻。兰登不知不觉地环顾万神殿看有没有记者,一个都没有。他深深吸了一口气。这可真是个荒谬的想法。进行那样一种惊险表演的军事部署是荒谬的。

兰登继续察看着四周,而那个喋喋不休的讲解员像只渴望爱抚的小狗一样跟着他。这可提醒我了,兰登心里暗想,再没有比遇到一个狂热的艺术史学家更糟糕的事儿了。

在万神殿的另一侧,维多利亚正专心致志地探查着。这是她自听说父亲的噩耗以来第一次独自一人站着,她感到过去八小时里的严酷现实又逼近了。她的父亲被谋杀了——残酷而且突然。几乎同样令人心痛的是,父亲的发明也被玷污了——现在竟成了恐怖分子的工具。想到是她发明了运送反物质的装置,她深感内疚……那个储存器此刻正在梵蒂冈倒计时。原本是为助父亲一臂之力,追寻朴素真理……结果她成了制造混乱者的同谋。

奇怪的是,在生命中的这个时候她觉得唯一合理的事情竟是一个完全不相识的人的出现,这就是罗伯特·兰登。她从他的眼中感受到一种难以言喻的慰藉……如同那天清早她离开的海洋一样平静和谐。有他在那儿,她感到很高兴。兰登不仅是她力量和希望的源泉,还用他那敏锐的头脑,找到了这个抓住杀死他父亲的凶手的机会。

维多利亚继续搜索着，她深深地呼吸，沿周边走着。她满脑子里想的都是亲自报仇，那些无法预料的景象让她激动不已。正如一个矢志不渝的恋人一样……她太想找到这个刽子手了。她今天的决心就是九头牛也拉不回来。她感到又恐慌又激动，觉得有一种她以前从未觉察到的东西在她那意大利人的血液中流动……那是西西里岛人的祖先要用无情的法则捍卫家族荣誉的低语。世仇，维多利亚想道，平生第一次理解了这个词的含义。

复仇的景象激励着她继续前行。她朝拉斐尔·桑蒂的坟墓走了过去。即使隔着一段距离，她也能看出这个人与众不同。他的棺木与其他人的不同，棺木嵌在了墙里，外面还有个有机玻璃保护屏。隔着栅栏，她能见到石棺的前部。

拉斐尔·桑蒂，1483—1520

维多利亚仔细观察着这个坟墓，然后看了看拉斐尔坟墓旁的牌子上写的一句话。

接着她又看了一遍。

之后……她又看了一遍。

少顷，她惊恐万分地朝对面冲了过去。“罗伯特！罗伯特！”

62

兰登负责的万神殿另一边的检查进程被紧跟在后面的导游稍稍耽搁了，此刻他正准备检查最后一个壁龛，那个导游却还在不知疲倦地继续讲解。

“你无疑很喜欢这些壁龛！”这个讲解员说道，显得兴高采烈，“你知道吗，就是因为这些逐渐变薄的墙板才使这个穹顶显得没有重量。”

兰登正准备检查另一个壁龛，根本就没听进一个字，但还是点了点头。突然有人从后面拽住了他，原来是维多利亚。她气喘吁吁地使劲拉着他的胳膊。看着她脸上惊恐的表情，兰登仅能想到一件事，她发现了那具尸体。他顿时感到一种恐惧袭上心头。

“啊，你太太！”这个讲解员惊叫起来，又来了一个客人，他显然感到激动万分。他指着她的短裤和旅游鞋叫道：“这样看来我倒真觉得你是美国人了！”

维多利亚眯起了眼睛。“我是意大利人。”

导游笑容顿敛。“噢，老天。”

“罗伯特，”维多利亚尽量背对导游小声说道，“伽利略的《图解》，我要看看。”

“《图解》？”导游转过身来说，“啊呀！你们两个一定很了解你们的历史！不幸的是，那份资料根本就看不到，它被当作机密保存起来了，在梵蒂冈档——”

“对不起，你能走开一下吗？”兰登说道。他被维多利亚恐慌的神情弄糊涂了。他把她叫到一边，手伸到口袋里小心翼翼地抽出《图解》的那一页，“怎么了？”

“这上面的日期是多少？”维多利亚一边粗略地看着这页纸一边问道。

导游又跟了过来，直勾勾地盯着那张文件，张大了嘴。“那不是……真的……”

“给游客的复制品。”兰登推托道，“谢谢你的帮助。拜托了，我太太和我想单独待会儿。”

导游后退几步，目光却始终没离开那张纸。

“日期，”维多利亚对兰登重复道，“伽利略什么时候发表……”

兰登指着底下边线上的罗马数字。“这是发表的日期。怎么了？”

维多利亚认出了那个数字。“一六三九年？”

“是的，怎么了？”

维多利亚的目光中流露出一种不祥之感。“我们有麻烦了，罗伯特。大麻烦。这些日期对不上。”

“什么日期对不上？”

“拉斐尔的坟墓。直到一七五九年，他才被埋到这里，这比《图解》的发表晚了一个多世纪。”

兰登瞪着她，试着弄明白这句话的意思。“对呀，”他回答道，“拉斐尔死于一五二〇年，比《图解》早得多。”

“不错，他是在很久以后才被葬在这儿的。”

兰登如堕五里雾中。“你这是在说什么啊？”

“我刚刚看到的，拉斐尔的遗体是在一七五八年迁到万神殿的。这样做是为了表达对意大利英才的深深的敬意。”

听到这话，兰登觉得脚下的地毯像被抽走了似的。

“写这首诗的时候，”维多利亚断言，“拉斐尔的坟墓还在别处。那个时候，万神殿跟拉斐尔压根儿就不相干！”

兰登简直不能呼吸了。“但那……意味着……”

“对！这意味着我们找错了地方！”

兰登觉得自己在动摇。不可能……我肯定……

维多利亚跑过去一把拽住那个导游，把他拉了回来。“先生，打扰一下，十七世纪的时候拉斐尔的遗体埋在了哪里？”

“呃……呃，”他支吾着，此刻显得迷惑不解，“在他的出生地吧。”

“不可能！”兰登低声啐道，“光照派的科学祭坛就在罗马。我很肯定这一点！”

“光照派？”这个导游倒抽了一口气，又看着兰登手里的文件，“你们是什么人？”

维多利亚站了出来。“我们要找一个叫做桑蒂的土冢之类的东西，在罗马，你能告诉我们那可能是什么吗？”

导游看上去心怀疑虑。“这是罗马城中唯一的拉斐尔坟墓。”

兰登努力思考，可他的脑子却不听话。如果一六五五年的时候拉斐尔的坟墓不在罗马，那这首诗指代的是什么呢？桑蒂的土冢，魔鬼之窟？这到底是什么？快好好想想！

“还有别的艺术家叫桑蒂吗？”维多利亚问。

导游耸耸肩。“据我所知没有。”

“会不会是其他名人呢？有没有可能哪个科学家或诗人或天文学家也叫做桑蒂呢？”

现在这个导游看上去想要走了。“不，女士，我所听说过的唯一的桑蒂就是那个建筑师拉斐尔。”

“建筑师？”维多利亚问，“我还以为他是个画家呢！”

“当然了，他两个都是。他们都是这样的，米开朗基罗、达·芬奇、拉斐尔。”

兰登不知道是这个导游的话还是周围装饰华丽的坟墓让他豁然开朗，但这都不重要了。那个想法冒出来了。桑蒂是个建筑师。从那儿开始，一个个念头就像多米诺骨牌倒下一样展开来了。文艺复兴时期的建筑师只为了两个原因而活着——一是建造宏伟的教堂来崇拜上帝，二是建造奢华的坟墓来为权贵增辉。桑蒂的土冢。会在哪儿呢？他的脑海中此刻快速地闪现着那些景象……

达·芬奇的《蒙娜·丽莎》。

莫奈的《睡莲》。

米开朗基罗的《大卫》。

桑蒂的土冢……

“桑蒂设计了那个坟墓。”兰登说。

维多利亚扭头道：“什么？”

“那指的不是埋葬拉斐尔的地方，而是他设计的坟墓。”

“你在说什么？”

“我误解了这条线索。我们要找的不是拉斐尔的葬身之地，而是拉斐尔为别人设计的一座坟墓。我简直不能相信我竟没想到这一茬。文艺复兴和巴洛克时期的罗马，有一半的雕塑都是为葬礼设计的。”兰登茅塞顿开地微笑道，“拉斐尔肯定设计了成百上千座坟墓！”

维多利亚一脸的不快。“成百上千？”

兰登笑容顿敛。“噢。”

“那哪一座是土冢呢，教授？”

兰登突然觉得自己不够格了。他几乎不知道拉斐尔的作品，这真让他尴尬。米开朗基罗他还可以应付，但拉斐尔的作品从来没让他着迷过。兰登只能说出拉斐尔设计的几座较为著名的坟墓的名字，但那些坟墓是什么样子他并不太清楚。

维多利亚明显觉察到了兰登的两难处境，她转身对着导游，他现在正在一点儿一点儿地往后挪。她一把拽住他的胳膊拉着他转回来。“我要找座坟墓，拉斐尔设计的坟墓，可以视作土冢的坟墓。”

这个讲解员现在显得很苦恼。“拉斐尔设计的坟墓？我不知道。他设计了那么多坟墓，你可能指的是拉斐尔设计的礼拜堂吧，那不是坟墓。建筑师总是把坟墓连同礼拜堂一起设计。”

兰登意识到此人所言不虚。

“有没有拉斐尔设计的坟墓或者礼拜堂被视作土冢的呢？”

这个人耸了耸肩。“抱歉，我不知道你指的什么。我真的不知道什么东西是用‘土’来形容的。我得走了。”

维多利亚抓住他的胳膊，从文件顶上的那句话开始读：“你从桑蒂的土冢举步，那里有个魔鬼之窟。你看这是什么意思？”

“什么也不是。”

兰登突然抬起了头。他一时竟忘了这句诗的后半句。魔鬼之窟？“对呀！”他对导游说，“就是那个地方！拉斐尔设计的礼拜堂中有没有开天窗的？”

导游摇摇头。“就我所知，万神殿是唯一有天窗的，”他顿了一下，“不过……”

“不过什么！”维多利亚和兰登不约而同地说。

现在这个讲解员昂起头，又朝他们走了过来。“魔鬼之窟？”他兀自咕哝着，咬着牙齿，“魔鬼之窟……那是……地穴？”

维多利亚点点头。“字面上看，是这个意思。”

讲解员淡淡地笑了笑。“有个词我一时想不起来了。如果我没有弄错的话，地穴指的是地下室。”

“地下室？”兰登问道，“像教堂里的地下室那样吗？”

“是的，不过那是一种特殊的教堂地下室。我相信魔鬼之窟是一个古词，指的是礼拜堂里的一个巨大的埋葬洞穴……位于另一座坟墓下面。”

“是不是藏骨洞？”兰登询问着，顿时领悟到这个人形容的是什么东西。

讲解员显得颇为钦佩。“对了！这就是我要找的那个词儿！”

兰登在心里琢磨着这个词儿。藏骨室是教会为应付尴尬的两难处境而采取的一个简便的措施。当教会以圣殿中华丽的坟墓来给他们最卓越的人以荣誉时，那些还在世的家属也常常要求与家人合葬在一起……这样确保他们也会在教堂里拥有一个人人向往的埋葬地。然而，有时教会没有地方或者资金来为一个完整的家族修建坟墓，这时他们就会挖个藏骨洞——位于坟墓附近的地下洞穴，他们把不太重要的家族成员葬在这里。洞口用一个类似于井盖的文艺复兴式的艺术品遮盖。虽然很方便，但藏骨洞很快就过时了，因为下面散发出的臭气会飘到大教堂里来。*魔鬼之窟*，兰登心想。他以前从未听说过这个词儿，但用在这儿似乎恰如其分，颇带几分怪诞色彩。

兰登的心现在又怦怦狂跳起来。*你从桑蒂的土冢举步，那里有个魔鬼之窟。*似乎只有一个问题要问了。“拉斐尔有没有设计过带有这样的魔鬼之窟的教堂？”

讲解员搔了搔头。“说实在的，真抱歉……我只能想起一座。”

*就一座？*兰登再也想不到比这更好的答复了。

“在哪儿?!”维多利亚几乎要嚷起来了。

讲解员奇怪地注视着他们。“那叫做齐吉礼拜堂。是阿戈斯蒂诺·齐吉和他兄弟的坟墓,这是两个富有的人,都资助艺术和科学。”

“科学?”兰登说着,与维多利亚交换了一下眼色。

“在哪儿?”维多利亚又问道。

讲解员不理会这个问题,似乎又满腔热情地讲解了起来。“至于这个教堂是不是叫做土冢,我还不知道,但那座教堂无疑……应该说是与众不同吧。”

“与众不同?”兰登说,“怎么不同?”

“与建筑物不协调。拉斐尔只是个建筑师。别的雕塑家作了室内的装潢,我记不起是谁了。”

透过万神殿看罗通达广场

兰登此时洗耳恭听。也许是那个匿名的光照派大师?

“不管是谁,修建室内坟墓的那人可真没品位。”讲解员说,“老天哪!谁愿意埋在金字塔下面啊?”

兰登简直不能相信自己的耳朵。“金字塔?这个礼拜堂有金字塔?”

“我觉得,”讲解员嘲笑道,“这也太糟糕了,不是吗?”

维多利亚拽住讲解员的胳膊,问道:“先生,这个齐吉礼拜堂在什么地方?”

“从这儿往北大约一英里。在波波洛圣母堂。”

维多利亚轻吁一声。“谢谢您。我们——”

“喂,”讲解员说道,“我刚想起来一点,瞧我真是个呆子!”

维多利亚突然停下说道:“别告诉我说你搞错了。”

他摇摇头,说:“不是,但我本该早点儿想到的。这个齐吉礼拜堂,人们并不是一直都叫它齐吉,过去人们叫它土之礼拜堂①。”

---

① 原文为Capell della Terra,Terra既有大地的意思,也有土的意思,所以下文兰登会误解。

“大地礼拜堂?”兰登问。

“不是,”维多利亚边说边朝门口走了过去,“是土之礼拜堂。”

维多利亚向罗通达广场冲去,一把拿出手机。“奥利韦蒂司令,”她说,“走错地方了!”

奥利韦蒂显得迷惑不解。“错了? 你什么意思?”

“第一座科学祭坛是在齐吉礼拜堂!”

“什么地方?”现在奥利韦蒂听起来发火了,“可兰登先生说——”

“在波波洛圣母堂! 往北一英里。让你的人现在就到那儿去! 我们还有四分钟!”

“可我的人在这儿都各就各位了! 我不可能——”

“转移!”维多利亚啪地关上了手机。

在她身后,兰登从万神殿里走了出来,一脸的茫然。

她一把抓住他的手朝等在路边的那排好似没有司机的出租车奔了过去。她砰砰地捶着队列最前头那辆车的车盖,那个还在睡梦中的司机腾地坐直了身子,吓得大叫一声。维多利亚猛力打开后门,一下子把兰登推进去,然后紧跟着他跳了进去。

“波波洛圣母堂!”她吩咐道,“快!”

司机看上去欣喜若狂,又带着几分惧色,他踩下油门,车子飞驰着驶上了街道。

63

冈瑟·格利克已从奇尼特·麦克丽那里抢过了电脑。麦克丽此刻正弓着腰站在英国广播公司那部拥挤的面包车的后部,一脸困惑地从格利克身后凝视前方。

“我跟你说过,”格利克又敲下几个键盘说,“并不是只有《英国闲谈者》刊登那些家伙的消息。”

麦克丽凑近些看了看,格利克说得不错。英国广播公司的数据库显示,他们那卓尔不群的广播公司在过去十年里早已采编而且刊登了六条关于这个名为光照派兄弟会的报道。*好吧,我来看看这些华而不实的文章*,她想。“是哪些记者写的这些报道?”麦克丽问道,“哪些蹩脚家伙?”

“英国广播公司可不会雇用蹩脚记者。”

“可他们雇了你。”

格利克板起了脸。“真不知道你怎么这样疑神疑鬼。关于光照派历史上可是有详尽的记载。”

“巫婆、不明飞行物、尼斯湖水怪也有。”

格利克看起了那些新闻报道。“听说过一个叫温斯顿·丘吉尔的家伙吗?”

“有点儿印象。”

“英国广播公司曾对丘吉尔的生平做过一个历史性的回顾。他也是个忠贞的天主教徒。一九二〇年丘吉尔发表了一项谴责光照派的声明，还提醒英国佬说有个反道德的世界性阴谋组织，难道这你都没听说过吗？”

麦克丽将信将疑。“那是什么时候的报道？是《英国闲谈者》上的吗？”

格利克微笑道：“《伦敦先驱报》，一九二〇年二月八日那天的报纸。”

“绝不可能。”

“来开开眼吧。”

温斯顿·丘吉尔

麦克丽又靠近了看着那份文件。《伦敦先驱报》，一九二〇年二月八日。我简直想不到。“呃，丘吉尔是个偏执狂。”

“并不是他一个。”格利克边说边往下读，“好像伍德罗·威尔逊于一九二一年发表了三次广播讲话，提醒大家提防日益壮大的光照派对美国银行业的控制。你想听听直接从广播稿里引用的话吗？”

“还是算了吧。”

不过格利克还是给她念了一句。“他说：‘有一个权力组织，那样严密有序，那样难以察觉，无所不能，无孔不入，要谴责它的人最好谁都不要大声说出来。’”

“关于这一点我还从没听过。”

“一九二一年的时候，你可能还只是个小毛孩。”

“说得好。”麦克丽对这个攻击泰然处之。她知道她的年龄一目了然。她四十三岁，一头浓密的乌黑鬈发已略带灰白。她太自负，不愿染发。她的妈妈是个南方浸礼会教友，曾教导麦克丽要知足和自尊。你是个黑人，她的母亲说，就不要把真实的你藏起来。你试着改变的那天，就是你完蛋的那天。笔直地站着，灿烂地微笑，让他们去纳闷，什么秘密让你这么开怀。

“听说过塞西尔·罗兹[①]吗？”格利克问道。

麦克丽抬起头问道：“是那个英国金融家吗？”

---

① 塞西尔·罗兹（Cecil J. Rhodes，1853—1902），英国资本家和殖民者。

塞西尔·罗兹

“是啊。他设立了罗兹奖学金。”

“别告诉我——”

“光照派成员。”

“是卫星广播播出的。”

“事实上是英国广播公司播出的，在一九八四年十一月十六日那天。”

“我们报道过塞西尔·罗兹是光照派成员？”

“确有此事。我们广播公司认为，罗兹奖学金是几百年前就设立的基金，旨在把世界上最聪明的年轻人招募到光照派中去。”

“太荒谬了！我舅舅就拿过罗兹奖学金。”

格利克使了个眼色。“比尔·克林顿也是。”

麦克丽现在都快疯了，她对假冒伪劣、危言耸听的报道从来都无法容忍。但是，她也很了解英国广播公司，知道他们报道的每一条新闻都是经过仔细研究并且能确保其真实性的。

“这条新闻你可能记得。”格利克说，“英国广播公司，一九九八年三月五日报道。议会议长克里斯·马林要求英国国会中所有加入共济会的人公开声明他们与共济会的关系。”

麦克丽想起来了。这个法令最后扩大了范围，将警察和法官都包括进去了。“为什么又提起这个？”

格利克念道：“……担心共济会内部的秘密派系在很大程度上控制了行政和金融系统。”

“没错。”

“这引起了好一阵折腾。国会中的共济会成员勃然大怒。他们有理由这么做。绝大多数人最后证明是清白的，他们参加共济会只是为了拓宽人际关系网和从事一些慈善工作。没有什么线索表明他们与这个兄弟会的过去有什么瓜葛。”

“所谓的瓜葛。”

“不管是什么。”格利克扫了一眼那篇文章，“看看这个。这些报道把光照派追溯到伽利略，法国的居埃朗纳特，西班牙的阿隆布雷罗斯，甚至卡尔·马克思和俄国革命。”

“历史总是会被改写。”

“嗯，要看看最近的消息吗？看看这个吧。这是《华尔街日报》新近报道的光照派的状况。”

这番话引起了麦克丽的注意。“哪个日报?”

“猜猜看,现在美国最风行的网络电脑游戏是什么?”

“给帕梅拉·安德森[①]安尾巴。”

“接近了。是光照派:世界新秩序。”

麦克丽从他身后看着那篇短评。“史蒂夫·杰克逊的游戏设置了一场逃亡……一个准历史的探险,在这个游戏里,一个源于巴伐利亚的古老而邪恶的兄弟会试图掌管世界。你能在网上找到他们……”麦克丽抬头看了看,感到不祥,“这些光照派的家伙跟基督教作对干什么呢?”

“不只是反对基督教,”格利克说,“一般的宗教都反对。”格利克扬起头咧嘴笑笑,“虽然我们从那个电话中得知这点,但看来他们心中确实对罗马教廷有一种特殊的感情。”

“噢,算了吧,你不会真的相信打电话的人的自说自话吧?”

“光照派的信使?准备杀死四个红衣主教?”格利克笑着说,“我真的但愿如此。”

64

兰登和维多利亚坐的出租车在宽敞的斯科罗法大道上疾驰,只花了一分钟多一点儿就跑完了一英里。快到八点时,他们在波波洛广场的南面一个刹车停了下来。没有里拉,兰登用美元多付了钱给司机。他和维多利亚跳下车,发现广场上静悄悄的,只听到几个当地人的笑声,那些人坐在颇受欢迎的罗萨蒂咖啡厅外面——那是意大利的文人雅士常造访的地方。微风中带着浓咖啡和点心的味道。

兰登还在为他在万神殿犯的错误感到惊愕不已。但是,只草草扫了一眼这个广场,他的第六感觉就已经兴奋了。这个广场似乎到处都微妙地暗示着光照派的重要性。广场不仅展现为一个十足的椭圆形,而且正中高高地伫立着一座埃及方尖碑——一个方形石柱上带着一个特别的金字塔形尖端。作为罗马帝国的战利品,方尖碑散布在罗马各个地方,被符号学家们看作“高耸的金字塔”——神圣的宝塔形状伸向了天空。

兰登沿着这个独石碑往上看时,目光忽然被背景中的其他东西吸引住了,那个东西更值得他注意。

“我们找对地方了。”他悄声说道,感到一阵突如其来的警惕,“看看那个。”兰登指

① 帕梅拉·安德森,美国性感女星。

着宏伟壮丽的波波洛之门——远远的广场尽头的高大的石拱门。几百年来，那个拱门俯瞰着这个广场，在拱门最高处的中心是一个象征性的雕塑。“眼熟吗？”

维多利亚抬头看着这个巨大的雕像。“是在一个三角形石头上的闪亮的星星吗？”

兰登摇摇头。“是在金字塔上的光照之源。”

维多利亚转过头来，突然睁大了眼睛。“就像……美国的国玺。”

“一点儿不错，就是在一元美钞上的共济会的标志。”

维多利亚深深吸了一口气，扫了一眼广场。“那么那座该死的教堂在哪儿呢？”

波波洛广场上的埃及方尖碑

波波洛圣母堂屹立在那儿，仿佛一个放错了地方的战舰，斜立在广场东南角的山脚下。高耸的脚手架遮住了这个十一世纪的石堡的正面，使它显得更加笨拙了。

他们朝大楼奔去，兰登的思绪一片混沌。他惊愕地注视着这座教堂。一场凶杀真要在这里发生吗？他希望奥利韦蒂能快点儿。他口袋里的枪让他觉得很不舒服。

教堂前面的台阶呈扇形，像在张开双臂欢迎他们，然而此时却颇有讽刺意味。这些台阶都被脚手架这个建筑设备给挡住了，而且还有一个警告牌，上面写着：大楼维修，禁止入内。

兰登意识到，由于修缮而关闭的教堂对一个杀手来说，意味着绝对的隐秘。这不像万神殿，这里不需要花哨的把戏，只需要找到一条路进去。

维多利亚毫不迟疑地从这些锯木架中钻过去直奔上台阶。

“维多利亚，”兰登提醒道，“如果他还在里面……”

维多利亚似乎没有听见他的话，一下子跑上了主门廊，门廊直通教堂唯一的木门。

波波洛城门

兰登跟在她后面匆匆跑上了台阶。他还没来得及说一句话，维多利亚就抓住门把手推了起来。兰登屏住了呼吸，但门却纹丝不动。

“一定有别的入口。”维多利亚说。

“很可能，”兰登吐出一口气说，“但是奥利韦蒂过一会儿才到，这样进去太危险了。我们应该从外面这个地方监视教堂，等到——”

维多利亚一扭头，对他怒目而视。“如果有别的路进去，就会有别的路出来。如果这家伙跑了，我们就麻烦了。”

兰登凭他的意大利语，足以明白她说得不错。

教堂右边的通道又窄又暗，两边耸立着高墙，空气里散发着一股尿臭——在一个酒吧与公共卫生间数目之比为二十比一的城市里这是常可闻到的气味。

兰登和维多利亚急匆匆地跑进臭气熏天的暗处。他们一路走了大约十五码，突

波波洛圣母堂

波波洛广场上的圣母堂和方尖碑

然维多利亚使劲拉着兰登的胳膊指着什么给他看。

兰登也看到了。正前方是一扇朴实的木门，带着沉重的铰链。兰登认出这就是标准的圣门——神职人员专用的便门。不断扩建的建筑和有限的地产把这些边门挤到颇为不便的巷道里，这些门大都已弃置多年。

维多利亚朝门口匆匆走去，走到门边盯着下面的门把手，明显感到迷惑不解。兰登紧跟其后到达门边，端详着这个特别的环形的箍，它悬在本该是门把手的地方。

“一个环。”兰登小声说着，伸出手去轻轻抬起这个环。他朝自己面前拉这个环，门环“咔嗒”一响。维多利亚扭着身子，突然显得不自在。兰登静悄悄地把这个环顺时针扭了一下，然而它松松地转过三百六十度，并没有啮合。他皱起了眉头又试着反方向转了一下，可结果还是跟刚才一样。

维多利亚俯视着其他通道，问道：“你觉得还有别的门吗？”

兰登犯疑了。大多数文艺复兴时期设计的大教堂都可作为临时城堡使用，以防城市受到攻击，所以这些教堂的入口都尽可能减少。“如果还有别的路进去，”他说，“它就可能是嵌在后部的堡垒里——与其说是一个入口，不如说是一个逃跑的通道。”

维多利亚已经走了。

兰登跟着她走进了通道的深处。两边的墙壁直耸入天。某个地方敲响了钟声，八点了……

罗伯特·兰登刚开始并没有听见维多利亚叫他。他慢慢凑到一扇被围栏挡住的彩绘玻璃窗前，正要往教堂里看。

“罗伯特！”她抬高了音量轻声唤道。

兰登抬头一看，维多利亚在通道的尽头了。她指指教堂的后部，又向他招招手。

波波洛圣母堂的设计图

兰登不情愿地朝她慢慢跑过去。在后墙的底部，一道石垒伸出来遮住了一个狭窄的洞——一个扁平的通道，直接切入教堂的地基。

“一个入口？”维多利亚问。

兰登点点头。实际上是一个出口，但是我们不必太抠字眼儿。

维多利亚跪下来，费劲地朝地道里看。“我们去检查一下门，看看是不是开着的。”

兰登张嘴正要反对，但维多利亚拉起他的手就把他拖到洞口。

“等等。”兰登说。

她不耐烦地扭头看着他。

兰登叹口气道：“我先进去。”

维多利亚显得一脸诧异。“更有骑士风度了？”

“年纪大的比长得漂亮的先来。”

“这算是恭维吗？”

兰登微微一笑，从她身边走过，钻到黑乎乎的洞里去了。“小心在台阶上等着。”

他一手扶着墙壁在黑暗中慢慢挪动着。他的指尖觉得岩石很尖利。一时间他回想起了那个古老的代达罗斯①的神话，想起那个青年穿越弥诺陶洛斯②住的迷宫时是

① 代达罗斯，希腊神话中的建筑师和雕刻家，曾为克里特国王建造迷宫。

② 弥诺陶洛斯，牛头人身的怪物，被关在克里特国王的迷宫中，每年要吃掉雅典进贡的童男童女各七个，后来被忒修斯杀死。

怎样一只手扶在墙上的，他知道只要一直扶着墙壁就肯定能走到尽头。兰登向前走去，并不确定自己想不想找到尽头。

地道慢慢变窄，兰登放慢了步子。他觉察出维多利亚紧跟在他身后。墙朝左边拐的时候，地道通向了一个半圆形的凹室。奇怪的是，这儿有点微光。在暗处，兰登看到了一扇沉重的木门的轮廓。

"哎呀。"他说。

"锁着的吗?"

"以前是。"

"以前?"维多利亚来到了他身旁。

兰登指了过去。门虚掩着，一束光从里面射出……门的铰链被一个破旧的横木弄裂了，还卡在木头里。

他们默不作声地伫立了一会儿。然后，黑暗中兰登觉得维多利亚的手在他的胸前摸索着，悄悄地伸到他的外套里。

"放松，教授。"她说，"我只是在找枪。"

就在那一刻，一支瑞士侍卫特遣部队在朝着梵蒂冈博物馆内的各个方向铺开。博物馆里一片漆黑，卫兵们都戴着美国海军军用红外眼镜。戴着这种眼镜，看所有的东西都带着怪异的绿影。每个卫兵头戴耳机，耳机上连着一根天线样的探测器，探测器在身前有节奏地晃动着——这就是他们一周要用两次的装置，用来检测罗马教廷内部的窃听器。他们有条理地检测着雕像后面，壁龛和暗橱里面，还有家具下面。那些天线哪怕是检测到最小的磁场都会发出声响。

可是今天晚上，他们没有检测到任何东西。

65

在逐渐黯淡下来的光线中，波波洛圣母堂里面如同一个阴暗的深洞，它不像是一个大教堂，倒更像是一个还没完工的地铁车站。主厅就如一个障碍跑训练场：开裂的地板、砖砌的平台、小土堆、手推车随处可见，甚至还有一个生锈的挖土机。巨型圆柱拔地而起，支撑着拱顶。借着彩色玻璃反射的柔光，可以见到有细沙粒悠悠地飘浮在空气中。兰登和维多利亚站在铺开的平图里乔①壁画下面审视着被毁坏的圣坛。

毫无动静。一片死寂。

---

① 平图里乔(Pinturicchio，1454—1513)，意大利画家，以壁画的强烈装饰风格著称，尤以表现教皇庇护二世生平的壁画而著名。

维多利亚双手握枪举在身前。兰登看了一下表：晚上8点04分。待在这儿我们一定是疯了，兰登想，太危险了。他很清楚，即使凶手在里面他也可以从任何一个出口出去，就靠一支枪在外面监视显然毫无用处。在里面抓住他是唯一的出路……如果他还在这儿的话。兰登在万神殿里犯的错误让大家错失良机，这一错误使他自感罪孽深重。现在他不再坚持采取预防措施了；是他让大家陷于这种窘境的。

维多利亚扫视着教堂，看起来很焦虑。"那么，"她低声说，"齐吉礼拜堂在哪儿呢?"

兰登在朦胧的光线中紧盯着教堂的后部，仔细观察着外墙。与一般的教堂不同，文艺复兴时期的教堂总带着一个礼拜堂，巴黎圣母院那样的大型教堂里甚至有好几个礼拜堂。那些礼拜堂与其说是房间，倒不如说是孔洞——置于教堂周边墙壁之内的半圆形的壁龛，里面有陵墓。

糟糕，兰登看着每面侧墙上的四个壁龛想道。总共有八个礼拜堂，尽管八个并不算特别多，但因为维修，所有的八个开口都被巨大的聚氨酯帘子挡着，半透明的帘子显然是为了防止灰尘落到壁龛里的坟墓中。

"每个挂帘子的洞口都有可能是，"兰登说，"不进去看看就没法知道哪个是齐吉礼拜堂。这是一个正当理由吧，让我们等奥利韦——"

"左数第二个半圆壁龛是哪个?"维多利亚问。

兰登仔细看着她，对她能说出这样的建筑术语而感到吃惊。"左数第二个半圆壁龛?"

维多利亚指着他后面的墙壁。一个装饰砖片深嵌在石头中，上面刻着一个标记，和他们在外面见到的完全一致——一颗闪亮的星星下有一座金字塔。旁边那个布满灰尘的牌子写着：

亚历山大·齐吉之盾形徽章
其陵墓位于
该教堂的左数第二个半圆壁龛

兰登点了一下头。齐吉的盾形徽章是一个金字塔和一颗星星？他突然发觉自己在想富有的资助人齐吉是否曾是光照派成员。他朝维多利亚点点头。"干得漂亮，南希·德鲁。"

"什么?"

"没什么。我——"

就在几码开外，一块金属片突然掉到地板上，当的一声回荡在整个教堂里。维多利亚迅速把枪口对准发出声响处，兰登把她拉到了一个柱子后面。一阵死寂。他们等着。这时又听到一个声音，这次是窸窸窣窣的声响。兰登屏住呼吸。我们压根儿就不该来！这个声音越来越近，夹杂着时断时续的扭打声，就像是一个人一瘸一拐地走着。突然，在柱基附近，一个东西闯入眼帘。

"狗娘养的!"维多利亚低声骂道,吓得往后一跳。兰登也跟她一起往后退。

在柱子旁边,一只肥硕的老鼠拖着一个纸包的吃了一半的三明治。那老鼠看到他们时停了一下,瞪着维多利亚的枪管看了好一会儿,然而,它显然是不为所动,继续拖着它的"战利品"朝教堂的壁龛跑去。

"他妈的……"兰登心跳加速,喘着气嘟囔着。

维多利亚放下手枪,马上又举了起来。兰登从柱子的一边窥视,发现一个工人的午餐饭盒斜撒在地板上,很明显是贼精的老鼠弄倒了锯木架。

兰登扫视了一下教堂看有什么动静,然后低声说道:"如果这家伙在这儿,他肯定也会听到那个声音。你确定不想再等奥利韦蒂了?"

"左数第二个半圆壁龛,"维多利亚重复道,"在哪儿呢?"

兰登极不情愿地转过身试着确定方位。教堂术语就像舞台的方位说明一样,完全是不可凭直觉理解的。他面对着主祭坛,*舞台中心*,然后他的大拇指指着肩膀后面。

他们转过身以确定兰登所指的地方。

齐吉礼拜堂似乎是他们右边的四个壁龛中的第三个。幸运的是,兰登和维多利亚正好就站在教堂的这一边;倒霉的是,他们站在了错误的一端。他们将不得不纵跨教堂,穿过另外三个礼拜堂,而它们中的每一个都像齐吉礼拜堂一样被半透明的塑料帘子掩盖着。

"等一下,"兰登说,"让我先来。"

"算了吧。"

"是我在万神殿把事情搞砸的。"

她转过身。"但是是我拿着手枪。"

兰登从她眼里读懂了她的真正想法……*是我失去了父亲,是我帮忙制造了大规模杀伤性武器,我要亲手打碎这个家伙的膝盖骨……*

兰登意识到再争辩也没什么用就索性由她去了。他紧随着她,小心翼翼地朝大教堂的东边移动。他们通过第一个被遮着的壁龛时,兰登感觉极度紧张,就像是在参加某种离奇古怪的表演赛一样。*我要到第三个帘子那儿*,他想道。

教堂里悄无声息,厚厚的石墙阻隔了所有外界的动静。他们匆忙地穿过一个个礼拜堂时,灰白色的人形一样的东西像幽灵在窸窸窣窣的帘子后面晃动着。*大理石雕刻*,兰登自言自语,心里希望自己的判断正确。晚上,8点06分。凶手是掐准了时间在他们进来之前就溜走了吗?或者他现在还在这儿?他不确定自己更希望是哪一种情形。

他们穿过了第二个壁龛,逐渐暗下来的教堂里弥漫着不祥的气息。此时夜幕似乎迅速降临,彩色玻璃反射光的变化更加重了这种感觉。在他们硬着头皮往前走的时候,旁边的塑料帘子突然猛烈地摆动起来,就像一阵风吹过一样。兰登揣度着是否有人在某个地方打开了一扇门。

当第三个壁龛隐约出现在他们面前时,维多利亚放慢了脚步。她举起枪,探头看

齐吉礼拜堂

壁龛旁边的石碑。花岗石上镌刻着：

齐吉礼拜堂

兰登点点头，他们悄悄地移到洞口的一角，藏在一根粗柱子后面。维多利亚举着枪，枪口指着帘子的一角，然后示意兰登揭开帘子。

最好先祈祷，他想。他不情愿地从她身后伸过手来，万分小心地把帘子拉到一边。帘子动了一点点就发出很大的沙沙声。他们定定地僵在那儿。死一般的寂静。过了一会儿，维多利亚缓缓地挪着步子，弓着身，从窄缝中向里窥探。兰登也在她后面看着。

齐吉礼拜堂隆起的圆屋顶

好长一会儿，他们谁都不出一口气。

“空的，”维多利亚最后说，她放下了手枪，“我们来得太晚了。”

兰登没有听见，他充满敬畏之感，一时沉浸在另一个世界里。他一生中从未想象过会有这样的礼拜堂。齐吉礼拜堂全部由深棕色的大理石建造而成，激动人心。兰登目不转睛地贪婪地看着它。这就是兰登所能理解的尘世的礼拜堂，几乎就像是伽利略和光照派成员亲自设计的一样。

头顶上，隆起的圆屋顶镶嵌着一片光亮的星星和七个天文学上的行星，闪闪发光。下面是黄道十二宫——源于天文学的异教徒的尘世标记。黄道还直接与土，气，火，水相连……分别代表权力、智力、热情和情感。土代表权力，兰登回忆。

在墙下面的较远处，兰登看到了地球上四季的标示：春，夏，秋，冬。然而比其他任何东西都更令人难以置信的是那占据房间重要位置的两个高大的建筑。兰登惊愕得说不出话来。不可能，他想。这绝不可能！但确实是真的。两座十英尺高的大理石金字塔非常匀称地立于礼拜堂的两边。

“我没看到红衣主教，”维多利亚小声说，“也不见杀手。”她把塑料帘子拉到一边，走了进去。

兰登双眼直愣愣地盯着金字塔。基督教堂里怎么会有金字塔？令人不可思议的是，那里还有别的东西。每个金字塔的正中心靠前的正面都印嵌着金色的圆雕饰……有些圆雕饰兰登从未见过……完美的椭圆。这些亮铿铿的圆盘在从穹顶射下来的落日下闪着光。伽利略的椭圆？金字塔？带星星的穹顶？这个屋子比兰登所能想到的任何屋子都更有光照派的意味。

AVGVSTINO·CHISIO
SENENSI
VIRO·INLVSTRI
ATQVE·MAGNIFICO
SACELLI·HVIVS·FVNDATORI
QVI·OBIIT·AN·DOM·CIƆIƆXX

齐吉礼拜堂的金字塔墓

“罗伯特，”维多利亚冲口而出，声音都沙哑了，“看！”

兰登回过神来，转身顺她指的地方看去。“真他妈见鬼！”他惊叫道，同时向后跳去。

地板上一个骷髅在冲他们冷笑，那是由大理石马赛克拼成的“飞行中的死亡”。骷髅手持碑牌，上面是金字塔和星星，与他们在外面见到的一模一样。然而，并不是这个骷髅的样子让兰登浑身发冷。马赛克嵌于一个圆形的石块上，这个圆石盘就如下水道井盖一样被从地板上掀起，此刻正放在地上一个黑咕隆咚的洞的一边，是这个让兰登惊惧不已。

齐吉礼拜堂的马赛克骷髅

“魔鬼之窟。”兰登喘着气说。他刚才被天花板迷住了，以至于没有看到这个窟窿。他试探着向那个洞口移动，洞中散发出的恶臭让人不堪忍受。

维多利亚捂住嘴。“真难闻。”

“臭死了，”兰登说，“尸骨腐烂的臭气，”他用袖子堵住鼻子探身往洞口内窥视。一片漆黑。“我什么也看不见。”

“你觉得下面会有人吗？”

“鬼知道有没有人。”

维多利亚示意兰登注意洞口较远的一端，那里一个朽腐的木梯子伸到深深的洞里。

兰登摇摇头。“真像地狱。”

“或许外面的那些工具里有手电筒。”这话听起来像是她急于找个借口以摆脱这股恶臭的气味，“我去看看。”

“小心点儿!”兰登提醒道,“我们不肯定黑煞星——”

但维多利亚已经没影儿了。

真是个犟女人,兰登想。

他转向了深坑,强烈的气味让他头晕目眩。他屏住呼吸,把头探到圆形洞口的边缘,眯着眼睛向漆黑的深处看去。等眼睛慢慢适应之后,他看到下面有一些形状模糊的东西。这个洞口下似乎是一个小小的洞室。魔鬼之窟。他在想,不知有多少代齐吉家族的人被随随便便地埋在里面。他闭上眼睛等着,迫使自己的瞳仁扩大,以便在黑暗中看得清楚一些。当再次睁开眼睛时,他看到下面黑乎乎的地方有一个灰白暗淡的身影。兰登哆嗦了一下,但他抑制住想逃走的本能。我看到什么东西了吗?那是一个人吗?身影消失了。兰登再次闭上眼睛等待,这次时间更长一些,以使瞳孔聚集起最微弱的光线。

他慢慢觉得头晕眼花,而思绪则在黑暗中徘徊游荡。再等几秒钟。兰登不确定到底是因为这强烈的恶臭还是由于一直低着头的缘故,但他确实感到眩晕恶心。当他最后又睁开眼时,眼前的景象让他完全无法理解。

他此时注视着一个泛着阴森森的蓝光的地下室。一个微弱的嗞嗞声在他耳边回荡,亮光在陡直的洞壁上摇曳着。突然,一个长长的身影闪现在他面前。兰登大惊,乱作一团。

“当心!”有人在他背后喊。

兰登还没来得及回头就感到脖子后面一阵剧痛。他一扭头,发现维多利亚正把一个燃烧的火把从他身旁转到一边,嗞嗞的火焰在礼拜堂里发出幽蓝的光。

兰登使劲揉着脖子。“你到底在搞什么鬼?”

“我在给你一些光亮啊,”她说,“你一后退就撞上了。”

兰登怒气未消地盯着她手中拿着的火把。

“我只能这样了,”她说,“没有手电筒。”

兰登揉搓着脖子。“我没听到你进来。”

维多利亚把火把递给他,闻到地下室的臭气她又不由得退缩了。“你觉得这些臭气是可燃的吗?”

“但愿不是。”

他举着火把慢慢地向洞口移动,小心翼翼地走到洞边,把火把伸向洞中照亮了墙壁,并随着光亮顺着洞壁往下看。地下室是圆形的,直径大约有二十英尺。光亮在三十英尺深的地方照到了地板:地面很暗,斑驳陆离,全是泥土。接着兰登发现了那个身体。

他本能地想退缩。“他在这儿。”兰登说,强迫自己不转身逃走。那个躺在泥地上的躯体显出苍白的轮廓。“我觉得他已被剥光了衣服。”兰登照了一下那具赤裸的躯体。

“那是其中一个红衣主教吗?”

兰登不清楚,但他再也想不出除了红衣主教之外那还会是谁。他盯着下面那具苍白的躯体。一动不动。死气沉沉。然而……兰登犹豫了。那个人体的样子非常古怪。他似乎……

"喂?"兰登喊道。

"你认为他还活着?"

下面没有任何反应。

"他没动,"兰登说,"但是他看起来……"不,不可能的。

"他看起来怎么了?"维多利亚从洞沿向里面张望着说。

兰登眯着眼向黑暗中看去。"他看起来好像是站着的。"

维多利亚屏住呼吸,在边上埋下脸以便看得更清楚些。过了一会儿,她抽回身。"你说得没错,他是站着的！或许他还活着,需要人去救他!"她朝洞里大喊,"喂?！能听见吗?"

布满青苔的深洞里没有回音。那里只有一片死寂。

维多利亚朝摇摇欲坠的梯子走去。"我要下去。"

兰登一把拉住她的胳膊。"不,太危险了,让我来。"

这回维多利亚没有再争辩。

66

奇尼特·麦克丽显得焦躁不安。她坐在英国广播公司的车里的乘客座上,车在托马希利路的一个角落里打转。冈瑟·格利克正在查看罗马地图,很明显是迷路了。正如她所担心的那样,给他打电话的神秘人又来电了,这次提供了更多信息。

"波波洛广场,"格利克坚持道,"那正是我们要找的,那儿有个教堂,里面有证据。"

"证据,"奇尼特停止擦拭手中的镜头,转向他,"证明红衣主教被杀?"

"他是那样说的。"

"你听到什么都相信吗?"奇尼特跟以往一样希望她是发号施令者。然而,摄像师只能处于从属地位,得听从那些常常突发奇想的记者的支配。如果格利克听从一个站不住脚的电话情报,麦克丽只能被他牵着鼻子走。

她看着他。他坐在驾驶座上,挺着下巴,显得神情专注。她料定,这个男人的父母一定是失意的喜剧演员,竟给他起名叫冈瑟·格利克。怪不得这家伙总想证明些什么。然而,尽管格利克有着一个不幸的称呼,并且他急着成名的那种渴望令人讨厌,但他很温和,有点儿苍白,弱不禁风,看起来颇像电影明星休·格兰特。

"我们不能回圣彼得广场吗?"麦克丽尽量耐心地说,"我们可以以后再查探这座诡秘的教堂。秘密会议开始一个小时了,要是我们不在的时候红衣主教们的选举结果出来了怎么办呢?”

格利克似乎没有听见。“我觉得我们应该向右走,这里。”他斜侧起地图又研究起来,“是的,如果右转……然后立即左转。”他把车驶出角落,开上了前面那条狭窄的街道。

“小心!”麦克丽惊叫道。她是个录像技术人员,眼睛很尖。所幸格利克动作也利索。他来了个急刹车,才没有闯进十字路口。此时,四辆阿尔法·罗密欧轿车突然出现,转瞬又绝尘而去。那几辆轿车穿过路口后滑向一边,减速并突然在前面的街区左转,这条路线正是格利克打算走的。

“一群疯子!”麦克丽叫道。

格利克惊呆了。“你看到了吗?”

“嗯,看到了! 差点儿要了我们的命!”

“不,我是指汽车,”格利克说着,突然激动起来,“全部一模一样。”

“所以,不用想全部都是疯子。”

“车里面都坐满了人。”

“那又怎样?”

“四辆同样的汽车,每辆车里都坐着四个人。”

“你听说过合伙用车吗?”

“在意大利?”格利克查看了一下十字路口,“他们甚至没有听说过无铅汽油。”他踩了下油门,紧追那几辆汽车而去。

麦克丽被甩回到她的座位上。“你到底要干吗?”

格利克加速沿街而行,跟着阿尔法·罗密欧车队左拐。“我感觉现在正在往教堂赶的不仅仅是你我二人。”

67

他慢慢向下走去。

兰登一级一级地沿着嘎吱作响的梯子下去……一点点深入齐吉礼拜堂地下。进入魔鬼之窟,他想。他正面对着边墙,背对着洞室,想着一天中还会遇到多少昏黑狭小的空间。每走一步梯子就发出一声呻吟,而腐烂尸体的刺鼻恶臭和洞内的阴暗潮湿几乎让人窒息。兰登想知道奥利韦蒂到底在哪。

他还能看到上面的维多利亚,她把火把伸入洞内为兰登照路。当兰登慢慢地深入黑暗之中时,上面淡蓝色的光亮越发微弱,愈来愈强烈的只有那股恶臭。

下到第十二级梯阶时有问题了。兰登的脚触到了一处腐烂的光滑的地方,晃了一下。他往前扑,前臂抓住梯子以免直接跌入洞底。他低声咒骂着手臂上阵阵作痛的伤，又靠在梯子上，再次慢慢下行。

又下了三级梯阶，他差点儿又摔了下去，但这次不是梯子造成的，而是由一阵意外的惊吓所致。他下去的时候经过面前墙上的一个空洞，突然发现他正面对着一堆颅骨。他屏住呼吸向周边望去，发现在这一层的壁上布满像书架一样的孔洞——满是骷髅的葬洞。在鬼火一样的磷光下，葬洞就像一堆怪异的空荡洞窝，而腐烂的尸骨则在他身边闪烁。

火光中的骷髅。他意识到在上个月经历了一个与此相似的夜晚，脸上露出一种扭曲的怪相。一个骷髅与火焰的夜晚。纽约考古学博物馆的慈善烛光晚宴——雷龙的骨架映照着带火焰的鲑鱼。他是在丽贝卡·施特劳斯的邀请下参加这个晚宴的，丽贝卡曾经是一个时尚模特，现在是《时代周刊》的艺术批评家。她身着黑色的丝绒裙，叼着烟卷，挺着高高的却又不那么精致的胸脯。那以后她又打过两次电话给他，兰登没有回她电话。真不够绅士，他自责道，想知道丽贝卡在这样恶臭的深沟里能坚持多久。

当脚终于碰到底部湿软的泥土之时，他长出了一口气。地面有些潮湿。他弄清楚四周的洞墙并不会向他逼来，转身看着地下室。地下室是圆形的，直径二十英尺左右。他再次用袖子捂住鼻子，把目光转向了那个身体。昏暗中，那个人的样子模糊不清。一个白色、肉质的轮廓面对着另外一个方向。一动不动。死一样的寂静。

在昏暗的地下室中往前走时，兰登试着想搞清楚他正看到的是什么。那人背对着兰登，因而无法看到他的面部，但是他看起来确实像是站着的。

“喂？”兰登用袖子捂住鼻子说。没有动静。一点点地靠近时，他意识到那个人很矮。太矮了……

“有什么情况？”维多利亚晃动着亮光从上面喊道。

兰登没有回答。他现在离得很近，全部看清了。他明白了，感到厌恶，浑身颤抖。洞穴似乎在缩小。从泥地里冒出来像魔鬼一样的是一个老人……或者说至少是半个。他直立着，腰部以下被埋在土里，赤条条的。他的手被红衣主教的饰带反绑在身后。他无力地支撑着，脊柱后拱，有点像某种丑陋可怖的拳击沙袋。他后仰着头，眼望天穹，就像是在向上帝祈求帮助。

“他死了吗？”维多利亚喊道。

兰登朝那个身体挪过去。但愿如此，为他好。当离他只有几步远时，他低头看了一下那上翻的眼睛。那双眼睛向外鼓起，铁青色，充满血丝。兰登俯身听听是否还有气息，但马上缩了回来。“天哪！”

“怎么了！”

兰登差点儿作呕。“他已经死了，我刚看到他是怎么死的。”此情此景惨不忍睹。这个人的嘴被撬开了，里面塞满泥土。“有人在他喉咙里塞了一捧泥，他被憋死了。”

“泥？”维多利亚说，“就是说……土？”

兰登这才恍然大悟。土。他几乎忘了。那些印字：土，气，火，水。凶手威胁说要给每个受害者打上一个古老的科学元素的烙印。第一个元素就是土。你从桑蒂的土冢举步。恶臭使兰登头晕目眩，他绕到了尸体的正面。跟以往一样，作为符号学家，他的内心在反复琢磨着关于神秘的对称字的艺术难题。土？怎样表现的？然而，不一会儿它就呈现在他眼前了。几百年前的光照派传说萦绕在他脑海中。红衣主教胸口的标记烧焦了，还渗出水来。身上的肉被烤成了黑色。纯语言……

兰登盯着烙印，觉得天旋地转。

“土，”他低语道，歪着头倒过来看着这个标记，“还是土。”

然后，在一阵惊惧中，他终于意识到了：还有三个。

68

尽管西斯廷礼拜堂里烛光柔和，莫尔塔蒂主教却显得紧张烦躁。秘密会议已经开始了，在一种极其不祥的气氛中开始了。

半个小时以前，卡洛·文特斯克教皇内侍在预定的时间进入了礼拜堂。他走向前面的祭坛，做起了开场祷告，然后张开双臂，用一种莫尔塔蒂曾经听过的那样直率的语调在西斯廷祭坛上开始讲话。

“你们都已清楚地意识到，”教皇内侍说，“此刻我们的四个候选主教并未出席此次秘密会议。我以前任圣座的名义要求你们带着信仰和目标按照既定的程序进行选举。愿你们眼前只有上帝。”然后他转身准备离去。

“但是，”一名红衣主教脱口而出，“他们在哪里？”

教皇内侍停了下来。“我的确无可奉告。”

“他们何时回来？”

"我的确无可奉告。"

"他们安然无恙吗?"

"我的确无可奉告。"

"他们会回来吗?"

他沉吟良久。

"有点儿信德吧。"说着,教皇内侍走出了房间。

按照惯例,西斯廷礼拜堂的大门被两条沉重的锁链从外面封上了。四个瑞士卫兵在远处的走廊里站岗。莫尔塔蒂知道,在选出教皇之前,只有两种情况才能让大门打开:里面的人生命垂危,或者候选主教到来。莫尔塔蒂祈祷着第二种情况的出现,尽管内心深处他对此并不十分确定。

必须进行下去,莫尔塔蒂下定决心听从教皇内侍的话扮演他的角色。所以,他已号召投票,除此之外他还能做什么呢?

经过三十分钟的准备后他们开始了第一轮投票。红衣主教们按照身份的高低依次走来进行无记名投票,莫尔塔蒂则在祭坛上耐心地等候着。

终于,最后一个红衣主教到了祭坛,跪在他前面。

"我以耶稣基督,"那个红衣主教像在他之前的那些人那样宣称,"作为我的见证人,他将是我的裁判,我把票投给了在上帝面前我认为应该当选的那位。"

随后他站了起来,把票高高举过头顶让大家都看到,然后放下票,置于祭坛上大圣杯上面的托盘上,接着端起托盘把票投进了圣杯里。使用托盘是为了保证没有人偷偷地投进两票。

他投过票后把托盘放回圣杯上,朝十字架鞠了个躬,然后回到座位上。

最后一票已投过了。

现在是莫尔塔蒂工作的时间了。

莫尔塔蒂把托盘放在圣杯上,摇晃着圣杯,好把选票混合在一起。接着,他拿去托盘,任意抽出一张选票,展开,选票正好两英寸宽。他大声宣读选票,使人人都能听到。

"*有资格担任教宗职位……*"他宣读凸显在每张选票顶上的文字。*担任罗马教宗之人,我选择……*然后他宣布了写在下面的被提名者的名字。宣读以后,他拿出一根穿着线的针从"有资格"这个词上穿过,小心翼翼地将选票串到线上,然后在一个记录本上记下选票。

接下来,莫尔塔蒂重复着这个程序:从圣杯里取出一张选票,大声宣读,穿到线上,然后记在本子上。他几乎立即感觉到了第一轮投票将会失败。没有达成共识。就在刚刚统计的七张选票中已经有了七个不同的红衣主教被提名。像通常一样,每张选票上的笔迹都被木刻版印刷体或者花哨的笔迹所掩饰,而这种掩饰在此种情况下颇具讽刺意味,因为每一个红衣主教很明显都在投自己的票。莫尔塔蒂清楚地知道,这种表面的自负与以自我为中心的野心毫无干系。这是一个僵持的局面,一种防御性的措施，一种拖延策略，以确保没有一个红衣主教能有足够的票数当选……然后就不得不再次投票。

红衣主教们在等待他们的候选主教……

当最后一张选票被记录下来之后，莫尔塔蒂宣布选举“失败”。

他拿着穿着所有选票的线，首尾相接组合成一个圆环，然后把环形选票放在了一个银质托盘上。他放入适当的药品，把托盘放到身后一个小烟囱处，点燃了选票。当选票燃烧时，添加的化学药品放出了黑烟。烟气沿着管道升到房顶的一个洞口，弥漫在教堂上空，人人都能看到。莫尔塔蒂刚刚向外界发出了第一个信号。

一轮投票结束，教皇没选出来。

69

兰登挣扎着沿梯子朝深洞顶部的光亮处爬去，浓烟熏得他几近窒息。他听到上面有声响，但不知道是什么，脑子里全是被打上烙印的主教的样子。

土……土……

他往上爬着，视线越来越模糊，他担心自己会失去知觉。在离洞口还有两级阶梯时，兰登摇晃着差点失去了平衡。他努力向上冲，试图找到出口，但太远了。他紧抓着梯子的手松动了，差点儿摔到黑咕隆咚的下面。他的手臂一阵剧痛，突然感觉到身体在上升，两条腿在深坑上部剧烈地摇晃。

两名瑞士卫兵用强劲的手臂钩住他的腋窝把他往上拖。过了一会儿，兰登从魔鬼之窟露出头来，气喘吁吁。卫兵把他拉出了洞口，拉到地板的另一边，把他放下，让他躺在冰冷的大理石地面上。

好一阵子，兰登不确定自己身在何方。在头顶上他看到了星星……沿轨道运行的行星。模糊的身影在他身边匆匆穿梭。人们大声叫喊。他试着坐起来。他正躺在一座石雕金字塔的底部。那个熟悉的怒骂声在教堂里回荡，接着他恢复了知觉。

奥利韦蒂正在朝维多利亚大吼。“你们怎么开始没弄清在这儿?”

维多利亚试着做出解释。

奥利韦蒂打断她的话头，转过身去向他的手下咆哮着发号施令。“把那具尸体弄出去！搜索这座教堂的其他地方!”

兰登挣扎着想要坐起来。齐吉礼拜堂里挤满了瑞士卫兵，而礼拜堂入口处的塑料帘子也已经被撕下，新鲜空气向兰登迎面扑来。他神智慢慢清醒时，看见维多利亚朝他走了过来。她跪下来，脸庞宛如天使。

“你没事吧?”维多利亚抓住他的胳膊，给他把脉。她的手轻触着他的皮肤。

“谢谢。”兰登完全坐了起来，“奥利韦蒂疯了！”

维多利亚点点头。“他有理由那样，是我们错过了机会。”

“你的意思是我错过了时机。”

“那就想办法补救吧，下次抓住他。”

下次？兰登觉得这一说法有点儿残酷。哪还有下次！我们错过了机会！

维多利亚看了看兰登的表。“米奇牌手表显示我们有四十分钟。集中精力帮我找到下一个标识。”

“维多利亚，我告诉过你，雕塑没有了，‘通向光明的路’是——”兰登停顿了。

维多利亚轻轻地笑了。

兰登突然挣扎着站了起来，晕乎乎地打了几个转，凝视着周围的艺术品。金字塔，星星，行星，椭圆。突然间，一切都明了了。这才是第一个科学祭坛！不是万神殿！他现在逐渐明白了这座礼拜堂简直就是地道的光照派教堂，远比世界闻名的万神殿精妙和别致。齐吉礼拜堂是一个偏远的壁龛，一个平淡无奇的墙洞，为一个相信科学的伟大资助者而建，带着世俗的符号。太绝了。

兰登靠着墙站稳，仰望着这硕大的金字塔雕塑。维多利亚说得一点都不错。如果这个礼拜堂是第一座科学祭坛，它或许仍保留着那个作为第一个标识的光照派雕塑。兰登意识到还有机会，感到浑身激动，充满希望。如果标识确实在这儿，他们可以沿着线索找到下一个科学祭坛，或许还有机会抓住杀手。

维多利亚走过来。“我弄清楚那个不知名的光照派雕刻家是谁了。”

乔凡尼·洛伦佐·贝尔尼尼的自画像

兰登的大脑飞快地转着。“你说什么？”

“现在只需要弄清楚这儿的雕塑哪一个是——”

“等一下！你知道这个光照派雕塑家是谁？”数年来他一直在寻找答案。

维多利亚微微笑了笑。“是贝尔尼尼，”她沉吟了一下，“那个贝尔尼尼。”

兰登立即意识到她弄错了。不可能是贝尔尼尼。一直以来，乔凡尼·洛伦佐·贝尔尼尼都是排名第二的雕塑家，只有米开朗基罗比他更具盛名。在十七世纪，他比任何艺术家创作的雕塑都要多。不幸的是，他们所要找的应该是个默默无闻的人，一个无名小卒。

维多利亚皱起眉头。“你好像并不激动。”

“不可能是贝尔尼尼。”

“为什么？贝尔尼尼是与伽利略同时代的，他是一个天才的雕塑家。”

“他是很有名气，还是个天主教徒。”

“是啊，”维多利亚说，“正如伽利略一样。”

“不对，”兰登争辩道，“一点儿也不像伽利略。对罗马教廷而言，伽利略是个眼中钉，贝尔尼尼则是罗马教廷的背负众望的人。教会喜欢贝尔尼尼，并且挑中他为罗马教廷的艺术权威。他几乎一辈子都住在梵蒂冈城里！”

“一个绝妙的掩饰。光照派打入敌人内部的手法。”

兰登感到一阵紧张不安。“维多利亚，光照派的人称他们的秘密大师为不为人知的巨匠。”

“是的，不被他们所知。想一下共济会的机密性——只有高层的成员知晓整个真相。伽利略可以把贝尔尼尼的真实身份隐藏起来而不为大多数人所知……为贝尔尼尼自身安全着想。那样的话，罗马教廷永远也查不出他来。”

兰登并不确信，但是不得不承认，维多利亚的逻辑虽怪，却能讲得通。光照派以分级保守秘密而著称，真相只让上层成员知道。这是保守秘密的基础……没几个人洞晓全部事实。

“而且，贝尔尼尼与光照派过从甚密，”维多利亚笑着补充道，“这可以解释为什么他设计了那两座金字塔。”

兰登转向那两座巨大的金字塔雕塑，摇摇头说：“贝尔尼尼是一位笃信宗教的雕塑家，他绝不可能塑造那两座金字塔。”

维多利亚耸耸肩。“看看你身后的牌子。”

兰登扭头看着那块牌子：

齐吉礼拜堂艺术

建筑是拉斐尔的作品，

所有内部装饰为乔凡尼·洛伦佐·贝尔尼尼所作

兰登读了两遍，但仍无法相信。乔凡尼·洛伦佐·贝尔尼尼以雕塑圣母马利亚、天使、先知、教皇这些精妙而又神圣的作品而著称。他雕刻金字塔干什么呢？

兰登抬头看着那些高高耸立的纪念碑，感到一片迷茫。两座金字塔，每一座上面都有一个闪闪发光的椭圆雕饰。它们和金字塔一样是反基督教的。金字塔、头顶的星星、黄道十二宫。所有内部装饰为乔凡尼·洛伦佐·贝尔尼尼所作。兰登意识到，如果真是那样的话，就意味着维多利亚是正确的。由于贝尔尼尼并不出席光照派的会议，他是光照派不为人知的大师；没有其他人给这个礼拜堂贡献过艺术品！兰登突然想到这些联系，还来不及进行梳理。

贝尔尼尼是光照派成员。

贝尔尼尼设计了光照派对称字。

贝尔尼尼设计了光明之路。

兰登几乎无法言语。在这个小小的齐吉礼拜堂里，闻名世界的贝尔尼尼会不会放置了一座指引人们穿越罗马走向下一座科学祭坛的雕塑？

“贝尔尼尼，”他说，“我怎么也不会想到是他。”

“除了梵蒂冈著名的艺术家外，谁会有这种神通能把自己的艺术作品放入罗马特定的天主教堂的礼拜堂，并创设光明之路？当然不可能是无名小卒。”

兰登思量着。他看着这两座金字塔，猜想着是否其中的一座就是标识。也许两座都是？“两座金字塔背向而置。”兰登说，并不确信该如何解释，“它们也是一模一样的，因而我不知道哪一个……”

“我认为这两座金字塔不是我们正在寻找的对象。”

“但它们是这里仅有的雕塑啊。”

维多利亚打断了他的话，指向奥利韦蒂和他集合在魔鬼之窟附近的一些卫兵。

兰登顺着她的手向远处的那堵墙看去。起初他什么也没看到，接着有人在动，他瞥见了，白色的大理石，一支胳臂、一尊躯干，然后是雕刻的面部。雕像部分藏在壁龛里，两个真人大小的人体雕像互相纠缠在一起。兰登的脉搏加速跳动。他刚才忙着看金字塔和魔鬼之窟，竟没有看到这尊雕像。他穿过房间，从人群中挤过去。兰登走近了，马上认出这是典型的贝尔尼尼的作品——精密的艺术布局，精致的面庞，飘逸的衣衫，所有这一切都在这块梵蒂冈金钱所能买到的最纯正的洁白大理石上。直到他几乎正面对着它时，兰登才认出了这尊雕像。他盯着这两张面孔，屏气凝神。

“他们是谁?”维多利亚赶到他身后匆匆问道。

兰登惊愕不已地站着。“《哈巴谷和天使》。”他说道，他的声音几乎听不到。这尊雕像是贝尔尼尼的一件相当著名的作品，一些艺术史教材里有记载。兰登已忘了它就在这儿。

“哈巴谷?”

“是的。哈巴谷是预言地球毁灭的先知。”

维多利亚看起来有点心神不宁。“你认为这个是标识?”

兰登惊愕地点点头。他一生中从没有这样确信过。这是第一个光照派标识。毫无疑问。尽管兰登曾满心期待这尊雕像会在某种程度上“指向”下一个科学祭坛，他却没料到这取的竟然是字面意思。天使和哈巴谷都伸出手臂指向远方。

兰登不由自主地突然笑了起来。“并不是那么令人难以琢磨，是吗?”

维多利亚看起来很兴奋，但也很困惑。“我看到他们都指着什么方向，但他们指的方向是相反的呀。天使指向一个方向，先知指向另外一个方向。”

兰登笑出了声。真是这样，尽管两人的手都指向远方，但却是指向完全相反的方向。不过，兰登已经解决了这个问题。他的精神为之一振，朝门口走去。

贝尔尼尼的雕塑《哈巴谷和天使》

“你到哪儿去?”维多利亚喊道。

“去外面!”兰登朝门跑去时,感到腿脚又轻松起来,“我要看看那尊雕像指向什么方向!”

“等等！你怎么知道该跟随谁的手指的方向?”

"那首诗,"他转头喊道,"最后一句!"

"'在那崇高的历险途中,让天使来为你指南?'"她凝视着上面天使伸出的手指,眼睛意想不到地模糊起来。"哎呀,真该死!"

70

在波波洛广场远处边沿的阴影里停着一辆英国广播公司的采访车,冈瑟·格利克和奇尼特·麦克丽坐在里面。他们紧随四辆阿尔法·罗密欧车刚刚到达,正好目睹了意想不到的一系列事件。奇尼特还不知道这一切意味着什么,但是她很清楚摄像机已经在转动了。

刚一到达,奇尼特和格利克就看见一群名副其实的年轻军人从阿尔法·罗密欧车里涌出,包围了教堂。一些人拔出了武器,其中一个严厉的长者领着一队人冲上了教堂前的台阶。士兵拔出手枪,打掉前门的锁。麦克丽什么也没听见,心想他们肯定是装上了消音器。接着士兵们冲了进去。

奇尼特建议他们老实坐在车里,从暗处拍摄。毕竟,枪就是枪,而且他们在车里能清晰地看到那些人的行动。格利克没有争论。现在,在广场那边,士兵从教堂里进进出出,他们大声喊着对方。奇尼特调整她的摄像机,追踪拍摄正搜索周围地区的一小队人。他们所有人尽管身着便装,行动却有着军事化的严谨。"你认为他们是什么人?"她问道。

"要是我知道就好喽。"格利克看起来正聚精会神,"你把这都拍下来了吗?"

"每个画面都拍下来了。"

格利克沾沾自喜地说:"还认为我们应该返回去值'教皇班'吗?"

奇尼特不知道该怎样回答。很明显这里正发生着什么,但她在新闻界时间很长,知道有趣事件的解释通常都是很烦闷的。"这也许没有什么,"她说,"这帮家伙也许得到了与你同样的秘密消息,正在验证它。也许只是一个假警报。"

格利克猛地抓住她的手臂。"那边,快对准。"他指向教堂那边。

奇尼特把摄像机摇回到最上面的台阶。"那边。"她说着,瞄准刚从教堂里出现的人。

"那个衣着齐整的人是谁?"

奇尼特调整摄像机给了一个特写镜头。"以前没见过他。"她把镜头聚焦到那个人的脸上笑道,"但是我不介意再次见到他。"

罗伯特·兰登冲下教堂外的楼梯,来到广场的中间。天色渐暗。罗马南部春天的太阳下山很晚,但太阳已落到周围建筑物以下,建筑物的阴影斑驳地映在广场上。

“好了吧，贝尔尼尼，”他大声地自言自语，“你的天使究竟指向何方？”

他转过身来，检查了一下他刚刚走出的那个教堂的方位，想象了一下齐吉礼拜堂的内部及里面的天使雕像，毫不犹豫地转向了西边，走进了夕阳的余晖里。时间在流逝。

“西南方，”他皱着眉头注视着隔断他视线的商店和公寓楼，“下一个标识在那儿。”

兰登绞尽脑汁，竭力一页一页地回想着意大利艺术史的内容。尽管很熟悉贝尔尼尼的作品，但兰登知道这位雕刻家的作品太丰富了，任何非专业人士都难以了解他的全部。并且，想到第一个标识的名气——《哈巴谷与天使》——兰登希望第二件标识是他知道的作品。

土、气、火、水，他思忖着。土，他们已找到——在土之礼拜堂里——哈巴谷，这位先知预言了地球的毁灭。

气，是下一个。兰登极力让自己去想。*贝尔尼尼的一件雕塑作品与气有关系！*他毫无头绪，但仍感到浑身是劲。*我正在光明之路上！依然完整无缺的光明之路！*

兰登朝西南方向极目望去，想看到座座障碍物的后面突起的尖塔或大教堂的塔楼，但他什么也看不见。他需要一张地图。如果他们能断定西南有什么教堂的话，也许其中的一个教堂就能让他记起什么。*气*，他尽力想着。*气，贝尔尼尼，雕塑，气，好好想想！*

兰登转过身来，掉头朝大教堂的楼梯走去。在脚手架下面他遇见了维多利亚和奥利韦蒂。

“西南方，”兰登气喘吁吁地说，“下一个教堂在西南方。”

奥利韦蒂冷冷地低声说：“这次你确信？”

兰登没有一口咬死。“我们需要一幅地图，一幅包括罗马所有教堂的地图。”

奥利韦蒂司令观察了他一会，表情没有丝毫变化。

兰登看了一下自己的手表。“我们只有半个小时。”

奥利韦蒂从兰登身边走下楼梯，朝着自己停在大教堂正前方的车子走去。兰登希望他是去拿地图。

维多利亚看起来很兴奋。“这么说天使是指向西南方了？只是还不知道西南方有什么教堂？”

“这些该死的建筑物挡住了我的视线。”兰登转过来，又面向广场，“而且我对罗马的教堂了解得不是太……”他停下不说了。

维多利亚看起来很吃惊。“什么？”

兰登又朝广场看去。他走上了教堂的台阶，现在要高得多，视线也开阔了。他依然什么也看不见，但他意识到自己正在朝正确的方向前进。他顺着摇晃的脚手架朝上看去，大约有六层楼高，几乎到了教堂的圆花窗顶部了，远比广场上其他的建筑物高。他立即就知道要去哪里了。

在广场的另一边，奇尼特·麦克丽和冈瑟·格利克稳稳地坐在英国广播公司采访车挡风玻璃的后面。

“你把这拍下来了吗?”冈瑟问道。

麦克丽的镜头紧紧地追随着正在攀脚手架的人。“如果你问我的话,出演蜘蛛侠,他穿得未免也太体面了。”

“那蜘蛛女侠是谁?”

奇尼特扫了一眼脚手架下那位魅力十足的女士说:“我确信你会发现的。”

“你认为我应该给编辑打电话吗?”

“还不是时候。让我们再观察一下。在我们承认已放弃拍摄这次秘密会议之前,我们拍好的底片里最好是已经有了些真材实料。”

“你认为真有人在那里杀死了一个老家伙吗?”

奇尼特咯咯地笑道:“你真该下地狱!”

“那我也要带上我的普利策奖。”

71

兰登攀得越高,脚手架显得越不平稳。然而每攀一级,他对罗马的景象就看得越清晰。他继续朝上攀去。

当他到达顶层时,感觉呼吸比他预想的费劲多了。他吃力地爬上最后一层,掸掉身上的灰泥,站了起来。这样的高度并没有让他感到有什么不适应,倒是令他精神为之一振。

眼前的景象正在晃动,就像透过海水看火苗似的,罗马的红瓦屋顶展现在他的面前,在鲜红的夕阳中闪闪发光。在这儿,兰登有生以来第一次在污染和拥挤的交通之外看到了罗马古老的基源——天主之城。

兰登眯眼看着夕阳西下,扫视着罗马的屋顶,寻找教堂的尖塔或钟楼。但当他朝地平线的远方望去时,他什么也看不见。*罗马有成百上千座教堂,他想,肯定有一座是在这里的西南方向!* 他提醒自己,*但愿那教堂还能看到。见鬼,但愿那座教堂还耸立在那里!*

他极力向远处慢慢巡视,想再找一遍。当然他知道,并不是所有的教堂都有可视的塔尖,尤其是那些比较小的、偏僻的教堂。更不必说,自十七世纪以后,教堂不再是法律规定的最高建筑物了,罗马已发生了翻天覆地的变化。现在,兰登放眼望去,他能看见公寓楼、高层建筑和电视发射塔。

这回兰登没发现什么,连一个单独的塔尖都没看到。在远处罗马的边缘上,米开朗基罗设计的穹顶遮住了西沉的夕阳。圣彼得大教堂。梵蒂冈。兰登不由得纳闷儿,红衣主教们的会议进行得怎么样了?教皇的瑞士侍卫队是否搜索到了反物质?他感觉他们还没有……而且也不会。

那首诗又在他的头脑里回响起来了。他又仔仔细细逐句想了一遍。*你从桑蒂的土*

十七世纪画家维特尔的画作《波波洛广场》

家举步，那里有个魔鬼之窟。他们已发现了桑蒂的陵墓。穿越古代的罗马之城，揭开了神秘的元素。神秘元素有土、气、火、水。通向光明的路已铺就，这是神对你的考验。光明之路由贝尔尼尼的雕像指引而成。在那崇高的历险途中，让天使来为你指南。

天使正指向西南方……

“看前面那台阶！”格利克在英国广播公司采访车的挡风玻璃后面挥舞着手大喊道，“有情况。”

麦克丽把镜头向下摇到大门口。确实有情况。在台阶底部，那个军人样子的人把一辆阿尔法·罗密欧车停到台阶近处，打开了后备厢。他当即向广场扫视了一下，好像看有没有旁观者似的。片刻之间，麦克丽认为那人已发现了他们，但他的眼光一直在移动。他看起来很满意，掏出对讲机说了起来。

几乎就在转瞬之间，仿佛从教堂里冒出了一支军队。就像一支拥在一起的美国橄榄球队员哄然四散开来一般，这些士兵沿着台阶的最上面一级排成了一条直线。他们像一堵人墙似的向台阶下走。在他们的身后，几乎完全被这堵人墙给遮住了，四个士兵看起来正抬着什么很重的东西，笨拙地移动着。

格利克向前靠向仪表板。“他们在从教堂里偷东西吗？”

奇尼特的镜头盯得更紧了，她利用摄远镜头探视那堵人墙，寻找突破口。只是一个瞬间，她想着，只是一个镜头，那就是我所需要的一切。但是那群士兵就像一个人似的。机会，来吧！麦克丽盯着他们看，终于机会来了。在士兵们试图把物体抬到车厢中去时，麦克丽发现了突破口。出人意料的是，跌倒的竟是一位老者。只一瞬间，但时间已足够了，麦克丽抓拍了一个镜头。事实上，那胜过十个镜头。

“给编辑打电话，”奇尼特说，“我们拍到了一具死尸。”

在遥远的“欧核中心”里，马克西米利安·科勒摇着轮椅来到列奥纳多·维特勒的书房里。他快速地开始细细查看维特勒的文件夹。没发现他要寻找的东西，然后，科勒来到了维特勒的卧室。床头柜的顶部抽屉上了锁。科勒从厨房找了把刀撬开了抽屉。

在那里面，科勒恰好发现了他要找的东西。

72

兰登摇摇晃晃地从脚手架上爬下来，跳到地上。他掸掉衣服上的灰泥。维多利亚在那儿等着他。

“运气如何？”她问。

他摇摇头。

“他们把主教抬到车厢里去了。”

兰登向停着的车看去，奥利韦蒂和一群士兵正把一张地图铺到发动机罩上。“他们是在看西南方吗？”

罗马和梵蒂冈地图（十七世纪）

她点点头。“没有教堂。从这儿你首先看到的就是圣彼得大教堂。”

兰登咕哝着，至少他们在意见上是一致的。他向奥利韦蒂走去，士兵们都给他让开路。

奥利韦蒂抬起头。“什么都没有。这儿并没有把每一座教堂都标出来，只标了一些大教堂，大约有五十座。”

“我们在什么方位？”兰登问道。

奥利韦蒂指着波波洛广场并画出一条径直通向西南方向的线。那条线消失了，剩下一个边缘，一个个密集的小黑方块标明罗马主要的教堂的位置。令人遗憾的是，罗马主要的教堂也是罗马比较古老的教堂，大约建于十七世纪。

“我得做决定了，”奥利韦蒂说，“你确信是这个方向吗？”

兰登想象着天使伸出的手指，再

一次感到时间紧迫。“是的，先生，肯定没错。”

奥利韦蒂耸耸肩，沿着那条直线重新探寻。这条路往前与玛格丽塔桥、瑞佐可拉路相交，穿过复兴广场，一路都没有教堂，到圣彼得广场的中央后突然中止了。

“圣彼得？有什么不对吗？”左眼下有一个深深疤痕的士兵说，“圣彼得是个教堂。”

兰登摇摇头。“必须是一个公共场所。此刻几乎看不出它是公共场所。”

“但这条线穿过圣彼得广场。”维多利亚从兰登的肩膀上看过去，补充道，“广场是公共场所。”

兰登已考虑过这一点了。“然而它没有雕像。”

“中间难道没有独石碑吗？”

她是正确的。在圣彼得广场上有一个埃及独石碑。兰登看了看前面广场中的石碑。高耸的金字塔。他想这是一种奇怪的巧合，他排除了这种想法。“梵蒂冈的独石碑不是贝尔尼尼的作品，它是卡利古拉买来的，而且它与气没有关系。”此外还有另外一个问题。“而且，诗人说元素是散布于罗马的。圣彼得广场在梵蒂冈，不在罗马。”

“那要看你问谁了。”一个士兵突然插话说。

兰登抬起头。“你说什么？”

“这一直是个有争议的问题。大部分地图标明圣彼得广场属于梵蒂冈，但由于它是在这个有城墙的城国之外，几个世纪以来，罗马官方一直声称它是罗马的一部分。”

“笑话。”兰登说。他从不知道这些。

“我只是提出来一下。”士兵继续说，“因为奥利韦蒂司令和维特勒女士正在询问与气有关的一尊雕像。”

兰登睁大了双眼。“那么你听说过圣彼得广场上有尊雕像吗？”

“不是很确切。它不是一尊名副其实的雕像，也许毫不相关。”

“说下去！”奥利韦蒂急切地说。

卫兵耸耸肩膀。“我知道这个的唯一原因是我通常在广场上值勤。我熟悉圣彼得广场的每一个角落。”

“那尊雕像，”兰登追问道，“它看起来像什么？”兰登想知道光照派是否真有足够的勇气，把他们的第二个标识放在圣彼得教堂的外面。

“我每天巡逻都经过它。”卫兵说，“在广场中央，刚好在那条线所指的方向上。那也就是为什么我会想到它的原因。正如我所说，它不是一尊真正意义上的雕像。它更像一块……一块石头。”

奥利韦蒂看起来有点狂躁。“一块石头？”

“是的，先生。嵌在广场上的一块石头，在独石碑的基座上。但是这块石料不是矩形的，是椭圆形的，而且这块石料雕有狂风的图案。”他停了一下说，“是气，我想，如果你想科学地描述它的话。”

兰登惊奇地盯着这个年轻的士兵。“浮雕。”他突然喊叫起来。

每个人都看着他。

圣彼得广场俯瞰图(乔万尼·皮拉尼西的画作)

“浮雕,”兰登说,“是雕塑艺术的另一半。”雕塑是一种既以圆雕又以浮雕进行创作的雕刻艺术。多年来,他一直在黑板上写这个定义。浮雕基本上是二维雕塑,比如亚

圣彼得广场

伯拉罕·林肯在硬币上的形象。贝尔尼尼在齐吉礼拜堂里的圆雕也是个很好的例子。

“浅浮雕吗?”士兵用意大利艺术术语问道。

“是的,浅浮雕!”兰登一拳砸在发动机罩上,“我没想到这些术语!你所谈到圣彼得广场上的雕塑被称为《西风》,也被称为《上帝的呼吸》。”

“《上帝的呼吸》?”

“是的!是气!而且它是由最初的建筑师雕刻并放置在那里的!”

维多利亚看上去很困惑。“但是我还以为是米开朗基罗设计的呢!”

“是的,他设计了圣彼得大教堂!”兰登欢呼起来,语气中透出胜利的喜悦,“但是圣彼得广场是贝尔尼尼设计的。”

在阿尔法·罗密欧车队疾驰出波波洛广场时,每个人都行色匆匆,谁也没注意到英国广播公司的采访车跟在他们后面驶了出来。

73

冈瑟·格利克把采访车的油门踩到底,在车流中穿梭而行,尾随在疾驰的四辆阿

尔法·罗密欧车后面，穿过台伯河上的玛格丽塔桥。通常格利克会尽力保持若即若离的车距，但今天他几乎跟不上他们。这些家伙简直在飞。

麦克丽坐在采访车后部的工作区给伦敦打了个电话。她挂断电话，大声向格利克喊了一声，喊声盖过了车辆的声音。"你想听好消息，还是坏消息？"

格利克皱皱眉，与总部打交道从来就不是简单的事儿。"坏消息。"

"我们离开了自己的岗位，这使编辑大为光火。"

"真出人意料。"

"他们也认为那个情报贩子是个骗子。"

"那是自然。"

"老板刚才还提醒我说，你除了方法不当外，还有点儿呆头呆脑。"

格利克沉下脸，说道："真不赖。那么好消息呢？"

"他们同意看一下我们拍的东西。"

格利克感到怒意渐消，咧嘴笑了起来。*我想我们会看到到底是谁呆头呆脑。*"那么传过去吧。"

"我们只有停下来安装好移动读盘才能传输。"

格利克加大油门，把车开上了瑞佐可拉路。"现在还不能停。"他尾随阿尔法·罗密欧车队在复兴广场猛地转向了左边。

车里的一切东西都滑向了一边，麦克丽则在车后部紧紧地抓住了电脑装置。"要是弄坏了发送器，"她警告说，"我们就得把带子送到伦敦去。"

"坐好了，亲爱的。我感觉我们快要到了。"

麦克丽抬起头，问道："到哪儿？"

格利克眺望着那个熟悉的圆顶，那穹顶此时正渐渐逼近。他笑道："正好回到我们出发的地方。"

四辆阿尔法·罗密欧车轻巧地钻进了圣彼得广场周围的车流中。车子四散开来，分布在广场周围，悄悄地把那些人送到选定的地点下车。卫兵们下了车，涌入游人和广场边上的媒体采访车流之中，立刻就难以辨认出来了。有一些卫兵则走到了柱廊下，看起来也像融入了周围的环境。兰登透过挡风玻璃望去，觉得圣彼得广场似乎被一个绳圈套住了。

除了作出刚才的部署之外，奥利韦蒂还用无线电提前通知罗马教廷，派出密探前往广场中心，就是贝尔尼尼《西风》的所在之处。兰登望着外面开阔的圣彼得广场，一个熟悉的问题困扰着他。*光照派杀手计划怎样逃出这个天罗地网？他如何把主教带进人群，又在众目睽睽之下杀死他呢？*兰登看了看他的米奇牌手表：8点54分。还有六分钟。

前排座位上的奥利韦蒂转过身来对兰登和维多利亚说："我想让你们俩到贝尔尼尼的砖料作品或叫石料作品，管它究竟是什么，到它的正上面去。采用同样的方法，你们扮作游客。发现情况，电话联系。"

兰登还未能做出反应，维多利亚已抓住他的手，把他从车里拉了出来。

春日的太阳正在圣彼得大教堂后落下，一个巨大的阴影扩散开来，罩住了广场。兰登在与维多利亚走进阴影中时，感到一丝不祥的凉意。他们穿行在人流中，兰登下意识地审视所经过的每一张面孔，琢磨着杀手是不是他们中的一个。维多利亚的手摸上去很温暖。

圣彼得大教堂和埃及方尖碑

在他们穿过开阔的圣彼得广场时，兰登感到贝尔尼尼设计的这个广阔的广场的效果与艺术家本人当初的创作意愿不谋而合……“使进来的人感到自惭形秽。”此时兰登的确感到自惭形秽。不但自惭形秽，而且有种饥饿感。他意识到这一点，为自己这个时候脑子里冒出这种俗气的想法而惊讶。

“是去方尖碑那儿吗？”维多利亚问道。

兰登点点头，向左慢慢走过了广场。

“几点了？”维多利亚问道。她步履轻盈又从容。

“还有五分钟。”

维多利亚什么也没说，但兰登感到她的手握得更紧了。他仍然带着枪。他希望维多利亚别打算用它。他难以想象，维多利亚在全球媒体的注视下，在圣彼得广场上抽出手枪击碎杀手膝盖骨将会是什么样的景象。然而，与杀手在红衣主教身上打上烙印然后将其杀害相比，这根本算不了什么。

气，兰登想着，科学的第二个元素。他努力想象着那个烙印的形状，琢磨着杀手可能使用的谋杀方法。他又扫视了一眼脚下延伸着的花岗岩广场——圣彼得广场——一个被瑞士卫兵包围的空旷、荒凉之所。如果黑煞星真要在这里杀人，兰登想象不出他将怎样逃脱。

广场的中央耸立着为卡利古拉皇帝而立的重达三百五十吨的埃及方尖碑。方尖碑高耸入天空，八十一英尺高，在金字塔形的顶点固定着一个中空的铁十字架。它的高度令它足以迎接夕阳的最后一缕光辉，十字架如施了魔法般闪闪发光……据称里面藏有耶稣受难时的十字架的遗物。

圣彼得广场上的喷泉

圣彼得广场上的石柱廊

两个喷泉完全对称地出现在方尖碑的两侧。艺术史学家知道，这两个喷泉准确地标出了贝尔尼尼设计的椭圆广场的几何焦点，但直到今天，兰登才想到它在建筑上的奇特之处。好像罗马突然之间充满了椭圆、棱锥和惊人的几何布局。

在他们接近方尖碑时，维多利亚放慢了脚步。她深深地吸了一口气，仿佛要让兰登也和她一起放松。兰登做了一些努力，他放低肩膀，张开了紧闭的嘴唇。

方尖碑附近的某处，在世界上最大的教堂之外的显眼位置，就是第二个科学祭坛——贝尔尼尼的《西风》——圣彼得广场上一块椭圆形的石块。

冈瑟·格利克在环绕圣彼得广场的柱廊的阴影里观察着。换成其他任何一天，那个穿着粗花呢上装的男人和穿卡其布短裤的女人都丝毫不会引起他的兴趣。他们看起来只是欣赏广场美景的游客而已。但是今天不比寻常,今天有电话密报、尸体、呼啸着穿越罗马的没有标志的车。那个穿粗花呢上装的男子也在今天攀上了脚手架,只有上帝才知道他在找什么东西。格利克要继续注意他们的举动。

他的视线穿过广场远远望去,他看见麦克丽恰巧在他叫她去的地方,远远地待在那对夫妇的一边,在那儿徘徊,她很随意地带着自己的摄像机。尽管她装出新闻界的无聊成员的模样,然而格利克还是不喜欢,她仍太显眼。在广场这么偏远的角落并没有别的记者,麦克丽的摄像机上印着的 BBC 这个缩略语则引起了某些游客的注意。

麦克丽先前拍摄的被拖进行李箱里的裸尸的带子,此刻正在采访车后部通过盒式录像机发送器发送出去。格利克知道这些图像正飘过自己的头顶返回到伦敦总部。他想知道编辑会说些什么。

他希望在便衣士兵干涉之前,自己和麦克丽早已到达尸体旁边。他知道,这群士兵正成扇形散开包围着这个广场。一件大事即将发生。

杀手说过,媒体是无政府主义的帮手。格利克不知道他是否已错过了得到独家新闻的机会。他眺望着远方的其他新闻采访车,然后看着麦克丽尾随那对神秘夫妇穿过广场。格利克感觉他仍在局中……

74

兰登在十码开外就看见了他正在寻找的东西。透过稀稀拉拉的游客,他看到贝尔尼尼的白色大理石椭圆作品《西风》在灰色花岗岩铺方石的映衬下显得非常醒目,那些铺方石覆盖了广场的其余部分。显然,维多利亚也看见了那块大理石。她的手一下子握紧了。

"放松,"兰登轻声说,"做你的'水虎鱼'。"

维多利亚放松了紧握着的手。

他们走得更近了,一切看起来极其正常,这太让人害怕了。游客闲逛着,修女们在广场周围闲聊,在方尖碑基座下有一个小姑娘在喂鸽子。

兰登忍住不看手表。他知道时间快到了。

椭圆石块就在他们脚下,兰登和维多利亚慢慢地停了下来——不是很迫切的样子——虽是出于责任心,却像两位游客暂停一下饶有兴味地欣赏着某一景点。

"《西风》。"维多利亚读着石块上的碑文。

兰登低头凝视着这件大理石浮雕,突然感到很幼稚。在他的艺术书里,在他的多次罗马之旅中,他竟然从来不曾发现《西风》的意义。

直到现在。

这尊浮雕是椭圆形的,大约三英尺长,刻有一个面部轮廓——描绘了"西风"天使

圣彼得广场的《西风》

般的面容。从天使的嘴里，贝尔尼尼刻出了一股强烈的气息，向外呼出，吹向梵蒂冈之外……《上帝的呼吸》。这是贝尔尼尼为第二种元素所刻的……气……一股缥缈的西风从天使的嘴里呼出。兰登在盯着它看时，意识到浮雕还有更深层的意义。贝尔尼尼雕刻了五种明显不同的风……五种！而且，这件浮雕的两侧各有一颗耀眼的星星。兰登一下子想到了伽利略。两颗星星，五股风，椭圆，对称……他腹中空空，感到一阵头痛。

维多利亚几乎立即又走了起来，她把兰登从浮雕前带走。"我感到有人在跟踪我们。"她说。

兰登抬起了头。"在哪儿?"

维多利亚足足走出了三十多码才开口说话。她指了指上方的罗马教廷，好像在指穹顶上的东西给兰登看。"有个人一路跟着我们穿过了广场。"维多利亚不经意地扭头瞥了一眼，"仍跟着我们，我们继续走。"

"你觉得是黑煞星吗?"

维多利亚摇摇头道:"除非光照派雇用扛着英国广播公司摄像机的女人。"

圣彼得大教堂敲响了震耳欲聋的钟声，兰登和维多利亚都吓了一跳。时间到了。为了甩掉记者，他们已从《西风》旁绕开，这会儿又朝浮雕跟前走去。

除了轰鸣的钟声外，这儿看起来异常平静。游客在闲逛，一个无家可归的醉汉在方尖碑基座下打着瞌睡，丑态毕露；一个小姑娘在喂鸽子。兰登思量着是不是记者把杀手吓跑了。真可疑，他决定再回忆一下杀手的声明，我要让你们的红衣主教们成为新闻人物。

在第九声钟响的回音消失之际，整个广场又沉静下来，一派祥和。

就在那时……那个小女孩尖叫了起来。

75

兰登第一个冲到了那个尖叫的女孩身边。

受到惊吓的女孩呆呆地站着，指着石碑基座下衣衫褴褛、老弱的醉汉。他颓然坐在台阶上，一副痛苦、悲惨的样子……貌似罗马的一个无家可归的人。他灰色的头发沾满油污，一缕缕地贴在脸上，全身裹满了破布。小女孩惊惶地奔向人群时仍在尖叫。

兰登在冲向这个病弱者时，感到一阵恐惧袭来。这个人裹着的破布上有一块扩散着的黑色污斑，那是正在冒出的鲜血。

这一切看起来就像是在一瞬间发生的。

这个老人的腰像是给扭断了，摇摇晃晃地向前倾着身子。兰登猛冲上去，但太晚了。老人头向前从阶梯上跌倒了下去，面部向下摔在了人行道上，一动不动。

兰登屈膝弯下身，维多利亚赶到他身边，一群人围了上来。

维多利亚从后面把手指放在老人的喉咙上。“还有脉搏，”她大叫道，“把他翻过来。”

兰登早已采取了行动。抓住老人的肩膀，他把老人给翻了过来。老人被翻过来的时候，破烂的衣服就像腐尸似的片片脱落。老人扑嗒一声软软地躺在了地上。他裸露的胸膛正中央是一大片烙焦的痕迹。

维多利亚急促地喘了口气，然后向后退去。

兰登惊呆了，又恶心又恐惧。这个标记简单明了，但令人恐惧。

“是‘气’字，”维多利亚哽咽着说，“是……是他。”

瑞士卫兵不知从什么地方冒了出来，大声喊叫着，想要追寻早已不见踪影的黑煞星。

附近，一位游客解释道，就在几分钟前，一个皮肤黝黑的男子极好心地帮着搀扶这位喘息不停、可怜的无家可归者穿过广场……在消失于人流中之前，他甚至还和这位病弱老人坐了一会儿。

维多利亚把老人腹部剩余的破布片扯了下来。他胸肋下所烙符号的两边各有一个深度穿孔。她扳转老人的头部，开始嘴对嘴地吹了起来。兰登对接下来发生的事毫无准备。维多利亚一吹，老人胸部两边的穿孔嘶嘶作响，就像鲸鱼的鼻孔似的喷出血沫来。腥咸的液体一下子喷了兰登一脸。

维多利亚突然停了下来，十分惊恐。“他的肺……”她结结巴巴地说，“他的肺被……被刺穿了。”

兰登擦了擦眼睛，低头看了看这两个穿孔。血孔汩汩作响，红衣主教的肺被刺穿了。他死了。

瑞士卫兵过来时，维多利亚盖上了尸体。

兰登站了起来，完全不知所措。就在这时，他看见了她。先前一直跟踪他们的那个女人正蹲伏在附近，扛着英国广播公司的摄像机，镜头对准这边正在拍摄。四目相对，兰登知道她已经拍下了一切。之后，她就像只猫一样溜掉了。

76

奇尼特·麦克丽一路小跑。她拍到了一生中梦寐以求的镜头。

麦克丽费力地穿过圣彼得广场，想从渐渐围拢过来的人群中挤过去，可摄像机却像锚一样沉。大家似乎都在朝与她相反的方向奔去……那是发生骚乱的方向。麦克丽则恨不得逃之夭夭。身穿花呢上衣的那个男人看见她了，这会儿她觉得其他人都在追赶她，虽然她看不见他们，却能感觉到他们正从四面八方向她包围过来。

由于刚刚拍到的画面太过血腥，麦克丽现在仍心有余悸。她思忖着死去的恐怕就是那个人。格利克接到的那个神秘电话顿时显得不再那么荒唐可笑了。

就在她匆匆忙忙地朝英国广播公司采访车跑去时，一个有着刚毅军人气质的小伙子从人群中闪出来，挡住了她的去路。四目相对，两个人都停下了脚步。他闪电般举起对讲机说了几句，然后慢慢向她走过来。麦克丽马上转身，弯着身子钻进人群中，心怦怦地跳个不停。

她猫在拥挤的人群中，从摄像机中抽出了那盘录像带。她心想，这可比金子都珍贵呀。接着她把录像带别在身后的腰带下面，用外套下摆盖住。就这一次，她庆幸自己比别人重一些。格利克，这家伙到底在哪儿？

又一名士兵出现在她的左侧，慢慢向她靠近。麦克丽马上意识到自己没时间了。她急忙侧身挤进人群中，顺手从皮包中抽出一盘空白带，“啪”的一声塞进摄像机。然后她祈求上帝保佑。

离英国广播公司采访车只有三十码远了，两个男人突然截住她，双臂交叉抱在胸前。这次她真的无路可逃了。

“把录像带交出来，”一个人厉声说道，“快点儿。”

麦克丽后退了一步，两只胳膊搂着摄像机。“没门儿。”

其中一个人撩开夹克，露出了配枪。

麦克丽吼道：“那就开枪呀。”说完连她自己都为自己的勇敢惊讶不已。

“快点儿把录像带交出来。”第一个人又重复了一遍。

该死的格利克到底在哪儿？麦克丽着急地跺了跺脚，高声对那两人喊道：“我可是英国广播公司的专业制片人！根据《新闻自由法案》第十二条，这盘录像带归英国广播公司所有！”

那两个人没有退缩，带枪的那个反而向前迈了一步，说：“我是瑞士侍卫队的中尉。你所站的这块土地上施行的神圣法令规定，在此种情况下，我们有权对你进行搜查和扣押。”

此时他们周围聚集了一群人围观。

麦克丽叫道：“在没和伦敦的编辑取得联系之前，我是决不会把录像带交给你们的。我建议你们……”

没等她说完，其中一个人就一把从她手中抢走了摄像机，另一个则强行抓住她的胳膊，将其反扣在身后，押着她朝罗马教廷方向走去。“劳驾。”他喊道，推搡着她穿过围观的人群。

麦克丽祈祷他们千万别搜身，否则这盘录像带就保不住了。如果她能设法保住这盘带子，也许……

突然间，令人意想不到的事情发生了。人群中有人在她外套下面摸来摸去，并把录像带拽走了。她转过身，但马上把就要冲口而出的话又咽了回去。在她身后，气喘吁吁的格利克向她使个眼色，然后就消失在人群中。

77

罗伯特·兰登深一脚浅一脚地走进教皇办公室旁的私人洗手间。他抹去脸上和嘴唇上的血。这不是他的血，是拉马斯红衣主教的。就在罗马教廷外面那个熙熙攘攘的广场上那位主教被人残忍地杀害了。科学祭坛上纯洁的祭品。到目前为止，黑煞星威胁他们的事还真的是一件一件地做到了。

兰登疲惫地盯着镜子，镜中的他眼窝深陷，下巴上已长出黑黑的胡碴儿。这个房间干净奢华——黑色大理石配纯金的设施，纯棉手巾和散发着香气的洗手皂。

兰登努力想把刚刚看到的那个血淋淋的烙印从脑海中抹去。气。这烙印已深深地刻在他脑海里。从早上起来到现在，他已看到三个对称字……他知道还会出现两个。

门外，奥利韦蒂、教皇内侍和罗奇尔上尉似乎正在讨论下一步的部署。显然对反物质的搜查仍然一无所获。可能是卫兵们还没有搜到储存器，但也有可能是侵入者已潜伏到梵蒂冈内部，其深入的程度远甚于奥利韦蒂司令所能忍受的限度。

兰登擦干手和脸，转身找便池，却发现只有马桶。他掀起了马桶盖。

兰登站在那儿，渐渐不再那么紧张，疲惫引起的眩晕传遍他的全身。太多复杂的情绪积压在他的胸口。为了追查光明之路，他废寝忘食，整个人疲惫不堪，而这两起凶残的谋杀更令他情绪低沉。他对这件事可能引发的后果感到越来越害怕。

好好想一想，他叮嘱自己。可脑海中却是一片空白。

冲水时，一个令人意想不到的念头突然闪现。这是教皇的洗手间，他想。我刚刚在教皇的洗手间里小便。他忍不住笑出了声。圣座。

78

伦敦英国广播公司的一名技术人员从卫星接收装置中取出一盒录像带，一溜烟儿地跑出了控制室。她冲进主编的办公室，然后迅速将录像带塞进录像机中，按下播放键。

录像带播放的同时，她将自己与身在梵蒂冈的格利克的谈话内容告诉了主编。此外，英国广播公司照片档案室刚刚对圣彼得广场受害人的身份予以了确认。

主编走出办公室，按响了集合的铃声。

编辑室里所有的人都停了下来。

“五分钟后直播。”主编低沉着声音说道，“直播人员准备，传媒协调人员，我要求你们在线待命。我们要兜售一条新闻，而且我们还搞到了录像带。”

市场协调员连忙打开通讯录。

“录影带规格？”其中一人叫道。

“三十秒剪辑。”主编答道。

“内容？”

“凶杀现场直播。”

协调员看起来异常兴奋。“使用及授权价格？”

“每秒一百万美元。”

所有的人都猛地抬起了头。"多少!"

"都给我听清楚了。我要顶级买家。联系美国有线新闻网,美国全美广播公司,还有那三家大公司! 提供拨入预览。告诉他们在英国广播公司播放前他们有五分钟的附加广告时间。"

"到底发生了什么?"有人询问道,"是首相受到严厉斥责吗?"

主编摇了摇头。"比那更绝。"

就在那一刻,黑煞星坐在罗马某地的一张舒适的躺椅上享受片刻的休憩时光。他四下打量着这个有着传奇历史的房间。*我这是坐在光照派教堂里*,他想。*光照派的秘密藏身处*。他不敢相信历经数百年,教堂依然在这里。

出于责任心,他拨通以前联系过的英国广播公司记者的电话。现在正是时候。全世界马上就要听到这个最令人震惊的消息了。

79

维多利亚·维特勒抿了一口水,心不在焉地咬着烤饼。这都是一名瑞士卫兵刚刚送来的。她知道自己得吃点儿东西,可就是提不起食欲。教皇办公室里这会儿是乱哄哄的,回响着激烈的对话。罗奇尔上尉,奥利韦蒂司令及六名卫兵正在估计损失,并讨论下一步的计划。

罗伯特·兰登站在一旁,望着窗外的圣彼得广场。他看起来一脸的沮丧。维多利亚走过去问:"理出什么头绪来没有?"

他摇了摇头。

"吃点儿烤饼吗?"

看到食物,他显得很高兴。"哦,当然。谢谢。"兰登狼吞虎咽地吃了起来。

他们身后的讨论突然停了下来,原来文特斯克教皇内侍在两名瑞士卫兵的陪同下走了进来。如果说教皇内侍之前看上去精疲力竭的话,维多利亚暗想,那么现在他看上去则是茫然若失。

"到底发生了什么事?"教皇内侍问奥利韦蒂。从脸上的表情来看,他似乎早已知晓了最糟糕的状况。

奥利韦蒂就像通报战场人员伤亡一样,把刚发生的几件凶杀案平淡地向教皇内侍作了一番汇报。"刚一过八点,我们就在波波洛圣母堂发现了埃布纳红衣主教的尸体。他因窒息而死,胸口上留有'土'的对称字的烙印。而拉马斯红衣主教也于十分钟前在圣彼得广场被人杀害。他死于胸前的刺伤,而且他也被烙上一个对称字,是'气'。两起谋杀案的凶手都逃脱了。"

教皇内侍穿过房间，一屁股坐到办公桌后的椅子上，难过地低下头。

“不过吉多勒和巴格尔两位红衣主教还活着。”

教皇内侍猛地抬起头，脸上一副痛苦的神情。“难道这还是值得我们庆幸的事吗？司令，两位红衣主教已经被谋杀。另外两位，如果你找不到他们，显然也活不了多久。”

“我们会找到他们的。”奥利韦蒂保证，“我有信心。”

“信心？可我们除了失败还是失败。”

“不是这样的，先生。这两次交手我们确实输了，但最后的胜利一定属于我们。光照派打算今晚利用媒体制造恐慌的计划已被我们成功地挫败。发现两位红衣主教的尸体时也没出任何意外。而且，”奥利韦蒂接着说，“罗奇尔上尉告诉我反物质的搜查进展顺利。”

戴着红色贝雷帽的罗奇尔上尉走上前来。维多利亚觉得他比其他卫兵显得更有人情味——虽然严谨但并不那么呆板。他说话清晰而富有情感，就像是小提琴的声音。“我们在一个小时内就能找到那个储存器，对此我充满希望，先生。”

“上尉，”教皇内侍说，“请原谅我并不抱很大希望。我认为我们根本没有足够的时间把梵蒂冈城整个搜查一遍。”

“如果是全城搜查的话，的确不够。但是在对这种形势作出估计之后，我确信反物质储存器放在了某个公共场所内——梵蒂冈的那些对游客开放的区域——例如博物馆和圣彼得大教堂。我们已经切断那些地段的供电，进行扫描检查。”

“你打算只搜查梵蒂冈的一小部分地区？”

“是的，先生。我认为入侵者不太可能潜伏到梵蒂冈的腹地。丢失的那个安全摄像头也是在一个公众可以进出的地方被盗的——在一座博物馆的楼梯井内——这充分说明入侵者的活动范围还是有限的。所以，他很可能是把摄像头和反物质放在另一个公众可进出的区域内。我们现在搜查的重点主要集中在这些地区。”

“可入侵者绑架了四名红衣主教，这充分说明他们潜伏得要比我们想象的深”。

“未必是这样。我们不要忘了红衣主教们今天大部分时间都待在梵蒂冈博物馆和圣彼得大教堂里，这些地方的人并不太多。失踪的红衣主教有可能就是在其中一个地方被劫走的。”

“那么他们是怎么被送出城的呢？”

“这个问题我们现在还在讨论。”

“我明白了。”教皇内侍吐了一口气，站起身来，他走向奥利韦蒂，说道，“司令，我希望听你谈谈紧急疏散计划。”

“先生，方案还在进一步完善中，同时，我确信罗奇尔上尉会找到储存器的。”

感受到司令的信任，罗奇尔立正表示决心。“我的人已经搜查了三分之二的公共场所。我们非常有信心。”

显然教皇内侍对他的乐观并不以为然。

就在这时，那位眼睛下面有道疤的卫兵走进门，手里拿着一块写字板和一张地图。

他大步走向兰登。“兰登先生吗？我来向您报告《西风》的调查情况。”

兰登把剩下的烤饼一口吞下去。“好的，我们一块儿看一下。”

其他的人在一旁继续讨论。兰登和军官走向教皇办公桌，把地图铺在上面，维多利亚也加入到他们中间。

卫兵指了指圣彼得广场。“这是我们所在的方位。《西风》雕塑中呼吸的中心线指向正东方向，正好偏离梵蒂冈城。”那位卫兵的手指在地图上划出一条线，这条线从圣彼得广场开始，穿过台伯河直到古罗马中心。“正如您所看到的，这条线几乎穿越了整个罗马。它附近大约有二十座天主教教堂。”

兰登一下子弯下了腰。“二十座？”

“或许更多。”

“有没有哪座正好在这条线上？”

“那些教堂一个比一个接近这条线，”卫兵回答，“但是《西风》所指的区域和地图上对应的地区之间，不可避免地会有误差。”

兰登盯着窗外的圣彼得广场看了一会儿。他皱着眉头，手摸着下巴。“那么火呢？这里面有没有哪一座教堂里放置着贝尔尼尼关于火的艺术品呢？”

没人回答。

“那么方尖碑呢？”他接着问，“有没有位于方尖碑附近的教堂？”

那位卫兵在地图上查找了起来。

维多利亚在兰登眼中看到一丝希望。她明白他正在想什么了。*他的想法是对的！*前两个标志就是出现在有方尖碑的或者方尖碑附近的广场上的！或许方尖碑就是关键？会不会是高耸的金字塔标明了光明之路呢？维多利亚越想越觉得用罗马的四座高塔作为科学祭坛的标志的想法真是妙绝。

“虽然这是胡乱猜测的，”兰登说，“但我记得，罗马的许多方尖碑都是在贝尔尼尼时期建造或移过来的。贝尔尼尼肯定参与了这些方尖碑的放置工作。”

“那就是说，”维多利亚补充道，“贝尔尼尼很可能是把标识放在了方尖碑的附近。”

兰登点了点头。“对。”

“真是倒霉，”那位卫兵说，“这条线上没有方尖碑。”他手指着地图仔细地找了一遍。“即使在附近的区域也没有。什么也没有。”

兰登叹了口气。

维多利亚肩膀垂了下来。她原以为这是个可靠的线索。这件事显然并不像他们希望的那样简单。她尽力让自己朝好的方向想。“罗伯特，动动脑筋。你一定能找出贝尔尼尼关于火的雕塑的。不论哪个都行。”

“相信我，我一直在想。贝尔尼尼创作了非常多的作品，大约有几百件之多。我真希望《西风》是指向一座教堂的，如果是那样也许我们就能解开这个谜团。”

“火，”她急切地问道，“火。贝尔尼尼的作品名中就没有带‘火’字的吗？”

兰登耸了耸肩。“我想起他著名的烟火素描图，但那不是雕塑，而且那些东西远在德国的莱比锡。”

维多利亚皱了皱眉。“你确定气息所指的方向就是暗示的方向吗?”

“维多利亚,你也看到那座浮雕了。它完全是对称的设计。唯一可能暗示方向的就是呼吸。”

维多利亚知道他说的是对的。

“更不用说,”他补充道,“《西风》意味着空气,所以跟随那股气息所指的方向是符合符号学规定的。”

维多利亚点点头。那我们就跟着气息的方向好了。但是它到底是指向哪里呢?

奥利韦蒂走了过来。“有什么进展吗?”

“太多教堂了,”那位卫兵回答,“差不多二十四座。我想也许我们在每个教堂安排四个人……”

“算了吧。”奥利韦蒂否决了他的建议,“这两次我们都知道他要出现的确切地点,可还是让他给跑了。如果动用大量警力布控的话,梵蒂冈就会处于毫无防备的境地,而且也就无法继续进行搜查了。”

“我们需要一本参考书。”维多利亚说,“那就是贝尔尼尼作品的索引。如果能查看作品名,也许会发现一些线索。”

“我不知道这管不管用。”兰登说,“如果这部作品是贝尔尼尼特意为光照派所作,那么它应该是被放在隐蔽的地方,或许它根本就不会出现在索引中。”

维多利亚不同意他的看法。“那两座雕塑可是相当出名的。你也听说过的呀。”

兰登耸了耸肩。“这倒是真的。”

“如果我们能在作品名中找到‘火’这个字,那么也许我们就能找到一座雕塑,那雕像刚好处在正确的方向。”

兰登确信这值得一试。他转身面向奥利韦蒂。“我需要一本贝尔尼尼所有作品的目录。你们这儿有没有关于贝尔尼尼作品的咖啡桌丛书呀?”

“咖啡桌丛书?”显然奥利韦蒂对这个名词不太熟。

“没关系。什么样的书目都行。梵蒂冈博物馆怎么样?他们一定有贝尔尼尼的作品目录。”

带疤的那个卫兵皱了皱眉。“博物馆停电了。而且资料室非常大,如果没有馆员帮助的话,……”

奥利韦蒂打断了他。“我们要找的作品是不是他受雇于罗马教廷时创作的?”

“差不多是那个时候,”兰登说,“他整个创作时期几乎都在这儿,即使是在闹伽利略纠纷的时候也是如此。”

奥利韦蒂点点头。“那么还可以查另外一本书。”

维多利亚仿佛看到了一线光明。“在哪儿?”

司令没有回答她的问题,反倒把那位卫兵叫到一边,低声嘱咐了几句。卫兵虽然有些迟疑,但还是顺从地点点头。奥利韦蒂刚一说完,那位卫兵就转向了兰登。

“兰登先生，请这边走。现在是九点十五分。我们得快点儿了。”

兰登和卫兵向门口走了过去。

维多利亚跟上去说：“我去帮忙。”

奥利韦蒂一把抓住了她的胳膊。“不，维特勒女士，我要和你谈一谈。”他死死地抓着她的胳膊，维多利亚明白她根本不能违抗他。

兰登和卫兵离开后，他面无表情地把维多利亚拉到一边，但他根本就没有机会把他原本要说的话说出来。他的对讲机劈劈啪啪地大声响起来了。“司令？”

房间里所有的人都转过身来。

对讲机里传出的声音显得很严厉。“我想您还是打开电视看看吧。”

80

兰登两小时前离开梵蒂冈秘密档案馆时，根本没想过自己居然还会再次出现在这里。在那位瑞士卫兵的陪同下，他一路都在小跑，气喘吁吁的。他发觉自己又回到了档案馆。

在那个带有疤痕的卫兵的引领下，兰登穿过一排排半透明的隔间。档案馆寂静得令人生畏。不过这位卫兵的到来却打破了这片死寂，兰登对此感到欣慰不已。

“我想应该在那边。”他和兰登走到档案馆的最里面，那儿沿墙排着一排较小的档案库。那位卫兵看了看档案库的标注，指着其中一个，说道：“就是这个，这就是司令说的地方。”

兰登看看标注。梵蒂冈资产？他匆匆扫了一下上面的内容。房地产……现金……梵蒂冈银行……古董……后面还列了很多。

“这是梵蒂冈所有资产的书面资料。”卫兵说。

兰登打量了一下这个隔间。天哪，尽管这里灯光昏暗，他仍能模糊地看出资料已把这里挤得满满的。

“司令说贝尔尼尼受罗马教廷委托创作的所有作品都登记在这里的财产清单上。”

兰登点了点头，意识到司令的直觉很可能是对的。在贝尔尼尼那个时代，法律规定艺术家在教皇资助下创作的任何作品都属于梵蒂冈。兰登觉得这种做法与其说是资助，还不如说是封建社会的剥削，但是顶级的艺术家生活得很丰裕，很少有人抱怨。“包括放置在梵蒂冈城外教堂里的作品吗？”

卫兵惊奇地看了他一眼。“当然，罗马的所有天主教教堂都属于梵蒂冈。”

兰登看看手中的名单，这上面列出了位于《西风》气息中央线上的二十多座教堂。第三座科学圣坛就在其中。兰登希望自己能及时把它找出来。要是在平时，他一定会很乐意亲身探访每一座教堂。可今天，他必须在大约二十分钟的时间里找出那个地方——那个存放贝尔尼尼颂扬火的雕像的教堂。

兰登向保险库的电子旋转门走去，却发现那位卫兵并没跟着他。察觉到他在犹豫，兰登笑了笑。“空气不错，虽然有些稀薄，不过还喘得上气。”

“我的任务就是把您带到这儿来。我现在必须马上返回安全中心。”

“你要走?”

“是的。瑞士卫兵是不允许待在档案室里的。我把您领到这儿来已经违反了规定。司令提醒我注意这件事。”

“违反规定?”难道你不明白今晚到底发生了什么事吗？“你那该死的司令到底站在哪一边!”

这个卫兵脸上的友好神色顿时一扫而空。他眼下的疤痕在抽搐。这位卫兵瞪人时真有点儿像奥利韦蒂本人。

“我道歉。”兰登赶紧说，为刚才说的话感到后悔不已，“只是……我可能会需要你的帮助。”

卫兵眼睛一眨不眨地回答道：“我接受的训练就是要服从命令，不是和上司争论。您找到要找的东西后，请立刻和司令联系。”

兰登有些慌乱。“可他在哪儿呢?”

卫兵摘下对讲机，放在一旁的桌子上。“一号线。”说完他就消失在黑暗中。

81

教皇办公室的电视机是一台超大屏幕的日立电视机，它就放在办公桌对面置入墙内的电视柜中。电视柜上的门这时已经打开，所有的人都挤在电视机前，维多利亚也向前挪了挪。按下开关后，屏幕上出现了一名年轻的女播报员。她皮肤稍黑，有着一双大大的眼睛。

“这是美国全美广播公司的新闻报道，” 她说，“我是凯利霍利·琼斯，这是来自梵蒂冈的现场报道。”她身后出现了灯火通明的圣彼得大教堂。

“这不是直播，”罗奇尔厉声说道，“这是以前的画面，大教堂现在根本就没电。”

奥利韦蒂嘘了一声，示意他不要出声。

播报员继续报道，声音有些紧张。“今晚在梵蒂冈选举中发生了令人震惊的事件。据报道红衣主教团的两位成员在罗马已被人残忍地杀害。”

奥利韦蒂低声咒骂了一句。

正当报道进行时，一名卫兵跑进门来，气喘吁吁地说：“司令，电话都要被打爆了。他们要求我们表态……”

“别理他们。”奥利韦蒂说，眼睛始终没从电视屏幕上移开过。

卫兵有点儿犹豫。“但是司令……”

“快去!”

卫兵马上跑了出去。

维多利亚感觉教皇内侍欲言又止。他只是表情痛苦地盯着奥利韦蒂看了一会儿,然后又把头转向电视。

美国全美广播公司播放的画面中,瑞士卫兵们正将埃布纳红衣主教的尸体沿着波波洛圣母堂的台阶搬下来,准备将其放入一辆阿尔法·罗密欧轿车中。录像带定格,镜头推近,就在他们将尸体放入行李箱的一刹那,屏幕上出现红衣主教全裸的身体。

“这到底是谁拍的?”奥利韦蒂叫道。

美国全美广播公司的播报员继续播报:“这具尸体已证实为德国法兰克福的埃布纳红衣主教。同时得到证实的是将尸体搬出教堂的人为瑞士卫兵。”看起来这位播报员正尽力表现出适度的感伤。镜头锁定在她的脸上,特写中她的表情更加忧郁。“美国全美广播公司特此提醒各位观众可自由选台。我们即将播放的镜头极其逼真,有可能并不适合所有观众观看。”

维多利亚咕哝了几句,不满电视台这种假装关心观众、实则用警告吸引观众的做法。有了这种保证,哪个观众还会换台?

播报员再次警告观众:“下面的镜头有可能使某些观众受到惊吓。”

“什么镜头?”奥利韦蒂问,“刚刚播的……”

屏幕上的画面锁定在圣彼得广场人群中的两个人身上。维多利亚立刻认出那两个人就是她本人和罗伯特。屏幕的一角打着一行字:诚挚感谢英国广播公司友情提供。接着电视中传来一阵钟声。

“哦,不,”维多利亚大叫,“哦,不要。”

教皇内侍表情困惑地看着奥利韦蒂。“我记得你说过已经把这盘录像带拿回来了!”

突然电视里传出一个孩子的尖叫声。画面中一个小女孩指了指一个浑身血淋淋的男人。从那人的穿着看,好像是一名无家可归者。说时迟那时快,兰登突然闯入画面,想要帮助那个小女孩。整个画面异常地惊心动魄。

教皇办公室里所有的人都吓得不敢作声,目不转睛地盯着屏幕。红衣主教脸朝下倒向人行道。维多利亚出现并指挥控制混乱的现场。血。烙印。失败的心脏复苏术。

“这令人震惊的一幕,”播报员说,“几分钟前就发生在罗马教皇皇宫之外。消息人士证明这具尸体为法国的拉马斯红衣主教。但关于他为何如此装扮以及他为何没有参加秘密会议还没有确切的解释。到现在为止,罗马教廷拒绝对此事做出评论。”

“拒绝评论?”罗奇尔叫道,“你们给我们时间了吗?”

播报员眉头紧锁地继续说道:“尽管美国全美广播公司还未能确认此次袭击的目的。但有消息称一个自称光照派的组织策划了此次暗杀。”

奥利韦蒂暴跳如雷。"什么?"

"欲知更多关于光照派的详情,请登录我们的网站——"

"不可能!"奥利韦蒂嚷道。他把电视换到另一个频道。

这个台由一名西班牙的男播音员主持。"——一个自称光照派的邪教组织。一些历史学家认为——"

奥利韦蒂用力地按遥控器,每个台都在直播新闻,其中大多数是用英语报道的。

"……今晚早些时候,瑞士侍卫队从一座教堂中搬出一具尸体。此尸体已被证明为红衣主教——"

"……大教堂及博物馆的停电令人猜测——"

"……今天到现场的是阴谋活动研究学家泰勒·廷格利先生,我们请他来谈一谈对这次事件的看法——"

"……谣传今晚晚些时候将有另外两起刺杀事件发生。"

"……现在的问题是极有可能继任教皇的巴格尔红衣主教是否也在失踪之列——"

维多利亚把脸转了过去。这一切发生得太快了。窗外夜幕已经降临。谋杀像磁铁般吸引着人们涌向梵蒂冈城。一会儿工夫,广场上的人数成倍激增。又有一批新闻记者从车上卸下摄像设备,在圣彼得广场上抢占最佳摄像位置。围观者纷纷涌向他们询问事件的最新进展。

奥利韦蒂放下遥控器,转身看了看教皇内侍。"先生,我不知道怎么会发生这种事情。我们的确把摄像机里的录像带没收了。"

教皇内侍似乎惊得目瞪口呆,一句话也说不出来。

所有的人都不敢出声。瑞士卫兵们神情严肃地立正站在那里。

"好像,"教皇内侍终于说话了,听起来他身心交瘁,已无法发脾气了,"我只得相信我们并没有阻止危机的发生。"他看着窗外聚集的人群。"我得发表一个声明。"

奥利韦蒂摇摇头。"不行,先生,那样做正中光照派下怀——证实他们的存在,扩大他们的影响。我们必须保持沉默。"

"那这些人怎么办?"教皇内侍指向窗外,"很快就会有几万人,甚至几十万人聚在那里。继续这样装聋作哑只会使他们身处险境。我得给他们提个醒,然后还要疏散红衣主教团。"

"我们还有时间。先让罗奇尔上尉找到储存器再说吧。"

教皇内侍猛地转了个身。"你这是在命令我吗?"

"不,我只是给您提个建议。如果您担心外面的公众,我们可以对外宣称煤气泄漏,并疏散人群。但是承认人质事件这太危险。"

"司令,我只说一次。我不会把这个办公室当成向全世界撒谎的讲坛。如果我要宣布什么消息的话,那一定是事实。"

"事实?是梵蒂冈被危险的恐怖分子威胁的事实吗?那只会降低我们在人们心目

中的地位。”

教皇内侍瞪了他一眼。“还能比我们现在的地位更低吗?”

罗奇尔突然大叫一声,抓起遥控器,把音量调得大了。所有人赶紧转向电视。

直播中,美国全美广播公司的女播报员有些坐立不安。她的侧上方是已故教皇的照片。“……插播新闻。刚刚从英国广播公司获得消息……”她向一旁看了看,似乎正在确认是否要播报这条新闻。显然她得到了回应。她转向镜头,神情坚定地面对观众。“光照派刚刚宣称……”她停顿了一下,“宣称十五天前教皇的去世是他们所为。”

教皇内侍大惊失色。

罗奇尔手中的遥控器掉到地上。

维多利亚好半天才听明白这条消息。

“罗马教廷的法律规定,”女播报员继续说,“教皇死后不得进行尸体解剖,所以无法证明光照派所说是否属实。然而光照派称教皇的死因并非罗马教廷宣布的中风,而是中毒。”

整个房间陷入一阵死寂。

奥利韦蒂首先发作了。“疯子!厚颜无耻的谎言!”

罗奇尔又开始换台。这条最新消息像瘟疫一样在各电视台之间传播。虽然每家电视台的内容都相同,但他们的新闻标题却是一个比一个具有轰动效应。

罗马教廷谋杀案

教皇毒杀案

撒旦魔爪伸向教堂

教皇内侍将头转向了别处。“上帝保佑。”

罗奇尔不停地调台。英国广播公司的新闻在眼前一晃而过。“发生在波波洛圣母堂令人震惊的谋杀案……”

“等一下,”教皇内侍命令道,“倒回去。”

罗奇尔马上把台转回去。屏幕上,英国广播公司新闻播报桌前坐着一位表情严肃的男主持人。他的肩膀上方是一个留着红胡子、长相怪异的男人的照片。照片下方标着:“冈瑟·格利克——梵蒂冈现场直播”。显然格利克记者是用电话报道的,因为连接器那端发出沙沙的声音。“……我的摄像师拍到了红衣主教尸体被搬出齐吉礼拜堂的镜头。”

“让我来为观众再重复一遍,”伦敦的主持人说,“英国广播公司记者冈瑟·格利克是第一个向外发布这条消息的人。他曾与自称是光照派杀手的人通过两次电话。冈瑟,你说杀手刚刚打来电话要宣布一条光照派的消息,是吗?”

“是的。”

“他们要宣布的消息是光照派在某种程度上对教皇的死负责,对吗?”主持人怀疑地问。

“是的。打电话的人告诉我罗马教廷原本以为教皇死于中风。但并非如此，教皇是被光照派毒死的。”

教皇办公室里的所有人都吓呆了。

“毒死的?”主持人追问道，“但是……怎么可能!”

“他们没有透露细节，”格利克回答道，“只说了是用药物毒死教皇的，那种药物名叫……”那端传来翻动纸张的声音。“那种药物名叫肝素。”

教皇内侍、奥利韦蒂和罗奇尔迷惑地互相看了看。

“肝素?”罗奇尔叫道，神情紧张。“那不是……”

教皇内侍脸色煞白。“教皇的药。”

维多利亚吓了一跳。“教皇在使用肝素?”

“他患有血栓静脉炎，”教皇内侍解释说，“需要每天注射一次肝素。”

罗奇尔目瞪口呆。“但是肝素不是毒药呀。为什么光照派说……”

“如果剂量不对，使用肝素是有危险的。”维多利亚解释，“它是一种强效抗凝血剂。过量使用会导致全身大出血与脑出血。”

奥利韦蒂用怀疑的眼光看着她。“你怎么知道的?”

“为防止被捕获的海洋哺乳动物由于运动不足而出现血凝的症状，海洋生物学家为它们注射了肝素。其中一部分动物由于药物用量不当而死去。”她停了一下，“如果人过量使用肝素，导致的症状极易被误诊为中风，尤其是在没有正式尸检的情况下。”

教皇内侍此刻看上去深感不安。

“先生，”奥利韦蒂接着说，“这显然是光照派哗众取宠的伎俩。别人是不可能去给教皇下过量的药的，没有人有这个机会。就算我们中了他们的招，试图反驳他们的话，我们又能做什么呢？天主教会是明令禁止验尸的。即使我们验了尸，我们也查不出什么来。我们只能在尸体中发现他日常注射的微量肝素。”

“的确，”教皇内侍的语气陡然严肃起来，“但是还有些事让我疑惑，外界的人过去并不知道教皇在使用这种药物。”

四周一片哑然。

“如果教皇服用了过量的肝素，”维多利亚说，“他的尸体上会有一些迹象。”

奥利韦蒂转过头看着她。“维特勒女士，也许你刚才没听见我的话，天主教禁止对教皇进行验尸。我们不会仅仅因为一个敌人发表了一个可笑的声明，就要剖开教皇的尸体，这是对教皇的亵渎!”

维多利亚感到一阵羞愧。“我的意思不是说……”她并不是对教皇不敬，“我绝不是建议我们去挖教皇的坟墓……”她犹豫了一下。罗伯特告诉她的关于齐吉的事如幽灵般闪过她的脑海。他曾提到过教皇们的石棺都是放在地上的，而且永远不会用水泥封死。因为早在法老的时代，人们就认为如果将棺材封死掩埋，死者的灵魂就会被困在棺材里。然而那些棺盖经常重达数百磅，棺材在重压之下会深陷土中。她突然意识

梵蒂冈地下墓室里教皇的石棺

到，从技术上来讲，或许——

“会产生什么迹象？”教皇内侍突然问道。

维多利亚吓得心怦怦直跳。“服用过量会导致口腔黏膜出血。”

“口腔里的什么？”

“死者的牙龈会出血，尸检会发现，血液凝固，致使口腔内部变黑。”维多利亚曾经在伦敦的一家水族馆里拍过一张照片，两只食人鲸被训练员不当地注射了过量肝素。死了的鲸鱼漂在鱼缸里，嘴巴张得大大的，舌头像煤一样黑。

教皇内侍没有说话，只是转过身去盯着窗外。

罗奇尔说话也没那么乐观了。“先生，如果下毒一说属实的话……”

“不是真的，”奥利韦蒂断然喝道，“外人根本就不可能接近教皇。”

“如果情况属实，”罗奇尔重复道，“如果教皇就是被毒死的，那么这件事对反物质的搜查会有极大的影响。谋杀的谣言本身就说明敌人在梵蒂冈潜伏得比我们所预想的还要深。搜查公共场所也许远远不够。如果我们内部与光照派有那么深的瓜葛，我们可能不能及时找到储存器。”

奥利韦蒂冷冷地瞥了上尉一眼，说道：“上尉，让我来告诉你接下来要怎么做。”

“不，”教皇内侍突然转身喝道，“还是我来告诉你接下来怎么做吧。”他紧盯着奥利韦蒂，“这件事牵涉的问题太多了。二十分钟之内，我会决定要不要取消秘密会议及疏散梵蒂冈城内的人，我的决定不可更改。明白了吗？”

奥利韦蒂对此丝毫不感到惊讶，但也没作反应。

教皇内侍声色俱厉，仿佛点燃了埋在心底的威力无比的炸药包。“罗奇尔上尉，你必须完成对公共场所的搜查，搜查完毕直接向我汇报。”

罗奇尔不安地瞟了奥利韦蒂一眼，点了点头。

教皇内侍挑了两名卫兵出来。“我要见英国广播公司记者格利克先生，马上带他来这个办公室。如果光照派已经跟他沟通过，没准他能帮我们，快去。”

这两名卫兵转身离去。

教皇内侍转身对其他卫兵说：“先生们，我不允许今晚再有谁丧命。十点钟之前，你们必须确定其他两位红衣主教在哪儿，逮捕罪魁祸首，你们听明白了吗？”

“但是，先生，”奥利韦蒂争辩道，“我们并不知道——”

“兰登先生正在研究呢，我确信他会弄清楚的。”

话音未落，教皇内侍就大步向门口走去，他做了一个新的决定。走出去时，他指着三个卫兵道：“你们跟我来，快。”

卫兵们紧随其后。

走到门口，他停了下来，转身对维多利亚说：“维特勒女士，请你也跟我来。”

维多利亚迟疑了一下。“我们去哪？”

教皇内侍走出门口。“去见一位老朋友。”

82

在“欧核中心”，秘书西尔维·波德洛克感到一阵饥饿，希望可以回家。令她沮丧的是，科勒在医院显然是挺了过来。他打来了电话，命令——不是要求，而是命令——西尔维今晚必须加班，却没有作出任何解释。

这些年来，西尔维一直强迫自己不去理会他那古里古怪反复无常的脾气和孤僻的性格——他对人不理不睬，动辄爱用他轮椅上的摄录机偷偷拍摄会议情况。他每周都去“欧核中心”的娱乐射击场，西尔维曾暗暗希望哪天他会将自己一枪打死。但显然他枪法非常好。

现在，独自坐在办公桌前，西尔维听到肚子在咕咕地抗议。科勒还没回来，也没给她布置晚上要干的活儿。*饥肠辘辘却还要无聊乏味地坐在这里，见鬼去吧。*她决定给科勒留张便条，然后溜到职工食堂去弄点吃的。

她以前可从来没这么干过。

经过“欧核中心”的休息室时——摆着多台电视机的长厅——她发现每个房间都挤满了员工，这些员工显然顾不上吃饭，都在专注地看新闻。出大事儿了。西尔维走进第一个房间，里面挤满了年轻而不寻常的电脑程序设计员，这些人满脑子都是字节。看到电视上的新闻标题，她惊得屏住了呼吸。

恐怖笼罩罗马教廷

听着电视报道，西尔维简直不相信自己的耳朵。某个古老的兄弟会谋杀红衣主教？那是要证明什么呢？他们的深仇大恨？他们的显赫地位？他们的愚昧无知？

然而令人难以置信的是，这个房间里的人居然一点也不悲伤。

两个年轻人边跑边抖动着印有比尔·盖茨头像的T恤衫，上边还印着标语：怪客将接管地球！

"光照派！"一个人大叫道，"我告诉过你真的有光照派。"

"难以置信！我还以为那只是个游戏呢！"

"他们杀死了教皇，老兄！那可是教皇！"

"天哪！我想知道你因此而赢了多少分。"

他们哄笑着跑开了。

西尔维呆若木鸡，茫然不知所措。作为一名与科学家共事的天主教徒，她时常得忍受他人反宗教的流言蜚语，但是，这帮小子居然对教会遭受的失败表现得极度兴奋自得。他们怎么可以这么冷酷无情？他们怎么可以这么不怀好意？

在西尔维看来，教会从来就不是害人的组织……那是个让人感受到友谊、让人内省的地方……有时也是可以肆无忌惮高声歌唱的地方。教会记录了人生的一个个里程碑——葬礼、婚礼、洗礼、节日——从未要求回报，即使捐款也是自愿的。每周的安息日之后，教会的儿女们总是意气昂扬，立志助人为乐，宽厚待人。这能有什么错？

令她吃惊的远不止这些。"欧核中心"里那么多所谓的"精英"人物居然不能领悟教会的重要作用。他们真的相信是夸克和介子激励了人类？那些方程式真的就可以替代人类对神圣信仰的需求？

西尔维恍恍惚惚地穿过走廊，走过其他休息室。所有的房间都挤满了人。她此刻琢磨着科勒先前接到的从梵蒂冈打来的电话。是巧合吗？也许吧。罗马教廷在对"欧核中心"的研究进行严厉谴责之前都会给"欧核中心"打个电话，以示"礼貌"　　最近主要是针对"欧核中心"在纳米技术方面的一系列重大发现，因为这在教会看来，无疑暗示着基因工程的实现。然而，"欧核中心"从来就不把这当回事。往往在罗马教廷发布保留条款之后几分钟，科勒就打电话给那些想获得技术授权许可的技术投资公司。"曝光也无所谓。"科勒总这么说。

西尔维掂量着自己是不是该打他的传呼，管他在哪儿，叫他看新闻。他会在意吗？他是不是已经听到了？他肯定听过了，或许正在用他那稀奇古怪的摄录机录下全部的报道呢，脸上还露出今年来的第一个笑容。

西尔维继续朝前走，随后找到一个休息室，里面气氛压抑……几乎是沉重。坐在这里看报道的都是"欧核中心"里一些德高望重的科学家。西尔维溜进去坐下的时候，他们连头都没抬一下。

在“欧核中心”另一边列奥纳多·维特勒阴冷的寓所里，马克西米利安·科勒读完了他从维特勒床头柜上拿的带皮边儿的杂志。现在他正在看电视新闻报道。一会儿，他把维特勒的杂志放回原处，关掉电视，走出了房间。

在遥远的梵蒂冈城，莫尔塔蒂红衣主教将另一盘选票投进了西斯廷礼拜堂的壁炉里，熊熊烈火中冒出了滚滚黑烟。

两轮投票结束，教皇仍未产生。

83

几只电筒远远不能照亮圣彼得大教堂里无边的黑暗。头顶上的那片空间如不见星光的夜幕般压了下来，维多利亚感觉四周如杳无人烟的大海一样空荡荡的。她紧跟着教皇内侍和瑞士卫兵匆匆而行。在高高的空中，一只鸽子咕咕叫了几声，扑啦啦飞走了。

教皇内侍好像感觉到了维多利亚的不安，就退到后面将手放在她的肩上。维多利亚一下子感到一股实实在在的力量，那人似乎拥有某种魔力，使她冷静了下来，而她现在正需要冷静下来，完成他们即将要做的事。

我们要干什么？ 她在想，*简直是疯了。*

然而，维多利亚清楚，就算是亵渎神灵，恐怖至极，这项任务也必须完成。教皇内侍需要了解一些情况才能做出重大决定，而这信息就埋在罗马教廷墓穴里的石棺之中。她不知道他们会发现什么。*真的是光照派谋害了教皇？他们的势力真的就这么强大？我真的要去执行有史以来的第一次教皇尸检？*

维多利亚发觉待在这座漆黑的教堂里竟然比在黑夜里与杖鱼游泳还让她感到恐惧，这可真够出人意料的。大自然是她的避难所，因为她懂得大自然。但那些人和神灵的事却叫她百思不得其解。外边的媒体就犹如那些在黑暗中耍把戏吃人的食人鱼。电视里的那两具打上烙印的尸体总是让她联想到她父亲的尸体……还有杀手那刺耳的笑声。杀手就在外面的某个地方。维多利亚感到她的愤怒盖过了恐惧。

他们绕过一根柱子——那柱子比她所能想象的任何一根红木还要粗——维多利亚看到前面发出一束橘红色的光。光线似乎是从教堂中央的地板下面发出来的。他们渐渐走近了，她意识到了那是什么。那就是主祭坛下有名的地下圣殿——存放着罗马教廷最神圣的遗物的豪华地下室。他们慢慢来到了环绕在洞口处的大门前，维多利亚低头凝视着下面的金色箱子，箱子周围是一盏盏荧荧的油灯。

“圣彼得的尸骨？”她尽管非常清楚，但还是问了出来。每一个来圣彼得大教堂的人都清楚那只金色大棺里装的是什么。

“实际上，并不是。”教皇内侍回答道，“大家都误解了。那并不是圣骨箱。这只箱子里装的是几件白羊毛披肩——教皇送给新当选的红衣主教的编织饰带。”

“我还以为——”

“每个人都这么以为。旅游手册把这里说成是圣彼得陵，但他真正的坟墓却在我们下面两层楼深的土里。罗马教廷在四十年代的时候将之发掘出来。谁也不准下去。”

维多利亚惊呆了。他们从明亮的凹室里走出来，再次步入了黑暗之中。她想起那些千里迢迢赶来瞻仰这具金棺的朝圣者，他们在心里想象着他们与圣彼得同在。“罗马教廷不该告诉人们真相吗？”

“我们都得到了一种与神灵交流的感觉，而且从中受益匪浅……尽管这一切都是虚幻。”

圣彼得大教堂的主祭坛和油灯

维多利亚作为一名科学家是不会为这个而争论不休的。她曾阅读过无数篇关于安慰疗法的研究文章——用阿司匹林治疗癌症，而患者们还相信他们在服用一种非常神奇的药物。究竟什么是信仰？

“在梵蒂冈城国内作一些改变，”教皇内侍说，“并不是明智之举。承认我们过去所犯的错误和现代化，这有史以来就是我们回避的问题。教皇一直在力图改变这一点，”他顿了顿又说，“希望跨入现代世界，来寻求新的方式以认识上帝。”

维多利亚在黑暗中点点头。“比如说科学？”

“老实说，科学与此毫不相干。”

“不相干？”维多利亚马上想到了很多词汇来描述科学，在现代世界里，没有什么和科学不相干。

“科学既可以救人，也可以杀人，这取决于运用科学的人的灵魂，就是这种灵魂深

装有披肩的箱子

深召唤着我，吸引着我。”

“那你是什么时候听到这种召唤的呢？”

“早在我出世之前。”

维多利亚看着他。

“抱歉，这好像是个很奇怪的问题。我想说的是，从我开始思考那刻起，我就知道我要为上帝奉献终身。尽管那时我还是一个在军队服役的毛小伙，但从那时起，我就真正明白我一生的志向。”

维多利亚愕然问道：“你在军队待过？”

“待了两年，由于我不愿使用武器，他们就让我学飞行了，开救生直升机。实际上，我现在偶尔也飞。”

维多利亚竭力在脑海中勾画着这位年轻的神父驾驶飞机的场景，而她居然很奇怪地感觉到了他完美的操纵和出色的飞行，文特斯克教皇内侍具有一种坚韧勇敢的气度，这种气度凸显了他的信念。“你为教皇开过飞机吗？”

“从来没有，我们把这位尊贵的客人留给了专业飞行员，但过去教皇有时让我驾驶飞机到冈多菲的行宫。”他停了停又说道，“维特勒女士，非常感谢你今天在这里的帮助，我的确为你父亲的事儿感到万分难过。”

“谢谢。”

“我从来就不知道我的父亲是谁，他在我出世之前就死了，而在十岁的时候，我又失去了母亲。”

维多利亚抬起头。“你是个孤儿？”一种同病相怜的感觉油然而生。

“我在一场意外中死里逃生，而我母亲被夺走了生命。”

“那是谁抚养你的呢？”

“是上帝。”教皇内侍接着说，“上帝的的确确给我派来了另一个父亲，一位来自巴

圣彼得大教堂内主祭坛下的圣殿

勒莫的主教出现在我的病床前，收留了我。那一刻，我一点儿也不吃惊。当我还是个孩子的时候，我就感觉到上帝关注着我。这个主教的出现只是证实了我以往的猜测，上帝莫名其妙地选中了我。”

“你相信上帝选中了你？”

“我过去相信，现在依然相信。”教皇内侍的语气中没有一丝的自吹自擂，只有无限感激，“我在主教的监护下工作了多年。后来他成为了一名红衣主教，但他仍然没有忘记我，他就是我记忆中的父亲。”一束电筒光打在教皇内侍的脸上，维多利亚察觉到他眼神里有一丝孤寂。

他们一行人来到了一根高大的柱子下面，光线聚集在一个地下入口处。维多利亚低头看着那段通向空荡荡的洞室的楼梯，突然想要往回走，但卫兵们已经护着教皇内侍下楼梯了，接着他们来扶她。

“他后来怎么样了？”她边问边下楼梯，努力使说话的声音保持镇定，“那个收留你的红衣主教怎么样了?”

“他离开了红衣主教团,担任了另一个职务。”

维多利亚很惊讶。

“再后来,他过世了,真让人难过。”

“愿他的灵魂安息。”维多利亚又问道,“是最近过世的吗?”

教皇内侍转过身,在阴影里他脸上痛苦的神色显得更明显了。“确切地说,就在十五天之前。我们现在就是去看他。”

84

档案室里的深色灯发出了热光。这个档案室比兰登之前去过的那个可小多了。空气更稀薄。时间更紧迫。他真该叫奥利韦蒂把换气扇打开。

兰登迅速找到了艺术品资产目录的所在区域。这个部分是不可能漏掉的。此类书几乎占了整整八个书架。天主教会藏有数百万件世界各地的艺术品。

兰登扫视层层书架,搜寻乔凡尼·洛伦佐·贝尔尼尼的作品。他从第一个书架的中间位置,他认为是以字母 B 开头的地方开始找起。开始他十分恐慌,怕这部分找不到,但他发现这些书目根本就不是按字母排序时感到更沮丧气。*我怎么不吃惊呢?*

兰登又转回第一个书架,爬上一个晃晃荡荡的书梯到了书架最高层,这时他才弄明白这个档案室的布局。他小心翼翼地靠在书架上部,找到了最厚的书目——里面包含了文艺复兴时期众多大师的作品——米开朗基罗的,拉斐尔的,达·芬奇的,还有波提切利的。兰登顿时恍然大悟,与名叫“梵蒂冈资产”的档案室相对应,这里的书都是按每位艺术家作品的总价值大小来排列的。夹在拉斐尔和米开朗基罗中间,兰登发现了标有贝尔尼尼的书目,厚度不下五英寸。

兰登气喘吁吁地扛着这个大部头小心翼翼地爬下了梯子。然后像个看漫画书的孩子一样伸展四肢趴在地板上,翻开了封面。

这本布包边儿的书非常结实,用意大利语手写而成。每一页都是一件作品的简介,包括一个简短的描述,创作时间,地点,材料费用,有些还包括作品的草图。兰登迅速翻了一下……一共八百多页。贝尔尼尼可真是个忙人啊。

作为一名学艺术的年轻学生,兰登曾纳闷,单个艺术家一生怎么可能创作出那么多作品。后来他听说,实际上那些知名艺术家自己的创作极少,这让兰登非常失望。那些艺术家都有工作室,他们在那里辅导年轻的艺术家,让他们去完成自己的设计。像贝尔尼尼这样的雕塑家就会先做出一个黏土微缩模型,然后再雇人把它放大做成大理石雕塑。兰登知道,如果要求贝尔尼尼每一件作品都亲自完成,恐怕他得一直工作到今天呢。

“索引。”他大声说,努力消除脑子里的那团乱麻。他翻到书的背面,想看看字母 F 下面是不是包含“火”这个词,但以字母 F 开头的单词并没有排在一起。兰登忍不住小声咒骂了一句，这些人他妈的怎么不按字母排序？

很明显，这些条目是按时间顺序排列的，按照贝尔尼尼作品的创作时间逐一排列。全都按时间顺序排列。兰登是一点儿办法都没有。

兰登目不转睛地盯着书目看，突然又冒出来一个让人丧气的念头。他所查找的雕塑名字也许压根就不包含这个“火”字。先前的两部作品——《哈巴谷和天使》及《西风》——就没有具体提及“土”和“气”。

他花了一两分钟胡乱翻着这本书目，希望可以蹦出个图解什么的。但一无所获。他看到了几十部他从未听过的不起眼的作品，也看到了不少他知道的作品……《丹尼尔和雄狮》，《阿波罗和达芙妮》，还有几个喷泉。他看到喷泉，顿时想到以后的事去了。水。他在想第四座科学祭坛是不是个喷泉，因为喷泉是对水的最好的表现。兰登希望在他不得不考虑水之前他们就能抓住凶手——贝尔尼尼在罗马可是雕刻了好几十座喷泉啊，大都在教堂前面。

乔凡尼·洛伦佐·贝尔尼尼的《丹尼尔和雄狮》

乔凡尼·洛伦佐·贝尔尼尼的《阿波罗和达芙妮》

兰登的思虑又回到当前的问题上。火。当他又仔细查看这本书时，维多利亚的话鼓励了他。你既然那么熟悉前两个雕塑……你就有可能也知道这个。他再次翻回索引，扫视着寻找他所知道的作品名字，有些很熟悉的作品并没有在这本书里看到。兰登此时意识到这么找下去到死也找不完，所以他明知不对，还是决定把这本书带出档案室。不就是一本书吗，他自言自语道，跟拿走一页伽利略的手稿可不一样。兰登想起胸前口袋里的资料，提醒自己走之前放回去。

此刻他急匆匆地拎起那本书，正在这时，他看到了什么，停了下来。尽管索引里写满了密密麻麻的注释，他看到的那个却显得十分古怪。

那是一篇关于贝尔尼尼的著名雕塑《圣特雷萨的沉迷》的评述。它指出这尊雕塑刚完成，就从梵蒂冈原来的位置移走了。这注释本身并没有引起他的注意，他已经很熟悉这件作品的传奇经历了。尽管有些人认为这是一部杰作，教皇乌尔班八世却认为它带有露骨的性色彩而将之拒之门外，驱逐到镇外的小礼拜堂去了。引起兰登注意的是这部作品已经安放在他那张名单上的五个教堂中的一个。更重要的是，注释说这是遵照艺术家的意愿搬去的。

艺术家的意愿？兰登感到一阵迷惑。贝尔尼尼没有理由把他的举世杰作搬到一个不起眼的小地方啊。所有的艺术家都希望他们的作品摆在显眼的地方，而不是某个偏僻——

兰登沉吟片刻。除非……

连动一下这个念头兰登都感到有些害怕。可能吗？难道是贝尔尼尼故意创作出这么露骨的作品，迫使罗马教廷把它藏到一个不惹眼的地方？藏到一个可能是他自己提议的地方？一个可能在顺着《西风》气息方向的偏远的教堂里？

雕塑《圣特雷萨的沉迷》的塑像头部

兰登越来越激动，但他又隐约记得，这尊雕像肯定是跟“火”没关系的。每个看过那件作品的人都会证明，它绝不是科学艺术——色情艺术还差不多，绝不可能是科学艺术。一名英国评论家曾谴责《圣特雷萨的沉迷》是一件“最不适合摆放在基督教堂里的装饰品”。兰登很能理解这一争议。尽管巧夺天工，但这件作品描述的是圣特雷萨躺在那里，脚趾微微翘起，沉浸在无比兴奋的性高潮中。这是梵蒂冈难以容忍的。

兰登急忙翻到作品描述，一看到插图，他顿时看到了一丝出乎意料的希望，在插图里圣特雷萨看上去的确很兴奋，但是刚才兰登忘记了雕塑里还有一个人。

一个天使。

他突然回想起那个肮脏的传说……

圣特雷萨是个修女，在她声称一位天使到她梦中造访之后就被封为圣徒了。评论家后来认为在那次相会中性的因素可能远胜过灵的因素。在书的底部，有一段潦草的字迹，兰登马上认出了这极为熟悉的引文。圣特雷萨的原话不容半点儿置疑。

圣特雷萨

……他的金色长矛……燃着熊熊烈火……一次又一次地插入我的体内……穿透了我的五脏六腑……如此的甜美与奇妙，谁也不希望它停下来。

兰登笑了起来。如果那都算不上对性行为的暗喻的话，可就没什么算得上的了。他笑还因为书中对雕塑的描写，尽管是用意大利语写的，他还是看出火字出现了好多遍。

……天使的矛的顶端燃烧着熊熊烈火……
……天使的头发出火的光芒……
……一个欲火中烧的女人……

兰登又扫了一眼插图，这次他心服口服了。天使那带着烈火的长矛像一座高高耸立的灯塔，指引着前进的方向。在那崇高的历险途中，让天使来为你指南。就连贝尔尼尼挑选的天使也带有特殊意义。那是撒拉弗①，兰登意识到。撒拉弗字面的意思就是“炽热的人”。

罗伯特·兰登并不是一个行过坚信礼的人，但当他读到现在那尊雕塑所处的教堂的名字时，他料定他也许最终会成为一个信徒。

维多利亚圣母堂

维多利亚，兰登咧着嘴笑了起来。太妙了。

兰登踉踉跄跄地站起来，顿时感到一阵头晕眼花。他抬头瞟了一眼梯子，忖度着要不要把书放回原处。见鬼去吧，他想，亚奎神父会去放的。他合上书轻轻把它放到

① 撒拉弗(seraph)，《圣经》中的六翼天使，位列天使的最高等级，也称作“炽天使”。

了架子的底层。

他向档案室电子门入口那发亮的按钮走去，感到呼吸很急促。不过，他的好运又让他精神焕发。

然而，他的好运还没等他走到门口就消失了。

没有任何预兆，档案室发出一声叹息般的声音，仿佛感到很痛苦。灯光开始变暗，按钮失灵了。接着，就像一头断气的巨兽，整个档案馆变得一片漆黑。有人刚刚切断了电源。

85

梵蒂冈那神圣的墓室就位于圣彼得大教堂大厅的下面。那里是已故教皇的葬身之所。

维多利亚来到旋转楼梯的最下端，走进墓室。漆黑的墓室让她想起“欧核中心”的那台大型强子对撞机——又黑又冷。此时，只有瑞士卫兵打着手电筒照亮黑暗，地道里显得阴森诡异。两边墙上排列着一个个中空的壁龛。灯光所及之处，可以看到壁龛里石棺的巨大的阴影渐渐向他们逼近。

梵蒂冈地下墓室

梵蒂冈地下墓室里教皇的石墓

她身上掠过一阵寒气。着凉了，她对自己说，却也清楚这只说对了几分。她觉得有人在盯着他们，不是活人，而是黑暗中无数的幽灵。每一座石墓上都安放着一尊身穿礼服的教皇的等身雕塑。雕像双手交叉放在胸前，平躺在石馆之上，沉睡于死亡之中，仿佛是从墓中浮起来的，紧贴着棺盖，又仿佛在竭力挣脱死亡的束缚。灯光继续前移，教皇的侧面像立起来投在墙上，影子越拉越长，如骷髅跳舞投下的影子一般，然后就渐渐消失了。

大家都默不作声了，维多利亚无法分辨这是出于敬仰还是恐惧。她感觉二者都有。教皇内侍闭着双眼向前走着，仿佛心中清楚地知道每一步。维多利亚怀疑他自教皇死后一定到这个阴森凄冷的地方来过很多次……也许是在他的墓前祈求给予指点。

我在主教的监护下工作了多年，教皇内侍曾说，他对我来说就像父亲一样。维多利亚回想起教皇内侍说的这席话，不由也想起了那个将他从军队里“拯救”出来的红衣主教。然而，现在维多利亚知道下面的故事了，就是这个庇护和养育了教皇内侍的红衣主教后来升任了教皇，同时将这个年轻的被保护人提拔为教皇内侍。

这就对了，维多利亚心里暗暗思忖。她对别人的内心世界一直都保持着敏锐的洞察力，教皇内侍身上有些东西困扰了她一整天。从她见到他开始，她就隐约感觉到了他灵魂深处的痛苦，这种痛苦超越了他此刻所面临的不堪承受的危机。在他虔诚而沉着的外表下面，她看到的是一个被自己的心魔折磨得遍体鳞伤的人。现在她确信自己的直觉是准确的。他现在不仅要面对梵蒂冈历史上最具毁灭性的威胁，同时，他没有了良师益友……只能孤军奋战。

卫兵们放慢了脚步，仿佛在黑暗中不能确定刚刚去世的教皇的位置。教皇内侍泰然自若地继续向前走着，在一座似乎比其他的都要亮一些的大理石棺前停了下来。棺盖上是这位已故教皇的雕塑。维多利亚突然想起她在电视里曾经看到过这张脸，心一下揪了起来。我们在干什么啊？

"我知道我们没多少时间，"教皇内侍平静地说道，"但我仍然要求我们做一会儿祷告。"

瑞士卫兵站立在原地低下了头。维多利亚也低下了头，她的心在一阵死寂中怦怦直跳。教皇内侍在石墓前跪了下来，开始用意大利语祷告。维多利亚听着他的祷词，没想到自己也无比悲伤，潸然泪下……为自己的良师益友……为她自己的心地纯洁的父亲。教皇内侍的话听起来既是对她父亲的哀悼，也是他对教皇的追念。

"至高无上的父亲，我的恩师，挚友，"教皇内侍一遍又一遍地诵念着，"您告诉过我，我幼时心里听到的声音就是上帝的声音。您还告诉我无论处于何种艰险困苦的境地，我都必须遵照他的意旨。现在，我又听到了这个声音，他要我去完成那艰难的任务，赋予我力量吧，宽恕我吧。我所做的……都是在您所信仰的上帝的指示下做的。阿门。"

"阿门。"卫兵们低声说。

阿门，父亲。维多利亚拭了一下眼睛。

教皇内侍缓缓站起，从棺材旁边走开了。"把棺盖移开。"

瑞士卫兵们犹豫了一下。"先生，"一个卫兵说道，"遵照法律，我们该奉命行事，"他顿了顿，"我们照您说的做……"

教皇内侍看出了这些卫兵的心思。"以后我会为你们的这种处境祈求天主宽恕，但是今天，我请求你们合作。梵蒂冈法律制订出来就是保护教会的，也正是本着这种精神，我命令你们现在打破陈规。"

沉寂了片刻之后，领头卫兵下达了命令。三个卫兵将手里的电筒倒放在地上，他们的影子一下跃到洞顶。借着地上的电筒光，卫兵们向石棺靠近。站在石棺的一头，他们紧紧地抠住大理石棺盖，双脚蹬地准备推开棺盖。一声令下，他们死死地抵住巨大的棺盖，使劲地向前推着。棺盖纹丝不动，维多利亚不觉希望那块棺盖越重越好。她突然很怕看到棺材里面的东西。

卫兵们又加了一把劲，但棺盖依旧纹丝不动。

"再来。"教皇内侍喊了一句，卷起法衣的袖子，来跟他们一块推。"嗨哟！"所有人都用力推了起来。

维多利亚正要来帮一把，就在这时，棺盖滑动了。卫兵们再向前推，只听见石头与石头之间发出“吱呀”一声摩擦声，棺盖被推开了一个角——雕像上的教皇的头被推到了墙边，双脚直直地伸向另一边……

每个人都不由后退了一步。

一个卫兵小心翼翼地弯腰捡起地上的电筒，向棺内照去。灯光似乎摇曳了片刻，然后那名卫兵才拿稳了电筒。其他的两个卫兵一个接一个围上前来。即使在黑暗中，维多利亚也感觉得到他们在退缩。他们一个接着一个在胸前画起了十字。

教皇内侍低头朝石棺里看，他浑身发抖，肩膀像秤砣一样垂了下来。他伫立良久，才转身离开。

维多利亚曾担心尸体冷却僵硬，死者的嘴会紧闭，那样的话，她就不得不建议掰开下巴来检查舌头。不过现在她知道没有必要了。尸体的双颊已萎陷下去，嘴巴大张着。

他的舌头黢黑。

86

没有光亮。寂然无声。

秘密档案馆里一片漆黑。

兰登现在意识到，恐惧真的是一种强效驱动剂。他喘着粗气在黑暗里向旋转门摸去。他摸到了墙上的按钮，举起手死命地拍下去，什么动静也没有。他又拍了一下，门锁死了。

他只觉得天旋地转，什么也看不见，他大声叫喊，但感到透不过气。他意识到自己已身陷险境。由于缺氧，他紧张得心跳加速。他感觉像是有人朝他的肚子狠狠打了一拳。

他使出浑身力气朝门撞去，一时间他以为门又开始旋转了。他又推了推，一下子感觉眼冒金星，这才明白旋转的是整个房间，而不是门。他踉踉跄跄地走着，没走几步就被一把滚动式的梯子绊了一下，结结实实地摔了一跤。他的膝盖被书架的边缘给划伤了，他一边咒骂，一边爬起来去摸梯子。

他找到了梯子。他还以为是那种粗重的红木梯子或是钢梯什么的，但那只是铝制的梯子。他一把抓住梯子像举起攻城木槌一般举了起来。在黑暗中他跑步朝玻璃墙砸去。这段距离比他料想的要近一些。梯子一下子就撞上了玻璃，又弹了回来。兰登听到这微弱的撞击声，知道自己需要有个东西来撞碎玻璃，但绝不是一个铝制梯子。

他突然想起那个半自动手枪，心里涌出一线希望，但马上就没有了。那个武器不见了。在教皇办公室里，奥利韦蒂就以教皇内侍在的时候不宜佩戴武器为由收回了那把手枪。当时那样做是说得过去的。

兰登又喊了一声，声音比上次还弱。

接着他想到了卫兵留在档案室外桌子上的对讲机。我怎么不把它带进来！他开始感到一阵头晕目眩，硬着头皮去想办法。你以前也被困住过，他叮嘱自己，更糟的情况下你都挺过来了。你那时还那么小都想出法子了。黑暗如潮水般汹涌而来。好好想想呀！

兰登低下身子趴在地上，又转过来仰面躺着，双手放在两边。第一步先调整好身体。

放松。保存体力。

心脏供血的负担减轻了，兰登的心跳得没那么厉害了。这是游泳的人在紧张的比赛中常用的给血液充氧的招数。

这儿有充足的空气，他叮嘱自己。够多了，现在想办法。他等着，期望灯什么时候会再亮起来。灯没有再亮起来。躺在那儿，他感到呼吸顺畅多了，突然莫名其妙地想要放弃。他感到很平静。他竭力驱散那个想法。

你必须行动起来，见鬼！但往哪边……

米老鼠在兰登的手腕上欢快地闪着光，仿佛在黑暗中觉得很快活：晚上，9 点 33 分。离“火”还有半个小时。他感到时间远远不够了。他没有想办法脱险，却突然在寻找原因。谁切断了电源？是罗奇尔扩大搜查？难道奥利韦蒂事先没有跟他提过我在这儿！兰登清楚在这一刻，不论原因是什么，结果都一样。

兰登张开嘴，仰起头，竭尽全力做了个深呼吸。似乎每一次呼吸都会使空气更稀薄。他头脑清醒了过来。他理理思绪，强迫自己进入状态。

玻璃墙，他自言自语，该死的厚玻璃。

他想知道是否这里的每一本书都被放置在厚重的、钢制的防火文件柜里。这是兰登经常在其他档案室里看见的，可在这儿他没见到。想在黑暗中找到一个利器实属浪费时间，无论如何他都搬不动，何况是处于当前的状态下。

那个检测台呢？兰登知道这个档案室和其他的一样，在书架的中间也应该有一个检测台。那又怎样？他根本无法移动它。不用说，即使能搬动也挪不远。书架摆放得很密，其间的过道实在太窄了。

过道太窄了……

突然，他明白了过来。

兰登突然有了自信，猛地跳了起来。他一阵头昏脑涨，身体摇晃起来，在黑暗中伸出手寻找支撑点。他的手摸到了一个书架。他停了一下，让自己积聚点力量。他可能需要用尽全部的力气去这样做。

他像足球运动员靠在训练滑板上那样靠在书架上，双脚站稳，推了起来。要能把这书架弄翻就好了。可书架居然纹丝不动。他重新调整一下，又推了一次，他的脚在地板上向后划了一下。书架吱吱响了一声，但仍旧未动。

他得借助一定的力量。

再次寻到玻璃墙，他一只手扶着墙壁疾步走向档案室的另一端。陡然间他撞到了墙上，肩膀磕了一下。兰登没好气地骂了一句，绕着书架转了一圈，在与眼齐高的地方抓住了书架。一只脚撑在玻璃墙上，另一只脚踩在低一些的架子上，他开始向上爬去。书本从他身边纷纷掉了下去，哗啦啦地落在漆黑的档案室里。可是他并不在意，求生的本能早就让他顾不得理会档案馆的规章制度。他觉得黑暗影响了他的平衡感，索性闭起双眼不去理会眼前的一切。此刻他移动得更快了。他爬得越高，就感到空气愈发的稀薄了。他往书架的高处攀爬着，想要踩在书本上，找个牢靠的立足点，然后再站起身来。就像一个攀岩者在征服一面断壁，兰登终于抓到了书架顶端。他伸出双腿蹬着玻璃向上移动，这时身体几乎和地面是平行的了。

罗伯特，勿失良机，一个声音催促着，就好像在哈佛健身馆里做压腿一样啊。

他一阵眩晕，攒足力气，双脚抵着后面的墙壁，双手用力撑着身体，胸膛顶在书架上，然后推了起来，但无济于事。

他喘了口气，蹬直双腿换个姿势又试了一次。书架摇动了，尽管只是很轻微的一点。他又推了一下，书架前后晃动了一英寸左右。趁着这个空当，他用力吸了口气，可是空气里仿佛不含氧气，他又喘起气来。书架摇摆的幅度更大了。

像个秋千，他自言自语道，保持这个节奏，幅度再大一点儿。

兰登摇晃着书架，每推一次，他的腿就可以伸展一些。他的肌肉生疼，他忍住疼痛。书架像个钟摆一样来回摆动着。他鼓励自己，*再推三次就好。*

他只推了两下。

令人难以预料的是，他像是突然失重了一般。接着，哗啦一下书从架子上滑了下来，他也和书架一起向前倒去。

快倒在地板上的时候，这个书架撞上了另一个书架。兰登紧抓住书架不放，一下子倒在了前方，用力推着书架想推倒第二个书架。书架一动也不动，他感到一阵惊慌，随后，第二个书架在重压之下吱吱作响，也倒下了。兰登又向下落去。

像一副巨大的多米诺骨牌，这些书架一个接一个地倒了下去。金属撞击着金属，书散落得到处都是。兰登牢牢地抓住书架不放，他抓着的那个倾斜的书架如起重机上的棘轮一般猛地向下倒了过去。他想知道这儿总共有多少书架，它们总共有多重？远远那头的玻璃墙那么厚……

第一个书架现在已经彻底倒在地上了。这时他听到了他期盼已久的声音——一种不同于刚才碰撞的声音，金属撞在玻璃上尖锐刺耳的声音远远地从档案室的另一端传来。整个房间都在摇晃，兰登想一定是其他的书架压在最后的一个上面，重重撞在了玻璃上。接下来的声音是兰登听到过的最尖利刺耳的声音。

接下来是一片沉寂。

没有玻璃破碎的声音，只有玻璃墙在经受书架重击后发出的轰响声。他靠在书架上，睁大了双眼。远处传来吱吱的响声，兰登真该屏住呼吸，侧耳倾听，可他已经喘不过气了。

一秒，两秒……

就在兰登快要失去知觉的时候，隐约听到远处传来一阵声响……一道裂痕在玻璃上延伸开来。突然，玻璃如炮轰一般粉碎，兰登身下的书架倒塌在了地上。

像是降落在沙漠的喜雨，数不清的玻璃碎片哗啦啦坠入黑暗中。风声呼啸着，空气涌了进来。

三十秒后，在梵蒂冈墓穴里，维多利亚还站在那具尸体前，忽然对讲机铃声大作，打破了寂静。里面传出刺耳而急促的声音："我是罗伯特·兰登！听到我说话了吗？"

维多利亚抬起头。罗伯特！她简直不敢相信自己突然多么希望他就在这儿。

卫兵们面面相觑。其中一个卫兵从腰带上取下对讲机。"是你吗，兰登先生？您拨的是三号线。司令正在一号线等待您的消息。"

"我知道他在一号线，该死！我不想和他说话。我找教皇内侍。快！帮我叫他。"

在秘密档案馆阴暗的角落里，兰登站在粉碎的玻璃中间，打算喘口气，休息一下。突然他感觉到左手上有暖暖的液体，然后知道了手在流血。话机里突然传来教皇内侍的声音，吓了他一跳。

"我是文特斯克教皇内侍。发生什么事了？"

兰登按下按钮，他的心还怦怦地急跳着。"我觉得有人要杀我！"

没人回应。

兰登尽力平静下来。"我还知道下一次谋杀要在哪里发生。"

回答他的不是教皇内侍。那是司令奥利韦蒂的声音："兰登先生，别说了。"

87

兰登穿过贝尔维迪宫的庭院，走到瑞士卫队营安全中心外的喷泉边，看了看此时已沾满血迹的手表：晚上 9 点 41 分。尽管手不再流血了，可是感觉似乎比看上去更糟糕。他到达时，好像所有的人都一下子到齐了—— 奥利韦蒂、罗奇尔、教皇内侍、维多利亚，还有几个卫兵。

维多利亚立刻冲上前去。"罗伯特，你受伤了。"

兰登还没来得及回答，奥利韦蒂就走到了他面前。"罗伯特先生，你一切安好我就放心了。我为档案馆的干扰信号而表示歉意。"

"干扰信号？"兰登质问道，"你居然知道，还……"

"是我的错，" 罗奇尔上前一步，深感懊悔地说，"我当时不知道你在档案馆。公共场所的部分电路与那座大楼的是交叉的。当时我们正在扩大调查范围。是我切断了电源。如果我早知道……”

“罗伯特,”维多利亚握着他受伤的手仔细看了看,“教皇是中毒身亡的。光照派的人杀了他。”

兰登听到了她的话,但根本就没理解那句话的意思。他的脑中塞满了这种信息。他只感觉到维多利亚的手的温暖。

教皇内侍从长袍里掏出一条丝制手帕,递给兰登,让他擦擦血迹。他一句话都没说,一双碧眼似乎充满了一种新的怒火。

“罗伯特,”维多利亚追问,“你说你知道下一个红衣主教将在哪儿被杀?”

兰登心情复杂。“是啊,我知道,它将在……”

“别,”奥利韦蒂打断他的话,“兰登先生,我在对讲机里叫你别说了是有原因的。”他转向列队的瑞士卫兵。“请回避,先生们。”

卫兵们返回安全中心去了。没有人无礼冒犯,大家都只是服从命令。

奥利韦蒂又转身面对剩下的人。“实际上这样说令我很痛心,那就是杀害教皇的凶手得到过我们中某人的帮助。为了安全起见,大家不要相信任何人,包括我们的卫兵。”他在说这些话时,好像很痛苦。

罗奇尔很焦急。“内部勾结意味着……” 259

“是的,”奥利韦蒂说,“你的调查看来是大打了折扣,而这又是我们必须下的赌注。继续监视。”

罗奇尔好像还想说些什么,但又改变主意不问了,然后就走开了。

教皇内侍深深地吸了口气。他一句话都还没说,兰登就已感觉到了他的严厉,事情似乎已经出现转机了。

“司令,”教皇内侍的语气不容置疑,“我打算中止秘密会议。”

奥利韦蒂撅起嘴,阴沉着脸。“我建议你不要这样做。我们还有两小时二十分钟的时间。”

“那远远不够!”

奥利韦蒂的语调中含有几分挑衅。“你想做什么?想凭你一个人的力量去疏散红衣主教吗?”

“我想用上帝给我的力量去拯救这个教会。我怎么做已不是你要关心的问题了。”

奥利韦蒂直起身子。“无论你要做什么……”他停了停,“我都无权阻止。尤其是作为安全部门的首领,我有明显的失职行为。我只要求你再等一等,再等二十分钟……等到十点。如果兰登先生的信息准确的话,我还有机会抓住杀手。我们也许还可以维持规范。”

“规范?”教皇内侍冷冷一笑,“司令,我们早已超越了规范的范畴。也许你还没注意到,这可是战争。”

一位卫兵从安全中心过来,对教皇内侍大喊道:“先生,我刚得到通知,我们拘留了英国广播公司的记者,格利克先生。”

教皇内侍点点头。“把他和那个女摄影师带到西斯廷礼拜堂外见我。”

奥利韦蒂惊得瞪大了双眼。“你想做什么?”

“二十分钟,司令。我只能给你二十分钟。”说着,他走了。

奥利韦蒂的阿尔法·罗密欧车飞快地冲出了梵蒂冈,这次没有无标志的车辆跟在后面。在后排座位上,维多利亚从手套式工具箱里找到了急救药箱,用绷带包扎兰登的手。

奥利韦蒂直直地盯着前方。“好了,兰登先生,我们要去哪儿?”

88

尽管奥利韦蒂的阿尔法·罗密欧车上装有警报器,此时是呼啸而过,但他驱车如穿梭般地驶过桥进入古罗马的中心时并未引起别人的注意。所有的车辆都驶向另一个方向,驶向梵蒂冈,教皇似乎突然变成了罗马最走红的娱乐明星。

兰登坐在后排,各种疑问萦绕在脑海里,挥之不去。他想知道杀手是谁,想知道这次是否能抓住他,想知道杀手是否能告诉他们想要了解的事情,想知道现在是否已经晚了。在教皇内侍向圣彼得广场前的人们宣布他们的险境之前,他们还有多长时间?档案室里发生的事情仍在困扰着他。一个错误。

阿尔法·罗密欧车一路呼啸着奔向了维多利亚圣母堂,此间奥利韦蒂从未碰过刹车。兰登知道换作其他任何一天,他早就吓得神经紧张了。然而此时此刻他只觉得有些麻木。只有手上的阵阵抽痛在提醒着他身在何处。

头顶的警报器尖啸着。兰登想,再没有什么比这更能提示他我们来了。但是他们这可是节省了很多时间。他觉得再近一些的时候奥利韦蒂可能会把警报器关掉。

现在终于有点儿时间坐下来好好思索一下了,当教皇被谋杀的事出现在他的脑海里时,他感觉有一丝惊讶。这种想法真是令人难以置信,可又似乎是一件完全合理的事情。光照派总是靠打入敌人内部获得支持的——从内部进行权力重组。而且,教皇被暗杀的事也似乎并非从未发生过。虽然关于叛节的谣言四起,但由于不能进行尸检,这些谣言都不曾得到证实。直到最近情况才发生了改变。不久前学者们获准用X射线检测教皇切莱斯廷五世的坟墓,据说切莱斯廷五世死于那位过于热切的继位者卜尼法斯八世之手。研究者原本希望X射线可以揭示出一些谋杀的蛛丝马迹——也许是一根断骨。令人难以置信的是,X射线检测出教皇的颅骨内有一根十英寸长的铁钉。

兰登还回忆起多年前光照派迷寄给他的一系列新闻剪报。起初他还以为这些剪报是恶作剧,于是他跑到哈佛缩微平片收藏室去验证真伪。不可思议的是,剪报的确是真的。如今他把这些剪报贴在布告栏里,作为即使是有声望的新闻组织时常也会被光照派偏执狂误导的例证。突然,这些媒体的怀疑似乎并非凭空妄想。兰登的头脑里还清晰地记得那些文章……

英国广播公司

一九九八年六月十四日

教皇约翰·保罗一世,卒于一九七八年,P2共济会阴谋的受害人……秘密团体P2得知约翰·保罗决定免去美国主教保罗·马森卡斯的梵蒂冈银行行长之职,密谋要刺杀他。而银行与共济会有着可疑的金融交易……

纽约时报

一九九八年八月二十四日

已故约翰·保罗一世为何身着衬衫就寝?衬衫为何破烂不堪?问题还不止这些。目前还没有做过任何医学鉴定。威略红衣主教以此前从未对教皇验尸为由禁止进行尸检。约翰·保罗床边的药品神秘失踪,他的眼镜、拖鞋甚至连遗嘱也不知去向。

伦敦每日邮报

一九九八年八月二十七日

……一场阴谋,一个势力强大、残酷无情、非法的共济会将魔爪伸向罗马教廷。

维多利亚口袋中的手机响了起来,令人欣慰的是,这把兰登从回忆中拉了回来。

维多利亚不知道谁会给她打电话,一脸迷惑地接通了电话。即使在几英尺之外,兰登还是听出了电话中那个尖利的声音。

"维多利亚吗?我是马克西米利安·科勒。找到反物质了吗?"

"马克斯?你身体好了?"

"我看到消息了。没有提及'欧核中心'或反物质。这很好。发生了什么事?"

"我们还没找到储存器的下落。情况非常复杂,罗伯特·兰登帮了大忙。我们正循一条线索准备去抓杀害红衣主教的人。此刻我们正往——"

"维特勒女士,"奥利韦蒂打断了她,"你说得够多了。"

她盖住手机,显然有点儿恼怒。"司令,他可是'欧核中心'的首领。他理当过问——"

"他理当,"奥利韦蒂厉声说道,"理当过来应付这种局面。你们的电话线路是不受保护的。你说得已经够多的了。"

维多利亚深吸一口气。"马克斯?"

"我有些情况要告诉你,"马克斯说道,"关于你父亲的……我可能知道他向谁谈起过反物质。"

维多利亚脸色阴沉。"马克斯,我爸爸说他谁也没告诉。"

"维多利亚,我恐怕他的确告诉了别人。我需要检查一下安全记录。我很快会和你联系的。"说完那边挂线了。

维多利亚把手机放入口袋，脸色蜡黄。

“你还好吧？”兰登问道。

维多利亚点点头，但她颤抖的手指表明她在说谎。

“教堂在巴尔贝里尼广场上。”奥利韦蒂关掉警报器，看了一下手表，“我们还有九分钟。”

刚一弄明白第三个标识物的所在，兰登就差不多知道了那座教堂的位置。巴尔贝里尼广场。名字好像很熟悉……可他却说不出来。这会儿他知道那是什么了。那个广场就是一个曾经有争议的地铁站的旧址。二十年前，地铁终点站的建设曾在艺术史学家中间引起过一场轩然大波。他们担心在广场下挖地道会使广场中心的方尖碑坍塌。城市规划者就把方尖碑移走了，取而代之的是一个名为“海神之子特里同”的小喷泉。

在贝尔尼尼的时代，兰登此刻意识到，巴尔贝里尼广场上曾耸立着一座方尖碑。兰登关于这儿是不是第三个标识物所在地的疑虑现在完全消失了。

巴尔贝里尼广场和海神之子特里同的喷泉

距广场一个街区的地方，奥利韦蒂拐进一条小巷，加大油门快速前进。半路上他突然刹车，脱掉夹克，卷起衣袖，给手枪装上子弹。

“我们不能冒险让别人认出你们，”他说，“你们两个在电视上露过面。我想让你们穿过广场，别让人看到，监视着前面的入口。我从后面进去。”他掏出一把熟悉的手枪递给兰登。“以防万一。”

兰登皱皱眉，这已经是今天第二次别人递给他枪了。他把手枪塞进胸前的口袋里。就在这时，他突然发现他还带着那页从《图解》里取出来的手稿。他不敢相信他居然忘记放回去了。他想象着梵蒂冈的馆长大发雷霆的样子，如果让他知道这页价值连城的手稿像旅游地图般被人带着在罗马到处走，他一定会崩溃的。接着兰登又想到他给档案室留下的玻璃碎片和四处散落的文档。馆长的问题还多着呢。如果档案室能挨过这一夜的话……

奥利韦蒂下车，然后做了个手势示意退出这条巷子。“广场在那边。睁大眼睛，别让别人发现你们。”他轻轻地拍拍腰间的电话，“维特勒女士，再测试一下自动拨号系统。”

维多利亚拿出电话，按下他们在万神殿前设置的自动拨号键。奥利韦蒂的电话设置为静音模式，此时在他腰间振动起来。

司令点点头。“好的。如果你们看到什么，一定让我知道。”他扣了一下扳机，“我会在里面等你们。这家伙跑不掉了。”

就在那一刻，在他们不远处，另一部手机响了起来。

黑煞星接通了电话。“说。”

“是我，”那个声音说，“杰纳斯。”

黑煞星微微一笑。“你好，主人。”

“可能有人知道了你的位置。要来阻止你。”

“他们太晚了。我已经在这里做好准备了。”

“好。你一定要活着回来见我。你的工作还没做完。”

“要挡我路的人必死无疑。”

“要挡你路的人可不是凡夫俗子。”

“你是说那个美国学者？”

“你知道他？”

杀手笑出了声。“头脑冷静但却嫩得很。早些时候我们在电话里交谈过一次。他还带着个女的，脾气和他截然相反。”一想到列奥纳多·维特勒女儿那急躁的性格，他就感觉被激起了情欲。

电话那端沉默了片刻，杀手第一次从这位光照派主人那里感到了几分迟疑。最后，杰纳斯开口道：“必要时干掉他们。”

杀手暗自笑了笑。“我会权衡得失做出决定的。”一种热切的期望流遍全身。不过我也许会把那个女人当作奖赏留下来。

89

一场战争在圣彼得广场上爆发了。

广场陷入一场狂乱的争斗之中。新闻采访车像突击队一样驶入广场，以抢占据点。记者们都拿出高科技的电子仪器，就好像整装待发的战士。在广场的四周，电视联播公司各显神通以求赢得最佳的位置，他们竞相架起媒体新闻大战中的最新式武器——纯平显示器。

纯平显示器是巨大的视频屏幕，可安装在采访车上，亦可安装在便携式的脚手架上。这些屏幕如同为电视联播公司做宣传的广告牌，播放新闻报道和公司标识，仿佛露天电影一样。如果屏幕放在一个好位置——比如说就在事件发生地前面——别的

帕利恩凹室

电视联播公司再要拍摄这段新闻材料就不得不为他们的竞争对手做广告了。

很快，广场就不仅上演了一场媒体盛典，而且疯狂的公众也守在这儿。旁观者从四面八方涌了过来。广场上这块平时冷清的空地顿时变成了一块风水宝地。人们成群结队地聚集在高耸的纯平显示器下，惊愕无比、激动万分地观看现场报道。

在一百码开外的地方，圣彼得大教堂那厚厚的四壁里面是一派安宁。沙特朗中尉和三名卫兵在黑暗中穿行着。他们戴着红外护目镜，拿探测器在身前来回地照着，在中殿内成扇形散开了。他们在梵蒂冈城公共入口处的搜查毫无结果。

“在这里最好把你们的护目镜往上戴戴。”一位年长的卫兵说道。

沙特朗已经这样做了。他们就在帕利恩凹室旁边——圣彼得大教堂中心下沉的地方。这儿由九十九盏油灯照亮，如果不戴好护目镜，那里散发的红外线就会灼伤他们的眼睛。

沙特朗喜欢摘掉厚重的护目镜的感觉。他们下到那间下沉的凹室里察看时，他也伸长了脖子看。这个凹室美极了……金光闪闪，光彩夺目。他以前从没来过这里。

自来到梵蒂冈的那天起，沙特朗似乎每天都能获悉梵蒂冈的神秘事物。这些油灯就是其中之一。这里的确有九十九盏长明灯。这是这里的传统。神职人员小心翼翼给每一盏灯添满油，不让任何一盏熄灭。据说这些灯会一直燃到世界末日。

也许至少可以燃到午夜吧，沙特朗这么想着，感觉嘴巴又干了。

沙特朗用探测器照了照这些油灯，里面什么也没有。他并不吃惊；据拍摄的录像显示，储藏器藏在一个黑咕隆咚的地方。

来到凹室的另一侧，他发现有一个平板闸门盖住了地面的洞口。一段又陡又窄的楼梯从洞口直通到下面。他听说过一些关于下面藏的东西的传闻。令人欣慰的是，他们不用下去。罗奇尔的命令非常清楚。*仅在公共入口区搜索，不要管公共场所*。

“什么味道？”他边问，边从闸门前走开了。凹室里有一股令人陶醉的甜甜的味道。

“是灯冒出的烟味儿。”其中一个卫兵回答。

沙特朗很吃惊。“更像是古龙香水，而不是煤油。”

“不是煤油啊。这些灯距离罗马教皇的圣坛很近，因此他们是一种特别的、奇异的混合物——乙醇、糖、丁烷和香水。”

“丁烷？”沙特朗看着这些灯，有点儿不安。

卫兵点点头。“千万别洒出来。闻起来是香极了，可一旦着起火来能烧死人。”

卫兵们搜查好这间凹室，正要穿过大教堂，突然对讲机响起来了。

有新情况了。卫兵们满脸惊愕地听着。

显然出现了棘手的新情况，这不便在电话里说，但教皇内侍已经决定打破传统，到秘密会议室里对红衣主教们发表声明。这可是史无前例的举措。沙特朗再次意识到，罗马教廷在历史上还从来没有居于这样的风口浪尖上。

得知是教皇内侍在控制局面，沙特朗感到很欣慰。教皇内侍是梵蒂冈城内最令沙特朗敬重的人。有些卫兵认为教皇内侍是个宗教狂徒，对上帝的爱已经到了着魔的地步——但是他们还是一致认为……一旦要与上帝的敌人作战，教皇内侍肯定就是那个挺身而出奋勇作战的人。

瑞士卫兵这周目睹了教皇内侍为了教皇选举会议所做出的一切。每个人都评论说教皇内侍看起来有些忧愁，他那双碧眼比以往更深邃。一点都不奇怪，他们都评论道，教皇内侍不仅要负责筹划秘密会议，而且是在刚一失去他的良师——教皇之后就得立即着手办这件事。

沙特朗刚来到梵蒂冈几个月就听说了教皇内侍小时候眼睁睁地看着他的母亲被炸死的事情。教堂里的炸弹……现在又要重演了。令人悲痛的是，当局根本就没逮到那个安放炸弹的混蛋……据说可能是某个仇恨基督教的集团干的，之后那件案子就渐渐被人淡忘了。难怪教皇内侍鄙视淡漠的态度。

几个月前的一个宁静的下午，在梵蒂冈城，沙特朗在穿越广场时和教皇内侍撞了个满怀。教皇内侍显然认出他是个新兵，于是邀请他陪他散散步。他们没有谈什么特别的事情，但是教皇内侍让他有种无拘无束的感觉。

“神父，”沙特朗说，“我可以问一个奇怪的问题吗？”

教皇内侍笑道：“但愿我能给你一个奇怪的答案。”

沙特朗大笑了起来。“我曾经问过认识的每一个神父，但还是不理解。”

“是什么困扰你呢？”教皇内侍走路时步子较小，但节奏较快，不时踢到身前的长袍。他的黑色的绉鞋似乎很合脚，沙特朗想，这反映出了此人的作风……时髦又谦逊，显示了他穿戴的风格。

沙特朗深吸一口气。“我不理解无所不能和乐善好施。”

教皇内侍又笑了。“你要坚持读读《圣经》。”

“我在努力领会。”

“你是对《圣经》把上帝描绘成无所不能和乐善好施的神而感到困惑吧。”

“就是。”

“无所不能和乐善好施简言之就是上帝是万能和至善的。”

“我明白这个概念。只是……这似乎有些矛盾。”

“是的，这种矛盾是一种痛苦。人类遭受的饥饿，战争，疾病……”

“正是如此！”沙特朗知道教皇内侍明白他的意思了，“人生总会发生可怕的事情。人类的悲剧似乎证明上帝不可能既是万能的，又是至善的。如果他是爱我们的，还有这种力量来改变我们的处境，难道他不该解除我们的痛苦吗？”

教皇内侍皱了皱眉。“他该吗？”

沙特朗感到很不安。他是不是越轨了？这是不是一个不应该问的宗教上的问题？“喔……如果上帝爱我们，他就会保护我们，他应该这样做。可他似乎在无所不能时并不予以同情，而在乐善好施时却又显得无能为力。”

“中尉，你有孩子吗？”

沙特朗脸红了。“没有，先生。”

“假如你有个八岁的儿子……你会爱他吗？”

“当然！”

“你会做一切力所能及的事情去保护他一生免受痛苦折磨吗？”

“当然！”

“那你会让他玩滑板吗？”

沙特朗好容易才明白过来。教皇内侍在发挥其作为神父的才能时总显得有点儿古怪。“是啊，我认为，”沙特朗说道，“当然，我会让他玩滑板，但我会叫他小心一点儿。”

“所以说，作为孩子的父亲，你会给他一些基本的忠告，然后放手让他去体味失败的教训？”

“我不该跟在他后面，对他娇生惯养，你是这个意思吧。”

“但是如果他摔倒了，跌破膝盖怎么办？”

“他会自己学着变得更小心一些。”

教皇内侍微笑着说：“所以尽管你有能力去保护你的孩子不让他受伤，但你还是选择了通过让他自己接受教训来表达你对他的爱？”

“当然！痛苦是一种成长的历程。我们可以从中学习。”

教皇内侍点点头说：“正是如此。”

90

兰登和维多利亚在西面角落里一个小巷里密切注视着巴尔贝里尼广场。他们的正对面就是那座教堂，穹顶在广场对面的几座楼之间隐约可见。夜晚吹起了一阵令人舒畅的凉风，兰登吃惊地发现广场上居然空无一人。在他们头顶上，透过那些敞开的窗户，电视机发出的喧闹声提醒了兰登那些人都到哪儿去了。

“……到目前为止，罗马教廷仍未做出任何评论……光照派谋杀两位红衣主教……恶魔现身罗马……据推测，进一步的渗透……”

这些消息像尼禄[①]的大火一样四处蔓延，吸引了整个罗马乃至全世界的注意。兰登不知道他们能否真的截住这趟失控的火车。他等在那里环视着这座广场，发现尽管广场上出现了几座现代建筑，但看上去仍旧是明显的椭圆形。高处，巨大的霓虹标志在一座豪华宾馆的顶上闪烁着，就像为纪念一位昔日的英雄而建立的现代神殿。维多利亚已经指给兰登看了。那个标志似乎很适宜，却显得有点儿怪异。

---

① 尼禄(Nero，37—68)，罗马皇帝，在罗马历代皇帝之中，尼禄被公认是最残暴的一个，为了能够建造新的罗马城，尼禄纵火焚烧了罗马城。

贝尔尼尼酒店

“差五分到十点。”维多利亚说道，一双杏眼快速地扫视了一下广场。话音刚落，她一把抓住兰登的胳膊把他拽回暗处。她示意他看广场的中央。

顺着她的目光看过去，兰登一下子惊呆了。

两个黑影出现在他们前方的一个街灯下面。两人皆披着斗篷，头戴面纱，是那种传统的笃信天主教的寡妇所戴的面纱。兰登猜测那是两个女人，但在黑暗里他无法确定。其中的一个看上去年长一些，走路时有些驼背，好像很痛苦。另外一个又高又壮，搀扶着她。

“把枪给我。”维多利亚说。

“你不能就——”

维多利亚像只猫儿一样又一次敏捷地把手伸进他的口袋，掏出了那把手枪。手枪在她手中闪闪发光。接着，她脚不沾地似的悄无声息地绕到了左边的阴影处，弓着身穿过广场绕到了那两个人的后面。兰登呆若木鸡地站在那里看着维多利亚消失不见了。然后，他小声骂了一句，匆忙跟了过去。

那两个黑衣人走得很慢，兰登和维多利亚只用了半分钟时间就跟了上去，紧紧地尾随其后。维多利亚双手交叉放在胸前，把手枪掩藏在下面，别人虽看不见，但她却能快速抽出来。她仿佛走得越来越快，距离渐渐拉近，兰登费力地赶上她。他碰着一块石头，然后踢飞了，维多利亚斜着眼瞪了他一下。但那两个人似乎没听见声响，她们在说话。

距离还有三十英尺时，兰登听到了说话声。声音不清晰，只是喃喃的低声细语。身旁，维多利亚的步伐越来越快，她渐渐打开手臂，枪显露出来。到二十英尺远的时候，谈话声变得清晰起来——其中一个比另一个嗓门大很多，那人生气了，显得很粗野。兰登感觉那是一个老女人的声音。那个声音很沙哑，听不清是男是女。他竭力想听清她在说什么，但另外一个声音划破了沉寂的夜。

“打扰一下！”维多利亚温和的语调就像火炬一样点亮了整个广场。

戴斗篷的人突然停下脚步，转过身来，兰登紧张极了。维多利亚继续大步走近她们，脚步越来越快，几乎要撞上她们了。她们还没反应过来。兰登已经停了下来。他在后面看到维多利亚松开了手臂，枪滑了出去。就在这时，在街灯的照耀下，他从维多利亚身后看到一张脸。他惊恐万分，急忙冲上前去，“维多利亚，不要！”

维多利亚似乎比他早了一步。她仿佛不经意地迅速抬起胳膊，枪不见了。她双臂抱紧自己，好像寒夜里瑟瑟发抖的女人。兰登跌跌撞撞地跑到她跟前，差点和那两个戴斗篷的人撞在一起。

“晚上好。”维多利亚脱口而出，语气里带着震惊和畏缩。

兰登如释重负地吁了口气。两个老女人站在他们面前，面纱后显出怒容。其中一个年老得几乎站不稳，另一个在旁边搀着她。两人手里都握着念珠。她们似乎被这突如其来的打扰给弄糊涂了。

尽管看上去有些发抖，维多利亚还是微笑着说：“请问维多利亚圣母堂在什么地方？”

两个人不约而同地指着她们刚才走过来的那条斜坡上一幢楼的巨大的影子，说道：“那边。”

“谢谢。”兰登说，然后把手放在维多利亚的肩膀上轻轻地向后拉。他几乎不能相信他们差点伤害了两位老太太。

“现在已经不让进了，”一个女人提醒道，“提前关门了。”

“提前关了？”维多利亚显得很吃惊，“为什么？”

两个妇女立刻解释起原因来。听上去她们好像很生气。她们用意大利语抱怨着，兰登只听懂了几句。很明显，十五分钟前她们还在教堂里为陷入困境的梵蒂冈祈祷，可是有个男人出现并告诉她们教堂要提前关门。

维多利亚圣母堂

“你们认识那个人吗？”维多利亚问道，语气显得很紧张。

两个女人摇摇头。是个不认识的外国人，她们继续说，他强迫教堂里所有人都离开，甚至包括年轻的神父和看门人。神父说要报警，但这个擅自闯进来的人只是大笑，告诉他们要确保警察都带上照相机。

照相机？兰登很吃惊。

女人们愤怒地唠叨着，称那个人为“巴阿拉伯人①”。接着，两人嘴里仍嘟囔着继续赶路。

“巴阿拉伯人？”兰登问维多利亚，“野蛮人？”

维多利亚突然看上去很紧张。“不完全正确。巴阿拉伯是个贬义的双关语。它是指……阿拉伯人。”

① 原文为意大利语 bar-arabo，是野蛮人的意思，同时也有阿拉伯人的意思，此处音译为“巴阿拉伯人”。

兰登打了个冷战，转身面向了教堂。在教堂的彩色玻璃上他瞥见了什么。那个景象让他浑身战栗。

维多利亚没有留意，她拿出手机，按下自动拨号键。“我要给奥利韦蒂提个醒儿。”

兰登一句话也没说，伸出手碰了碰她的胳膊。他颤抖着手，指了指那座教堂。

维多利亚发出了一声短促的惊叫。

透过彩绘玻璃窗，他们看到那座教堂里面仿佛有恶魔的眼睛在闪耀……耀眼的火光越来越大。

91

兰登和维多利亚迅速冲到维多利亚圣母堂的正门前，却发现木门紧锁。维多利亚掏出奥利韦蒂的半自动手枪，对准破旧的门闩连开三枪，门闩“哗啦”一声碎了。

教堂没有前厅，兰登和维多利亚猛地推开大门，气喘吁吁地定睛一看，教堂里的全部景象尽收眼底。面前的场景出乎二人意料，怪异至极，兰登只得狠狠地眨了一下眼以确认眼前发生的一切。

这是一座装饰奢华的巴洛克风格的教堂……墙壁和祭坛金碧辉煌。在教堂正中央穹顶的下面，一张张条椅堆得高高的，如壮观的火葬火堆一样燃烧着熊熊烈火。烈火不停地喷向高处的穹顶。望着眼前阴森恐怖的景象，一阵恐惧倏地袭上兰登的心头。

在高高的头顶上，天花板的左右两边各悬着一根乳香绳——这些绳索是用来吊乳香瓶的，悬在集会教徒的头上。但是，这些绳子此时既没吊着乳香瓶又没摆动，而是派上了别的用场……

绳子上竟然吊着个人。他赤身裸体，手腕被绳子牵向两边，整个人给拉得快要分了家。他双臂被拉开如展翅的鹰，似乎被钉在某个看不见的十字架上，悬挂在教堂上空。

注视着上方的景象，兰登吓得不能动弹。紧接着，他看到了极为残酷的一幕。那老人竟没死，他抬了抬头，一双惊惧的眼睛目不转睛地盯着下面，像在求救。老人的胸前有块烧焦的印记。原来他早已被打上了烙印。虽然看得不是很真切，但那印记写的是什么，兰登确信无疑。火舌越蹿越高，已经烧到老人的脚上，这位受害者疼得大叫，身体不住地抖动着。

不知从哪儿来的那么一股劲儿，兰登不由自主地冲了出去，沿着主过道径直奔向大火。大量的烟气迎面扑了过来。在离那个火海还有十英尺远时，一堵火墙拦住了他。大火灼伤了他的脸，他护着眼睛，向后一倒，整个人重重地摔在大理石地板上。踉踉跄跄站起之后，他双手护着脸，又朝前冲了过去。

维多利亚圣母堂里巴洛克风格的天花板

但兰登很快意识到火实在是太猛了。

兰登又退了回来，扫视着教堂的四壁。得找块厚挂毯，他心想，要是我能设法扑灭……可他知道这里根本就找不到挂毯。罗伯特，你要知道，这可是一座巴洛克风格的教堂，并不是什么德国城堡！动动脑子吧！他硬着头皮重新将目光投向了那个被吊着的人。

在高高的上空，燃烧的团团烟气在穹顶下翻滚着。乳香绳缠在老人手臂上，向上穿过天花板上的滑轮，系在了教堂两边的铁角上。兰登抬头看了看一边的铁角。那个铁角虽然高高地钉在墙上，但只要他能接近它，然后松开绳子的一头，绷紧的绳子就会松弛下来，而老人也会滑到火堆外面。

突然一阵噼啪声，火堆里蹿出一束更高的火苗，兰登随即听见上空传来一阵撕心裂肺的惨叫。那位老人脚上烧出了泡，眼看着就要给活活烤死。兰登盯着那个铁角奔了过去。

在教堂后部，维多利亚紧紧抓住椅背，想让自己清醒一点儿。上头的景象简直太恐怖了，她迫使自己将注意力转向别处。做些事儿吧！她思忖着奥利韦蒂去了哪儿。奥利韦蒂看到黑煞星了吗？逮着他了吗？他们这会儿在哪儿呢？维多利亚朝前走去想给兰登帮忙，但就在这时，一个声音让她停住了脚步。

大火的噼啪声此刻越来越响，但空中还传来另一种声音——金属般的振动声。那个振动声不断地从附近传来，似乎就在她左边条椅的尽头。这是一种清脆的碰撞声，很像手机在响，但这个声音冰冷又刺耳。维多利亚握紧手枪朝条椅尽头走了过去。那个声音越来越响，时有时无，有规律地振动着。

快到走道尽头时，维多利亚察觉到那个声音是从条椅尽头的角落里的地板上传来的。她右手端枪向前走着，忽然意识到左手还拿着什么东西——手机。进教堂之前，她曾用手机给司令打过电话；慌乱之中，她把这事儿全给忘了……司令把手机设置成无声振动状态作为来电提示。维多利亚拿起手机放在耳边听了听，电话还在拨着，但司令一直都没接听。她害怕起来，陡然意识到是什么发出了声响。她战战兢兢地向前走了过去。

看到地板上的那具尸体，维多利亚感到整座教堂似乎都要从脚底塌陷下去。尸体早就不再淌血，也没留下任何暴力的痕迹，只是司令的头部被拧成了可怕的形状……头部不正常地向后扭转了一百八十度。维多利亚强忍着不去联想父亲被害时那血肉模糊的身体。

司令皮带上挂的手机紧贴地面，在冰冷的大理石地板上不停地振动着。维多利亚挂断电话，那个振动声则随之消失了。在一片死寂中，她听到了另一种声音。黑暗中她身后响起一阵喘气声。

维多利亚举起手枪急忙转身，但还是晚了一步。杀手用胳膊肘猛地砸在了她的脖子上，她感到一股热流顿时传遍了全身。

“现在你是我的了。”一个声音说。

之后，维多利亚只觉得眼前一黑。

在教堂的另一侧，兰登站在条椅上保持着平衡，伸手在左边的墙上摸索着试图够到那个铁角，但那根绳子还在头顶上六英尺远的地方。这样的铁角在教堂很常见，但是为了防止人们胡乱摆弄，铁角都被钉在了高处。兰登知道神父们要用条梯才能够到铁角。很明显，杀手也是爬上那个木梯子吊起被害人的。可那个木梯子这会儿在什么鬼地方呢！兰登低头四下察看着周围的地板。他隐隐约约记得在这里什么地方看到过。可到底在哪儿呢？接着，他心头一沉，想了起来。他扭头望着那堆烈焰熊熊的大火，果不其然，木梯在火堆顶上，被烈火吞没了。

此时，陷入绝望的兰登站在这个架起的平台上，扫视着整座教堂，希望找到什么能让他够到铁角的东西。他眼睛扫视着教堂，突然想起了一件事儿。

见鬼！维多利亚跑哪儿去了？她不见了。去找人帮忙了吗？兰登高声喊着她的名字，但没人应答。怎么连奥利韦蒂也不见了！

上面传来了一阵痛苦的哀叫，但兰登意识到已经来不及了。他再次抬眼看着那位正被慢慢烤死的老人，心中就只有一个念头。水，很多很多的水。扑灭大火，至少也要减小火势。“该死！我要水！”他大叫起来。

“那是下一个目标。”一个声音在教堂后部吼道。

兰登转了个身，差点儿从条椅上摔下来。

一个浅黑色皮肤的暴徒沿着旁边的走道大步向他逼来。在火光的映照下，暴徒露出了恶狠狠的眼神。他认出暴徒手中那把枪就是先前放在他外套口袋里的……正是进门时维多利亚拿着的那把手枪。

兰登突然慌乱起来，惊恐中夹杂着愤怒。他立刻想到了维多利亚。这个禽兽对她做了什么？她受伤了吗？还是更糟？与此同时，兰登听到头顶上那人的尖叫声愈来愈高。那位红衣主教快要被烧死了，但兰登这会儿已没法救他。黑煞星举起手枪瞄准了兰登的胸膛，兰登心中一阵慌乱，神经一下子绷紧了。枪声一响，兰登本能地做出了反应。他跳下条椅，整个人扑向教堂里摆着的一排排条椅。

兰登撞到条椅后立刻就滚到了地上，完全没想到会摔得那么重。下面的大理石地板像冰冷的钢铁一样坚硬，他跌得不轻。右边传来了脚步声，兰登翻个身转向教堂前方，在条椅下连滚带爬地逃命去了。

被高高地悬在教堂里的吉多勒主教难以忍受这种折磨，就要失去知觉了。他低头看了看赤裸的身体，发现腿上的皮肤开始起泡脱落。我这是在地狱，他心想，主啊，你因何将我抛弃？他倒着看了看胸口上的烙印，然后认定这里就是地狱……可是，真是鬼使神差，他竟然完全认得那个字。

92

三次投票结束了,教皇还是没选出来。

在西斯廷礼拜堂里,莫尔塔蒂主教已经开始祈祷出现奇迹。把候选主教送回来吧!时间耽误得太久了。如果就一位候选主教缺席,莫尔塔蒂还能理解,可怎么会四位都缺席了呢?这下他没辙了。在这种情况下,要想获得三分之二的选票,也许就只有上帝自己才能做得到了。

外门的门闩吱吱嘎嘎地启动了,莫尔塔蒂和红衣主教团的所有成员都转过身来对着门口。莫尔塔蒂清楚,这时开门只会意味着一件事情。根据教规,教堂的门只在两种情况下才打开——把生命垂危的主教抬出去,或者让姗姗来迟的主教走进来。

候选主教们来了!

莫尔塔蒂的热情一下子高涨起来。秘密会议有救了。

但是,门开了,回响在教堂里的却是急促的喘息声,那声响并不带有丝毫的喜悦。莫尔塔蒂目瞪口呆,满腹狐疑地看着那人走进来。在层层大门被贴上封条之后,一位教皇内侍直接就跨过了秘密会议室那道神圣的门槛,这在罗马教廷史上还是破天荒的第一次。

他到底是怎么想的!

教皇内侍大步流星地走向祭坛,对着一脸惊愕的主教们发话了。“先生们,”他说,“我不能再等了,有件事儿我不得不告诉你们。”

93

兰登全然不知该逃往何方。他只能凭本能做出反应，指引自己脱离险境。他在条椅下费劲地爬着，胳膊肘和膝盖磨得生疼。即便这样，他还得继续滚爬。冥冥之中他听到有个声音告诉他要向左走。要是能爬到主过道上，你就能冲向出口。他知道那是不可能的。有道火墙挡在了主过道上！兰登一边慌乱地爬动，一边想着别的逃生计策。这时，右边传来了渐近的脚步声。

条椅一下子到了尽头，兰登猝不及防。人已经来到教堂前部，他倒以为还有十英尺远。原来他估计错了。头顶的掩护毫无预兆地没有了。他半截身子已露在教堂前部，整个人顿时愣住了。但就从这个有利的位置望过去，左边的凹室里竖着一尊庞大的东西，正是那样东西促使他过来的。原来他已忘得一干二净，贝尔尼尼的雕像《圣特雷萨的沉迷》就立在那里，那尊雕像有点像是一幅色情静物画……这位圣徒躺在那里，愉悦地弓起身子，张开嘴作呻吟状，一个天使在她上方手持带火的长矛瞄准了她。

子弹"砰"的一声打在了兰登头顶的条椅上。他感觉自己像比赛选手起跑一样抬起身子，不由自主地冲了出去，弓着身子低着头猛地奔向教堂右前方。子弹"嗖嗖"地从身后飞来，兰登再次扑倒在地，失控一般擦过大理石地板，整个人撞在右边凹室的栏杆上。

就在这个时候，兰登看到了维多利亚，她倒在教堂后墙边上，瘫作一团。维多利亚！她那裸露的双腿蜷缩在身子下面。不知怎的，兰登觉得维多利亚还活着，可他就是来不及救她。

杀手立刻绕过教堂最左边的条椅，无情地向兰登逼近。他知道转瞬之间一切都会结束。杀手举起了手枪，兰登别无选择地翻身越过栏杆跳进凹室里。他摔倒在栏杆另一边的地板上，与此同时不断飞来的子弹打在大理石圆柱上砰砰作响。

兰登赶忙往这个半圆形凹室的里面躲了躲，感觉像头困兽。凹室内仅有的一样东西竖在他面前，似乎出乎意料地合乎时宜——那是一口石棺。也许真是为我而备的，兰登心想，就连棺材的尺寸都像是为他量身定做。这是用大理石做成的简陋棺材，真是连葬礼都一切从简了。这口棺材被架离地面，下面垫着两块大理石板。兰登看着棺材下面的空隙，不知道自己能不能挤进去。

脚步声在身后回响起来。

兰登此刻别无选择，只得将身子紧贴地板，摇摆着滑向那口棺材。他双手扶着两边的大理石板作为支撑，像蛙泳运动员一样拖着身子，费劲地爬进了棺材下的空隙。枪声再次响起。

伴随着子弹的呼啸声，兰登体验到他这一生从未有过的感觉……一发子弹擦身飞过。耳边传来的风声如皮鞭抽打般呼呼作响，那发子弹打在大理石上扬起阵阵灰尘，差点儿就要了他的命。血液在他体内翻腾着，他弓着身子走完了剩下的那段距离。穿

贝尔尼尼的雕像《圣特雷萨的沉迷》

过那段大理石地板，他费力地爬出来躲到棺材的另一头。

无路可逃了。

兰登此时直接面向了凹室的后墙。他确信棺材后面这块狭小的空地将成为他的葬身之地。很快就会了，看到枪管出现在棺材下面的空隙处他意识到了这一点。黑煞星平举着手枪瞄准了兰登的腰部。

不可能打不中的。

兰登心头顿时涌起一股潜在的自我保护意识。他将身子弓得与棺材一样高，脸朝下双手摊开撑在地上，在档案馆内被玻璃划出的伤口一阵刺痛。他不顾身体的刺痛，赶忙去推棺材。他双手用力撑起身子，像在笨拙地做着俯卧撑，枪声响起时他刚好弓起了腰。子弹从身下飞过打碎了棺材后面的多孔石灰华墙壁，他甚至能感到子弹嗖嗖飞过时带来的强大气流。他闭上眼睛硬撑住身体，希望这雷鸣般的枪声能快点儿停下来。

就在那时枪声停了。

呼啸的枪声变成了空枪膛时扣动扳机发出的冰冷的咔嚓声。

兰登慢慢睁开了双眼，就连眨一下眼皮几乎都要担心发出响声。他强忍住让人战栗的疼痛保持着刚才的姿势，身子弓得像只猫似的，连大气都不敢出。枪声把他的耳膜都快震木了，他侧耳倾听杀手要离去的动静。四周一片沉寂。他想到了维多利亚，渴望去救她。

紧接着传来了震耳欲聋的响声。那简直不是人在叫，而是野兽粗鲁的咆哮声。

兰登头顶上方的棺材似乎突然歪向了一边。几百磅的重物摇摇晃晃地砸来，他一下子瘫倒在地。在重力的作用下，棺盖最先从棺材上滑下来落到地上，哗啦一声在他身边摔碎了。随后整个棺材都从支撑板上滚了下来，倒转着砸向他。

随着棺材的滚动，兰登意识到即使自己不被扣在棺材底下，也会被棺材板压扁。他抽回双腿，缩着脖子收紧了身体，双臂紧贴身体两侧。紧接着他闭上双眼，等待着那阵让人毛骨悚然的撞击。

棺材一落地，整个地板都在身下摇晃起来。棺材的上边缘就落在兰登头顶几毫米之外的地方，吓得他牙齿磨得咯咯作响。他原以为右臂肯定会被压伤，没想到竟然奇迹般地完好无损。睁开双眼，他看见一道亮光。棺材的右边缘并没有完全落地，仍有一部分架在了那两块支撑板上。但是，就在头顶正上方，兰登却发觉自己正盯着一张真正的死人的脸。

原本放在棺材里的尸体粘在棺材底上吊在他头顶，腐烂的尸体经常会出现这样的状况。那具骷髅有如一位怯生生的情人，摇荡了片刻，终究抵挡不过万有引力，“哗啦”一声很不情愿地脱落下来。骷髅飞速向兰登扑来，腐烂的碎骨片纷纷坠下，灰尘落进他的眼睛和嘴巴里。

兰登还来不及做出反应，不知谁的胳膊就从空隙里伸到了棺材下面，像条饥饿的巨蟒似的在这堆遗骸中搜寻着。那只手探寻着抓到兰登的脖子，然后紧紧卡住不放。那只钢铁般有力的手这时扼住了兰登的喉部，他试图还击却发现左袖子给压在了棺材下。仅凭一只胳膊自由活动，这场搏斗他必败无疑。

兰登双腿在仅有的空间里弯曲着，双脚试探着寻找架在上方的棺材底。找到之后，他蜷起腿放平双脚用力蹬了起来。脖子上的那只手越掐越紧，他闭上双眼，像只公羊一样拼命蹬着双腿。棺材动了一下，虽然幅度很小，但已达到目的。

伴随着一声刺耳的摩擦声，棺材从支撑板上完全滑落到地上。那块棺材板"砰"的一声砸在杀手的胳膊上，杀手压低嗓子发出一声痛苦的尖叫。那只手顿时从兰登脖子上松开，甩动着猛地抽了回去。当杀手终于抽出胳膊时，那口棺材"轰"的一声砸在了平坦的大理石地板上。

周围又一次陷入黑暗之中。

四周一片沉寂。

在打翻的棺材外面，不会再有人因受挫而拼命地撞击，也不会有人进来窥探，外面什么动静都没了。兰登在黑暗中躺在那堆尸骨中间，强忍着渐渐袭上心头的恐惧，转念又想到了她。

维多利亚，你还活着吗？

维多利亚很快就会意识到恐惧，要是兰登知道了这个实情而为她着想，他倒宁愿她已经死了。

94

在西斯廷礼拜堂内，莫尔塔蒂主教坐在惊愕的主教们中间，试图弄明白他所听到的一切。面前只有蜡烛照明，教皇内侍刚才讲述了一个充满着仇恨和背叛的故事，这使他感到一阵战栗。他讲到遭到绑架，继而被打上烙印，最后惨遭谋害的红衣主教们；讲到古老的光照派——一个提起来都让人感到惧怕的名字——讲到他们的复出以及报复教会的誓言；还痛苦地讲到了已故教皇……教皇是被光照派毒死的。最后，他几乎是耳语般地讲到了一种具有毁灭性的新技术——反物质，这种物质可以在不到两个小时的时间内将整个梵蒂冈摧毁。

教皇内侍的话刚一说完，教堂里的空气仿佛凝固了，大家一动都不动。黑暗中，那些话语萦绕在大家耳边久久没有散去。

莫尔塔蒂此刻只听到身后电视摄像机发出不协调的嗡嗡声——历史上还从没有哪次秘密会议容忍电子设备出现过——但这次是应教皇内侍的要求。最令红衣主教们震惊的是，教皇内侍竟然带着一男一女两名英国广播公司的记者进入西斯廷礼拜堂，还宣布他们将向全世界现场直播他的神圣声明。

这时，教皇内侍边朝前走边直接对准镜头讲话。"光照派的会员们，"他声音低沉地说道，"还有那些科学工作者，请听我说。"他顿了顿，接着说："你们赢了这场战争。"

教堂最远处的角落里，这会儿也是一片宁静。莫尔塔蒂都能听到自己强烈的心跳。

“历史的车轮已经转了那么久。”教皇内侍说道，“你们胜了也是在所难免。但这个胜利此刻比以前任何时候都更昭彰。科学成了新的上帝。”

他在说什么！莫尔塔蒂心想。他疯了吗？全世界的人可都在听着呢！

“医药、电子通讯、太空旅行、遗传操纵……我们如今对孩子们说的都是这些奇迹。我们把这些奇迹看作是证明科学能解答我们难题的证据。无沾成胎、火焰中的荆棘和过红海，①这些古老的故事已不再有任何意义。上帝已经过时，科学赢得了战争的胜利。我们认输了。”

教堂里顿时一片混乱，大家如堕五里雾中。

“但是，科学的胜利，”教皇内侍接着说，语气一下子尖利起来，“让我们每个人都付出了代价。那可是惨重的代价。”

教堂里顿时安静下来。

“科学也许本可以减轻病人的痛苦，减少单调乏味的工作，提供一系列娱乐发明与便利设施，但这让我们的世界不再有奇迹。我们看到的日出现象简化成了波长和频率问题。宇宙的复杂性被切分成一个个数学等式，就连我们人类特有的自尊也被摧毁。科学宣称地球这颗行星及其上面的居民只不过是庞大宇宙系统中的一颗毫无意义的微粒，只不过是一次宇宙事故的产物。”他顿了顿，接着说道，“那些技术说是要把我们联合起来，实际上却把我们分隔开来。如今，我们每个人都通过电子装置与世界建立了联系，但我们却感到极其孤单。我们身边充斥着暴力、隔离、分裂与背叛。宗教怀疑变成了一种美德，愤世嫉俗与对证据的寻求倒成了开明思想。如今的人们比历史上任何时候都有着更为强烈的沮丧感和挫败感，这难道不让人诧异吗？科学把什么东西视为神圣了吗？科学通过探查未出生的胎儿来寻求答案，它甚至设想重新排列 DNA 的组合。它把上帝建立的世界分割成越来越小的碎片，就为了寻求一种价值……可结果反倒发现了更多的问题。”

莫尔塔蒂敬畏地注视着这一切。教皇内侍此刻像在催眠状态中一样，言谈举止铿锵有力，这是莫尔塔蒂在罗马教廷的祭坛上不曾看到过的景象。教皇内侍的声音中既流露出一种坚定的信仰又包含一丝无奈的悲伤。

“科学与宗教之间的古老战争已经结束。”教皇内侍说，“你们赢了。但你们没有给出答案，因而赢得并不公平。你们如此激进地重定社会的方向，我们一度视为指路标

---

① 这些都是《圣经》里的故事。“无沾成胎”英文为 immaculate conception。天主教认为圣母马利亚在其母腹成胎以及耶稣在她腹中成胎时，因蒙受天恩而未沾染原罪。“火焰中的荆棘”英文为 burning bush，见于基督教《圣经·出埃及记》。天主教认为摩西在一次放羊的时候，看到荆棘为火焚烧，而荆棘却没有烧毁。这是天主在召唤摩西，让他带领受苦受难的以色列人逃避埃及人的迫害，去一个美丽宽阔、流蜜流奶的地方，即耶路撒冷，就是现在的以色列。“过红海”英文为 parting sea。摩西带领以色列人逃离埃及，经过红海的时候，举起棍杖把手伸到海上，海水分开，海底成为干地，以色列子民便在海底干地上走过，水在他们左右好像墙壁。

的真理现在已变得似乎不再适用，就是这样你们才赢的。宗教无法跟上你们的步伐。科学在以指数级的速度迅猛发展。它以自身为能源，如病毒一般。每一项新成就都为更多新的突破提供了契机。从车轮过渡到汽车，人类历经千年；而从汽车到太空探索，人类只花了几十年。现在，每隔几个星期我们就可看到科学上的进步，其发展速度我们无法控制。我们之间的裂痕越来越深，当宗教被抛至脑后时，人们不知不觉陷入了精神的荒原。我们迫切需要寻求意义。说真的，我们确实需要。我们观看飞碟，热衷于通灵术、灵魂接触、魂游体外、心智探险活动——所有这些古怪思想都披着一层科学外衣，这些思想真是荒谬至极，他们竟然丝毫不觉羞耻。这都是现代魂灵绝望的呼声，他们孤独而痛苦，因为自身的文明发展以及无法理解任何技术之外的意义，他们感到残缺。”

莫尔塔蒂坐在椅子上身子不觉往前倾。他和其他红衣主教及全世界的人都在全神贯注地听着教皇内侍的每一句话。教皇内侍的言语既没有华丽的辞藻也不带尖刻的字句，既没提到《圣经》也没说起耶稣基督。他用的是一种朴实而纯正的现代语言。不知怎的，这些话好似上帝亲口所说，教皇内侍说的是现代语言……讲的却是古老的启示。那一刻，莫尔塔蒂明白了为何已故教皇如此看重这位年轻人。在一个情感冷漠，悲观怀疑及奉技术为神明的世界，像教皇内侍这样的人，能像他刚才一样说话直指人心的现实主义者是教会仅存的希望。

教皇内侍的讲话这时更有说服力了。“人们说科学能拯救我们，依我看是科学毁了我们。自伽利略时代起，教会就试图减缓科学无情的进军，虽然有时采取了错误的方式，但一直都是出于善意。即使如此，人类仍难以抵制巨大的诱惑。我提醒你们，看看你们周围的景象吧。科学并未坚守自己的诺言。它所承诺的高效而简单的生活带给我们的只有污染与混乱。我们只是一个遭到破坏而发狂的物种……正走向一条毁灭之路。”

教皇内侍停顿了很长一段时间，然后目光敏锐地对准了镜头。

“这个科学之神是谁？那个给人以才智却没有给出道德标准告诉人们如何使用才智的神又是谁？给孩子火却又不警告孩子有危险，这是什么样的神？科学的语言没有任何善恶标准。科学教材教我们建立核反应堆，却从不问我们这个主意是好还是坏。

“对于科学，我要说出下面的话。教会已经累了，我们一直试图做你们的指路标，现在已筋疲力尽。就在你们盲目追求更袖珍的芯片及更高额的利润的时候，我们为呼吁和谐，已经竭尽全力。我们要问的不是为什么你们没有约束自我，而是你们如何才能约束自我？你们的世界转得那么快，哪怕你停留片刻思考一下自己的行为所带来的影响，某些更能干的人就会以迅雷不及掩耳之势将你甩在身后。因此，你们不断前进。你们将大规模杀伤性武器扩散，是教皇云游世界恳请各国领导人限制使用核武器。你们克隆生物，是教会提醒我们考虑这种行为隐藏的道德问题。你们鼓励人们利用电话、视频、电脑进行交流，是教会敞开大门并鼓励人们面对面地交流，而这也是我们应该做的。你们打着研究治病救人的方法之名，谋杀尚未出世的婴儿，又是教会指出了你们的谬论。

“一直以来，你们都宣称宗教无知。但究竟是谁更无知？是那个无法定义闪电的人，还是那个不尊敬闪电那令人敬畏的神力的人？这个教会正在向你们伸出友爱之手，它向每个人都伸出了友爱之手。可我们越是要去接近你们，你们就把我们推得越远。你们说，证明上帝的存在给我看看。我要说，拿着你们的望远镜遥望太空，告诉我那里怎么可能没有上帝！”教皇内侍的眼里此时噙满了泪水，“你们问上帝长什么样儿，我真想知道这个问题怎么来的。答案是完全一样的。你们难道在科学研究中没看到上帝吗？你们怎么可能没看到上帝！你们宣称如果重力和原子量发生哪怕极其微小的变化都会使我们的地球变成一团没有生命的薄雾，而不是现在这样一颗由大片海洋包围着的天体，可你们难道就没看到上帝发挥的作用吗？人们真的就那么容易相信我们仅仅是在无数张纸牌中抽对了那一张吗？难道我们已经变得如此空虚，情愿去相信子虚乌有的事情而不愿相信一种比我们强大的力量吗？”

“不管你信不信上帝，”教皇内侍审慎地说着，声音低沉起来，“你都要相信这样的事实。当我们人类不再相信存在比我们强大的力量时，我们就放弃了自己的责任感。宗教信仰……所有的信仰……都告诫我们有些事物是我们无法理解的，有些事情是我们要承担责任的……由于有了信仰，我们就会对彼此负责，对自己负责，对一种更高的真理负责。宗教的不完美只是因为人的瑕疵。如果外界的人能像我这样看待宗教……越过宗教仪式这些高墙……他们就会看到一个现代奇迹……看到在这个飞速发展而失去控制的世界里，不完美但却率直的灵魂因渴望寻求同情之声而产生的一种手足之情。”

教皇内侍把手伸向红衣主教团上方，英国广播公司的女摄影师则下意识地跟随他，将镜头对准下面的红衣主教们。

“我们是不是变成了古董？”教皇内侍问道，“难道这些人都是老顽固吗？我是不是呢？穷人、弱者、受压迫的人还有尚未出世的孩子，难道这个世界还不该为他们找个代言人吗？有些人虽然本身并不完美，但却倾其一生恳求我们每个人去理解道德标准而不至于迷失自我，难道我们真的不需要这样的灵魂人物吗？”

莫尔塔蒂现在明白了，不管是不是有意识的，教皇内侍都采取了英明的做法。通过展示红衣主教，他将宗教人性化。梵蒂冈不再是一座建筑物，而是一群人——一群像教皇内侍那样终生都在行善的人。

“今晚，我们身处险境。”教皇内侍说，“我们任何一个人都不可能无动于衷。不管你们认为这是恶魔撒旦，是腐败，还是道德沦丧……黑暗势力依然活跃，并且日趋壮大。千万不要小看它。”教皇内侍的声音渐渐变成耳语，摄像机的镜头推近了一些。“这种力量，虽然强大，但并非坚不可摧。善终将取胜。聆听你的心灵，聆听上帝吧，让我们团结一致走出困境。”

莫尔塔蒂这会儿明白了过来，这就是教皇内侍带记者进来的原因。虽然这样做违反了秘密会议的教规，可这是唯一的办法。他的求助令人印象深刻，但也有孤注一掷的意味。教皇内侍这既是讲给敌人听的，也是讲给教友听的。他这是在恳求每一个人，不论是敌还是友，他都恳求他们意识到这种危险，阻止这种疯狂的行为。听他讲话的人无疑都会意识到这一疯狂的阴谋，然后挺身而出反对这个行为。

教皇内侍跪到祭坛旁，呼吁道："和我一起祈祷吧。"

枢教团的主教们全都跪下来和他一起祈祷。在外面圣彼得广场上，在世界各地……一个受到震惊的世界在同他们一起跪着祈祷。

95

黑煞星把他那昏迷过去的"奖品"放到面包车后部，对着那个躺卧的身体欣赏了片刻。她并没有他买来的那些女人美丽，但是她的身体散发出一种野性，这让他兴奋不已。她的皮肤上的汗滴如露珠般晶莹发亮，身体散发出一股麝香味道。

黑煞星站在那儿品味着他的"奖品"，忘记了胳膊上突突的抽痛。棺材倒下时砸的淤伤尽管很疼，但已无关紧要了……眼前躺着的这个女人足以弥补他受的痛苦。意识到那个让他受伤的美国人这会儿可能已经死了，他也得到了安慰。

低头凝视着失去反抗能力的俘虏，黑煞星想象着接下来的事情。他的手在她的衬衫里面抚摸着，她的乳房在胸罩的遮掩下感觉很美妙。果然不错，他暗笑道，为你受伤真的很值得。强压住要在此地占有她的冲动，他关上后车门，驱车消失在夜色中。

这次谋杀就没必要通知新闻界了……大火会代他转告他们的。

在"欧核中心"，听到教皇内侍的讲话，西尔维目瞪口呆地坐在那儿。以前她从没觉得作为一个天主教徒是那么的自豪，而在"欧核中心"工作又是那么地令她羞愧。她离开休息大厅，每间休息室里出现的画面都给她一种茫然而忧郁的感觉。她又回到科勒的办公室，发现七条线路的电话都在"叮铃铃"地响个不停。媒体调查电话是从来都不会接进科勒办公室的，那么这些来电就只能是为了一件事情。

有人送钱上门来了。

反物质技术已经有买家了。

在罗马教廷内，冈瑟·格利克随教皇内侍走出西斯廷礼拜堂，此刻正洋洋得意。格利克和麦克丽刚刚做完十年来的首次现场直播，这可真是一次了不起的直播。教皇内侍的演讲自始至终都引人入胜。

这时，他们来到外面走廊上，教皇内侍对格利克和麦克丽说："我已经派瑞士卫兵去给你们收集照片了——被打上烙印的主教的照片和已故教皇的照片。我得提醒你们，这些照片看了会让人不快，烧伤的地方看起来很恐怖，舌头发黑。但我还是希望你们把这些照片展示给天下人看。"

格利克认定自己在梵蒂冈会好事连连①。他想让我独家展示已故教皇的照片？

“你确定？”格利克问着，试图按捺住心中的兴奋之情。

教皇内侍点了点头，说：“反物质储存器进入倒计时阶段时，瑞士侍卫队还会提供给你们一次实况转播的机会。”

格利克瞪大了双眼看着他。好日子来了，好日子来了，好日子来啦！

“光照派马上就会意识到，”教皇内侍断言，“他们太自不量力了。”

96

像一首具有魔力的交响乐中反复出现的主旋律一样，周围再次陷入令人窒息的黑暗之中。

这里没有光，没有风，更没有出口。

兰登困在打翻的棺材里面，躺在那里感觉大脑快要进入危险的昏迷状态。他竭力将自己的心思从这口棺材转到别的事情上去，极力思考一些有逻辑性的事物……数学、音乐，任何这类的事物。可这还是无法让他冷静下来。我动弹不得了！我简直要窒息了！

棺材倒下来的时候，幸好他那束紧的外套袖子散开了，这会儿两只胳膊才能自由活动。即便如此，当他用力向上推举扣在身上的棺材盖时，却发现顶盖纹丝未动。说也奇怪，他竟然希望外套袖子依然压在棺材下面。至少那样能有条缝儿，可以透点儿风进来。

兰登费劲地推着上方的顶盖，衣服的袖子垂下来，“老朋友”发出了微弱的亮光，那是米奇牌手表在发光。米老鼠那张淡绿色的卡通脸这会儿似乎带着嘲弄的神情。

兰登想在这片黑暗里找出别的亮光，可棺材却紧紧地扣在了地板上。该死的意大利完美主义者，他咒骂道，他们的艺术精品使他身处险境，那些精品正是他以前教导学生要去尊崇的事物……无瑕的边缘，完美的平行线，当然，只有采用无缝并富有弹性的卡拉拉大理石才能制作而成。

太精致的事物有时会令人窒息。

“把这该死的东西掀起来。”他大叫着，在那堆乱糟糟的尸骨中更加用力地举着棺材顶盖。棺材稍微动了动。他下巴一沉，又用力推了起来。虽然那口棺材感觉像块巨石，但这次还是被抬高了四分之一英寸。周围顿时闪现一丝微弱的亮光，紧接着只听

---

① 这里英文原文是 perpetual Christmas，字面意思是“永远的圣诞节”。这句话源出英语谚语 Christmas comes but once a year（圣诞节每年只过一次），其喻义是“好事并不常有”。所以 perpetual Christmas 这里译作“好事连连”。下文中采取了同样的方法将 Christmas 译作“好日子来了”。

见嘭的一声，棺材又重重地落了下来。兰登气喘吁吁地躺在了黑暗中。他试着像上次那样用双腿蹬起顶盖，但由于棺材已经完全扣在了地板上，他连伸腿的空间都没了。

由于受幽闭恐惧症的影响，兰登陷入恐慌之中，满脑子想的都是四边的棺木正慢慢向他挤过来。他给折磨得快要神志失常了，就用学过的点点滴滴合乎逻辑的知识来驱赶那种幻觉。

"石棺。"他尽量用一种学究式的呆板语气大声说道。但是他的博学这会儿似乎反倒害了他。*Sarcophagus（石棺）源自希腊词语"sarx"，意指"肉体"，而"phagein"意指"啮食"。我给困在一个箱子里了，那箱子原本就是用来"啮食肉体"的。*

关于尸骨上的血肉被啮食的想象又残酷地提醒了兰登，他还给掩埋在遗骸中。他憎恶这个想法，还感到一阵战栗。但这也让他想到了一个主意。

兰登的手在棺材里胡乱摸到一段尸骨。可能是根肋骨吧？是什么已经无所谓了，他只想找个楔子。如果他能举起棺材，哪怕是抬出一条缝，再把那段尸骨垫在下面，那样也许就会有足够的空气……

他一只手伸到身体的另一边，把尸骨尖的那头插在棺材与地板之间的缝隙处，另一只手用力向上举着棺材。棺材纹丝不动。他又试了试，有那么一刹那，棺材似乎晃动了一下，但仅此而已。

缺氧和棺材里散发的恶臭致使兰登四肢乏力，他意识到自己只能再试一次。他同样知道得两只胳膊一起用劲儿才能举起棺材。

兰登重新做了一下调整，先将尸骨的尖头放在缝隙处，然后挪动身体，用肩膀把尸骨抵进缝里并固定在那儿。他小心翼翼地不去碰动尸骨，举起了双手。密不透风的棺材开始让他觉得气闷，心里越来越觉得惊慌。这是他今天第二次被困在不透风的地方。兰登大喊一声，浑身爆发出一股力量，一下子举起了棺材。棺材摇摇晃晃地从地面上被抬起了片刻，就那也够他将肩膀上抵着的尸骨推进变大的缝隙了。棺材又落了下来，尸骨"哗啦"一声压碎了。但是这次兰登看出来棺材被支了起来。一道狭长的光线从棺材边的缝隙里透了进来。

精疲力竭的兰登一下子瘫倒在地上。他等了等，希望喉咙里能吹进点儿气。但是，随着时间的推移，他感觉喉咙里更难受了。不管多大的风从这样狭小的缝隙里吹进来，也都会变得微弱得让人难以觉察。兰登不知道这点儿空气够不够他维持生命。如果够，又能维持多久呢？要是他真的就这样去了，又有谁会知道他在这儿呢？

胳膊沉重如铅，兰登抬手看了看表：晚间，10 点 12 分。控制住颤抖得不听使唤的手指，他拨弄一下手表，做出了最后一搏。他拧动其中一个小转盘，然后按了一下按钮。

兰登快要失去知觉了，两边的木板似乎在慢慢朝他挤过来，先前的恐惧又袭上了心头。像以前多次试过的那样，他极力想象着自己站在一块空地上。但是不管他怎么想都没用，自少年时起就一直缠绕着他的梦魇猛地又闯进了心中……

这里的鲜花简直和画上的一样美，那个孩子心想，欢笑着在那片草地上奔跑起来。要是父母能陪他一起玩儿该多好，可他们在忙着搭帐篷。

“别走太远了。”母亲早就嘱咐过他。

他装作没听到，一蹦一跳地进了那个树林。

他就这样在这块美丽的土地上来回走着时，无意中发现了一堆散石。他知道这里以前一定有人住过，根本用不着再过去确认一下。何况，别的东西早把他的注意力吸引了过去——像只做工精美的女式舞鞋——在新罕布什尔，这种花极其罕见，而且非常美丽。他只在书本上看到过。

孩子一下子兴奋起来，朝那朵花跑了过去。他跪了下来，膝下的土地感觉很疏松，地下像是空了一样。他意识到这朵花已经找到另一块沃土。它从一段腐朽的木头上汲取养料生长。

一想到要把这朵奇花带回家，孩子就激动不已地伸出了手……手指挖进花的根部。

他永远也不会挖到花根。

只听得一阵令人毛骨悚然的咔嚓声，地面裂开了。

在掉进去的令人极度恐惧的三秒钟内，孩子知道自己必死无疑。在垂直下落的过程中，他做好了粉身碎骨的准备。但落地时，他并没感到疼痛，只觉得很柔软。

还感到一阵冰冷。

他先是撞到了水的表面，然后一头扎进狭窄而漆黑的深处。翻滚了几下之后，他晕头转向，摸索着找到了周围陡峭的墙壁。不知怎的，似乎是出于本能，他“啪”的一声浮出了水面。

那里竟然有亮光。

那个亮光很微弱，就在他头顶上方，似乎和他有几英里的落差。

他的双臂在水中划拉，摸索着墙壁想找个可以抓手的地方，却发现只有光滑的石头。原来他踩到了一个废弃的井盖，掉进了井里。孩子尖声呼喊救命，却只听到喊声在这口密封的竖井里回响着。他一遍又一遍地大声喊叫着。头顶上，这口破旧的井渐渐变得模糊不清。

天黑了。

黑暗中，时间似乎都变得不准了。他在深井里踩着水，不停地呼喊着救命，整个人慢慢失去了知觉。他总觉得四周的墙壁会塌陷下来把自己给活埋了，这个想法老是折磨着他。他的双臂累得酸疼。有几次，他以为自己听到了声响就大声喊叫，但他的嗓子已经哑了……这可真像一场梦。

夜色渐深，竖井似乎也变深了。四周的墙壁仿佛在悄悄向内移动。男孩伸出双臂，奋力顶住墙壁想把它推开。疲惫不堪的他不再抱有生还的希望。但是他感到井水使他浮了起来，心中极度的恐惧渐渐消失，最后整个人都失去了知觉。

救援队赶到那里时发现孩子神志都不清醒了。他一直在踩水，长达五个小时之久。两天后，《波士顿环球报》刊登了这样一条头版新闻——“令人惊叹的小游泳者”。

97

黑煞星将面包车开进了那座可以俯瞰台伯河的宏伟石砌建筑，心中暗自高兴。他搬着他的“奖品”向上走去……从那条石头地道里盘旋着爬上高处，幸好肩上的人比较苗条。

他终于来到了门前。

光照派教堂，他洋洋自得地想，这个古老的光照派会议室，有谁会想到竟然就在这儿呢？

黑煞星走进房间，把她放到一张豪华长沙发上。接着他熟练地将她的胳膊绑在身后，还捆住了双脚。他知道只有等到最后一项任务也做完了才能尽情享受。*水*。

还是可以先放纵一会儿的，黑煞星心想。跪在她的身边，黑煞星把手伸到了她的大腿上，皮肤柔软光滑。他又往上摸了一下，黑乎乎的手指在她内裤里面来回地抚摸着。然后，他的手又往上摸了摸。

他忽然停了下来。*忍一忍*，他自言自语，感觉情欲一下子被挑了起来，*还有活儿没干完呢*。

黑煞星走出会议室来到高高的石砌阳台上站了一会儿。晚间的微风让他慢慢冷静了下来。远处的台伯河在下面波涛汹涌。在四分之三英里之外，圣彼得教堂暴露在数百盏镁光灯下，他举目眺望着教堂的穹顶。

“你们的死期到了。”他大声说道，脑海中想象着成千上万名穆斯林在十字军东征时惨遭杀戮的情景，“午夜十二点，你们都将去见上帝。”

那个女人在他身后苏醒了过来。黑煞星转过身，心想，让她醒着吧，女人眼中露出的恐惧可是最能挑起他的性欲了。

他还是决定要谨慎行事。在他离去时，她最好还是昏迷不醒。尽管她手脚都被捆着，绝不可能逃走，但黑煞星不想在回来后发现她已经挣扎得筋疲力尽。*我要你留着劲儿……为我留着。*

黑煞星微微抬起她的头，把手放在她的脖子下面，找到了头部正下面的凹陷处。这种利用头部经脉压觉点使人昏迷的方法他已经用过多次了。他用一种强劲得能把人捏碎的力气，将大拇指压进那块软骨里，使劲按了一下。那个女人立刻就倒了下去。*再睡二十分钟吧*，他心想。在这完美的一天即将过去时，她将使他心荡神驰。在将她玩弄至死之后，他将站在阳台上观看梵蒂冈午夜爆炸的焰火。

黑煞星离开沙发上那个失去知觉的“奖品”，下楼走进了一间点着火把的地牢。他要执行最后的任务了。他走到桌前，对着桌上那神圣的金属模具虔敬地拜了拜，那是为他而留的。

用水淹死主教，这是他最后的任务。

他从墙上取下火把，开始加热最后一个模具，这样的事情他已经做过三次了。在模具末端烧到白热状态后，他带着模具去了牢房。

牢房里面，一位孤单的老人独自静静地站着。

“巴格尔主教，”这位杀手咬牙切齿地叫道，“你还在祈祷吗？”

那位意大利人透出一种无所畏惧的眼神，说道：“只因有你这样的灵魂，我才祈祷到现在。”

98

负责在维多利亚圣母堂救火的六名消防队员用卤代烷气体熄灭了那堆大火。用水灭火是要便宜一些，但若是那样，水遇热产生的蒸汽就会毁掉教堂里的壁画。为了感谢罗马消防队员在梵蒂冈领地上的所有建筑物内提供的快捷而谨慎的服务，罗马教廷付给他们一笔可观的酬金。

由工作性质决定，消防队员几乎每天都看到种种惨案，但在这个教堂出现的景象让他们每个人都无法忘怀。那人有点儿像是被钉死在十字架上，又有点儿像是给吊死的，还有点像是用火刑处死的，那场景就像从哥特式梦魇中截取出来的一样。

不幸的是，与平常一样，媒体先于消防部门到达了现场。在消防队员清理好教堂之前，他们已经拍摄了大量录像。当消防队员最终割断绳子，把受害者放回地面时，谁都知道了那人是谁。

“这是巴塞罗那的吉多勒主教。”有人小声说道。

这位受害者浑身一丝不挂。下体红得发黑，大腿烧得裂出了口子，鲜血正往外渗，胫骨都暴露了出来。一名消防队员呕吐起来，另一名感到呼吸困难，跑了出去。

但是，真正吓人的则是主教胸前烙下的印记。消防队长满怀畏惧地绕着尸体走动。这简直是撒旦亲手所为，他自言自语道。然后，他在胸前画了十字架，有生以来这还是第一次。

“这里有尸体！”有人尖叫道。一名消防队员又发现了一具尸体。

消防队长一眼就认出了第二名受害者。公法执行部门的官员们对这位严厉的瑞士侍卫队司令都没有什么好感。队长给罗马教廷那边打电话，可所有的电话都占线。他知道无所谓了，几分钟后，所有的卫兵都会从电视上得知这个消息。

队长察看着教堂的损坏情况，想象着这里可能发生过的冲突，他突然看到凹室里的墙壁上打满了子弹洞。很明显，在打斗的过程中，一口棺材从支撑板上滑落，倒转着砸到了地上。这里乱七八糟的。还是交给警察和教廷处理吧，队长想着，转身就要走开。

就在转身的一刹那，他停了下来。棺材里传出一种声响，那是哪个消防队员都不愿听到的声响。

“炸弹！”他大叫，“快疏散所有人！”

拆弹小组把棺材翻过来，发现了"嘀嘀"的电子声是从哪里来的。他们迷惑不解地盯着看了看。

"医生！"最终有人尖叫道，"快找医生！"

99

"有奥利韦蒂的消息吗？"在罗奇尔护送教皇内侍从西斯廷礼拜堂回教皇办公室的途中，教皇内侍一脸疲惫地问道。

"没有，先生。只怕是凶多吉少。"

来到教皇办公室，教皇内侍声音低沉地说："上尉，今晚我在这儿也没什么可做的了。恐怕我已经插手过多。我要进办公室去祈祷，不想任何人来打扰。剩下的事儿就听天由命吧。"

"是，先生。"

"没时间了，上尉，尽快找到那个储存器。"

"我们还在搜索，"罗奇尔忐忑不安地说，"那样东西看来藏得非常隐秘。"

教皇内侍脸部肌肉不由得抽搐一下，似乎不能想这样的情况。"是的，到晚间 11 点 15 分，要是教会仍未脱离险境，我希望你去疏散所有红衣主教。我把他们的生命安危托付给你了。我只要求一件事情：让这些主教不失尊严地撤离此地。让他们退到圣彼得广场上去，与世界各地的教友们并肩作战。我不希望教会最后给人们留下的印象就是一群偷偷从后门溜走的胆小怕事的老家伙。"

"是，先生。那你呢？到 11 点 15 分，我也来叫你吗？"

"不用了。"

"先生？"

"我会在圣灵召唤我的时候离去。"

罗奇尔思忖着教皇内侍是不是打算与梵蒂冈同归于尽。

教皇内侍打开大门走进教皇办公室。"老实说……"说着，他转过了身，"还有一件事。"

"什么事，先生？"

"今晚办公室里似乎冷飕飕的，我都在发抖了。"

"电暖气装置坏了，我给你生个火吧。"

教皇内侍一脸倦色地笑着说道："谢谢，非常感谢。"

罗奇尔离开教皇办公室，留下教皇内侍在圣母马利亚的小雕像前的火堆旁做祷告。这可真是个怪异的景象：在摇曳的火光映衬下，一个黑影跪在了地板上。罗奇尔正朝大厅里面走着，一个卫兵朝他跑了过来。虽然只有烛光照明，罗奇尔还是一眼就认出了沙特朗中尉。他年轻缺乏经验，但有做事的热情。

“上尉，”沙特朗喊着递过了手机，“我想是教皇内侍的演讲起了作用。我们接到一个电话，打电话的人说能帮我们。他是通过罗马教廷的一处专用分机打来的，我不清楚他怎么知道那个号码的。”

罗奇尔收住了脚步，问道：“说了什么？”

“他只和高级军官通话。”

“有奥利韦蒂的消息吗？”

“没有，先生。”

他接过电话，说道：“我是罗奇尔上尉，这里的高级军官。”

“罗奇尔，”那个声音说，“我将向你解释我是谁，然后告诉你下一步怎么做。”

打电话的人说完就挂断了电话，罗奇尔则呆若木鸡地站在那儿。现在他清楚到底是谁在对自己下达命令了。

回到“欧核中心”，科勒的语音邮箱里不断传出技术授权问询留言，西尔维·波德洛克手忙脚乱地正要全部记录下来。主任办公桌上的专用电话突然响了，西尔维吓了一跳。没人知道那个号码。她接了电话。

“你好，哪位？”

“波德洛克小姐吗？我是科勒主任。联系飞行员，我的喷气机五分钟后起飞。”

100

罗伯特·兰登睁开双眼，发觉自己正凝视着一个画满壁画的巴洛克风格的穹顶。他在哪里，昏迷了多久，这些他全然不知。头顶上飘绕着烟雾，嘴巴上罩着什么东西。原来是氧气面罩。他一把将面罩扯了下来，房间里有股难闻的味道——像是肉烧焦的味道。

头被砸得很痛，兰登不由得皱起了眉头。他试着坐了起来，只见一个白衣人跪在了他身旁。

“你要休息！”那人说着，小心翼翼地扶兰登躺了回去，“我是医院的护理人员。”

兰登听从了那人的建议，感觉脑子一阵眩晕，如头顶上有烟雾飘绕一般。到底是怎么啦？他依然感到有点惶恐不安。

“老鼠是你的救星。”那名护理人员说。

兰登更觉得如堕五里雾中。什么老鼠救星？

那人指了指兰登手腕上戴的米奇牌卡通手表。兰登渐渐清醒了过来。他想起了自己定过时间。就在他茫然若失地凝视着表壳子的时候，又留意了一下时间：晚间，10 点 28 分。

兰登蓦地坐直了身子。

之后,一切都回想起来了。

兰登和消防队长及几个消防队员一起站到了主祭坛旁边。他们喋喋不休地问了兰登一长串问题。兰登根本就没听他们在问什么,他有自己的疑问。虽然浑身酸疼,但是他知道自己得立即行动。

一位消防队员穿过教堂走到兰登跟前说:“我又检查了一遍,先生。我们只找到吉多勒主教和瑞士侍卫队司令的尸体,没看到您说的女士的踪影。”

“谢谢。”兰登说道,真不知道自己到底是该感到宽慰还是惊骇。他知道自己看到过维多利亚不省人事地躺在地板上,可这会儿她不见了。他唯一能想到的解释并不令人欣慰。在电话里,那个杀手的心思并不缜密。*好烈的妞儿,我都兴奋了。也许等不到明天,我就能把你给找出来。等我找到……*

兰登四下里看了看,问道:“瑞士卫兵在哪儿?”

“还没联系上。罗马教廷的电话太忙了。”

兰登不知所措,感到一阵孤单。奥利韦蒂死了,那位红衣主教也死了,维多利亚不见了。他生命中的半个小时就这样在眨眼之间过去了。

听到外面传来媒体蜂拥而至的吵闹声,兰登猜想这第三位红衣主教惨死的录像如果还没有播放的话,那么肯定很快就会播出来了。他希望教皇内侍早已做了最坏的打算,然后采取了相应对策。*撤离该死的梵蒂冈!游戏玩够了!我们输了!*

陡然间,他想到了一直在驱使着他的一切动力——帮助拯救梵蒂冈,营救那四位红衣主教,与研究多年的兄弟会会员直接面对面——所有这些事情都消失得无影无踪了。战争失败了。他心中又激起一个难以抗拒的念头。那念头简单、强烈、迫切。

找到维多利亚。

一阵出乎意料的空虚感占据了兰登的心头。他常听人说,危机可以把两个人拴在一起,那种感情是一起住十年都磨合不成的。现在他相信这话的确不假。维多利亚不在身边的这段时间,他有种多年不曾体验过的感觉——孤独。这种痛苦给了他力量。

兰登驱逐脑海中的所有杂念,集中精力思考着。他希望黑煞星享乐之前先去做点正事儿。此外,他很清楚现在已经太晚了。*不,*他自言自语,*你还来得及。*掳走维多利亚的那个杀手还没有完成任务。在销声匿迹之前,他还得再露一次面儿。

*最后一个科学祭坛,*兰登心想。杀手还有最后一项任务。*土,气,火,水。*

兰登看了看手表,还有三十分钟。他从消防队员身边走向了贝尔尼尼的雕像《圣特雷萨的沉迷》。凝视着贝尔尼尼给出的标识,他这次明白无误地知道了要找什么东西。

在那崇高的历险途中,让天使来为你指南……

就在这位斜躺着的圣徒的正上方,在镀金墙上火焰背景的衬托下,盘旋着贝尔尼尼的天使。那个天使紧紧地攥着一支火红的长矛。兰登随长矛指的方向望去,矛头指向了教堂的右侧。一堵墙挡住了他的视线。他扫了一眼矛头所指之处,发现那里什么也没有。他很清楚这支长矛指着的地方无疑在墙外,在远方,在夜色中,在罗马的某个地方。

“那是什么方向?”兰登带着新的发现转身问消防队长。

《圣特雷萨的沉迷》雕塑上的天使

“什么方向?”队长瞟了一眼兰登手指的方向反问道,听起来他有点儿迷惑不解,“我不知道……我觉得是西方。”

“那个方向有哪些教堂?”

队长似乎更加困惑不解了,说道:“有很多。怎么了?”

兰登皱起了眉头。毫无疑问,那里是有很多教堂。“我需要一张市区地图。马上就要。”

队长连忙派人跑出去到消防车上取地图。兰登又转过身看着那尊雕像。土……气……火……维多利亚。

最后一个标识是水,他自言自语道,贝尔尼尼的与水有关的作品。在外面某个地方的教堂里。这可真是大海捞针。他转动脑筋,搜索着能够记起的所有贝尔尼尼的作品。我要找件为水而作的作品。

兰登的脑海中立刻闪现出贝尔尼尼刻的希腊海神之子特里同雕像。随后他意识到那尊雕像就在这座教堂外面的广场上,那是完全相反的方向。他硬着头皮继续想。贝尔尼尼雕刻过什么塑像来赞颂水呢?是《阿波罗和达芙妮》吗?遗憾的是那座雕像放在伦敦的维多利亚与阿尔伯特博物馆。①

① 作者记忆似乎有误,这座雕像目前放置于意大利罗马的博尔盖塞博物馆(Borghese Gallery)。

"先生?"一位消防队员拿着地图跑了进来。

兰登谢过他之后,把地图摊在了祭坛上。他立刻就意识到自己找对人了,消防部门的罗马地图与自己以前看过的任何一张地图一样详细。"我们现在在什么地方?"

那人指了指,说道:"巴尔贝里尼广场附近。"

兰登又看了一眼天使的长矛以辨明自己所处的位置。队长的估计是正确的,按地图上的提示,长矛正是指向西方。兰登在地图上从当前位置向西划出一条线,几乎是同时希望也渐渐破灭。似乎手指每划过一英寸,他都能看到一个微小的黑色十字形标志。那些都是教堂。这个城市到处都是教堂。最后,他的手指划到教堂区之外,慢慢进入罗马郊区。他叹了口气,然后从地图前面向后退了一步。真该死。

兰登察看着整张罗马地图,视线落在了前三位红衣主教遇害的教堂。齐吉礼拜堂……圣彼得大教堂……这里……

看着此刻全都展现在眼前的教堂,兰登注意到那些教堂的奇特位置。不知何故,他原本以为那些教堂是随意地分散在罗马各地,但根本就不是那样。奇怪的是,这三座教堂似乎故意分隔开构成了一个城市般大小的三角形。"拿笔来。"他突然说道,连头都没抬一下。

有人递了支圆珠笔给他。

兰登将地图上的三座教堂圈了出来,心跳开始加速。他第三次察看了那些教堂。那些教堂竟然构成了等腰三角形!

兰登立刻就想到了一美元纸币上的那个国玺标志——包含一只慧眼的三角形。可这说不通,他只标出三个点,总共应该四个才对。

那"水"指代的到底是哪里呢?兰登知道无论他把这第四个点标在哪里,这个三角形的形状都会遭到破坏。要保持这种对称,就只能将第四个标记放在三角形内心上。他看了看地图上那个位置,发现那里什么建筑都没有。不管怎样,这个想法都让他困惑不已。科学中的四大元素被认为是同等重要的。"水"并不特殊,不可能处在其他三个元素的中心位置。

尽管如此,直觉告诉他这种对称的位置绝不可能是偶然的。我还没看到完整的图形。还有一种可能:这四点构成的不是三角形,而是其他图形。

兰登看了看地图。会不会是正方形呢?虽然正方形并不具有什么象征意义,但至少是对称图形。他把手指放在地图的一角上,这样三角形就变成了四方形。他立刻就看出来那不可能构成正方形。原来的图形是斜三角形,这样就成了个变形的四边形。

他仔细考虑着第四个点可能落在三角形周围的什么地方,这时意想不到的情况发生了。他注意到先前为了寻找天使之矛所指的方向而画的那条线恰好通过其中一个地方。他一脸惊愕地圈出了那个点。现在他正看着地图上四个被圆珠笔圈出的标记,四点连成一个有点像风筝形状的粗略菱形。

他蹙起了眉头。菱形并不是光照派的标志。他顿了一下。又一次……

兰登的脑海里立刻就闪现出那个负有盛名的光照之星①。毫无疑问，这个想法荒谬得可笑，他也就不再去想它。此外，这个菱形是椭圆形的——像只风筝——难以体现令人敬畏的光照之星所具有的那种完美无缺的对称美。

兰登弯下身子正要查看最后一个标记落在何处的时候，惊讶地发现第四个点在罗马著名的纳沃纳广场正中心。他知道那里有一座重要的教堂，但他的手指早就划过那个广场，还考虑过那里的教堂。就他所知，那里并没有贝尔尼尼的作品。那是圣阿格尼斯教堂，教堂是以少女圣阿格尼斯命名的。她是一位美得令人销魂的青春少女，因拒绝放弃自己的信仰而被驱逐，终身沦为性奴。

纳沃纳广场上的圣阿格尼斯教堂

那座教堂里面一定有什么东西！兰登绞尽脑汁想象着教堂里面的情形。他想不起里面有哪样东西是贝尔尼尼的作品，更想不起和水有关的事物。这张地图上的图形又让他迷惑不已。一个菱形。其准确程度远不像巧合，但又不足以精确到合情合理的地步。一只风筝？兰登纳闷，是不是自己找错了地方。我遗漏了什么！

又过了半分钟，兰登突然想到了答案。那一刻，他感受到一种在他的学术生涯中不曾体验过的欢欣鼓舞。

他在光照派方面的天赋似乎永远都不会消失。

兰登此刻看着的形状表示的根本不是菱形。那四点之所以形成了菱形只是因为他把相邻的两点连了起来。光照派信奉对立物！他抖动着手，拿起笔将相对的两点连了起来。地图上一个巨大的十字形呈现在他面前。这是十字架！科学中的四大元素就展现在眼前……一个城市般大小的十字架在罗马城内展开。

就在他惊奇地注视着那个十字架时，耳边又响起了那句古诗……像是面目焕然一

---

① 光照之星，前面已经说过，是传说中的一块钻石，其英文原为 Illuminati Diamond。diamond 这个词既有“钻石”的含义，又可以指“菱形”。这就是兰登由“菱形”想到“光照之星”的原因所在。

新的老朋友。

'Cross Rome the mystic elements unfold . . . ①

'Cross Rome . . .

疑云渐渐散去，兰登明白了答案其实整晚都摆在眼前！光照派古诗自始至终都在告诉他祭坛是如何摆放的，摆成十字形！

'Cross Rome the mystic elements unfold!

这可真是个巧妙的双关语。兰登原先把单词'Cross(十字架)看成了Across(穿过)的缩写。他原以为这是诗人为了押韵而采用的破格手法。但其实远不止如此！这里暗藏着另一个线索。

兰登意识到地图上的十字形是光照派二元性的最根本的体现。这是一个由科学元素构成的宗教符号。伽利略倡导的光明之路同时颂扬了科学与上帝。

剩下的疑团顿时解开了。

地点在纳沃纳广场。

萨尔瓦托莱·科隆内利－夏拉的画作《纳沃纳广场》(十八世纪)

在纳沃纳广场的正中央，贝尔尼尼在圣阿格尼斯教堂的外面塑造了他最负盛名的

① 这句古诗的字面意思是：穿越古代的罗马之城，揭开了神秘的元素。

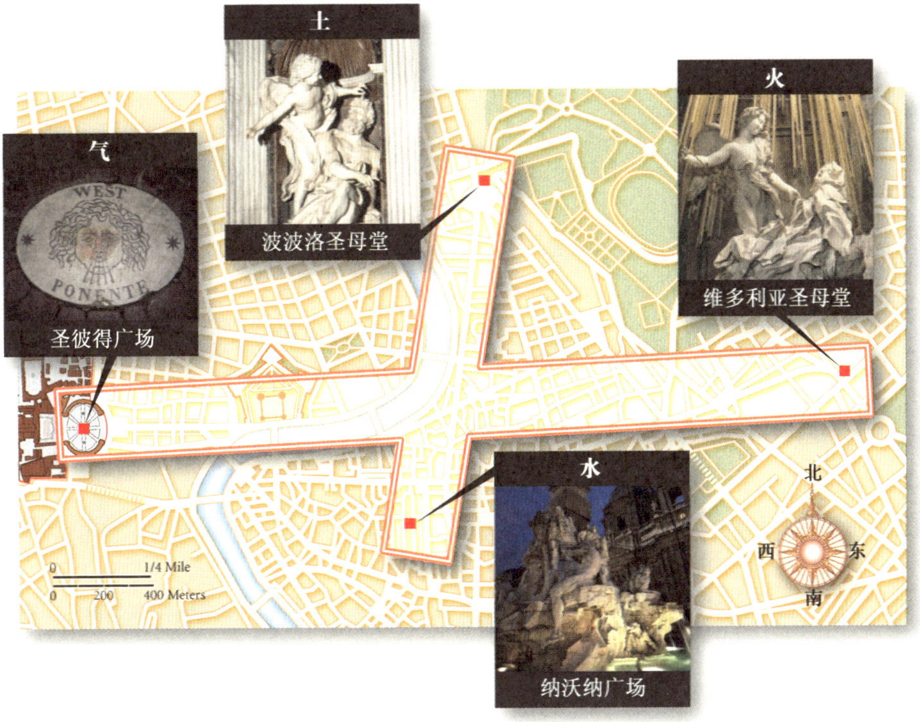

一件雕刻作品。每位游客来到罗马都会去欣赏一番。

那就是《四河喷泉》!

作为对水的绝好颂扬,贝尔尼尼的《四河喷泉》歌颂了这个古老世界的四大河流——尼罗河、恒河、多瑙河与拉普拉塔河。

水,兰登心想,这是最后的标识。准确无误。

更为准确的是,兰登甚至还清楚地知道贝尔尼尼设计的喷泉上高耸着一块方尖碑。

兰登顾不上身后那群困惑不解的消防队员,穿过教堂朝奥利韦蒂尸体所在的方向跑去。

现在是晚间10点31分,兰登心想,时间很充裕。一整天了,兰登第一次感觉自己抢了个先。

兰登跪在奥利韦蒂身边,躲在几张条椅后面小心翼翼地拿走了司令的半自动手枪和对讲机。他知道自己得打电话求助,但绝不是在这个地方打。现在,最后一个科学祭坛的地址得保密。采访车和消防车拉响警笛,呼啸着飞奔到纳沃纳广场,那样一点帮助都没有。

兰登一声不响地溜出了大门,躲过了此时正成群结队地涌进教堂的媒体。他穿过巴尔贝里尼广场,在一个隐蔽处打开了对讲机。他试着打到罗马教廷,但只听到静电噪声。那要么是因为他不在服务区,要么就是对讲机需要某种授权密码才能拨出电话。他徒劳地拨弄着复杂的键盘和按钮,突然意识到求助的计划是行不通的。他转身去找投币式公用电话,但没有找到。不管怎样,罗马教廷的电话还是占线。

他这会儿是孤身一人。

起初的自信渐渐消失,兰登站了一会儿,回想起自己值得同情的处境——先被埋在骨粉下,后被割伤,然后疲惫到神志昏迷,这会儿又饥肠辘辘。

兰登回头瞅了一眼那座教堂。在镁光灯和消防车车灯的照射下,团团烟雾在圆屋顶上盘旋。他思忖着该不该回去求助,但直觉提醒他,多余的帮助,尤其是未经过训练的人的帮忙只会徒增负担。*要是黑煞星看见我们过来……*他想起了维多利亚,知道这将是他最后一次面对那个杀手。

纳沃纳广场,兰登想着,知道自己有足够的时间到达那里去监视情况。他四下观望想找辆出租车,但街道空寂无人。就连出租车司机似乎都不顾一切地去看电视了。虽然纳沃纳广场就在大约一英里之外,但他也不愿步行浪费宝贵的体力。他瞅了一眼身后的教堂,考虑着能不能找人借辆车用。

借消防车?借采访车?这可不是闹着玩儿的。

意识到机会和时间都在悄悄溜走,兰登下定了决心。他从口袋里掏出手枪,做了件出人意料的事情,他真怀疑自己当时中邪了。他冲到一辆在等绿灯的雪铁龙轿车跟前,从开着的窗口用枪指着司机。"*出来!*"他尖声喊道。

那人战战兢兢地下了车。

兰登跳进车里握住方向盘,猛踩油门,一下就不见了。

101

在瑞士卫队营,冈瑟·格利克坐在一间监房里的长椅上。他向每一位所能想到的神灵祈祷:*求求你们,千万别让这成为一场梦。*这不仅在他的生活中是一则轰动性新闻,在任何人的生活中都是如此。全世界的每一个记者都希望自己此刻变成格利克。*你很清醒,*他自言自语道,*你是明星了,此时连丹·拉瑟*①*都气得直淌眼泪。*

麦克丽坐在他身旁,看起来一脸的惊愕。格利克并没有责怪她。除了独家报道了教皇内侍的讲演之外,她和格利克还向全世界的电视观众提供了红衣主教和教皇的令人毛骨悚然的照片——*那个舌头真可怕!*——以及反物质储存器倒计时的实况转播。*这简直难以置信!*

当然,所有这些都是应教皇内侍的请求而做的,但这并不是格利克与麦克丽这会

① 丹·拉瑟(Dan Rather),美国哥伦比亚广播公司(CBS)《晚间新闻》(Evening News)节目的王牌主持人。当今美国公认的口才最好、风度最佳的主持人。

儿被锁在瑞士卫队营的监房里的原因。格利克大胆提出要追踪报道此事，侍卫队并不欣赏他的做法，这才把他们关了起来。格利克知道刚才报道的那个对话原本并不是说给他听的，但那一刻他是公众注目的焦点。格利克的新闻要再次抢先报道！

"危急之时的撒玛利亚人？①"麦克丽坐在他身边抱怨道，明显不为所动。

格利克微笑着说："够聪明吧？"

"聪明的人该保持沉默。"

她只是忌妒罢了，格利克知道。在刚刚报道了教皇内侍的演讲之后，格利克碰巧又在恰当的时间出现在了恰当的地点。他无意中听到罗奇尔在对自己的手下下达新的命令。很明显，罗奇尔接到一个神秘人物的电话，而那人掌握了有关当前危机的重要信息。罗奇尔似乎在说那人可以帮上大忙，还通知卫兵做好迎接工作。

尽管这个消息无疑是个秘密，但格利克还是采取了任何一个兢兢业业的记者都会采取的行动——没有顾及道义上的责任。他找到一个黑暗的角落，让麦克丽启动遥控摄像机，然后报道了这条新闻。

"上帝之城骇人听闻的事件有新进展。"他说道，为了增加紧张气氛还眯起了眼睛。他接着说起了一位神秘客人要来梵蒂冈扭转局面的事情。危急之时的撒玛利亚人，格利克这样称呼他——对于在紧急关头出来行善的匿名人，这个称呼再准确不过了。各大电视联播公司早已转播了这段引人注目的原声摘要，格利克再次被人们铭记于心。

我真聪明，他暗自想道，彼得·詹宁斯②气得简直要跳河了。

当然格利克并没就此打住。当全球的眼球都被吸引过来的时候，他附带穿插了一个自己搞的小阴谋。

聪明，真是聪明绝顶。

"你骗了我们，"麦克丽说道，"你把一切都搞砸了。"

"你什么意思？我太伟大了！"

麦克丽瞪了他一眼，满腹狐疑地问道："美国前总统乔治·布什是光照派的？"

格利克暗自笑了起来。这还要有多明显呢？大量文件证明乔治·布什是位居第三十三级的共济会会员，而且在中央情报局因缺乏证据而结束对光照派的调查时，他是中央情报局局长，还有那些关于"千点之光"与"世界新秩序"③的讲演……很明显，布

---

① 这原话原文为：The 11th Hour Samaritan，"the 11th Hour"第十一小时，英文中指"地球最后一刻"，而Samaritan撒玛利亚人，在《圣经》中"撒玛利亚人"一般说来含有贬义，因为撒玛利亚人（北国以色列）受到宗教的约束较少，他们崇拜偶像，与异族通婚等等，在民间，撒玛利亚人与犹太人互不交往长达数年。但新约《圣经》《路加福音》第10章25—37节耶稣讲述了一个寓言：一个犹太人被强盗打劫，受了重伤，躺在路边。有祭司和利未人路过但不闻不问。唯有一个撒玛利亚人路过，不顾隔阂，动了慈心照应他。Good Samaritan"好撒玛利亚人"典故即出于此处。The 11th Hour Samaritan把前述两个说法合在一起。

② 彼得·詹宁斯（Peter Jennings），美国广播公司（ABC）《今晚新闻》（News Tonight）节目的著名主持人。

③ "千点之光"英文原文是"a thousand points of light"，这是乔治·布什与民主党议员迈克尔·杜卡基斯（时任马萨诸塞州州长）当年竞选美国总统时在电视辩论中提到的。布什的"千点之光"工程旨在使公民志愿在私人非营利组织工作，鼓励公民承担社会责任。"世界新秩序"，英文是"New World Order"，1989年6月14日由布什最先提出。

什确是光照派会员。

“那有关‘欧核中心’的呢?”麦克丽斥责道,“明天你家门外就会排一长队律师。”

“‘欧核中心’怎么了? 噢,得了吧! 那是多么明显的事! 回想一下吧! 光照派是在二十世纪五十年代从地球上消失的,几乎在同一时间,‘欧核中心’成立了。‘欧核中心’是世界上最有知识的人的避风港,拥有大量的私人赞助。他们制造了一种可以彻底摧毁教会的武器,嗬! ……可他们把它弄丢了!”

“所以你就对满天下的人说‘欧核中心’是光照派的新基地?”

“显而易见! 兄弟会并不是才消失的。光照派不得不去别的地方。‘欧核中心’是隐藏他们身份的理想场所。我并不是说‘欧核中心’的每个人都是光照派的。这很可能像是个庞大的共济会,那里大多数人都是清白的,但高层……”

“你知不知道什么叫诽谤,格利克? 什么叫责任?”

“你知不知道什么叫真正的新闻工作?”

“新闻工作? 你这是在无中生有胡说八道! 我早该关掉摄像机! 你到底在讲什么‘欧核中心’的标识的废话? 什么撒旦符号学? 你疯了吗?”

格利克暗自笑了笑,麦克丽的嫉妒心表现得很明显。“欧核中心”的标识设计得最为巧妙。自教皇内侍的讲演开始,各大电视联播公司都在讨论“欧核中心”和反物质的事情。有些电视台还把“欧核中心”的标识作为事件的背景来讨论。那个标识看起来非常普通——两个相交的圆代表了两台粒子加速器,五条切线代表了粒子发射管。全世界都在盯着这个标识看,但是只有格利克,这个自认为懂点儿符号学的人首先看出了其中隐藏的光照派意味。

“你并不是符号学家,”麦克丽责怪道,“你只不过是个妄自尊大的记者。你本该把符号学的东西留给哈佛的那群家伙去解决。”

“哈佛的那群家伙没发现这一点。”格利克说道。

这个标识所包含的光照派意味是多么明显啊!

他心里美滋滋的。虽然“欧核中心”有很多的加速器,但他们的标识上只显示了两个。“2”这个数字体现了光照派的二元性。虽然大多数加速器都只有一个发射管,但这个标识却显示了五个。“5”这个数字体现了光照派的五角星形。然后是这个标识——这个标识是设计得最巧妙的。格利克指出标识包含了一个数字“6”——由一条直线和一个圆清楚地组成——而且当这个标识旋转时,又一个“6”出现了……紧接着又是一个。这个标识包含三个“6”! 666! 这是魔鬼数字! 野兽的标志!

格利克简直是个天才。

麦克丽真想给他一拳。

忌妒心会消失的,格利克知道,此刻他在不着边际地思考着另一个问题。如果“欧核中心”是光照派的总部,那光照派那块臭名昭著的光照之星是不是也藏在那里呢? 格利克在网上看到过这块钻石的介绍——*“一块完美无瑕的钻石,由古老的自然元素生成,造型之精美令任何见到它的人叹为观止。”*

格利克思忖着光照之星的秘密下落会不会成为他今晚要揭晓的另一出神秘事件。

102

纳沃纳广场,《四河喷泉》。

罗马之夜如同沙漠之夜,即使白天暖洋洋的,晚上还是出奇的冷。兰登此时把外套往身上裹了裹,缩在纳沃纳广场旁边。像远处车辆发出的白噪声一样,纷纭的新闻报道回荡在罗马城内。他看了一下手表,还有十五分钟。他还能休息一会儿,这真是再好不过了。

四河喷泉

广场上空荡荡的。贝尔尼尼设计的这座美轮美奂的喷泉像带着可怕的巫术一般在他面前发出“咝咝”声。在水下探照灯的照射下，布满泡沫的水池上升起一团神奇的薄雾。兰登感到有种说不出来的紧张。

这座喷泉最引人注目的特点是它的高度，仅中心部分就有二十多英尺高——那是很多石灰华大理石堆成的凸凹不平的假山，水柱从各洞口喷出来。整座假山刻满了异教徒的雕像。假山上面矗立着一块四十英尺高的方尖碑。兰登向上望去，只见方尖碑的顶上静静地栖息着一只孤零零的鸽子，在夜空下那只鸽子变成了一个昏暗的影子。

十字形，兰登心想，仍对作记号的人在罗马城内的这种安排感到吃惊。贝尔尼尼的《四河喷泉》是最后一个科学祭坛。就在数小时前，兰登还站在万神殿内，深信光明之路已遭破坏，自己再也无法找到这里。这可真是低级错误。事实上，这条光明之路完好无损。土，气，火，水。他早就沿着这条路走了……从头走到了尾。

还没到终点呢，兰登提醒自己。这条路有五个站，可不是四个。喷泉，这第四个标识总会以某种方式指向最后的终点——光照派神圣的藏身地——光照派教堂。他想知道那个藏身地是不是还存在，也很想知道黑煞星是不是把维多利亚带去了那里。

兰登不知不觉地探寻着喷泉上的雕像，想找点线索看那个藏身地在什么方向。在那崇高的历险途中，让天使来为你指南。他突然有种不安的感觉，这座喷泉上并没有什么天使。从他现在站的地方望过去，那里确实没有天使……以前也没见过。《四河喷泉》是一件异教徒作品，雕刻的都是世俗事物——人类，动物，甚至还有一只笨拙的犰狳。天使出现在这里反倒会显得极不相称。

难道不在这里？凝视着那四块方尖碑排成的十字形，兰登一下子握紧了双拳。就是这座喷泉。

一辆黑色面包车从广场远处的一条巷子里开出来的时候，时间刚到晚间10点46分。要不是那辆车没打前灯，兰登本来连第二眼都不用看。就像游荡在洒满月光的海湾里的鲨鱼一样，那辆车围着广场绕了两圈。

兰登又往下蹲了蹲，猫着腰缩在通往圣阿格尼斯教堂的宽阔楼梯附近的阴影里。他盯着外面的广场看了看，紧张得心跳都加速了。

绕了广场整整两圈之后，那辆面包车斜转个弯朝贝尔尼尼喷泉开去。车开到与水池并排的地方，然后沿池边一直开到车侧面紧靠着喷泉。随后车停了下来，推拉门就在打旋的池水上方几英寸高的地方。

雾气弥漫。

兰登有种不祥的预感。是不是黑煞星先到了？开车来的吗？兰登记得杀手上次可是步行带着受害者穿过广场的，像在圣彼得大教堂的那次，兰登还差点儿发现他。可如果黑煞星是开车过来的，那规则就已经变了。

突然，面包车的推拉门“哗”的一声开了。

一个赤身裸体的人躺在车里痛苦地扭动着身子，浑身缠绕着又长又重的锁链。他拼命地挣扎着，但锁链太重挣不开。一根锁链把他的嘴分成了两半，就像戴上马嚼子的马一样，让他无法呼救。就在这时，兰登又看见一个人，黑暗中那人在被捆着的人身后走动着，好像在做最后的准备。

兰登知道自己得立即采取行动。

他拿出手枪，迅速脱下外套丢在地上。他既不想这件粗花呢外套成为累赘，也不愿伽利略《图解》里的那页纸靠近水。这份文件放在这里反倒安全，不会被水打湿。

兰登猫着腰朝右边走去，绕着喷泉在面包车的正对面停了下来。喷泉中心大量的雕像模糊了他的视野。他站起来，径直向水池跑去。他希望雷鸣般的水声能淹没他的脚步声。来到喷泉跟前，他翻过池边跳进了泛起泡沫的水池。

池水齐腰深，冰冷冰冷的。兰登咬紧牙关费劲地蹚着水往前走着。本来就平滑的池底在铺上一层人们为求好运而投进来的硬币后，就更容易打滑了。他意识到自己需要的不止是好运气。周围弥漫着薄雾，他不知道是因为寒冷还是害怕，手中的枪竟然抖了起来。

兰登来到喷泉的内景处，兜了个圈儿朝左边走去。他在水里艰难地走着，藏在了大理石雕塑旁。他躲在巨型马的大理石塑像后面，眯起眼睛向外面望去。面包车就在十五英尺之外，黑煞星在车里猫着腰，双手放在缠满锁链的主教身上，正要把他从开着的门里掀到喷泉中。

罗伯特·兰登在齐腰深的水里举起手枪从薄雾中走了过来，有点像是水中牛仔在做最后的抵抗。"不许动。"他说话可要比拿枪稳多了。

黑煞星抬头看了看。有那么一会儿，他看起来有点慌乱，还以为是见鬼了。紧接着，他撇撇嘴，邪恶地笑了笑，举起双手作投降状，说道："这样可以了吧。"

"下车。"

"你看起来湿漉漉的。"

"你来得倒早。"

"我急等着回去见我的美人儿。"

兰登举枪瞄准他，说道："我会毫不犹豫地崩了你。"

"你已经在犹豫了。"

兰登把手枪抓得更紧了。那位红衣主教现在一动不动地躺着，看起来精疲力竭，奄奄一息。"松开他。"

"别管他了，你是来找那女人的，别装蒜了。"

兰登不忍就此打住话题，追问道："她在什么地方？"

"在某个安全的地方，等着我回去呢。"

她还活着，兰登有了一线希望。他接着问道："是不是在光照派教堂？"

那个杀手笑出了声。"你绝对找不到那个地方。"

兰登简直不敢相信，光照派的藏身地竟然还在。他瞄准黑煞星，问道："在哪儿？"

"几百年来，这个地点一直不为外人所知，连我也是最近才知道。我死都不会背信弃义。"

"没有你我一样能找到。"

"痴心妄想。"

兰登朝喷泉挪了几步,说道:"我已经离你很近了。"

"那就再走近些吧。鹿死谁手还很难说。"

兰登又走近了一些,脚步在水下显得犹豫不决。黑煞星看起来特别沉着冷静,双手举起放在头上,蹲在车的后部。兰登瞄准了他的胸膛,思忖着该不该简单地一枪结果了他。不行,他知道维多利亚的下落,还知道反物质在哪儿,我需要那些信息!

黑煞星从黑暗的面包车里向外注视着他的攻击者,不禁感到可怜又可笑。这个美国人是很勇敢,这一点他表现得很明显。但他没受过训练,这一点他同样表现得很明显。蛮勇只能导致自取灭亡。生存是要讲法则的,那是古老的法则。这个美国人是在违反法则做事。

你本来占有优势——可以攻其不备,但你搞砸了。

这个美国人优柔寡断……可能在等援兵……或许是想让杀手出现口误从而探出点儿重要信息。

在没降住猎物之前千万别去审讯他。受困的敌人是最危险的敌人。

这个美国人还在闲扯,试探着想套出他的话。

杀手几乎要大笑起来了。这可不是你们的好莱坞电影……终局枪响前,根本就不该握着枪长篇大论。马上你就会看到下场。

杀手双眼依然盯着兰登,双手在车顶上慢慢地摸到了想找的那样东西。他双目直视前方,一把握紧了那样东西。

之后他采取了有效的行动。

杀手的动作极其出人意料。有那么一会儿,兰登还以为是物理定律已经不存在了。杀手抬起双腿,失重般悬在空中,他穿着靴子的脚踢在红衣主教的腰上,将浑身缠满锁链的主教踹出了车门。那位红衣主教跌进水池,溅起一片水花。

兰登溅了一脸的水,意识到发生的情况时已经太晚了。杀手抓住面包车的翻车保护杆,纵身一跃跳了出来。这会儿黑煞星双脚在前穿过水花朝兰登飞了过来。

兰登连忙扣动扳机,装了消音器的手枪"啪"的一声打穿了黑煞星的左脚尖。他立刻感到黑煞星的鞋底踩到他的胸口,重重地将他踢倒下去。

两人顿时跌入水中,溅起一片混有鲜血的水花。

冰冷的池水淹没了兰登的身体,他先感到一阵疼痛,随之而来的是一种求生的本能。他意识到自己此刻两手空空,原来手枪刚刚被踢飞了。一头扎进深水里,他在黏糊糊的池底摸索着找那把枪。他抓到一样金属物,发现是一把硬币后就扔掉了。他睁开双眼,四下察看光亮的水池。池水在身旁翻滚着,像是冰凉的极可意牌水流按摩浴缸。

兰登吓得憋住气躲到了水底。他一直在走动，但并不知道随后杀手会从什么地方袭来。得找到那把枪！他的双手在身前拼命地摸索着。

你还是占有优势的，兰登自言自语道，游泳可是你的强项。即使穿着高领毛衣浸泡在水里，他依然是个敏捷的游泳好手。在水中你可是得心应手。

又摸到金属物时，兰登确信自己时来运转了。这次抓的可不再是一把硬币。他一把将其抓住想拿出来瞄准杀手，但就在这时，他发现自己在水里打滑。原来那个东西是被固定住的。

还没游到那位主教扭动着的身体旁边，兰登就意识到自己抓住的原来是促使主教下沉的锁链。那位主教在池底仰头注视着兰登，脸上现出了惊恐的神情，看到他的样子，兰登吓得一时不能动弹。

那位主教眼中透出的求生欲望让兰登大为震惊，兰登一头扎进水下牢牢抓住锁链，想把他举出水面。他的身体慢慢升起……像一只锚。兰登又加了一把力拖着他。当那位主教的头露出水面时，这位老人大口吸了几口气。紧接着，老人的身体猛地打了个滚，滑溜溜的锁链一下子从兰登手中掉了下来。巴格尔主教像块大石头一样又沉了下去，消失在泛着泡沫的水中。

兰登一头扎进阴暗的水中瞪大了双眼。他找到了那位主教。这次，当他拽住锁链时，锁链从巴格尔主教胸前移开了一下……露出更邪恶的记号……那是烙进肉体的印记。

紧接着，兰登看见两只大脚迈了过来，有一只还冒着鲜血。

103

作为一名水球运动员，罗伯特·兰登承受过远比水下比赛更残酷的东西。在水球池底下，裁判员看不到的地方，球员们为了赢得比赛而激烈地进行的野蛮行为绝不亚于最险恶的摔跤比赛。兰登曾被踢伤过，被抓伤过，被抱住不放，甚至有一次还被一名灰心丧气的防守队员咬了一口，害得他不停地扭动身子才甩掉那人。

但是，这会儿是在贝尔尼尼设计的喷泉的冰冷池水中扭打，兰登很清楚这跟在哈佛大学的游泳池里大不一样。他不是在为输赢而战，而是为生命而战。这是他们第二次交手，这里既没有裁判，也不会有复赛。那人用力地把兰登的头按向池底，无疑是要置他于死地。

兰登本能地转了个身，像颗鱼雷一样。*挣脱他！*但是，这个攻击者占据着任何水球防守队员都不曾有的优势——双脚稳稳地立在地上——一把将他扭转了回来，紧紧地抓住不放。兰登弯着身子试图在水下站稳。黑煞星似乎只爱用一只胳膊……尽管如此，他还是抓得很牢。

就在这时，兰登意识到自己根本不是黑煞星的对手。他做了仅能想到的一件事情——不再尝试着浮出水面。*不要一头撞在南墙上。*他使出最后一点体力做海豚式打水，双臂拖在身后摆成一种别扭的蝶泳姿势，身体猛地向前一倾。

兰登突然转变了方向，这似乎让黑煞星放松了警惕。兰登浮在水里，身体侧面拖到了黑煞星的胳膊外侧，使他失去了平衡。黑煞星踉踉跄跄地松开了锁链，于是兰登又做了一次打水动作。锁链"咔嚓"一声断开，兰登顿时挣脱开了。他拼命浮出水面，呼出一口污浊的气体。但他也只是喘了口气而已。黑煞星用一股大得惊人的力气又抓住了兰登，双手按住他的肩膀，整个人的力量全压在了他身上。兰登匆忙站稳双脚，但黑煞星飞起一脚把他给撂倒了。

兰登再次沉入水底。

他在水下扭动着身子，感觉身上的肌肉火辣辣地疼。这次他的招数没起任何作用。他在不断冒出泡沫的池水中仔细察看池底，想要找到那把手枪。水下一片模糊。这里的泡沫比较密集。杀手把兰登往水底又按了按，朝装在池底的水下探照灯按去，一束炫目的灯光闪过了他的脸。兰登伸手抓住那只圆筒，感觉热乎乎的。他试图挣脱出去，可那只圆筒拴在铰链上，在他手中打起了转。他顿时失去了支撑点。

黑煞星还在把他往深水里按。

就在那时，兰登看到了那样东西。那东西就在他的正下方，从一堆硬币底下戳了出来，露出一个细细的黑色圆筒。*那是奥利韦蒂枪上的消音器！*他伸手就去够，可在碰到圆筒时，他感觉那东西摸起来不像是金属，倒像是橡胶。他拉动圆筒，那根富有弹性的橡胶管"噗"的一声甩了过来，像条柔软的蛇一样。这条橡胶管大约有两英尺长，管子的底端还在不停地冒出长长的一串气泡。他根本就没找到那把手枪，那只是喷水池里的一个无毒发泡器……

就在几英尺之外，巴格尔主教灵魂快要出窍了。虽然一生都在为这一刻而准备，但他绝没想到竟然要这样结束生命。他的身体忍受着极大的痛苦……灼伤，淤伤，还有那些锁链使他沉入水底动弹不得。他提醒自己，这点儿痛与耶稣经受过的苦难根本就无法相提并论。

他是因我的罪过而死……

巴格尔可以听到附近传来“噼啪”的打斗声。他简直不能想这件事。那个杀手马上就要结束另一个生命……那是个有着和善眼神的人，那是想要救他的人。

疼痛一阵阵加剧，巴格尔躺在那里，透过池水注视着上面的夜空。有那么一会儿，他以为自己看见了星星。

阳寿已尽。

摆脱了所有的恐惧与疑虑，巴格尔张开嘴巴呼了口气，他知道那将是他最后一口气。他看着自己的灵魂变成一串透明的气泡，“汩汩”地飘向了天国。紧接着，他回光返照般短促地吸了口气，池水如冰冷的匕首一样从嘴角灌进他的体内。这种痛苦只持续几秒钟就结束了。

随后……他安息了。

黑煞星顾不上脚上的疼痛，目不转睛地盯着这个快要溺死的美国人。此刻他把兰登牢牢地按在不停地翻腾着的池水里，让他动弹不得。*彻底干掉他！*他抓得更紧了，心想这次罗伯特·兰登应该不会幸免于难。正如他所料，兰登渐渐停止了挣扎。

兰登的身体突然变得僵硬，开始剧烈地颤动起来。

*就是这样，黑煞星暗自想道，池水刚灌进肺部时，身体是会变僵硬。*他知道这只会持续大约五秒钟。

兰登坚持了六秒钟。

随后，完全如黑煞星所料，受害者的身体立刻变得软塌塌的。罗伯特·兰登像只正在放气的大气球一样无力地沉了下去。决斗结束了。黑煞星又把兰登往水里按了三十秒，让池水渗进他的肺部组织。感到兰登的身体在逐渐地自动沉向池底，他终于松开了手。媒体会在《四河喷泉》里意想不到地发现两具尸体。

“*他妈的！*”黑煞星骂骂咧咧地从喷水池里爬出来，然后看了看还在流血的脚趾头。鞋尖已经扯碎，大脚趾给挫伤了。他一边因自己的粗心而生气，一边从裤腿上撕下一块布，塞进靴子包住了脚趾头。一阵剧烈的疼痛从脚底传到了大腿。“*真该死！*”他大骂着攥紧了拳头，然后又把布往里面塞了塞。脚上的伤口已不再大量出血，血只是一滴一滴地往外沁。

黑煞星忘记了脚上的疼痛，转而想到马上就可以行乐，便跳进了面包车。罗马的任务已经完成，他很清楚什么东西能缓解此刻的疼痛。维多利亚·维特勒被绑着，正等他回去。黑煞星虽然浑身又湿又冷，却不知不觉地挺直了身子。

我已经得到了奖赏。

在城市的另一边，维多利亚从一阵疼痛中醒了过来。她躺在那儿感觉身上的肌肉像石头一样紧绷，似乎一碰就碎，双臂则酸疼酸疼的。她想动一动，却突然感到双肩一阵痉挛。过了一会儿，她才意识到自己的双手给绑在了身后。她一下子感到迷惑不解。我这是在梦里吗？但是当她试着抬起头时，头部的疼痛使她明白过来，她确实是醒着的。

她打量着周围的环境，迷惑渐渐变成恐惧。这是一间简陋的石屋——房间宽敞但没什么装饰，屋里点着火把，像是一间古老的会议室。她的近旁摆了一圈老式条椅。

这时一阵微风吹来，维多利亚感到身上一阵寒冷。不远处，一组双扇门开着，外面还有个阳台。透过栏杆之间的空隙，维多利亚可以肯定她看见了梵蒂冈。

104

罗伯特·兰登躺在《四河喷泉》水池底下的一堆硬币上，嘴里还咬着那根橡胶管。从发泡器管道里压出来用于产生泡沫的气体早已被气泵污染，他的喉咙火辣辣地疼。尽管如此，他并没有抱怨，毕竟他活了下来。

兰登不清楚自己假装溺水到底有多像，但他一生都在与水打交道，对于这种事儿肯定会有所耳闻。他已经竭尽全力。到了最后，他甚至吐出了体内的全部气体，屏住呼吸才使身体沉到了水底。

令人欣慰的是，黑煞星不仅信了，还松开了手。

兰登这会儿躺在池底再也等不下去了。他简直要窒息了。他不知道黑煞星是不是还在外面。他吸了一口胶管里刺鼻的气体又呼了出来，然后从池底游到了水池中央那块凸起而平坦的岩石处。他沿着岩石往上游，悄悄地浮出水面，然后藏在大理石雕像的倒影下。

面包车不见了。

这正合兰登的心意。他长长地吸了一口气，匆忙游回巴格尔主教沉下水的地方。他知道那位主教此刻已经失去知觉，再苏醒过来的机会微乎其微，但他还是得试试。找到主教之后，他叉腿而立，弯腰抓起缠在主教身上的锁链，然后开始用力向上拉。主教露出水面后，兰登看到主教的眼睛已经朝上翻着鼓了起来。那并不是什么好迹象。主教已经断气，脉搏也不跳了。

兰登知道自己绝不可能举起主教的身体拖出喷水池，就把巴格尔主教从水中拖到了池中央的大理石假山的洞口处。这里的水比较浅，还有一块倾斜的石板。兰登尽力把主教赤裸的身体拉上石板，但并没有拖上去多少。

紧接着兰登开始进行救助工作。他压住主教那缠着锁链的胸膛，把灌进肺里的水压了出来，然后开始对其进行人工呼吸。他小心而谨慎地压着，既不敢太用力也不敢速度太快。他花了三分钟时间试图让主教苏醒过来。五分钟过去了，他知道一切结束了。

候选主教。这个可能成为教皇的人横躺在他面前归西了。

不知何故，即使安静地躺在半露出水面的石板上的阴影里，巴格尔主教依然保持着一种尊严。池水轻轻地拍过他的胸膛，好像懊悔不已……似乎在为自己成了最后杀死主教的凶手而乞求宽恕……似乎想要擦去烙在主教身上的自己的名字。

兰登轻轻地伸出一只手抚过主教的脸庞，把他翻起的双眼合上了。他这样做着，感到疲惫不堪，眼眶里顿时溢满了泪水。这让他吓了一跳。之后，他哭了起来，多年来这还是第一次。

105

兰登从死去的主教身边重新回到深水里，身心俱疲的感觉渐渐消失了。他精疲力竭地独自待在喷水池里，差点儿以为自己要虚脱了。但是，他却感到心中重新出现一股难以抗拒的冲动。这种冲动强烈得不容置疑，近乎疯狂。他感到浑身突然涌起一股力量，意志坚定得出乎他的想象。他不去想心中的痛苦，把以前的事情先放一边，集中精力思考接下来的一件艰难任务。

找到光照派的藏身地，救出维多利亚。

兰登此刻面向贝尔尼尼设计的喷泉中央的假山，满怀希望地投入到寻找最后一个光照派标识的工作中。他知道就在这一堆凸凹不平的塑像的某个地方，有个线索指向了那个藏身地。但是，他察看着这座喷泉，希望很快就破灭了。"标识"这个词似乎在四周"咯咯"地嘲笑他。在那崇高的历险途中，让天使来为你指南。他对眼前的雕像怒目而视。这座喷泉是一件异教徒作品！怎么可能会有该死的天使！

徒劳地看完喷泉中心的雕像之后，兰登下意识地抬头望了望高耸的石柱。四个标识，他心想，在罗马城内排成一个巨大的十字形。

反复察看着方尖碑上刻的象形文字，他想知道这些古埃及语的符号中会不会藏着线索。但他立刻就放弃了那个想法。象形文字早于贝尔尼尼好几个世纪就出现了，而且人们直到发现了罗塞塔石碑①才开始解读这些文字。尽管如此，他还是大胆猜测，会不会贝尔尼尼另外刻了个标识呢？会不会就在所有这些象形文字中的一个被人忽略的地方呢？

兰登心中升起一线希望，又绕着喷泉看一遍，仔细察看着每一块方尖碑的四个平面。他绕一圈花了两分钟时间，但是看完方尖碑的最后一个平面时，他的希望破灭了。那些象形文字中并没有什么可以被当作标识的特别之物，当然也不会有天使。

兰登看了一下手表，现在是十一点整。他不知道时间到底是在飞逝而过还是如虫子

① "罗塞塔石碑"英语是 Rosetta Stone，这是一七九九年在埃及罗塞塔镇附近发现的古埃及石碑，其碑文用古埃及象形文字和通俗文字及希腊文字刻成；该碑的发现为解读古埃及和象形文字提供了线索。

四河喷泉和埃及方尖碑

般缓慢蠕动。当他艰难地绕着喷泉走的时候，他的脑海中老是萦绕着维多利亚和黑煞星的身影。在紧张万分地又绕完了一圈之后，他还是没什么发现，挫败感慢慢袭上心头。他累得筋疲力尽，几乎要倒下了。他把头往后一仰对着夜空发出一声尖叫。

但那声尖叫一下子堵在了喉咙中。

兰登抬着头直勾勾地注视着那块方尖碑。方尖碑的顶端摆放的那样东西之前他就见过，可没去理会。但是这会儿，那东西却让他停止了尖叫。那不是天使，一点也不像。实际上，兰登刚才都没把它当作贝尔尼尼喷泉的一部分。他还以为它是活的，栖息在这个城市里的高塔上的另一个清洁工。

那是只鸽子。

兰登眯起眼睛朝空中那样东西望去，周围的水雾在探照灯的照射下模糊了他的视野。那不是鸽子吗？在簇簇繁星的映照下，他可以清楚地看到鸽子的头与喙的轮廓。自兰登来到这里起，这只鸽子就没动过，甚至下面激烈的打斗都没能把它吓飞。从兰登步入广场起，它就一直待在那里，高高地栖息在碑尖上，平静地凝视着西方。

兰登盯着它看了好一会儿，然后把手伸进水底，抓起一把硬币朝空中扔了过去。那些硬币“叮叮当当”地砸在了花岗岩方尖碑

四河喷泉旁方尖碑顶部的鸽子

上，那只鸽子还是没有飞走。兰登又试了一次，这次有一枚硬币刚好砸在了鸽子身上。一种金属碰击金属的微弱声响回荡在整个广场上。

那只该死的鸽子竟然是铜铸的。

你要找的是天使，可不是鸽子，一个声音提醒了他。但已经晚了，他早已做出了联系。他意识到那只鸟根本就不是鸽子。

那还是鸽子。

兰登不由自主地蹚水走向水池中央，然后开始往这座石灰华假山上爬，他爬到那些巨型雕像的手臂和头上，好让自己站得更高一些。就要到达方尖碑的基座时，他从水雾中走出来更清楚地看出了那只鸟的头。

毫无疑问，那就是一只鸽子。罗马城的污染给原本青铜色的鸟身覆盖了一层具有迷惑性的黑色。他突然明白了过来。今天一大早在万神殿的时候，他就见过一对鸽子。一对鸽子不具有任何意义，可这里就一只鸽子。

单独的一只鸽子就是异教中和平天使的象征。

异教形象的鸽子(公元前三世纪)

这个事实几乎是鼓舞着兰登来到了方尖碑前。贝尔尼尼选用了异教标志来代替和平天使，这样他就把它掩饰在这座异教式的喷泉中。在那崇高的历险途中，让天使来为你指南。这只鸽子就是天使！兰登简直想不出还有哪个比方尖碑的顶部更高的地方可以摆放光照派的最后一个标识。

那只鸟儿是在看着西方。兰登极力朝鸟儿望的方向看去，但看不到楼房的那一边，于是他爬到了更高的地方。他意想不到地突然记起了尼斯的圣格列高利主教的一句话：灵魂一旦受到启发……就会形成一只美丽的鸽子。

兰登向上爬去，朝那只鸽子爬去，此刻他似乎整个人都飞了起来。他来到耸立着方尖碑的平台上，再也没有更高的地方可爬了。环顾四周，他知道已经没必要再往上爬了。整个罗马城都呈现在眼前了，那景象简直令人震惊。

他的左边，各地媒体的镁光灯杂乱地围绕在圣彼得大教堂周围；右边，团团烟雾在维多利亚圣母堂的穹顶上缭绕；前面很远的地方是波波洛广场，身后就是第四个也是最后一个地点。那四块方尖碑组成了一个巨大的十字形。

手持长矛的青铜天使

兰登哆哆嗦嗦地望了望头顶上的鸽子。他扭过头看着鸽子面对的方向，然后望向了远处的地平线。

他立刻就看到了那个地方。

答案是那么明显，那么清楚，那么简单。

这会儿，兰登注视着那个地方，简直不敢相信光照派的藏身地竟然隐藏了这么多年。望着河对岸的那座大型石砌建筑，他感到整个罗马城似乎都消失了。那座建筑与罗马城内其他任何建筑一样享有盛名。那座建筑坐落在台伯河岸边，斜对着梵蒂冈，其外形是明显的几何图形——正方形的堡垒里面是圆形城堡，堡垒的外面则是一个围绕着整座城堡的五角星形的花园。

在探照灯柔和的灯光下，这座古老的城堡醒目地展现在他面前。城堡的高处耸立着一个巨大的青铜天使。天使手持长矛对准了城堡的正中心。似乎这样还不够，在直接通向城堡大门的唯一道路上，矗立的就是著名的天使桥……这条引人注目的通道上装饰着十二个高大的天使，雕刻这些天使的正是贝尔尼尼本人。

最后，激动人心的是，兰登意识到这个由贝尔尼尼设计的方尖碑组成的城市般大小的十字形完全以光照派的方式把这座城堡标了出来。十字形的主支架正好穿过天使桥的中间，将其分成完全相等的两半。

兰登找回他的粗花呢外套拿在手里，以免被身上水淋淋的衣服沾湿。紧接着他跳进抢来的车里，穿着湿透的鞋子，猛地一踩油门，急速消失在夜色中。

圣天使堡和天使桥

106

晚间，11 点 07 分。兰登驱车飞速穿行在罗马的夜色中。此刻沿着台伯河岸边的伦戈特维雷街疾驰，他可以看到目的地如大山一般高耸在右手边。

圣天使堡。

通往狭窄的天使桥的岔路口没有任何预兆地突然出现在了面前。兰登猛地踩了一下刹车，拐了进去。车子恰好拐了进去，但桥上却设了路障。车子滑行十英尺，撞上了挡在道路上的一排矮小的水泥柱。车子抛锚了，震动着发出"呼哧呼哧"的声音，兰登的身体随之猛地向前倾。为了保护天使桥，桥上现在只限行人通过，他早把这点给忘得一干二净。

兰登大吃一惊，摇摇晃晃地从撞得变了形的车里走出来，真希望自己此刻走的是其他路线。由于在喷泉里浸湿了衣服，他冷得发抖。他把海力斯粗花呢外套穿在湿乎乎的衬衫外面，幸好这个牌子的衣服都是双衬料，那张从《图解》里扯下的一页纸才没被打湿。那座石砌城堡在桥那边像座大山一样耸立在他面前。腰酸背痛而又精疲力竭的兰登突然大步跑了起来。

贝尔尼尼设计的那些天使像是夹道而立的护卫队，此刻从兰登左右两边倏地一下闪到后面，看着他奔向了目的地。*在那崇高的历险途中，让天使来为你指南。*兰登向前跑着，那座城堡似乎一下子升高变成一座无法攀登的巅峰，甚至比圣彼得大教堂还让他害怕。他急速朝城堡冲了过去，一边怒气冲冲地跑着，一边目不转睛地盯着上面，城堡中心的圆形部分伸出一只挥舞着长矛的巨大的天使，直插入云霄。

这看来好像是座废弃的城堡。

天使桥上贝尔尼尼天使雕塑

兰登知道，数世纪以来，这座城堡曾被罗马教廷先后用作坟墓、堡垒、教皇的避难所、敌对教会的监狱，还有博物馆。很显然，这座城堡还有其他房客——光照派。不知怎的，这让人觉得很怪异。尽管城堡是梵蒂冈的财产，可也只是偶尔才使用，而且多年来贝尔尼尼对此地还做了大量的修复工作。据传言，这里现在有许多秘密入口、暗道和密室。天使及周围的五角星形的花园都是贝尔尼尼所为，兰登对此毫不怀疑。

兰登来到城堡巨大的双扇门前，用力推了推。果然不出所料，大门根本就推不动。两个铁门环挂在了与眼齐高的地方。兰登连门都不敲就退了回来，看了看陡峭的外墙。这些城墙曾经抵挡过柏柏尔人、异教徒及摩尔人的进攻。不知怎的，他觉得破门而入的希望微乎其微。

维多利亚，兰登心想，你在里面吗？

兰登绕着外墙快速地跑了起来。*这里一定还有别的入口！*

向西绕过第二堵墙壁，兰登气喘吁吁地来到伦戈特雷城堡外的一个小型停车场。在这堵墙上，他发现了城堡的另一个入口——一扇吊桥式的门——这道门拉了起来，把入口给堵上了。他又盯着上方的城堡看了看。

城堡唯一的亮光来自照在墙壁上的外部探照灯，而里面所有的小窗户看起来都黑

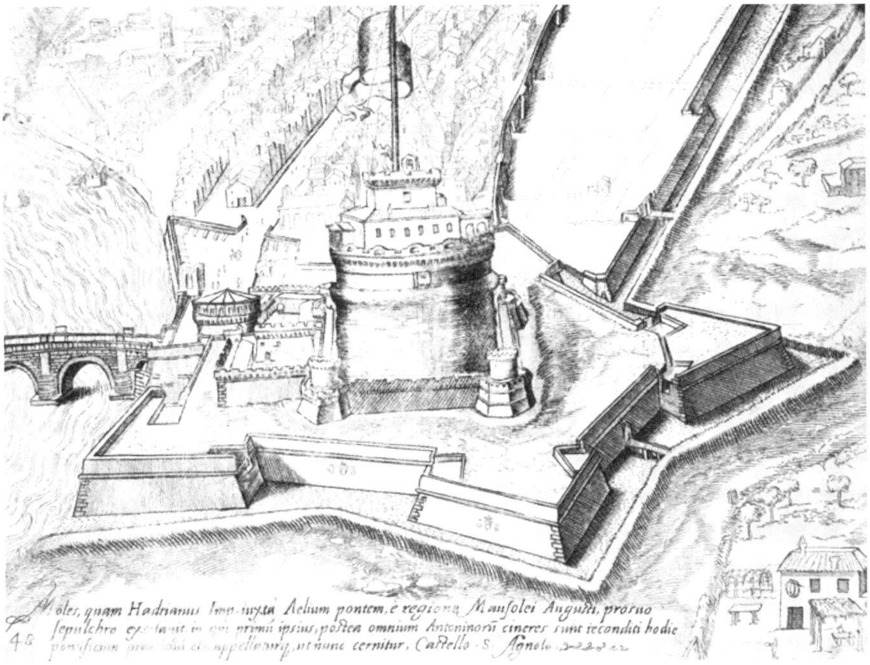

十六世纪的蚀刻画《圣天使堡》

乎乎的。兰登往更高处看了看，在中间那座城堡的顶部，高空一百英尺的地方，天使的长矛的正下方有一个突出的阳台。大理石的栏杆似乎发出了微光，似乎阳台里面的房间内燃着火把。兰登顿了顿，湿漉漉的身体突然打了个冷颤。有身影？他等了等，极力望去。紧接着他又看到了那个身影，脊背感到一阵刺痛。上面竟然有人！

“维多利亚！”他抑制不住地大叫起来，可身后台伯河的涛声把他的喊声给淹没了。他急得直转圈，真不知道那些该死的瑞士卫兵都去什么地方了。难道他们连他发送的信息都没收到吗？

停车场的另一边停着一辆电视台的采访车。兰登跑了过去，只见一个大腹便便的人戴着耳机坐在车厢里在调节控制杆。兰登“啪啪”地敲击着采访车。那人跳了出来，看见兰登浑身湿漉漉的，猛地扯下了头上的耳机。

“怎么了，朋友？”听口音他是澳大利亚人。

“我要用一下你的电话。”兰登极其激动地说。

那人耸了耸肩，说道：“拨不出去，已经试了整个晚上。全部占线。”

兰登气得大骂起来。“看到什么人进了那里吗？”说着他指向了那个吊桥。

“说真的，是的。一辆黑色面包车整晚都在出出进进。”

“真他娘的走运。”那个澳大利亚人说着注视着那座城堡，然后因自己视野受到限制无法看到梵蒂冈的景象而皱起了眉头，“我敢说从那个高处望过去，看到的景象一定很棒。在圣彼得广场的时候，我就没能挤过去，现在只好在这里拍摄。”

圣天使堡的阳台

兰登根本就没在听。他在想别的办法。

“你说真有那个撒玛利亚人吗?”澳大利亚人问。

兰登转过了身问道:“什么?”

“你没听说吗?瑞士侍卫队的上尉接到一个电话,那人说他有第一手信息。那个家伙正飞过来呢。我只知道要是他能扭转局面……收视率就会提高啦!”说完他大笑起来。

兰登顿时丈二和尚摸不着头脑。有个撒玛利亚人飞过来帮忙?他知道反物质在哪儿吗?可他为什么只告诉瑞士侍卫队呢?为什么他要亲自过来呢?有些事情很奇怪,但兰登已经没时间过问了。

“嗨,”那个澳大利亚人说着,走到更近的地方打量着兰登,“你不是我在电视上看到的那家伙吗?在圣彼得广场设法救红衣主教的那个人?”

兰登没有回答,目光突然牢牢地落在了采访车顶上的一个装置上——安放卫星天线的可折叠支架。他又看了看城堡,外墙有五十英尺高,里面的堡垒还要高一些。这里可真是关卡重重。从这里爬上最高处是不可能的，但如果他能先翻过这道墙……

兰登转身面向这位新闻记者，并指着卫星支架问道："那东西有多高？"

"啊？"那人一脸困惑地回答，"十五米，怎么了？"

"把车开过去，靠墙停下。帮我个忙。"

"你在说什么？"

兰登对他解释了一番。

澳大利亚人惊得瞪大了双眼，喊道："你疯了吗？那可是价值二十万美元的折叠式支架，不是梯子！"

"你不是要收视率吗？我的信息能让你乐不可支。"兰登急切地说道。

"你的信息值二十万美元？"

为了换取帮助，兰登告诉他可以向他透漏一些消息。

一分半钟之后，罗伯特·兰登紧紧地抓住卫星支架的顶端，在距离地面五十英尺的高空中随风摇晃着。他探身出去，抓着外墙顶端爬了过去，落到了低处的棱堡上。

"嗳，说话要算话！"澳大利亚人大喊道，"他在哪儿？"

兰登为自己泄漏消息而受到了良心的谴责，可答应了的事情不能反悔。何况，黑煞星可能也会通知媒体。"纳沃纳广场，"兰登大喊道，"他在喷水池里。"

澳大利亚人在获得独家新闻之后就收回卫星天线匆忙离去了。

在这座城市高处的一间石室里，黑煞星脱下湿透的靴子，包扎脚趾头上的伤口。伤口很疼，但还不至于让他不能行乐。

他转过了身对着他的"奖品"。

她在房间的角落里，躺在一张早期的那种无靠背长沙发上，双手绑在身后，嘴巴也给堵上了。黑煞星朝她走了过去。她这会儿已经醒了。这让他满心欢喜。可令人惊讶的是，他在她眼中只看到了愤怒，没有恐惧。

可怕的事儿在后面呢。

107

幸亏有探照灯照明，罗伯特·兰登才能绕着城堡的外墙飞快地奔跑。他围着城墙跑的时候发现下面的庭院看起来像是古战场博物馆——那里有一台台弩炮，一堆堆石头炮弹，还摆满了许多吓人的装置。白天，城堡只有个别地方对游客开放，这个庭院基本上保持了原来的模样。

兰登的目光越过庭院落在了城堡的中央。这座圆形的城堡直入云霄，高达一百零七英尺，顶上还有一个铜铸天使。高处的阳台依然被屋里的灯光照亮着。兰登想喊，但又知道不能喊。他得找条路进去。

圣天使堡庭院

兰登看了看表。

晚间,11 点 12 分。

兰登紧贴着城墙内侧的石砌斜坡飞奔着冲进了下面的庭院。重新回到地面之后,他在夜色中按顺时针方向绕着城堡跑了起来。他路过三个门廊,可每道门都被堵上了。可黑煞星是怎么进去的呢?兰登继续向前跑着。他又路过两个新式的大门,但大门都被从外面锁上了。不是这里。他继续跑了起来。

兰登几乎绕着整座城堡跑了一圈,就在这时他发现一条砾石车道从面前的庭院里对直穿过。在车道尽头的外城墙上,他看见了那道通向城堡外的吊桥式大门。车道的另一端消失在城堡里,似乎通向了一条隧道——一个通往城堡中心的入口。这就是那条通道!兰登看过有关这座城堡通道的介绍,那是条宽阔的斜坡,盘旋着通向城堡顶上,是为了让将军们能快马加鞭地飞驰而下才修建的。黑煞星一定是把车开上去了!遮挡在通道口的大门被拉了起来,像在为兰登引路。他感到心中一阵喜悦,连忙朝那条通道跑了过去。但是,来到门口,他那股兴奋劲儿一下子消失了。

那条通道竟然是旋转着向下走的。

不是这条路。这条通道显然是通往地牢的,不通向城堡的顶端。

站在这条似乎永远也到不了底的漆黑的地道的入口,兰登迟疑地又望了望上面的那个阳台。他可以肯定他看到那儿有动静。就这么定了!他别无选择,一头冲进了那条地道。

在城堡的高处,黑煞星密切注视着他的猎物。手滑过她的胳膊,他发现她的皮肤如奶油般嫩滑。想到要进入她的身体可真是令人陶醉。他将用多少种方式来玷污她呢?

黑煞星觉得自己值得占有这个女人。他已经很漂亮地完成了杰纳斯交待的事情。她是他的战利品,等到和她玩够了之后,黑煞星就把她从长沙发上拖下来迫使她跪在

圣天使堡的剖面图

地上。她将再次成为他发泄的工具。最后的奉献。在达到高潮的那一刻,黑煞星将割断她的喉咙。

极大的享受,人们这样称道。

之后,他会沉浸在这种荣耀之中,站在阳台上尽情享受光照派胜利的喜悦……这可是很多人多年来都渴望实现的复仇计划。

地道里面越来越黑,兰登还在向下走着。

在地下转了一整圈之后,灯光全没了。地道渐渐变得平坦,兰登放慢了速度。听到脚步的回声,兰登意识到自己进入了一个大房间。在面前的这片黑暗之中,他觉得自己看到了一丝微光……那是闪光体在周围反射出的模糊亮光。他伸手朝前走去,摸到了一个光滑的表面,那是镀铬金属装饰板和玻璃窗。原来是一辆汽车。他在车身上摸索着找到了车门,然后一把将门拉开。

车内的顶灯一闪一闪的。兰登退了回来,一眼认出了这辆黑色面包车。他顿时心生厌恶,盯着那车看了好一会儿,然后跳进车内翻找着东西,希望可以找到一样武器来取代自己丢在喷水池里的那把手枪。虽没找到任何武器,但他却发现了维多利亚的手机。那个手机已经开裂,没法再用了。看到手机,兰登惊恐不安。他祈求自己来得还不算太晚。

兰登抬手拧开车前灯，房间里的景象顿时展现在眼前，简陋的房间里光影婆娑。他猜想这里曾用作马厩或弹药库。这同样是条死胡同。

没了出口。我竟然找错了方向！

束手无策的兰登从车里跳了下来，扫视着四周的墙壁。这里既没有通道又没有大门。他想起了地道口上方的天使雕像，思忖着这会不会是个巧合。不会！他还想起了那个杀手在喷泉边说过的话。她在光照派教堂……在等我回去。兰登这会儿不可能来错地方。他的心在剧烈地跳动，一种失望与憎恨渐渐爬上了心头。

刚一看到地板上的血迹时，兰登还以为是维多利亚流的。但是，看着斑斑污迹，他意识到这是带血的脚印。脚步跨度很大，而且血迹只出现在左脚边。这是黑煞星的血！

兰登沿着脚印走到了房间的角落里，他那拉长的身影变得越来越暗。每走一步，他就愈加迷惑不解。这条带血迹的路看起来似乎直接通到角落里，然后就消失不见了。

来到角落里，兰登简直不敢相信他的眼睛。这块花岗岩地板并不像其他的地板那样成正方形。他这是在看着另一块指示牌。这块地板被切割成正五角星形，五角星的一角指向了墙角。一道狭窄的裂缝巧妙地掩藏在搭接的两堵墙之间，变为了一道出入口。兰登悄悄地穿了过去，走进一条地道。他面前是一块残存的木隔板，那块隔板以前一直是堵在这条地道口的。

圣天使堡内古旧的盘旋上升的斜坡

隔板的后面出现了一片亮光。

兰登这时候跑了起来。他攀过木隔板，朝着亮光奔去。这条通道很快又通向了另一个更大的房间。墙壁上的火把在这里忽明忽暗。兰登进入了城堡里没通电的房间……这是游客们不曾来过的地方。这个房间在白天都会让人觉得可怕，而在火把的映照下则更让人毛骨悚然。

地牢。

这里有许多狭小的牢房，铁栅大都被腐蚀。但是，其中一间大牢房却完好无损，可看到地板上的东西，兰登惊呆了。那是黑色礼袍与红色饰带。这就是关押红衣主教的地方！

牢房旁边的墙上有一道铁门。铁门半开半掩，兰登依稀看到门后有条地道。他连忙奔了过去，可还没到跟前就停了下来。那条地道里并没有血迹。看到刻在拱门上的字，兰登明白了这是怎么回事。

密道。

兰登惊得目瞪口呆。他多次听说过这条地道，但从不知道入口究竟在什么地方。这条狭窄的密道连接着圣天使堡与梵蒂冈，长四分之三英里。在梵蒂冈受到围攻的那段时间，许多教皇都曾从这里逃往安全地带……还有个别不够虔诚的教皇偷偷去会情人，或监督拷问敌人。令人费解的是，据说如今地道的两端都给上了锁，钥匙放在梵蒂冈的某个地下室里。兰登恐怕顿时就明白光照派是如何出入梵蒂冈的了。他不觉思忖着会是哪个知情人出卖了教会，还供出了钥匙。是奥利韦蒂吗？是某个瑞士卫兵吗？是谁都已无关紧要了。

沾有血迹的路通向了监狱对面，兰登朝那里走了过去。在这里，一扇生锈的大门上挂满了锁链。锁已经打开，门半开半掩，里面是一段陡峭的旋转楼梯。这里同样出现了一块五角星形的地板。兰登战战兢兢地注视着那块地板，思忖着是不是贝尔尼尼亲手凿出了这样的形状。头顶上，一只石刻小天使装饰在这道拱门上。就是这里了。

血迹出现在了旋转楼梯上。

上楼之前，兰登意识到他得找件武器，随便什么都行。他在一间牢房附近找到了一段四英尺长的铁棒。铁棒的一端已经开裂，很是锋利。虽然铁棒出奇的重，但那是他所能找到的最合适的武器。他希望突然袭击受伤的黑煞星能使优势转向自己这边。但最重要的是，他希望自己来得还不算太晚。

这段旋转楼梯破旧不堪，而且弯度特别大。兰登边向上走边竖起耳朵听有没有其他声响，但他什么也没听到。他往上爬着，监狱的光亮渐渐消失了。他扶住墙壁走进了一片黑暗中。他越上越高。黑暗中，他感觉似乎伽利略的魂灵也在上楼，而且期望与其他同时信奉科学与宗教的人共睹天国美景。

对于光照派的这个藏身地，兰登依然感到震惊。光照派的会议室竟然在罗马教廷管辖的一座建筑物内。当梵蒂冈的卫兵们出去搜查那些地下室和著名科学家的住所时，光照派成员很可能正在这里会面……就在卫兵们的眼皮底下。这顿时显得非常合乎情理。作为城堡翻新工作的总设计师，贝尔尼尼可以在这儿随意出入……不容置疑地按自己的要求进行改建。有多少秘密入口是贝尔尼尼添加进来的？又有多少精巧的装饰品在指路呢？

光照派教堂，兰登知道他很快就会到达那里。

楼梯越来越窄，兰登感觉自己快要被通道给包围了。传说中的幽灵正躲在黑暗里窃窃私语，但他还是继续向上走着。看到前方出现一道水平亮光，他意识到再往上走几步就会到楼梯拐角处。就是在那个地方，火把的亮光从前面的门槛下面散射出来。

密道

他悄无声息地走了上去。

兰登虽然不知道自己此刻在城堡的什么地方，但却知道自己就快到顶了。他想象着城堡上的那只巨大的天使，觉得它就在头顶的正上方。

天使守护我吧，他想着，一把抓住了栏杆。之后，他伸出手轻轻地推开了门。

维多利亚躺在沙发上，感到胳膊酸疼酸疼的。她先前醒过来发现双手绑在身后时，还以为自己可以先放松一下，然后慢慢解开手上的绳索，但没时间了。那只野兽已经回来了。这会儿他赤裸着上身露出强健的胸肌和在打斗中留下的疤痕，正站在旁边俯视着她。他眯起那双黑眼睛低头盯着她的身体。维多利亚意识到他这是在想象即将要做的事。黑煞星似乎要调戏她，慢慢地解开湿淋淋的皮带丢在了地板上。

维多利亚感到一阵憎恶与恐惧。她闭上了双眼。但当她再睁开眼睛时，黑煞星已经拿出了一把弹簧折刀。他"吧嗒"一下打开那把刀，直接放到了维多利亚脸上。

维多利亚看到了钢刀片上反射出的自己恐惧的神情。

黑煞星翻转折刀，用刀背滑过维多利亚的肚皮。冰冷的金属让维多利亚打了个寒颤。黑煞星轻蔑地盯着她，把刀滑到她的内裤腰身里面。她吸了一口凉气。他来回地滑动着那把刀，缓慢而危险……慢慢滑到了下面。紧接着，他探过身子，喘着粗气对她耳语。

"这把刀剜出了你父亲的眼珠。"

那一刻，维多利亚觉得自己简直能杀人。

黑煞星又翻转过折刀，挑起她的卡其布短裤准备割开。但他陡然停下来抬头望着什么。竟然有人进了这个房间。

"滚开！"一个低沉的声音在门口吼道。

维多利亚看不到谁在说话，却听出了那人的声音。罗伯特！他还活着！

黑煞星像见了鬼一样地看着他，说道："兰登先生，你一定是得到了守护天使的保护。"

108

一眨眼的工夫兰登就看清了周围的环境，他意识到自己进入了一个圣地。这个椭圆形的房间虽然装饰陈旧，色彩暗淡，但却布满了熟悉的符号。这里有五角星形的瓷砖，有画着行星的壁画，还有鸽子雕像与金字塔模型。

这是地地道道的光照派教堂。他已经来到了这里。

黑煞星站在他面前，像是嵌在阳台上的门框里一样。他赤裸着胸膛，正密切注视着被绑住躺在那里但仍活着的维多利亚。见到她，兰登感到一阵欣慰。顷刻间，四目相对，情感的潮水奔涌而出——有感激，有渴望，还有一丝歉意。

“我们又见面了。”黑煞星说，他看到兰登手里的铁棒，放声大笑，“这个时候，你就带着那样东西来找我？”

“放开她。”

黑煞星把刀架在维多利亚喉咙上，说道：“我会杀了她的。”

兰登毫不怀疑黑煞星干得出那种事，就强作镇定地说：“也许她倒情愿你这样……考虑到你的另一种打算。”

听到这种侮辱，黑煞星嘲笑道：“算你说对了，她可是大有用处呢。要是就这样杀掉，可就真是可惜了。”

兰登握紧生锈的铁棒向前走去，然后将开裂的那头直接对准了黑煞星。他的手被刺得剧痛。“放开她。”

黑煞星似乎是考虑了好一会儿。他呼出一口气，双肩垂了下来，这明显是在表示投降。可就在这个时候，他出人意料地又迅速抬起了手臂。兰登眼前隐隐出现一团黝黑的肌肉，一把利刃顿时划破长空直插向他的胸膛。

那一刻，兰登不知是出于本能还是因为疲惫，双膝一下子弯了下去，那把飞刀则擦过左耳，“哗啦”一声落在他身后的地板上。黑煞星看起来一点都不张皇。看着此时跪在地上紧握铁棒的兰登，他暗自笑了起来。他从维多利亚身边走开，像头觅食的狮子一样悄悄走近兰登。

兰登赶忙站起身举起铁棒，潮湿的高领毛衣和长裤此时让他感到很碍事。黑煞星赤裸着上身，似乎走得更快了，看来脚上的伤口丝毫没有影响他的速度。兰登意识到这是个经常受伤的家伙。有生以来他第一次希望手中握有一把长枪。

黑煞星缓慢地绕着圈儿走，像在尽情享受这种乐趣一样，总是待在兰登刚好打不着的地方。他想去捡地上的刀子，兰登把他拦住了。他朝维多利亚身旁退去，兰登又把他拦了回来。

“时间还来得及，”兰登大胆地说，“告诉我储存器藏哪儿了。罗马教廷出的价钱会远远高于光照派的。”

“你可真幼稚。”

兰登拿铁棒刺了过去，黑煞星一下子躲开了。他握起铁棒绕着长椅走过去，想把黑煞星夹在这个椭圆房间的角落里。这个该死的房间竟然没有角落！真奇怪，黑煞星似乎既不想攻击也不想逃跑。他只是在陪兰登玩儿，冷静地拖延时间。

他在等什么？这个杀手继续绕着走，熟练地为自己选择合适的位置。这真像一局永远也下不完的棋。手中的铁棒越来越重，兰登顿时意识到杀手在等什么。他这是想耗尽我的体力。这样确实很奏效，兰登一下子觉得身心俱疲，仅靠兴奋的神经已无法再让他保持警惕。他知道自己得采取行动了。

黑煞星似乎识透了兰登的心思，又变换了一下位置像是有意要把兰登引向房间中央的桌子旁。兰登知道桌上有东西。那东西在火把的照射下还闪闪发光。那是武器吗？他目不转睛地盯着黑煞星，自己渐渐朝着桌子挪去。黑煞星貌似老实地远远朝桌子上瞥了一眼，兰登极力不去中他这个明显的圈套。但是，天性占了上风，他还是偷偷地瞥了一眼。就这一瞥已经达到了破坏效果。

那根本就不是什么武器。但那霎时竟吸走了他的注意力。

桌上放着一只简易的铜盒子，盒子表面生了一层绿锈。这是个五角星形的盒子，盒盖打开平放着。盒子里填衬的五个隔开的空格内分别摆着烙铁。那些烙铁都是用铁锻造而成——握着那个牢固的木制把手，人们就能压印出大幅凸饰。兰登清楚地知道那是些什么凸饰。

ILLUMINATI（光照派），EARTH（土），AIR（风），FIRE（火），WATER（水）。

兰登担心黑煞星会猛扑过来，于是迅速扭回了头。但黑煞星并没有动。他在等待，似乎这样的游戏能让他恢复精力。兰登竭力重新集中注意力，目光固定在他的猎物身上，端起铁棒猛刺了过去。但是盒子的形象总是萦绕在他的脑海里。尽管烙铁本身的样子很令人着迷——几乎没有几个研究光照派的学者相信它们的存在——兰登顿时意识到这个在他心中激起不祥之感的盒子应该还有别的含义。黑煞星又瞥了一眼，兰登也偷偷地又往那里面看了一眼。

我的天哪！

在盒子里，那五个烙铁是沿盒子外围被放在空格内的。但是，盒子中央还有一个空格。这个空格里没有东西，但显然是准备用来装另一块烙铁的……这块烙铁要比其他的都大，还是个正方形。

兰登隐约看到黑煞星发起了攻击。

黑煞星像只捕食的猎鹰一样突然扑向了兰登。兰登的注意力早已被巧妙地转向了别处，他想要反击，却发觉手中的铁棒如树干一样沉重。他慢了一拍，黑煞星早已躲过了他的进攻。兰登正要收回铁棒时，黑煞星却一把伸出双手抢了过去。黑煞星把铁棒抓得很牢，那只受伤的胳膊似乎对他不再有任何影响。两人激烈地进行着搏斗。兰登感到铁棒被猛地扯了过去，一股灼人的疼痛传遍了整个手掌。转眼之间，兰登已是在注视着铁棒开裂的那端了。猎人反倒变成了猎物。

兰登感觉像是遇上了一场龙卷风。黑煞星此时绕了过去，带着嘲笑的神情把兰登逼到了墙上。“有句美国谚语怎么说的来着？”他责骂道，“什么好奇心与猫[①]？”

兰登简直无法集中精力。他咒骂自己在黑煞星走来走去的时候太粗心大意。这会儿说什么都没用了。光照派的第六块烙铁？他一时不知所措，脱口说道：“我从没听说过光照派有什么第六块烙铁！”

“你肯定听说过。”黑煞星环绕椭圆形墙壁驱赶兰登时轻声低笑着说道。

兰登如堕五里雾中。他确信自己不曾听说过。光照派只有五块烙铁。他一边向

---

① 这句话英文原文是：Something about curiosity and the cat. 这是个不完整的句子，杀手想说的其实是西方谚语：Curiosity killed the cat.（好奇之心，使猫丧命。）猫总是特别好奇，东看西瞧，因此常常惹祸上身，结果连命也没了。

后退着，一边搜寻着房间里任何可充作武器的东西。

“那是古老元素的一种完美结合。”黑煞星说，“最后一块烙铁的设计最为巧妙。不过，恐怕你是再也见不到了。”

兰登意识到自己很快就会丧命。他继续向后退着，搜寻着房间里可供选择的东西。“那么你见过最后一块烙铁了?”兰登追问着，想以此拖延时间。

“也许有一天，他们会授予我这个荣誉，在我证明了自己的忠心和能力的时候。”黑煞星刺向兰登，似乎在享受游戏的乐趣。

兰登又后退了几步。他感到黑煞星这是在引他沿墙壁到达某个看不到的地方。到底是什么地方呢？兰登再也不能往后看了。“那块烙铁呢?”他追问道，“放在哪儿了?”

“肯定不在这儿。很显然，杰纳斯才是唯一拥有它的人。”

“杰纳斯?”兰登没听说过这个名字。

“光照派的领袖。他很快就要到了。”

“光照派的领袖要来这里?”

“来烙下那最后一个标识。”

兰登惊恐地看了一眼维多利亚。维多利亚看起来冷静得有点儿奇怪，她双目紧闭，不理会周围的世界，呼吸缓慢……最后一个受害者会是她吗？还是他自己?

“少妄想。”黑煞星看着兰登的眼睛轻蔑地笑道，“你们只不过是两个无名小辈。当然，你们会死掉，那是毫无疑问的。但是我说的最后一个受害者可是个真正危险的敌人。”

兰登试图听明白他所说的话。一个危险的敌人？重要的几位红衣主教都已经死了，教皇也不在了。光照派把他们全给杀掉了。兰登从他那目空一切的神态中找到了答案。

答案就是教皇内侍。

经历了全部磨难之后，文特斯克教皇内侍已经成为世界人民希望的明灯。今晚，教皇内侍对光照派所做的谴责胜过各宗教派系理论家们几十年的努力。显而易见，他将为此而付出代价。他就是光照派的最后一个目标。

“你绝不会找到他的。”兰登驳斥道。

“不是我，”黑煞星回答道，然后沿着墙壁又把兰登向后逼退了几步，“那个光荣的使命是专门留给杰纳斯本人的。”

“难道光照派领袖打算亲手为教皇内侍打上烙印?”

“掌权人士本身就享有特权。”

“但现在谁都进不了梵蒂冈!”

黑煞星自鸣得意地说：“要是提前约好的，那就不一样了。”

兰登感到一阵迷惑。此时，梵蒂冈唯一期盼就是媒体所讲的那个救星——罗奇尔说过那人的情报信息可以挽救——

兰登突然犹豫了。天哪！

黑煞星得意地笑了起来，无疑是在欣赏兰登惊人的发现。“我本来也不知道杰纳斯怎样进去，但我在车里听到了广播——一个有关撒玛利亚人的报道。”他笑着说道，“罗马教廷将伸出双臂迎接杰纳斯的到来。”

兰登几乎要向后跌倒了。杰纳斯就是那个撒玛利亚人！这个骗局太不可思议了。光照派的领袖反倒将由皇家仪仗队直接护送到教皇内侍的房间里。可杰纳斯是怎么骗过罗奇尔的呢？罗奇尔是不是也被莫名其妙地卷了进去？兰登感到一阵冷飕飕的。自从在秘密档案馆差点窒息而死之后，兰登就彻底不信任罗奇尔了。

黑煞星突然猛戳过来，刺向兰登的腰部。

兰登向后一跳，大动肝火地喊道：“杰纳斯不会活着出来的！”

黑煞星耸了耸肩，说道：“有的事业是值得人们为之而牺牲。”

兰登意识到杀手是认真的。杰纳斯来梵蒂冈是执行一项自杀性任务吗？只是一个荣誉问题吗？兰登的思维刹那间陷入了可怕的怪圈。光照派的阴谋兜了个圈子又回到了原处。因他们杀死教皇而取得了执事权的神父反倒成了他们不可小觑的对手。光照派领袖将在最后一次挑衅行动中消灭他。

突然，兰登感到身后的墙壁消失了。随着一阵凉风袭来，兰登摇摇晃晃地退向了夜空。这里是阳台！他这会儿明白了黑煞星想要做什么。

兰登顿时意识到身后的险境——这里距下面的庭院有一百英尺高。他在进来的路上就看到了。黑煞星丝毫都不浪费时间。他浑身涌起一股力量，猛地刺了过来。铁棒的尖头一下子划向兰登腰间。兰登急忙向后一闪，但那个尖头突然刺了过来，扎到了他的衬衫。铁棒的尖头又一次刺向他，他又朝后退了退，感觉阳台上的栏杆就在身后。想到再一棒刺来自己就必死无疑时，他做了愚蠢的尝试。他侧身一闪抓住了那根铁棒，这让他感到一股疼痛传遍了整只手掌，但他还是紧抓住不放。

黑煞星似乎一点都不担心。两人面对面扭打着僵持了片刻，兰登都能闻到杀手那带有恶臭味的口气。兰登手里的铁棒慢慢滑落，黑煞星真是太强劲有力了。兰登试图用脚去踩杀手受伤的脚趾头，可这孤注一掷之举使他差点儿失去平衡。黑煞星毕竟是职业杀手，知道怎样避开自己的弱势。

兰登刚才已经使出了最后一招。他知道这会儿自己已经抓不住铁棒了。

黑煞星突然抬起双臂，猛地把兰登推到了栏杆上。栏杆高不过双腿，兰登一下子感到身后空荡荡的。杀手抓住铁棒，斜压在兰登胸前，这使兰登的后背在阳台上弯成了弧形。

“永别了。”黑煞星冷笑道。

他残忍地瞪着兰登，最后又猛地推了一把。兰登的身体重心一转移，整个人向后翻了过去。在翻下楼的时候，兰登还心存一线生的希望，一把抓向栏杆。左手从栏杆上滑了下去，但右手却抓住了栏杆。他倒挂在栏杆上，双脚和一只手都吊在下面……他竭力抓住栏杆不放。

黑煞星将铁棒举过头顶，赫然出现在兰登上方，正准备狠命地把铁棒砸下来。就在铁棒往上扬时，兰登看见一个人影。也许是回光返照，也许纯粹因为害怕，在那一刻他感到黑煞星的周围突然出现了一个光环。在他身后，一团熊熊燃烧的火光不知从什么地方冒了起来……像是一团滚滚而来的火球。

铁棒刚扬到半空中，黑煞星就松开了手，痛苦地尖叫起来。

铁棒"当啷"一声从兰登身前坠入夜色中。黑煞星慌忙转过身去，兰登看到杀手的后背被火把灼得起了泡。兰登费劲地爬上来，看到维多利亚此刻正对黑煞星怒目而视。

维多利亚在身前挥动着火把，火光之下，她的脸上露出了报仇的决心。兰登不知道也不再关心她是如何逃脱的。他开始艰难地向上翻过栏杆。

这次决斗很快就会结束，维多利亚根本就不是黑煞星的对手。黑煞星勃然大怒，尖叫着冲向了维多利亚。她试图躲避一下，但杀手已经冲到她面前，一把抓住火把正要强夺过来扔掉。兰登再也等不及了。他一下子跃过栏杆，握紧拳头猛地捅在黑煞星后背上那起泡的伤口上。

尖叫声似乎回荡在通往梵蒂冈的整条路上。

黑煞星呆立了好大一会儿，然后痛苦地将后背弯成弧形。他松开了火把，于是维多利亚狠狠地将火把戳到了他的脸上。火把烧到了他的左眼，嗞嗞作响。他又尖叫起来，双手连忙捂在脸上。

"这叫做以眼还眼。"维多利亚咬牙切齿地说。这次维多利亚像拿着球拍一样舞动着火把抽在黑煞星的脸上，他跌跌撞撞地靠在了栏杆上。兰登和维多利亚同时扑了过去，二人连推带挤，黑煞星向后翻过栏杆坠入夜色中。他们并没有听到任何尖叫声，唯一的声响是杀手四仰八叉地摔在最下面一堆炮弹上时，脊柱断裂发出的"喀嚓"声。

兰登转过身来，一脸困惑地注视着维多利亚。她腰间和肩上的绳子已经松开。她的眼中闪着地狱般的怒火。

"霍迪尼可是懂得瑜伽术的。"①

109

就在兰登去圣天使堡营救维多利亚期间，瑞士卫兵在圣彼得广场上组成一道人墙，喊着各种命令成扇形展开，试图把拥挤的人群推回到安全距离以内。但没有用，人群太密集了，他们似乎觉得自身的安全并不算什么，罗马教廷迫在眉睫的劫难倒成了他们最关心的事儿。高高地挂在广场上空的各家媒体的显示屏上此时都在实况转播

① 霍迪尼(Harry Houdini，1874—1926)，美国魔术师，生于西班牙，以能从脚镣、捆绑及各种封锁的容器中脱身而闻名，著有《奇迹传播者及其方法》等。这里，维多利亚意在告诉兰登她是利用瑜伽术逃脱的。

反物质储存器倒计时的状况——那是直接从瑞士侍卫队的安全监控器上传送过来的——这全承蒙教皇内侍的帮忙。可遗憾的是，储存器倒计时的景象对于驱散人群不起任何作用。广场上的人群望着储存器内悬浮的那一小滴液态物质，似乎觉得那并没有人们想象的那么危险。他们这会儿还看得到倒计时的时间——距离爆炸还有不到四十五分钟的时间。他们还可以留下来观看好一会儿呢。

尽管如此，瑞士卫兵们一致认为教皇内侍义无反顾地把实情告诉天下人，然后又让媒体用画面真实展现光照派的诡计，真算得上是明智之举。光照派无疑是期望罗马教廷如平常一样在厄运面前缄默不语。但今晚可不行。卡洛·文特斯克教皇内侍已经证明自己是个极具号召力的对手。

在西斯廷礼拜堂里，莫尔塔蒂主教越来越坐立不安。已经过了11点15分。很多红衣主教还在继续祈祷，但有些已经聚在出口处，显然是已被当前的情形搅得心绪不宁。某些红衣主教开始用拳头“嘭嘭”地敲起了大门。

沙特朗中尉在门外听到了“嘭嘭”的敲门声，却不知如何是好。他看了一下表，发现到开门的时间了。罗奇尔上尉早已下过严令，他不发话就坚决不能放主教们出来。敲门声越来越紧密，沙特朗感到一阵窘迫。他想知道上尉是不是把这事儿全给忘了。自从接了那个神秘电话之后，上尉的行为一直都很古怪。

沙特朗掏出了对讲机。“是上尉吗？我是沙特朗。时间已经过了，能打开西斯廷礼拜堂大门了吗？”

“那扇大门不能开。我可是已经给你下过命令了。”

“是的，长官，我只是——”

“我们的客人马上就到。带几个人上楼，守在教皇办公室门口，教皇内侍哪儿都不许去。”

“对不起，长官，你说什么？”

“还有什么不明白的吗，中尉？”

“没有，长官。我这就去做。”

在楼上的教皇办公室里，教皇内侍凝视着火堆，心中默想：主啊，请赐予我力量，施展奇迹吧。他拨弄着木炭，思忖着自己能不能挺过今晚。

110

晚间，11点23分。

维多利亚哆哆嗦嗦地站在圣天使堡的阳台上，凝望着对岸的罗马城，眼中溢满了泪水。她很想拥抱罗伯特·兰登，但是她不能。她感到身体都要麻木了，便活动了一下又仔细检查了一番。杀父凶手摔到城堡的最下面死去了，连她自己也差一点儿成了受害者。

兰登轻轻地抚摸着她的肩头，她感到一股暖流注入体内，神奇般地融化了心头的冰霜。她颤抖着恢复了知觉。迷雾散尽，她转过身来，看见罗伯特像个地狱里的人——浑身潮湿而凌乱——他显然是经历了炼狱之苦前来搭救她。

“谢谢你……”她轻声说。

兰登露出疲惫的笑容，提醒维多利亚应该感谢的人是她自己——实际上是她通过收缩双肩救出了他们两个人。维多利亚擦干了泪水，真想和他永远地站在那儿，但这种解脱只是短暂的。

“我们得离开这里。”兰登说道。

维多利亚的心思放在了其他事情上。她正凝视着外面的梵蒂冈。这个世界上最小的国家人潮拥挤得令人不安，整个国家在纷至沓来的媒体镁光灯下映射出一片白光。令她震惊的是，圣彼得广场上依然挤满了人群！显而易见，瑞士侍卫队仅仅往后清理出了大约一百五十英尺的空间——只是教堂正前方的那块地方——还不到广场的三分之一。拥挤的人群环绕在广场上，此时就连人群的外围都挤得严严实实。那些站在安全距离内的人都往里挤着想看得更清楚一些，把里面的人围得严严实实。*他们离得太近了！维多利亚心想，实在太近了！*

“我要回到那里去。”兰登断然说道。

维多利亚转过了身，满腹狐疑地问道：“回梵蒂冈吗？”

兰登给她讲述了那个撒玛利亚人的事情，还告诉了她这是怎样的一个阴谋。光照派领袖——一个叫杰纳斯的人竟然要亲自出马来给教皇内侍打烙印。那将是光照派策划的最后一次行动。

“梵蒂冈内还没人知道这事儿。”兰登说，“我没办法联系他们，再说，那个家伙随时可能到达。在瑞士侍卫士兵放他进去之前，我得先给他们提个醒儿。”

“但你决不可能穿过密集的人群！”

兰登语气中带着自信，回答道：“总会有办法的，相信我。”

维多利亚又一次感到这位历史学家了解一些她所不知道的东西。“我也要去。”

“不，为什么两人都冒险——”

“我得找条路把那些人带出来！他们处境极其危——”

说话间，他们站的阳台开始摇晃起来。一个振聋发聩的隆隆声震颤了整座城堡。紧接着一团白光从圣彼得广场射过来，刺得他们眼睛都花了。维多利亚只有一个念头。*哦，天哪！反物质提前湮灭了！*

但那并不是爆炸，而是人群中爆发出的一阵响亮的欢呼声。维多利亚眯起眼睛望着那片灯光。此时那些镁光灯纷纷从广场移开，似乎对准了他们！每个人都转过了身，一边叫喊一边比划着什么。隆隆声越来越响，广场上的气氛似乎顿时活跃了起来。

兰登看上去一脸的困惑，说道："到底什么东西——"

头顶上传来了一阵轰鸣声。

城堡后面突然飞来一架教会的直升机。在他们正上方五十英尺的地方，直升机隆隆地径直飞向了梵蒂冈。直升机在镁光灯的照射下发着亮光掠过头顶时，整座城堡都摇晃了起来。那些灯光随着直升机一起移开，兰登和维多利亚顿时又陷入黑暗之中。

他们看到那架庞大的机器缓缓地在圣彼得广场的上空停了一下，维多利亚担心他们已经晚了一步。伴随着一团灰尘，直升机落向广场上人群与教堂之间的空地，在教堂楼梯底端降落了。

"竟然落在了门口。"维多利亚说道。在白色大理石的映照下，她可以看到一个小小的人影从教皇皇宫里出来走向了直升机。要不是那人头戴鲜红的贝雷帽，她绝对认不出那人。"红地毯式的接待，那是罗奇尔。"

兰登一拳砸在了栏杆上。"得有人去提醒他们！"说完他转身就要走。

维多利亚一把拉住他的胳膊，说道："等一等！"她刚刚还看到了一些什么，那让她简直不敢相信自己的眼睛。她哆哆嗦嗦地指向了那架直升机。虽然离得这么远，她也绝不会看错。从直升机跳板上下来另一个人……他行动如此独特，肯定是那个人。他虽然坐着，却能毫不费劲地控制前进的方向，以惊人的速度穿过开阔的广场。

那是坐在电动轮椅宝座上的君王。

他就是马克西米利安·科勒。

111

贝尔维迪宫门厅的豪华装饰让科勒深感厌恶。单是屋顶上的一片金树叶很可能就足以为治疗癌症提供一年的研究经费。罗奇尔带领科勒从残疾人专用坡道绕远路进了教皇宫。

"没有电梯吗？"科勒质问道。

"没有电。"罗奇尔指了指周围漆黑的大楼里点着的蜡烛说，"这是我们的搜查战术之一。"

"毫无疑问，这是个失败的战术。"

罗奇尔点了点头。

科勒突然又咳嗽了起来，他知道这可能会让他一命呜呼了。他也并非完全不想那样。

他们来到顶层，然后沿走廊朝教皇办公室走了过去，这时四名瑞士卫兵跑了过来，迷惑不解地问道："上尉，你上这里来干什么？我还以为这个人得到情报——"

"他只对教皇内侍讲。"

卫兵们看上去满脸疑惑，却也不敢再问。

“告诉教皇内侍，”罗奇尔铿锵有力地说，“就说‘欧核中心’主任，马克西米利安·科勒要在这里见他。快去。”

“是，长官！”其中一名卫兵说着连忙跑向教皇内侍办公室，其他人则站在原地不动。他们看上去很拘谨，打量着罗奇尔说：“上尉，稍等片刻。我们会通报您的客人已经来了。”

但是，科勒并没有停下来。他突然转过去，操纵轮椅绕过了这些卫兵。

卫兵们急忙转过身小跑着来到他旁边，喊道：“先生！站住！”

科勒特别反感他们。即使是世上最精锐的保安也不能免俗，还是跟一般人一样无法不对残疾人抱有怜悯之情。科勒要是个健全人，他们可能早就把他擒住了。*残疾人就是弱者，科勒心想，大约人们都这么觉得。*

科勒知道要实现他此行的目的时间很紧迫。他同样知道自己今晚可能要死在这里。但他惊讶的是自己竟然一点儿都不担心。他情愿付出生命的代价。他的一切都被某些如文特斯克教皇内侍一样的人摧毁，为此他这一生忍受了太多的痛苦。

“先生！”卫兵大叫着冲到他面前，在走廊里站成了一条直线，“你必须停下来！”其中一名卫兵侧向抬起胳膊，挡住了科勒。

科勒停了下来。

罗奇尔走上前去，一脸歉疚地说道：“对不起，科勒先生，稍等一下。未经通报，谁也不能进入教皇办公室。”

科勒意识到在罗奇尔看来除了等待别无他法。*好吧，科勒心想，我们就等着。*

那些卫兵似乎很残忍，他们把科勒堵在了一面镀金的大穿衣镜近旁。看到镜子中自己那扭曲的身体，科勒感到一阵厌恶，由来已久的怒火又充满了胸膛。这给了他一种力量。他现在已深入敌营了。就是这些人让他丧失了尊严。就是这些人，就因为他们，他从没尝过女人的滋味……从不曾站起来领奖。*这些人拥有的是什么真理？有什么证据！见他的鬼！就凭一本古老的神话书？就凭那些关于奇迹的预言？科学可是每天都在创造奇迹！*

科勒对着镜子中的自己冷眼凝视了一会儿。*今晚我可能因宗教而死，他心想，但这也不是第一次了。*

有那么一会儿，科勒似乎又回到了十一岁，在父母位于法兰克福的公寓里，躺在自己床上。身下铺的是欧洲做工最精美的细麻布床单，但早已被汗水浸透。小马克斯感觉像是躺在火炕上一样，难以想象的疼痛折磨着他的身体。父母在他床边已经跪了整整两天，他们还在祈祷。

法兰克福的三位最高明的医生站在了阴影处。

“我恳请你再考虑考虑！”一位医生说道，“看看这个孩子吧！他高烧不退，正处于极度痛苦之中！这很危险！”

但是，母亲还没开口，马克斯就已经知道了她要说什么。“上帝会保佑他的。”

是的，马克斯心想，上帝会保佑我。母亲语气中透出的坚定信念给了他力量。上帝会保佑我的。

一小时后，马克斯感到整个身体像被压在车下碾碎了一样。他连哭都没了力气。

“你儿子的病非常严重。”另一位医生说，“不管怎样，让我给他止痛吧。我包里有一支简易注射——”

“好了，闭嘴！”马克斯的父亲制止了那位医生，连眼都没睁一下。他只是继续他的祷告。

“父亲，求您了！”马克斯真想尖叫，“让他给我止痛吧！”一阵猛烈的咳嗽却让他什么也没说出来。

一小时后，他越发感到疼痛了。

“你儿子可能会瘫痪。”一位医生斥责道，“甚至可能死亡！我们有药可以救他！”

弗朗与赫尔·科勒夫妇根本不允许他们这么做。他们不相信医学。他们是谁，竟然要妨碍上帝的计划？科勒夫妇更加热切地祈祷着。毕竟是上帝让他们有幸得到了这个孩子，上帝为什么要带走这个孩子呢？母亲低声告诉马克斯要坚强。她解释这是上帝在考验他……就像《圣经》故事里的亚伯拉罕一样……考验他的忠诚。

他也想相信上帝，可疼痛却是难以忍受的。

“我看不下去了！”一位医生说完这最后一句话就跑出了那个房间。

黎明之前，马克斯神志已经不清醒了。他身上的每块肌肉都因剧痛而抽搐着。耶稣在哪儿呢？他怀疑起来。难道他不爱我吗？马克斯感到自己快不行了。

母亲倒在床边睡着了，双手依然紧紧地抓住他的手。马克斯的父亲穿过房间走到窗前，凝望着窗外的曙光，精神似乎有点儿恍惚。马克斯可以听到他在不停地低声咕哝着，祈祷上帝大发慈悲。

就在那时，马克斯感到有个影子盘旋在他上方。是天使吗？马克斯几乎要看不见了。他的眼睛肿得挤在了一起。那个影子对他耳语，可那不是天使的声音。马克斯听出了那是其中的一位医生……那人在角落里坐了两天一直没走，他恳求马克斯的父母让他给孩子服用英格兰产的某种新药。

“我决不会原谅自己，”医生低声说道，“如果我不这样做的话。”紧接着，那位医生轻轻地抓住马克斯那虚弱的胳膊，说道：“我真希望能早点儿这样做。”

马克斯感到胳膊上一阵轻微的刺痛——经过刚才那阵剧痛，这点儿疼痛几乎感觉不到。

后来，那位医生安静地收拾起他的东西。临走时，他把一只手放在马克斯额头上，说道：“这能救你的命。我对医学的力量坚信不疑。”

几分钟后，马克斯就感到血管内似乎注入了某种神奇的力量，一阵暖流传遍全身，疼痛渐渐消失了。终于，这么多天以来，马克斯第一次睡着了。

烧退了，他的父母声称这是上帝的奇迹。但是，当情况表明孩子变成了残废时，他们变得非常沮丧。他们推着孩子去教堂咨询神父。

“全靠上帝慈悲，”那个神父告诉他们，“这孩子才得以幸存。”

马克斯听着，一句话也没说。

“可我们的儿子不能走路了！”弗朗·科勒抽泣着说道。

神父难过地点了点头，说道：“对，看来他不够忠诚，上帝因此惩罚了他。”

“科勒先生？”这是那位先跑开的瑞士卫兵的声音，“教皇内侍说同意接见你。”

科勒咕哝了一声朝走廊尽头加速而去。

“他对你的来访感到惊讶。”卫兵说。

“我知道。”科勒说着，继续转动着轮椅，“我想单独见他。”

“不可能，”卫兵说道，“没人——”

“中尉，”罗奇尔咆哮道，“会面将按科勒先生的意思办。”

那名卫兵露出了明显的怀疑目光。

在教皇办公室门外，罗奇尔允许卫兵在科勒进门之前对其进行常规性的防范检查。他们手提式的金属探测器对科勒轮椅上的众多电子仪器根本不起任何作用。卫兵们要对他搜身，但明显因为他的残疾而感到难为情，也就无法彻底搜查。他们根本就没发现粘在轮椅下面的左轮手枪，也没收走另一样东西……科勒知道那件东西将使今晚一连串的事件有个令人难以忘怀的结局。

科勒进入教皇办公室的时候，文特斯克教皇内侍独自跪在一堆快要熄灭的火堆旁祈祷着。教皇内侍连看都没看他一眼。

“科勒先生，”教皇内侍说，“你来是为了让我殉教吗？”

112

兰登与维多利亚急忙冲向梵蒂冈，那条被称为“密道”的狭窄地道在他们面前延伸开去。兰登手里的火把只能照亮几码远。地道两侧的墙壁靠得很近，顶又很低，空气中散发着潮气。兰登向着黑乎乎的前方不停地跑着，维多利亚则紧紧地跟在后面。

出了圣天使堡，地道一下子变成了一条险峻的斜坡，往上走就是一座石砌棱堡，这个棱堡看起来像罗马的一条高架渠。斜坡到这里又变成坦途，通向梵蒂冈的秘密通道就从这里开始。

兰登一边跑一边翻来覆去地琢磨那些变幻莫测而又让人迷惑的情形——科勒，杰纳斯，黑煞星，罗奇尔……第六块烙铁？*你肯定听说过第六块烙铁，杀手这样说过，它的设计最为巧妙。*兰登确信自己肯定没听说过。即使在宗教派别学说的传说中，他也想不起哪里提到过什么第六块烙铁。或者确有此事，或者纯属虚构。有人谣传有金条，有人谣传有完美无瑕的光照之星，可就是没人提到过第六块烙铁。

“科勒不可能是杰纳斯！”维多利亚在高架渠式的地道里边跑边断然说道，“这不可能！”

“不可能”这个词，兰登今晚早就不说了。“我不知道，”兰登在两人朝前跑时大声说，“科勒有种非常严重的怨恨心理，还有某种重大的影响力。”

“这次危机让‘欧核中心’看起来像头怪物！马克斯可从不会给‘欧核中心’抹黑！”

延伸至圣天使堡外的密道

兰登知道，由于光照派坚持扩大事态，“欧核中心”今晚一度遭到了公众的强烈质疑。可是，他不确定“欧核中心”的名誉到底受到了多少损害。来自教会方面的批评对“欧核中心”而言并不新鲜。实际上，兰登越想就越觉得这次危机可能反倒让“欧核中心”受益。假如这个游戏只是为了引起公众的注意，那反物质就成了今晚头彩的赢家。地球人可都在谈论着这件事儿。

“你知道营销大师 P. T. 巴纳姆①这样说过，”兰登扭头喊道，“‘我不在乎你怎么说我，只要拼对我的名字就行！’我敢说等着发放反物质技术使用许可证的人已经偷偷排起了长队。到了午夜，他们看到反物质的真实威力之后……”

“真不合情理，”维多利亚说道，“公布科学成果并不是要展示它的杀伤力！对反物质而言这太可怕了，相信我没错！”

兰登手中的火把这会儿快熄灭了。“那么或许事实比这还要简单，也许科勒孤注一掷，认为罗马教廷会保守反物质这个秘密——会拒绝证实这一武器的存在而令光照派得势。科勒原指望罗马教廷面对威胁会一如既往地保持沉默，可没想到教皇内侍改变了规则。”

---

① P. T. 巴纳姆(Phineas Taylor Barnum，1810—1891)，美国游艺节目演出经理人，以主办耸人听闻的游艺节目演出和奇人怪物展览而闻名。

他们沿着地道冲了过去,维多利亚则沉默不语。

兰登突然觉得这个设想越来越有道理。“就是这样!科勒从没想过教皇内侍的反应。教皇内侍打破了教廷一贯沉默的传统,还公开了这个危机。他真的很诚实。老天哪,他让电视台转播了反物质的情况。这真是个英明的决断,但是科勒根本就没料到会这样。整个事件颇具讽刺意味的是光照派的进攻竟然招来了相反的结果。不经意间,这竟促使教皇内侍成了教会的新领袖。于是这会儿科勒要来杀他!”

“马克斯是个杂种。”维多利亚大声说道,“可他并不是凶手。再说,他绝不可能卷入暗杀我父亲的事件中。”

兰登的耳边又响起了科勒的话:在“欧核中心”,许多正统科学家都认为列奥纳多是个危险人物。把宗教与科学相结合是对科学的极大亵渎。“可能科勒在几个星期前就发现了反物质计划,而且也不喜欢其中涉及的宗教问题。”

“所以他就杀害了我父亲?太荒谬了!再说,马克斯·科勒根本不会知道有这个计划。”

“也许是你不在的时候,你父亲打破你们之间的约定去咨询了科勒,希望得到他的指导。你自己也说过你父亲对于制造出这种毁灭性物质所牵涉的道义问题深感不安。”

“从马克西米利安·科勒那里得到道义上的指导?”维多利亚轻蔑地问道,“我可不这么想!”

地道略微朝西拐了一下。他们跑得越快,兰登手里的火把就越微弱。他开始担心如果火全灭了,这个地方会是什么样子。一片漆黑。

“再说了,”维多利亚争论道,“假如科勒就是整个事件的幕后主谋,那今天早上他为什么还费心打电话向你求助呢?”

兰登早已考虑过这个问题。“给我打电话可以帮助他掩护自己。他确信危机当前谁都会认为他脱不了干系。他可能根本就没想到我们会知道这么多。”

想到自己被科勒利用,兰登感到一阵愤怒。他的介入使有关光照派的事件更加可信。整个晚上,他所证明的一切和出版的著作都在被媒体引述。同样荒谬的是,哈佛大学的一位教授出现在梵蒂冈,不管怎么说,这都打消了人们对这起突发事件的怀疑,还让全世界的怀疑论者确信光照派组织不仅真实存在,还是一股不可小觑的势力。

“英国广播公司的那个记者,”兰登说,“他认为‘欧核中心’是光照派新的藏身之地。”

“什么!”维多利亚说着在后面绊了一跤,她站起身继续跑着问道,“他竟然这样说?!”

“他在播新闻时说的。他把‘欧核中心’比作共济会的据点——共济会是个合法组织,无意中却窝藏了光照派兄弟会的人。”

“天哪,这会毁了‘欧核中心’的。”

兰登并不那么认为。不管怎样,这种推测突然显得并没那么牵强。“欧核中心”是最佳的科学港湾,是来自十多个国家的科学家们的总部。他们似乎有用不完的民间筹款,而马克西米利安·科勒正是他们的主任。

科勒就是杰纳斯。

“假如科勒没卷进去，”兰登质疑，“那他来这里干什么呢？”

“可能想来阻止这个疯狂的行为，来表示支持。也许他正在以撒马利亚人的身份做事呢！他可能已经查明了谁知道反物质计划的下落，就过来把这个信息公之于众。”

“那个杀手说他是来给教皇内侍烙上烙印的。”

“有点儿主见吧！这样等于是自杀，马克斯绝不会活着出来。”

兰登考虑了一下她的话。也许那正是问题所在。

一道铁门的轮廓隐约显现在前面，挡住了他们的去路。兰登吓得屏住了呼吸。但是来到跟前，他们发现那把老式锁竟然打开了挂在门上，门可以顺畅地开闭。

兰登如释重负地松了一口气，意识到正如他所料，这条古地道还在使用。最近就在使用，就像今天一样。他现在明白了，早些时候那四位受惊的红衣主教就是从这里被偷偷带走的。

他们继续奔跑着，兰登此刻能听到左侧传来的嘈杂声。那里是圣彼得广场。他们就快到了。

他们发现了另一道门，这道门要厚重一些，也没上锁。此时，圣彼得广场上的喧哗声渐渐消失在身后，兰登感到他们已经穿过了梵蒂冈的外城墙。他不知道这条古地道通到梵蒂冈境内的什么地方。通到花园？通到圣彼得大教堂？还是教皇的官邸？

就在那时，地道毫无预兆地到了尽头。

一道笨重的大门挡住了他们的去路，这是一道铆接的厚厚的铁门。借着火把剩下的最后一丝摇曳的火光，兰登看到这道门表面非常光滑——门上没有拉手，没有门环，没有钥匙孔，也没有铰链。这里过不去。

兰登顿时感到一阵惊慌。用建筑师的话来说，这类罕见的门叫做单面门，可用于安全防卫，只有一面能开门——就是另一面。兰登的希望渐渐破灭……手中的火把也快熄灭了。

他看了看表。米奇牌手表发出了亮光。

晚间，11 点 29 分。

随着一声失望的尖叫，兰登扬起火把猛地砸起了铁门。

113

事情有点儿不对头。

沙特朗中尉站在教皇办公室门外，从与他一起站岗的卫兵那不自在的姿势中，他意识到大家都焦虑不安。罗奇尔说，他们守护的这次私人会面会让梵蒂冈免遭灭顶之灾。但是，沙特朗不知道自己为什么还是有一种强烈的保卫冲动。罗奇尔的行为为什么如此古怪呢？

肯定有什么事儿出了差错。

罗奇尔上尉站在沙特朗的右边，两眼注视正前方，目光极其敏锐，显得有点异常。沙特朗简直都不认识这位上尉了。在过去的几小时里，罗奇尔根本就不正常。他的决断一点都不合情理。

*会面进行时应该有卫兵在场！*沙特朗心想。*他听见马克西米利安·科勒进门后上了门闩。为什么罗奇尔允许他这样做？*

但是有些事情更让沙特朗迷惑不解。*那些红衣主教。*那些红衣主教依然锁在西斯廷礼拜堂内。这样做简直是疯了。教皇内侍可是早在十五分钟之前就想把他们疏散！罗奇尔早已否决了这一决断，却没有通报教皇内侍。沙特朗早已表达了忧虑之情，但是罗奇尔差一点儿砍了他的脑袋。在瑞士侍卫队，上面下达的命令是从来不容置疑的，而且罗奇尔现在是头号指挥官。

*只剩半个小时了，*罗奇尔借着大厅枝状烛台上那昏暗的烛光，谨慎地看了看瑞士计时器，心想，*拜托快点儿吧。*

沙特朗真希望自己能听见门里的人在谈些什么。不过，他知道除了教皇内侍，自己不愿其他任何人来处理这次危机。今晚，教皇内侍受到了常人无法想象的考验，而且没有畏缩。他直面这个难题……诚实，率直，还为大家树立了一个光辉的榜样。沙特朗立刻为自己是天主教徒而感到自豪。光照派向文特斯克教皇内侍发出挑战的时候就已经犯下了一个错误。

但就在这个时候，一阵出乎意料的响声打断了沙特朗的思绪。这是"嘭嘭"的撞击声，正从大厅下面传来，声音遥远而沉闷，却又连续不断。罗奇尔一下子抬起了头。这位上尉转向沙特朗，低头示意他看地板。沙特朗明白了他的意思，赶忙打开电筒过去调查。

这种"嘭嘭"的响声此时更加猛烈了。沙特朗沿走廊跑了三十码来到一个交叉口。那声音似乎是从墙角附近传来，在克莱门蒂娜厅的后面。沙特朗一下子感到茫然不知所措。那后面只有一个房间——教皇的私人藏书室。自从教皇死后，藏书室一直紧锁着。绝不可能有人待在里面！

沙特朗匆忙跑到第二条走廊处，然后转了个弯儿冲到了藏书室门口。这个木制的门廊非常小，但立在黑暗中，这扇门却像是冷面的哨兵。那个"嘭嘭"声就是从屋里的某个地方传出来的。沙特朗迟疑了一下。他从不曾踏进那间私人藏书室半步，难得有几个人进去过。没有教皇本人的陪同，谁都不许进去。

沙特朗小心翼翼地伸手抓住门上的把手，拧了一下。正如他所料，门是锁着的。他把耳朵凑到门上听了听，那个声音更响了。就在那时，他听到了别的声音。*说话声！有人在叫喊！*

那些话沙特朗听得不是很清楚，但听出了喊声中透出的惊慌。有人困在藏书室了吗？难道瑞士侍卫队没有完全疏散大楼里的人吗？沙特朗犹豫起来，不知道该不该回去向罗奇尔汇报。让他见鬼去吧。沙特朗也曾受过训练，知道要当机立断，现在就该自己作主。他侧向伸出胳膊，对准门闩“啪”的开了一枪，木门闩应声而碎，门开了。

站在门外，沙特朗只看到一片漆黑。他拿电筒照了照，发现这是个长方形的房间——东方式地毯，摆满了书的高高的橡木架子，一张用皮革缝合的睡椅以及一个大理石壁炉。沙特朗以前就听别人描述过这个房间——三千本古书和数百种当代杂志与期刊并排摆放着，教皇所要的一切书籍都在这里。那张咖啡桌上摆满了科学与政治方面的杂志。

那个撞击声这会儿越来越清晰了。沙特朗拿电筒朝房间里传出声音的方向照了过去。在座位区的后面，一道巨大的铁门出现在最里面的墙壁上，看起来像保险库一样密不透风。门上有四把大锁。门正中央蚀刻的那个小字让沙特朗目瞪口呆。

密道

沙特朗目不转睛地盯着那里看了看。这是教皇的秘密逃亡通道！沙特朗无疑也听说过“密道”，甚至还有人谣传说藏书室里曾经有个入口，但这条通道已多年不用了！谁还会在门内“嘭嘭”砸门呢？

沙特朗拿电筒在门上轻叩了一下，门内传来了一阵低沉的欢叫声。砸门声停止了，但叫喊声更大了。有道门作屏障，沙特朗难以听清他们的话。

“……科勒……骗……教皇内侍……”

“你是谁？”沙特朗尖叫道。

“……特·兰登……维多利亚·维……”

沙特朗听明白之后却发现自己更迷惑了。我还以为你们都不在了呢！

“……门，”那声音在尖叫，“开……！”

沙特朗看了看那道铁门却发现可能得用炸药才能打通这道门。“打不开！”他尖叫道，“太厚了！”

“……会面……阻止……皇内侍……危险……”

尽管受过训练要临危不乱，但听到最后几个字沙特朗还是感到恐惧不安。会不会是他听错了？他心跳加速，转身就要跑回教皇办公室。可刚一转身，他就停了下来。他凝视着门上某个东西……这比门后面传来的信息更让他震惊。那么多锁的钥匙孔里竟然都插着钥匙。沙特朗目不转睛地盯着看了看。钥匙竟然都在这里？他满腹狐疑地眨了眨眼睛。钥匙应该放在某个地下室的！这条密道根本就不是几百年没人用！

沙特朗把电筒放到地板上，抓起一把钥匙拧了起来。锁生锈了，拧起来比较费劲，但还是拧得动。有人最近打开过这道门。沙特朗一把接一把地开着那些锁。最后一个门闩滑开的时候，沙特朗拉了一把铁门，铁门“嘎吱”一声开了。他抓起电筒，照亮了那条密道。

罗伯特·兰登与维多利亚·维特勒看起来像幽灵一样摇摇晃晃地走进藏书室。二人虽衣着凌乱而且疲惫不堪,但好歹还活着。

“这是怎么回事!”沙特朗质问道,“发生了什么事! 你们从什么地方过来的?”

“马克斯·科勒在哪儿?”兰登询问道。

沙特朗指了指,说道:“在单独会见教皇内——”

兰登和维多利亚从他身旁挤过去跑进了漆黑的大厅。沙特朗转过身,不自觉地端起手枪瞄准了他们的后背。他很快就放低手枪,跟在后面跑了过去。罗奇尔明显是听到他们来了,因为他们来到教皇办公室门口时,罗奇尔早已成保护姿态站着,还拿枪瞄准了他们,喊道:“回去!”

“教皇内侍处境危险!”兰登大叫着渐渐停住了脚步,双手举起来投降,“快开门!马克斯·科勒要杀教皇内侍!”

罗奇尔看起来一脸愤怒。

“开门!”维多利亚说道,“快点儿!”

但这已经晚了一步。

教皇办公室里面传来了一阵令人毛骨悚然的尖叫声。那是教皇内侍在尖叫。

114

这种正面冲突瞬间就结束了。

沙特朗走过罗奇尔身边,“啪”的一枪打开教皇办公室大门的时候,文特斯克教皇内侍还在尖声呼叫。几名卫兵一拥而入,兰登与维多利亚则紧随其后跑了进去。

眼前的景象简直令人惊愕。

房间里只点着一支火把和一堆快要熄灭的火。在壁炉近旁,科勒艰难地站在轮椅前。他挥舞着手枪瞄准了教皇内侍,教皇内侍则躺在科勒脚边的地板上,痛苦地扭动着身子。他的长袍已被撕破,袒露的胸膛被灼烧得发黑。从房间的另一侧望过去,兰登根本看不清楚那个烙印,但一大块正方形烙铁却放在了科勒近旁的地板上。那烙铁依然泛着红光。

两名瑞士卫兵毫不犹豫地采取行动,“啪”地开了枪。子弹“嗖”地打进科勒的胸膛,他向后倒过去跌进了轮椅里,胸口流出汩汩鲜血。手枪在地板上滑了出去。

兰登目瞪口呆地站在门口。

维多利亚惊得呆若木鸡。“马克斯……”她轻声叫道。

依然在地上扭动着身子的教皇内侍滚向了罗奇尔,惊骇的神情如早期行巫搜捕者阴魂附体一般,食指指向罗奇尔大声喊出一句话:“光照派的人!”

“你个畜生!”罗奇尔说着奔向了他,“你这个道貌岸然的畜——”

这次沙特朗凭直觉反应，对准罗奇尔的后背连开三枪。这位上尉脸朝下摔在了砖地上，倒在血泊中死去了。沙特朗和卫兵一个箭步冲到教皇内侍身边，只见他紧紧地抱住身体，躺在地上痛苦地抽搐起来。

两名卫兵看到教皇内侍胸前的烙印都发出了恐怖的惊叫。第二个卫兵看到倒置的烙印，立刻踉跄着向后退去，眼中透出恐惧的神情。沙特朗看起来也被那个烙印吓得魂不附体。他拉起教皇内侍那撕破的长袍遮住了伤口。

兰登感觉精神错乱地穿过了房间。透过疯狂与暴力行为的迷雾，他试图弄明白所见的景象。一位残疾的科学家为了烙下最后一个符号，竟然飞到梵蒂冈给教会的最高统帅打上了烙印。有的事业是值得人们为它牺牲的，黑煞星这样说过。兰登原本并不知道一个残疾人怎么可能制服得了教皇内侍。原来科勒是带着枪的。怎么做到的都无所谓了！科勒竟然完成了使命！

兰登朝着那令人毛骨悚然的景象走了过去。大家都在照料着教皇内侍，兰登感觉落在科勒轮椅旁的地板上还冒着烟的那块烙铁把他吸引了过去。那就是第六块烙铁？兰登走得越近，越感到不解。看起来那是一大块正方形的烙铁，显然是专门从光照派藏身地的那个盒子中央的空格里拿来的。第六块也是最后一块烙铁，黑煞星这样说过，设计得最为巧妙。

兰登跪在科勒身旁伸手去拿那块烙铁。烙铁依然散发着热气。兰登抓住木把手将那块烙铁拿了起来。他不知道会看到什么，但那块烙铁肯定不会是这个样子。

兰登困惑地盯着它看了好长一段时间，却什么也没看明白。为什么那些卫兵看见这个东西会吓得惊叫呢？这只是一块由毫无意义的花体字组成的正方形。这就是设计得最为巧妙的烙铁？兰登把烙铁拿在手里转着看了看，看出了这是个对称图形，却看不懂什么意思。

有只手搭在了兰登的肩头，他还以为是维多利亚就抬头看了看。但是，这只手是血糊糊的。原来是马克西米利安·科勒从轮椅上伸出了手。

兰登连忙丢下烙铁，踉跄着站了起来。*科勒竟还活着！*

这位奄奄一息的主任倒在轮椅里还剩下最后一丝气息，但他喘着气已经说不出连贯的话了。科勒正视着兰登，与早些时候在"欧核中心"迎接兰登时的目光一样，还是冷眼凝视。在即将死去的时候，他的目光显得更加严厉，憎恶与仇恨全都暴露无遗。

这位科学家颤抖了一下，兰登知道他这是想挪动身子。房间里的其他人都把注意力集中在教皇内侍身上，兰登想大叫却没能叫出来。科勒在临死的那一刻所表现出来的力量让他大吃一惊。这位主任费尽力气抬起胳膊，从轮椅的扶手上扯下一个小小的装置。那东西有火柴盒般大小。他哆哆嗦嗦地递了过来。有那么一刻，兰登还担心科勒藏有武器。但那是别的东西。

"给——给……"科勒结结巴巴地耳语般地说出了最后一句话，"把这个给——给……媒——媒体。"他突然一动不动地倒了下去，那个装置随之也掉在了大腿上。

兰登注视着那样装置，震惊了。那是个电子器件，正面印着"SONY RUVI"的字样。兰登认出了那是一种新款的微型掌上摄录机。*这家伙真有能耐！*他心想。科勒显然是录下了什么临终遗言想让媒体播报出去……很可能是有关科学的重要性与宗教的邪恶性的说教。兰登认为今晚自己为了这个人的事业做的事情够多了。趁沙特朗还没看到科勒的摄录机，兰登把它悄悄地放到了外套最里层的口袋里。*科勒最后的那句话很可能是信口雌黄！*

教皇内侍的声音忽然打破了这里的寂静。他正试着坐起身来。"红衣主教。"他对着沙特朗急促地说道。

"还在西斯廷礼拜堂里！"沙特朗惊叫道，"罗奇尔上尉下令——"

"疏散……马上。疏散所有人。"

沙特朗派了一名卫兵跑出去放主教们出来。

教皇内侍痛苦地扭歪了脸，喊道："直升机……门外……送我去医院。"

115

在圣彼得广场上，瑞士侍卫队的飞行员坐在停放着的梵蒂冈直升机驾驶舱里揉了揉太阳穴。周围广场上一片混乱，闹哄哄的声响连机翼的空转声都淹没了。这并不是什么神圣的烛光守夜仪式。这样竟然都没发生暴动，他大为惊奇。

距离午夜只有不到二十五分钟的时间了，人们依然聚集在一起，有的在祈祷，有的在为教会而哭泣，还有的大声地骂着污言秽语，声称这是教会罪有应得，还有一些人则唱起了《圣经》里《启示录》中的赞美诗。

看着媒体的灯光在挡风玻璃上闪耀，飞行员觉得他的头突突作痛。他眯起眼睛看了看喧嚷的人群，一道道横幅飘荡在他们头顶。

反物质是假基督！
科学家＝撒旦崇拜者
你们的上帝现在哪里？

这位飞行员痛苦地呻吟着，头疼得越来越厉害。他都有点儿想抓起乙烯塑料罩挂在挡风玻璃上，这样就不用看外面的景象了，可他知道很快就该起飞了。沙特朗刚刚用无线电发来了可怕的信息。教皇内侍遭到马克西米利安·科勒袭击，伤势严重。沙特朗、那位美国人与那位女士此刻正抬着他出来，然后送往医院。

飞行员觉得自己应对此次袭击事件负责。他责怪自己没有凭直觉采取行动。早在去机场接科勒时，他就在这位科学家冷漠的眼神中觉察到某些东西。虽然说不出那是什么，但他就是不喜欢。这倒也不重要。罗奇尔在掌管全局，还坚持说救星就是那家伙。看来是罗奇尔犯了个错误。

人群中又爆发出一阵喧闹，这位飞行员从直升机上看到红衣主教们排着长队庄严地从教皇的皇宫走向了圣彼得广场。离开爆心投影点，主教们感到一阵宽慰；可看到教堂外面此刻发生的景象，他们的脸上似乎很快就现出了迷惑的表情。

人群的吵闹声愈加猛烈了。这位飞行员的头突突地痛。他得吃一片阿司匹林，也许得要三片。虽然不想在飞行期间吃药，但这种剧烈的头疼肯定会使他比吃几片阿司匹林还要虚弱无力。他伸手去取急救箱，急救箱与各类地图和手册一起放在用螺栓固定在前排两张座椅之间的储物箱里。他试着打开储物箱，结果却发现箱子紧锁。他四下寻找着钥匙，最后还是放弃了。显然今晚并不走运。他只得接着按摩太阳穴了。

在漆黑的教堂里，兰登、维多利亚与两名卫兵上气不接下气地奔向了大门口。由于找不到更合适的东西，他们四人就把受伤的教皇内侍放在一张狭小的桌子上，使他那无法活动的身体平躺在他们中间，像抬担架一样地抬着他。他们隐隐听到此刻门外的人们在高声喧闹。教皇内侍眼看着就要失去知觉。

时间简直是在飞逝。

116

晚间11点39分，兰登随其他人走出了圣彼得大教堂。强烈的灯光一下子刺得他双眼发烫。镁光灯照在白色大理石地板上，就像阳光照在白雪皑皑的苔原上一样刺目。他眯起双眼，想在教堂正面的巨大圆柱后面找个地方躲一下，可镁光灯从四面八方闪了起来。在他前面，人群的上方汇集了许多电视屏幕。

这座气势宏大的台阶的底端就是广场，站在最上面的台阶上，兰登感觉像是世界最大的舞台上的不大情愿出场的演员。在这片耀眼的灯光后面某个地方，他听到直升机的空转声和成千上万人的叫喊声。在左侧，红衣主教们现在正往广场上疏散。看到楼梯上此刻展现的情景，他们都满脸悲伤地收住了脚步。

"小心点儿。"当他们开始走下台阶朝直升机走去时沙特朗强调道，他的声音中透着一种警觉。

兰登感觉大家像在水中行走一般。教皇内侍和桌子的重量压得他手臂酸疼。他纳闷，这一刻怎么显得那么不庄严。就在那时，他看出了是怎么回事。英国广播公司的那两名记者刚才显然都还在穿越那片开阔的广场返回记者区，但现在伴随着人们的一阵叫喊，他们又折了回来。格利克与麦克丽此刻朝着他们跑了回来，麦克丽扛着摄像机还在拍摄。来了帮贪得无厌的家伙，兰登心想。

"回去！"沙特朗大叫道。

但是记者们还在不断地涌过来。兰登以为各大联播公司得要六秒钟才能收到英国广播公司再次传送的实况转播消息，但他错了，他们只花了两秒的时间。像同步收到了信号一样，在广场电视屏幕上，每一个展示倒计时时钟与梵蒂冈的专家的画面都被切换了，开始转播同样的画面——那是猛扑向大教堂的台阶时抖动着的镜头拍摄到的画面。这会儿放眼望去，兰登看到的全是教皇内侍那软塌塌的身体的特写镜头。

这可不行！兰登心想。他很想下去阻拦他们却又做不到。那原本也是于事无补。那里出现的到底是人们的叫喊声还是凉爽夜晚的飒飒的风声，兰登已无从知晓，但就在那一刻不可思议的事儿发生了。

像一下子从梦魇中苏醒过来了一样，教皇内侍突然睁开双眼，猛地坐直了身子。兰登和其他人都大吃一惊，赶忙扶住摇晃不定的重担。桌子前部倾斜下来，教皇内侍开始往下滑落。他们试图放低桌子来恢复平衡，却发现为时已晚，教皇内侍已经从桌子的前部滑到了地上。难以置信的是他竟然没有摔倒。他站在了大理石地板上，摇摇摆摆地直起了身子。他看起来迷迷糊糊地站了一小会儿，紧接着在大家还没来得及拦住他时，就朝前倾斜着身子踉踉跄跄地冲下楼梯奔向麦克丽。

"别走！"兰登尖叫起来。

沙特朗猛冲上前想制止教皇内侍，可教皇内侍突然对他怒目而视，发狂般地吼道："走开！"

沙特朗吓了一大跳，只得退了回来。

那景象越来越糟糕。先前沙特朗只是把教皇内侍那撕破的长袍遮在了胸口上，这会儿长袍渐渐开始向下掉。兰登以为那件衣服还能披一会儿，但已经不行了。长袍一下子散开，从肩头滑落到了腰间。

人群中爆发出一阵急促的惊呼声，这种声音似乎瞬间传遍全球而后又返回了这里。摄像机还在转动，闪光灯“啪啪”地打开了。各地的电视屏幕上都展示了教皇内侍那烙伤的胸膛，画面极具冲击力，内容详细得可怕。有些电视台甚至静止画面，然后将其旋转一百八十度观看。

这是光照派最后的胜利。

兰登目不转睛地盯着屏幕上的那个烙印。尽管这是他早些时候拿着的那块正方形烙铁打下的烙印，但他此刻似乎看明白了，看得极其明白。那个烙印有种令人敬畏的力量，那股力量如同一列火车一样撞击着兰登的心。

确定空间方向——兰登早把符号学里的这条基本原理忘得一干二净。*正方形在什么情况下不是正方形？*他同样不记得那块烙铁同橡皮图章一样，其印记看起来与自身根本就不同，他们的方向是相反的。兰登一直看的都是烙印的反面！

吵闹声再次传来，光照派的那句古老引言反射出另一层含义：“一个完美的菱形，由古老的自然元素组成，设计之精美令任何见到它的人叹为观止。”①

兰登现在知道了此言不虚。

Earth（土），Air（风），Fire（火），Water（水）。

这就是光照之星。

① 这句话英文原文与前面第101章结尾描述钻石的语言一样。只因diamond这个单词既有“钻石”的含义又有“菱形”的含义，故同一句英语出现了两种不同译文。

117

圣彼得广场上这一刻出现的混乱状态与歇斯底里的叫喊声是梵蒂冈山①见所未见、闻所未闻的，对此罗伯特·兰登深信不疑。任何一次战斗，任何一次酷刑，任何一次朝圣，任何一次人神灵交的幻境……在这块圣地两千年历史上的任何一次事件，其波及范围及影响程度都无法与这一刻同日而语。

随着不幸事件的发生，兰登有种奇怪的疏远感，感觉像在台阶顶上的维多利亚身边徘徊。一切动作似乎都走了样，像是处在时间异常②状态中，所有的疯狂行为都渐渐放慢了节奏……

这位被烙伤的教皇内侍……叫嚷着向世人展示……

光照之星……以一种残忍的方式显露出来……

倒计时时钟显示这是梵蒂冈历史上的最后二十分钟……

可是，这出戏才刚刚开了个头。

教皇内侍受了外伤之后神情似乎有点儿恍惚，他仿佛中了邪一般突然变得强劲有力。他开始胡言乱语，开始和看不见的神灵窃窃私语，抬头望着夜空，然后双臂举向上帝。

"说吧！"教皇内侍对着天空大叫，"对，我听得见你说话！"

就在那一刻，兰登明白了这是怎么回事，心像一块石头一样往下沉。

维多利亚显然也明白了过来，吓得脸色煞白。"他受了惊吓，"她说，"产生幻觉，以为自己在和上帝对话！"

得有人阻止他这样，兰登心想。*这可真是个悲惨而令人尴尬的结局。把这个人送到医院去！*

在他们下面的台阶上，奇尼特·麦克丽泰然自若地拍摄着，显然已经找到了理想的角度。她拍摄的景象立刻就出现在身后广场那边的大屏幕上……感觉像是露天电影院循环放映着一部令人毛骨悚然的悲剧片。

整个场面感觉很宏大。教皇内侍衣着撕破的长袍，胸前烙着烧焦的印记，看起来真有点像是历尽艰难打赢所有比赛的拳击冠军在这一刻展示着他的胜利。他对着天空吼道：

"上帝，我听得见你说话！"

沙特朗向后退了退，脸上一副敬畏的神情。

---

① "梵蒂冈山"英文是 Vantican Hill，是梵蒂冈境内的一座山，其国名即来源于山名。该山名可能源出拉丁语的 Vaticinia，意思是"占卜的地方，异教徒的圣地"。

② "时间异常"，英语是 time warp，是指在科幻作品中时间间断或是暂停的现象。

人群顿时鸦雀无声。有那么一会儿，似乎整个地球都安静了下来……电视机前的每一个人都呆若木鸡地屏住了呼吸。

教皇内侍站在台阶上，在众人面前伸出了双臂。他看起来如耶稣一样，在众人面前袒胸露体，伤痕累累。他双臂举向天空，望着上面惊叫道："谢谢！谢谢你，上帝！"

依然是鸦雀无声。

"谢谢你，上帝！"教皇内侍再次大叫道。如同暴风雨天钻出的太阳一般，他的脸上露出了喜悦。"谢谢你，上帝！"

谢谢你，上帝？兰登迷惑不解地凝视着他。

教皇内侍又从怪异的状态转变了回来，此刻他容光焕发。抬头望着天空，他还在拼命地点着头。他对着天空叫喊："在这块磐石上，我要建立我的教会！"

兰登以前听过这句话，但不知道教皇内侍究竟为什么要说这句话。

教皇内侍转过身面对人群，然后在夜色中又吼了起来："在这块磐石上，我要建立我的教会！"接着他双臂举向天空，放声大笑。"谢谢你，上帝！谢谢！"

这人显然是疯了。

全世界的人都像被符咒镇住了似的，默默地注视着这里的一切。

无论如何，谁也没有料到结局竟然是这样。

伴随着最后一次欢呼，教皇内侍转身又冲进了圣彼得大教堂。

118

晚间，11 点 42 分。

护卫队发疯般地扎进大教堂去寻找教皇内侍，兰登可从没想到自己竟然也会这么做……更不用说冲在最前面了。可是，他离门最近，又是凭直觉行动。

他会死在这里的，兰登想着，一个箭步跨过门槛冲进漆黑而空置的教堂。"教皇内侍！别进去！"

黑压压的人群全追向了兰登。他们跟在后面从明亮的户外冲了进来，但是兰登此刻只能看到面前几英寸远。他慢慢地停了下来。黑暗中，教皇内侍胡乱地跑进了教堂深处，兰登听到前方某个地方传来了长袍的沙沙响声。

维多利亚与卫兵们立刻赶了过来。电筒虽已打开，但这会儿几乎没电了，这让他们根本无法探查面前这座教堂的深处。电筒在教堂里照来照去，人们只看见圆柱与光秃秃的地板，哪里也不见教皇内侍的踪影。

"教皇内侍！"沙特朗大叫道，声音中透着恐惧，"等一等！先生！"

身后门口处传来的一声喧哗让大家都扭过了头。奇尼特·麦克丽的大块头摇摇晃晃地穿过了入口。她肩上扛着摄像机，摄像机上闪烁的红灯显示其还在拍摄中。格利克跟在后面跑着，手里拿着话筒，叫喊着让她慢点跑。

兰登简直不敢相信这两个人的行为。这根本不是拍摄的时候！

“出去！”沙特朗厉声说道，“这不该你看的！”

但是麦克丽与格利克还是跑了过来。

“奇尼特！”听起来格利克这会儿很害怕，“这简直是自杀！我不去！”

麦克丽不去理会他。她拧开摄像机上的开关，摄像机顶上的聚光灯“啪”的一声亮了起来，刺得大家睁不开眼睛。

兰登护着脸，痛苦地背过身去。真该死！可他再抬头看时，却发现教堂里周围三十码都给照亮了。

就在这一刻，教皇内侍的声音回荡在远处某个地方。“在这块磐石上，我要建立我的教会！”

麦克丽将摄像机转向了声音传来的方向。在聚光灯无法照到的远处的黑暗里，一件黑色衣服被吹开，露出熟悉的身影，那身影正向着主过道的尽头跑去。

盯着那个奇怪的身影，大家都犹豫了片刻。紧接着一下子全跑了过去。沙特朗从兰登身边挤过去急忙追赶教皇内侍，接着兰登也追了过去，然后是卫兵与维多利亚。

麦克丽殿后，一边为大家照明指路，一边全程播送着出殡似的追人景象。格利克很不情愿地尾随其后，大声咒骂了一句，吓得结结巴巴地做着极为详尽的解说报道。

沙特朗中尉曾经估算过，圣彼得大教堂的主过道比奥运会足球比赛场还要长。但是，今晚它似乎有足球场的两倍长。他一边疾步追赶着教皇内侍，一边想着他要去哪里。教皇内侍一定是因为受了外伤，又亲眼目睹了教皇办公室里发生的恐怖的残杀景象，所以受到惊吓。

头顶的某个地方，在英国广播公司的聚光灯无法照到的地方，突然响起了教皇内侍欢快的叫声：“在这块磐石上，我要建立我的教会！”

沙特朗听了出来，如果自己没记错的话，教皇内侍喊的是《圣经·马太福音》第十六章第十八句的内容。在这块磐石上，我要建立我的教会。神灵给予的这个启示不适宜得近乎残忍——教会都快被毁灭了。教皇内侍的确是疯了。

他是不是疯了呢？

沙特朗心中顿时感到一丝不安。在他看来，神灵显圣与先知预言都像是一厢情愿的妄想——那是过度狂热的信徒想要听到自己期望听到的声音而产生的幻觉——上帝根本就不会与人直接交相感应！

但是过了一会儿，似乎圣灵亲自下凡让沙特朗相信他的威力一般，沙特朗竟然出现了幻觉。

在前方五十码，教堂的中央，一个幽灵出现了……那影子虚无缥缈，泛着亮光。那是赤裸着上身的教皇内侍的暗淡身影。那个身影发出亮光，让人一眼就能看到。沙特朗踉跄着停住了脚步，感到心窝一阵紧揪。教皇内侍在发光！他的身体这会儿似乎发出了更加耀眼的亮光。之后，亮光渐渐下沉……越来越低，越来越低，最后落在地板上神奇地消失在黑暗中。

兰登同样看到了那个怪影。有那么一会儿，他还以为自己看到了神灵显圣。但是，走过一脸惊愕的沙特朗身边，跑到教皇内侍消失不见的地方，他才明白刚才那是怎么回事。教皇内侍来到了帕利恩凹室——一个点着九十九盏油灯的地下室。凹室里的油灯从下往上照着亮光，映在教皇内侍身上感觉像是幽灵。之后，教皇内侍沿楼梯走进那片灯光，看起来似乎是消失在地下一样。

兰登气喘吁吁地跑到那里，俯视着地下的这个房间，费力地看了看楼梯下面。楼梯下，教皇内侍在灯光的映照下穿过大理石房间，冲向了那道玻璃门，那道门通往存放著名的金盒子的房间。

他在干什么？兰登心想，该不会以为那个金盒子——

教皇内侍猛地拉开门跑了进去。可奇怪的是，他直接跑了过去，对那个金盒子全然视而不见。他在盒子后面五英尺的地方跪下来，用力地提起了地板上镶嵌的铁栅栏。

兰登惊骇地看着他，这会儿才意识到教皇内侍要去哪里。*天哪，不会吧！*他一个箭步冲下楼梯追了过去，喊道："神父！不能这样！"

兰登打开玻璃门跑向教皇内侍，只见教皇内侍费力地搬起了那道栅栏。伴随着震耳欲聋的哗啦声，那块带有铰链的铁隔板落了下来，一条狭窄的通道展现在眼前，通道里的那段陡直的楼梯通向了看不见的地方。教皇内侍正要朝那个洞口走去，兰登上去抓住他那裸露的肩膀，一把将他拽了回来。由于出汗，他的身上滑溜溜的，但兰登还是抓住了他。

教皇内侍转过身，脸上明显一副震惊的神情，说道："你这是干什么！"

四目相对，兰登大吃一惊。神志昏迷的人所表现出来的那种呆滞神情已经在教皇内侍身上看不到了。他目光敏锐，神志清醒，眼神中透出坚定的决心，胸前的烙印让人看着痛心不已。

"神父，"兰登尽可能平静地恳求道，"你不能下去。我们得离开这里。"

"我的孩子，"教皇内侍说道，他说起话来神志清醒得让人感到害怕，"我刚才得到预言，知道——"

"教皇内侍！"沙特朗和其他人都来了。他们在麦克丽的摄像机灯光的照明下冲下楼梯来到了这个房间。

沙特朗看到地板上打开的栅栏，眼中透出了畏惧的神情。他在身上画着十字架，然后为兰登拦住教皇内侍而感激地看了他一眼。兰登熟知这里的情况，他读过很多介绍梵蒂冈建筑的书，知道那块栅栏下面放着什么。在整个基督教世界，这里是最神圣的地方。这里就是墓地。有人称其史前坟场，有人称其地下墓地。据尚在人世的少数几个神父叙述，史前坟场是一堆纵横交错的漆黑的地下墓穴，那些墓穴能把迷路的人整个儿给吞没。他们可不想在这种地方追赶教皇内侍。

“先生，”沙特朗恳求道，“你受惊了，我们得离开这里。你不能下去，那等于是自杀。”

教皇内侍顿时变得很坚忍。他伸出手，温和地搭在沙特朗的肩上，说道：“谢谢你的关心和服侍。我不能肯定怎么知道的，也不能肯定我完全明白，但我确实得到了启示。我知道反物质在什么地方。”

所有人都目不转睛地盯着他。

教皇内侍转身面对大家，说道：“在这块磐石上，我要建立我的教会。这就是那个预言，意思非常清楚。”

教皇内侍竟然确信自己曾和上帝对过话，兰登对此尚无法理解更不会相信他已破解那个预言。*在这块磐石上，我要建立我的教会？*这是耶稣在选择彼得做他的第一位门徒时说过的话。这句话跟整件事有什么关系？

麦克丽为了近距离拍摄就靠近了一些。格利克沉默不语，像是患了疲劳症似的。

教皇内侍现在飞快地说：“光照派把他们的毁灭性工具放在了这座教堂的奠基石上。就在地基上。”他示意大家向楼梯下面看去，接着说：“就在建起这座教堂的那块磐石上。我还知道那块磐石在哪里。”

兰登确信他早就该制服教皇内侍，然后带他出去。教皇内侍看起来神志清醒，实际上却在胡说八道。*磐石？地基上的一块奠基石？*面前的楼梯并不通向地基，而是通往史前坟场！“神父，这句引文是个比喻！实际上根本就没有什么磐石！”

教皇内侍很奇怪地露出了悲伤的表情，说道：“确实有那块磐石，我的孩子。”他指了指那个洞口，接着说道：“彼得就是那块磐石。”

兰登一下子愣住了。一切顿时都明朗了起来。

听到这句简单而不加任何修饰的话语，兰登感到寒飕飕的。与其他人一起站在那儿注视着下面那段长长的楼梯，他意识到在这座教堂地下的黑暗处确实埋着一块磐石。

圣彼得雕像

彼得就是那块磐石。

彼得对上帝坚信不疑,于是耶稣就称其“磐石”彼得——这座教堂就是建立在这位拥有坚定信念的教徒肩头。兰登意识到,就是在这个地方——梵蒂冈山——彼得被钉死在十字架上,后被埋葬。早期的基督徒在他的坟墓上建了座小小的神龛。随着基督教的发展壮大,这座神龛越来越大,一层一层地加高,最终形成这座宏伟的教堂。整个基督教信仰确实是在圣彼得身上逐渐形成的。那块磐石就在这里。

“反物质在圣彼得陵上。”教皇内侍清楚地说道。

尽管这个信息的来源似乎有点神奇,但兰登还是感到那话确实有道理。此时,反物质明显是放在了圣彼得陵上,这真恼人。光照派以一种具有象征意味的形式进行挑衅,把反物质放在了基督教世界的中心,那既是地理意义的中心又是象征意义上的中心。这真是一种终极渗透。

“如果你们还要物证的话,”教皇内侍说,此时的语气中透出了急躁情绪,“我刚才发现这个栅栏并没有被锁上。”他指了指地上的那块隔板,接着说,“这里绝不会不上锁的。肯定有人来过这里……就在最近。”

大家全都目不转睛地看着那个洞口。

还没等大家回过神来,教皇内侍突然一个转身,敏捷地抓起了油灯,朝洞口奔了过去。

119

石梯陡直地通向地下。

我将死在下面这个地方,维多利亚心想。她跟随众人跳进狭窄的通道,紧紧地抓住了粗绳护栏。尽管兰登想拦住教皇内侍不让他进去,但沙特朗一把抓住他不放,阻止了他。显而易见,这位年轻的卫兵此刻确信教皇内侍清楚自己在干什么。

一阵短暂的拉扯之后,兰登脱身追赶教皇内侍,沙特朗则紧随其后。维多利亚则凭直觉冲了过去追赶他们。

这会儿,维多利亚正沿着陡直的楼梯急忙朝前冲,这些楼梯人们一脚踩空落下去就是必死无疑。她能够看到走在最下面的教皇内侍手里的油灯发出了金黄色的光芒。身后,她听到英国广播公司的那两名记者匆忙跟了过来。摄像机上的聚光灯投下扭曲的影子映在她前面的通道上,灯光照亮了沙特朗和兰登。维多利亚简直不敢相信全世界的人都在看着这一疯狂行动。把那该死的摄像机关掉!可她知道这盏聚光灯再次让他们每一个人都看清了要走的路。

这种怪异的追逐还在继续,而维多利亚则是思绪万千。在地下这个地方,教皇内侍能干什么呢?即使他找到了反物质那又能怎样呢?没时间了!

维多利亚凭直觉判断教皇内侍可能是对的，这个判断让她感到惊讶不已。把反物质放在地下三层楼那么深的地方，这样做几乎算得上是高尚而慈悲。在地表深处——差不多就像在Z实验中心一样——反物质的大爆炸会受到一定的遏制。这样就不会有热气冲击波，不会有飞起的炮弹碎片伤及旁观者，不过是在上帝的这块土地上留下一个缺口罢了，那座高耸的大教堂也会坍塌成弹坑。

这就是科勒宽宏的做法吗？难道这样就不造成死亡了吗？维多利亚还是无法完全弄清这位主任到底有没有卷入其中。她可以理解他对宗教的仇恨……可这个可怕的阴谋却不像他所为。科勒对宗教真的是恨之入骨了吗？恨到要摧毁罗马教廷？是他雇用的杀手吗？是他杀死了她父亲、教皇和四位红衣主教吗？似乎有点不可思议。科勒又如何得以在梵蒂冈城内制造这些叛逆行径？*罗奇尔是科勒的内线*，维多利亚自言自语道，*他是光照派成员*。罗奇尔上尉肯定拥有所有门的钥匙——教皇房间的、密道的、史前坟场的、圣彼得陵的，所有门上钥匙他都有。他很有可能早就把反物质放在了圣彼得陵上——那个绝对禁入的地方——然后命令卫兵不要浪费时间搜查梵蒂冈的禁区。他早就知道根本不会有人找到储存器。

但罗奇尔从没料到教皇内侍会得到上天的预言。

预言，这个无法证明的事物，维多利亚仍在努力去接受它。上帝真的与教皇内侍交流过吗？她心里说着没有，而且她学的可是复杂的物理科学——研究事物之间的互相联系。每天她都看到令人惊叹的交流方式——成对的海龟蛋分开放置，其中一只放在千里之外的实验室，但两只却是同时开始孵化……大量的水母以完全一致的节奏跳动，像是合成了一体。*到处都有肉眼看不见的交流方式*，她心想。

可上帝与人类该如何交流呢？

维多利亚真希望父亲在这儿向她讲述宗教知识。父亲曾经用科学的语言对她解释了神灵交流的事情，还使她相信了他的话。她还记得那天她看到父亲在做祷告，就问他："父亲，你为什么非要祷告？上帝根本就不会回应。"

列奥纳多·维特勒从冥想中回过神儿来抬头看着她，脸上露出充满父爱的笑容，说道："我的充满疑问的女儿，这么说来你是不相信上帝会与人类对话了？用你的语言来说吧。"他从架子上取下一个人脑模型放在她面前，说："维多利亚，可能你也知道，正常情况下，人的大脑只利用了很少一部分。但是，人在情绪激动时——像受到外伤，极度高兴或害怕，沉思的时候——大脑神经细胞会突然疯狂地兴奋起来，从而使人的神志处于极度清醒状态。"

"那又怎么样呢？"维多利亚说，"不能因为你头脑清醒就说你和上帝交流了。"

"啊哈！"维特勒惊叫道，"但是人们总是在头脑清醒时找到不同凡响的方法，解决了那些看似无法解决的难题。这就是精神病专家说的高层潜意识。生物学家称其为变更的状态，心理学家称其为超感觉能力。"他顿了顿，接着说道："基督徒则称其为应允的祷告。"他大笑起来，补充说："有时候说是神灵显圣，只不过是人们听到了内心早已明白的事情。"

现在，维多利亚一头冲向漆黑的地下，意识到父亲可能是对的。教皇内侍的外伤使他进入某种精神状态，从而真正"意识到"反物质的存放地点，这会让人觉得难以置信吗？

众生皆有佛性，佛陀说过，皆能洞悉一切。我们只需要敞开心扉，聆听智慧。

维多利亚向着地下更深的地方冲了过去，那一刻她异常清醒，感觉思路一下子打开了……她顿时变得警觉起来。这时她意识到自己非常清楚教皇内侍的意图。经历过的任何事情都没有这件事儿让她觉得害怕。

"教皇内侍，不能那样！"维多利亚对着通道的另一端喊道，"你不懂！"脑海中浮现出众人围在梵蒂冈四周的情形，她一下子变得极度惊恐，说道："要是把反物质带上去了……大家必死无疑！"

兰登此刻一步跳下三级台阶落到了地面上。这条通道虽然狭窄，但他的幽闭恐惧症并没有发作。一种更强烈的恐惧让他觉得刚才残余的一丝害怕根本就算不了什么。

"教皇内侍！"兰登大叫一声，感觉自己从油灯上方跳了过去，"就让反物质留在那里！我们别无选择！"

兰登说的这些话就连他自己都不信。他不仅接受了教皇内侍关于神灵预言反物质存放地点的说法，而且还在游说他们炸毁圣彼得大教堂——这可是世界上最伟大的建筑之一……以及里面所有的艺术品。

但是人群还在外面……这是唯一的办法。

具有讽刺意味的是，拯救人们的唯一方法竟然是摧毁这座教堂，这可真残酷。兰登估计光照派肯定会为自己这一行为的象征意义而暗自发笑。

地道尽头的空气阴冷而潮湿，这里的某个地方就是神圣的史前坟场……是圣彼得和许多其他早期基督徒的墓地。兰登感到一阵冷飕飕的，希望这次的任务不会让他有去无回。

教皇内侍端着油灯陡然停下来，兰登赶忙跟了过去。

由于突然看不到了影子，人们隐约感到楼梯到了尽头。一道带有三颗头骨浮雕的铁门挡在了楼梯的尽头。教皇内侍在那儿正要推开那道门，兰登一下子跳过去把门关上，挡住了教皇内侍的去路。其他人嗵嗵嗵地从楼梯上走了下来，在英国广播公司的聚光灯下，每个人都白得可怕……尤其是格利克，他每走一步，面色就愈加苍白。

沙特朗一把抓住兰登，说道："放教皇内侍过去！"

"不行！"维多利亚在楼梯上气喘吁吁地说道，"我们得马上离开！你决不能把反物质从这里拿走！要是你把它带了上去，外面的人都难逃一死！"

教皇内侍的语气出奇的平静。"你们所有人……我们都得诚心才行。我们时间紧迫。"

"你不懂！"维多利亚说道，"在地表发生爆炸造成的危害要比在下面这个地方严重得多！"

教皇内侍明亮的碧眼看着她，清醒地说道："谁说要在地表爆炸了？"

维多利亚注视着他，问道："你打算把它留在这儿了？"

教皇内侍像在催眠似的保证道："今晚不会再有死亡了。"

"神父，可——"

"行了……有点儿信仰吧。"教皇内侍这样说着，大家不得不安静下来，"我不让你们任何人与我做伴，你们可以走了。我只求你们不要干涉上帝的召唤，让我去做上帝召唤我做的事情。"教皇内侍语气强硬起来，接着说道："我要拯救这座教堂，我能做到，我以生命起誓。"

随之而来的是一阵沉默，那沉默原本也如同惊雷。

120

晚间，11 点 51 分。

史前坟场的字面意思是"死亡之城"。

罗伯特·兰登虽然读过有关这个地方的介绍，但对于见到的景象还是没有丝毫的心理准备。地下的这个巨窟里到处都是快要倒塌的陵墓，像是地面山洞里的小洞穴。空气中没有一丝生命的迹象。一条难走的棋盘式的狭窄走道在渐渐腐朽的陵墓之间

圣彼得大教堂下的史前坟场

蜿蜒盘旋，大多数陵墓都是用断裂的砖块和大理石板垒起的。像埋着的一列列遗骸一样，很多未被挖掘的土地形成一根根竖起的支柱，撑起这片布满尘埃的天空，那些尘埃则低低地悬浮在这座界限不明的墓群上方。

死亡之城，兰登感觉自己似乎游离于学术上的惊人发现带来的震惊与单纯的害怕心理之间。他和其他人沿着迂回的走道奔向了坟场更深处。我有没有做对选择呢？

沙特朗是最先中了教皇内侍符咒魔力的人，他用力打开大门，以表明自己对教皇内侍的赤诚之心。在教皇内侍的提议下，尽管格利克和麦克丽豪爽地答应为这次搜查照明，但是考虑到他们活着从这里出去后等候他们的无限荣光，他们的动机实在值得怀疑。维多利亚最不愿意进去，兰登在她的眼中觉察出一丝谨慎。那是不安的情绪，更像是女人的直觉。

现在已经太迟了，他想着，然后与维多利亚一起跟随众人奔了过去。我们早已卷了进来。

维多利亚沉默不语，但兰登知道他们在想着同样的事情。如果教皇内侍错了，九分钟的时间绝对来不及逃出该死的梵蒂冈。

他们还在陵墓之间穿梭着，兰登感到双腿都快跑不动了，他惊讶地注意到大家正沿着斜坡向上爬。渐渐明白怎么回事之后，兰登感到冷彻心扉。脚下是耶稣时代的地貌，他这是在攀爬原始的梵蒂冈山！兰登曾经听梵蒂冈的学者们说过，圣彼得陵就在梵蒂冈山山顶附近的地方，可他总想知道他们是如何知晓的。现在他明白了过来。这座该死的山依然在这里！

米开朗基罗设计的圣彼得大教堂穹顶的内景

兰登感觉像在重温历史。上面某个地方就是圣彼得陵——那是基督教的遗迹。很难想象这座坟墓原来竟然只有一座简陋的神龛，再也没有了其他装饰。随着彼得名气的扩大，人们在原有的神龛顶上建造了许多新的神龛，现在这座圣殿包括米开朗基罗设计的穹顶的顶部已高达四百四十英尺。原始坟墓的上方直接对准穹顶的顶点，偏离范围不超过一英寸。

他们继续在曲折的走道上爬坡。兰登看了看手表。只剩下八分钟了。他开始想不知道自己和维多利亚会不会与这些亡故的人永远为伴。

“小心！”格利克在他们身后大叫，“蛇洞！”

兰登恰好也注意到了这件事。前面的路上布满了许多小洞，他往前一跃，正好跳了过去。

维多利亚也跳了一下，可差一点撞到狭窄的洞穴。他们继续朝前跑的时候，维多利亚心神不安地问道：“蛇洞？”

“实际上是点心洞①。”兰登更正道，“相信我，这不是你该知道的。”他刚才就意识到那些洞口是祭酒管道。早期的基督徒都相信人类的复活，于是他们就利用这些洞口把牛奶和蜂蜜倒进地下的墓穴内，实现表面上的“供养已故者”。

教皇内侍感到了一阵虚弱。

他向上攀爬着，想到要对上帝和人类负责，他的双腿又有了力气。*就快到了。*他感到极其痛苦。*心灵的煎熬可要远远甚过身体的疼痛。*尽管如此，他还是觉得筋疲力尽。他知道自己只有极其宝贵的一点点时间了。

“我要拯救你的教会，神父。我起誓保证做到。”

尽管身后有英国广播公司的聚光灯照明——这让教皇内侍很感激——但他还是高高地举起了油灯。*黑暗之中，我就是灯塔，我就是圣灵亮光。*他跑着，灯瓶里的油晃荡了起来，有那么一会儿，他真担心易燃的油可能溅出来灼伤自己。这个晚上，他已经被灼伤得相当严重了。

接近山顶时，他已是大汗淋漓，几乎喘不过气来。可来到山顶，他有了一种重生的感觉。他摇摇晃晃地走到了那块他来过多次的平地上。路在这里到了尽头。史前坟场的路在一道土墙前突然中断了。那上面有个小小的标记：圣陵。

这就是圣彼得陵。

在墙上齐腰高的地方，一道入口出现在教皇内侍面前。这里没有镀金的匾额，没有任何的颂词。整堵墙上就只有一个洞口，洞里有个小小的洞室，洞室里放着一口快要倒塌的粗劣的石棺。他凝视着洞里，脸上露出了疲惫的笑容。他听到其他人在后面快要爬上山顶。放下手里的油灯，他跪下祈祷。

谢谢你，上帝。一切就要结束了。

在外面广场上，莫尔塔蒂主教周围是一脸惊骇的红衣主教，他抬起头注视着电视

---

① 原文中维多利亚问的是“snake holes?”(蛇洞?)，兰登回答说“snack holes”(点心洞)。snake 和 snack 两词发音很接近，后文中提到这些洞其实是早期基督徒用来往墓穴里倒牛奶和蜂蜜以“供养已故者”的，因此兰登觉得称其为“点心洞”似乎更确切。

屏幕上展现的地下墓穴里的戏剧性场面。他已不知道该相信什么了。全世界的人都看到了他刚才看到的景象了吗？上帝真的和教皇内侍对话了吗？反物质真的会出现在圣彼得——

“快看！”人群中有人惊讶地喊道。

“在那里！”顿时，所有人都指向了屏幕，“奇迹啊！”

莫尔塔蒂抬头看了过去。虽然摄像机的角度不断变化，但画面已足够清晰了。这画面令人难以忘怀。

画面是从教皇内侍身后拍摄的，他正跪在泥地上做着祷告。他前面的墙上有个粗陋的洞口。洞口里，一口赤褐色的棺材躺在了古老的碎石堆里。尽管那口棺材莫尔塔蒂一生只见过一次，但那里面是什么，他确信无疑。

那是圣彼得的遗体。

这时人群中爆发出又惊又喜的雷鸣般的喊声，莫尔塔蒂还不至于幼稚到以为这是人们看到基督教最神圣的遗迹之一的兴奋呼声。让人们自发地跪下祈祷谢恩的并不是圣彼得陵，而是陵墓顶上的那个东西。

反物质储存器。那个东西就在那里……一整天都在那里……藏在史前坟场最黑暗的地方。那个东西表面光滑，却是残酷无情，极具毁灭性。教皇内侍得到的启示正确无误。

莫尔塔蒂一脸惊愕地注视着那个透明的圆柱体，只见那滴液态物质依然悬浮在瓶中央。储存器上的电子显示屏进入了最后五分钟的倒计时，储存器周围的洞室里闪烁着红光。

瑞士侍卫队的安全防卫无线摄像头也放在了陵墓上，就在离储存器几英寸远的地方。那个摄像头早就对准了储存器，一直都在转播其状况。

莫尔塔蒂在身上画着十字，确信这是他这一生见过的最令人毛骨悚然的景象。但是他意识到，片刻之后一切都会变得不可收拾。

教皇内侍突然站起了身，一把将反物质抓在手里，转身跑向其他人，脸上透出一股专注的神情。他从其他人身旁挤过去，沿着来时的路冲下史前坟场，奔下山去。

屏幕上，维多利亚·维特勒吓呆了，大叫：“你这是去哪儿！教皇内侍！我还以为你说——”

“要有信仰！”他大叫着跑开了。

维多利亚转身问兰登：“我们怎么办？”

罗伯特·兰登试图拦住教皇内侍，但这时沙特朗跑过来阻挠。沙特朗显然很相信教皇内侍所说的一切。

这时，英国广播公司的摄像机拍摄到的画面像是坐过山车时的景象，不断有人在拐弯转圈儿。混乱的人群尾随教皇内侍穿过那片幽暗处，踉踉跄跄地奔回史前坟场入口，画面上快速闪现着人们困惑与惊愕的表情。

在外面的广场上，莫尔塔蒂发出一声可怕的惊叫：“难道他要把那东西带到这里来吗？”

教皇内侍的形象颇具英雄色彩地出现在世界各地的电视屏幕上，他把反物质拿在身前，冲出史前坟场来到地面上，喊道："今晚不会再有人死了！"

可是，教皇内侍错了。

121

教皇内侍冲出圣彼得教堂大门的确切时间是夜里 11 点 56 分。他踉踉跄跄地走到那片耀眼的镁光灯下，成为世界的焦点，像捧着某种神圣的谢恩祭品一样把反物质放在了身前。灯光刺得眼睛发痛，他看到广场电视屏幕上自己的样子：上身赤裸，伤痕累累，像个高大的巨人。圣彼得广场上的人群中爆发出一阵喧闹声，那声音教皇内侍从未听过——有哭喊声，有尖叫声，有诵经声，还有祷告声……喧闹声中交织着崇敬与骇惧。

把我们从邪恶中解救出来吧，他低声说道。

跑出史前坟场，他已经精疲力竭。这次差一点儿就以彻底失败告终。罗伯特·兰登与维多利亚·维特勒竟然想拦截他，还想让他把反物质扔回地下藏匿处，跑出去寻找掩护。*真是无知的蠢货！*

这时教皇内侍清醒地意识到，放在其他任何晚上，他根本就赢不了这场比赛，真是可怕。但是今晚，上帝又一次站在了他这边。罗伯特·兰登差一点就要追上教皇内侍，不过又被沙特朗紧紧地抓住了。对于教皇内侍提倡的信仰，沙特朗一直都是无条件地相信并提供支持。那两名记者无疑像是被符咒镇住了一样，拖着那么多的设备参与了进来。

上帝总是以神秘的方式显灵。

教皇内侍此刻听见其他人在后面跟了过来……他在屏幕上看到他们渐渐逼近。攒足最后一丝力气，他将反物质高高地举过头顶。紧接着，作为对胸前的光照派烙印的蔑视，他将裸露的胸膛一挺，猛地冲下楼梯。

胜败全在此一举。

但愿诸事遂愿，他心想，*但愿诸事遂愿。*

只剩下四分钟了……

兰登猛地冲出大教堂，几乎什么都看不见。无数盏镁光灯又一次出现在他眼前。他只能依稀辨认出教皇内侍在他正前方飞奔着下楼。在耀眼的镁光灯的映照下，教皇内侍顿时显得很神圣，有点儿像是现代神明。腰间的长袍看起来像是裹尸布。他的身体被敌人亲手烙伤而留下疤痕，他还在忍受着痛苦。教皇内侍继续跑着，他昂首挺立，一边带着那个毁灭性武器跑向人群，一边大声呼吁全世界的人要有信仰。

兰登跑下楼梯去追赶他。他这是在干什么？他会害死所有人的！

“撒旦的作品，”教皇内侍尖叫道，“是根本不该出现在上帝的圣殿里的！”他继续朝着此刻受到惊吓的人群奔去。

“神父！”兰登在他身后尖叫道，“没地方可去了！”

“朝天上去！我们忘了朝天上去！”

就在那一刻，看着教皇内侍要去的地方，兰登明白了是怎么回事。虽然灯光刺目他无法看到那样东西，却知道他们的救赎之路就在头顶上空。

繁星点点的意大利天空。这就是他们的脱险之路。

教皇内侍曾传令载他去医院的那架直升机就停在正前方，飞行员已经坐在驾驶舱里，螺旋桨在空挡状态下嗡嗡作响。教皇内侍朝直升机奔了过去，兰登顿时感到莫大的喜悦。

兰登的脑海中突然涌现出很多念头……

他首先想到的是广阔的地中海。那里离这儿有多远呢？五英里吗？还是十英里呢？他知道坐火车去菲乌米奇诺的海滩只要大约七分钟的时间。但是坐上时速达两百英里的直升机，中间还不用停站……如果他们能飞到足够远的海面上丢下那个储存器……他跑着，想到了还有别的选择，感觉整个人几乎都飘了起来。罗马采石场！罗马城北面的大理石采石场离这里还不到三英里远。那些采石场有多大呢？有两平方英里吗？此刻那地方肯定被废弃了。把储存器丢在那里……

“大家让开！”教皇内侍大叫，他跑着，胸膛还在隐隐作痛，“走开！赶紧让开！”

教皇内侍跑过来时，站在直升机近旁的那群瑞士卫兵惊得目瞪口呆。

“让开！”这位神父尖叫道。

那群卫兵后退了几步。

在世人困惑的目光下，教皇内侍跑到直升机驾驶舱近旁，猛地拉开了舱门说：“出来，孩子！马上出来！”

那名卫兵一下子跳了出来。

教皇内侍看了看高高的驾驶座，意识到筋疲力尽的他得双手抓住东西才能爬进去。他哆哆嗦嗦地转过身站在那位飞行员身旁，一把将储存器塞进他手中，说道：“拿住这个东西，我进去后递给我。”

教皇内侍抓住东西往上攀时，听到罗伯特·兰登一边朝直升机跑了过来，一边兴奋地尖叫。现在你明白了吧，教皇内侍心想，现在你相信上帝了吧！

教皇内侍钻进直升机驾驶舱，调整几个熟悉的控制杆，然后转身要从窗户上取回储存器。

但刚才还拿着储存器的那名卫兵却两手空空地站着。“他把东西拿走了！”那名卫兵大叫道。

教皇内侍感到心头一紧，问道：“谁！”

圣彼得广场鸟瞰图

那名卫兵指了指，说："他！"

这个储存器竟然那么重，罗伯特·兰登对此大吃一惊。他跑到直升机的另一边，跳进后舱，就在几小时前他还和维多利亚一起坐过这儿。他把机舱门敞开，系好扣带坐在了座位里。紧接着他冲着前排座位上的教皇内侍喊了起来。

"起飞吧，神父！"

教皇内侍伸长脖子回头看了看兰登，吓得脸上没有一点儿血色，问道："你这是干什么！"

"你开飞机，我来扔储存器！"兰登咆哮道，"没时间了！只管开你的飞机好了！"

教皇内侍一时惊呆了，镁光灯照在驾驶舱上，他那布满皱纹的脸上现出了一丝不快。"我自己能行，"他轻声说道，"我应该独自来做这件事。"

兰登根本就没听。快起飞！他不觉尖叫着，马上起飞！我是来帮你的！兰登低头看了看储存器，上面的数字吓得他屏住了呼吸。"就三分钟了，神父！三分钟！"

这个数字让教皇内侍感到震惊，他似乎一下子清醒了过来。他毫不犹豫地回过头来操纵着飞机。伴随着一阵嘎嘎的轰鸣声，直升机起飞了。

透过滚滚飞扬的尘土，兰登看到维多利亚朝着直升机跑了过来。他们四目相对，然后她就像逐渐下沉的石块一样消失不见了。

122

在直升机内，发动机隆隆的响声与从开着的机舱门里灌进的风声汇成一阵震耳欲聋的声响，兰登快没有知觉了。教皇内侍把直升机开得确实是越来越快了，兰登稳住自己抵抗着越来越大的空气阻力。圣彼得广场上的那片亮光在他们下面越来越小，最后变成一个不规则的椭圆，在一片城市的灯火中光芒四射。

兰登手里的反物质储存器感觉很沉重。他把储存器握得越来越紧，由于出汗和流血，他的手变得很滑溜。在这个储存器里，那滴反物质静静地悬浮着，在电子显示屏的映照下泛着红光。

"还剩下两分钟！"兰登大叫道，思忖着教皇内侍打算把储存器丢向何处。

城市的灯光在他们下面向着四面八方散开了。在遥远的西方，兰登看到了地中海海滨那闪着亮光的轮廓——那是泛着冷光的锯齿状的海岸，再往远处就是一团漆黑，那里什么都看不见。这时，那片海看起来比兰登想象的离得更远了。此外，海滨汇集的灯光清楚地提醒着他，即使在海上很远的地方爆炸都可能造成毁灭性的后果。一万吨当量的海啸撞击海滨会造成什么影响，他连想都不敢想。

兰登转过头透过驾驶舱的玻璃直视前方时，更觉得有希望了。在他们正前方，绵延起伏的罗马山麓丘陵的影子在夜色下隐约可见。丘陵上点缀着灯光——那些是富翁们的别墅——可再往北大约一英里，那些丘陵就成了一片黑暗。那里没有丝毫亮光——只有大片黑暗区域。那里什么都没有。

采石场！兰登心想，那里是罗马采石场！

兰登目不转睛地注视着那片贫瘠的土地，意识到那个地方相当大。那里似乎也很近，比海滨可要近多了。他感到一阵兴奋。显然这里就是教皇内侍准备用来爆炸反物质的地方！直升机正直直地朝那里飞去。在采石场爆炸！可奇怪的是，发动机越转越响，直升机猛地冲入云霄，兰登看得出他们根本就没有靠近采石场。他如丈二和尚摸不着头脑，匆匆瞥了一眼机舱门外的景象以辨明自己所处的位置。看到那个景象，那股兴奋之情被压抑了下去，他随之感到一阵恐慌。在他们正下方几千英尺的地方，闪耀着的竟然还是圣彼得广场上的镁光灯。

我们竟然还在梵蒂冈的上空！

"教皇内侍！"兰登惊讶得几乎说不出话来，"往前开！我们飞得够高了！你得开始往前飞了！我们不能又把反物质丢在梵蒂冈的上空！”

教皇内侍没有作答，似乎在集中精力开直升机。

“我们还有不到两分钟的时间！”兰登展示着反物质储存器大叫道，“我看到那个地方了！罗马采石场！就在北面一两英里！我们没有——”

“不行，”教皇内侍说，“那里太危险，很抱歉。”直升机还在继续爬升，教皇内侍扭过头冲兰登笑了笑，悲伤地说：“我真希望你没有来，我的朋友。你成了最后一个作出牺牲的人。”

兰登看着教皇内侍那带着倦意的双眼，顿时明白了过来。他极度惊恐地说道：“可……我们总得去个地方呀！”

“去天上，”教皇内侍回答道，似乎要听天由命，“这是唯一能确定的。”

兰登简直弄不明白，他竟然完全曲解了教皇内侍的打算。*朝天上去！*

天空，兰登这时意识到，这的确是教皇内侍要去的地方。教皇内侍从未打算扔掉反物质。他只是想在人力所能及的范围内，使反物质尽可能地远离梵蒂冈。

这次出行是有去无回了。

123

在圣彼得广场上，维多利亚·维特勒凝视着上空。直升机的影子这时成了一个斑点，镁光灯再也照射不到它，就连水平旋翼隆隆的响声也渐渐变成了一阵嗡嗡声。在那一刻，全世界的人似乎都在关注着上空的情况，他们有所期盼地安静了下来，伸长脖子仰望天空……所有民族，所有宗教……所有人的心都合而为一。

维多利亚百感交集，痛苦万分。直升机渐渐消失在视野之外，她难以抑制地想象着兰登的脸。*他一直都在想什么呢？难道他就不明白吗？*

在广场周围，电视摄像机都在探查着那片黑暗，在等待着什么。人海中，大家凝望天空，一致默默地倒数着时间。各大媒体的屏幕上都闪现着同一个安静的场面……繁星闪烁的罗马夜空。维多利亚感到泪水涌了上来。

在她身后的大理石陡坡上，一百六十一名红衣主教满怀敬畏地默默仰望天空。有的主教交叉双臂做起了祷告，大多数都一动不动地呆站着，还有人流下了眼泪。时间在滴答滴答地过去。

在家中，在酒吧，在公司，在机场，在世界各地的医院，所有人都在共同见证这一刻。情侣的手交叉在一起，其他人则搂住了自己的孩子。时间似乎游离在停与走之间，大家都悬着一颗心。

随后，圣彼得大教堂残酷地敲响了钟声。

维多利亚的眼泪淌了下来。

之后……在全世界的注目下……时间到了。

结果却出现了一阵沉寂，这是最可怕的。

在梵蒂冈上方，高空中出现了一丝亮光。一个新天体瞬间诞生了……那是人们所见过的最洁白无瑕的亮点。

接着爆炸发生了。

那个亮点闪烁了起来。亮点似乎燃烧了自身，在夜空中波涛般滚滚向前，膨胀着发出大片刺目的白光。白光以一种常人无法想象的加速度向四面八方发散，很快就吞没了那片黑暗的天空。亮光波及的范围越广，火势就变得越大，像势力迅速壮大的恶魔准备烧毁整个天空。那团火焰冲着他们急剧下落，速度越来越快。

火光刺得满脸惊讶的人们看不见任何东西，他们遮住双眼，压抑着内心的恐惧大声地叫了出来。

大火发出呼呼的响声蔓延到四面八方，这时不可思议的事情发生了。像是受到上帝的阻拦一样，那团熊熊燃烧的大火似乎撞到了一堵墙。这次爆炸似乎发生在某个巨大的玻璃瓶罩内。大火反向朝内呈波纹状剧烈燃烧起来，似乎烧到规定的距离之后就停留在那个地方了。就在那一刻，人们看到一团完美的火球在罗马的天空燃烧，却听不到任何声响。黑夜变成了白天。

紧接着发生了碰撞。

这一震动幅度大，响声沉闷——伴随着雷鸣似的声响，上面传来一股冲击波。那冲击波像地狱怒火一般袭向他们，使梵蒂冈的花岗岩地基震颤了起来，人们震惊得屏住了呼吸，一些人吓得踉跄着向后退去。响声回荡着传遍了整条柱廊，伴随而来的是一股突然袭来的热气流。那股气流飞速吹过广场，呼啸着穿越那些圆柱，撞击着墙壁，发出低沉的哀悼声。滚滚灰尘在头顶上飞扬，人们挤在一起……观看着这场善恶大决战。

之后，跟出现时一样迅猛，火球又立刻收缩着内向聚爆了，渐渐挤压着缩成一个微小的亮点，又恢复成了原来的模样。

124

人群中出现了前所未有的沉寂。

在圣彼得广场上，人们逐一将目光从那片漆黑的天空转移到了地面，每个人都感到一阵惊异。那些镁光灯随之也照射着地面，似乎是在表达对此刻笼罩在他们身上的那片黑暗的敬畏之情。有那么一刻，整个世界似乎一致低下了头。

莫尔塔蒂主教跪下来祈祷，其他红衣主教也和他一起祷告。瑞士侍卫队放下长戟木然地站着，没有一个人说话，也没有一个人走动。各处的人们都不由自主地战栗起来，有人因为哀痛，有人因为恐惧，有人因为看到了奇迹，有人因为信仰，还有人是出于对他们刚才目睹的一种可怕的新的力量的敬畏之情。

维多利亚·维特勒哆哆嗦嗦地站到了教堂那开阔的台阶下。她闭上双眼,此时各种情感都在她心中翻腾着,像远处传来的钟声一样,她的耳边响起了一个声音。那是一种原始的冲动。这太残忍了,她竭力赶走那声音,但它却回荡在她耳边,她又拼命地驱走那个声音。这简直太痛苦了。她试图和别人一样全神贯注地想象着那些景象……反物质令人难以置信的威力……梵蒂冈的脱险……教皇内侍……勇敢无畏的壮举……奇迹……无私忘我的精神。尽管如此,那个名字还是回响在她耳边……回响在一片混乱声中,让人觉得孤独而心痛。

罗伯特。

他曾经到圣天使堡找过她。

他还救过她。

可现在他竟然被她亲手制造的物质给害死了。

莫尔塔蒂主教祈祷着,思忖着自己是不是也会像教皇内侍那样听到上帝的声音。是不是只有相信奇迹的人才能遭遇奇迹呢?莫尔塔蒂是个坚信古老信仰的现代人。他从来就不相信奇迹。他信奉的宗教无疑也讲到了奇迹……流着鲜血的棕榈树,死后升天,裹尸布上的印记……可是,莫尔塔蒂总是理智地把这些说法当作神话。那些说法是由人类最大的弱点所致——人类缺乏证据。奇迹都只不过是一些传说,那些传说我们之所以念念不忘,是因为我们希望那是真实的。

可是……

是不是我成了现代人就无法理解刚才亲眼看到的景象了呢?那难道不是奇迹吗?是!通过对教皇内侍耳语几句,上帝已经介入并拯救了这座教堂。为什么这件事就那么令人难以相信呢?如果上帝没做任何事情,那这件事又能表明上帝什么呢?表明他漠不关心?表明他无能为力?奇迹简直是最适当的回答!

莫尔塔蒂迷惑不解地跪着为教皇内侍的灵魂祈祷。他感谢这位年轻的教皇内侍,感谢他在年轻时就让这位老人看到了不容置疑的宗教奇迹。

然而,不可思议的是,莫尔塔蒂从没怀疑过他的忠诚能接受多大程度的考验……

静静的圣彼得广场上开始出现轻微的声响,这种声响渐渐变成一阵低语声。接着,广场上陡然间一片喧腾。人们突然一起叫了起来。

"看!快看!"

莫尔塔蒂睁开眼睛扭头望向人群,只见身后的每个人都指向了圣彼得大教堂的正面。他们脸色煞白,有人跪了下去,有人晕倒了,还有人突然不可遏制地哭了起来。

"看!快看!"

莫尔塔蒂一脸困惑地扭回头,顺着大家手指的方向望了过去。他们指着的是大教堂的最高处——屋顶平台。就在那个地方,耶稣与门徒的巨大雕像俯视着下面的人群。

圣彼得大教堂屋顶平台上耶稣与门徒的雕像

就在耶稣雕像右边，有个人站在那里向着世界伸出了双臂……那是卡洛·文特斯克教皇内侍。

125

罗伯特·兰登已经不再向下坠落。

他再也不感到恐惧，不觉得痛苦，就连呼呼的风声也听不到了。耳边只传来流水轻轻的拍打声，他仿佛在海边舒适地睡着了。

在一种矛盾的自我意识下，兰登感到这就是死亡。他真为此而高兴，任凭自己的身体漂流着，处于一种麻木状态。任由流水载着他，无论哪儿他都愿意去。痛苦与恐惧早就没了，他无论如何也不愿再有那种感觉。在他的记忆中，最后那一幕原本就只可能发生在地狱。

就让我去吧，请别……

但是，那种催他入眠并让他产生了一种遥远而安宁的感觉的拍击声，这时又要把他拉回现实，要把他从睡梦中唤醒。*别这样！就让我在梦里吧！*他根本就不想醒。他感到那些魔鬼正聚集在他的乐园周围，咚咚地发出撞击声，想要破坏他的喜悦。那些模糊的景象让他头脑发晕，他又听到了叫喊声，还有呼呼的风声。*别，请别！*他越挣扎，那撞击就越是一波一波地涌了过来。

然后，无情的是，他再次经历了所有的过程……

直升机还在极速爬升，兰登还被困在里面。在敞开的舱门外，时间每过去一秒，罗马的灯光看起来就更遥远。直觉告诉他马上抛弃这个储存器就能死里逃生。他知道这个储存器用不了二十秒的时间就可以降落半英里，但这样就有可能要落到全城人民的头上。

高一点儿！再高一点儿！

兰登不知道他们现在到底飞了多高。他知道小型螺旋桨飞机的飞行高度大约是四英里。这架直升机此刻肯定差不多快达到那个高度了。*到两英里的高空了吗？还是已经三英里了？*还是有机会的。如果他们准确地计算出了储存器降落的速度，这个储存器就会刚好在落往地面的途中爆炸，这样对地面上的人群、对直升机都很安全。他向外看了看在下面逶迤伸展开来的罗马城。

"要是你计算错了呢？"教皇内侍说道。

兰登一脸震惊地扭过了头。教皇内侍连看都没看兰登一下，他显然早已从挡风玻璃的可怕映像上识透了他的心思。奇怪的是，教皇内侍早已不再专注于驾驶直升机。他的双手甚至都没有放在油门上。这架直升机此刻似乎处于自动驾驶模式下，锁定为爬升状态。教皇内侍把手伸向头顶，碰到驾驶舱的舱顶，在电缆室的后面摸索着寻找什么。他从里面取下一把钥匙，那把钥匙被粘在看不见的地方。

兰登迷惑不已地看着教皇内侍迅速打开了用螺栓固定在椅子之间的那个金属储物箱。教皇内侍取出某种像是黑色大尼龙袋的东西，放在了身旁的座椅上。兰登的思绪翻腾着。教皇内侍的举动沉着冷静，似乎早已有了解决办法。

"给我储存器。"教皇内侍语气平静地说道。

兰登真不知道还能再想出什么主意。他将储存器一把塞到教皇内侍手里，说道："还有九十秒！"

教皇内侍竟然这样处理反物质，兰登冷不防被吓了一跳。他小心翼翼地拿着反物质放进了储物箱，接着盖上厚厚的箱盖，用那把钥匙牢牢地锁上了箱子。

"你这是干什么！"兰登质问道。

"免得我们太入迷了。"说着，教皇内侍把钥匙从开着的窗户扔了出去。

兰登感觉自己也随着那钥匙一起坠入了黑夜中。

随后教皇内侍拿起那个尼龙袋，双臂快速穿过那些皮带。他将皮带扣在腹部，像打背包一样将所有皮带系紧，扭头看了看目瞪口呆的罗伯特·兰登。

“很抱歉，”教皇内侍说道，“本来不该出现这种情况的。”接着，他打开机舱门，猛地坠入夜色中。

那个景象烙在兰登恍恍惚惚的脑海中，随之而来的是一阵剧烈的疼痛，那是真的疼痛，肉体上的疼。那是酸痛，火烧火燎般的痛。他祈求让自己死去以止住这种痛苦，但随着流水在耳边拍打的声音越来越响，他的脑海中又闪现出新的画面。他的磨难才刚刚开始。他又看到了那些片断，隐隐感觉到了那种极度恐慌的心理。他处在死亡与梦魇之间，祈求能够解脱，可这些画面却在脑海中变得更加鲜亮。

反物质储存器被锁在了够不着的地方。随着直升机的快速爬升，储存器还在无情地倒计时。还有五十秒。直升机越飞越高，越飞越高。兰登在机舱内发疯似的转着，想要弄明白刚才看到的景象。还有四十五秒。他在座椅下面仔细寻找，想找出另一个降落伞。还有四十秒。那里根本没有降落伞！得作出抉择了！还有三十五秒。他跑到直升机那开阔的走道上，站在狂风中，低头凝视着下面罗马城的灯光。只剩下三十秒了。

于是他做出了那个选择。

那个令人难以置信的选择……

罗伯特·兰登不带降落伞就从机舱门跳了下去。黑夜吞没了他那翻转的身体，那架直升机似乎火箭般地冲向上空，消失在他上方。在兰登自由下落过程中，急速坠落发出的巨大声响将水平旋翼的响声都淹没了。

垂直落向地面时，罗伯特·兰登有种在高台跳水生涯中从不曾体验过的感觉——那是垂直下落过程中不可阻挡的万有引力。他下落的速度越快，似乎地球引力就越大，越吸引着他向下坠去。但是这次可不是跳入五十英尺之下的游泳池中，而是落到上万英尺之下的城市——那里到处都是公路与楼房。

绝望中，兰登仿佛听到科勒那来自墓地的声音在狂风中的某个地方回响……那是一大早他站在自由落管旁说过的话。一平方码的空气阻力可以使一个降落的身体减速百分之二十。减速百分之二十，兰登这时意识到，这根本不足以让他从这样的坠落中逃生。虽然如此，与其说是怀有希望倒不如说是吓呆了，他还是牢牢地抓住了手中仅有的那样东西，那是在走向机舱门时从直升机上匆匆取下的。这真是一件奇怪的纪念品，但就是这样东西在那一瞬间给了他希望。

挡风玻璃油布一直都放在直升机的后部。那块凹陷的油布呈长方形——大约有四码长两码宽——像张尺寸适宜的大床单……这是他所能想象到的最像降落伞的东西。挡风玻璃油布没有任何的背带，只在两端系有用于把油布固定在弧形挡风玻璃上的橡皮绳。兰登一把抓过油布，双手紧紧抓住绳圈不放，纵身跳下直升机，跳入那片夜空。

这是名副其实的年轻人玩的挑战极限的运动。

那一刻，他对生还已不存任何幻想。

兰登感觉像块石头一样下落。双脚先跳下去，胳膊举起，双手牢牢抓住绳圈。油布在头顶上像朵蘑菇似的鼓了起来。狂风在他身边猛烈地吹着。

他还在垂直下落时，上面某个地方传来了低沉的爆炸声。爆炸的地方似乎比他想象的还要远。顷刻，一股冲击波袭了过来。他感到就要喘不过气来，身边顿时出现一股暖气流。他拼命地抓住绳子不放。一道高温屏障从上方快速落了下来。油布开始闷燃起来……他仍抓住不放。

兰登急剧下落，眼看就要被熊熊火焰烧到，感觉好像冲浪手正试图超过一个一千英尺高的浪潮。随后火势突然减弱了。

他又坠落在漆黑而凉爽的夜空里。

有那么一刻，兰登感到了一线希望。但是，片刻之后，希望就如上方的火焰一样渐渐灭了。尽管紧绷的胳膊令他确信油布正在减慢他坠落的速度，但大风还是快速地吹过，在他耳边留下震耳欲聋的响声。下落的速度太快了，他确信自己还是难逃一死。摔到地上，他肯定会粉身碎骨。

他的脑海中突然冒出几个数字，但他迷迷糊糊已经弄不明白了……一平方码的空气阻力……减速百分之二十。他只知道头顶上的这块油布足够大，让他不止减速百分之二十。但是，遗憾的是，他根据耳边呼啸吹过的风声判断，不管这块油布减速多少都是不够的。他还在快速地跌落……摔在那片安静的高楼大厦上，必死无疑。

在他下面，罗马的灯光向四面八方散射出去。这座城市看起来像个繁星闪烁的广阔天空，而兰登正坠入这片天空。这片广阔的星空只被一条黑带子划破，那条带子将这座城市一分为二——那条地带宽阔但没有灯光，如粗蛇一般蜿蜒穿过点点亮光。兰登盯着下面那条曲曲折折的黑暗地带看了看。

像汹涌的波涛突然形成了浪尖，兰登顿时又满怀信心。

兰登涌起一股力量，发疯似地用右手抓住油布猛向下拽。那块油布顿时鼓起来飘动着发出更大的拍打声，迅速向右转去形成一条阻力最小的路线。他感觉自己被吹向了一边。他又用力地拽着绳子，根本顾不上理会手掌的疼痛。油布张开了，兰登感觉自己的身体在横向滑行着，虽然滑得不远，但的确滑了一段距离！他又看了看下面那条蜿蜒曲折的黑暗地带。那条地带就在右边，可他还在高空中。是不是他拖延得太久了？他用尽全身力气拉住绳子，开始相信此刻一切都听天由命了。他紧盯着那条地带最宽的地方，然后……有生以来第一次祈祷出现奇迹。

接下来是一片模糊。

下面那片黑暗地带似乎冲了上来……他又找回了跳水的感觉……屈体抱紧，脚尖绷直……渐渐吸气以保护内脏……双腿弯曲如大槌……最后……幸亏迂回的台伯河

空中鸟瞰台伯利纳岛

上波涛汹涌……水面上起了很多泡沫，水里充满空气……远比死水要柔软得多。

紧接着撞上去……然后一团漆黑。

飘动着的油布发出了雷鸣般的声响，就是这种声响把人们的目光从空中的火球上吸引了过来。今晚罗马的天空真是蔚为壮观……有猛冲云霄的直升机，有大范围的爆炸，这时又出现一个奇怪的东西，垂直落入了波涛翻腾的台伯河，正好离河上一座小岛——台伯利纳岛不远。

在公元一六五六年罗马发生瘟疫期间，这座小岛曾被用来隔离病人，自那时起人们就认为该岛对于治病有奇效。就因为这个原因，这座岛屿后来成了罗马台伯利纳医院的所在地。

他们把那个人拖到岸上时，他已经身受重伤。那人竟然还有脉搏，太令人震惊了，他们心想。他们思忖着是不是台伯利纳岛对于治病的奇效使那人的心还在怦怦跳动。几分钟过去了，那人咳嗽起来，然后慢慢恢复了知觉，随后这群人断定这的确是座神奇的岛屿。

126

莫尔塔蒂红衣主教知道不论在哪种语言中都不可能找到贴切的字眼来进一步说明这一刻出现的神迹。圣彼得广场上方的沉寂比任何天使的合唱都更具有说服力。

凝视着上面的文特斯克教皇内侍，莫尔塔蒂感到了感情与理智的冲突，这让他感到无能为力。那个景象看起来真实而具体。可是……这怎么可能呢？人人都看到教皇内侍上了那架直升机，还亲眼看到了空中的火球。可这时不知怎的，教皇内侍竟然高高地站在他们上方的屋顶平台上。是天使送他回来的吗？是上帝令他再生了？

这不可能……

感情上，莫尔塔蒂完全应该相信这件事，可理智上，他迫切需要理由。但是，红衣主教们围绕在他周围注视着上面，显然在看他所看的景象，他们惊讶得一动不动。

那是教皇内侍，这是毫无疑问的。但他看起来有点不一样。他看起来很神圣，似乎已经荡涤了罪恶。他是神灵吗？还是凡人？他那白净的身体在聚光灯下闪着亮光，飘飘然的似乎没有重量。

广场上有人在叫喊，有人在欢呼，还有人自发地鼓起了掌。一群修女跪了下来，呜咽着唱着忏悔歌。人群突然激动起来，整个广场上的人顿时不停地喊着教皇内侍的名字。红衣主教们和他们一起喊了起来，有的脸上还淌着泪水。莫尔塔蒂环顾四周想要弄清这是怎么回事。*这是真事吗？*

卡洛·文特斯克教皇内侍站在圣彼得大教堂的屋顶平台上，看到下面的人群正抬头注视着自己。他是醒着还是在梦中？他有了种转世的感觉。他不知道这是他的肉体还是仅仅是他的灵魂从天国飘下，来到梵蒂冈这座舒适而漆黑的花园……像个默不作声的天使降落在荒芜的草坪上，他的黑色降落伞隐藏在圣彼得大教堂那长长的阴影下，疯狂的人们根本就看不到。他不知道到底是他的肉体还是灵魂使他竟然有力气爬上古老的徽章形楼梯来到他此刻站着的屋顶平台上。

他感到身体像幽灵一样轻飘飘的。

尽管下面的人群还在喊着他的名字，可他知道他们并不是为他欢呼。他们是一时冲动感到欢欣鼓舞，这种喜悦之情同他每天默想上帝时的感觉一样。他们这是在看着每个人一直都渴望经历的事情……相信有来世……证实上帝的创造力。

文特斯克教皇内侍祈祷了一生就只为这一刻，可他连自己都不清楚上帝是不是找到了一种方式来显示他的创造力。他真想对着他们大声叫喊。*你们的上帝是鲜活的！看看你们周围的奇迹吧！*

他在那儿站了一会儿，似乎有点儿迷糊，可是感受到的东西比以往任何时候都多。周围的气氛终于感动了他，他鞠了一躬，然后又回到了平台里面。

这时，他独自跪在屋顶上做起了祷告。

127

几个模糊的身影围绕在兰登身边，进进出出地随意走动着。兰登慢慢能看清东西了。他的双腿酸疼，身体像被卡车碾过一样。他侧身躺在了地面上。某种东西散发出一股臭味，像是胆汁的味道。他依然能够听到一刻不停的流水的拍击声。在他听来，那声音不再让人觉得安宁。那里还有其他声音——有人在他近旁说话。他模模糊糊地看到几个白色身影。他们怎么都穿着白衣服？兰登觉得自己不是在精神病院就是在天堂。喉咙中有种火烧火燎般的疼痛，他知道这里肯定不是天堂。

“他吐完了，”一个人用意大利语说，“把他翻过来。”这声音听起来坚决而且很专业。

兰登感到几只手从背后慢慢地帮他翻了个身。他感到一阵头晕，想坐起来，可那几只手把他轻轻地按倒在地。他听从了他们的安排。接着他感到有人抄他的口袋，拿走了里面的东西。

之后，他彻底昏迷了过去。

雅各布斯医生不信教，很早以前医学就剔除了他的宗教思想。但是，梵蒂冈今晚发生的事件使他那自成体系的逻辑思想受到了考验。*如今天上也能掉人下来吗？*

雅各不斯医生为这个满身污泥的人把了把脉，他们刚刚把他从台伯河里捞出来。这位医生认定是上帝亲手把他送到了安全地带。落水时产生的冲击让他失去了知觉，要不是当时雅各不斯与工作人员站在外面的海滩上看空中奇观，这个从天而落的人肯定会不被人注意地溺水而亡。

"他是美国人。"一位护士说。他们把这个人拖上陆地后，她检查了他的钱包。

美国人？罗马人常开玩笑说，美国人在罗马随处可见，连汉堡都成了正式的意大利食物。可谁见过从天而落的美国人？雅各不斯"啪"地一声打开笔形电筒照了照他的眼睛，看看瞳孔有没有放大。"先生？听得见我说话吗？你知道自己在哪儿吗？"

这个人又昏迷了过去。雅各不斯一点都不觉得惊讶。在对他施行心肺复苏急救之后，他吐出了很多水。

"他叫罗伯特·兰登。"那名护士看着他的驾照说。

聚集在码头上的人突然都停住了脚步。

"不可能！"雅各不斯断言道。罗伯特·兰登就是电视里出现的那个人——那位美国教授一直都在帮助罗马教廷。雅各不斯见过兰登，就在几分钟前还看到他在圣彼得广场登上直升机，然后一下子飞入了云霄。雅各不斯和其他人跑到码头上亲眼看到反物质爆炸——那是一个巨大的火球，他们任何人都不曾见过。这怎么可能是同一个人呢？

"就是他！"那名护士把他那浸湿的头发向后刷着惊叫道，"我认得他的粗花呢外套！"

在医院门口，突然有人大叫了起来。那是他们的一位病人。她一边尖叫，一边发疯般地把手提式收音机举向天空，赞美着上帝。显然，文特斯克教皇内侍刚才竟然奇迹般地出现在大教堂的屋顶上。

雅各不斯决定早晨八点换班之后就直接去教堂。

兰登头顶上的灯这时越发地明亮了。他仿佛躺在体检台上，身上有股止血剂的气味，那是一种有着怪味的化学药品。有人刚才给他注射了一针，还脱去了他的衣服。

他们肯定不是吉卜赛人，他在半清醒半昏迷中想道，会不会是外星人？会，他听说过这样的事情。幸运的是，这些人并不会伤害他。他们只想要他的——

"绝对不行！"兰登说着突然睁开双眼，蓦地坐了起来。

"安静！"有人大叫着使他镇定下来。那人的胸牌上写着"雅各不斯医生"，长得与人类出奇的相像。

兰登结结巴巴地说道："我……还以为……"

"别紧张，兰登先生，你这会儿在医院。"

迷雾渐渐散去，兰登感到一阵宽慰。虽然他讨厌医院，但那些医生肯定好过要阉割他的外星人。

"我是雅各不斯医生。"那个人说道，他解释了一下刚才发生的事情，接着说，"你能活下来真是运气。”

兰登并不觉得走运。他几乎无法弄明白留在记忆中的事情……直升机……教皇内侍。他浑身没有一个地方不痛。他们给了他一些水，让他漱了漱口，还在他手上重新缠了块纱布。

“我的衣服呢?”兰登问。他现在穿的是一套纸衣服。

一名护士指了指柜台式的长桌，他的卡其色裤子和粗花呢外套被撕破卷成一团放在了上面，湿答答的还在滴水。她说:“衣服都湿透了，我们只得把衣服从你身上剪下来。”

兰登看了看那件被剪破的海力斯粗花呢外套，面露愠色。

“你口袋里有一些舒洁牌面巾纸。”那名护士说。

就在那时，兰登看到了他的外套衬里上粘满了那片毁坏了的羊皮纸的碎片。那可是伽利略《图解》中的一页。这世上最后一份档案的字迹也已变得模糊不清了。他呆呆地不知该做出何种反应，只是一味地盯着那张纸看。

“我们保存了你的私人物品。”说着，她拿起了一个塑料盒，“钱包，摄录机，还有笔。我尽力弄干了你的摄录机。”

“我没有摄录机。”

那名护士皱了皱眉，递过那只盒子。兰登看了看里面的东西，与钱包和笔放在一起的是那台索尼牌 RUVI 微型摄录机。他这时记起来了，科勒曾把这个东西给他，让他交给媒体。

“我们在你口袋里找到的。不过，我觉得你得重新买一个了。”说着，她“啪”地一声打开了机身背面那个两英寸的显示屏。“你的取景器裂开了。”然后，她面露喜色。“不过，还能放出声音。勉强听得见。”她拿起摄录机放到耳边听了听。“一直在反复播放着什么。”听了一会儿，她皱起了眉头，把摄录机递给兰登，说道:“感觉是两人在吵架。”

兰登迷惑不已地接过摄录机，放在耳边听着。有个声音透出一种痛苦，有个声音铿锵有力，这确实辨别得出来。两个声音一个近，一个远。兰登听出了那两人是谁。

兰登穿着纸衣服坐在那里，一脸惊愕地听着播放着的对话。尽管他看不到发生的一切，但是听了那个令人震惊的结局之后，他真庆幸自己把这个片子保留下来了。

老天哪!

那段对话又从头开始放起，兰登放下耳边的摄录机，惊骇万分地坐着。反物质……直升机……兰登的脑子如同汽车挂上了挡，开始转动起来。

那就意味着……

兰登又想呕吐。他感到一阵迷惑，勃然大怒地跳下体检台，颤巍巍地站了起来。

“兰登先生!”那位医生说着，试图阻止他。

“给我找件衣服。”兰登请求道。他感到一阵风从背后灌进了露背的衣服。

“不过，你应该休息。”

“我这就办手续出院。马上就办。给我找件衣服。”

"可是,先生,你——"

"别说了!"

大家面面相觑。"我们没有衣服。"那位医生说,"也许明天会有朋友给你送套衣服过来。"

兰登长吁一口气,双眼紧紧地盯着那位医生,不紧不慢地说道:"雅各不斯医生,我要马上从这道门里走出去。给我找件衣服,我要去梵蒂冈。人不能光着屁股去梵蒂冈。我说得还不清楚吗?"

雅各不斯医生倒抽一口冷气,说道:"给这个人找件衣服穿。"

兰登一瘸一拐地走出台伯利纳医院,感觉像是个头过大的童子军。他身着一件护理人员穿的蓝色连衫裤工作服,连衫裤的前胸扣上了拉链,胸前有制服标记,那标记使他看起来很像个护理人员。

陪着兰登的那个女人身材矮胖,穿了套相似的工作服。那位医生向兰登保证这个女人会在最短的时间里把他送到梵蒂冈。

"那里交通拥挤。"兰登提醒她梵蒂冈附近挤满了车辆与人群。

那个女人满不在乎。她指着身上一块臂章骄傲地说:"*我是救护车司机。*"

"*救护车?*"这就说明了快速到达的原因。兰登感觉自己还是需要乘坐救护车过去的。

那个女人带着兰登绕过了大楼的侧面。水面上一块露出地面的岩石上有块水泥地,她的交通工具就停在那里等着他们。看到了那个交通工具,兰登立刻收住了脚步。那是一架老化的救护直升机,机身上写着"空中救护车"。

兰登垂下了头。

那个女人微微一笑,说道:"我们飞去梵蒂冈,很快就到。"

128

红衣主教团鱼贯返回了西斯廷礼拜堂,主教们热情洋溢,兴致盎然。与他们截然不同的是,莫尔塔蒂越来越困惑,这困惑似乎要把他从地上提起来卷走。他虽然相信古老的《圣经》里提到的奇迹,可对于刚才亲眼所见的一幕却无论如何也不能理解。他信了一辈子的教,七十九年了,知道这些事件应该让他产生一股虔诚而强烈的情感……一种狂热而有生命力的宗教信仰。但是,他只觉得越来越心神不安,像有幽灵在作怪。某些事情老让人觉得不对劲。

"莫尔塔蒂先生!"一名瑞士卫兵大叫着跑到走廊里面。

"我们按照您的吩咐去了屋顶。教皇内侍是……是人!他是真人!不是幽灵!正是我们以前认识的那个人!”

“他和你说话了吗?”

“他在安静地跪着祈祷! 我们不敢碰他!”

莫尔塔蒂感到茫然若失,说道:“告诉他……主教们都在等着。”

“先生,他是人,所以……”这名卫兵犹豫着说道。

“怎么了?”

“他的胸膛……他被烫伤了。我们要不要给他包扎一下伤口? 他肯定很疼。”

莫尔塔蒂考虑了一下那个问题。在献身教会的这一生中,他还从未曾见过这样的局面。“他是人,那就当人来服侍。给他沐浴,然后包扎伤口,再给他穿上新做的长袍。我们在西斯廷礼拜堂等候他的到来。”

那名卫兵迅速离开了。

莫尔塔蒂朝着那座教堂走了过去。其他红衣主教这时都在里面了。他正沿走廊走着的时候,看到维多利亚独自一人瘫倒在皇家楼梯下的长椅上。他看得出她丧失亲人后的那种痛苦与孤独,很想过去安慰她,可他知道现在还不是时候。他还有事要做……尽管他并不知道那可能是什么事儿。

莫尔塔蒂走进那座教堂,发现大家极度兴奋。他关上了门。上帝保佑。

台伯利纳医院的双旋翼“空中救护车”从梵蒂冈后面绕了过来,兰登咬紧牙关,恨不得对天发誓这是他这一生中最后一次乘坐直升机。

兰登说服这位飞行员,使她相信罗马教廷此刻最不关心的就是其制空权问题,之后就指引她从教堂后墙上空飞了进去,神不知鬼不觉地降落在梵蒂冈机场上。

“谢谢。”兰登说着,痛苦地从直升机上走下来。她向他抛了个飞吻,立刻就起飞越过那道墙消失在夜色中。

兰登呼了口气,想使头脑清醒一下,希望能弄明白自己将要做的事情。他手里攥着摄录机,走上了那天一大早就乘坐过的那辆高尔夫机动车。车子没有充电,蓄电池安时计显示车子就快没电了。兰登开着车不打前灯以节省电力。

兰登倒更希望没人看见他来了。

在西斯廷礼拜堂后部,莫尔塔蒂红衣主教看着眼前混乱成一片,呆呆地站着。

“这可真是个奇迹!”一位红衣主教喊道,“天主显灵了!”

“对!”其他人惊叫道,“主表明了他的意旨!”

“教皇内侍将是我们的教皇!”另一位主教喊道,“虽然他不是红衣主教,但主已经发出了神奇的信号!”

“对!”有人表示同意说,“秘密会议的法律都是人定的。主的意愿要先于我们! 我提议马上开始投票选举!”

“投票选举?”莫尔塔蒂询问着,走向了他们,“我认为这应该是我的工作。”

大家都转过了身。

莫尔塔蒂意识到红衣主教们都在仔细地打量他。他们显得很冷淡，满脸困惑，对他的这种冷静感到不悦。莫尔塔蒂渴望自己心中也能涌起一股极度狂喜之情，就像他在周围人的脸上看到的那样。但是他没有。他心中感到痛苦……一种让他无法解释又令人心痛的悲哀。他曾发誓要带着一颗纯洁的心来指导完成这些程序，但是这种犹豫的心理却是他无法克制的。

“教友们，”莫尔塔蒂说着，走上了祭坛，那声音听起来都不像是他，“我以为我会在余生之内竭力弄明白今晚发生的事情。但是，关于教皇内侍，你们所提的建议……那绝不可能是主的意愿。”

教堂里一下子静了下来。

“你……你凭什么那样说呢？”最终一位红衣主教质问道，“教皇内侍确实拯救了教会。主直接和教皇内侍对话了！教皇内侍自己也幸免于难！我们还要什么神迹！”

“教皇内侍这就过来。”莫尔塔蒂说道，“我们等一等。在进行投票选举之前，听听他怎么说，可能会有个解释。”

“解释？”

“作为选举官，我发过誓要维护秘密会议的教规。你们肯定知道，根据神圣法律，教皇内侍根本没资格参加教皇选举。他不是红衣主教。他只是个神父……一名教皇的名誉侍从。他的年龄也不合适，这同样是个问题。”莫尔塔蒂感觉大家的眼神越来越冷酷，“如果让你们投票选举了，我就是在恳请你们认可一个梵蒂冈法律宣布不具有选举资格的人，就是在恳求你们每一个人违背神圣的誓言。”

“可今晚这里发生的事情，”有人支支吾吾地说，“那无疑凌驾于我们的法律之上！”

“是这样吗？”莫尔塔蒂用一种低沉而响亮的声音说道，这时连他都不知道自己怎么说出这些话来，“是主令我们弃教规于不顾吗？是主让我们丧失理智而放任自己对宗教的狂热吗？”

“我们看到的景象难道你就没看见吗？”另一位主教气呼呼地质问道，“你怎么能放肆地怀疑那种力量！”

莫尔塔蒂声音响亮地吼了起来，以前他从没这样过。“我不是怀疑主的力量！恰恰是主让我们理智而慎重地思考！我们要以审慎的态度遵从天主！”

129

在西斯廷礼拜堂外面的走廊里，维多利亚·维特勒呆呆地坐在了皇家楼梯下面的长椅上。她看到那个身影穿过后门走了过来，思忖着自己是不是又看到了幽灵。他缠着绷带，走路一瘸一拐，穿的衣服像是医务人员的工作服。

维多利亚站了起来……简直不敢相信眼前的情景。“罗……伯特?”

他没有应声,大步流星地径直走向维多利亚,一把将她揽进了怀中。他开始热吻着她,热吻中透着一种冲动,一种渴望,还有一种感激。

维多利亚感到眼泪流了出来,说着:“噢,天哪……噢,谢天谢地……”

他又吻起了维多利亚,这次更有激情,维多利亚则紧搂着他,沉醉于他的拥抱。两人紧紧地搂在一起,像是多年的恋人。她不再感到恐惧与痛苦。她闭上双眼,那一刻觉得轻飘飘的。

“这是主的意愿!”有人大叫起来,声音回荡在西斯廷礼拜堂里,“除了主选定的人,谁还可能在那场可怕的爆炸中幸免于难呢?”

“我。”一个声音在教堂后部回荡着。

莫尔塔蒂和其他主教满脸诧异地看着那个蓬头垢面的身影走上了中间的过道。“兰……兰登先生?”

兰登沉默着慢慢走到了教堂前部,维多利亚·维特勒竟也进来了。紧接着两名卫兵推着一辆手推车急忙进入教堂,车上放着一台大电视机。兰登等着他们将电视机接通电源,屏幕对准红衣主教,接着挥了挥手示意他们出去。他们关上身后那道门,走了出去。

这时就只有兰登、维多利亚与红衣主教们了。兰登将索尼 RUVI 摄录机的输出端插进电视机,然后按下了“播放”键。

那台电视机“嘟嘟”地响着闪出了画面。

主教们眼前出现了一幅教皇办公室的画面。这盘录像拍摄得很粗劣,像偷拍的一样。在屏幕的一角,教皇内侍站在光线暗淡的地方,身后还有堆火。尽管看起来他是直接对着镜头讲话,但大家很快就明白过来他这是在和别人说话……和拍摄这盘录像的某个人。兰登告诉他们录像是“欧核中心”主任马克西米利安·科勒拍摄的。就在一小时前,科勒曾使用一部微型摄录机悄悄地拍下了与教皇内侍会面时的情况,那部摄录机是被暗地里安放在轮椅扶手的下面的。

莫尔塔蒂与其他主教迷惑不已地看着录像。虽然对话早已开始,兰登也不愿费劲倒带了。很明显,他想让主教们看到的所有画面都已渐渐出现……

“列奥纳多·维特勒过去还写日记?”教皇内侍说,“我想这对‘欧核中心’而言可是个好消息。要是日记中记有反物质的制造方法——”

“没有,”科勒说,“那些方法早随列奥纳多一起进了坟墓,知道这一点你会感到很宽慰的。但是,他在日记里提到了别的事情,那就是你。”

教皇内侍看起来有点儿不安,说道:“我不明白。”

“日记里记述了列奥纳多上个月的一次会面,他见的人就是你。”

教皇内侍犹豫了一下,然后朝门口看了一眼说:“罗奇尔本不该不征求我的意见就准许你进来。你怎么进到这里来的?”

“罗奇尔知道真相。我老早就打电话给他讲了你干的好事。”

“我干的好事?不管你对罗奇尔瞎说了些什么,作为一名瑞士卫兵,他对这个教会非常虔诚,才不会相信一位怀恨在心的科学家而不相信他的教皇内侍。”

“实际上,他就是太虔诚才会相信。他简直太虔诚,明知手下的一名皇家卫兵早已背叛了教会,他就是不愿相信这个事实。他整天都在寻找别的解释。”

“这么说来是你给了他解释。”

“我说的是事实。实际上那是很让人震惊的。”

“要是罗奇尔真相信了你,他早就该把我抓起来了。”

“不,我不会让他那样做的。我答应他对此事保密,而请他为我们安排这次会面以作为交换。”

教皇内侍怪异地大笑起来,说:“难道你想编个人们根本就不会相信的事儿来胁迫教会吗?”

“我根本用不着胁迫教会。我只想听你亲口说出真相。列奥纳多·维特勒过去可是我们的朋友。”

教皇内侍什么也没说。他只是低头注视着科勒。

“这么说吧,”科勒断然说,“大约一个月前,列奥纳多·维特勒联系你要求紧急拜见教皇——你之所以同意,是因为教皇很敬佩列奥纳多的成就,还因为列奥纳多说事情很紧急。”

教皇内侍转身面向火堆,一句话也没说。

“列奥纳多极其秘密地来到了梵蒂冈。来了这里就会辜负女儿对他的信任,因此这让他忧心忡忡,但是在他看来别无抉择。他的研究让他深感苦恼,他需要教会给他精神上的指导。在一次秘密会见中,他对你和教皇说他有一项科学发现,可这项发现牵涉到了深刻的宗教问题。他竟然已经证实创世纪是完全有可能的,还证实那个极大的能量源——维特勒把它称作上帝——能够再现创世的一瞬间。”

周围出现了一阵沉寂。

“教皇当时目瞪口呆,”科勒继续说,“他很想让列奥纳多公开这个秘密。他认为这项发现可能会渐渐弥合科学与宗教之间的鸿沟——这可是教皇毕生的愿望之一。列奥纳多后来向你说明了那项发现的弊端——也就是他要求教会给予指导的原因所在。在再现上帝创造天地的实验中,他发现似乎恰如《圣经》预言的那样,万物都被成对地创造了出来。它们都是对立物,如光明对黑暗。维特勒发现他除了制造出了物质,还制造了反物质。还要我继续说吗?”

教皇内侍沉默不语。他弯腰添了几块煤拨旺炉火。

“列奥纳多·维特勒来到这里以后,”科勒说道,“你就去‘欧核中心’参观了他的成果。他在日记中说你亲自到实验中心去了一趟。”

教皇内侍抬起了头。

科勒继续说道："教皇一出行肯定会吸引媒体的注意，因此他就派了你去。列奥纳多私下领着你参观了他的实验室。他向你展示了反物质的湮灭——创世大爆炸——那是创造天地的威力。他还给你看了一滴很大的样品，那些样品是他藏起来用以证明他的新方法能够大规模地制造反物质的。你当时就感到了害怕。回到梵蒂冈之后，你就向教皇汇报了你所见到的景象。"

教皇内侍叹了口气。说："这又碍着你的什么事儿了呢？今晚我是在世人面前假装对反物质全然不知，可那是因为我尊重列奥纳多的机密，难道这也让你觉得苦恼吗？"

"不是！让我觉得苦恼的是，列奥纳多·维特勒实际上已经证实了上帝的存在，而你却找人把他给杀了！"

教皇内侍这时转过身来，脸上没有任何表情。

只有炉火还在噼啪作响。

镜头突然抖动了一下，科勒的胳膊随之出现在了画面上。他前倾着身子，似乎要尽力抓住粘在轮椅下面的东西。重新坐下之后，他从身前拿出了一把手枪。调节过角度的摄录机拍摄到了一个可怕的画面……从后面看去……顺着枪管的方向……枪口直接对准了教皇内侍。

科勒说道："忏悔罪过吧，神父。开始吧。"

教皇内侍震惊地看着他，说："你绝不会从这里活着出去。"

"你的信仰使我从小就遭受苦难，死了也许就解脱了，我求之不得。"科勒这时双手握住了手枪，"我给你个选择，要么忏悔罪过……要么立刻死掉。"

教皇内侍朝门口瞥了一眼。

"罗奇尔就在门外。"科勒大声喝道，"他非常想杀了你。"

"罗奇尔发过誓要保护——"

"罗奇尔让我进了这里，带着武器进来的。他对你的谎言感到厌恶。你只有一个选择，向我忏悔。我要听你亲口说出真相。"

教皇内侍犹豫了起来。

科勒扣起扳机，问道："你信不信我真的会杀了你？"

"不管我跟你说什么，"教皇内侍说道，"像你这种人是绝不会明白的。"

"不妨试试看。"

教皇内侍静静地站了一会儿，侧影矗立在炉火暗淡的光线中。他开口说话时带着一副正义凛然的口气，与其说他在忏悔不如说他在讲述自己无私的光荣事迹。

"自鸿蒙之初，"教皇内侍说道，"这个教会就与上帝的敌人进行着斗争。时而唇枪舌剑，时而短兵相接。但我们都无一例外地挺了过来。"

教皇内侍这时流露出了一种信心。

"但是，过去的魔鬼，"教皇内侍继续说道，"只是指责与憎恶……这些是我们能对付得了的敌人——这些敌人只是激起了人们的畏惧之心。可是，撒旦是狡猾的。随着时间的流逝,他抛弃了凶暴的面目,重新换了一副脸孔……一副纯理性的面容。虽然能一目了然,但阴险狡诈,同样没有灵魂。”他的语气中突然透出一股愤怒——近似发疯般地突然变换了语气,“你倒是说呀,科勒先生!教会如何才能宣布那些培养了我们的逻辑思维的事物的罪过!我们如何才能反对那已成为我们社会根基的事物!每次教会提高嗓门做出提醒,你们就反过来大叫,说我们无知、偏执、专制!你们的罪恶越来越深,它披上了自以为是的理智主义的外衣,像癌细胞一样扩散。你们把科技创造的奇迹神圣化。这是在神化自我!想让我们不再怀疑你们的至善至美,让我们明白科学的到来是要把我们从疾病、饥饿与痛苦中解救出来!看看科学——看看这位不断创造出奇迹、无所不能且乐善好施的新上帝吧!它无视武器制造与混乱局势!不管人们严重的孤独感与没完没了的危机。这就是科学!”教皇内侍朝着枪口走了过去,接着说道:“但是我已经看到了其中隐藏的撒旦的面孔……我已经看到了危险……”

“你在讲什么!维特勒的科学发现实际上证实了上帝的存在!他是你的支持者!”

“支持者?科学与宗教并不是这样就合在了一起!我们追求的并不是同一个上帝,就像你与我一样不同!谁是你们的上帝?质子、质量,还是带电粒子?你们的上帝如何赋予人类灵感?你们的上帝怎样触及人类的心灵,怎样提醒人类对一种更强大的威力负起责任!维特勒是误入了歧途。他的成果根本不是对宗教的支持,而是对神明的亵渎!上帝创造天地的景象是不能被人放在试管里摇晃着四处展示的!这并不是赞美上帝,这是贬低上帝!”教皇内侍这时双手抓住自己的身体,声音中透出狂躁情绪。

“于是你就找人把列奥纳多·维特勒杀了!”

“为了保护教会!为了拯救人类!为了挽救人类丧失了的理智!人类还没有准备好将创造天地的威力掌握在手中。放在试管里的是上帝吗?难道一滴液态物质就能让整个城市蒸发吗?得有人来阻止他!”教皇内侍突然没有了声响。他把目光转向别处,重新看着火堆,似乎在思忖着自己的抉择。

科勒端枪瞄准了他,说道:“你已经认罪了。你逃不掉了。”

教皇内侍大笑起来,感到一阵悲哀。“瞧见了吧。忏悔罪恶就是解脱。”说着,他朝门口看了看,“当上帝站在你这一边时,你就有了选择,你这种人是绝对领会不到的。”话音未落,教皇内侍就一把拽住领口,猛地撕开长袍,露出了胸膛。

科勒摇晃了一下身体,显然是吓了一跳,说道:“你这是干什么!”

教皇内侍没有回答。他走到后面的壁炉前,从泛着红光的余火中拿出了一样东西。

“住手!”科勒喝令道,手枪依然瞄准了教皇内侍,“你这是干什么!”

教皇内侍转过身来,手中拿着一块红热的烙铁。那是光照之星。他的眼中顿时射出狂热的光芒,说道:“我本来打算独自一人完成这项工作的。”他因过于激动说话的口气都是恶狠狠的,“但是现在……我明白是上帝特意让你来到这里。你就是我的救星。”

科勒还没能做出发应,教皇内侍就闭上双眼,勾着头,猛地将那块火红的烙铁压在了自己胸膛中央。他的肌肉发出“嗞嗞”的响声。“圣母马利亚！圣母……快看看你的儿子吧！”他痛苦地尖叫了起来。

科勒这时步履蹒跚地出现在画面上……他腿脚不灵便地站了起来，手枪在身前猛烈地抖动着。

教皇内侍的尖叫声越来越大，他一脸惊愕，跌跌撞撞地走动着。他将那块烙铁扔到了科勒脚下。紧接着这位神父一下子倒在地上，痛苦地扭动着身体。

接下来的画面是一片模糊。

随着瑞士卫兵冲进房间，屏幕上出现了一阵骚乱。音带里传出了砰砰的枪声。科勒紧抓住胸口，向后倒了过去，淌着鲜血倒在了轮椅里。

“住手！”罗奇尔大叫着，试图阻止卫兵向科勒开枪。

依然扭动着身子的教皇内侍在地上打着滚儿，指着罗奇尔发疯似地叫道：“光照派的人！”

“你个畜生，”罗奇尔大叫着朝他跑去，“你个道貌岸然的畜——”

沙特朗连发三枪将罗奇尔打倒在地。罗奇尔滑倒在地板上，死了。

紧接着卫兵们冲向受伤的教皇内侍，把他围了起来。就在他们挤成一堆的时候，摄录机拍摄到一脸茫然的罗伯特·兰登跪在轮椅近旁，看着那块烙铁。就在那时，整个画面奇怪地倾斜了起来。科勒又恢复了知觉，正把那部微型摄录机从轮椅扶手下面的支架上拆下来。他想把那部摄录机递给兰登。

“给——给……”科勒喘着气说道，“把这个给——给媒——媒体。”

之后，屏幕上什么画面都没了。

130

教皇内侍开始感到这团带来惊愕与兴奋之情的迷雾正渐渐散去。那名瑞士卫兵扶着他沿皇家楼梯向西斯廷礼拜堂走了过去，这时他听到圣彼得广场上有人唱起了赞歌，知道重重障碍已被扫除。

感谢上帝。

他曾经祈祷获得力量，而且上帝也给过他力量。在他犹豫不决的时候，上帝开口说话了。你要肩负起神圣的使命，上帝这样说道，我将给你以力量。尽管上帝给了他力量，他还是觉得害怕，怀疑这是不是正义之路。

若不是你，上帝质问道，还会是谁？

若不是现在，更待何时？

若不采取这个方式，又该是怎样的方式呢？

耶稣，上帝提醒他说，曾拯救过他们所有人……拯救他们免于陷入冷漠的情感中。

因为两件事情，耶稣使人们看清了形势。他让人们充满敬畏地相信上帝。通过被钉死在十字架上与死后复活这两件事，耶稣改变了整个世界。

但那已是千年旧事。时间已经使奇迹消失，人们也早已将之淡忘。他们转而崇拜伪神灵——技术神明与展现人类才智的奇迹。人们心中还有没有奇迹？

教皇内侍经常祈求上帝告诉他如何才能让人们重新相信奇迹。但是，上帝一直都沉默不语。就在他得知那个深藏的罪恶后，上帝来到了他身边。哦，那个恐怖的夜晚！

教皇内侍依然记得他穿着破烂的睡衣躺在地板上，抓着自己的身体，想要祛除心灵上的痛苦。那痛苦是由他刚刚知道的一个卑劣事件的真相造成的。不可能！他尖叫了起来。可他知道那就是真的。他受到了欺骗，感到痛苦至极，像经历了地狱磨难一般。那个曾收容他的主教，那个如父亲般待他的男人，那个在升任教皇时自己就站在他身旁的神父……竟然是个骗子。他与普通人并无二致。他做了件在本质上背叛教会的事情，还向世人撒了谎，教皇内侍怀疑就连上帝都不会宽恕他。"你发的什么誓！"教皇内侍冲着教皇尖叫道，"你违背了对上帝发的誓言！所有人当中，怎么偏偏就是你！"

教皇试图解释，但教皇内侍根本就不听。教皇内侍早就跑了出去，沿着走廊跌跌撞撞地胡乱跑着，一边呕吐，一边撕扯着自己的皮肤，直到发现自己浑身血淋淋地独自躺在圣彼得陵前那块冰冷的泥地上。圣母马利亚呀，我该怎么办呢？他躺在遭到破坏的史前坟场里，祈祷上帝把他从这个没有信仰的世界带走。就在他感到痛苦与背叛的时候，上帝来临了。

那个声音如隆隆的雷声回响在他耳边。"你发过誓要遵从上帝吗？"

"发过！"教皇内侍大叫道。

"你愿意为上帝而死吗？"

"愿意！这就带我走吧！"

"你愿意为教会而死吗？"

"愿意！请拯救我吧！"

"可你愿意……为人类而死吗？"

在接下来的沉默中，教皇内侍感到自己如同掉进了无底的深渊。他越跌越深，速度越来越快，让他难以控制。但是他知道了那个答案。他过去一直都知道。

"愿意！"他发疯般地大叫着，"我愿意为人类而死！作为您的儿子，我愿意为他们而死！"

数小时后，教皇内侍依然哆哆嗦嗦地躺在地面上。他似乎看到了母亲的脸庞。上帝为你设定了宏伟的规划，她这样说着。教皇内侍陷入更加强烈的疯狂中。就在那时，上帝又开口说话了。这次上帝是默默地说的。但教皇内侍明白了过来。重建他们的信仰。

若非我……更待何人？

若非现在……更待何时？

卫兵们打开西斯廷礼拜堂的大门的时候，卡洛·文特斯克教皇内侍感到浑身涌出一股力量……正如小时候的感觉一样。上帝早就选中了他。很久以前就选中了。

上帝的意愿就要实现。

教皇内侍有了种再生的感觉。那名瑞士卫兵早已包扎过他的胸口，给他沐浴，然后让他穿上了新做的白色亚麻长袍。由于烧伤，他们还给他注射过一针吗啡。教皇内侍真希望他们没给自己注射止痛剂。耶稣在升天之前可是忍受了三天的痛苦！他已经感觉到那种药在渐渐起作用……他又感到有点眩晕。

他走进这座教堂，看到主教们惊异地注视着自己，丝毫不觉得意外。他们敬畏的是上帝，他提醒自己，不是我，可上帝是通过我施展了奇迹。从中间走道朝里走的时候，他看到每位主教的脸上都呈现出困惑的表情。但是，每走过一位主教，他都意识到他们的眼中透出了别的神情。那是什么呢？教皇内侍早就想象过他们今晚将如何欢迎他。是充满喜悦之情吗？是满怀敬畏之心吗？他试图读懂他们的眼神，但那些眼神传达的讯息似乎并不是这些。

就在那时，教皇内侍看到了祭坛旁的罗伯特·兰登。

131

卡洛·文特斯克教皇内侍站在了西斯廷礼拜堂的走道上。所有的红衣主教都站在走道旁边，转过身注视着他。罗伯特·兰登站在祭坛上，一旁的电视机正无休止地循环播放着同一个场景。教皇内侍虽然一眼就看出了那个场景，但想不通他们是怎么拍摄到的。维多利亚·维特勒站在兰登的身旁，面容憔悴。

教皇内侍把眼睛闭上了一会儿，希望这是吗啡使他产生的幻觉，等他再睁开眼睛时，情形就会不同了。但事实并非如此。

他们已经知道是怎么一回事了。

可奇怪的是，他居然一点儿都不害怕。天父啊，请为我指明方向吧！告诉我怎么才能让他们看到你显灵。

可是教皇内侍并没有听到应答。

天父呀，我们一起走到了这一步，决不能功亏一篑。

四周一片静寂。

他们根本就不理解我们所做的一切。

教皇内侍的耳边又响起了一个声音，他不知道那是谁的声音，但是那句话他却听得清清楚楚。

只要吐露真相，就会获得自由……

于是，当卡洛·文特斯克教皇内侍朝着西斯廷礼拜堂里面走过去的时候，他高高地昂起了头。当他朝红衣主教们走过去时，柔和的烛光都没能使紧盯着他的目光变得温柔一些。给个解释吧，那些人似乎在说，解释一下那些疯狂的举动吧！让我们知道对你的那些担心都是多余的！

真相，教皇内侍自语道，只要说出真相就可以了。罗马教廷内隐藏了太多的秘密……有一个邪恶的秘密把他逼得都要发疯了。不过也正是因为疯了他才找到了光明。

“假如要你奉献自己的灵魂去拯救众生，”教皇内侍说着，顺着走道走了过来，“你愿意吗？”

教堂里所有人都只是盯着他看，没有人动，也没有人说话。教堂外面不时传来广场上人们愉快的歌声。

教皇内侍朝他们走了过去。“到底哪一种罪孽更深呢？是把敌人解决掉，还是眼睁睁地看着自己的挚爱被人扼杀却坐视不理？”他们正在圣彼得广场上唱歌呢！他停下脚步，抬头凝望着西斯廷礼拜堂的穹顶。米开朗基罗笔下的上帝正透过漆黑的穹顶注视着下面……似乎对他很满意。

“我不能再袖手旁观了。”教皇内侍说道。他越走越近，但还是没从任何一个人的眼中看出一丝的理解。难道他们就不明白这种简单明了的做法吗？他们怎么就不明白这完全是情势所迫！

那曾经是多么的纯洁。

光照派。集科学与魔鬼于一体。

让久远的恐惧复生，然后再将其毁灭。

敬畏与信仰并存。让他们重新相信上帝。

今晚，光照派的力量再一次被放纵而出……然后又出现了一个极好的结果。人们对宗教的淡漠态度已经消失得无影无踪。敬畏如闪电般震撼了整个世界，将人们团结到一起。这样，上帝的威严就战胜了邪恶。

我决不能袖手旁观！

这是上帝给他的启示——仿佛一盏明灯出现在他遭受痛苦的那个夜晚。哦，这个失去了信仰的世界！得有人去解救他们。那个人就是你，除了你，还会是谁呢？你以前之所以得救是有原因的。让他们看到古老的恶魔，唤起他们的恐惧。对宗教采取冷漠的态度，只会导致精神空虚。没有黑暗，便无光明。不知恶，怎明善。让他们做出选择。要么选择黑暗，要么选择光明。人们的敬畏都到哪里去了？英雄豪杰又都去了哪里？此时不行动，更待何时？

教皇内侍沿着中间的走道径直走向肃立的红衣主教。身佩红色饰带头戴法冠的主教们在他面前闪开让他过去，他感觉如摩西过红海一般。罗伯特·兰登关上电视，牵着维多利亚的手走下了祭坛。教皇内侍知道兰登这次能死里逃生完全是上帝的旨意。他不知道上帝为什么要这么做。

西斯廷礼拜堂里的唯一的女性打破了这片沉默。“是你杀了我父亲?”维多利亚问道,向前迈了一步。

教皇内侍扭头望着她,简直无法读懂她脸上的表情——那是一种痛苦,可怎么还有愤怒呢?她应该给予谅解的。是她父亲的才智招致了天罚。为了人类的利益,得有人来阻止他。

“他做的可是上帝的工作!”维多利亚说。

“上帝的工作可不是在实验室里完成的,而应该在心里做。”

“我父亲的心非常纯洁。再说,他的研究也证明……”

“他的研究只不过再次证明了人类头脑进步的速度要远远快于灵魂完善的速度而已。”他的声音不自觉地高了上去。他压低了嗓音,说道:“既然像你父亲这样的高洁之士都制造出了今晚我们见识过的武器,你就可以想象一下普通人掌握这项技术后会做出什么事来。”

“比如像你这样的人?”

教皇内侍深吸了一口气。难道她还不明白?人类道德的进步根本就没能跟上科学前进的步伐。人类以现有的觉悟境界根本驾驭不了他所拥有的武力。*我们从来就没有说制造出武器而不用的!*然而他知道反物质其实算不了什么——只不过是不断充实的军械库中的又一种武器罢了。人类可能早已造成了破坏。很久以前人们就学会了杀人。*于是,他母亲血如雨下。*列奥纳多·维特勒的天才之所以对宗教构成威胁还另有原因。

“几百年来,”教皇内侍说道,“科学在一点儿一点儿地挑宗教的刺,而宗教却无动于衷。科学批驳宗教上的奇迹,训练人的理智战胜情感,还谴责宗教是人类的精神鸦片。他们指责上帝令人产生幻觉——只是不敢承认生活毫无意义的那些意志薄弱者妄想的精神支柱。当科学要放肆地抑制上帝的威力时,我不能再袖手旁观了!你们要问那证明了什么吗?是,证明科学的无知!承认世上存在那些超出我们理解的事物有什么错?科学在实验室里证明了上帝的存在的那一天也就是人类不再需要信仰的那一天!”

“你的意思是当人们不再信仰宗教时,”维多利亚挑衅地向他走近,“你就用疑惑来控制人们。正是因为有疑惑人们才来找你们。我们需要知道人生的意义。人类没有安全感,又缺乏开明之士的指点,这使他们相信万事万物都是某个宏伟蓝图的组成部分。但在这个星球上并不是只有宗教信仰才能启迪人的心灵!我们都在用不同的方式寻找着上帝。你到底在害怕什么?是害怕上帝在教堂以外的某个地方显灵吗?是害怕人们在各自的生活中找到上帝之后,就会把你们这些过时的繁琐仪式抛在脑后?宗教也应该向前发展了。人们凭理智找寻答案,靠情感发现新的真理。我父亲也一直在探究和你一样的问题!他采用了一个类似的方法!为什么你就没看出来呢?上帝并不具有无所不能的威力,不会一直自天国注视着尘世,一旦我们违背了他的旨意就把我们扔进地狱的火坑。上帝是一种力量,这种力量贯穿了我们的心房和每一根神经！上帝存在于万事万物中！”

“但是科学要除外。”教皇内侍反驳道，眼神中透出一股怜悯之情，“就定义而言，科学是没有灵魂的，是与人的心灵相分离的。像反物质这种靠人的智慧创造出来的奇迹对世人并不具有半点道德指导作用。其本身就充满了危险！科学是什么时候奉这种罪恶的研究为启蒙之道的呢？对于那些其妙处就在于没有答案的问题，科学能找出答案吗？”他摇了摇头。“不能。”

教堂里出现了片刻宁静。教皇内侍也严厉地注视着维多利亚，他突然感到疲惫不堪。这种情况是原本不该出现的。*难道这就是上帝对我最后的考验吗？*

莫尔塔蒂打破了沉默。“候选主教，”他惊恐地小声说道，“巴格尔和其他几个，快告诉我你没有……”

教皇内侍扭头看着他，诧异于他语气中透出的痛苦。莫尔塔蒂肯定会给予谅解的。每天，报纸头条报道的都是科学上的奇迹。这种情况对于宗教持续了多久呢？有数世纪吗？宗教需要奇迹！得出件事来惊醒这个沉睡的世界。把人们带回到正义之路上来，重新树立他们的宗教信仰。不管怎么说，那几个候选主教都不是领袖人物，他们只是改革者——是打算抛弃旧传统，拥抱新世界的自由主义者！只有一条出路了。得选出一位年轻、具有权威、活力充沛又能带来奇迹的新领袖。候选主教那帮人死后对教会的贡献要比让他们活着做的贡献还要大。这使敬畏与希望并存。*牺牲他们四个就可以拯救千千万万人。*世人将把他们作为殉教者而永记于心，教会也会为他们追封崇高的封号。*究竟有多少人能有此殊荣为上帝而献身？只有他们四个。*

“候选主教。”莫尔塔蒂重复道。

“我和他们承受了同样的痛苦，”教皇内侍辩解道，手往胸口上指了指，“我也会为上帝牺牲的，但是我的工作才刚刚开始。人们还在圣彼得广场上歌唱！”

看到莫尔塔蒂恐惧的眼神，教皇内侍感到困惑不解。难道是因为注射吗啡所以眼花了吗？莫尔塔蒂看着教皇内侍，就好像是他亲手把那几个人给杀了似的。*为了上帝，我也情愿那么做，*教皇内侍心想，再说他也没那么做。那些事都是黑煞星干的——那个粗野的人还以为自己是在为光照派卖命办事。*我是杰纳斯，*教皇内侍这样对他说过，*我将向你证明我的力量。*他确实做到了，于是满怀仇恨的黑煞星也就心甘情愿地成了上帝的爪牙。

“听听这美妙的歌声吧，”教皇内侍满心欢喜地笑道，“只有面临邪恶势力威胁时人们才会如此团结。如果有一座教堂被烧毁，人们会马上组织起来，唱着保卫家园的圣歌齐心把它重新建好。看今晚聚集了何等多的人啊。他们已经展示了他们的敬畏之心。为了这些现代人，就要制造一些现代的魔鬼。冷漠消失了。让他们看看魔鬼的嘴脸——魔鬼就隐藏在我们中间——它控制着我们的政府、银行和学校，还企图利用把人引入歧途的科学来消灭教会。人类越来越堕落。人类必须保持警惕，追求善，做个好人！”

在一片沉默之中，教皇内侍暗自希望他们此刻能谅解他。光照派并没有再次抬头。他们早就灭绝了，只剩下有关他们的谣言。教皇内侍重新唤起了人们对光照派的记忆以示提醒。那些知道光照派历史的人重新见识了光照派的邪恶。那些不知道那些历史的人也已知晓了，还惊诧于他们的无知。让古老的魔鬼复苏就是为了惊醒这个冷漠的世界。

“但是……烙铁？”由于气愤，莫尔塔蒂的语气变得异常严厉。

教皇内侍没有回答他这个问题。莫尔塔蒂对此无从得知，但那些烙铁早在一百年前就被罗马教廷没收了。那些烙铁被锁藏在教皇墓室里，早已被人们遗忘，上面沉积着灰尘——那是教皇的专用圣盒，位于博尔吉亚套房的深处。教皇墓室里藏着很多这样的东西，教会认为这些东西除了教皇不宜让任何人看见。

他们为什么把能激起人们的敬畏之心的东西藏起来呢？人们的敬畏之心可以促使他们信仰上帝！

墓室的钥匙由教皇世代相传。卡洛·文特斯克教皇内侍从教皇那里偷了钥匙，大胆地进去了。墓室里的东西简直令人着迷——那里面有我们通常称之为《新约外传》的十四本未出版的《圣经》原稿和记录圣母马利亚的坟墓所在地的手稿。除此之外，教皇内侍还发现了教会收集的光照派的资料——那里记录了教会把光照派驱逐出罗马之后揭露的所有秘密……可鄙的光明之路……梵蒂冈首席艺术家贝尔尼尼巧妙设下的诡计……欧洲知名科学家秘密地聚在梵蒂冈领地上的圣天使堡对教会的嘲弄。在那些收藏品中，还有一个装有烙铁的五角形的盒子，其中一块就是神话中的光照之星。这就是前人认为最好能遗忘掉的梵蒂冈历史。但教皇内侍却不这样认为。

“那么反物质……”维多利亚质问他，“你差点儿毁了梵蒂冈！”

“放心吧，上帝不会允许这种事发生，”教皇内侍说，“这可是他的事业。”

“你简直就是个疯子！”她咬牙切齿地说。

“千千万万人得救了。”

“可是有人被杀了呀！”

“但灵魂被救赎了。”

“你还是把这种鬼话留着去跟我父亲和马克斯·科勒说吧！”

“应该让人们看清楚‘欧核中心’那帮人的傲慢嘴脸。一小滴液态物质就能把方圆半英里以内的地方全毁了？你说是我疯了吗？”教皇内侍怒火中烧。他们以为他的职责不重大吗？“忠实的信徒需要经受上帝的考验！上帝就让亚伯拉罕牺牲了他的儿子！上帝还使耶稣遭受被钉在十字架上的苦难！我们把十字架挂在身前——那是个悲惨的、令人痛苦的、折磨人的景象——就是为了提醒我们认识到邪恶势力的存在！要保持警惕！耶稣身上的疤痕是黑暗势力仍然存在的活生生的证据！我身上的疤痕就是个鲜活的例证！邪恶确实存在，但上帝终将取胜！”

他的喊声回响在西斯廷礼拜堂里，然后教堂里出现一片沉寂。时间好像凝滞了。米开朗基罗的画作《最后的审判》不祥地展现在了他身后……画中上帝将有罪的人抛入地狱。莫尔塔蒂眼中溢满了泪水。

"卡洛,你到底都干了些什么?"莫尔塔蒂轻声问道,他闭上眼睛,一行热泪流下脸颊,"教皇他……"

大家都发出一声痛苦的叹息,似乎在这一刻之前大家都忘记了教皇,忘记了他是被毒死的。

"他是个卑鄙的骗子。"教皇内侍说。

莫尔塔蒂脸上现出震惊的神情。"你什么意思?他是诚实的!他……爱你。"

"我也爱他。"唉,我过去是多么的爱他!但是他居然骗了我!他违背了对上帝的誓言!

教皇内侍知道他们此刻根本就理解不了,但他们终究会明白的。等他把真相一说,他们就会明白了!教皇是教会史上最恶毒的骗子。教皇内侍依然记得那个可怕的夜晚。他是带着维特勒的有关创世纪的研究和反物质具有惊人威力的信息从"欧核中心"回来的。他确信教皇会意识到那种危险性,可教皇却只在维特勒的成果中看到了希望。他甚至建议梵蒂冈教廷资助维特勒的基于科学研究之上的工作,以表达教会的友善。

疯狂之举!教会居然要赞助威胁自身生存的科学研究?去研究那些大规模杀伤性武器?那颗炸弹夺去了他母亲的生命……

"可是……你不能这样做!"教皇内侍曾经这样喊道。

"我深受科学的恩惠,"教皇回答道,"有件事我已经隐瞒了将近一辈子。我年轻的时候,科学给过我一次恩惠,这份情我永远都忘不了。"

"我不明白。科学能给予一个信仰上帝的人什么呢?"

"这件事有点儿复杂,"教皇说,"你得花点儿时间才能明白。但是,你得知道一个有关我的事实。我隐瞒了那么多年了。我想该是告诉你的时候了。"

之后,教皇对他说出了那个令人震惊的秘密。

132

教皇内侍缩成一团躺在了圣彼得陵前的泥地上。史前坟场里寒气袭人,不过这冰冷的温度却令他身上的伤口不再流血,这些伤都是他自己抓破的。教皇是不会找到这儿来的,谁也不会发现他躲在这里……

"这件事太复杂了,"教皇的话在他耳边回响着,"我需要花点儿时间才能使你明白……"

但教皇内侍知道他花再多时间都不会明白的。

你这个大骗子!亏我以前那么信任你!上帝竟然信任了你!

教皇只一句话就使教皇内侍的整个世界坍塌了。教皇内侍曾经对这位导师的一切言语都信以为真,而如今这位导师在他心目中的崇高形象破灭了。那个事实如锥子一样刺痛了他的心，他跌跌撞撞地退出教皇办公室，在走廊上吐了起来。

“别走呀！”教皇喊着追出了门，“请听我解释！”

可教皇内侍早就跑开了。教皇怎么能让他再容忍这样的罪过？唉，那简直是让人无法容忍的堕落行为！如果别人将这事揭发出来，会有什么样的后果？难以想象那对教会将是怎样的亵渎！难道效忠上帝的神圣誓言对他而言就毫无意义吗？

狂乱迅速而来，在他耳边尖叫着，直到来到圣彼得陵前，他才清醒过来。就在那时，上帝带着一副令人畏怯的凶相来到了他面前。

这真是个报仇心切的上帝！

他们一起制订了这个宏伟的计划，他们还将携手保护教会，然后在这个失去信仰的世界里重树信仰。虽然邪恶无处不在，但这个世界早就不受其影响！他们将共同揭开世界黑暗势力的面纱，使之暴露于人们眼前……上帝终将取胜！恐惧与希望并存。世人终将笃信宗教。

上帝对他的第一个考验并没有他想象中的可怕。他所要做的只是潜入教皇的卧室……将注射器注满药水……捂住那个骗子的嘴，看着他痉挛至死。借着月光，教皇内侍从教皇那双瞪大的眼睛中看出，他似乎想要说些什么事情。

但一切都太晚了。

该说的教皇早就说过了。

133

“教皇有孩子。”

说这句话的时候，教皇内侍是毅然决然地站在西斯廷礼拜堂内。五个原本孤立的字组合在一起引起了轩然大波。教堂里所有的人似乎都为之一震。红衣主教们责难的神情瞬间消失了，他们目瞪口呆地注视着他，似乎教堂里的每个人都在祈盼教皇内侍弄错了。

教皇有孩子。

兰登也突然感到一阵震惊。维多利亚紧握住兰登的手，抖动了起来，而早已被那些尚无答案的问题弄得迷迷糊糊的兰登则极力要站稳身子。

教皇内侍的那句话回响在他们头顶，似乎永远都消散不去。兰登甚至在教皇内侍激怒狂乱的眼神中读出了不折不扣的确定。兰登想要解脱出来，想告诉自己他只不过是陷入了某种怪异的梦魇，马上就会醒过来回到理智的世界中。

“这一定是个谎言！”一位红衣主教大叫道。

“我不会相信的！”又一位红衣主教抗辩道，“教皇可是最虔诚的！”

接着，莫尔塔蒂开口了，他的声音微弱但却极有力。“教友们，教皇内侍说的的确是实话。”在场的每位红衣主教顿时感到一阵头晕，好像莫尔塔蒂说了什么下流的话。“教皇真的有个孩子。”

红衣主教们吓得脸色煞白。

教皇内侍看起来一脸惊愕。“你听说过？可……你怎么可能知道呢？”

莫尔塔蒂叹息着说道：“教皇当选时……我是列圣审查官。”

所有人都惊得屏住了呼吸。

兰登清楚了，这就意味着教皇内侍的话十有八九是真的。当罗马教廷内传出丑闻时，臭名昭著的列圣审查官就成了权威。教皇若出现不可告人的丑事则是对其不利的。选举之前会有一位红衣主教充任列圣审查官来秘密调查候选人的背景——那个人将公开说明合格的候选人未能当选教皇的原因。列圣审查官由前任教皇生前提前指定。列圣审查官决不可以暴露自己的身份。任何时候都不可以。

“我就是当时的列圣审查官。”莫尔塔蒂重复道，“那也就是我知晓这件事情的原因。”

大家惊讶得张大了嘴巴。看来今晚所有的规定都将被抛到九霄云外。

教皇内侍满腔怒火。“那么你……没告诉别人？”

“我曾在教皇面前求证此事。”莫尔塔蒂说，“他承认了。他解释了整件事情，只要求我顺应自己的内心来决定是否公开这一秘密。”

“是你的心让你隐藏这件事？”

“以前他最有希望当选为教皇。人们都爱戴他。这一丑闻很可能会深深地伤害教会。”

“但是他有了孩子！他打破了独身生活这一神圣的誓言！”教皇内侍这时是在声嘶力竭地喊着。他听到了他母亲的声音。对上帝的承诺是所有承诺中最为重要的。决不可以对上帝食言。“教皇违背了他的誓言！”

莫尔塔蒂因忧惧而显得神志失常。“卡洛，他的爱……是圣洁的。他并没有违背誓言，他没向你解释过吗？”

“解释什么？”教皇内侍记起教皇正要喊住他时，他跑出了教皇办公室。请听我解释！

莫尔塔蒂悲伤地慢慢道出了真相。许多年前，教皇还只是个神父，他与一个年轻的修女相爱了。两人都曾立下保持独身的誓言，从没想过打破与上帝建立的盟约。但是，随着两人的爱恋越来越深，尽管他们能够抵制肉体的诱惑，却渴望拥有他们不曾想过的东西——上帝创造的最大奇迹——孩子。他们两个人的孩子。这种渴望，尤其是对于她，变得无法抵挡。但是，上帝始终是最重要的。一年后，当这种沮丧达到令人无法承受的程度时，她兴奋无比地来找他了。原来她刚刚读完一篇文章，是关于一个新的科学奇迹……两个人可以在不发生性关系的情况下拥有一个孩子。她认为这是上帝的神谕。那位神父看得出她眼里流露出的幸福，同意了。又过了一年，通过人工授精她果真怀了孩子……

“这，这……不可能是真的。”教皇内侍十分恐慌，希望这只是吗啡在麻痹他的感官。但显然他听到了一切。

莫尔塔蒂眼里此刻闪着泪花。“卡洛，这就是教皇为什么那么热爱科学的原因。他总觉得自己欠了科学一笔债啊。是科学让他在坚守独身誓言的情况下，尝到做父亲的快乐。教皇对我说过他不后悔，除了一件事——由于在教会中身居要职，他没能和自己深爱的女人在一起，也没能亲眼看着自己的婴孩长大。”

卡洛·文特斯克教皇内侍再次感觉到神经错乱。他真想撕裂自己的身体。*我怎么早不知道这些呢？*

“教皇的确无罪，卡洛。他是圣洁的。”

“但是……”教皇内侍痛苦地为自己寻找着理由，“想想他做那事……所冒的风险。”他的声音低了下去。“万一那婊子把这事说出来了怎么办？老天保佑还是不要那样吧，他的孩子呢？想想教会将蒙受怎样的耻辱。”

莫尔塔蒂的声音有些颤抖。“那个孩子已经在我们面前了。”

一切都似凝固了。

“卡洛……？”莫尔塔蒂就要崩溃了，“教皇的孩子……就是你。”

就在那一刻，教皇内侍对宗教信仰的热情慢慢消退了。他站在祭坛上，瑟瑟发抖，身子倚在米开朗基罗的杰作《最后的审判》上。他感觉好像看到了地狱。他开口欲言，但只见嘴唇的张合，却听不到声音。

“难道你还不明白吗？”莫尔塔蒂哽咽道，“正是因为这样，在你还是个小孩子的时候，教皇亲自去巴勒莫医院探望你，正是因为这样，他才收养你，抚育你。他深爱着的那个修女叫玛丽亚……就是你的母亲。她当时为了抚养你而离开了修道院，但她从未放弃对上帝虔诚的信仰。教皇得知她在爆炸事件中去世，而你，他的儿子，却奇迹般地死里逃生……他向上帝发誓再也不让你一个人孤单。卡洛，你的父母都还是贞洁之身呢。他们遵守了向上帝所发的誓言，还找到另一条路把你带到了这个世界。你就是那个奇迹般降生的孩子。”

教皇内侍双手捂住耳朵，不想再听一句话。他站在祭坛上，呆若木鸡，感觉地面像是从脚下陷了下去一样，他猛地跪在地上，发出一声痛苦的哀号。

几秒钟，几分钟，几小时。

在教堂的四壁之内时间似乎失去了意义。刚才的一幕令每个人都惊得怔在那里，维多利亚不由自主地走了出去。她松开了兰登的手，正要从红衣主教们中间穿过去。教堂的门似乎是在数英里之外，她感觉像在水中行走一般……走得好慢。

就在她穿行在长袍中间时，她的行动似乎将其他人从恍惚中拉了回来。有些红衣主教做起了祷告，有些在黯然哭泣。还有一些转身看着她走过去，脸上现出木然的表情。当她朝着大门走去的时候，他们渐渐有了一丝不祥的预感。就在她快走到人群后

西斯廷礼拜堂的祭坛

面的时候，一只手拉住了她的胳膊。虽然用力不重却显示出那人坚定的决心。她转过身，直视着一位形容枯槁的红衣主教。他显出了忧虑的神色。

“不，”那人低语道，“你不能那样。”

维多利亚满腹狐疑地注视着他。

另一位红衣主教站在了她旁边，说：“我们要三思而后行啊。”

还有人说：“痛苦还会引起……”

维多利亚被包围了。她环视着他们，惊呆了。“可今天，不，今晚发生的事情……全世界都该知道真相。”

“我心里也是这么想的，”那位形容枯槁的红衣主教一边说着，一边仍抓着她的胳膊不放，“但这是一条不归路。我们得考虑到这会让人们希望破灭，还招来冷嘲热讽。究竟怎么才能让人们再次信任我们？”

突然，又有一些红衣主教走过来挡住了她的去路。她面前出现了一堵黑色长袍组成的人墙。“听一听广场上人们的歌声吧，”有人说，“那样做能给他们的心灵带来什么呢？我们必须慎重行事。”

“我们需要时间思考，祈祷，”另一个人说，“我们必须把眼光放长远。这件事的反应……”

“可他杀死了我父亲！”维多利亚大叫，“他也杀死了自己的亲生父亲！”

“他肯定会为他的罪孽付出代价。”那个抓着她的胳膊的人悲伤地说道。

维多利亚虽然相信会如此，但她想确保他要付出代价。她再次想要挤向门口，但红衣主教们把她围得更紧了，他们的脸上现出了惊恐的神情。

“你们想要干什么？”她大叫道，“难道要杀了我吗？”

年迈的主教们顿时脸色刷白，维多利亚立刻就后悔说出了那样的话。她看得出这些都是性格温和的人。今晚他们已经看到太多的暴力。他们本无恐吓之意。他们只是陷入了困境，感到惧怕，想要弄清自身的处境。

“我想……”那个形容枯槁的红衣主教说，“想做正确的事情。”

“那你们就让她出去。”维多利亚身后传来一个低沉的声音，语气镇静且不容置疑。罗伯特·兰登走到她身旁，她感到他拉住了她的手。“我和维特勒女士要离开这座教堂。马上就走。”

那些红衣主教显得有点迟疑不决，颤巍巍地让出了一条道。

“等等。”那是莫尔塔蒂的声音。他此刻沿着中间的走道走向他们，留下教皇内侍独自在祭坛上，一副遭受挫败的样子。莫尔塔蒂看起来一下子苍老了许多，露出与实际年龄不相称的倦容。他背负着耻辱走了过来。来到他们面前，莫尔塔蒂一只手放在兰登的肩上，另一只手放在了维多利亚的肩上。维多利亚在这种接触中感受到了一种真诚。此刻，他老泪纵横。

“你们当然可以走。”莫尔塔蒂说，“当然可以。”他停顿一下，悲痛之情情溢于言表。“我只请求……”他凝视脚下，良久才抬起头来看着兰登和维多利亚，“让我来做吧。我马上就去广场，然后找个解决办法。我会告诉他们怎么回事。我不知道该怎么……但我会找到解决办法的。教会应该发自内心地忏悔。我们遭受的失败还是由我们自己来公布吧。”

莫尔塔蒂悲痛地返回了祭坛。“卡洛，你使整个教会陷入了悲惨的境地。”他顿了顿，向四周望了望。祭坛上已空无一人。

旁边的过道传来了衣服沙沙的摩擦声，然后大门“咯噔”一声关上了。

教皇内侍不见了。

134

教皇内侍沿走廊走出了西斯廷礼拜堂，白色的长袍随着他的步伐舞动。当他孤零零地一个人从教堂走出来，又告诉瑞士卫兵他要单独待一会儿时，他们显得有些困惑。但是他们还是服从命令，让他走了。

此时教皇内侍绕过拐角，消失在他们的视线之外。各种情感在他内心翻腾着，他觉得那是人类从未体验过的感觉。那个被他称为“神父”的人，那个唤他为“我的儿子”的人被他毒死了。教皇内侍一直认为这种“父”与“子”只是宗教意义上的概念，可现在他知道了那个残酷的事实——那就是字面上的意义。

像几周前那个决定他命运的夜晚一样，教皇内侍这时发疯般地跌跌撞撞走在了黑暗中。

那是个下着雨的清晨，罗马教廷神职人员砰砰地敲响了门，把教皇内侍从断断续续的睡梦中唤醒。他们说教皇不开门也不接听电话。神父们害怕极了。教皇内侍是唯一可以未经通报就进入教皇卧室的人。

教皇内侍一个人进去，看到教皇蜷曲着身子，死在了床上，昨天晚上教皇就是这个样子了。教皇的脸看起来如恶魔般的脸那么恐怖，舌头黢黑。那真让人觉得睡在教皇床上的就是撒旦自身。

教皇内侍丝毫不觉得懊悔。上帝早就发话了。

谁也不会看到那背叛的一幕……当时还没人知道这件事。人们得迟些时候才能获知。

教皇内侍宣布了那个可怕的消息——教皇死于中风。之后，他就着手筹划秘密会议了。

教皇内侍的耳边又响起了母亲玛丽亚的低语：“决不可以对上帝食言。”

“我听到了，母亲。”他回答道，“这是一个失去了信仰的世界。得有人把他们带回到正义的路上来。让恐惧和希望并存。这是唯一的方法。”

“是啊。”她回答，“如果不是你……还会有谁呢？还有谁能带领教会走出黑暗呢？”

候选主教中的任何一个肯定都不行。他们都已年迈……行将就木……是愿意追随教皇的自由主义者。教皇从心中认可科学，想要通过抛弃古老的传统以吸收现代教徒。这些老古董们不可救药地落伍了，却还要可怜巴巴地装作他们没有。他们无疑会失败。教会的力量正在于其传统，而非转变。整个世界也不过是昙花一现。教会不需要变革，只要提醒世人认识到教会的重要性就可以了！邪恶依然存在！上帝终将战胜邪恶！

教会需要一个领袖。老古董们不再具有感召力！耶稣是有感召力的！他年轻，朝气蓬勃，威力很大……还创造了奇迹！

“慢慢享用你们的茶吧！”秘密会议开始之前，教皇内侍这样对那四位候选主教说，他把他们留在了教皇的私人藏书室。“很快就会有人过来带你们过去的。”

他们谢过他，窃窃私语道他们竟然有机会进入那条有名的密道。太不同寻常了！教皇内侍在离开之前打开了通往密道的门锁，而正好在这时候，门打开了，一个看起来像是外国神父的人手持电筒把兴奋的候选主教领了进去。

这些人再也没有出来。

他们将激起人们的畏惧之心。我将是人们的希望。

不……我要激起人们的畏惧之心。

教皇内侍这时跌跌撞撞地走在了漆黑的圣彼得大教堂里。虽然内心狂乱而又歉疚不安，虽然父亲的形象还萦回在眼前，虽然痛苦不堪而又思绪万千，虽然体内的吗啡还余威连连，但不知怎的……他却发现自己清醒异常。他有了一种宿命的感觉。*我知道自己的使命了*，他这样想着，惊讶于自己能如此洞彻事理。

今晚从一开始就没有一件事情是按照教皇内侍的计划顺利进行的。未曾预料到的障碍一个个地出现了，但他却应付自如并做出大胆的决策。可是，他决不曾想到今晚竟是这样收场，但是这会儿他明白了这都是天意。

那不可能以其他方式收场了。

唉，在西斯廷礼拜堂之内他是那样的恐惧，简直要怀疑上帝是不是抛弃了他。唉，*他让我做的都是什么事！*他满怀疑虑地跪倒在地上，竖起耳朵极力想听到上帝的声音，可是他只听到一片沉寂。他曾经祈求得到上帝的神谕，希望上帝能指引他，为他点明方向。难道这就是上帝的意愿吗？是上帝要让丑闻和憎恶毁了教会吗？不！上帝只是促使教皇内侍采取了行动！*难道不是吗？*

他又看到了那样东西。那东西就摆在祭坛上。那就是神迹。那是神圣的交流方式——在非同寻常的光的照耀下他看到了平凡的事物。十字架。耶稣被钉在粗陋的木制十字架上。在那一刻，一切都明朗了……教皇内侍并不孤单。他永远都不会孤单。

这就是上帝的意愿……上帝的旨意。

上帝总是让他最爱的人做出英勇的牺牲。为什么教皇内侍以前那么迟钝，现在才明白呢？难道是他太害怕了吗？难道是他太卑微吗？似乎无甚差别。上帝早就找到了解决办法。教皇内侍现在非常明白罗伯特·兰登获救的原因。那是为了让他揭示真相，让他促使这样的结局出现。

这是解救教会的唯一途径。

教皇内侍感觉像飘起来了一样走进了帕利恩凹室。吗啡似乎此刻仍在不停地发挥效用，但他知道这是上帝在指引他。

远处，他听到红衣主教们嘈杂的喧闹声，他们已经从教堂里蜂拥而出，正对着瑞士卫兵大喊大叫。

但他们永远都找不到他，再过段时间也找不到。

教皇内侍感觉像是被吸着往前走一样……脚步越来越快……他走下楼梯来到了那块凹地。九十九盏油灯将这里照得通明透亮。上帝要把他带回到那片圣地。教皇内侍朝着盖在洞口的栅栏走了过去，那里通向史前坟场。今晚一切事件都将在史前坟场了断，在地下那个漆黑的圣地了断。他提起一盏油灯，打算下去。

但教皇内侍刚一穿过凹室就收住了脚步。感觉有些不对。这样怎么为上帝效劳呢？就这样孤孤单单、悄无声息地结束吗？耶稣可是在世人的瞩目下殉难的。这一定不是上帝的意愿！教皇内侍聆听着上帝的声音，但他只是隐隐听到药物在体内发生作用的声音。

“卡洛，”这是母亲的声音，“上帝为你设定了宏伟的规划。”

教皇内侍迷惑不解地继续走着。

就在那时，上帝突然到来了。

教皇内侍陡然收住脚步，目不转睛地注视着他。九十九盏油灯把教皇内侍的影子投在了他身旁的大理石墙上。那影子巨大无比，阴森恐怖。昏黄的灯光映出了他那模糊的身影。火光在教皇内侍四周摇曳着，他看起来像个升天的天使。他侧向举起双臂，注视着自己的身影站了一会儿。紧接着，他扭过头又看了看楼梯的上方。

上帝的意愿非常清楚。

三分钟过去了，在西斯廷礼拜堂外吵闹的走廊里，仍然没人找到教皇内侍。他似乎是被黑暗吞噬了。莫尔塔蒂正打算在梵蒂冈内进行一次地毯式搜查，但就在这时外面的圣彼得广场上爆发出一阵欢叫声。人们不由自主地喧嚷着欢呼起来。红衣主教们吃惊地相互看了看。

莫尔塔蒂闭上了双眼。“主啊，救救我们吧！”

那晚，红衣主教团第二次涌到了圣彼得广场上。兰登和维多利亚也被涌动的人潮带到了夜幕之中。一盏盏镁光灯，一架架摄像机都对准了那座大教堂。就在那里，卡洛·文特斯克教皇内侍已经走上了位于教堂正面正中间的那个神圣的阳台，高举起双臂站着。远远望去，他就像纯洁的化身，一座身着白衣的雕像，发出耀眼的光芒。

广场上人们如正涌向浪尖的波涛一般冲了过来，顷刻间冲破了瑞士卫兵的阻拦。欢喜雀跃的人群涌向了圣彼得大教堂。人群向前涌着——有的人哭了，有的人唱起了颂歌，各家媒体的摄像机也都闪了起来。这可真是一场大混战。当人群如洪水般汇集在大教堂前时，场面更加混乱了，已经变成了一股势不可挡的力量。

就在那时发生了一件事。

高高地立在上面的教皇内侍做了个细微的动作。他双手在胸前交叉，而后低头静静地做起了祷告。一传十，十传百，成百上千的人们都随他一起低下了头。

广场上出现了一片沉寂……好像被施了魔法。

教皇内侍这时头脑混乱，神情恍惚，他的心中交织着希望与痛苦……宽恕我，父亲……母亲……怜悯我……你们也是神职人员……希望你们认识到你们的独生子所做的牺牲。

啊，耶稣……把我们从地狱般的苦难中解救出来吧……将所有的灵魂都带到天堂，特别是那些需要得到你的宽恕的人……

教皇内侍不用睁眼去看，就知道下面拥挤的人群在看着他，各家电视台的摄像机对准了他，全世界都在关注着他。他靠心灵来感知这一切。虽然身陷痛苦，但这一刻出现的和睦景象却令他激动不已。那就像一个蔓延的网伸向了世界每个角落。无论是在电视机前，在家中，还是在车上，世人一起做起了祷告。像一颗巨大心脏的众多神经元突触突然地一起跳动，不同国家的人们操着不同的语言都追随上帝来了。他们轻声说着那些他们不曾说过的话，却感觉那如自己的声音一般熟悉……那些古老的箴言……铭刻在了他们心上。

这种和谐是永恒的。

寂静过后，欢快的旋律再次充盈了整个广场。

他知道那个时刻来临了。

最最神圣的三位一体啊，我用我宝贵的身体，血液，灵魂来献祭……以弥补我所造成的愤怒、亵渎和冷漠……

教皇内侍已经感觉到了身体上的疼痛。疼痛迅速传遍了全身，让他想抓想挠，就像几周前上帝第一次来到他面前时那样。不要忘记耶稣所遭受的痛苦。他感觉喉咙中有种火烧火燎般的疼痛，就连吗啡都无法将之化解。

我在这里的事情已经做完了。

他激起了人们的敬畏之心。人们又有了希望。

在帕利恩凹室里的时候，教皇内侍遵从上帝的教诲，举行了涂油仪式。他的身体上，发须上，面颊上，麻布长袍上，全身都涂满了灯油。他这会儿像是浸泡在神圣的绿色灯油中一样，气味芬芳，如母亲的体香，可却易燃烧。他将会幸运地升天。那是个充满奇迹而又迅速的过程。他留给世人的不再是丑闻……而是一股新的力量和奇迹。

他的手滑入长袍的口袋，摸出从帕利恩凹室里拿来的小小的金色打火机。

他低声说出了上帝在最后审判时说过的一句话。熊熊烈焰直冲云霄，上帝的天使也会在火焰中升天。

他的大拇指按在了打火机上。

人们还在圣彼得广场上唱着颂歌……

任何人看了那样的景象都永远不会再忘记。

在高高的阳台上，像是灵魂要挣脱肉体的束缚似的，一束耀眼的火焰突然从教皇内侍身上喷发出来。火苗一下子蹿向上空，顿时就把整个人给吞噬了。他没有尖声叫喊。他将手臂举过头顶，抬头望向了天空。大火在他周围呼呼作响，他的整个身体被包围在火中，看起来像是一根火柱。大火肆虐着，似乎要使那一刻变成永恒，全世界所有的人都看到了那个景象。火光越来越明亮。之后，大火渐渐灭了，教皇内侍不见了。他是倒在了栏杆后，还是在稀薄的空气中消失了，无人知晓。只有一团浓烟在梵蒂冈的上空袅袅上升。

135

罗马的黎明姗姗来迟。

先前的一场暴雨冲散了圣彼得广场上的人群。新闻记者们仍坚守岗位，有的缩到了雨伞下，有的躲进了采访车，他们还在评论着昨晚的事件。世界各地的教堂里都挤满了人。有着各种信仰的人们都在反思着，讨论着……人们满腹疑问，可答案只带来了更深层次的问题。迄今为止，罗马教廷仍保持沉默，没有发表任何声明。

在梵蒂冈那幽深的墓室里，莫尔塔蒂红衣主教独自跪在了开启的石棺前。他把手伸进棺材，合上了那位老人发黑的嘴唇。教皇这会儿神情安详。他在安静的长眠中得到了永生。

一樽装满骨灰的沉甸甸的金黄色骨灰瓮放在了莫尔塔蒂脚边。莫尔塔蒂亲自收集骨灰并把它带到了这里。"这是一次祈求宽恕的机会。"说着，他把骨灰瓮放进石棺里教皇的尸体旁。"父爱是最伟大的。"莫尔塔蒂用教皇的长袍盖住了骨灰瓮。他知道这座神圣的墓室是专为放置教皇遗体而设，但不知为何，他觉得自己这样做是合适的。

"先生？"有人叫着走进了洞室。原来是沙特朗中尉。他是在三名瑞士卫兵陪同下过来的。"他们都在秘密会议室里等着你呢。"

莫尔塔蒂点了点头，说道："我这就来。"他向面前的石棺看了最后一眼，然后站起来转身对卫兵说："教皇可以安息了。"

卫兵们走上前去，费力地滑动教皇的石棺盖，随着最后一声巨响，石棺盖上了。

莫尔塔蒂独自穿过博尔吉亚庭院走向了西斯廷礼拜堂。湿润的微风轻拂着他的长袍。一位红衣主教从教皇宫里出来，大步走到了他身旁。

"先生，能有幸陪你到秘密会议室去吗？"

"这是我的荣幸。"

"先生。"那位红衣主教一脸苦恼地说，"红衣主教团为昨晚的事向你道歉。我们受到蒙蔽——"

"算了，"莫尔塔蒂回答道，"有时候，我们总想看到我们心里希望的是真的。"

那位红衣主教沉默了好一会儿。最后他开口了："你知道吗？你不再是我们的选举官了。"

莫尔塔蒂面带笑容地说："我知道。对于上帝点点滴滴的恩赐，我都会心生谢意。"

"但红衣主教团坚持认为你有资格当教皇。"

"看来，大家还是有着一颗博爱的心的。"

"你是英明之人，你会很好地领导我们大家。"

"我只是个老头子，只能暂时地领导你们。"

他们开怀大笑了起来。

走到博尔吉亚庭院的尽头，那位红衣主教犹豫了起来。他困惑不解地转向了莫尔塔蒂，似乎前一天晚上出现的不可名状的敬畏之情重新爬上了心头。

"你有没有注意到，"那位红衣主教轻声说，"我们在阳台上竟然没有发现任何遗迹。"

莫尔塔蒂微微一笑，说："可能是被大雨冲走了吧。"

那位红衣主教望了望风卷云涌的天空，说："嗯，可能是吧……"

136

上午十点的天空依然乌云密布，西斯廷礼拜堂的烟囱第一次冒出了白色轻烟。缕缕白烟袅袅升空，然后渐渐散去。

在下边的圣彼得广场上，记者冈瑟·格利克望着上面，陷入了沉思。会议就要结束……

奇尼特·麦克丽从他后边走了过来，然后扛起了摄像机说："到时间了。"

格利克伤感地点了点头。他转向奇尼特，捋平头发，然后做了一次深呼吸。这是

西斯廷礼拜堂里冒出的白烟标志着新教皇选出

我最后一次转播，他心想。几个人朝他们这边走过来围观。

“现场报道，六十秒倒计时。”麦克丽大声说。

格利克扭头看了一眼身后西斯廷礼拜堂的屋顶，问道：“能拍到白烟吗?”

麦克丽点了点头，颇有耐性地说：“冈瑟，我知道该怎样拍。”

格利克一时语塞。毫无疑问，麦克丽是知道。她昨晚在镜头后面的表现都可以让她赢得普利策奖了。可他自己的表现……他不打算再想了。他确信英国广播公司会让他走人，因为毫无疑问，许多有实力的集团都会对公司提出诉讼……“欧核中心”及乔治·布什都会来找麻烦。

“你看起来不错。”奇尼特透过镜头看过来，语气中透出几分关心，“不知我可不可以给你……”她犹豫了一下，又打住了话头。

“是不是要给我提一些建议?”

麦克丽叹息着说：“我只是想说报道时没必要太激动。”

"我知道,"他说,"你想直截了当地进行总结性报道。"

"新闻史上最直截了当的报道,我相信你行。"

格利克暗自笑了起来。直截了当地进行总结性报道?难道她疯了吗?何况像昨晚那种新闻就应该多报道一些。那个意想不到的转机,那个最后的爆炸,还有那件未曾料到的惊人的真相。

幸运的是,在近旁等待的人中恰好就有格利克要找的人……

"准备,五……四……三……"

奇尼特·麦克丽透过镜头看到格利克的眼里露出了狡黠的光芒。我简直疯了,竟让他做这件事,她心想,我是怎么想的呢?

但是已没有时间再考虑,他们开始直播了。

"这是来自梵蒂冈的现场报道,现在是记者冈瑟·格利克为你播报。"他严肃地看着摄像机镜头,身后缕缕白烟正从西斯廷礼拜堂升起,"女士们,先生们,据官方消息称,七十九岁高龄的进步人士,萨弗里奥·莫尔塔蒂红衣主教刚刚当选为梵蒂冈教皇。尽管莫尔塔蒂不是候选主教,但却史无前例地被红衣主教团一致推选为教皇。"

麦克丽望着他,感到轻松多了。今天格利克有惊人的专业水准,甚至还非常稳重。无论从说话还是着装来看,格利克平生第一次有了新闻记者的味道。

"正像我们先前报道的那样,"格利克补充说着,语气渐渐加强,"对于昨晚不可思议的事件,罗马教廷至今未做任何评论。"

好极了。奇尼特的紧张情绪消退了不少。到目前为止,一切顺利。

格利克表情这时渐渐变得沉重起来。"尽管昨晚奇迹不断出现,但也有不幸。在昨天的冲突中,四名红衣主教惨遭杀害。瑞士侍卫队的奥利韦蒂司令与罗奇尔上尉也以身殉职。还有'欧核中心'著名的物理学家、反物质技术先驱列奥纳多·维特勒,以及'欧核中心'主任马克西米利安·科勒也惨遭不幸。据传闻,科勒来梵蒂冈显然是想帮忙,不料也在该事件中遇难。官方至今未对科勒先生的死亡发表任何声明,但据推测是长期得病引起的并发症所致。"

麦克丽点了点头。报道像他们讨论的那样,进展顺利。

"随着昨晚梵蒂冈上空一声爆炸,'欧核中心'反物质技术成了科学家们关注的热点,这既点燃了兴奋的火花,又激起了人们的争议。科勒先生的助手西尔维·波德洛克今天早晨在日内瓦宣读了一份声明。该声明称,'欧核中心'尽管热衷于研究反物质的潜在威力,但还是中止了所有研究与技术使用许可证的发放,他们要进一步检验其安全性能。"

棒极了,麦克丽心想,下面开始结尾了。

"很明显,今晚还有个人没有露面,"格利克报道,"他就是哈佛大学教授罗伯特·兰登。他昨天来到梵蒂冈是希望能在光照派危机中提供专业性的意见。起初人们认为他在反物质爆炸中殉职了,但我们现在得到消息,在爆炸之后有人在圣彼得广场上看到了兰登。尽管台伯利纳医院发言人声称兰登先生午夜后从空中坠入台伯河，得到治疗之后即刻就出院了，但关于他是怎样到达圣彼得广场的，人们尚在推测中。”格利克在摄像机镜头前扬起了眉毛，接着说：“如果真有此事……这确实是一个充满奇迹的夜晚。”

真是漂亮的结尾！麦克丽不知不觉地笑了起来。简直是完美的总结性报道！现在结束报道！

但格利克并没有宣布结束报道。他停顿了一会，居然又迈到了镜头前。他的脸上露出了诡异的笑容，说道：“但在我们结束报道之前……”

不要！

“……我想邀请一位嘉宾。”

奇尼特的手在摄像机上停住了。一位嘉宾？他究竟在干什么？什么嘉宾！快结束报道！但她知道太晚了，格利克话已出口。

“我要介绍的是，”格利克说，“一个美国人……一位著名的学者。”

奇尼特犹豫了一下。格利克转向周围的人群，示意嘉宾走出来时，奇尼特屏住呼吸，默默地祈祷。拜托，但愿他莫名其妙地找到了罗伯特·兰登……千万不要是什么光照派的阴谋狂热分子。

但当格利克的嘉宾走出来时，麦克丽的心却沉了下去。那人根本就不是罗伯特·兰登。那是个身穿蓝布工装裤与法兰绒衬衫的秃顶男人。他拄着手杖，还戴着一副厚镜片眼镜。麦克丽感到一阵恐惧。疯子！

“请允许我介绍一下，”格利克说，“这位是来自芝加哥圣保罗大学著名的梵蒂冈学者约瑟夫·瓦尼克博士。”

那人和格利克一起出现在了镜头上，麦克丽这时忐忑不安。他并不是什么狂热分子。实际上麦克丽听说过此人。

“瓦尼克博士，”格利克说，“关于昨晚的秘密会议，你说有惊人的消息要告诉大家。”

“确实如此。”瓦尼克说，“在度过了令人惊奇的一夜之后，真的很难想象还会再有什么奇事……但是……”他停顿一下。

格利克笑着说：“但是，这里又出现了奇怪的转机。”

瓦尼克点了点头，回答：“是的，这听起来可能让人觉得困惑不解。我认为红衣主教团在本周内无意中选出了两位教皇。”

麦克丽惊得几乎失手丢掉摄像机。

格利克诡异地笑道：“你是说选出了两位教皇？”

那位学者点点头说：“是的。首先我说明一点，我毕生都在研究教皇选举法。有关秘密会议的法律极其复杂，而且其中的许多条款现在由于过时而被忘记或忽略。就连选举官也许都意识不到我要揭示的东西。但是……根据《教皇选举法》第六十三条中被遗忘的古老的条款……投票选举并不是选举教皇的唯一方法，还有另外更神圣的方法，被称作‘敬慕地鼓掌唱颂姓名选举’。”他顿了顿，接着说道：“昨晚恰好就有这样的选举。”

格利克盯着这位嘉宾说:“请说下去。”

“你们可以回忆一下,”这位学者继续说道,“昨晚卡洛·文特斯克教皇内侍站在大教堂顶上时,下面所有的红衣主教开始齐声唱颂他的名字。”

“是的,我想起来了。”

“头脑中有了那么一幅场景之后,再听我逐字朗读古老的选举法。”他从口袋里掏出一些纸张,清了清嗓子,读了起来,“‘敬慕地鼓掌唱颂姓名选举发生在……所有的红衣主教,好像受到圣灵的启示那样,不由自主地齐声唱颂某个人的名字’。”

格利克笑着问道:“这么说来你是说昨晚红衣主教们在齐声唱颂卡洛·文特斯克这个名字时,他们实际上就已选他做了教皇?”

“他们确实这样做了。而且,法律规定‘敬慕地鼓掌唱颂姓名选举’取消了红衣主教要符合推选条件这一要求,允许任何神父,包括被任命的祭司、主教、红衣主教参选。这样你们就可以发现,教皇内侍完全有资格参加这种程序的教皇选举。”瓦尼克现在对准镜头说道:“事实是这样的……卡洛·文特斯克昨晚当选为教皇。他在位不足十七分钟。要不是他奇迹般地化为一根火柱升天了的话,他现在就该和其他教皇一起被埋在梵蒂冈的墓室里了。”

“谢谢你,博士。”说着,格利克转向麦克丽调皮地眨眨眼,“真让人大开眼界……”

137

在高高的罗马竞技场的台阶上,维多利亚对着下面的他大笑着,她喊道:“快点儿啊,罗伯特!我知道我早就该嫁给一个小伙子。”她一脸妩媚。

罗伯特想尽量赶上她,可双腿却像灌了铅。“等一等吧!”他告饶了,“能不能……”

突然,他听到一阵“嘭嘭”的敲打声。

罗伯特·兰登猛然惊醒了。

四周是一片漆黑。

兰登在一张陌生而柔软的床上静静地躺了很长一段时间,还是不清楚自己身处何方。这里的超大型鹅绒枕头舒适极了,空气中弥漫着百花的芳香。在房间的另一侧,两扇玻璃门对着宽敞的阳台开着,在云朵掠过的月空下,一阵轻柔的微风吹了过来。兰登试着回忆自己是怎样来到这里的……这里又是什么地方。

他又想起了那段梦幻般的经历……

一堆神秘的大火……一位天使突然出现在人群中间……她柔软的手牵着他走进夜色中……带着疲惫不堪的他穿过街道……来到了这里……来到这间套房里……灼人的淋浴使他半睡半醒……最后来到这张床上……看着他像死人一样地睡去。

罗马竞技场

昏暗中，兰登看到了另一张床。那是一张空床，床单凌乱不堪。他隐隐听到旁边的房间传出淋浴的水声。

注视着维多利亚的床，他看到了枕头套上绣着个醒目的标志：贝尔尼尼宾馆。兰登不觉笑了起来。维多利亚选的地方很不错。这家奢华的欧洲宾馆俯视着贝尔尼尼的《海神之子特里同》喷泉……罗马再没有比这更合适的宾馆了。

兰登躺在那里，听到一声猛烈的敲击声，这才意识到是什么吵醒了他。原来有人在敲门。敲门声越来越大。

困惑不解的兰登还是起了床。没人知道我们在这里啊。他想着，感到一丝不安。披上贝尔尼尼宾馆精美的浴衣，他步出卧室来到了门厅。他在厚重的橡木大门前站了一会，然后一把拉开了大门。

一位身材魁梧、穿着紫色服装、佩戴黄色徽章的人正低头凝视着他。“我是沙特朗中尉，”他说，“梵蒂冈的瑞士卫兵。”

兰登非常清楚他是谁。“你……你怎么找到我们的？”

“昨晚我看着你们离开广场。我跟踪了你们。你们还在这里我就放心了。”

兰登突然感到很焦虑，思忖着是不是红衣主教派沙特朗来把他与维多利亚带回梵蒂冈。毕竟，除了红衣主教团就只有他们两人知道那个真相。他们现在成了多余的人。

“教皇让我把这个给你。”说着，沙特朗递给他一个盖有教廷图章的信封。兰登打开信封，读起了手写的便条：

兰登先生并维多利亚女士：

尽管我深切渴望二位能慎重对待过去二十四小时发生的事情，但我决不会冒昧要求二位再做什么，毕竟你们已经付出了很多。因而我谨退一步，只期望二位能从情感的角度来考虑这件事情。当今的世界似乎更加美好了……也许问题比答案要强有力得多。

我的大门永远对你们敞开。

教皇：萨弗里奥·莫尔塔蒂

兰登把这张便条读了两遍。红衣主教团显然选择了一位杰出而宽厚的领袖。

兰登还没来得及开口说话，沙特朗就拿出了一个小包裹，说道："这是教皇的一点儿谢意。"

兰登接过那个用棕色纸包装着的包裹，感觉沉甸甸的。

"根据教皇法旨，"沙特朗说，"无限期地借给你这件从神圣的教皇墓穴里取出的制品。教皇只求你在有生之年保证把它归还回来就行了。"

兰登打开包裹，顿时惊得哑口无言。竟然是那块烙铁。*光照之星*。

沙特朗微微笑了笑。"愿和平与你同在。"说完他转身就要离开。

"谢……谢谢你。"兰登说着，哆哆嗦嗦地捧着这件珍贵的礼物。

沙特朗在大厅里显得有点犹豫不决。"兰登先生，我能问你个问题吗？"

"当然可以。"

"我们这些卫兵都很好奇。在那最后几分钟里……直升机里发生了什么事？"

兰登顿时感到一阵不安。他知道这一刻来了——揭示真相的一刻。昨晚与维多利亚悄悄离开圣彼得广场时，他们就已经谈过此事。甚至在教皇写便条之前就已经做出了决定。

维多利亚的父亲曾经梦想反物质的发现能带给人们精神上的觉醒。毫无疑问，昨晚的事情并非他所愿，但事实却不容否认……此刻，世人都在以一种不同以往的方式审视着上帝。兰登和维多利亚不知道这种魔力会持续多久，但他们知道永远不能用丑闻和疑虑来摧毁人们的好奇心。*上帝采用的方式的确与众不同*。兰登自言自语道，冷嘲式地思忖着会不会是……或许是……昨天那就是上帝的意愿。

"兰登先生？"沙特朗又问道，"我在问你直升机上发生的事呢。"

兰登伤感地笑了笑。"嗯，我知道……"他感觉不是凭理智而是凭情感说出了这些话，"可能是落下来造成的震荡……我的记忆……似乎……我什么都记不起来了……"

沙特朗一下子垂下了头，追问道："你一点儿都不记得了吗？"

兰登叹了口气，说道："恐怕它永远都是个谜了。"

罗伯特·兰登返身回到卧室，看到眼前的景象，一下子呆住了。维多利亚站在阳台上，背靠栏杆，正深切地凝望着他。她看起来就像天上的精灵……在月光的映照下，她的侧影显得妩媚动人。她身着白色浴衣，束紧腰带，苗条而富有曲线的身材突显了出来，真让人以为是罗马女神。在她身后，一层淡淡的雾霭像光晕一样在贝尔尼尼的《海神之子特里同》喷泉上缭绕着。

兰登被她深深地吸引住了……她比他生命中任何女人都更有诱惑力。他从容地把光照之星和教皇的信放到了床边的桌子上。以后有的是机会解释那些事情。他走到阳台上，来到了她身边。

看见他，维多利亚一脸的幸福。"你醒了，"她轻柔又略带羞涩地说，"你可终于醒了。"

特里同喷泉

兰登笑了。"这可真是漫长的一天呀。"

她用手指撩起浓密的秀发，脖颈处的浴衣散落开一条缝。"那么现在……你想享受一下了吧。"

这话让兰登解除了所有的防备。"你……说什么？"

"大家都是成年人了，罗伯特。承认了吧，你有这种欲望！我在你的眼中读到了，那种深切的饥渴。"她微微一笑，说道："我也是，都有点儿迫不及待了。"

"是吗？"他壮着胆子又向她迈了一步。

"确实如此，"她拿起客房用餐菜单说，"这里有的我都订了。"

筵席很丰盛，他们就在月光下共进美餐……坐在阳台上……品尝皱叶菊苣、块菌和煨饭，呷着道尔柴多葡萄酒，畅谈至深夜。

即使不是符号学家，兰登也能读懂维多利亚给他的信号。在共享黑莓夹心奶油糕、萨沃依饼干、冒着热气的罗马风味咖啡这些甜点时，维多利亚那裸露的双腿在桌下压在了他的腿上，一双撩人心魄的眼睛直勾勾地盯着他。她真希望兰登能放下餐叉，抱她起来。

但兰登什么也没做,完全保持着绅士风度。这一套谁都会,他想着,掩饰着调皮的笑容。

吃完饭后,兰登独自坐回床边,颠来倒去地摆弄着光照之星,还对它奇迹般的对称美赞不绝口。

维多利亚困惑不解地盯着他,明显感到一阵失落。

“那个对称字就那么有趣吗?”她质问道。

兰登点点头说:“简直令人着迷。”

“你是说这屋里它是最引人注目的吗?”

兰登搔了搔头皮,显出一副深思的表情说道:“这个吗? 有样东西我更感兴趣。”

她笑着向他迈了一步说:“那是?”

“怎样用金枪鱼驳倒爱因斯坦的理论。”

维多利亚双手一甩说:“上帝呀,够了! 让你的金枪鱼见鬼去吧! 我可警告你,不要再耍我了。”

兰登咧着嘴笑了起来,说道:“也许下一个实验你会研究比目鱼,证明地球是扁平的。”

维多利亚正在气头上,但她的嘴角却出现了一丝带着嗔怪的笑容。“教授,按你的说法,我下一步会进行科学历史实验。我打算证明中微子有质量。”

“中微子也做弥撒?①”兰登一脸惊愕地瞪着她问道,“我还不知道它们也是天主教徒呢!”

她身体一滑倒在了兰登身上,把他压在身下。“我希望你相信有来生,罗伯特·兰登。”维多利亚满眼媚火,双手按住他,笑着骑跨在他身上。

“实际上,”他此刻笑得都快说不出话来,“我总觉得难以想象来世的事情。”

“真的吗? 这么说来你从没信过教了? 就没有愉悦销魂的美妙时刻吗?”

兰登摇摇头说:“没有。说正经的,我真怀疑自己是那种很难和宗教沾边儿的人。”

维多利亚急切地扯下浴衣,说道:“你从不曾和瑜伽大师上过床,是吗?”

---

① 这句话原文是:Neutrinos have mass? 前文维多利亚提到:I plan to prove neutrinos have mass. 这句话的意思是:我打算证明中微子有质量。mass既有“质量”的含义又有“弥撒”的含义。这是兰登故意曲解意思。

鸣　谢

衷心感谢我的编辑杰森·考夫曼，我最亲爱的朋友之一，他一开始就看好符号学专家罗伯特·兰登的前途……并想象他的这场冒险的最终去向。

感谢无与伦比的海德·兰杰——是《天使与魔鬼》把我领到他面前——他赋予了这部小说新的生命，并把它带到了全世界。

感谢阿特里亚出版社的埃米莉·贝斯特勒和本·卡普兰以及袖珍普及本出版公司的每个人，感谢他们对这本书源源不断的支持和热情。

感谢享有盛名的乔治·威泽，感谢他劝我进行小说创作，感谢我的第一个代理人杰克·埃尔韦尔，感谢最初的帮助，把这部小说卖给袖珍普及本出版公司。

感谢我亲爱的朋友欧文·西特勒，感谢他提供的便利，让我得以拜谒教皇，让我见识梵蒂冈城内部一些鲜为人见的地方，让我的罗马之行难以忘怀。

感谢现在人世上最有才华和天赋的艺术家之一——约翰·兰登，他才华横溢，解决了我棘手的难题，并且为本书创造了对称字。

感谢奇利科西俄亥俄大学图书馆馆长斯坦·普兰顿，在数不清的话题上，他是我的第一个信息来源。

感谢西尔维亚·卡瓦齐尼，感谢她亲切地陪同我们游览了秘密通道。

还要感谢我最理想的双亲，这是一个小孩所期望的，感谢迪克·布朗和康妮·布朗……感谢他们所做的一切。

同时，还要感谢欧洲原子核研究中心[①]，感谢亨利·贝克特，布雷特·特罗特，教皇科学院，布鲁克黑文学院，费米实验中心图书馆，奥尔加·威泽，国家安全学院的唐·厄尔斯奇，威尔士大学的卡罗琳·H. 汤普森，凯瑟琳·格哈特和奥马尔·阿尔·金迪，约翰·派克，美国科学家联盟，亨伯利奇·维瑟霍德，科琳娜·哈蒙德和戴维斯·哈蒙德，埃泽兹·阿利，赖斯大学伽利略研究组，嘲鸫画廊的朱莉·林恩和查利·赖安，加里·戈尔茨坦，戴夫（维拉斯）·阿诺德和安德雷·克劳福德，全球共济网，菲力普斯·埃克塞特学院图书馆，吉姆·巴林顿，约翰·梅尔，玛吉·瓦赫特尔的独到眼光，alt.masonic. 网站的所有成员，艾伦·伍利，国会图书馆梵蒂冈法律资料陈列厅，莉萨·卡勒默罗和卡勒默罗图书馆，约翰·A. 斯托厄尔，梵蒂冈博物馆，奥尔多·巴格尔，诺亚

① 欧洲原子核研究中心(CERN)，又译“欧洲原子核研究组织”，是为合作研究亚物理学（也称高能物理学）而建立的国际科学组织，总部设在瑞士的日内瓦。本书中也将之简称为“欧核中心”。

阿利里泽，哈里特·沃克，查尔斯·特里，迈克朗·伊莱克里克斯，明迪·伦塞勒，南希·柯廷和迪克·柯廷，托马斯·D.纳德奥，纳沃媒体和火箭电子书，弗兰克·肯尼迪和西尔维亚·肯尼迪，罗马旅游委员会、艺术大师格雷戈里·布朗、韦尔·布朗、沃纳·布兰德斯、“直接接触”的保罗·克鲁平、保罗·斯塔克、“计算机通话网络”的汤姆·金、桑迪·诺兰和杰丽·诺兰，网络高手琳达·乔治，罗马的国家美术学院，物理学家和同道的作家史蒂夫·豪，罗伯特·韦斯顿，埃克塞特的水街书店，新罕布什尔，以及梵蒂冈气象台。

“插图珍藏版”鸣谢

感谢我的编辑杰森·考夫曼最早为这个插图版设计了独特的模板。感谢我的妻子布莱斯，她用各种可能的办法让我分享了她在艺术方面的知识以及她的热情。感谢我的代理海德·兰杰，他的业务能力是最好的。

诚挚地感谢埃米莉·贝斯特勒，她是最早支持我写作《天使与魔鬼》的人，此外还要感谢朱迪思·古、保拉·李兹克、黛博拉·布尔、克里斯汀·比斯、保罗·佩佩、琳达·丁格勒、杰米·普托提、忒斯尼·方、米歇尔·桑托罗·洛姆斯奇欧、约翰·保罗·琼斯、乔迪·理柏，他们为这个插图版作出了不可估量的贡献。